U0128087

賴和‧台灣魂的迴盪

——2014彰化研究學術研討會論文集

目次

彰化縣縣長序 ⋯⋯⋯⋯⋯⋯⋯⋯⋯⋯⋯⋯⋯⋯⋯⋯ 魏明谷　1

文化局局長序 ⋯⋯⋯⋯⋯⋯⋯⋯⋯⋯⋯⋯⋯⋯⋯⋯ 吳蘭梅　1

編者序 ⋯⋯⋯⋯⋯⋯⋯⋯⋯⋯⋯⋯⋯⋯⋯⋯⋯⋯⋯ 羅文玲　1

輯一　賴和文學地位的建構與形塑

為什麼賴和先生是台灣新文學之父？
——葉石濤先生舊題補釋 ⋯⋯⋯⋯⋯⋯⋯⋯⋯⋯ 陳萬益　1
「舌頭和筆尖合一」的發想
——對「音聲文學」的角度論賴和漢詩的唸讀吟誦 ⋯ 呂興昌　9
賴和文學地位的建構與形塑 ⋯⋯⋯⋯⋯⋯⋯⋯⋯ 葉連鵬　17

輯二　賴和文學涵攝的彰化與民俗

賴和新文學涵攝的民俗元素 ⋯⋯⋯⋯⋯⋯⋯⋯⋯ 林明德　41

賴和民間信仰之書寫與省思 ⋯⋯⋯⋯⋯⋯⋯⋯⋯ 謝瑞隆　67

輯三　賴和詩歌的多種面貌與內涵

試說賴和的論詩詩 ⋯⋯⋯⋯⋯⋯⋯⋯⋯⋯⋯⋯⋯ 周益忠　93

賴和古典漢詩中的「小確幸」研究
──以「行腳詩」為例 ·· 王惠鈴　129
台灣式史詩──賴和新詩的歷史位置 ························· 蕭　蕭　155
賴和新詩的紅色美學 ···························· 王文仁、李桂媚　189
賴和的民眾詩 ·· 陳　謙　225

輯四　賴和作品的哲學與美學

從〈獄中日記〉看賴和的禁錮身體與宗教療癒 ············· 施懿琳　243
賴和文學的生死觀 ··· 陳淑娟　267
試論賴和作品中的生死觀 ··· 嚴敏菁　331

輯五　賴和時代的文體論與編輯觀

訓讀、模仿、創造──「台灣白話文」：
論日本時代台灣近代文體的形成與樣貌 ···················· 呂美親　355
賴和的編輯生涯對台灣新文學的影響 ························· 陳憲仁　421

輯六　賴和小說的歷史價值

介入‧自省‧自嘲
──論賴和與楊逵小說中的知識份子形象 ·················· 楊　翠　437
賴和小說的幾種速度及人物對話 ······························ 余境熹　477
現代性視域下的賴和 ·· 林俊臣　495

輯七　賴和的迴盪及其他

磺溪文學精神的再現
——論康原對賴和文學精神的推展策略 ················ 曾金承　513
古城下的身影——賴和文學地景 ····················· 黃　隆　543

作者簡介 ··································· 599

彰化縣縣長序

提到台灣的新文學，彰化人心中即有無限的欣喜，因為「台灣新文學之父」賴和是彰化人，他對新文學的奉獻，不僅影響當時的文人，也開創了後來的文風，更讓彰化因為有了賴和，而在台灣文壇上具有舉足輕重的地位。

現在，在彰化縣內，他的後代子孫保留了賴和文物，設立了「賴和紀念館」，還成立了「賴和文教基金會」，頒發賴和獎、舉辦文學營，擴大賴和的光環，延伸台灣文學的發展；彰化縣政府在八卦山文學步道設置具有文學在地性的「賴和詩碑」、「賴和詩牆」，使賴和文學在地扎根，讓賴和融入人民的生活之中。凡此種種，都證明了賴和在彰化人心中具有崇高的地位。

二〇一四年，適逢賴和先生誕生一百二十週年，本縣文化局特別將年度學術盛事「彰化研究學術研討會」訂為「賴和，台灣魂的迴盪」研討會，邀請學界對賴和先生有精深研究的碩彥鴻儒撰寫論文，一方面作為慶祝，一方面則藉此弘揚賴和精神。

本次研討會的主題包含賴和的文學地位、賴和作品中的彰化民俗、賴和詩歌的多種面貌、賴和作品的美學、賴和的編輯觀等，從賴和個人生平事蹟、作品內涵到賴和對台灣新文學的影響，各層面都照顧到了，而且還有多篇論述都是前人言所未言、過去未曾注意的角度，既拓展了賴和研究的領域，也加深了賴和文化的深度，可謂是學術界的一件盛事。

　　在賴和一百二十週歲時，匯聚海內外、中青壯學者，共同回顧賴和作品，發揚賴和文學，並作更深邃的研究，同時將這些學者的心血作品付梓，讓鴻文讜論得以跨越時空，流傳後代。這本論文集的出版，將使彰化的學術資產更添一筆、更為豐富！爰在欣喜之餘，特撰文為序。

彰化縣縣長　魏明谷

彰化縣文化局局長序

二〇一四年彰化縣文化局為紀念「台灣新文學之父」賴和先生一百二十歲冥誕，彰化研究學術研討會特以「賴和，台灣魂的迴盪」為主題，期能將賴和的多重面向和文學價值，進行客觀辯證與感性連結，溯源彰化甚至於台灣文學的根源與精神。

彰化縣文風鼎盛，名家輩出，尤其是賴和先生（1894-1943）對於彰化及全台灣新文學發展有重大影響，為重要之象徵。本職是醫生的賴和先生，在文學領域留下盛名，尤其是他的詩作，被公認是台灣最有代表性的民族詩人之一。賴和曾經催生、主編過《台灣民報》的文藝欄，提攜後進不遺餘力，彰化詩人楊守愚稱讚他為「台灣新文藝園地的開墾者」、「台灣小說界的褓母」，一般文學創作者、研究者無不尊稱他為「台灣新文學之父」。

本次學術研討會由彰化縣政府、彰化縣文化局主辦，明道大學國學研究所暨中國文學學系承辦。共有六個場次，邀請到學者有二十一位，發表論文有二十篇。六個場次論文主題分別為「賴和文學地位的建構與形塑」、「賴和文學涵攝的彰化與民俗」、「賴和詩歌的多種面貌與內涵」、「賴和作品的哲學與美學」、「賴和時代的文體論與編輯觀」、「賴和小說的歷史價值」。分別邀請到林明德教授、陳萬益教授、施懿琳教授、羅文玲教授、楊翠教授、陳建忠教授擔任各場次主持人。

　　期望藉由論文集的出版，留下研討會成果，保存相關研究資源，供日後延伸與深入研究，並做為「賴和，台灣魂的迴盪」最佳歷史見證。

彰化縣文化局局長 吳蘭梅

編者序

　　「台灣新文學之父」賴和是我們彰化人，他對新文學的奉獻，不僅影響當時的文人，更開創了後來的文風，讓彰化因為有了賴和，而在台灣文學發展上居於重要的位置。

　　賴和年輕時曾經在廈門鼓浪嶼居住一段時間，鼓浪嶼最高點是日光巖。日光岩的高聳挺拔為綺麗的鼓浪嶼增加了山水呼應、海天相接的完整性和立體感。在鳳凰木與三角梅的林蔭下，攀天梯，過天橋，登臨日光岩頂，便可一覽山海，迎向日光，開展胸襟。而彰化八卦山上佇立著一座有如書卷開展的文學地景─賴和詩牆，表達出「文學的彰化」之在地精神。賴和〈前進〉文學地標係以一百片垂立鋼板組合而成的鋼構體，鏤空雕有賴和發表於日昭和三年（1928）的散文〈前進〉，是一座具有文學性、在地性的景觀地標，代表文人反奴役、爭自由、爭人權的人道精神。展現著賴和新文學的精神，站在彰化的至高點，俯瞰整個彰化平原，一如其溫潤的仁醫精神，也如同陽光的溫暖與光明般，溫潤著彰化的子弟。

　　二〇一四年，適逢賴和先生誕生一百二十週年，彰化縣文化局特別將年度學術盛事「彰化研究學術研討會」訂為「賴和，台灣魂的迴盪」研討會，邀請學界對賴和先生有精深研究的碩彥鴻儒撰寫論文，藉此弘揚賴和仁醫濟世的精神。

　　「賴和，台灣魂的迴盪」研討會於二〇一四年十二月五、六日兩天，在明道大學寒梅大樓國際會議廳舉行，有林明德、陳萬益、蕭水順、施懿琳、周益忠、楊翠、呂興昌、陳建忠、陳憲仁、葉連鵬等台灣文學學者與會發表論文；研討會的主題涵蓋賴和的許多面向，包含賴和的文學地位、彰化民俗、賴和詩歌的風貌、美學、編輯觀等，從賴和個人生平、作品內涵到賴和

對台灣新文學的影響，每一個現象都有研究成果發表，而且還有多篇論述是過去未曾碰觸的方向，拓展了賴和研究的領域，也加深彰化學的深度，可謂是學術界的一件盛事。在賴和一百二十歲冥誕，能夠匯聚海內外前輩與年輕的學者代代相傳的力量，發揚賴和文學的精神與內涵，更具深遠意義。

明道大學連續八年持續辦理「濁水溪詩歌節」，讓詩歌的種子深植於彰化這片土地上，提升了彰化在詩壇的地位；也辦過「彰化縣文學家的城市」系列活動，對凝聚的文化情感深有貢獻。明道大學一向重視人文培育、文學研究，這十年來蕭蕭院長帶領明道大學中文系與國學所團隊辦理過翁鬧、錦連、向明、周夢蝶、管管、張默、隱地、王鼎鈞、鄭愁予等重要詩人的學術研討會，對現代文學的研究貢獻卓著。尊敬彰化縣籍作家，曾經辦理過彰化詩人「翁鬧學術研討會」、「錦連學術研討會」，特別規劃以「賴和文學」為主題，辦理「二○一四彰化研究學術研討會」，期望透過舉辦學術研討會的方式，從不同面向探討賴和文學，溯源彰化甚至於台灣文學的根源與精神。如今又能在「賴和學術研討會」上，把賴和作品作更深邃的研究，同時要將這些學者的心血作品付梓，讓鴻文讜論得以跨越時空，流傳後代，則這本論文集的出版，將使彰化的學術資產更添一筆、更為豐富！

明道大學國學所所長　羅文玲

二○一五年立春序於明道大學開悟大樓

為什麼賴和先生是台灣新文學之父？
—— 葉石濤先生舊題補釋

陳萬益

摘 要

　　「台灣新文學之父」的尊稱始自戰前賴和（1894-1943）同時代的人，以肯定賴和在日本殖民統治台灣的一九二〇年代開展的新文學運動，既有首創之功，並且培養後進，發揮台灣精神，確實具有典範意義。戰後因「左傾」「共黨」之嫌，賴和蒙冤，作品沉埋；一九八四年得到平反，葉石濤先生寫作此文，重提「台灣新文學之父」之名，並以自問自答方式加以推崇，此文的書寫受到葉氏本人及時代的局限，雖然從台灣新文學史的觀點為賴和定位，可以肯定；作者認為葉氏在後來的著作《台灣文學史綱》《台灣文學入門》中的補充與修訂，應予重視，除此之外，本文也就此問題作了一些說明。

關鍵詞： 賴和、王詩琅、葉石濤、台灣新文學之父

一

　　「台灣新文學之父」作為賴和的尊稱，始自一九三六年王錦江的〈賴懶雲論〉，說他是「培育了台灣新文學的父親或母親」；一九四三年賴和過世後，朱石峰於其悼念文章〈回憶懶雲先生〉中，則明確地許為「台灣新文學之父」和「中文作品介紹到中央文壇的第一人」。但是這一尊稱並沒有普遍地被使用，文學界即使肯定賴和的貢獻和地位，用詞並不一致，或者如楊逵稱其為「開拓者」黃得時稱其為「播種者」、楊守愚則說是「台灣新文藝的開墾者」「養育了台灣小說界以達於成長的褓姆」等。戰後賴和入祀忠烈祠，卻於一九五八年以「左傾」「共黨」之說「毀令撤牌」遷出，經過二十六年沉冤之後，一九八四年獲得平反，「台灣新文學父」的尊稱才又逐漸被接受和確認，近年出版的陳芳明《台灣新文學史》第三章「啟蒙時期的台灣文學」論述賴和的一節標題即用「賴和：台灣新文學之父」。

　　葉石濤先生〈為什麼賴和先生是台灣新文學之父？〉一文就是在前述八〇年代文學界逐漸有共識時期的評論文章，該文末明白標示「寫於賴和先生受冤平反重入忠烈祠之日」；可是他又以設問方式提出議題再自行回答。最主要的針對性文字是以下兩段：

> 賴和先生正是一位把台灣新文學運動的根本精神，付之實踐，注重實際的創作，以作品來啟示及領導眾多台灣作家的力求上進的導師。因此把賴和先生稱之為台灣新文學之父，他可以當之無愧。
> 台灣新文學既然由賴和先生「揮下第一鋤」，「灑下第一粒種子」，而他的文學充分展現了台灣新文學的反帝、反封建的民族風格，反映了殖民地生活的困苦──在政治、經濟的壓迫下的痛苦呻吟，同時又犀利地批判殖民統治的缺陷和殘暴，指出反壓榨、反欺凌、積極抗議和控制的一條途徑，因此他不但奠定了台灣新文學的基石，使台灣新文學成為中國近代文學重要的一環，更是建立了全世界被壓迫的弱小民族文學的典範。

陳建忠在其研究賴和的專書中，以專章討論賴和的接受史與台灣文學史書寫，其中論及葉老此文，不滿意此文架構在中國主流/台灣支流的史觀下，相對認同之後出版的《台灣文學史綱》的書寫傾向。

其實，《台灣文學史綱》的寫作和出版都在解嚴之前，一九九七年出版的《台灣文學入門》的序文，就明白地說及政治環境惡劣，不得不「謹慎下筆」，「因此，台灣文學史上曾經產生的自主意願以及左翼作家的思想動向也就無法闡釋清楚。」此書原題「台灣文學百問」，〈賴和與新文學運動〉上下兩則，明顯就意識形態問題表達，以彌補八四年文章的隱諱與欠缺，這兩則也是自問自答的形式，（上）則的設問如下：

> 人稱賴和為「台灣新文學之父」，究竟賴和偉大之處何在？他寫了很多舊體詩，似乎是頗有漢族思想的民族主義者，但他對馬克思主義和無政府主義的刊物似乎也支持，他的民族認同究竟如何？

九〇年代的這一則短文同樣在回答賴和之為「台灣新文學之父」的問題，卻似乎再補充說明前論所說「賴和文學並沒有任何一種烏托邦思想的指引」此等欲說還休的思維。

總體說來，「台灣新文學之父」的尊稱有其時代脈絡和變遷，而葉老的提問有其文學史觀的定位，同樣有其隨時調整的書寫意義，以下就此再予補釋。

二

賴和研究的權威學者林瑞明專文推崇王詩琅的〈賴懶雲論〉，這篇寫成於一九三〇年代，在賴和生前發表的最早專論，「問題意識極為深刻」，評論水平極高，不在今日之下。「台灣新文學之父」的尊稱，也源自王氏此文，李南衡在一九七九年出版的《賴和先生全集》將此文收錄其中。葉石濤雖生於一九二五年，四〇年代初登上文壇卻無緣親炙賴和，雖然戰後的評論文章多述及賴和及新文學運動，他對賴和的認識及評論，應該也是在李南衡的

《全集》出版之後，王詩琅的論述也應為其所悉，當然，林瑞明後來的學術研究也提供葉老的修正和補充。

不過，葉石濤先生在戰後——尤其經歷五〇年代白色恐怖的三年牢獄之災，於一九六五年發表〈台灣的鄉土文學〉，即表達對台灣本土文學的熟稔及其發展的關切，撰寫文學史的意念也深植其心；一九七七年的〈台灣鄉土文學史導論〉一文可說是她的史觀和戰前台灣新文學認知的基礎，幾個關鍵詞「台灣的特性」、「台灣意識」、「反帝反封建」、「現實主義」等，也都是後來的評論和《台灣文學史綱》的核心概念。但是，此文論及賴和，參考的只是林載爵和梁景鋒等人的說法。所以，〈為什麼賴和先生是台灣新文學之父？〉已對賴和高度推崇，〈賴和與新文學運動〉則更說明林瑞明的創見以自我修正。相對來說，葉石濤對賴和的評論可能不及王詩琅。他只是承繼王氏的說法，以「台灣新文學之父」為賴和在文學史上定位，這一階段性的論述還是值得重視。

回來檢視〈為什麼賴和先生是台灣新文學之父〉，如前文所述，葉氏自稱寫於賴和平反日：一九八四年二月十二日「賴和先生平反紀念」由《中華雜誌》主辦，陳映真為大會主席，根據有幸保留下來，葉氏在二月九日給鍾肇政的信函，說他是應王曉波之邀，未便出席，而以書面代替，此文約四千多字，論賴和之文不及一半，前半主要從移民社會談起，而論日本時代台灣的近代化、新文化運動與台灣新文學運動，作品的時代性意義與特色。這些觀點基本上與之前的論述並無太大差異，不過他強調台灣新文學是「中國文學的一個環節」，即使重點在近代性和世界性的表現，是「屬於台灣的，更是屬於中國的，人類的文學。」較諸他後來強調台灣文學的特殊性和自主性的立場，明顯有些曖昧和猶疑。如果從發表的場合來看，葉氏刻意避開鄉土文學論戰時期的爭端：既未標「台灣」「鄉土文學」，更未提「台灣立場」「台灣意識」等被陳映真指責「用心良苦的，分離主義的議論。」即使一九八〇年代初期台灣文壇一場轟轟烈烈的論戰已經高舉「台灣意識」，而「台灣文學定義」也浮在檯面得到相當釐清，葉氏的退縮和隱忍，顯然是自身冤獄陰影的表現；是「螞蟻哲學」避禍生存之道。

　　葉石濤未細究賴和在新舊文學論爭時的立場和他的新文學觀，以張我軍為新文學運動的先驅及點燃者，賴和則以實際的創作發揚抗議精神、啟示讀者指導後進。其引述的作品除〈無題〉、〈前進〉外，都是小說，包括〈鬥鬧熱〉、〈一桿秤仔〉、〈不如意的過年〉、〈惹事〉、〈豐作〉等，後來的〈賴和與新文學運動〉也未能有所超越，這與葉氏本人就是小說家有關，同時也反映了小說作為新文學運動時期的代表性文類，王詩琅的懶雲論一樣只論小說不及新詩，於今看來：賴和小說創作的重要性及其影響固然是他被尊稱的主要因素，然而，其新詩創作的成就，以及一九三〇年在《台灣新民報》學藝欄上增闢「曙光」欄位，鼓舞新詩創作的貢獻完全被忽略，使得〈覺悟的犧牲〉、〈流離曲〉、〈南國哀歌〉等極具反抗精神的敘事性長詩，在台灣新詩發展史上未能傳續，非常可惜。

　　至於賴和文學創作的語言問題，經過一九三〇年代初為期三四年的「台灣話文」論爭的王詩琅，在懶雲論中著力甚多，在言文一致的理念下，台灣話的表現是一個難題，他肯定賴和的認真及其語言的生動性；他認為賴和創作總是按照「文言」、「（中國）白話」、「台灣話」順序改稿，有時反其道而行。王氏的說法有無根據，或者只是寫作初期的現象，目前無法確證。葉石濤論賴和的創作，顯然未重視語言問題：〈賴和與新文學運動〉根據林瑞明的研究，補充了一段文字，說明賴和認同黃石輝的台灣話文主張，並以林教授發掘整理的台灣話文小說〈富戶人的歷史〉，作為他從中國白話文到台灣話文的轉折。重點是：他以此修正了前此對賴和的漢族意識、民族認同的觀點，而強調他晚期作品落實在台灣人為主體的思考。

　　葉石濤高度評價賴和的創作，卻不討論他的語言文體，明顯不足，或許部分原因是文獻不足徵；一九三〇年代的「鄉土文學／台灣話文」論爭資料由中島利郎彙編出版已經是二〇〇三年。近年來，此一課題在學術界相當的熱門，王詩琅的文言文、中國白話文和台灣話文的釐析之外，又新增「殖民地漢文」（陳培豐）；「台灣白話文」（呂美親）等不同的概念與說詞，賴和的語言文體，作為時代的範例，該會有更多的推敲與進展。

　　最後，再就葉石濤論賴和的「反帝、反封建」之說做一點補充。賴和一

生如其漢詩所說「我生不幸為俘囚、豈關種族他人優」,在一九二〇年前後開展的台灣新文化運動,與伴隨而來的新文學運動,既是第一次世界大戰之後時代思潮衝激下,殖民地人民反壓迫、爭人權、倡獨立的運動;賴和參與文化協會、創作新文學,充滿覺醒的意識和反抗殖民統治的精神,因此,稱其「反帝」,是不容質疑的。〈一桿秤仔〉小說批判殖民法制的不公不義和警察的暴虐,而以菜販秦得參的覺醒與殺警自殺,正是反帝的具體表現;此外,〈浪漫外紀〉的鱸鰻(流氓)、〈惹事〉的知識青年,都寄托了賴和的抗議精神。而前述敘事長詩,悲憫農民土地和稻作被剝奪,與霧社事件原住民被滅族的悲劇,賴和都高度肯定它們的流血抗爭,因此,〈流離曲〉和〈南國哀歌〉發表時,均遭食割,為統治者所不容。

全稿流傳至今,也見證了他反帝的艱辛。

「反封建」的說法,用來指稱一九二〇年代具有近代意識的台灣知識青年的啟蒙運動,有一定的道理,可是,用以指涉賴和的新文學創作,則不一定恰當。譬如說,賴和發表的第一篇小說〈鬥鬧熱〉生動描述民俗活動,雖有今昔對比和不同的議論,全文則以戀慕鬧熱作結。又譬如〈蛇先生〉向來被認為舊社會對民間秘方的迷思,但是,經過細讀,反而能夠體會賴和對傳統醫學並未全盤抹煞,對現代醫者的唯利是圖則有隱微的諷刺,「蛇先生」的為人及其生活模式具有美質,單純而又有智慧,他面對殖民法制和現代醫學的壓迫,顯得弱勢,孤苦可憐,更值得同情。當然,他對殘存的封建勢力及傳統士紳也有所批評,如,〈未來的希望〉、〈富戶人的歷史〉對富戶人冷嘲熱諷,具有相當的人民性。但是,總的說來,賴和生活的時代,從傳統到現代,就像他在〈我們地方的故事〉講述他親見彰化古城樓被毀的故事:「及至現代的機器文明、乘著她勝利的威勢,侵入到無抵抗力的我這精神文明的中心地來,這城樓最後的運命便被決定。」對帝國殖民的現代性明喻暗諷之間,對傳統事物保有溫情和依戀,這與他對民間文學的喜好取材是密切相關的,王詩琅說他「還保有大量的封建文人的氣質」,應該就是此一面向的展現,過度強調賴和文學的「反封建」,反而抹煞了賴和文學的獨特性。

三

　　王詩琅認為賴和是人道主義者，他對弱勢的同情是自然的發露，不能以近代意識形態的範疇去規範他的思想；葉石濤的看法和王氏相近，〈賴和與新文學運動〉補充了賴和之為台灣新文學之父的新觀點，他回答自己設問的意識形態問題是這麼說的：

　　賴和跟同時代的台灣菁英分子（elite）不同的另一點，就是他並不固執於某一種思想，也就是極端的民族主義或左傾思想；如馬克思主義和無政府主義，他也不排斥，而合作無礙。他曾經和文化協會的祖國派和台灣民眾黨合作無間，而在三〇年代的左派旺盛時期，他和台共都相處愉快。似乎只要對台灣人的解放、普羅階級的翻身有用，他即提供經濟援助和充分的精神支持。……賴和的寬容是偉大的資質；他在無形中成為台灣新文學的領袖，新文學之父。對賴和寬容資質的特別強調，從思想面和為人處事觀點來看，「台灣新文學之父」的尊稱，乃實至名歸，台灣文學史的定論。

參考書目

賴和紀念館編：《賴和研究資料彙編》（彰化市：彰化縣立文化中心，1994年
　　6月）

彭瑞金主編：《葉石濤全集》（台南市：國立台灣文學館、高雄市：高雄市政
　　府文化局，2008年3月）

林瑞明：《台灣文學與時代精神──賴和研究論集》（台北市：允晨文化公
　　司，1993年8月）

陳建忠：《書寫台灣、台灣書寫──賴和的文學與思想研究》（高雄市：春暉
　　出版社，2004年1月）

陳培豐：《想像和界限──台灣語言文體的混生》（台北市：群學出版社，
　　2013年7月）

陳萬益：《台灣文學論說與記憶》（台南縣：台南縣政府文化處，2010年10
　　月）

「舌頭和筆尖合一」的發想
——對「音聲文學」的角度論賴和漢詩
的唸讀吟誦

呂興昌

一　話頭

　　一九二六年正月二四，賴和佇《台灣民報》八十九號發表一篇〈讀台日紙的〈新舊文學之比較〉〉的文章，原本刊佇《台灣日日新報》的彼篇不知啥乜人寫的原作，目前猶袂出土，無法度完全了解伊的內容；所以會當討論的，干焦是賴和這篇文的本身。

　　賴和的文第一部分按呢說：

> 新文學運動，純然是受著西學的影響而發動的，所以有點西洋氣味，是不能否認，又且受著時代的洗鍊尚淺，業績猶未完成，也是事實。她的標的，是在舌頭和筆尖的合一，當然這也說是模倣，但各樣的學術，多由時代的要求，因著四圍的影響，漸次變遷，或是進化或是退化，新文學亦在此要約之下，循程進化的，其行跡明瞭可睹，所以欲說是創作，寧謂之進化，較為適當。若說新文學中，沒有創作品，這在少具文學知識的人們，自能判斷，不用多說，橫書與直書的分別，在現狀下的新文學，尚沒有橫書的必然性，但將來音字採用的時候，就有橫書的必要了。到那時，這項怕就是，頂要緊的比較點了。

　　引文內底我特別欲稽考的是「舌頭和筆尖的合一」佮「音字」這兩個關鍵詞。

先講「舌頭和筆尖的合一」。斯當時 tng-leh 發芽〔puh-gê〕、tng-leh 發穎〔huat-ínn〕的台灣新文學，論伊所受著的影響，佇現此時的台灣學術界，會使講已經是一種「常識」、一種真簡單的「知識」〔tsai-bat〕，第一、台灣本身自然佮文化的肥底、第二、世界文化／文學的滋養分。自然佮文化的肥底就是一般咧講的，台灣的種族、環境、時代的影響；世界文化／文學的滋養分，是包括中國、日本佮西洋的影響，所以賴和「新文學運動，純然是受著西學的影響而發動的，所以有點西洋氣味」的講法當然是有伊的道理。這個講法的重點「她（台灣新文學）的標的，是在舌頭和筆尖的合一，當然這也說是模倣」，模倣上直接的例就是張我軍將中國白話文運動「我手寫我口」的新文學語言的書寫帶入來台灣。

Koh 講「音字」的提出：「橫書與直書的分別，在現狀下的新文學，尚沒有橫書的必然性，但將來音字採用的時候，就有橫書的必要了。」有關橫寫直寫，這是時代的慣習，無理論 tėk 的意義，咱看賴和的手稿，橫寫直寫早就不是問題，共彼時陣出版的報紙雜誌，是橫是直，嘛是在人合意。賴和強調「將來音字採用的時候，就有橫書的必要」，是針對較特別的都合來講的，「音字」，就是拼音字、羅馬字。賴和佇這篇文續落來有講：

> 在現狀下，有許多沒有文字可表現的話語，這事在佛典輸入時代，舊文學曾有過一番經驗……大部分是用固有的字音，來翻譯梵語，有的另加口傍，以別於本來的字義。但到現在不僅意義不明，不明句讀的所在也有，翻譯可勿說，只像「欸乃」的讀做「矮魯」，如此且尚不能明白，必待解講，始知是行船時，船夫一種的呼喊。又像山歌的餘音（如噯喲ㄅ）種種樂具的聲音，不用音字，是不能表現，所以一篇文章中，插有別種的文字，是進化的表識，若嫌洋字有牛油臭，已有注音字母的新創，儘可應用。

賴和佇遮點出台灣新文學的語言既是〔kah-sī〕台灣的口語，有真濟現有的「文字」（漢字）無法度記寫，用中國過去翻譯佛經的例，不管是用共

音的漢字音譯梵語，抑是用共音的漢字加口字爿來翻譯，到今攏有意義、句讀袂明的缺點。另外真濟描寫聲音的狀聲詞，像「欸乃」、「嗳喲兮」等，「不用音字，是不能表現」，所以總結出「一篇文章中，插有別種的文字，是進化的表識」，也就是目前台語文學內底上時行的「漢羅合用」的書寫方式。

不管是「音字」或者是「舌頭和筆尖合一」，賴和原底是專門為台灣新文學的語言來發聲的，佮舊文學，比如講漢詩，並無啥乜底事〔tī-tāi〕。m̄-koh 筆者佇接觸漢詩的經驗內底，煞深深體會著這兩項物件，佇現代新文學的天年裡，卻是予〔hōo〕舊文學的漢詩會當重再得著新生命的契機〔khùe-ki〕。本文因時間的關係只討論「舌頭和筆尖合一」的部分，「音字」的部分著等另工有機會 tsiah koh 進一步來探討。

二　文白異讀

賴和所講的「舌頭和筆尖合一」，當然是針對新文學的文字書寫來講的，但是這个講法，不是台灣的講法，是中國「國語」的講法，所以一定愛用「國語」來唸「「ㄕㄜˊ ㄊㄡˊ ㄏㄢˋ ㄅㄧˇ ㄐㄧㄢ ㄏㄜˊ ㄧ」，若欲用台語唸，著愛用孔子白唸，就是每一字攏用文言音去唸「siàt-thôo hō pit-tsiam ha̍p-it」，準講莫〔mài〕用孔子白唸，用白話唸，「舌頭」唸「tsih-tâu」，嘛是無台語白話的語感。欲有台語的語感，就愛進行翻譯，將「舌頭和筆尖合一」翻作「嘴舌佮筆尖合一」。按呢拆明，是欲提醒讀台灣古早台語人寫的漢詩，親像賴和，猶原愛有「嘴舌佮筆尖合一」的基本觀念，才袂予漢詩走精去。

因為一般咧講的「舌頭和筆尖合一」，是中國白話文的要求，恁的「舌頭」就是白話，就是口語，而白話／口語佮文言的無共，不是讀音的無共，是語詞、語法的無共，恁的讀音並無各樣，攏共款。所以新文學欲偃倒〔ián-tó〕舊文學，重點是欲用日常白話口語的語詞語法代替舊文學典籍的文言語詞語法，佇文字讀音方面並無改變。比如講：中國唐詩名句「月落烏啼霜滿天　江楓漁火對愁眠」，對照的口語凡勢是按呢：「月亮西沈、烏鴉啼

叫、滿天都是霜氣，江邊楓樹、漁船燈火裡對著愁緒、怎能入眠」，佇遮，會當真清楚看出文言佮白話佇語詞佮語法明顯的差別，但是「月落」兩句十四字的每一字，無論佇文言的詩句，抑是白話的句讀裡，恁的讀音完全相共。

這種情形佇台灣就無共款。文言佮白話的分別，除了頂文所提的語詞佮語法無共以外，猶 koh 有語音的各樣，因為大多數的漢字佇台語差不多攏有文白兩種系統的讀音，像「月落烏啼霜滿天 江楓漁火對愁眠」，文言的讀音是：「gùat lòk oo thê song múan thian，kang hong gû hóoⁿ tùi tshiû biân」，白話的讀音是：「gu‧eh lòh oo thî sng múa thiⁿ，kang hong hî húe tùi tshiû bîn」。十四字中間，干焦烏、江、楓、對、愁五字文日讀音相共。

台語這種文白異讀的特色，予咱理解，讀賴和的漢詩猶原愛遵守「文言的」嘴舌佮筆尖合一的基本原則。親像伊彼首表現人格者心胸的「壬戌元旦試筆」，詩題就袂使讀「tshì 筆」愛讀「sì 筆」：

壬戌元旦試筆（jîm-sut gôan-tàn sì-pit）

辛盤卯酒作新正（Sin-pôan báu-chiú chok-sin-cheng）

一夜東風春滿城（It-iā tong-hong chhun bóan-sêng）

但願世間無疾病（Tān-gōan sè-kan bû-chit-peng）

不愁餓死老醫生（Put-chhiû ngōo-sú nóo-i-seng）

三　人名地號名的唸讀

台灣傳統詩社代代相傳，恁作詩吟詩的規矩攏有恁的家法，其中上明顯的就是所有的詩句全部攏愛用文音唸讀吟誦。這原本並無問題，m̄-koh 論真講，完全無考慮台灣特殊的文化性質，只要是挂著漢詩漢文遮的〔tsia-ê〕舊文學的作品，就規個〔kui-ê〕攏拃文音的唸讀，顛倒會出問題。比如講台灣人的字姓，有一个大約的規則，就是姓著讀白音，名愛讀文音。比如講「賴和」，賴的白音是「lūa」，文音是「nāi」，賴作姓愛讀白音「lūa」，這是真通常的慣習，m̄-koh 有袟少受詩社訓練影響的人，真堅持嘛是一定愛讀文

音，致使佇漢詩漢文裡，若出現「賴和」這个名，就講無讀「nāi-hô」袂使得。筆者認為這个硬磕磕〔ngē-khok-khok〕的傳統無值得遵守，因為字姓用白音讀已經形成一个專有的功能性的讀法，佮鉤破音共款，有特別的頂下文（context）規範。像賴和的好朋友陳虛谷有寫詩共伊 o-ló，講「到處人爭說賴和，文字海內獨稱高。」，苦唸作「tò-tshù jîn tseng suat-nāi-hô」實在是有夠礙虐〔gāi-gió̍h〕。

賴和也有寫過〈贈陳虛谷三首〉，詩的本身免論，詩題的讀法，固守傳統的人會讀「tsēng Tîn-hi-kok sam-siú」，這个「Tîn-hi-kok」的音，聽起來無像咧稱人的名，嘛是愛讀作「Tân-hi-kok」才有真情實意，才有「嘴舌佮筆尖合一」的勢面。其他像〈小逸堂（黃倬其先生曾設教於此復善藝菊〉的「黃倬其」（N̂g-tok-kî）不通唸作 Hông-tok-kî、〈悼楊逢春仙逝〉的「楊逢春」（Iûⁿ-hông-tshun）不通唸作 Iông-hông-tshun、〈試驗前寄石兄〉的「石」（tsió̍h）不通唸作 se̍k，也攏愛用白音來唸。總一是，字姓的讀音有伊特別的定規，像「許」一字，文音是 hú/hí，白音 khóo 干焦有字姓的意思，無別種意義，所以賴何的〈於大安醫院同施、許二君話竟夕〉詩的「許 khóo」，筆者認為絕對袂當讀作 hú/hí。

另外，台灣的地名，也有怹佇久長開發過程中留落來的歷史痕跡，彼的稱呼的音聲，代表怹歷史的記持，讀者愛共尊重，用原初到今攏猶咧使用的稱呼來唸來讀。佇賴和詩中出現真濟這種地號名，表示伊對台灣逐所在的地頭，攏有伊的感情佮想法，看著遮的地名，讀者理所然愛用現實社會中專有的稱呼來互相連結交流。下面列出部分地號名不通用文音來唸的例，予大家參考：

台北〔Tâi-pak〕	不通唸 Tâi-pok
北投〔pak-tâu〕	不通唸 pok-tôo
鹹菜甕〔kiâm-tshài-àng〕	不通唸 ham5-tshài-òng
頭份〔thâu-hūn〕	不通唸 thôo-hūn
後龍〔āu-lâng〕	不通唸 hōo/hiō-liông
汴仔頭〔pān-á-thâu〕	不通唸 piān-tsú-thôo/thiô

三塊厝〔saⁿ-tè-tshù〕　　　不通唸 sam- khùa-tsòo

大竹圍〔tūa-tek-ûi〕　　　不通唸 tāi-tiok-ûi

濁水溪〔lô-tsúi-khe〕　　　不通唸 tȯk-súi-khe

茄冬腳〔ka-tang-kha〕　　　不通唸 ka-tong-khiok/kiok

赤崁樓〔tshiah-khàm-lâu〕　不通唸 tshek-khàm-lôo

四　平仄格律再稽考

　　佇咧念讀賴和漢詩的時，筆者對傳統詩律內底的平仄形式有一个個人的想法，就是，平仄的規律實際上干焦是一種人工的設計，並不是自然的音聲結構。這个人工的格律會當成立，有基本的條件，就是唸讀的時，每一个字眼攏袂變調，攏永遠保持伊本調的讀法。照我有限的知識，這種袂變調的漢詩唸讀，廣東話是一个有代表性的例，恁咧唸詩的時，不管是現代詩或是古典詩，一 tsūa 詩句，一字一字分別讀是讀本調，歸句作伙讀，嘛共款是讀本調，所以讀起來完全有合漢詩平仄的格律。

　　用台語來唸漢詩就歸个無共，一 tsūa 詩句，一字一字分別讀雖然 ûan-ná 讀本調，m̄-koh 按呢唸出來的聲音會礙虐真奇怪，意思也掉袂牢。舉一个例來說明，像賴和七言律詩〈吾人〉的名句：

　　世間未許權存在，勇士當為義鬥爭

伊的平仄是（會當平仄不論的字畫橫線，莫管伊）：

　　<u>仄</u>平仄仄平平仄，仄仄平平仄仄平

七言律詩佮絕句，有一个鐵律，就是第二字佮第四字平仄相反，第四字佮第六字平仄嘛相反（五言律絕當然無第六字），也就是第二字佮第六字平仄相共。頂面的詩句確實有合這个規律：上聯二四六是平仄平，下聯是仄平仄。無不著，賴和所有的漢詩，除了一二个仔所在，會當講全部攏無違反這个規律。問題是，讀者若一字一字攏無變調去讀有合律詩格律的這兩句，讀出來

聲音是按呢：「sè kan bī hí kôan tsûn tsāi，ióng sū tong ūi gī tòo tseng」，這，聽起來感覺真無站節〔tsām-tsat〕，若七字合咧唸，就變成按呢：「sé kan bì hí kôan tsûn tsāi，iong sū tōng ùi gī tóo tseng」。加真自然加真好聽，但是平仄的格式煞違反原本的設計，也就是實際變調唸讀了後，二四六的平仄變成「平平仄」、「仄仄仄」，完成顛覆使用超過一千五百年的人工詩律！

對遮會當看出，共款是舊詩，台灣的舊詩嘛確實對中國傳過來，但是佇台灣這塊土地生湠發展了後，就開始產生台灣本身的特色，筆者並不是欲批判中國詩律的人工就一定不好，而是欲透過台灣漢詩實際唸讀無合詩律並無損害伊的隋這點，來思考台灣漢詩佇詩學這方面有啥乜值得進一步研究的所在。

五　吟佮唱

一般人接觸漢詩，差不多攏有一个經驗，真欣羨有法度用吟的方式來佮詩人交陪、來佮漢詩引人懷想的世界接接〔tsih-tsiap〕。M̄-koh 佇目前的台灣，有袂少詩社或者是有聲出版單位，怹所推動的吟詩教學、怹所發行的吟詩資料，真濟攏不是咧吟詩，是咧「唱詩」；這類的「唱詩」，因為旋律袂穩，得著真大的支持，但是徛佇求真的立場，筆者嘛是愛提出來討論。

一般的「吟」的解說真簡單，就是「引而長之」，將詩句扭長來唸的意思，所以「唸」佮「吟」的聲音是共款的，用平常的速度去讀是唸，用特別牽長的慢速去讀是吟。吟佮唱無共的所在是「唱」有一定的旋律曲調，有作曲者，這个旋律曲調有當時是針對某一首詩創作的，別首詩袂按呢唱；有當時就佮詞牌的功能共款，一个曲調會當唱真濟無共的詩；重點是無論一詩一曲或是一曲多詩，逐擺唱共一首詩，旋律曲調攏共款，袂改變。「吟」無旋律曲調，嘛無作曲者，干焦吟的人將聲音牽長，將詩中的感情下入就好，所以共一首詩，每擺吟的聲音濟少攏有增差，袂完全重複。

這種「吟」的實際運作，用平面的文字無法度記錄說明，目前拜網路數位資訊之賜，會當用超文本的網頁技術做多媒體的記錄。m̄-koh 今仔日的會

議報告，筆者就就當場示範，用賴和的〈十日春霖〉佮〈讀台灣通史之七〉
來說明：

> **十日春霖**
> 心情俗化久無詩，墜落雖深卻不悲。
> 要向民間親走去，街頭日作走方醫。

> **讀台灣通史十首之七**
> 旗中黃虎尚如生，國建共和怎不成？
> 天與台灣原獨立，我疑記載欠分明。

六　煞尾話

以上對賴和「舌頭和筆尖合一」的發想論起，原本是有關台灣新文學書
寫語言的思考，但是因為賴和所寫的漢詩，無論質佮量攏袂輸伊的新文學創
作；另外，賴和的漢詩雖然不是白話，是文言，但是因為台語文白異讀種種
的特殊性質，煞予筆者認為，為白話新文學發聲的這个觀念，對文言的漢詩
作品，佇唸讀吟誦方面嘛是真適合，這个想法，久藏於心，今茲發表，希望
博雅君子，有以正之。

賴和文學地位的建構與形塑

葉連鵬

摘要

　　賴和是一位出生在彰化的作家，曾入小逸堂，拜師黃倬其學習漢文，奠定了後來以中文創作的基礎。臺灣總督府醫學校畢業後回鄉開設醫館行醫，頗受彰化民眾敬仰。在臺灣新文學開展之初嘗試新文學的創作，一九二六年發表第一篇白話小說〈鬥鬧熱〉，後來擔任《臺灣民報》文藝欄主編，提攜後進，成為彰化文學界的領袖，其影響力也逐漸在臺灣各地擴展。日治時期就有人稱賴和為臺灣新文學之父，不過他在臺灣的文學地位卻隨著政權轉移而有所變化，其中參雜著各種不同意識形態的角力，他的名字與作品一度在文學界消聲匿跡，後來在各方的建構與形塑之下，如今的賴和已是臺灣文學界公認的「臺灣新文學之父」，在臺灣享有頗高的文學地位。本文試圖釐清賴和文學地位的變化形塑，探察建構過程中所隱含的文化詮釋權之爭，並耙梳賴和其人其作逐步邁向經典化的過程。

關鍵詞：賴和、臺灣新文學之父、臺灣文學、文學地位、典範建構

一　前言

　　在教育普及和印刷技術進步的情形下，近代以來作家輩出，所謂江山代有才人出，一個作家在其所屬的場域中，是否能占有一個重要的位置而普遍為後世所推崇或提及，需要許多因素的配合，而能長期在文壇中擁有一個「位子」的作家，代表其文學地位[1]穩固，在該場域的文學史中佔有一席之地，不管其留名的原因為何，必有其可觀之處，值得深入探究。

　　現今談到臺灣文學史，有一個名字必定會被提及，那就是被稱為「臺灣新文學之父」的賴和。例如葉石濤《臺灣文學史綱》說：

> 賴和終其一生用白話文寫作，建立了臺灣新文學反帝、反封建的寫實主義風格，又樂意幫忙臺灣後輩作家，獎掖後人，為臺灣反日民族解放運動和臺灣新文學鞠躬盡瘁，所以世人稱為臺灣新文學之父。[2]

《臺灣文學史綱》是第一本臺灣文學史的專著，有著引領的作用，之後的文學史著作大致不脫離此觀點，例如陳芳明《臺灣新文學史》說：

> 無論是從小說、散文、詩的各種文體創作來看，賴和的地位都是非常傑出的。他之所以被尊崇為「臺灣新文學之父」，絕對不是偶然。最重要的，乃是他的作品能夠抓住時代脈動，對於社會內部矛盾與外部對立都刻劃得眉目極為清楚。從現在的標準評斷，他的作品經得起一再的解析。[3]

除了臺灣學者的推崇之外，中國的文學史家同樣對賴和有很高的評價，例如

1　「地位」一詞，在教育部線上「重編國語辭典修訂本」中的解釋為：「人或團體在社會關係中所處的位置。」網址為 http://dict.revised.moe.edu.tw/ 上網日期：2014 年 10 月 20 日。

2　葉石濤：《台灣文學史綱》（高雄市：文學界雜誌社，1993 年 9 月再版），頁 42。

3　陳芳明：《台灣新文學史》（台北市：聯經出版公司，2011 年 10 月），頁 84。

白少帆等主編的《現代臺灣文學史》說：「從賴和的生平與創作實踐，可以看到賴和為開拓臺灣新文學，不疲倦地戰鬥了一生，他是臺灣新文學之父。」[4]劉登翰等主編的《臺灣文學史》則說：「臺灣新文學運動進入實踐時期，賴和置身於開拓前列，在文學創作、耕耘園地、培養新人等方面，都作出了具有歷史性的貢獻，成為臺灣新文學的奠基人。」[5]由以上的敘述來看，賴和的文學地位似乎已經有了蓋棺論定的評價，多數的史家皆稱賴和為「臺灣新文學之父」，其實這個稱號在日治時期就已產生，然而賴和在臺灣的文學地位卻非一直穩固不動的，甚至有段很長的時間，賴和連名字都鮮少被提及，更別說有什麼文學地位可言，這裡面有太多因素交雜而成，本論文企圖耙梳賴和在臺灣文學史上由「紅轉黑」，再由「黑翻紅」的過程，並探討其文學地位被建構與形塑的背後意義。

二 「賴神」演義──賴和在臺灣文學史上的地位變化

如果說在文學史中占有一席之地，就如同是在名為「文學」的神殿中找到一個安奉的位子，受到信徒膜拜，那麼這些列在文學史中的作家，就可以稱之為神了，賴和既受到臺灣文學界的諸多肯定，文學地位崇高，在臺灣的文學神殿中，應該足以稱之為「賴神」[6]，以下筆者將討論賴和成「神」的經過。

---

4 白少帆、王玉斌、張恒春、武治純主編：《現代台灣文學史》（瀋陽市：遼寧大學出版社，1987年），頁125。

5 劉登翰、莊明萱、黃重添、林承璜主編：《台灣文學史》（福州市：海峽文藝出版社，1991年6月），頁382。

6 彰化曾有賴和成仙的民間傳說，說他死後當了高雄的城隍爺，詳見一剛（王詩琅）：〈懶雲做城隍〉，收錄於賴和紀念館編：《賴和研究資料彙編上》（彰化市：彰化縣立文化中心，1994年6月），頁42-43。原載於《台北文物》第3卷第2期（1954年8月20日）。雖有這樣的傳說，然而應屬無稽之談，此處「神」字的使用，主要在強調現今賴和於台灣文學史上的「神聖」地位。

　　賴和是一位出生在彰化的作家，曾入小逸堂，拜師黃倬其學習漢文，奠定了後來以中文創作的基礎。臺灣總督府醫學校畢業後回鄉開設醫館行醫，頗受彰化民眾敬仰，在臺灣新文學開展之初嘗試新文學的創作，一九二六年發表第一篇白話小說〈鬥鬧熱〉，後來擔任《臺灣民報》文藝欄主編，提攜後進，成為彰化文學界的領袖，其影響力也逐漸在臺灣各地擴展。日治時期最早針對賴和進行專論的是毓文（廖漢臣），他說：「雖說他在幹的是醫業，他在文壇──倘然臺灣有這種文壇的存在──所站的地位，比任何人要高一層，他的裝束至其言行，都很朴素謙讓。」[7]其中「所站的地位，比任何人要高一層」的說法，無疑是給予賴和極高的評價，說明他在文壇上屬於領導階層。而賴和「臺灣新文學之父」的封號，最先可上溯自日治時期的一篇文章，王錦江（王詩琅）是這個稱號的命名源頭，他說：

> 　　事實上，臺灣的新文學能有今日之隆盛，賴懶雲的貢獻很大。說他是培育了臺灣新文學的父親或母親，恐怕更為恰當。前年，當臺灣文藝聯盟成立之時，他立即被公推為聯盟的委員長。單從這件事來看，就能知道他在臺灣文壇中是怎樣的一種存在了。當然，雖說還有許多客觀的因素，但較諸日文作品的相當的進展，經過了十餘年的中文作品中，還沒有多少能超過他的。[8]

王詩琅這篇文章發表於一九三六年，賴和當時還在世，生前就獲得這樣的肯定，足以代表賴和的文學成就不能小覷，王詩琅所謂「說他是培育了臺灣新文學的父親或母親，恐怕更為恰當。」後來這段話就進一步被大家廣泛使用。賴和死後，立刻就有不少文藝界的人士發言肯定他，例如朱石峰說：

7　毓文：〈甫三先生──諸同好者的面影之一〉，收錄於賴和紀念館編：《賴和研究資料彙編上》（彰化市：彰化縣立文化中心，1994年6月），頁3。原載於《台灣文藝》2卷1號（新年號）（1934年12月18日）。

8　王錦江著，明潭譯：〈賴懶雲論──台灣文壇人物論（四）〉，收錄於賴和紀念館編：《賴和研究資料彙編上》（彰化市：彰化縣立文化中心，1994年6月），頁7。原載於《台灣時報》201號（1936年8月）。

「懶雲先生不但足以許為臺灣新文學之父，也是楊逵君把中文作品介紹到中央文壇的第一人。」[9]接著他又說：「我想懶雲先生的作品將永遠輝耀於臺灣文學史上，若情況允許，我請建議刊行懶雲先生全集，並設立懶雲文學獎。」[10]楊守愚則說：

> 第一個把白話文的真正價值具體地提示到大眾之前的，便是懶雲的白話文文學作品。……當時民報的編輯醒民思有以促進臺灣新文學之報導，就主張設文藝欄，為文學同好者提供發表、討論的園地。……這樣經過數次討論之後，才知道了要一起解決人才和經濟難題的上策，將文藝欄創設的重責整個囑託於懶雲氏之外，別無他法。……因此我認為賴懶雲是臺灣新文藝園地的開墾者，同時也是養育了臺灣小說界以達於成長的褓姆。[11]

不管是「培育了臺灣新文學的父親或母親」、「臺灣新文學之父」，還是「新文學園地的開墾者」、「褓姆」，都在在說明當時文藝界人士對賴和的肯定，而這些肯定主要是在表彰賴和對臺灣新文學發展的貢獻。《臺灣民報》的立場是鼓勵臺灣人使用白話文的，主要原因是白話文的普及有助於民眾的啟蒙，白話文革命運動推動了新文學的發展，而新文學的發展又助長了白話文的普及，基於這樣的理由，《臺灣民報》提供一個新文學的發表園地也是極為自然的事，只是以當時的時空背景來看，臺灣人中懂得漢字白話文的極為少數，連賴和本身都還在學習，若非賴和在百忙之中答應主持這個文藝欄，

---

9 朱石峰著，明潭譯：〈回憶懶雲先生〉，收錄於賴和紀念館編：《賴和研究資料彙編上》（彰化市：彰化縣立文化中心，1994年6月），頁34。原載於《台灣文學》3卷2號「賴和先生悼念特輯」（1943年4月28日）。

10 朱石峰著，明潭譯：〈回憶懶雲先生〉，收錄於賴和紀念館編：《賴和研究資料彙編上》（彰化市：彰化縣立文化中心，1994年6月）頁36。原載於《台灣文學》3卷2號「賴和先生悼念特輯」（1943年4月28日）。

11 守愚著，明潭譯：〈小說與懶雲〉，收錄於賴和紀念館編：《賴和研究資料彙編上》（彰化市：彰化縣立文化中心，1994年6月），頁38-41。原載於《台灣文學》3卷2號「賴和先生悼念特輯」（1943年4月28日）。

並竭盡心力灌溉、呵護它，恐怕會陷入空有發表園地卻無作品的窘境，文藝欄的失敗就是必然的事，那麼新文學大概也發展不起來。賴和引領創作方向，並協助新文學的發展，這就是日治時期文藝界人士肯定賴和的原因，也是他該有的定位。

　　由於賴和一生堅持以漢文寫作，加上對日本殖民政權採取抵抗的態度，雖非公然抗日的革命分子，但無論從政治面或文化面來看，他的抗日傾向都是非常明顯的，符合國民政府的政治意識形態，因此戰後的賴和一度受到政府的肯定。一九五一年四月十四日，內政部長余井塘曾發正式褒揚令[12]，彰化縣因此將賴和入祀忠烈祠。此時賴和的定位偏向政治面，是以「抗日志士」面貌存在，至於他在文學上的地位卻逐日消減，這可以從以下層面來討論，日治時期的文藝界人士是從臺灣的主體性來評價賴和，雖然當時的臺灣尚在日本的殖民統治下，但具民族意識的新文學陣營是以臺灣為主體，所以就整個臺灣的新文學來說，賴和是重要且不可忽略的人物，他的作品的藝術成就也是同時代的佼佼者，因此賴和的文學地位自然崇高。戰後，國民政府來臺，全面推動中國化教育，臺灣的主體性消失了，變成中國的一部分，臺灣文學被溶入中國新文學的脈絡之中，日治時期的臺灣新文學發展在新的體制中完全被忽略，在許多人眼中，所謂的新文學是指一九一七年胡適等人領導展開的白話文革命運動，而一九二〇年代才發展的臺灣新文學運動，不過是中國白話文革命運動影響之下的小支流，臺灣新文學運動既然不具「開創性」，賴和在開創期的「領導」之功自然不具重要性。何況就傳統的中國白話文來看，賴和那種夾雜臺文、日文的白話文，會被視為不純熟的中文作品，自然不是學習模仿的對象，那麼賴和在「中國」文學史上的重要性就顯得微弱，甚至很難進入以中國人為主體的文學史中，這時期的賴和，因為已經沒有新作品問世，舊作在當時的時空背景下也很難有轉載的機會，所以除了少數日治時期的文藝同輩和受其提攜的晚輩記得他之外，新一代受國民政

---

12 字號為台內民字第7576號。參見王曉波：《被顛倒的台灣歷史》（台北市：帕米爾書店，1986年11月），頁164。

府教育出身的臺灣人，或戰後來臺的外省人，鮮少人知道賴和。從「到處人爭說賴和」[13]到很少人提起賴和，不過是數年的時間，就有如此的大變化，改朝換代對文學發展史的影響可見一斑。這樣每況愈下的處境在一九五八年之後更是雪上加霜，由於被人檢舉，一九五八年，賴和與王敏川等五位志士的牌位，以「思想左傾」之故，被逐出忠烈祠。進入忠烈祠對賴和或其家屬而言，其實只是錦上添花，沒多大實質利益，但入祀忠烈祠，又被迫從忠烈祠移出，身上多一個「思想左傾」的標籤，對賴和的文學地位卻是有嚴重影響的，在戒嚴體制下，由於政府反左的基本政策方針，白色恐怖陰影揮之不去，雖然賴和已過世十五年，卻仍如政治犯，政府雖然關不了他的人，卻無異是關住了他的聲名和其作品，「賴和」一詞成為禁忌，從此之後，賴和在文學界消聲匿跡，新一代的臺灣人更不認識賴和。作家陳若曦在「慶賀賴和先生平反講演會」（1984年2月12日）中就坦承的說：「在我讀高中、大學時從沒聽過賴和先生，也沒看過他的作品。直到這幾年，才由朋友們發掘出來。對我而言，「賴和」就像一件出土的文物，同時也是我們所有文學工作者的最佳榜樣。」[14]之所以造成這樣的結果，很大一部分的原因是國民政府嚴厲採行的滅「左」政策，使得臺灣新文學發展出現嚴重的雙重斷裂，國民政府遷臺後，等於是兩股文藝支流匯聚在臺灣文壇，一是臺灣本身發展出來的新文學傳統，反帝、反封建且帶有臺灣鄉土特色，賴和是奠立此風格的代表人物，另一則是中國大陸的新文學，帶有階級意識的普羅文學，兩邊其實都受到左派觀點影響，具寫實主義風格，若非政治上的干涉，這兩股力量的匯聚，也許可碰出不同的火花，使臺灣文學擁有更多元化的發展，然而由於政府大力掃蕩左翼人士，並將左派著作視為禁書，使得不管中國大陸的左翼文學，還是臺灣的新文學，統統成為禁忌，兩個源頭皆斷裂的結果，使得新生代臺灣人未能汲取這兩個源頭的文學養分，年輕人要學習創作，便向外取

---

13 陳虛谷曾有詩〈贈懶雲〉云：「到處人爭說賴和，文才海內獨稱高。看來不過庸夫相，那得聰明爾許多。」見林瑞明主編：《賴和全集・雜卷》（台北市：前衛出版社，2000年6月），頁123。

14 參見王曉波：《被顛倒的台灣歷史》（台北市：帕米爾書店，1986年11月），頁231。

經，一九六〇年代現代主義的大流行，與此也有密切關係，在這樣的時代氛圍中，這時賴和的文學地位可以說是跌入谷底。

賴和其人與其作在臺灣文壇的消失，經歷了滿長一段時間，直到一九七六年才有了變化，一九七六年九月一日出版的《夏潮》雜誌重刊賴和的〈不如意的過年〉、〈前進〉、〈南國哀歌〉，並有梁德民（梁景峯）的〈賴和是誰？〉一文，開啟為賴和平反的序幕。梁德民文章一開頭即說：「賴和是誰？他活在什麼時代？他做了些什麼？」[15]這樣的介紹方式，可見經過時空變化，當時社會對賴和是陌生的，所以梁德民此文等於是要重新介紹賴和給臺灣人認識。《夏潮》雜誌之後又陸續刊載〈一桿秤仔〉、〈善訟人的故事〉等賴和舊作[16]，得到不錯的迴響。

一九七九年三月，李南衡主編的《賴和先生全集》出版，這是第一本賴和作品集，並收錄十五篇紀念和介紹賴和的文章，包括三篇首次發表的作品，分別是賴恆顏〈我的祖父懶雲先生〉、葉榮鐘〈詩醫賴懶雲〉、林邊（林載爵）〈忍看蒼生含辱——賴和的文學〉。早在一九四三年賴和過世時，朱石峰就建議刊行賴和全集，沒想到經過三十六年，才由李南衡完成這件事。全集的出版有助於賴和地位的提升，讓更多人有機會認識賴和。由於此時的賴和還具有「左派」的帽子，因此著作雖然已經出版，但仍然有不少波折，據王曉波說當時有關單位要查禁這本書，因此他陸續發表了〈臺灣新文學之父——賴和與他的思想〉、〈從日據下臺灣新文學看臺胞抗日的愛國思想〉等文章，希望能阻止查禁。[17]鄭學稼、尉天驄、李南衡等人也先後撰文表達為賴和「平反」的主張，一九七九年十一月二十日，臺籍立法委員黃順興質詢時提到賴和被移出忠烈祠之事，他說：

---

15 梁德民：〈賴和是誰？〉，收錄於賴和紀念館編：《賴和研究資料彙編上》（彰化市：彰化縣立文化中心，1994年6月），頁38-41。原載於《夏潮》第6期（1976年9月1日）。

16 〈一桿秤仔〉刊於《夏潮》第12期（1977年3月）；〈善訟人的故事〉刊於《夏潮》第15期（1977年6月）。

17 參見王曉波：〈台灣新文學之父賴和先生的平反經過〉，原載於《文季》（1984年1月）。收錄於《被顛倒的台灣歷史》（台北市：帕米爾書店，1986年11月），頁182。

且如彰化名醫愛國抗日的臺灣新文學之父賴和先生，在入祀忠烈祠
後，據說受「皇民」之後的挑撥，竟又被移出忠烈祠，此事在本席、
彰化父老及全島民眾心中，已隱忍多年未言者，亦請貴院查明答覆。[18]

黃順興質詢後，內政部於一九八〇年二月十二日的答覆說：

> 民國四十七年六月。本部據報：彰化等縣忠烈祠列有賴和牌位，經轉
> 請司法行政部調查局查明：賴和原業醫，為前臺灣文化協會重要份子
> 之一，反日思想激烈，屬於左派。按賴和入祀忠烈祠，本部無案可
> 稽，經於四十七年六月廿日函准臺灣省政府復以本案既經查明，自不
> 能再留祀忠烈祠內。且依當時〈抗敵殉難忠烈官民祠祀及建立紀念坊
> 碑辦法大綱〉第四條規定，忠烈官民入祀，應由本部核定，賴和未經
> 本部核定，竟入祀彰化等縣忠烈祠，顯與上述〈抗敵殉難忠烈官民祠
> 祀及建立紀念坊碑辦法大綱〉第四條之規定不符，乃於四十七年八月
> 四日函復臺省府應即通知彰化等縣政府撤除賴和牌位。[19]

若從這段答覆來看，內政部之所以下令將賴和移出忠烈祠，原因在於賴和是
未經內政部核可就入祀忠烈祠，與當時規定不符，然背後原因恐怕就是「屬
於左派」這句話，否則賴和既受前內政部長余井塘發過正式褒揚令，就算沒
有完成內政部核准入祀忠烈祠的行政程序，難道不能補發核可證明而一定要
將之移出忠烈祠？內政部這樣的回覆乃是官僚作風，也是推拖之詞。這次質
詢雖然沒能為賴和平反，不過已成功踏出一步，此後一九八三年王曉波、李
篤恭又於《中華雜誌》發文為賴和說話，引來侯立朝三番兩次寫信並幫忙將
這些文章寄給當時的部長林洋港，要求他協助幫賴和平反，一九八四年一月
十九日內政部終於發公函給侯立朝，表示賴和「確曾蒙冤屬實，本部業已另

---

18 參見王曉波：〈台灣新文學之父賴和先生的平反經過〉，原載於《文季》1984年1月。收
錄於《被顛倒的台灣歷史》（台北市：帕米爾書店，1986年11月），頁186。
19 參見王曉波：〈台灣新文學之父賴和先生的平反經過〉，原載於《文季》1984年1月。收
錄於《被顛倒的台灣歷史》（台北市：帕米爾書店，1986年11月），頁186-187。

函臺灣省政府，即予辦理恢復入祀忠烈祠」[20]。這樣的結果讓支持賴和的人
大為振奮，同年二月十二日由《中華雜誌》、《夏潮論壇》、《臺灣文藝》、《文
學界》、《文季》等五個雜誌社聯合在耕莘文教院舉辦「慶賀賴和先生平反演
講會」，當時有發言（有的是由別人代為宣讀講稿）的包括陳映真、居伯
均、侯立朝、楊逵、陳若曦、葉石濤、鍾肇政、黃順興、鄭學稼、李篤恭、
李南衡、王曉波、黃得時、楊雲萍、賴燊、胡秋原等[21]。此舉有大肆為賴和
平反宣傳的意味，賴和也終於在一九八四年五月二十九日復祀忠烈祠。

　　賴和的平反，最大的意義倒不是再度進入忠烈祠擁有「忠烈」之名，而
是在戒嚴時期白色恐怖陰影下，去除了「臺共」、「左派」的標籤後，讓更多
人有機會看見他的作品，了解他的事蹟，並進一步的研究他，研究賴和卓然
有成的林瑞明就在賴和平反後才進行對他的研究。經過平反前後各路人馬對
賴和的介紹與詮釋，他「臺灣新文學之父」的封號似乎就更為確認下來。一
九八〇年代後的臺灣文學正名運動風起雲湧，本土論述逐漸成熟，葉石濤也
完成了第一本臺灣文學史，他的《臺灣文學史綱》在一九八七年出版，從臺
灣主體性出發的論述模式，翻轉了官方的詮釋權，建構了臺灣文學的系譜，
在他的詮釋之下，賴和成為臺灣新文學「反帝、反封建的寫實主義風格」特
色的建立者，更是臺灣新文學之父。由於《臺灣文學史綱》具開創意義，之
後初步接觸臺灣文學的研究者與學子，無不受此書的影響，因此後續的臺灣
文學史著作或相關研究，幾乎也都維持葉石濤對賴和的定位。一九九三年，
長期研究賴和的林瑞明出版了《臺灣文學與時代精神——賴和研究論集》，
這是第一本研究賴和的專著，讓賴和除了「臺灣新文學之父」這樣的封號之
外，也將他參與文學活動的過程與他的作品的時代意義更為清楚的展現出
來，也就是說經此詮釋，賴和其人與其作的經典性就被建構出來了，賴和的

---

20 參見王曉波：〈台灣新文學之父賴和先生的平反經過〉，原載於《文季》1984年1月。收
　　錄於《被顛倒的台灣歷史》（台北市：帕米爾書店，1986年11月），頁197。

21 這些發言內容，原載於《中華雜誌》1984年3月號。收錄於王曉波：〈台灣新文學之父
　　賴和先生的平反經過〉，原載於《文季》1984年1月。收錄於《被顛倒的台灣歷史》（台
　　北市：帕米爾書店，1986年11月），頁215-272。

文學地位又進一步的提升。

　　林瑞明在研究過程中，取得賴家後代的信任，也獲得不少新出土的資料，一方面讓賴和研究的史料更為充實，另一方面也開拓了更多不同研究賴和的面向，後來更促成《賴和手稿影像集》和《賴和全集》的出版[22]。賴和研究此後成為臺灣作家研究的顯學，至今已經有二十幾本學位論文的題目有賴和的名字[23]，其中最重要的就屬陳建忠二○○一年完成的博士論文〈書寫臺灣，臺灣書寫：賴和的文學與思想研究〉，此本博論後來由春暉出版社正式出版[24]，此書更為全面性的討論賴和，可以說是目前為止研究賴和成果最豐碩的專著。當這麼多臺灣文學中生代與新生代的研究者爭相研究賴和，而且皆從正面的角度來肯定他，可見賴和在臺灣文學界已經進入典範的地位，而且其文學地位已達穩固的狀態。

三　多元角度形塑下的賴和面貌 ── 典範建構過程中的詮釋策略

　　綜觀賴和文學地位的變化過程，充滿各種意識形態的角力，陳建忠以接受史角度來敘述這段歷程，從中可看出賴和在經典化過程的遞嬗因由。本文在贊同陳建忠的觀點外，對不同意識形態立場的各方勢力，在建構經典賴和過程中的詮釋策略，提出幾點思考。

22　西元二○○○年，林瑞明主編的《賴和手稿影像集》，由財團法人賴和文教基金會、台灣省文獻委員會出版，分成《新文學卷》、《漢詩卷》（上下）、《筆記卷》、《影像卷》共五卷。另外由賴和文教基金會策畫，林瑞明主編的《賴和全集》由前衛出版社出版，共分成五冊，分別是一小說卷；二新詩散文卷；三雜卷；四漢詩卷上；五漢詩卷下。

23　截至目前為止，至少已經有二十二本學位論文的題目出現賴和，參見台灣博碩士論文知識加值系統，網址為 http://ndltd.ncl.edu.tw/cgi-bin/gs32/gsweb.cgi/ccd=BH3IP7/webmge?Geticket=1。上網日期：2014年11月22日。

24　陳建忠：《書寫台灣，台灣書寫：賴和的文學與思想研究》（高雄市：春暉出版社，2004年1月）。

（一）「新文學之父」意義的擴充

今日我們稱賴和為臺灣新文學之父，是指其對臺灣新文學發展的指標性貢獻，而這裡的「新文學」，是相對於用文言文書寫的「舊文學」，所以只要不是舊文學，就被歸屬到新文學陣營，包括用中國話文、臺灣話文，還有日文書寫的作品。可是假使回到日治時期的語境中，「新文學」一詞，大多是指用漢字書寫的白話文，並不包括日文作品，所以王詩琅當年稱賴和為「臺灣新文學的父親或母親」，只是表彰賴和對漢字白話文「新文學」書寫的貢獻，我們再仔細看看當年他是怎麼說的：

> 事實上，臺灣的新文學能有今日之隆盛，賴懶雲的貢獻很大。說他是培育了臺灣新文學的父親或母親，恐怕更為恰當。……當然，雖說還有許多客觀的因素，<u>但較諸日文作品的相當的進展，經過了十餘年的中文作品中，還沒有多少能超過他的</u>。[25]

臺灣在新舊文學論戰後，新文學雖然有所發展，不過自始至終都未能成為當時臺灣文壇的主流，舊文學陣營還是占有極大的優勢[26]，不只如此，由於新文學運動展開之時所推展的白話文是中國白話文，對當時的臺灣人來說有使用上的困難，明顯產生水土不服的情形，發展因此受限，可以用漢文來創作的人並不是太多，這也是賴和擔任臺灣民報文藝欄主編時很傷腦筋的地方，於是一九三〇年代以後，用日文創作的臺籍新文學作家其實是多於用漢文的，日文作品水準恐怕更高於漢文，像是楊逵、呂赫若等人都是用日文來書寫。所以若以當時的中文創作陣營來評論，賴和的確是其中的佼佼者，就像

---

25 王錦江著，明潭譯：〈賴懶雲論——台灣文壇人物論（四）〉，收錄於賴和紀念館編：《賴和研究資料彙編上》（彰化市：彰化縣立文化中心，1994年6月），頁7。原載於《台灣時報》201號（1936年8月）。底線為筆者所加。

26 相關的討論可參考拙著：〈重讀日據時期台灣新舊文學論戰——起因、過程與結果的再思考〉，《台灣文學學報》第2期（2001年2月），頁33-66。

王詩琅所說「還沒有多少能超過他的」，加上他培育後進的貢獻，稱他為臺灣新文學之父的確沒有太大問題，因為這個「新文學」指的就是漢字白話文。這一點我們也可從賴和與楊雲萍的對話找到證據，楊雲萍在〈追憶賴和〉一文中提及賴和過世前，他們兩人的對話：

> 賴和先生突然高聲說：我們所從事的新文學運動，等於白做了！……我慌忙地安慰他：不，等過了三、五十年之後，我們還是一定會被後代的人紀念起來的。[27]

一九三七年之後，中文作品受到日本當局的壓抑，緊接著皇民文學成為當局的文藝政策，在賴和臨死前，的確看不到中文作品重見天日的曙光，難怪他會有如此感嘆，而楊雲萍的說法，除了安慰賴和之外，恐怕也有預期日本終歸會戰敗，臺灣會恢復中文為主的社會，那時就會有人記起賴和等人了。從這段插曲看來，日治時期所指的新文學，的確不包含日文作品。然而一九七〇年代以後，不管是為了替鄉土文學溯源，還是為了替賴和平反，當時人再度把「臺灣新文學之父」桂冠戴上賴和頭上，這時的「新文學」意義已經擴大，放大了漢文作品在日治時期的影響力，等到賴和平反之後，「臺灣新文學之父」的意義早已涵蓋日治時期的整體新文學，賴和成為影響新文學（包括日文）發展最重要的人物。之所以如此，與民族意識有明顯關係，戰後由國民政府主政，之前使用日文創作的作家與作品相對之下就不那麼政治正確了，甚至容易被歸屬到「皇民奴化教育」的例證，而賴和一生堅持用中文寫作，且堅定反抗日本殖民政權的事實，這對一九七〇年代保釣事件後，民族主義高漲引發反美日帝國主義的當時人來說，是極具吸引力的，賴和所領導的新文學創作方向，與當時需求吻合，所以無形中就放大了日治時期的新文學定義，也擴大了賴和的影響力。

---

27 楊雲萍著，明潭譯：〈追憶賴和〉，收錄於賴和紀念館編：《賴和研究資料彙編上》（彰化市：彰化縣立文化中心，1994年6月），頁17。原載於《民俗台灣》3卷4號（1943年4月5日）。

（二）左與非左──賴和思想的辯證

賴和因為被檢舉是「左派」、「臺共」，因此被逐出忠烈祠，所以想為他平反的人，只好不斷強斷他與臺共無關，當然也不是左派，最後終於獲得「確曾蒙冤屬實」的判定，也就是證明他非左派，所以恢復入祀忠烈祠，然而這樣的判定其實是頗為弔詭的，若以賴和的言行和作品主題來看，賴和確實是個受社會主義影響的左翼分子，他也許並非階級意識強烈的激進派，但要說他沒有左派思想，恐怕賴和自己都不同意，陳建忠說：

> 賴和雖較少走上第一線去做農工抗爭的先發部隊，但在政治運動與文藝運動上，他與左翼團體始終沒有脫離關係，而他的文學也總是充滿來自臺灣勞農大眾的聲音。我們有必要在瞭解他實際的活動脈絡後，來與他在文學、思想上的左翼思想作一番聯繫，藉此釐清賴和在整個左翼文學系譜上的位置。[28]

我想，深入了解賴和文學與思想的人，大概很難不察覺賴和的左翼傾向，但賴和大概沒想到的是決定他文學地位高低的原因，竟然是左與非左之間的角力，可說是成也因為左派，敗也因為左派。首先是率先稱他為「臺灣新文學的父親或母親」的王詩琅，他在思想系譜上與賴和同樣為左派分子，這樣講倒不是指責王詩琅黨同伐異，因為私心才如此稱呼賴和，而是物以類聚本來就是常態，對擁有相同思想的人投注較多關懷是很自然的事，讚美對方等於肯定自己，賴和的理念能被王詩琅理解，否則要論新文學的推廣之功，早期張我軍的貢獻應該更多，只是張我軍一方面既非左派，另一方面因為長期待在中國大陸，與臺灣的文化界較無交往，在臺的人際關係不如賴和，這是賴和「臺灣新文學的父親或母親」這個封號產生的重要原因。日治時期的作家群，也許是受世界文學思潮的影響，也許是受到賴和思想的啟發（很大一部

---

28 陳建忠：《書寫台灣‧台灣書寫》（高雄市：春暉出版社，2004年1月），頁427。

分是賴和在《臺灣民報》、《臺灣新民報》培養出來的班底），多數具有左翼思想，所以對於賴和的讚揚，應該都能接受。賴和擁有「新文學之父」這個頭銜，對他在臺灣文學史上的地位建立是有很大的幫助，由此看來，賴和的左派思想，是他在日治時期獲得臺灣人肯定的原因之一。然而戰後賴和卻因「左派」關係而被逐出忠烈祠，連帶使他成為「黑名單」，在文壇消聲匿跡好長一段時間，差點被遺忘，這是賴和因為左翼思想付出的慘痛代價。賴和平反的過程複雜，許多人為其發聲，貢獻一己之心力，然而時過境遷，回頭觀察這些當年參與「營救」賴和的人當中，很多都是具有左翼思想的人，例如王曉波、尉天驄、林載爵、黃順興、胡秋原、侯立朝等，他們都與《夏潮》雜誌系統關係密切，而《夏潮》系統是一九七〇年代左翼運動的集結處[29]，所以這些人之所以如此看重賴和，很大的原因來自賴和的思想言行深得其心，恰巧符合他們的理念。這可以用來解釋為何沉寂已久的賴和，會在一九七〇年代之後再度被人提起，而且文學地位被大幅提升的原因，因為賴和與他們同樣是左派，但有趣的是，為了平反賴和，卻得在左與非左之間做辯證，拚命淡化賴和的左派立場，這就是我所說的弔詭之處。

（三）一個賴和，各自表述──統獨的文化詮釋權之爭

賴和在一八九四年出生，隔年臺灣就淪為日本的殖民地，因此幾乎可以說賴和的一生就活在殖民政權的支配（domination）下，看到殖民霸權對弱勢族群的壓迫，因此他具有民族意識，反對日本殖民；他當基層的醫師，看盡窮人階級的苦痛，因此他擁有同情無產階級的立場，批判為富不仁的資產階級，他的思想之所以偏向左派，與他悲天憫人的人道主義精神有關，他的創作源頭來自於他對這塊土地與人民的關心，這樣的左翼思想與馬克思主義的階級鬥爭其實不能畫上等號，然而國民政府在反共、恐共的情形下，賴和的左翼背景成為一種罪，也讓他承受無妄之災，不過也因為他為下層百姓發

---

29 參見郭紀舟：《七〇年代台灣左翼運動》（台北市：海峽學術出版社，1999年1月）。

言的左派背景，還有反日的民族意識，讓後來即使是不同意識形態的人都能找到肯定他的理由。一九七〇年代的鄉土文學論戰，我們已經可以看出當年支持鄉土文學的陣營中，其實是由許多不同意識形態的人聚合在一起，共同對抗國家機器支配下的統治者文藝觀，這裡面主要的組成分子就是左派人士，而左派分子中又可區分為大中國民族主義的左派，簡稱為「左統」，還有臺灣民族主義的左派，簡稱為「左獨」[30]，當年贊同鄉土文學的人，多半就是支持賴和平反的人，這些人分別從自己的角度來詮釋賴和，皆能找到各自的需要，這使得賴和的文學地位大幅提升，除了共同肯定賴和站在民眾的立場對抗強權之外，統派強調賴和對祖國的向心力與反日民族主義立場，獨派則強調賴和的在地性與臺灣性。不只島內的統獨兩端肯定賴和，對岸的學者對於賴和的左翼思想和反日立場也大為讚揚。如此異中求同下，使得一個賴和，各自表述，賴和成為大家的最大公約數，因此大約在一九八〇年代後期之後，賴和「臺灣新文學之父」的封號就已經被廣為接受，在臺灣文學史上的地位就此穩固下來。

　　詮釋賴和過程中，雖然表面上看來一團和氣，但這背後其實具有文化詮釋權之爭，統派企圖以反日民族主義立場將賴和收編到中國認同中，獨派則以賴和創作中的臺灣話文特色，強調賴和的臺灣主體性（subjectivity）。解嚴之後，在臺灣的本土化趨勢下，本土論述（nativism）逐漸成為主流，在中心/邊陲（center/periphery）的價值選擇中，以臺灣為中心的論述比較獲得新一代臺灣人的認同[31]，在近些年的賴和論述中，「統」減「獨」增的趨勢越來越明顯，獨派也因此因勢利導順利贏得賴和的詮釋權。

---

30 本文所說的「獨」派，泛指擁有台灣本土意識的人，他們贊成以台灣為主體，成為主權獨立的國家，反對成為中華人民共和國的一部分。與政治上尋求獨立，改國號的獨派不太一樣。

31 在近年來的多份台灣民調中，自認為是「台灣人」的比例已經遠高於自認是「中國人」，可見台灣人較為認同以台灣為中心。

四 形塑經典／經典形塑──不斷再現「賴和」的政治、文化意義

　　隨著賴和「臺灣新文學之父」的地位穩固，除了表彰賴和培育新文學的功勞之外，賴和的著作也越來越受到肯定，而且不只是新文學作品，研究他古典詩的人也越來越多，慢慢成為臺灣文學中的經典，這是學術界「錦上添花」現象使然[32]。成為經典人物和經典著作之後，賴和或賴和的著作被以各種方式再現（representation）出來，而這樣的再現又更加鞏固其經典地位。

　　回頭檢視賴和及賴和作品經典化的過程，有幾個關鍵因素值得討論，首先是李南衡整理出版的《賴和先生全集》有很大的功勞，一個作品要成為經典，首先要能先保存下來，只有保存下來的文學作品才有可能被遴選為經典，流傳後世。《賴和先生全集》的出現，讓讀者有機會讀到他的作品，讓文評家和文學史家方便對他進行研究，因為一般人要去找出日治時期的報章雜誌來閱讀，並不是一件簡單的事，何況還可能因年代久遠而佚失掉這些史料，導致後世之人即使想讀也讀不到，更別說有機會成為經典了，所以讓作品能方便流傳與保存，這是經典化過程的第一步。此後林瑞明主編的《賴和全集》收錄更完整的賴和著作，使世人得窺其著作之全貌，而賴和紀念館編的《賴和研究資料彙編》（上、下冊）、李篤恭主編的《磺溪一完人──賴和先生百年紀念文集》、陳建忠主編的《臺灣現當代作家研究資料彙編01賴和》收錄相關研究資料，方便學者進行賴和研究，這些都是使賴和和賴和著作走向經典化的重要原因，也是形塑經典的必要化過程。

　　一九九一年，北美洲臺灣人醫師協會特別捐贈成立「賴和獎」，設有「賴和文學獎」及「賴和醫療服務獎」。這兩個獎項後來交給一九九四年成

---

32 錦上添花一詞並非指學界趨炎附勢，而是名家、名作曝光率高，文學史、教科書容易將其選入，本來就較容易被看見，尤其若已成「經典」，更是大家必讀的對象，當然容易吸引學者進行研究。

立的財團法人賴和文教基金會來承辦業務，每年頒贈「醫療服務獎」和「文學獎」。並且為鼓勵研究臺灣文學，提升臺灣文學的研究水準，增設「臺灣文學研究獎學金」，供各大學博碩士班撰寫臺灣文學之學位論文者申請。這些獎項的設立，絕對有助於提升賴和的高度，讓更多人認識賴和。此外一九九五年在彰化市賴和老家位置興建的大樓十樓設立賴和文學館，後來搬遷至對面大樓四樓（彰化市中正路一段二四二號四樓），由作家康原擔任首任館長，賴和文學館的設立，承辦許多文化活動，同時具有觀光及教育推廣的功能。二○○三年翁金珠縣長任內，在彰化市縱貫路與金馬路交接處設立「賴和〈前進〉文學地標」[33]，這座藝術造景，成功的讓賴和與彰化市產生連結，對賴和與彰化來說是彼此互相拉抬，在地方人士的努力之下，賴和之名常與彰化作連結，這也是賴和典範建構的一部分。

以單一作家為名的學術研討會是形塑該作家典範地位的另一種方式，可一次累積大量的研究成果，一九九四年十一月二十五日至二十七日，在清華大學舉辦「賴和及其同時代的作家：日治時期臺灣文學國際學術會議」。二○一四年十二月五日至六日，在明道大學舉辦「賴和一百二十歲冥誕紀念──二○一四彰化研究學術研討會」，像這樣的研討會不只增進賴和研究的成果，透過行銷，也將提高賴和的知名度。

透過行銷、建構與形塑，賴和不只在文學地位獲得極高的肯定，其作品也水漲船高，獲得許多學者的肯定，逐步成為文學經典，中國學者李玉平在討論文學經典的性質時，從互文性（intertextuality）[34]的角度提出：藝術的獨創性、廣泛的被模仿性、界限的流動性是文學經典的三大特點[35]。以此來

---

33 這座文學地標由陳世強設計，把賴和作品〈前進〉文字縷文在鋼牆，由排立鋼板組列而成的鋼構體，做成如冊頁造形之地標物。二○一○年彰化縣政府決定拆除這座文學地標，將之搬遷至八卦山大佛旁。

34 互文性一詞在一九六六年由法國後結構主義學者克莉思蒂娃（Julia Kristevan，1941- ）所創造，是指文本的意義由其他的文本所構成。作者將其他的文字借用和轉譯到創作之中，或者讀者在閱讀時參照其他的文本。

35 李玉平認為獨創性是文學經典的必要條件，正是獨創性使一部作品成為了文學經典。其次，一旦成為經典，文學經典就會被廣泛地模仿、改編和戲擬，釋放出巨大的互文

觀察賴和的作品，的確已經具備文學經典的特質，以互文性來說，我們已經可以在許多當代文學作品中看到與賴和作品互文的情形，作家康原就時常在他的作品裡提到賴和及賴和的作品，例如〈番薯園的日頭光—詩寫臺灣新文學之父賴和〉[36]就將賴和的生平與作品融入這組詩中，把賴和再現於詩作裡。黃淑華在其碩士論文〈再現賴和—戰後臺灣各級詩獎的賴和書寫〉中也指出，臺灣的文學獎中共有五篇書寫「賴和」而獲獎的作品。分別是解昆樺〈在囚獄中獲致潔淨的光〉（二〇〇二年文建會臺灣文學獎首獎）、李進文〈潛入獄中記〉（二〇〇五年林榮三文學獎首獎）、施俊州〈賴和心經〉（二〇〇二年礦溪文學獎獲獎作品）、徐文遠〈聽診〉（二〇〇二年礦溪文學獎獲選作品）、洪崇傑〈稱仔的彼端——致賴和〉（二〇〇五年礦溪文學獎獲選作品）[37]。由此可見賴和已成為當代作家喜愛的「再現」對象。不只文學作品，電影也出現與賴和互文的情形，二〇一四年十一月十七日由馮偉中導演執導的彰化市中山社區微電影《在八卦山下遇見賴和》舉行首映，並已將電影上傳至 youtube，透過這電影讓更多人認識賴和。由這些例子可證明賴和已經成為文藝界的典範，而其作品也成為一種經典，隨著賴和地位的確立，我相信與賴和互文的作品未來還會不斷出現。

李玉平說：「民族意識的形成和強化是現代方言文學經典生成的重要原因，反過來，文學經典又強化了民族意識，增強了民族認同。」[38]臺灣本土意識的形成，確實是賴和文學地位提升的一大關鍵，也連帶使其作品成為經典，賴和的作品雖然不全然可歸屬於方言文學，但他融入臺語詞彙的新文學

性。最後，文學經典的界限是流動的。互文性系統的開放性和變動不拘性決定了文學經典界限的流動性。經典是互文性的產物，不同的互文性系統，會產生不同的經典，甚至其中一部作品增值或減值，都會影響到若干相關作品。參見李玉平：《多元文化時代的文學經典理論》（天津市：南開大學出版社，2010年1月），頁38-40。

36 收錄於康原：《番薯園的日頭光》（台中市：晨星出版社，2013年11月）。

37 黃淑華：《再現賴和——戰後台灣各級詩獎的賴和書寫》，（嘉義縣：國立中正大學台灣文學研究所碩專班碩士論文，2012年1月）。

38 李玉平：《多元文化時代的文學經典理論》（天津市：南開大學出版社，2010年1月），頁64。

作品，具有臺灣特色，確實強化了臺灣民族意識的形成。某方面來說，當代人不斷再現賴和，將其作品推上經典位置，具有政治及文化上的意義。當然，也因為重現賴和具有政治及文化上的意義，難免會有掩蓋缺點的結果，楊宗翰曾分析民間各家文學史書如何再現「賴和」，發現賴和沉潛的、退縮保守的、舊知識份子屬性的面向，是如何被文學史家拭去、掩蓋與壓抑，以便成就文學史上重要的「典範」塑造工程[39]。由此可知，所謂「典範」，既是人們所建構的，就很難避免人為的操控的影響。即使是創作成績不錯、人格被肯定的賴和，要成為眾人推崇的臺灣新文學之父，仍然需要許多人幫忙建構與形塑，去蕪存菁，才能穩坐神聖的文學殿堂。

五　結語

　　陶淵明若非經過蘇東坡的加持，可能不會有今天的地位，一個作家是否能進入文學史，取決的絕不只是作品好壞，作家個人的人際關係、時代氛圍、甚至個人機緣都可能是決定因素，因為文學不能脫離社會，社會因素是決定作家及其作品能否流傳後世的重要關鍵。賴和一九四三年就過世，同樣一個人，思想也一致，卻因時代的氛圍不同而得到不同的評價，可見作家的文學地位不是自然形成的，它是受政治、社會的影響而來的，人為塑造的痕跡極其明顯，這樣說不在否定賴和的成就，而是透過賴和的例子說明，再出色的作家也不敵時代因素的影響，賴和死前之所以對其文學地位感到悲觀，就是被政治局勢所影響，假使日本人持續統治臺灣至今，我們全部國民都受日本教育，說日本話、以日文思考，受日本文化影響，那麼一生堅持以中文創作的賴和還會不會被記住？恐怕已經有很大的疑問，更別說什麼頭銜和地位了。假使戒嚴持續至今，賴和始終揹著「左派」、「臺共」的罪名沒被平反，有多少人敢冒著危險研究賴和、討論賴和？賴和還能不能擁有今日的榮

---

39 楊宗翰：〈典範的生成？──台灣文學史「再現賴和」之檢討〉，《國文天地》第16卷第2期（2000年7月），頁37-43。

耀，也是值得懷疑的。而這兩個階段過程中，只要作品因為不受重視而有所
佚損，不能流傳下去，那就永世不得翻身了，所幸賴和雖曾受到時代因素影
響而沉寂一段時間，最終卻能在許多貴人相助之下找回他該有的地位，並在
各方勢力的建構與形塑之下，成為臺灣文學中的典範人物，他的作品也成為
文學經典，除了賴和本身具有實力之外，也得力於機緣巧合，才能成為大家
所公認的臺灣新文學之父。

參考文獻

一 專書

王曉波：《被顛倒的臺灣歷史》（臺北市：帕米爾書店，1986年11月）

白少帆、王玉斌、張恒春、武治純主編：《現代臺灣文學史》（瀋陽市：遼寧
　　大學出版社，1987年）

李玉平：《多元文化時代的文學經典理論》（天津市：南開大學出版社，2010
　　年1月）

李南衡主編：《賴和先生全集》（臺北市：明潭出版社，1979年3月）

李篤恭主編：《礦溪一完人——賴和先生百年紀念文集》（臺北市：前衛出版
　　社，1994年7月）

林瑞明主編：《賴和全集》（臺北市：前衛出版社，2000年6月）

康原：《番薯園的日頭光》（臺中市：晨星出版社，2013年11月）

郭紀舟：《70年代臺灣左翼運動》（臺北市：海峽學術出版社，1999年1月）

陳芳明：《臺灣新文學史》（臺北市：聯經出版公司，2011年10月）

陳建忠：《書寫臺灣，臺灣書寫：賴和的文學與思想研究》（高雄市：春暉出
　　版社，2004年1月）

葉石濤：《臺灣文學史綱》（高雄市：文學界雜誌社，1993年9月再版）

劉登翰、莊明宣、黃重添、林承璜主編：《臺灣文學史》（福州市：海峽文藝
　　出版社，1991年6月）

賴和紀念館編：《賴和研究資料彙編上》（彰化市：彰化縣立文化中心，1994
　　年6月）

賴和紀念館編：《賴和研究資料彙編下》（彰化市：彰化縣立文化中心，1994
　　年6月）

二 期刊論文

楊宗翰：〈典範的生成？——關於臺灣文學史「再現賴和」之檢討〉，《國文

天地》第16卷第2期（2000年7月），頁37-43。

葉連鵬：〈重讀日據時期臺灣新舊文學論戰──起因、過程與結果的再思考〉，《臺灣文學學報》第2期（2001年2月），頁33-66。

三　學位論文

黃淑華：〈再現賴和──戰後臺灣各級詩獎的賴和書寫〉，國立中正大學臺灣文學研究所碩專班碩士論文，2012年1月。

四　網路資料

教育部線上「重編國語辭典修訂本」，網址為：http://dict.revised.moe.edu.tw/

臺灣博碩士論文知識加值系統，網址為：http://ndltd.ncl.edu.tw/cgi-bin/gs32/gsweb.cgi/ccd=BH3IP7/webmge?Geticket=1。

賴和新文學涵攝的民俗元素

林明德

摘要

　　民俗是一切藝術的土壤，這個命題往往被古今中外造詣獨特的藝術家視為創作的原則，並加以實踐。文學既是藝術的環節，自不能例外。因此偉大的文學家，深知其民族的民俗底蘊與元素，透過篩選，轉化成為作品的有機題材，以展現文學風格。這也是日治時代的台灣作家譜寫光輝文學史頁的重要依據。

　　其中，賴和的表現最為多元、亮麗，他在各類文體均涵攝相當可觀的民俗元素，成為其文學的特殊語境與標幟，值得進一步去探索。

　　本文擬藉由民俗與文學的互涉，歸納、分析賴和文學深層的主題意識。

關鍵詞：賴和、民俗、俚諺、傳說、故事

一　前言

　　民俗是一切藝術的土壤，這個命題往往被古今中外造詣獨特的藝術家視為創作的原則，並加以實踐。文學既是藝術的環節，自不能例外。因此偉大的文學家，深知其民族的民俗底蘊與元素，透過篩選，轉化成為作品的有機題材，以展現文學風格。這也是日治時代的台灣作家譜寫光輝文學史頁的重要依據。

　　其中，賴和的表現最為多元、亮麗，他在各類文體均涵攝相當可觀的民俗元素，成為其文學的特殊語境與標幟，值得進一步去探索。

　　本文擬藉由民俗與文學的互涉，歸納、分析賴和文學深層的主題意識。

二　賴和肖像

　　賴和（1894-1943），本名賴河、一名賴癸河，筆名懶雲、甫三、走街先、安都生……等。台灣彰化人。幼年學習漢文，奠定深厚的古典文學基礎。一九〇九年，十六歲考進台灣總督府醫學校。一九一七年在彰化開設「賴和醫院」，懸壺濟世。一九一八年前往廈門，任職於鼓浪嶼「博愛醫院」，次年返台。

　　一九二一年，賴和加入台灣文化協會，並當選為理事。一九二五年發表第一首新詩〈覺悟下的犧牲──寄二林的同志〉，從此積極投入台灣新文學的創作，例如：小說〈鬥鬧熱〉、〈一桿「稱仔」〉，新詩〈南國哀歌〉、〈流離曲〉、〈農民謠〉，散文〈前進〉等。

　　賴和深具人道精神，憐憫貧苦民眾，平日所得大多用之於救濟貧困，在彰化民眾的心目中，儼然是「彰化媽祖」的化身。他擔任《台灣民報》文藝欄主編時，對後進的鼓勵與提拔，更是不遺餘力，楊守愚說他是「台灣新文

藝園地的開墾者，同時也是養育了台灣小說界以達於成長的褓姆」。[1]

　　賴和一生以漢文書寫，創作風格獨特的漢詩一千多首，其新舊文學的造詣，於此可見。之外，他特別重視民間文學，隨時隨地留意並記錄珍貴的神話、傳說、故事和諺語。曾從一位遊吟詩人口中採集到戴潮春反清歌〈辛酉一歌詩〉（1926-1927），堪稱民間文學敘事詩的鉅作。

　　賴和的作品有許多聚焦於被壓迫的人民與日本殖民政權的不義，曾說：「……我生不幸為俘囚，豈關種族他人優。弱肉久矣恣強食，至使兩間平等失。正義由來本可憑，乾坤旋轉愧未能。眼前救死無長策，悲歌欲把頭顱擲……」（〈飲酒〉）[2]，不僅是「為義鬥爭」的心聲，也是他一生抗日精神的寫照。

　　一九四一年，他被拘入獄五十天，在獄中以草紙寫下〈獄中日記〉，反映台灣人民既沉重又無奈的心情。

　　一九四三年，賴和逝世，行年五十。時人尊稱他為「台灣新文學之父」。[3]

三　例證

　　賴和對於民間文學的觀點，大概可從他為李獻璋《台灣民間文學集》寫的序文[4]中看出，這篇序寫於一九三五年十月十日。他指出民間文學包括傳說、故事、歌謠與謎語，其內容涵蓋民情、風俗、政治與制度，能表現民眾的真實底思想和感情，就民俗學、文學或語言學的角度而言，都具有保存的價值。

1　見《台灣文學》「賴和先生悼念特輯」，1943年4月。

2　「我生不幸為俘囚」，賴和一生（1894-1943），剛好是日本統治台灣時期（1895-1945），所以自比為「俘囚」。

3　見王錦江著，明潭譯：〈賴懶雲論〉，《台灣時報》201號（1936年8月）。《賴和研究資料彙編》（彰化市：彰化縣立文化中心，1994年）。

4　見李獻璋編著：《台灣民間文學集》（台北市：新文學社，1936年）。

台灣三百多年來，先民遺留給後代許多傳說、故事與歌謠，像〈鴨母王〉、〈林道乾〉、〈鄭國姓南北征〉的傳說，從歷史的角度來說尤其珍貴。民間文學的搜集和整理，在世界各國，早就有許多民俗學者與文學家從事過了，所獲得的成果，都大有可觀。

他自白：「從前，我雖然也曾抱過這麼野心，想跑這荒蕪的民間文學園地去當個拓荒者，無如業務上直不容我有這樣工夫，直到現在，想來猶有遺憾。」不過，從有關他的一些文獻似乎可看出他在這方面的留意與努力。賴洝曾回憶：「有位乞丐，姓朱，目盲，彈月琴唱歌謠在巷弄行乞，父親不嫌棄，找他來相聚，像朋友對待。」[5] 加上譯蕃歌與歌仔調的嘗試，在在證明他對民間文學的用心。最後，他希望：「這一冊民間文學集，同樣跑向民間去。」這種理念，是何等的遠大。

民俗學者指出 ，民俗是指與國民生活有關的傳統，並有特殊文化意義的風俗、信仰與節慶，其範疇概括心理、行為與語言民俗等面向。質言之，心理民俗以信仰為核心，主要為崇拜和禁忌；行為民俗為有形的傳承活動，如生命禮俗、歲時節慶、祈禳驅祟與工藝服飾等；語言民俗則以語言為主，表現人類的思想、情感與願望等，包括神話、傳說、故事、歌謠、諺語與謎語等口傳文學，又稱民間文學。這些都是民俗的底蘊，也是一切藝術的土壤，更是藝術創作的重要元素。

（一）賴和新詩

賴和長期耕耘漢詩，作品一千多首；他的新文學活動始自一九二五年八月發表的散文〈無題〉，終於一九三六年元月發表的小說〈赴了春宴回來〉，前後十年，也正是他生命裡的黃金歲月（三十二至四十二歲之間）。作品包

5　見林明德編著：〈台灣新文學之父——賴和〉，《彰化文學作家》（台中市：晨星出版社，2011年）。

括：小說二十九篇、新詩六十一首與散文十九篇[6]。

在賴和的古典與新文學中，他靈活運用民俗題材，成為創作的符碼，特別是新詩與小說兩種文類最為顯著，因此是本文論述的主要對象。賴和新詩的語言，大多使用白話文，當中有九首結合心理、行為與語言民俗等元素，而構成深具台灣本土特色的詩篇。例如：〈寂寞的人生　歌仔曲新哭調仔〉、〈七星墜地歌〉、〈新樂府〉（1930）、〈農民謠〉（1931）、〈相思　歌仔調〉（1932）、〈相思歌〉（1932）、〈月光〉（1932）、〈農民嘆　押台灣土語歌〉、〈呆囝仔——獻給我的小女阿玉〉（1935）[7]等。他兩次運用台灣人的原聲——本地歌仔的七字仔與哭調仔，作為詩歌韻律的基調，如：

　　　不用煩惱無三頓，
　　　　身軀穿得綿綿軟。
　　　睏足起來便喰飯，
　　　　喰飽坐到骨頭酸。
　　　遊山玩水也已懶，
　　　　無事只恨日頭長。
　　　……

　　　我又不耐得寂寞，
　　　　日日吐氣怨孤獨。
　　　富豪忌我像惡蛇，
　　　　散人講我已墜落。
　　　站在這樣環境中，
　　　　叫我如何去振作。
　　　……

　　　　　　　　　　　　　（〈寂寞的人生　歌仔曲新哭調仔〉）

6　見林瑞明編著：「小說卷」、「新詩散文集」，《賴和全集》（台北市：前衛出版社，2000年6月）。

7　見林瑞明編著：「新詩散文集」，《賴和全集》（台北市：前衛出版社，2000年6月）。

　　阮是兩人相意愛，

　　　若無說出恁不知。

　　阮著當頭白日來出入，

　　　共恁外人無治代。

　　……

　　只為身邊人眾眾，

　　　不敢講話真無采。

　　恨無鳥仔雙箇翼，

　　　隨便飛入伊房內。

（〈相思　歌仔調〉）

　　顯然的，他不僅運用本地歌仔的曲調音韻，並且是以台語為載體，企圖將歌、詩合一，以綿密的情韻，展現深刻的青春男女戀情與突破現狀的強烈「想望」。

　　〈七星墜地歌〉綜攝天文（南斗六星北斗七）、地理（活穴）、神祇（玄天上帝、萬善同、觀音娘）與人的想望，十足的嘲弄意味，宛如一首勸善歌。〈新樂府〉五段描寫百姓、販夫、官吏的形象與對比，是一首圖像鮮明的社會詩：「米粟糶無價，青菜也呆賣，／飼豬了本錢，雞鴨少人買；／賺喰非快活，種作總艱計，／官廳督促緊，納稅又借債。」字裡行間透露的民生艱苦，令人感到一種心酸又悽惻，直逼而來。

　　〈農民謠〉共九段，發表於一九三一年一月一日《台灣新民報》三四五號。當中第二段：「碎米蕃薯，／菜脯鹹魚，／一年中、儉儉省省，／只希望／好收成、／無疾病、／這儉省、也即有路用。」附李金土譜曲，不僅傳唱農民心聲，更引起大眾的共鳴，賴和以新詩創作反映社會現實，隱喻反諷，直接訴諸大眾的本意，昭然若揭。發表於一九三一年四月二十四、五日

的〈南國哀歌〉[8]是一首敘事詩，為哀悼霧社事件而作，也是典型的抗議詩，最後一段：

> 兄弟們來！
> 來！捨此一身和他一拚，
> 我們處在這樣環境，
> 只是偷生有什麼路用，
> 眼前的幸福雖享不到，
> 也須為著子孫鬥爭。

　　這是「覺悟下的犧牲」意識，流露「勇士當為義鬥爭」的凜然精神。他處處表現「民胞物與」的情懷，關心弱者、農民，原住民自不能例外，除了〈南國哀歌〉之外，還有〈譯蕃歌〉兩曲，試看其一：

香烟成堆好酒如淮，	ユーテークワレーパーローテ
	――――――――――疊：
我頭社的兄弟啊，	カナナイテイワニー
搖蕩輕槳一來，	オーキーソー
	バリタバトーア
水草礙行舟，	クサソートーア
勿惜少迂迴。	アナーニー

　　詞語簡淨，意象新穎，讀來有如天籟一般的情韻。〈相思歌〉（1932）與〈呆囝仔－獻給我的小女阿玉〉（1935）兩首的語言更為簡練純熟，充分發揮台語歌、詩一體的特色，前者延續〈相思　歌仔調〉的母題，以客觀手法描述青春男女的戀情，不過詩末突然宕開心理困境，出人意外卻又入人意內的「神來一筆」，與古詩十九首〈行行重行行〉的結尾：「棄捐勿復道，努力加餐飯。」有異曲同工之妙，試看：

8　同註7。

前日公園會著君，　　〔cheng5─jit8 kong─hng5 hoe7─tioh8 kun〕
　怎會即溫存？　　　〔choaN2 e7 chiah un─sun5〕
害阮心頭拿不定，　　〔hai7 gun2 sim─thau5 liah8 be7─tiaN7〕
　歸日亂紛紛。　　　〔kui─jit8 loan7─hun─hun〕

飯也懶喰茶懶吞，　　〔png7 iah8 lan2─chiah8 te5 lan2─thun〕
　睏也未安穩，　　　〔khun3 iah8 be7 an─un2〕
怎會這樣想不伸，　　〔choaN2─e7 chit─iuN7 siuN7─be7─chhun〕
　敢是為思君。　　　〔kam2─si7 ui7 su─kun〕

批來批去討厭恨，　　〔phoe─lai5─phoe─khi3 tho2─ia3─hun7〕
　夢是無準信，　　　〔bang7 si7 bo5─chun2─sin3〕
既然兩心相意愛，　　〔ki3─jian5 liong2─sim sio─i3─ai3〕
　那怕人議論？　　　〔na2 kiaN lang5 gi7─lun7〕

幾回訂約在公園，　　〔kui2─hoe5 teng7─iok chai7 kong─hng5〕
　時間攏無準，　　　〔si5─kan long2─bo5─chun5〕
相思樹下獨自坐，　　〔siuN─si─chhiu7─ha7 tok8─chu7 che7〕
　等到日黃昏。　　　〔tan2─kau3 jit8─hong5─hun〕

黃昏等到七星出，　　〔hong5─hun tan2─kau3 chhit─chheN chhut〕
　終無看見君，　　　〔chiong bo5 khoaN3─kiN3 kun〕
風冷露涼艱苦忍，　　〔hong leng2 lou7 liang5 kan─khou2─lun2〕
　堅心來去睏。　　　〔kian─sim lai5─khi3─khun2〕

　　　　　　──原載於《台灣新民報》三九六號，一九三二年一月一日。

　〈呆囝仔──獻給我的小女阿玉〉一詩，以父親的觀點刻劃小女的任性、頑皮與無理取鬧，以及慈祥父親的縱容與疼愛，一付親情圖宛在目前：

呆囝仔　不是物　　〔phaiN2—gin2—a2,m7—si7 mh8〕
　　一日喰飽溜溜去〔chit8—jit8 chiah8—pa2 liu3—liu3—khi3〕
　　曉看顧恁小弟〔be7—hiau2 khoaN3—kou3 lin2 sio2—ti7〕
　　只管自己去遊戲〔chi2—koan2 ka—ti7 khi3 iu5—hi3〕
呆囝仔　人是不痛你〔phaiN2—gin2—a2,lang5 si7 m7 thiaN3 li2〕

呆囝仔　不是物　　〔phaiN2—gin2—a2,m7—si7 mih8〕
　　一日當當要討錢〔chit8—jit8 tong—tong beh tho2—chiN5〕
　　三頓不喰使癖片〔saN—tng3 m7 chiah8 sai2 phiah—phiN3〕
　　四秀挑來擔擔掛〔si3—siu3 taN lai5 taN3—taN3 khiN5〕
呆囝仔　人是無愛碟〔phaiN2—gin2—a2,lang5 si7 bo5—ai3 tihN8〕

呆囝仔　不是物　　〔phaiN2—gin2—a2,m7—si7 mih8〕
　　愛穿好衫著較美〔ai3 chheng ho2—saN tio8 khah—sui2〕
　　曉保惜顧清氣〔be7—hiau2 po2—sioh kou3 chheng—khi3〕
　　染到塗粉滿滿是〔ko7—kah thou5—hun2 moa2—moa2—si7〕
呆囝仔　會喰竹仔枝〔phaiN2—gin2—a2,e7 chiah8 tek—a2—ki〕

呆囝仔　不是物　　〔phaiN2—gin2—a2,m7—si7 mih8〕
　　無啥無事哭啼啼〔bo5—siaN2 bo5—tai7 khau3—thi5—thi5〕
　　哄騙不煞人受氣〔haN2—phian3 m7—soah lang5 siu7—khi3〕
　　要叫不敢就較遲〔beh kio3 m7—kaN2 chiu7 khah ti5〕
呆囝仔　無拍　改變〔phaiN2—gin2—a2,bo5 phah be7 kai2—piaN3〕

　　　　——原載於《台灣文藝》二卷二號，一九三五年二月一日。

賴和在這首詩特別自註了七個語彙：
　一、膾：音賣之土腔；二、四秀：零食也；三、掛：圍也；四、無愛
碟：不要也；五、美：音水之正讀；六、事：音代；七、不煞：不停也。

可見他鍊字鍊句之際，還特別注意台語的「腔口」，藉正音傳達美妙的語境與委婉的情韻。

〈月光〉、〈農民嘆　押台灣土語韻〉為典型的憫農詩，是賴和悲憫情懷的流露。前者寫稻農欠收，面臨頭家追討租金、官廳抄封的困境：「當，無值錢物；借，無人敢保。／欠了頭家租，準是無田作。／欠了官廳稅，抄封更艱苦。／牽牛無到額，厝宅賣來補。／一家五六人，流離共失所。／景氣講恢復，物價起加五。／錢又無塊趁，日子要怎度。」在山窮水盡之際，也只能無語問蒼天了。

後者雙寫稻、蔗農的現實際遇，天災、蟲害，導致「家破」、「喪本無田作」，真是慘絕人寰。

二〇〇〇年，林瑞明編《賴和全集》正式出版，他在「新詩散文卷」體例曾說：「作品中的福佬話部分，可以辨讀者，以長老教會羅馬拼音標示。註釋方面，若全文引用明潭版之註解，則標示以（李南衡註），若賴和本身自註，則以（賴和自註）標示，以便區隔。」明顯透露幾點訊息：賴和嘗試以福佬話寫詩的實驗精神，此其一；賴和的歌詩以羅馬拼音更能接近正音，展現台語的魅力，此其二。所以透過蔡承維（日本一橋大學博士生）將福佬語為載體，可以辨讀的新詩，利用長老教會羅馬拼音標示出來，共有〈寂寞的人生　歌仔曲新哭調仔〉、〈新樂府〉、〈農民謠〉、〈相思　歌仔調〉、〈相思歌〉、〈月光〉、〈農民嘆〉與〈呆囝仔－獻給我的小女阿玉〉等八首，更能證明賴和於歌詩的意匠經營，以及嘗試把歌詩「帶回民間去」的用心與努力。

值得我們注意的是，賴和對民間文學的興趣與關心，始終如一。身為醫生，儘管業務繁忙，不容許他投入「荒蕪的民間文學園地去當個拓荒者」，不過他念念不忘民間文學，在忙碌的生活中，隨時隨地留意並記錄神話、傳說、故事、諺語……等。一九二六至一九二七年，賴和從一位遊吟詩人口中採集到戴萬生反清歌──〈辛酉一歌詩〉，昭和十一年（1936），經由宮安中修正，以彈唱者楊清池之名，發表於《台灣新文學雜誌》[9]。原題〈辛酉一歌詩〉，又題〈天地會的紅旗反〉，簡稱〈萬生反〉。宮安中〈抄註後記〉云：「然而，於今日我們卻連她底作者為誰，也無從去考查起了。唱者楊清

池他老人家，是最有資格頂戴這頭銜的，不過，在他之前，還有一個人，那就是他的老師，論他作梗，所以作者為誰，我們還是不便遽為肯定。」

大清帝國時期，台灣一地發生五大民變，包括：林爽文、張丙、蔡牽與戴萬生。其中戴萬生事變以唱唸歌謠流傳於中部地區，敘述清咸豐十一至十三年（1861-1863），彰化四張犁人戴潮春（字萬生）因吏治不良、官方增稅，乃組天地會黨、豎紅旗為幟以抗官反清的傳奇故事。

全詩七二〇行，由遊吟詩人楊清池吟唱，賴和記錄、整理，是一首難得的民間「敘事詩」。吟唱者為了重現歷史情境，在三年的事變過程，波及中部各縣市，出場官民數十人，他娓娓道來，事件緊湊，高潮迭起。其語言之運用，隨人物觀點移異，俚諺左右逢源，既素樸又鮮活。這裡節錄幾段以窺其一斑：

> 唱出辛酉一歌詩：
> 台南府孔道台，上任未幾時。
> 唐山庫銀猶未到，
> 發餉也無錢。
> 就召周維新來商量，來參議。
> 周維新來到此，
> 雙腳站齊跪完備：
> 「道台召我啥代誌？」
> 孔道台，開言就講起：
> 「周維新，我問你，
> 我今上任未幾時，
> 唐山庫銀猶未到，
> 要發餉，也無錢。
> 未知周維新，啥主意？啥計智？」
> 周維新，跪落稟因依：
> 「稟到道台你知機，
> 現今府城富戶滿滿是。

大局設落去，
八城門出告示：
大嵌店扣二百；
小嵌店扣百二；
大擔頭，扣六十；
小擔頭，扣廿四。
若是開無夠，
八城門的豬屎擔，
一擔扣伊六個錢來相添。」
……
遇著唐山行文來到此，
召要有理仔去平長毛的代誌。
有理仔，接著旨意，
隨時點兵就要去，
共伊小弟有田相通知：
「若是敗兵的代誌，
台灣勇，愛來去。」
點兵緊如箭，
總到漳州直直去。
此歌是實不是虛，
留得要傳到後世，
勸人子兒不當叛反的代誌：
若是謀反一代誌，
拿來活活就打死。
不免官府受凌遲，
田園抄去煞伶俐。[9]

9　見《台灣新文學》，第1卷第8、9號，第2卷第1號（1936-1937）。

（二）賴和小說

　　根據《賴和全集》「小說卷」，收有賴和小說二十九篇，去其重複〈善訟的人的故事〉與〈盡堪回憶的癸的年〉（與〈歸家〉雷同），實際是二十七篇。

　　賴和以敏銳的觀察力，抓住時代的脈搏，對於社會矛盾進行解剖、刻劃，且如實呈現，充分發揮社會寫實主義的精神。值得注意的是，小說載體是白話文，加上台語，並且大量應用傳說、俚諺、日語與諧音（見附錄一），形塑其小說特色。他同時運用生命禮俗與歲時節慶等民俗元素，營造其小說文本，使之成為台灣新文學的獨特風格。這裡特以四篇作品為例，進行探索。

1 〈鬥鬧熱〉（1926.1.1）

　　這是賴和發表的第一篇小說，葉石濤認為「這一篇小說之所以值得紀念，是因為這是一篇完全用西方文學的手法反映台灣民眾現實生活的作品。」[10] 小說的題材是迎神賽會——迎媽祖，他描寫民眾（小孩、大人）迎神賽會前後的歡樂，也指出貧苦民眾為之不惜一夜浪費千圓的陋習、迷信與愚昧。小說以重疊情節進行，小孩們因遊戲而吵架／大人們仗財勢欺壓弱者。通過兒戲來映襯大人們於鬥鬧熱中爭權奪利的主題意識，逐漸浮顯。作者綜攝民俗元素，特別在載體上巧妙運用俚諺，以展現小說的鄉土特色，例如：

（1）嘻嘻譁譁：嬉鬧聲。

（2）囡仔事惹起大人代：諺語，意即因小孩的事，惹成大人的糾紛。

（3）儉腸捏肚也要壓倒四福戶：諺語，意即窮人家輸人不輸陣，省吃儉用也要與富戶人家（城裏的人）爭一口氣。

（4）所以這一回，就鬧得非同小（俗謂發狂）可（俗謂狗）了：小可，諧音瘋狗。

10　見葉石濤：〈台灣新文學運動的開展〉，《台灣文學史綱》（高雄市：春暉出版，1987年），頁41。

（5）樹要樹皮，人要面皮：諺語，意即要面子。

（6）狗屎埔變作狀元地：諺語，意即沒利用價值的土地，因某種原因被炒
　　成寸土寸金的狀元地。

（7）死鴨子的嘴巴：諺語，又作死鴨硬嘴巴，喻固執不認輸。

　　顯然的，他的小說語彙大量運用俚諺，無非想藉以增加親和力，希望能
「跑向民間去」，引起大眾的共鳴。

2 〈一桿「稱仔」〉

　　在賴和〈一桿『稱仔』〉的草稿（見附錄二）裡，我們可以很清楚的看
到法朗士〈克拉格比〉的若干影子：以寫實主義的技巧將台灣社會底層的弱
者—秦得參一生慘烈地呈現。秦得參二十七歲，是日治時代台灣鄉鎮街市賣
菜人。過年前，他挑擔賣菜，碰到巡查大人前來索賄不成，以「稱仔」有問
題觸犯了「台灣度量衡條例」，折斷了「稱仔」並報告上司。秦得參莫名其
妙，既被罵「畜生」又被罰款或作勞役三天，在除夕，惶恐的妻子送錢把他
救了出來。他喃喃自語：「做人不像是個人」、「這是什麼世間，活著倒不如
死快樂。」並且覺悟到「犧牲」。小說內容大概依照主角的生命歷程：幼年
喪父，替人放牛；十八歲娶媳婦，二十歲母親過世又得了瘧疾，最後他選擇
賣菜養家；在人間煉獄他重燃起希望，卻被貪婪的巡警誣告、威權的法官獨
裁，造成冤獄；最後，他已覺悟到生命的抉擇。

　　小說人物包括：秦得參、母親、巡查大人、保正、法官與妻子。事件則
是純樸的秦得參不懂得「規矩」，到市上做生意沒有巴結前來索賄的巡警，
被「專在搜剔小民的細故來做他的成績」的巡警栽贓，任意指責「稱仔」不
準，違反度量衡規則。雖有保正出面替他辯護，但法官卻自由心證的說：
「什麼保正，難道巡警會比保正靠不住嗎？」顯然地，殖民地的法律與執法
者都是統治者的專利品，他們可以憑個人好惡入人於罪，世間的公平正義蕩
然無存，弱者的人權尊嚴宛如夢幻。人生被逼迫到盡頭，秦得參覺悟了，既
不妥協也不迴避，選擇了悲劇的結局。

〈一桿「稱仔」〉的手稿，規模初具，約三千字；連載於《台灣民報》的〈一桿「稱仔」〉則作了許多修訂，篇幅增加兩倍，擴大到六千多字。人物稍作調整，增加事件細節，作者運用心理學與民俗素材，使小說臻於成熟：事件更周密、情節更緊湊、人物更深刻、對比更強烈、主題更多元，從而內聚高潮，引爆悲劇。基本上，修訂後的文本，秦得參的生命歷程更加清晰，彷彿是一篇「三十歲」的傳奇。窮困的秦得參，父親早死，母子孤苦無依，鄰人好心做媒，為母親招贅一個夫婿，但常遭後父打罵。九歲替人家看牛做長工，十六歲想耕作幾畝田又租不到，祇好做散工。十八歲，母親完成「唯一未了的心事」為他娶妻。二十一歲生了一兒子，母親展露笑容，二十年來的勞苦，總算有了回報，她以為責任完成，精神為之放鬆，病魔卻乘虛而入，臥病幾天，帶著「滿足、快樂」的笑容往生了，後父也從此互不相干。

二十二歲，他又得了一女兒。四年後，因過勞成疾，患著瘧疾，看病太貴，請不起西醫，祇能煎些青草，折騰幾個月，得了脾腫。到了年末「尾牙」，他想積蓄些新春的食糧，打聽鎮上生菜的販路很好，商量妻子回娘家想辦法，嫂子把一根金花借給她典當了幾塊錢作資本，又向鄰家借了一桿新「稱仔」。這一天的生意不錯，一擔生菜，賺了一塊多。幾天下來，生意順利，他就先糴些米，預備新春的糧食，想為明年換一換氣象：客廳奉祀的觀音畫像、門聯要煥然一新，準備金銀紙、香燭，買糖米蒸年糕，又為孩子的新衣裳，剪了幾尺花布回去。

然而，這好像暴風雨前的寧靜，緊跟而來的是連續的凌辱惡罵：巡警要他花菜，誠實的得參不懂「規矩」，巡警惱羞成怒，挑剔「稱仔」不好，罵他「畜生」、折斷「稱仔」，並記下他的名姓、住處。秦得參遭受意外的羞辱，滿腹憤恨。有人說他不懂規矩，還沒嘗到拷打的滋味。他抗議的說：「什麼？做官的就可以任意凌辱人民嗎？」群眾中有人稱讚他是「硬漢」；除夕日，他大清早挑起菜擔到鎮上去，沒想到那巡警一而再罵他「畜生」，要他到衙門去。法官不管他是不是初犯，判他違反度量衡規則，科罰三塊錢，否則就要監禁三天。他想到三塊錢是何等的數目，寧願接受監禁。妻子聞訊，先是哭，經鄰居勸說才帶著取金花的錢，繳款救夫。秦得參清楚被釋

放的真相後，快快地說：「不犯到什麼事，不至殺頭怕什麼。」在「辭年」的爆竹聲中，他拿出三塊錢要妻子贖回金花。

「圍過爐」，秦得參心裡浮上一種不明瞭的悲哀，他喃喃自語：「人不像個人，畜生，誰願意做。這是什麼世間，活著倒不若死了快樂。」又回憶到母親死時「快樂的容貌」，終於懷抱著最後的覺悟：與巡警玉石俱焚。

賴和熟悉台灣的歲時節慶，對於民間習俗的體會極為深刻，從「尾牙」、「觀音畫像」、「門聯」、「金銀紙」、「香燭」、「年糕」、「新衣裳」、「除夕」、「圍爐」、「新年的爆竹聲」、「開正」，一路寫來，既營造節慶氣氛，也建構了一個強烈的對比：生／死；團圓／離散，讓小說呈現最大的戲劇張力，釋放多元的主題意識。

《老子》云：「民不畏死，奈何以死懼之？」（第七十四章）賴和對〈一桿『稱仔』〉悲劇主題的經營，是相當細心的，母親二十年的心理描述是醫學、心理學的運用；秦得參為新春除舊佈新，買了「金銀紙、香燭」，巧妙的伏筆，為結局提供嚴肅的素材。依照民俗，紙錢可分為兩類：一為金紙，一為銀紙。這些紙錢均由稍具厚度的紙張組合成疊，上貼有小而薄的銀箔。製造金紙時則在錫箔塗上一層黃色顏料，以造成黃金的效果。金紙是用來祭祀神明的；銀紙的形式較金紙小，除了蓮花銀之外，大多沒有圖飾，是祭祀鬼魂用的。賴和諳熟民俗，不僅生長於鄉土的耳濡目染，更可能家傳的影響－祖父賴知學弄鈸（弄鐃），父親賴天送為道士，因此，對生命禮俗（生老病死）的細節知之甚詳。所以對銀紙的安排，用意極為清楚。小說結尾的對話：

> 「什麼都沒有嗎？」
>
> 「只有『銀紙』備辦在，別的什麼都沒有。」

作者冷靜處理，讓秦得參走的從容不迫，在現世他任人宰割，一無所有；在他界可以事先安排、自己做主，從而解除「真得慘」的魔咒。

至於「最後的覺悟」，是有鑒於生，「人不像個人」，還被怒斥為「畜生」，這在人間煉獄「活著倒不如死了快樂。」加上母親「快樂」的遺容，

讓他視死如歸。這些都是醞釀此一慘劇不可或缺的元素。

　　元旦，秦得參的家裡，忽譁然發生一陣叫喊、哀鳴、啼哭；同時市上盛傳一個夜巡警吏，被殺在道上。

　　這一幕悲劇不僅讓讀者引起哀憐與恐懼的情緒，也為殖民地台灣社會宣示弱者的覺悟與反抗，魯迅曾說：「不在沉默中爆發，便在沉默中滅亡。對受壓迫凌辱的庶民來說，不外有兩條路，要麼等死，要麼反抗──即使付出生命。」正是秦得參抉擇的最佳註腳。[11]

3 〈善訟的人的故事〉

　　同名的小說有兩篇：一作於一九三二年十二月二十日，發表於《台灣文藝》二卷一號（1934.12.18），收錄於李獻璋篇《台灣民間文學集》（1936.5）；一收於葉陶發行的單行本《善訟的人的故事》（1947.1.10）[12]。前者為李獻璋《台灣民間文學集》「故事篇」二十一之一，屬於彰化的地方傳說故事。賴和在故事附錄：「這故事的大概，聽講刻在一座石碑上，這石碑是立在東門外，現在城已經拆去了，石碑不知移到什麼所在，惹起問題的山場，還留有一部分做公塚。」可見他是根據地方傳說演繹成為故事；後者是上述故事的改寫，作者開宗明義云：

> 　　所謂善訟的人，有他一個特別的名稱，便是世俗所謂訟棍；但是訟棍是專靠訴訟來賺錢，訴訟就是職業，有點像現代的辯護士。不過被稱為訟棍的人，多不是好人，他所以愛訴訟，就是訴訟於他自己有利益，可以賺錢，不是要主張公理，或維持正義；甚至顛倒是非，混亂黑白，若於自己有益，也是在所不計。
>
> 　　我所要講這個故事的主人，雖然也善訟，我卻不忍稱他為訟棍，因為他不是以自己的利益為前提去興起訴訟的。

---

11 以上參考拙著〈細讀賴和〈一桿「稱仔」〉〉，「台灣文學國際研討會──研究現況及海外的接受」（波爾多：法國波爾多第三大學，2005年10月）。

12 見林瑞明編著：《賴和全集‧小說卷》（台北市：前衛出版社，2000年6月）。

作者在「民間故事」的基礎上，稍作處理，使之成為小說。其實兩者的情節、人物、事件、場景、對白、觀點與主題都極為相似。小說的主角林先生，是地主志舍的管賬，他為被剝削欺凌的農民打抱不平，不惜辭職、向官府提告：志舍不當占有全部山地作私產、苛收窮人墓地的錢。林先生挺身為義鬥爭，但敵不過志舍金錢勢力範圍的縣吏、地主的共犯結構。他下定決心，有「捨身幹下去的覺悟」，於是從鹿港搭船到福州馬尾，上府城向道台告狀，在他鄉異地遇上一位狀似乞食的奇人，並獲得指點，在呈子裡加進十六個字：「生人無路，死人無地，牧羊無埔，耕牛無草。」以增強力道。林先生在省城打贏了官司，志舍的山場解放做公塚，造福牧羊放牛與窮苦人家。但林先生的消息杳然，成為傳奇人物。

基本上，這篇小說是民間故事的演繹，因此內含許多民間文學的元素，成為一篇耐人尋味的文本。

4 〈富戶人的歷史〉

這篇小說是賴和的遺稿，由林瑞明整理賴和文物時所發現，首次發表於一九九一年十二月的《文學台灣》創刊號。林瑞明認為：「〈富戶人的歷史〉同屬民譚轉化的新文學創作，與〈善訟的人的故事〉寫作時間，相差不會太遠。」[13]

小說文本頗能反映一九三〇年代台灣的風俗、民情－民眾真實的思想與感情。情節的發展是透過兩位轎夫，載「走街先」（賴和醫生）往診，在山行道中一前一後，沿途評議幾個當時「地方上稱道的富戶人家」發財的始末。小說載體大量運用台語、諺語，加上轎夫的「行話」－口號，展現賴和寫實風格的小說技巧，也保留了珍貴的無形文化。例如：

（1）毛管出汗：靠勞力賺錢；粒積：積蓄。

（2）馬無夜草不肥，人無橫財不富：諺語，指不當的所得。

---

13 見林瑞明：〈富戶人的歷史〉，《台灣文學與時代精神──賴和研究論集》（台北市：允晨文化公司，1993年），頁381。

（3）大富由天，小富由勤儉：諺語，喻安分守己。

（4）走街先：為醫生的謔稱。

（5）賢荷老：太稱讚了；致蔭：庇蔭。

（6）前籤：扛轎前的轎夫。

（7）查某嫺：侍女；做緣投：當小白臉。

（8）一四界：到處；厚：擬音，被。

（9）較了尾：比較衰微；那一柱：那一分支。

（10）「卵鳥仔」錢：靠女人得來的不義之財。

（11）紅毛塗：水泥；車盤：相互爭論。

　　中間穿插「爽文反」（林爽文民變）、「萬生反」（戴潮春事件）、「拼大和尚的事」（林和尚，原名林媽盛，霧峰人，任職團練總理或兼莊總理；涉及林定邦命案與林文察復仇的一段公案）。加上幾則「卵鳥仔錢」的民間故事：竹巷張姓娶妻、塗厝厝陳家招親，以及「尾吉當他頭家娘的意，佃戶變成頭家」。可說是一篇行走中展開的小說。有意思的是，小說裡面適時出現的轎夫「行話」——口號，注入鄉土情味，平添小說不少的聲色。例如：

　　前：小！鎮路，帶溜！（左轉！路有物（腳要跨過去）），路滑！

　　後：好！小，溜！（知道了！左轉，路滑！）

　　前：大無地，小掛角。（右邊凹坑，左邊有樹枝或屋角（注意勿使轎頂撞及）。）

　　後：好。（知道了。）

　　前：小！溜，大步開！（左轉！路滑。步伐加大。）

　　後：好，大步開。（知道了，步伐加大。）

　　前：好，垂手。（好，放下轎休息。）

　　前：交纏！（路上有藤會絆腳！）

　　後：好！交纏！（知道了，有藤會絆腳！）

　　前：小！（左轉！）

後：好，小！（知道了，左轉！）

前：踏步吞！（調整步伐，原地踏步！）

後：好！踏步吞。（知道了，原地踏步！）[14]

　　作者自白：「這是山行道中，和轎夫們的閒談，談話中有些可以做自家廣告，也有些可借來笑罵素所厭惡的人，所以要把牠來發表。講話的人，有前、後、走三個，前、后者就是前、后頭兩個轎夫，走者走街仔先自己也。中間有幾句扛轎人的口號，想是大家所共悉的，恕不另註。」

　　可見兩位轎夫是民間故事的敘述者，也是口號－行話的表出人，而走街仔先－和仔先既是參與者也是記錄人，他對民間文學的興趣與隨時隨地的採集的習慣，於此可見一斑。

四　結論

　　賴和的新文學，特別是新詩與小說兩種文類，涵攝了心理、行為與語言的民俗元素，形塑他獨特的藝術風格，他不僅例證民俗是一切藝術的土壤，更贏得「台灣新文學之父」的冠冕。在小說上，他開風氣之先，運用民俗元素，揭櫫台灣小說的大方向，一時蔚為風氣，後繼者踵事增華，共同締造一個嶄新的局面，例如：

　　一、呂赫若〈牛車〉（1935）

　　二、龍瑛宗〈植有木瓜樹的小鎮〉（1937）

這兩篇深具台灣民俗特色的小說，分別進軍日本「中央文壇」，一刊於《文學評論》，一入選《改造》，證明本島作家的日文素養之精湛與小說美學的造詣。呂赫若（1914-1951），豐原潭子人，出身地主階級，二十二歲，以〈牛車〉闖進文壇，一九四二年的〈財子壽〉、〈風水〉連續獲獎，建立了文壇的

---

14 以上參考呂興忠：〈賴和〈富戶人的歷史〉初探〉，收於林瑞明編：《賴和全集‧評論卷》（台北市：前衛出版社，2001年），頁311-330。

地位。這三篇都是典型的鄉土小說，涵攝許多民俗元素，例如：牛車、財子壽、耙砂、風水、拾骨。

龍瑛宗（1911-1999），新竹北埔人，出身商人之家，二十六歲，以〈植有木瓜樹的小鎮〉榮獲徵文佳作，作者「以冷靜而詩意的筆調，描繪了三〇年代台灣小知識分子處身黑暗殖民地社會之現實裏的哀傷、沒有出路以及絕望」[15]，其中相親一節，宛如一幅民俗圖繪，至於小說場景是小鎮風光，因此沾上濃厚的鄉土色彩。

其他，如：張文環（1909-1978）〈閹雞〉（1942）、翁鬧（1910-1940）〈羅漢腳〉（1935）等，[16]也都能靈活運用民俗元素，營造鄉土小說特色，而獨樹一幟。

透過本文的分析，當可了解賴和新文學涵攝民俗元素的真相，又能跡近台灣新小說，一窺其文學特質，最終目的則為台灣文學研究提供更客觀的視野。

---

15 林瑞明：〈不為人知的龍瑛宗——以女性角色的堅持和反抗〉，《文學台灣》第12集（1994年10月）。

16 參考許俊雅：〈日治時期台灣小說中的民俗風情〉，《見樹又見林——文字看台灣》（台北市：國立編譯館，2005年），頁121-150。

附錄一

1　文市：生意零售叫文市；批發稱武市。

2　永過：以前、昔日。

3　央三託四：到處拜託。（以上見〈歸家〉）

4　札口：日語，剪票口；驛夫：日語，站務員。

5　阿罩霧不是霸咱搶咱，家伙那會這樣大：阿罩霧，霧峯舊名，此指6 霧
　　峯林家；家伙，家產。（以上見〈赴會〉）

7　死囝仔、死囝仔栽、夭壽死囝仔：皆罵小孩的話。（見〈補大人〉）

8　舊慣：舊習俗。

9　便宜都合：日語，關係、方便。

10　進衙門取調：取調，日語，即調查，審問。（以上見〈不如意的過年〉）

11　「蜈蚣、蛤仔、蛇」稱為世界三不服：諺語。蛤仔，青蛙。

12　愈是時行：時行，風行，受歡迎。

13　白仁：眼白。

14　坐著督龜：督龜，打瞌睡。

15　王樂仔：走江湖的。

16　罕叱：起鬨。（以上見〈蛇先生〉）

17　彫古董：俗語，同調古董。作弄人，開玩笑。

18　雞母皮：雞皮疙瘩。

19　愛人荷老：荷老，誇獎。

20　應接室：日語，客廳。（以上見〈彫古董〉）

21　講那十三天外的話：十三天外，喻不著邊際。

22　停有斗久仔：斗久仔，一會兒工夫。

23　寫真師：日語，寫真，照片；寫真師即攝影師。

24　手面趁食：謀生僅足以糊口。（以上見〈棋盤邊〉）

25　用番仔火枝托著嘴齒：番仔火枝，火柴棒；托，剔；嘴齒，牙齒。

26　開始鬧台：開鑼，演戲前先敲打一陣鑼鼓叫鬧台。（以上見〈辱?!〉）

27　看頭：把風。

28　鱸鰻：流氓。

29　名刺：日語，名片。

30　雞規先：吹牛皮。（以上見〈浪漫外紀〉）

31　一死萬事休：諺語，一了百了。

32　被賣做媳婦仔：媳婦，即養女、童養媳。

33　受債：勤儉；所費，開支、費用。

34　出勤：日語，上班。

35　檢束：日語，逮捕、拘留。

36　配當：日語，分紅。

37　啥貨：什麼。（以上見〈豐作〉）

38　拍狗也須看著主人：諺語，打狗須看主人面。

39　徼倖：不幸；加講話：多話。（以上見〈惹事〉）

40　批信：信；郵便：日語，郵件；配達夫，日語，郵差。

41　量約：隨便。

42　女給：日語，女服務生。

43　嘴鬏鬏鬏無合台：諺語，不合時。

44　不可跋倒滿身塗：跋倒，跌倒。塗，泥土。

45　寄附：日語，樂捐。

46　細膩：小心；故嫌：謙虛。（以上見〈一個同志的批信〉）

附錄二

賴和手稿

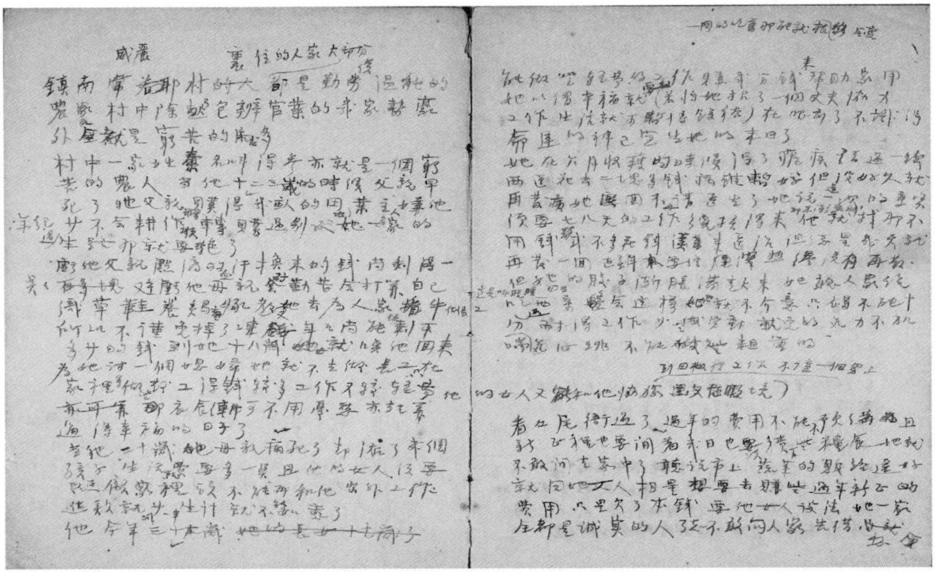

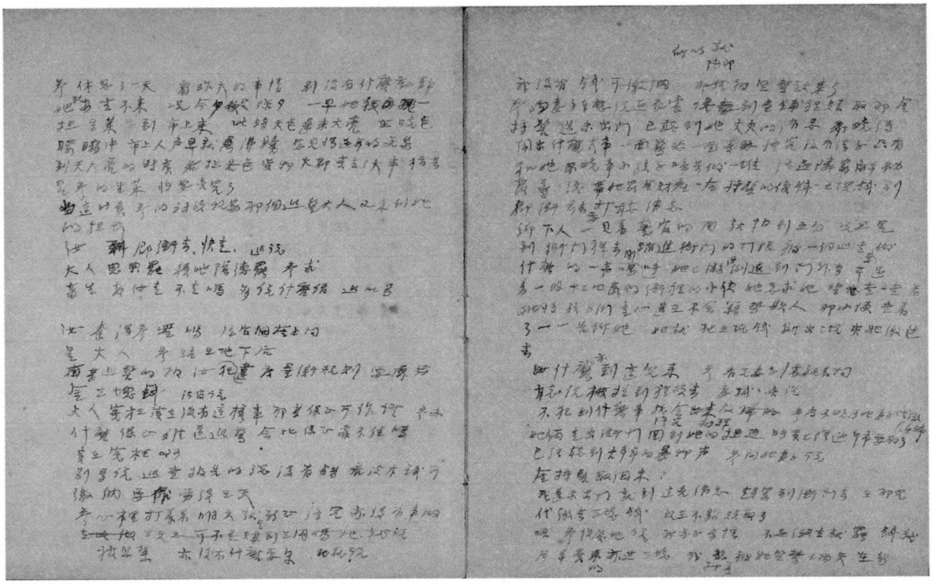

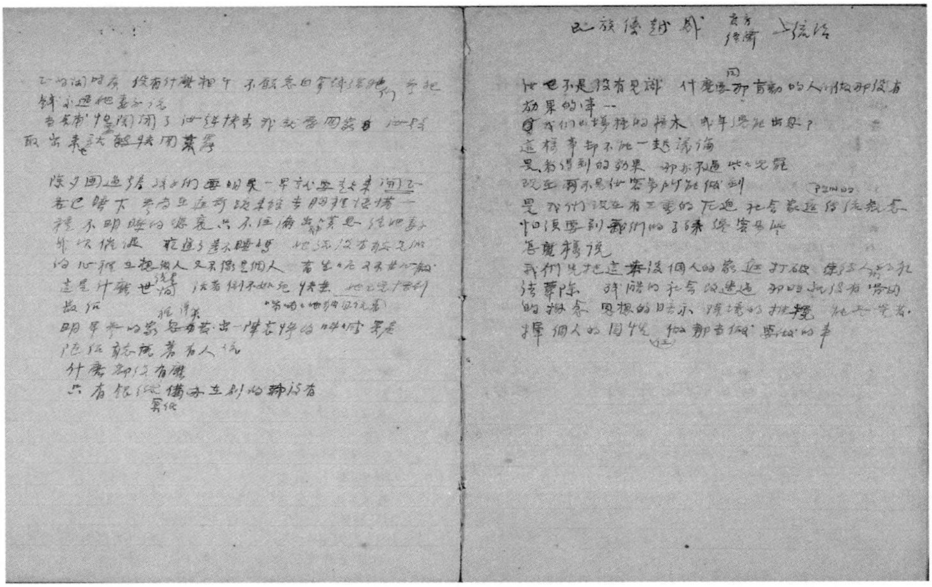

賴和民間信仰之書寫與省思

謝瑞隆

摘要

　　本文以賴和文學作品為研究範疇，闡述其作品對於台灣民間信仰生活的書寫，從而討論賴和對於民間信仰的時代觀察與描述。整體而言，賴和文學作品體現著濃厚的庶民生活經驗，紀錄日治時期台灣民間信仰的面貌，是研究舊時台灣常民生活的寶貴素材。此外，賴和作品中也呈現他個人對於台灣民間信仰的觀點，歷來學界多以破除迷信陋習來闡釋賴和的主張，然而從其作品中也可以發現－賴和曾經省思傳統俗信的社會功能與意義，甚至認同、實踐民間信仰的活動或習尚。

關鍵詞：賴和、民俗、民間信仰、迷信

一 前言

　　賴和（1894-1943），本名賴河，一名賴癸河，筆名有懶雲、甫三、走街先等，幼時接受漢文教育，十六歲考進台灣總督府醫學校，修業完畢後曾在彰化開設醫館，一生仁醫仁術、懸壺濟世，因此在彰化地區又被當地人們尊稱為「彰化媽祖」。吳新榮曾說過：「賴和在台灣，正如魯迅在中國、高爾基在蘇聯，任何權威都不能漠視其存在。」[1]，在台灣文學史上享有「台灣新文學之父」、「台灣的魯迅」的雅譽。

　　賴和成長於彰化民間，生長在舊式家庭，祖父以「弄鈸」為業，父親又是道士，因此賴和對於台灣民間信仰的接觸與經驗頗為多元，然而其接觸頗多的新文化，頗常以理性、科學的態度來論述台灣傳統文化，歷來不少學人研究賴和時多以「破除迷信陋習」來讚揚他的新思維，諸如〈魯迅、賴和鄉土經驗的比較——以其民俗與迷信書寫為例〉[2]、〈迷信下的反動——試析賴和的迷信書寫〉[3]、〈台灣新文學「反迷信」主題的書寫－以賴和、楊守愚比較為例〉[4]都從「迷信」課題來著眼分析賴和文學面對台灣民間信仰的若干觀點，然而賴和對於台灣民間信仰的書寫面向為何？他對於台灣俗信的觀點與見解為何？這些課題仍有待更多的討論與論述。

　　緣此，本文擬以「賴和民間信仰之書寫與省思」為題，考察賴和對於台灣民間信仰的觀察以及其相關的評斷、想法，從而彰顯這位在新舊文化交接之際的文人如何看待傳統俗信的存在價值與社會意義。在討論文本方面，限

1　吳新榮：〈賴和在台灣是革命傳統〉，《台灣文學》第2輯（1948年9月15日）。

2　廖淑芳：〈魯迅、賴和鄉土經驗的比較——以其民俗與迷信書寫為例〉，《台灣文學學報》第1期（2000年6月），頁215-237。

3　葉俊谷：〈迷信下的反動——試析賴和的迷信書寫〉，《中外文學》第32卷第1期（2003年6月），頁127-143。

4　王美惠：〈台灣新文學「反迷信」主題的書寫——以賴和、楊守愚比較為例〉，《崑山科技大學學報》第2期（2005年11月），頁151-168。

於篇幅，復以考量詩歌係屬較為精煉的語句組成，比較無法具體而詳細地書寫相關的俗信現象，因此本文以賴和的散文、小說作品為主要探討範疇，再輔以漢詩來作析論，以期闡明賴和面對民間信仰的觀察與思考。

二　賴和民間信仰的經驗書寫

民俗是俗眾普遍的生活面貌，諸如食衣住行育樂的所顯露的外相、行為以及內蘊其間的心理思維、思想等皆是民俗的範疇。賴和出身於彰化，一生經驗日治時期台灣民間生活的百態，其文學作品有著濃厚的庶民生活之氣息，對於當時代民間生活也有深刻的刻畫與描繪，是研究台灣常民生活史的重要材料。綜覽賴和的文學作品，其散文、小說等創作頗多描述當時的民俗生活面向，民俗生活經驗的書寫也成為賴和文學創作的取材來源，從而構成賴和寫實風格的內緣因素之一。

觀察賴和對於台灣民俗生活的描寫，其中有著不少的篇章涉及台灣民間信仰、廟會慶典等現象，其對台灣民間信仰的描寫堪稱是豐富而多元的。民間信仰包含通俗的信仰對象、媒介以及相關的行為儀式等，一般所指多為民間公共祭祀或民間巫術[5]信仰；尤其是民間公共祭祀是民間信仰的核心，台灣本地人藉著民間公共祭祀，表達社區意識與地域人群的一體感。[6]因此民間信仰與地方風土民情、開發歷史具有密不可分的關係，它往往內蘊著一地的人群關係、人文發展之面向，成為考察社會人群很重要的切入點。

綜覽賴和的文學作品，其對所處時代的民間信仰之描寫是頗為豐富的，從而反映日治時期台灣民間信仰的當下情景，下述概分幾種說明：

5　謝宗榮：《台灣傳統宗教文化》（台中市：晨星出版社，2003年，頁16）言：「至於『民間巫術信仰』則是指個體性的相信鬼神、占卜、乩童、巫術等，並藉以求取個人福祉，解決個人難題的信仰，特別是存在於私廟、私壇等供人求神問卜、求符作法的非公眾性祭祀場所，少數也見於公廟，如點光明燈、安太歲等。」

6　參見林美容：《台灣人的社會與信仰》（台北市：自立晚報文化出版部，1993年），頁8-9。

（一）台灣民間信仰的特點

1 觀音與媽祖信仰的隆盛發展

　　民間信仰伴隨時代、地區的差異也會有不同的發展，賴和文學對於當時代的民間祀神的信仰興衰情形也有所記錄。一般來說，漢人民間信仰的女神代表恐怕就是觀音佛祖，民宅神明廳的觀音媽漆（彩）反映了觀音佛祖在台灣漢人民間信仰的代表性，賴和小說〈一桿「稱仔」〉點畫出觀音信仰在台灣民間的通俗性：

> 他就想，「今年家運太壞，明年家裏，總要換一換氣象纔好，第一廳上奉祀的觀音畫像，要買新的，同時門聯亦要換，不可缺的金銀紙、香燭，亦要買。」[7]

〈善訟的人的故事〉：「而且觀音佛祖又是萬家信奉的神，所以不論年節，是長年鬧熱的地方。」[8]透過賴和文學作品的描寫，「第一廳上奉祀的觀音畫像」即是一般民宅神明廳所懸掛的觀音媽漆（彩），正是呼應「觀音佛祖又是萬家信奉的神」，也如實地呈現觀音佛祖在台灣漢人民間信仰中的至高地位。

　　除了觀音佛祖外，台灣民間信仰又以女神媽祖信仰最盛。明鄭以降，隨著閩粵住民移墾台灣的風潮漸興，護航女神——媽祖成為台灣先民渡越黑水溝（台灣海峽）的守護者，從而伴隨著移民的腳步逐漸在台灣落地生根，甚至成為台灣最興盛的信仰神祇。賴和漢詩〈元旦寺廟行香〉原作：

> 手攜香燭趁爺行，佛院神壇幾處經。不似世人偏己福，但從懺悔告神明。
> 媽祖觀音感應真，善男信女乞靈頻。鳳山寺破香烟少，冷暖人情亦到神。

7　《賴和全集‧小說卷》，頁48。
8　《賴和全集‧小說卷》，頁216。

> 人心日壞欲如何，福善無徵惡更多。亦信神靈原有在，奈他世上自妖
> 魔。[9]

「媽祖觀音感應真，善男信女乞靈頻。」，賴和的描繪反映了當時代的民間
信仰面向，民間對於媽祖與觀音的靈應感到認同，因此信眾頻繁地出入相關
祭祀據點；相較於此，有些祀神信仰則不若媽祖、觀音興盛，因此賴和才會
有「冷暖人情亦到神」的感嘆，從而呈現出媽祖與觀音信仰在台灣民間信仰
的隆盛發展。

在賴和相關的作品裡，媽祖信仰在其所處的生活環境中有著極為深刻的
感受。清治時期以來，台灣中部媽祖信仰鼎盛，各地重要市街幾乎多以媽祖
廟為大公廟，賴和生活於彰化市街，自然也體驗到媽祖信仰在民間的號召
力，關於往昔彰化市街媽祖信仰的情形，周璽《彰化縣志》：

> 天后聖母廟：……一在邑治北門內協鎮署後，乾隆三年北路副將靳光
> 瀚建；二十六年，副將張世英重修。一在邑治東門內城隍廟邊，乾隆
> 十三年，邑令陸廣霖倡建。……。一在邑治南門外尾窨，乾隆中士民
> 公建，歲往笨港進香，男女塞道，屢著靈應。……。[10]

「一在邑治東門內城隍廟邊，乾隆十三年，邑令陸廣霖倡建。」天后宮內媽
祖廟舊址位於東門城隍廟邊（今合作金庫），所以此處所指為彰化天后宮；
「一在邑治南門外尾窨，乾隆中士民公建」所指則為彰化南瑤宮；至於「一
在邑治北門內協鎮署後，乾隆三年北路副將靳光瀚建」，此一媽祖廟約位於
今日彰化女中一帶，最遲於日治初期即已不存[11]。日治時期以來，彰化市街
的媽祖信仰以彰化南瑤宮（外媽祖）與彰化天后宮（內媽祖）最為重要，此
二處媽祖廟分別座落在城內與城外，天后宮位於東門內，南瑤宮位於南門

9　林瑞明編：《賴和全集・漢詩卷下》（台北市：前衛出版社，2000年6月），頁403。

10　參見清周璽：《彰化縣誌》（彰化市：彰化縣文獻委員會，1993年3月再版），頁274-276。

11　參見陳仕賢等：《彰化歷史散步》（彰化縣：鹿水文史工作室，2005年），頁97。

外，此兩處媽祖信仰在地方皆有廣大的信眾，從而反映彰化市街媽祖信仰的隆盛發展，因此賴和在批判迷信的時代面向時，頗多控訴地方相關權勢者透過媽祖的靈應來獲取相關的利益，賴和小說〈鬥鬧熱〉提到：

> 翌日，街上還是鬧熱，因為市街的鬧熱日，就在明后兩天。──人們的信仰，媽祖的靈應，是策略中必需的要件；神輿的繞境，旗鼓的行列，是繁榮上頂要的工具──真的到那兩天，街上實在繁榮極了。[12]

賴和散文〈我這次回來〉：

> 一天牠們要借仗媽祖的威靈，皷勵人們漸要覺悟的迷信心，以便他們的利用，怕黑幕被我們揭開，就把法子來賺。我奈一時糊途，更上了他的當，後來曉得了，自己也笑個腹痛。[13]

「人們的信仰，媽祖的靈應，是策略中必需的要件」、「一天牠們要借仗媽祖的威靈，皷勵人們漸要覺悟的迷信心，以便他們的利用」等描述都呈現出賴和對於當時代觀察－媽祖神祇在台灣民間信仰的興盛發展，因此成為掌握權勢者欲利用的對象。日治時期以來，彰化南瑤宮堪稱是台灣媽祖信仰的朝聖地之一，也是彰化市街香火最為鼎盛的地方大廟，賴和小說〈歸家〉有如下的描述：

> 這箇地方的信仰中心，虔誠的進香客的聖域，那間媽祖廟，被拆得七零八落，「啊！進步了！怎樣故鄉的人，幾時這樣勇敢起來？」我不自禁地漏出了讚嘆聲，我打算這是破除迷信的第一著手，問起來纔知道要重新改築，完全出我料想之外。[14]

那間媽祖廟所指當是彰化南瑤宮，該廟創建於乾隆年間，日治時期大正元年（1912）南瑤宮組織改築會，倡議重建正殿（今觀音殿），大正五年（1916）

---

12 《賴和全集・小說卷》，頁41。
13 《賴和全集・新詩散文卷》，頁190。
14 《賴和全集・小說卷》，頁25。

西洋式正殿（今觀音殿）工程完竣；到了大正九年（1920）南瑤宮董事倡議改建正殿，並將正殿改為觀音殿，另聘請匠師建築媽祖正殿；整體工程包含前後各殿的修築等直至昭和十一年（1936）才告完竣完，南瑤宮也由之成為中部地區規模盛大的媽祖信仰聖地，賴和所指概為日治時期的重新改築。透過賴和的書寫，真切地印證了南瑤宮在日治時期的改築，成為研究南瑤宮歷史沿革的重要素材。

整體來說，賴和對民間信仰諸神的描寫與其所處環境有關，尤其是開化寺觀音佛祖信仰、南瑤宮媽祖信仰在彰化當地有著相當的代表性，因此生活於彰化市街的賴和對於觀音佛祖、媽祖信仰的興盛自然有著更為深刻的感受。除了觀音佛祖、媽祖信仰之外，賴和對於漢人重視傳宗接代的信仰風尚也有一些描寫，賴和小說〈未來的希望〉：

> 大舍又自信他生殖能力還很強，這責任便又歸到他的妻妾去承擔，女人家的疑難事，只有求神托佛了，無奈神佛無靈，單會消耗一般善男子善女人的財帛，享受他們的禮酒，一些些也無有感應。[15]

又如：

> 這使大舍生起恐慌來，第一便去請來，只有享受答謝的雞酒麻油飯，而不負責任的註生娘，香煙繚繞地供奉在大廳，要求著保庇。[16]

該小說雖以嘲謔的口吻來描繪迷信的現象，然也點出民間祈求神明庇佑而得以生育子女的民俗生活面向，在漢人重視傳宗接代的傳統中，民間信仰的眾多神明多被賦予授子的期待，諸如觀音佛祖、媽祖等都有庇佑生育的靈應傳說傳衍，另各地祠廟多會有附祀註生娘娘的情形，凡此皆反映出民間對於神佛庇佑生兒育女的需求，因此求神托佛（註生娘娘）來庇佑生育也成為賴和描繪民間信仰的一隅。

---

15 《賴和全集・小說卷》，頁281。
16 《賴和全集・小說卷》，頁281。

2 重視無主孤魂的祭祀

　　除了神祇信仰的描寫外，賴和對於民間重視無主孤魂的祭祀也有所呈
現。賴和小說〈僧寮閒話〉：

> 一天，聽說東門外的菩提寺，要開一天道場，為一般枉死的幽魂，拯
> 拔超度，我約下朋友，要去看看熱鬧。[17]

台灣民間相信人死亡後，其靈魂永不消滅，一直逍遙於宇宙之間，而且也和
大自然的精靈相同，其氣力大的，足以決定現世人類的禍福；其中台灣民間
最懼怕的就是「無主孤魂」一類的亡靈，依民間的觀念認為孤魂若沒有人祭
祀就會變成厲鬼，所以人死了要祭拜，否則他們就會對陽間的人類社會作
祟，成為人間疾病或其他種種不幸的來源。[18]一般民間對待這些孤魂野鬼的
態度，消極的是驅邪壓煞，積極則因懼怕而敬拜，所以台灣各種祭典都有
「普渡亡魂」的科儀，「普渡亡魂」基本就是源自於畏懼孤魂野鬼的心理。
〈僧寮閒話〉中寫著「道場，為一般枉死的幽魂，拯拔超度」很寫實地反映
台灣民間祭典的面貌。緣於對於無主孤魂的畏懼，民間對於無主孤魂的祭祀
相當熱絡，觀之於台灣民俗的祭祀活動，七月普渡往往是最為隆重的，挨家
挨戶所敬獻的供品也最多，賴和漢詩作〈普渡〉：

> 救母原思報母恩，傳來盛會說蘭盆。孤寒滿路人誰顧，牲帛如山媚鬼
> 魂。……[19]

由賴和、守愚具名發表的散文〈就迷信而言〉：

> 記得當我兒時，每屆普渡，是多麼盛大地舉行著啊！放水燈，演戲，

17　《賴和全集：小說卷》，頁1。

18　參見高賢治、馮作民編譯：《台灣舊慣習俗信仰》（台北市：眾文圖書公司，1984年1
　　月再版），頁23-25。

19　《賴和全集・漢詩卷下》，頁460。

犧牲，粿粽是疊積如山，且須把祭品供奉到深夜，方纔可徹去。[20]

中元普渡時，一般民眾會準備豐盛的供品來普渡祭拜「好兄弟」，前夜放水燈乃藉燈光燭火來導引水中孤魂前來陽間接受普施。普渡時，各式奇巧的果菜雕或是以捏麵的「看牲桌」做供品的情形頗為常見，內容有山珍海味、奇珍異獸、傳奇人物等，並作戲酬鬼神，場面頗為熱鬧，常常吸引眾多人潮的駐足觀賞。經由賴和對於普渡時的描繪：「牲帛如山媚鬼魂」、「放水燈，演戲，犧牲，粿粽是疊積如山」等，我們可以想見中元普度或農曆七月普渡的熱鬧場景，從中也反映了台灣民間信仰對於無主孤魂祭祀的重視。

3 重視風水術

民間信仰亦涉及風水術與民間禁忌等課題，在賴和的文學作品中也有相關的描寫。在風水術方面，在賴和抨擊迷信的主張下，日治時期民間重視宅地、神廟等建築的「風水」觀點也被提出來，賴和小說〈善訟人的故事〉於引言中提到：

> 我們的社會，不知由哪一時代起，個個都有風水的迷信，住的厝宅不用說，掩臭的墳墓，講也會致蔭（庇蔭）人，做官發財，出好子孫，食長壽數，都由風水而來；所以一塊真龍正穴，值得千金萬金。這樣事是限在富戶人纔做得到，貧的人雖提不出這樣價錢，逐個都有僥倖之心，像買天財票一樣，提出小小成本，抱著萬一的希望，想得著大大的天財。而且死了的人，也不能不扛去埋葬，掩去難以保存的屍體，同時也可藉此來致蔭自己發達，這樣事誰不肯為？不幸家裏沒有死者可葬的人，他就別想方法，洗骨遷葬，把失去了的希望，重再拾了起來。[21]

俗諺：「一命二運三風水四積陰功五讀書」，風水在命、運之後，可見風水在

---

20 林瑞明編：《賴和全集・雜卷》（台北市：前衛出版社，2000年6月），頁100。

21 《賴和全集・小說卷》，頁233-234。

漢人心目中有多麼重要。台灣不少民眾篤信風水，風水二字意味天地之氣，天地二迄調合之地才是對人最佳的居處之地，關係活動居處其地的人群之興衰，是一種相地之術，一般用來作為選擇宮殿、村落、墓地選址的評斷原則，包含陽宅風水及陰宅風水。賴和〈善訟人的故事〉揭示民間重視風水的習尚，尤其是頗多民眾認為墳地的風水直接影響子孫的運勢，因此許多民眾不惜花錢聘請風水先生來找龍穴落葬或遷葬祖先、親人。這種地理風水牽繫人群、聚落興衰的思維在漢人民俗中一直歷久不衰，尤其往昔舊社會許多民眾更是深信不疑，賴和散文〈我們地方的故事〉：

> 在風水家所講，我這地方是「網仔穴」，城外一條市街長長地蜒蜿到，竹圍田圍交錯著的草地去，恰像網仔索，城內的人家被城牆包圍著，圓圓地真像撒開的網仔。就是這個緣故，我們地方的人，所以不能騰達發展，就因為罩在網仔內。我不信風水，無奈事實卻歷歷證明出來，現在還是一款。……
>
> 這好亂的事實，有一位縣官，竟將原因歸到這一帶山脈去，講「山無主峰，民故好亂」。就在縣衙后疊一座假山，更在假山之上，築起一座高閣，命名取義，想借著風水上的迷信，來鎮壓人民好亂的心理。[22]

該文更進一步書寫風水之說在彰化市街民眾間的流傳情形，因此得出地方的人不能騰達發展因彰化古城為「網仔穴」、彰化人民好亂因八卦山無主峰，透過賴和的描繪與書寫，反映舊時台灣民間對於風水之說的認同。

（二）台灣民間信仰的祭典活動

關於台灣民間信仰活動的廟會祭典，賴和也有其觀察與描寫。賴和居處彰化市街，日治時期台灣首屈一指的進香活動當屬彰化南瑤宮的歲往笨港進香，緣於笨港進香活動動員人力與參與信眾的積累，南瑤宮成為台灣中部最

---

22 《賴和全集‧新詩散文卷》，頁274-275。

具代表性的媽祖廟，也是日治時期台灣最大的進香團，往昔南瑤宮往笨港進
香更是台灣民間信仰的年度盛事，賴和小說〈赴會〉：

> 在形形色色的人們中，特別是燒金客惹目，而且眾多，她們背上各背
> 了一個「斗筒」，「斗筒」中滿盛著金紙線香，還插有幾桿小旗，每面
> 旗各有幾個小鈴，行路時璫璫地發出了神的福音，似能使他們忘卻了
> 跋涉的勞苦。
>
> 這些燒金客，在我的觀察是勞動者和種作的人，佔絕對多數。……車
> 廂裏坐位卻還空著多處，因為多數的燒金客皆搭南下的車要轉赴北
> 港。我是坐上北的車，所以還不甚擁擠。[23]

透過〈赴會〉一文，賴和生動地描繪當時許多的勞動者和種作人參與南瑤宮
南下進香的盛況，他們搭乘南下的火車要轉赴北港進香，這些進香客多背著
斗筒，插著繫有鈴鐺的進香旗，進香旗伴隨著香腳的移動而發生璫璫的聲
響，這些描繪生動地呈現民間信仰活動的場景，也成為研究彰化媽祖進香活
動的重要素材。

　　前文曾提及賴和對於台灣媽祖信仰盛況的觀察與描寫，在台灣媽祖信仰
祠廟中，舊時號稱台灣媽祖信仰總廟的北港朝天宮也在賴和的生活記憶中留
下深刻的印象，北港朝天宮是台灣首屈一指的媽祖廟，上元節媽祖遶境與北
港迎花燈更是往昔許多信眾的重要節俗，賴和漢詩〈北港竹枝〉：

> 門前香案香三炷，棹上豐儀體五牲。聖母神輿經過處，萬家禮拜一
> 心誠。
>
> 三條香在手中持，膜拜神前厭致詞。　祈求聖母無多願，但求生個好
> 口兒。
>
> ……
>
> 萬人齊亂上元燈，卻向神前獨乞靈。心事幸無人竊聽，回頭忽見少
> 年僧。

---

23 《賴和全集·小說卷》，頁63-64。

　　祈求聖母決猜疑，手抱籤筒搖一支。扡得籤詩強解釋，自家心事自
家知。
　　御前雅樂郎君喝，別有情歌馬陣吹。欲乞神明長保佑，連環棚上盡
孩兒。
　　滿街爆竹喧天響，烟火生花到處飛。紙屑燒餘風捲起，飛來偏著欲人
衣。……。[24]

　「門前香案香三炷，棹上豐儀體五牲。聖母神輿經過處，萬家禮拜一心
誠。」、「萬人齊亂上元燈，卻向神前獨乞靈」把信眾迎接北港媽祖出巡的虔
誠之情景作了頗為貼應的描寫。「滿街爆竹喧天響，烟火生花到處飛」則把
北港媽祖出巡的盛況作了如實的紀錄，北港一地迎媽祖向以燃放大量鞭炮為
習尚，又有犁炮之舉，民間以炮越炸越旺而盡情施放炮竹營造熱鬧的氣氛，
賴和透過「烟火生花到處飛」點出北港迎媽祖的盛況。此外，北港迎媽祖的
傳統藝陣頗多，往昔民間籌組各種館閣來消遣與參與祭祀的風氣頗盛，北港
地區的曲館也在媽祖信仰的帶動下而發展頗盛，因此各式曲館也成為北港迎
媽祖時的常見隊伍，所以賴和有「御前雅樂郎君喝，別有情歌馬陣吹」的描
寫。經由賴和的描繪，我們也可以想見舊時北港迎媽祖等傳統祭祀活動的
情景。
　　除了媽祖的祭典活動外，賴和小說〈辱！？〉也把往昔廟會祭祀活動作
了頗為生動寫實的描繪：

　　是注生娘媽生的第二日，連太陽公生，戲已經連做三日。……
　　戲台上尚未整火，兩平街路邊的點心擔，還未上市，賣點心的各蹲在
擔腳吃晚飯。
　　戲離起鼓的時候雖然還早，但戲棚前一直接到廟仔口，已經排滿了占
位置的椅條、椅頭仔。一些較早的囝仔，有據在他們先占的位置上，
喫甘蔗，吃冰枝，講笑相罵的；有用甘蔗粕相擲的，有因爭位置揪著

---

24 林瑞明編：《賴和全集‧漢詩卷上》（台北市：前衛出版社，2000年6月），頁75-76。

胸仔相打的，有查浦囝仔在挑弄查某囝仔的，比做戲更熱鬧更有趣。[25]

賴和的〈辱！？〉即是以註生娘娘生日所舉行的廟會為時間背景，作戲酬神是台灣民間信仰祭典活動最為普遍的，酬神作戲一連好幾日更是往昔地方大廟頗為常見的情景。酬神作戲除了是民俗信仰的常見面向外，看戲也是民間群眾的文娛活動之一，因此每逢神明聖誕作戲時，老少群眾搬椅條、椅頭仔搶位置看戲是往昔常見的民間生活面向，因著看戲的人潮，賣點心的臨時攤販聚集在廟口戲台前的場景也是往昔民間信仰祭典活動的真實畫面。透過賴和的描寫，台灣傳統廟會活動的畫面躍然紙上，把台灣舊時廟宇祭典活動的場景作了如實地呈現。

往昔，地方公廟的信仰祭典頗多透過角頭、姓氏、行業等分類輪值或籌辦，各分類人群多抱「輸人不輸陣」的心態來大肆慶祝，因此民間信仰活動愈來愈盛大、熱鬧，賴和小說〈鬥鬧熱〉描寫：

> 有一陣孩子們，哈哈笑笑弄著一條香龍，由隘巷中走出來，繞著亭仔腳柱，繞來穿去。……
>
> 一邊，是抱著滿腹的憤氣，一邊，是「儉腸捏肚也要壓倒四福戶」的子孫，遺傳著有好勝的氣質。所以這一回，就鬧得非同小（俗謂發狂）可（俗謂狗）了。但無錢本來是做不成事，就有人出來奔走勸募。雖亦有人反對，無奈群眾的心裏，熱血正在沸騰，一勺冰水，不是容易就能奏功，各要爭個體面，所有無謂的損失，已無暇計較。一夜的花費將要千圓。又因接近街的繁榮日，一時看鬧熱的人，四方雲集，果然市況一天繁榮似一天。……
>
> 「實在是無意義的競爭——胡鬧」丙喝過茶慢慢地說，「在這時候，大家救死且沒有工夫，還有空兒，來浪費有用的金錢，實在可憐可恨，究竟爭得是什麼體面？」
>
> 「樹要樹皮，人要面皮，」甲興奮地說，「誰甘白受人家的欺負，不

---

25 《賴和全集・小說卷》，頁125-126。

要爭一爭氣，甘失掉了面皮！」[26]

雖然賴和在該文批判民俗活動的奢侈浪費與無謂的爭鬥，然而其透過〈鬥鬧熱〉的描寫，真切地反映民間信眾對於神明祭典的熱衷，「儉腸捏肚也要壓倒四福戶」、爭體面、爭一口氣的拚場心態在台灣民俗活動中是普遍的，民間群眾願意花大錢來辦理民俗信仰活動，即使一夜花費千圓也在所不惜，這些描寫很真切地反映舊社會迎神賽會的民間習氣。

（三）台灣民間信仰的祭祀場域

賴和作品對於民間信仰與其相關活動的描繪是豐富的，其中對於民間信仰場域－廟口的刻劃更為生動，充分地顯現台灣廟口文化的特點。賴和小說〈善訟的人的故事〉描繪：

> 觀音亭，恰在市街的中心，觀音亭口又是這縣城第一鬧熱的所在；就這個觀音亭也成為小市集。由廟的三穿進入兩廊去，兩邊排滿了賣點心的擔頭，「鹹甜飽巧」，各樣皆備，中庭是恰好的講古場；嘆服孔明的，同情宋江的，讚揚黃天霸的，婉惜白玉堂的等等的人，常擠滿在幾條椅條上；大殿頂又被相命先生的桌仔把兩邊占據去，而且觀音佛祖又是萬家信奉的神，所以不論年節，是長年鬧熱的地方。[27]

賴和小說〈歸家〉：

> 是回家後十數日了，剛好那賣圓仔湯的和賣麥芽羹的，同時把擔子息在祖廟口，我也正在那邊看牆壁上的廣告，他兩人因為沒買賣，也就閒談起來。[28]

---

26 《賴和全集．小說卷》，頁35-37。
27 《賴和全集．小說卷》，頁216。
28 《賴和全集．小說卷》，頁26。

漢人的聚落往往多以信仰據點為中心而擴延發展，緣於廟會祭祀等需求，廟口成為了民眾的生活中心，許多的生活交易功能多在祠廟周遭進行，因此廟宇周遭所構築的商業活動是台灣民間生活文化的一環，尤其是市街公廟更因人群的往來頻繁而成為各式小吃攤販以及生活交易的核心點，諸如基隆廟口、新竹城隍廟口都是顯著的例子。賴和〈善訟的人的故事〉、〈歸家〉等所描述的觀音亭、祖廟都環繞著各種小吃露店，彰顯了台灣廟口文化的經濟功能，「觀音亭口成為縣城第一鬧熱的市集所在、兩邊排滿了賣點心的擔頭」更貼合台灣廟口民俗的生活面向。台灣廟口作為地方經濟的中心，也順勢成為各種民俗文娛活動的主要場所，「中庭是恰好的講古場」點出往昔廟口為各種講唱文學發展的溫床，也反映了民間娛樂、教化也在廟口周遭展開的事實。廟宇作為民俗生活的聚合點，因此常常成為乞食者盤據的主要場合，〈歸家〉：

> 這一條路上，平常總有不少乞食，在等待燒金還願的善男子善女人施捨，這一日在這路上，我看見一個專事驅逐乞食的人，這個人講是官廳的頭路，難道做乞食也要受許可纔行嗎？[29]

舊時台灣民間社會經常可見的現象——「不少乞食等待燒金還願的善男子善女人施捨」也是廟口文化的一環，賴和描繪下的廟口有著極為濃厚的民間生活氣息，同時也是台灣庶民生活史的一環。台灣祠廟除了具備經濟、文化、教育的功能外，同時也是地方政治與自治的溝通場合，賴和小說〈善訟的人的故事〉：

> 後殿雖然也熱鬧，卻與前面有些不同，……而且四城門五福戶的總理，有事情要相議，也總是在這所在，就是比現時的市衙更有權威的自治團體——所謂鄉董局也設在住所在，所以這地方的閒談，世人是認為重大的議論，這所在的批評，世間就看做是非的標準。[30]

---

29 《賴和全集‧小說卷》，頁25。
30 《賴和全集‧小說卷》，頁216。

台灣民間社會的各式人群活動幾乎都以民間信仰祠廟為中心而開展，舊時地方政事與民間組織的重大會議也多以廟口作為意見溝通與發佈的據點，因此集結人群的聯庄廟、迎神組織是台灣民間社群關係的普遍型態，地方意見的整合與溝通自然多以廟口作為主要平台。

　　賴和作品對於民間信仰活動的書寫頗為道地，他所勾勒的廟口文化真切地反映台灣舊時社會的生活情景，充分顯現民間信仰祠廟的地方政治、經濟以及住民社交聯誼、娛樂遊藝以及教化等功能。

三　賴和對於民間信仰的觀點與省思

　　承前所述，賴和的作品對於台灣民間信仰有許多的描寫與刻劃，考察其書寫的相關文本，我們可以發現賴和自身對其所經驗的民間信仰有其個人的觀點與省思。賴和被視為台灣新文學的代表人物，其以理性、科學的態度來品評舊傳統文化的弊端為後人稱道，究竟其對於民間信仰的態度到底為何？關於賴和對於民間信仰的態度，大多被詮釋以理性、科學的態度來破除迷信，如以〈鬥鬧熱〉這部作品來說，李喬視為「『反迷信』的文學表現的重要標記」[31]，彭瑞金說「率先向『民間迷信』展開抨擊的新文學作品」[32]。這些討論多以「反迷信」來詮釋賴和對神明信仰的基本態度，「反迷信」似也成為討論賴和面對傳統俗信的標誌之一，固然賴和反迷信的立場不容否認，然而若簡單地以「反迷信」來詮釋賴和對於民間信仰的觀察與立場則顯得以偏概全。

　　關於賴和「反迷信」的相關論述頗多，本文不再贅加說明；本篇文章所關注的是－民間信仰在賴和的生命體驗與實踐中，似乎有一定正面的意義。如果我們能進一步地分析賴和面對民間信仰的態度時，可以有新的觀察與發

---

31 李喬：〈台灣文學與本土神學──由基督教談起〉，《台灣文學與本土神學論文集》（台南市：新樓醫院，2001 年4月），頁5。

32 彭瑞金：〈台灣新文學對民間信仰的態度及其影響〉，《台灣文學與本土神學論文集》（台南市：新樓醫院，2001 年4月），頁17。

現－民間信仰與迷信等同？賴和所反對「迷信」的原因是？如果重新釐清這些問題，我們將可以重新理解賴和面對民間信仰的立場。王美惠〈台灣新文學「反迷信」主題的書寫－以賴和、楊守愚比較為例〉摘要指出：以賴和為例，他並沒有反對民間信仰，他要批判的是日本殖民統治政策。[33]並在文後說明：

> 不過賴和「反迷信」的對象，並不是針對民間宗教信仰的本身，而是透過眾人之口來傳達對迎神賽會產生弊端的看法。賴和最終要批判的對象，應是統治者的愚民政策（策略）以及御用紳士藉迎神繞境（工具）來繁榮街市。[34]

王美惠提出了幾個重要參考點：一、賴和「反迷信」的對象，並不是針對民間宗教信仰的本身；二、賴和最終要批判的對象，應是統治者的愚民政策（策略）以及御用紳士藉迎神繞境（工具）來繁榮街市。第一項應該沒有問題，賴和所批判是迷信，民間信仰與迷信並不相同，因此我們可以這麼說：賴和反對迷信，但不反對民間信仰。至於賴和所抨擊的迷信為何？王美惠指稱是「統治者的愚民政策（策略）以及御用紳士藉迎神繞境（工具）來繁榮街市」，我們讀賴和散文〈我這次回來〉：

> 我雖未到非宗教的地步，迷信的破除自也關心。暇日和幾位同志做種種宣傳，閱時既久略有收效，但在一邊假借鬼神來欺惘大多數無學識的同胞的地們，就空想我們是要謀取位置，奪他特權，看好些人們被我等喚醒，就恐慌了，怕飯碗打掉了，亦就相聚為謀，妝神做鬼和我們混鬧起來。
>
> 一天地們要借仗媽祖的威靈，鼓勵人們漸要覺悟的迷信心，以便他們的利用，怕黑幕被我們揭開，就把法子來賺。我奈一時糊塗，更上了

---

33 〈台灣新文學「反迷信」主題的書寫——以賴和、楊守愚比較為例〉，頁151。

34 〈台灣新文學「反迷信」主題的書寫——以賴和、楊守愚比較為例〉，頁157。

他的當，後來曉得了，自己也笑個腹痛。[35]

「假借鬼神來欺惘大多數無學識的同胞的牠們」、「牠們要借仗媽祖的威靈，皷勵人們漸要覺悟的迷信心，以便他們的利用，」，賴和〈鬥鬧熱〉提到：人們的信仰，媽祖的靈應，是策略中必需的要件。[36] 這些敘述都在在指出賴和批判迷信的對象為人而非神祇本身，尤其是那些假借神明來竊取相關權勢與利益者才是賴和所抨擊的對象，賴和、守愚共同具名發表的〈就迷信而言〉一文言：

> 迷信，不消說是應該破除，但是我倒不患其破除的不能實現，反而惜其破除得有點過早，竟等不及有識者出來反對，而其所以破除得如是之早，不能不說是經濟這一把大鐵鎚的打擊，……到現在還時見大大地鬧著的，只有「迎神」一件，……其動機卻已經是由「繞境平安」變而為「振興市況」替代敬神觀念而起的，倒是一種商業意識的衝動，而神也已經是被利用而變為廣招徠的箇大招牌了。[37]

自古以來，各地頭人或神媒透過民間信仰來獲取個人利益的現象屢見不鮮，賴和生活於民間信仰頗為發達的彰化市街，彰化市街的地方大廟不少，賴和對於地方頭人參與廟務的作為當有所觀察，其面對不公義的事情自然存有批判意識也不足為奇，所以我們理解賴和的反迷信應當是－破除利用信仰的人為假象，而非信仰本身。相反的，賴和面對民間信仰的態度有著某種程度的肯定，賴和小說〈赴會〉：

> 而且，迷信破除也覺得不切實際，使迷信真已破除了，將提供哪一種慰安，給一般信仰的民眾，像這些燒金客呢？這樣想來，我不覺茫然地自失，漠然地感到了悲哀。又回想我這赴會的心境，不也同燒金客

35　《賴和全集・新詩散文卷》，頁189-190。文題編者林瑞明自訂。

36　《賴和全集・小說卷》，頁41。

37　《賴和全集・雜卷》，頁100-101。

赴北港進香一樣嗎？[38]

賴和〈赴會〉

> 他們嘗盡生活的苦痛，乃不得向無知的木偶祈求不可知的幸福，取得
> 空虛的慰安，……[39]

從上面引文可以發現賴和發現、體驗了民間信仰的社會功能－安頓人心。民間信仰乃因應民俗心理而生，在契合民俗心理的需求下而具有安穩人心的積極功能，讓空虛的心靈因信仰而有支撐，讓不安的心因信仰而有所期待希望，這是民間信仰本質上的存在意義，因而賴和會有「使迷信真已破除了，將提供哪一種慰安，給一般信仰的民眾」的疑慮。

綜觀賴和對傳統文化的態度，肯定傳統舊俗的「通俗」價值是可以被發現的。賴和對於這些民間舊俗存有什麼樣的觀點與想法是很有趣的課題。如果破除迷信是賴和面對民間信仰給人的刻板印象，批判舊社會陋習或破除封建陋習則是賴和面對傳統舊俗給人的外顯印象。賴和作為當時代新思維的知識份子，屢屢以理性、科學的形象品評傳統文化，甚至被視為是台灣新文學之父，「新」似乎成為賴和面對舊傳統給人的標誌與想像，賴和在「新」與「舊」文化間的應對到底為何？我們或許可以從其面對新舊文學的觀點看端倪，他曾於〈讀台日紙的「新舊文學之比較」〉一文中說：「既往時代的舊文學，自有其存在的價值……至於描寫的優劣，在乎個人的藝術手腕，不因新舊的關係」[40]賴和〈開頭我們要明瞭地聲明著〉提到：

> 由來提唱不就是反對，廢滅又是另一件事，新舊亦是對待的區分，沒
> 有絕對好壞的差別，不一定新的比較舊的就更美好，這些意義望大家
> 要須了解。

38　《賴和全集：小說卷》，頁64-65。

39　《賴和全集：小說卷》，頁64。

40　懶雲（賴和）：〈讀台日紙的「新舊文學之比較」〉，《台灣民報》89號（1926年1月24日）。

> 舊文學自有她不可沒的價值，不因為提唱新文學就被淘汰，那樣會歸
> 淘汰的自沒有用著反對的價值。[41]

賴和對文學的觀點不是新舊對立的淘汰論，新舊間沒有絕對的好壞，或許我
們可以這麼說：賴和面對新舊文化的態度是「新的不一定不如舊的」，他所
鼓吹支持的新文學、白話文學的原因主要是舊文學的訴求對象在士的階級，
新文學以民眾為對象，因此新文學的功能性較為齊全，從中我們可以「普遍
性」是賴和面對文化議題很重要的著眼點，這樣的立場觀點似乎也存在他面
對民間信仰的態度。

　　民間信仰經常會被視為一種舊有的傳統民間文化，他們通常是經過一段
時間的積累而成為具有普遍性的群眾文化，它們的通俗性乃源於群眾的生活
需求而蘊生，由之擴衍出來的祭祀場域與祭典活動也在普遍群眾的認同下而
存在。賴和〈善訟的人的故事〉、〈歸家〉等作品所描述的祭祀場域都環繞著
各種小吃露店以及講唱文學的演繹，彰顯了台灣廟口文化的經濟功能，也反
映了民間娛樂、教化也在廟口周遭展開的事實；同時，賴和描寫了其時寺廟
經常是台灣民間群眾聚會以及地方意見的整合平台。凡此等等，賴和對於民
間信仰以及相關衍化的儀式活動、祭祀場域的書寫暗藏著他對於民間信仰或
其祠廟具有安穩人心、地方政治勢利媒合、活絡經濟、文教發展等社會功能
的認同，如賴和〈鬥鬧熱〉提到：

> 神輿的繞境，旗鼓的行列，是繁榮上頂要的工具──真的到那兩天，
> 街上實在繁榮極了。第三天那些遠來的人們，不能隨即回家，所以街
> 上還見得鬧熱，一到夜裡，在新月微光下的街市，只見道路上映著剪
> 伐過的疏疏樹影，還聽得到幾聲行人的咳嗽，和猙猙的狗吠，很使人
> 戀慕著前天的鬧熱。[42]

「很使人戀慕著前天的鬧熱」，點出民俗信仰活動對於群眾具有調劑生活的

41　《賴和全集‧新詩散文卷》，頁205-206。

42　《賴和全集‧小說卷》，頁41。

作用，這種民俗活動為百姓農忙或平實的生活帶來了生活情趣，從而也暗示著賴和對於俗信活動也有一定的認同情感與期待。

　　或可言之，賴和在反對人為操作的「迷信」下，對於民間信仰的傳統本質上有著相當程度的接受與認同，因此他對於民間信仰的祭祀活動也是頗為虔誠的，如賴和漢詩〈土地公廟〉：

　　手折桃花薦社公，社公應鑒我微衷。要知日暮前途遠，早放月輪上海東。[43]

從該詩可以發現賴和祭祀土地公時有著「社公應鑒我微衷」的期待，從而可見賴和面對神明信仰時並非採取迷信來視之。再見賴和漢詩〈正月初三日往祖墳敬茶有作〉：

　　道出東門日半斜，山烟野霧望參差。追思祖德原難報，敢竭私誠來獻茶。
　　手把炷香心拜祝，魂歸叢塚恨無涯。墓門左右燒餘草，一被春風漸露芽。[44]

賴和以「敢竭私誠來獻茶」、「手把炷香心拜祝」來描繪自身祭祀祖先的心境，祖靈崇拜原就是民間信仰的一環，從而可見賴和的祭祀行為依循著台灣民間信仰的舊俗。更甚者，我們可以發現賴和在面對生命困境時，便經常透過求神禱祝來獲取心靈的慰藉，如賴和漢詩〈傷心〉：

　　每念恩仇欲斷腸，自憐身世一心傷，奈何此意渾難說，只好焚香告上蒼。[45]

又如賴和漢詩〈拂拭塵埃〉：

43　《賴和全集・漢詩卷下》，頁370。
44　《賴和全集・漢詩卷上》，頁152。
45　《賴和全集・漢詩卷上》，頁156。

> 拂拭塵埃上殿堂，求神保庇跪焚香，口中念念心祈祝，願我恩師健且康。[46]

再如賴和漢詩〈同窗報道〉：

> 先生身有病魔侵，經過依然到只今，共向神前求速癒，一山烟雨畫陰陰。[47]

上列三首詩，我們可以發現賴和在面對不如意的處境以及面對其師長病篤時，經由求神庇佑來安穩自己的心靈，亦即自身同時也實踐民間信仰的社會作用。因此，我們可以這麼說，賴和對於民間俗信以及相關儀式、行為時，並沒有特別的排斥，反而有著某種程度的認同或實踐，如賴和〈小逸堂記〉：

> 此議一發，聞者風應，不數日而議成。爰卜地於北壇之偏。越年庚申，於夏初經始，至仲秋而訖工，即今之堂是也。[48]

再如賴和漢詩〈傀神既妒〉：

> ……傀神既妒多才士，天地不容無用身，凡事世間多皆命，也應隨俗算生辰。[49]

「爰卜地於北壇之偏」、「也應隨俗算生辰」暗示著賴和某種程度接受了卜地堪輿、命術等俗信習尚，此等描述看似與「迷信」相衝突，然若能仔細地體察賴和對於民間信仰的立場以及其「反迷信」的指涉對象，便可知曉兩者並不衝突。

46　《賴和全集‧漢詩卷下》，頁349。
47　《賴和全集‧漢詩卷下》，頁350。
48　《賴和全集‧新詩散文卷》，頁198。
49　《賴和全集‧漢詩卷下》，頁340。

四　結語

　　賴和生長於台灣庶民社會，他對於台灣民俗的書寫頗為豐碩，本文以賴和文學作品為研究範疇，闡述其作品對於民間信仰的書寫，從而討論賴和對於台灣民間信仰的立場與省思。整體而言，賴和文學作品體現著濃厚的庶民生活經驗，紀錄日治時期彰化市街的俗信面貌，是研究舊時台灣常民生活的寶貴素材。

　　其次，賴和作為台灣新文學的軸心人物，以當時期新興知識分子的理性與科學態度來面對民間俗信會產生什麼樣的衝擊，我們從其所描寫的台灣民俗生活經驗中，可以發現賴和曾經省思民間信仰的社會功能與意義，並進一步對部分信仰舊俗持有懷念與認同的情感，甚至體驗、實踐民間信仰的祭祀活動與社會功能，這些都是我們在賴和「破除迷信陋習」的聲浪下必須要加以全方面關注的面向，也是我們理解賴和面對信仰民俗時要有的認識。

　　本文窘於篇幅所限，概而略談賴和的民間信仰俗之書寫與省思，因而談及的面向仍力有未逮，然提出部分的觀察點或許是各方學人日後可以加以延伸討論的課題。

參考文獻

一 方志
〔清〕周璽：《彰化縣誌》（彰化市：彰化縣文獻委員會，1993年3月再版）。

二 專書
片岡巖著、陳金田譯：《台灣風俗誌》（台北市：眾文圖書公司，1996年9月
　　　二版四刷。

林美容：《台灣人的社會與信仰》（台北市：自立晚報文化出版部，1993
　　　年）。

林瑞明編：《賴和全集‧漢詩卷》（台北市：前衛出版社，2000年6月）。

林瑞明編：《賴和全集‧小說卷》（台北市：前衛出版社，2000年6月）。

林瑞明編：《賴和全集‧新詩散文卷》（台北市：前衛出版社，2000年6月）。

林瑞明編：《賴和全集‧雜卷》（台北市：前衛出版社，2000年6月）。

謝宗榮：《台灣傳統宗教文化》（台中市：晨星，2003年）。

陳仕賢等：《彰化歷史散步》（鹿港鎮：鹿水文史工作室，2005年）。

高賢治、馮作民編譯：《台灣舊慣習俗信仰》（台北市：眾文圖書公司，1984
　　　年1月再版）。

賴和紀念館編：《賴和研究資料彙編》上（彰化市：賴和紀念館，1994年6
　　　月）。

三 學位論文
孫幸娟：《賴和小說的台灣閩南語詞彙探討》（高雄市：國立中山大學中國文
　　　學系碩士在職專班碩士論文，林慶勳先生指導，2006年6月）。

四 單篇論文
王美惠：〈台灣新文學「反迷信」主題的書寫——以賴和、楊守愚比較為

例〉,《崑山科技大學學報》第2期,2005年11月。

吳新榮:〈賴和在台灣是革命傳統〉,《台灣文學》第2輯,1948年9月15日。

李喬:〈台灣文學與本土神學——由基督教談起〉,《台灣文學與本土神學》論文集,台南新樓醫院,2001年4月。

廖淑芳:〈魯迅、賴和鄉土經驗的比較——以其民俗與迷信書寫為例〉,《台灣文學學報》第一期,2000年6月。

葉俊谷:〈迷信下的反動——試析賴和的迷信書寫〉,《中外文學》第32卷第1期,2003年6月。李喬:〈台灣文學與本土神學——由基督教談起〉,《台灣文學與本土神學》論文集,台南新樓醫院,2001年4月。

彭瑞金:〈台灣新文學對民間信仰的態度及其影響〉,《台灣文學與本土神學》論文集,2001年4月。

五　報刊

懶雲(賴和):〈讀台日紙的「新舊文學之比較」〉,《台灣民報》89號,1926年1月24日。

試說賴和的〈論詩〉詩

周益忠

一 前言

> 莽莽神州看陸沉，縱無關繫亦傷心。迴天有志憐才小；填海無功抱怨深。蕭瑟客途秋復半；淒迷庭院月初陰。亂離世界良宵景，料定先生有壯吟。[1]

這是賴和（1894-1943）在廈門行醫時寄給台灣舊識肖白的詩。短短一年多的時間的廈門之行（1918年2月至1919年7月），充滿挫折感的賴和終於決定返台，返台後的時間他一方面從事新文學寫作，一方面還參與徵詩活動，繼續漢詩的寫作。[2]

在廈門時看到吸鴉片風氣的普遍，而有「人病猶可醫，國病不可醫。國病滋仁人，施濟起垂危。今無醫國手，坐視罹瘡痍。禹域四百川，鴉片實離離。無賢愚不肖，嗜毒甘如飴。沉痼去死近，惘惘復誰知？」[3]的感嘆，本來對於中國行高度期待的賴和卻是在滿是無奈中回來，[4]因為醫國手當如何

---

1 〈中秋寄在台諸舊識〉見《賴和全集五漢詩卷》（台北市：前衛出版社，2000年6月），頁385。

2 賴和於一九二二年六月應《台灣》第一回徵詩以〈劉銘傳〉兩首分別入選第一名及第十三名。見《賴和全集五漢詩卷》（台北市：前衛出版社，2000年6月），頁598。

3 〈於同安見有結幛於市上為人注射嗎啡者趨之者更不斷〉見《賴和全集五漢詩卷》（台北市：前衛出版社，2000年6月），頁393。

4 前引賴和詩〈於同安見有結幛於市上為人注射嗎啡者趨之者更不斷〉，施懿琳〈賴和漢詩的新思想及其寫作特色〉即說道：「何以中國人會以此方式來解毒癮？是誰發明

醫一國之病？這正是賴和一直思索的問題。如何以新觀念新思維喚醒民心，也是他所念茲在茲的課題。一九二三年即有詩：

世間久已無公理，民眾焉能倡利權。自愧虛生已卅載，空隨牛馬受鞍鞭。[5]

因此他積極投入社會改革，也因「治警事件（1923年12月16日）」而入獄二十四天，而更顯積極，有詩明志：

一死原知未可輕，吾身不合此間生。如何幾日無聊裡，已博人間志士名。[6]

所以在此時他還寫了〈飲酒詩〉：

世間萬事皆縈心，悲哀歡樂遞相侵，生者勞勞死寂滅，豪門酒肉貧民血。[7]

起因於憤世不平的感慨，對於詩作的根本意義因而更有積極的反思，而這應與賴和廈門之行的新中國經驗攸關，於此楊守愚（1905-1959）曾說道：

誰都知道五四以後，民主自由，反帝反封建，已成為中國青年的口

了這種慘不忍睹的方式，使上癮者四體結痂，宛如蛇皮？又是誰容許公然聚眾吸毒？這個社會視病，了這個國家是病了，而且幾已無藥可醫了。賴和的悵然歸台，賴和的憤懣指陳，並非無因而然。」原載《中正中文學術年刊》第2期（1999年3月）後收錄於《從沈光文到賴和》（高雄市：春暉出版社，2000年6月），頁422。

5　〈元日小集各賦抒懷一首不拘體韻〉，《賴和全集五漢詩卷》（台北市：前衛出版社，2000年6月），頁403。

6　「治警事件」乃一九二三年十二月十六日日本台灣總督府警務局依「治安警察法」檢舉台灣議會期成同盟會會員，包括賴和等九十九人，並於當天扣押至一九二四年一月七日才以不起訴處分出獄。詳吳三連等《台灣民主運動史‧治警事件始末》（台北市：自立晚報出版社，1987年4月），頁201-280。

7　《賴和全集五漢詩卷》（台北市：前衛出版社，2000年6月），頁432。

號，旅居廈門的賴先生。自然不……（原稿缺文）[8]

在廈門時的賴和，適逢中國青年的五四運動，自也感受到此思潮，因而回台後可於所作詩中，看出這種豪情[9]；還有可能受到《台灣文藝叢誌》等舊文人自身反省的薰陶；[10]此外，也不容忽視身處在大正民主潮時代，當時日本的文藝評論家如廚川白村等的影響，[11]後者也將英法等文學新知帶進來，如「作為預言者的詩人」一節中更說：

文藝是生命力用絕對的自由而表現自身的唯一機會。[12]

對於因台人被奴役而痛苦，看到詩壇的萎靡不振，思索詩作的前途，轉而嚮慕新文學的賴和、陳虛谷（1896-1965）等詩人，廚川的觀點自產生了一定的衝擊。耳目一新之下，思想觀念已大有不同。所以遇到了同樣的志士，或令人景仰的前輩，如林獻堂等（1881-1956），他就將此等心事，毫不掩飾的說出：

8　許俊雅編：《楊守愚作品選集（補遺）》（彰化市：彰化縣立文化中心，1998年12月），頁270。

9　楊雲萍即說道：我想，台灣新文學的發生是受五四的影響大概是沒有疑問的，……懶雲也曾說過，日文小說沒有味道，中文才有興趣。我則初是受舊文學的影響，後來是受五四的刺激的。……文見〈北部新文學、新劇運動座談會〉，《台北文物》第3卷第2期（1954年8月），頁5。雖然所說在新文學，但其實可見當時詩人所受新思潮的影響之深。

10　黃美娥舉一九一八年十月由櫟社同仁林幼春等十二人所創立的「台灣文社」在其設立旨趣中便強調：「在學習時要不拘古今、不限東西」因此有舍內刊物《台灣文藝叢誌》介紹許多外國局勢、西方新文明，以及國外文人著作的概況。見氏作：《重層現代性鏡像》（台北市：麥田出版社2004年12月），頁53-54。

11　梁明雄以為：當時的日本，由東京帝國大學的政治學者吉野作造，於一九一六年所提倡的「民本主義」（亦即民主主義），正蔚成思想界的主流，形成巨大的大正民主潮時代。台灣的留學生浸淫在這種自由風氣之下，對於形成「大正文化」的當代日本作家諸如：西田幾太郎、河上肇、福田德三、田中王堂、杉森孝次郎、廚川白村等人之著作，於汲取吸收之餘，自然轉化為新文學運動的精神糧食。見氏著：《日據時期台灣新文學運動研究》（台北市：文史哲出版社，2000年5月），頁30。

12　廚川白村著，顧寧譯：《苦悶的象徵》（台中市：晨星出版社，1990年5月），頁71。

不避辛勤走帝京，伊誰甘苦世平生。囂囂有口徒滋議，碌碌無能但吃
驚。　　壓迫自然生反動，艱難豈為慕虛榮。是非公理人心在，萬死
猶當乞一生。

陸沉忽已遍神州，到處南冠泣楚囚。愧我戀生甘忍辱，多君先覺獨深
憂。破除階級思平等，掙脫強權始自由。欲替同胞謀幸福，也應悟到
死方休。

（送林獻堂之東京）

佩服林獻堂對於爭取台灣人權利的付出，這兩首七律詩中，壓迫、反
動、公理、階級、平等、強權、自由等等字眼已觸目可見，這也是此時賴和
心中所關注的。[13]又如〈李君兆蕙同同黃張二君來訪因留住勸之以酒書以言
志〉也說道：

滿腔碧血吾無吝，付與人間換自由。短鬢漸疏終不悔，南冠對泣總
堪羞。

勸君更進一杯酒，何物堪消萬古愁。徒作哀吟閒過日，寸心未死肯
教休。

以王維和李白詩中的名句，表達自己想拯救生民於水火之上內心的痛
苦。[14]所以喝酒原為了將熱血灑出換取世人之自由。而灑出熱血之前，應是

13　《賴和全集五漢詩卷》（台北市：前衛出版社，2000年6月），頁326-327。於此陳建忠
　　以為：「新思想與新語言已然成為賴和新的世界觀的『常識』，這種現象，可以說明賴
　　和作為第一代的新式知識分子，已經不再被舊有的世界觀所侷限，他以一對新的解釋
　　世界的眼睛來看待殖民地問題。使得漢詩中許多被沿用的語言與觀念也不得不一起被
　　更新。」見氏著：《賴和的文學與思想研究》（高雄市：春暉出版社，2004年1月），頁
　　128。

14　《賴和全集五漢詩卷》（台北市：前衛出版社，2000年6月），頁430。陳建忠也認為此
　　詩是「治警事件」　出獄後所作，其中所言之志比起其餘諸作似乎極其慷慨激昂，此
　　一事件在賴和反殖民漢詩中的重要性應格外加以正視。見氏著《賴和的文學與思想研
　　究》（高雄市：春暉出版社，2004年1月），頁129。唯第二首套用王維及李白的詩句入
　　詩也應加以注意。

先用文字也就是詩作來表現。

二 賴和〈論詩〉一詩之旨趣

致於要探討〈論詩〉可先讀其〈吾人〉，因在寫此詩時，他即感嘆：

> 鬱鬱居常恐負名，只緣羞作馬牛生。世間未許權存在，勇士當為義鬥
> 爭。一體有情何貴賤，大千皆佛不聞聲。靈苗尚無自均等，又敢依違
> 頌太平。[15]

可見他對於日人統治下，台灣人們沒有基本權利、被視為牛馬的憤慨；
以及對於歌頌詩篇的不敢領教。而這也表現他在此論詩中的內容，也呼應了
〈論詩〉一詩的旨趣。而要改變這不平等，一切有待於思想之啟蒙改變，因
而早在〈書答王敏川先生〉賴和即以三首七絕寄望其人：

> 幼年失學壯何知，有負先生賞識之。未是駑駘甘戀棧，鷺門一蹶力
> 猶疲。
> 已覺人間無賞音，逢君燃起未灰心。感恩重滴兒時淚，愛我殷勤望
> 我深。
> 往哲名言實可懷，人生心死最堪哀。方今社會無思想，專賴先生改
> 造來。

先自述以往曾得敏川先生賞識，然由一首末句「鷺門一蹶」可知鷺江即
廈門行醫的失敗經驗，對他產生嚴重的打擊，而三首之「天下無思想」等字
眼，又可見對其人思想啟蒙台灣的期待之深。[16]

王敏川亦曾以〈口占贈史雲〉一詩贈賴和：

---

15 《賴和全集五漢詩卷》（台北市：前衛出版社，2000年6月），頁458。
16 《賴和全集五漢詩卷》（台北市：前衛出版社，2000年6月），頁320。

振起斯文志未灰，元龍豪氣謫仙才。好將一管生花筆，寫出人間苦痛來。[17]

以史雲相稱，應是肯定懶雲其人所具有的歷史感，賴和的詠史詩頗為時人所稱道，他曾以〈劉銘傳〉一詩獲得詩壇的肯定，史雲云云，原來是如此借古說今，尤其他又喜題詠明鄭史事，賴和應是藉著詠史詩來訴說其反殖民的思想，[18]正如他藉著詩經、國風雅頌說自己的詩觀一樣。又以謫仙之才視之，可見在同儕間，賴和是被視同有如歷史人物李白的。此詩王敏川先是佩服其人為振起斯文未曾灰心喪志，有漢代陳登元龍高臥之豪氣，也有李白謫仙之奇才，繼而讚許他以詩筆寫出人間的苦痛。

〈讀台灣通史十首〉更表現他藉著史觀，思考台灣的過去與未來，這與〈論詩〉一詩借著回顧詩史，而思索詩壇的走向，可說有其桴鼓之應：

黑旗風捲卦山巔，善戰才堪當一邊。留有當年遺老在，男兒猶共說彭年。

旗中黃虎尚如生，國建共何怎不成（原：國建共和竟不成）？天與台灣原獨立（原：天限台灣難獨立），我疑記載欠分明。[19]

戴潮春亦一時英，暮地干戈起不平。今日定軍山下路，冤燐夜夜竹根生。男兒志氣恥偷生，意到難平賭命爭。先覺遺模猶在目，後人見義

---

17 引見林瑞明：《台灣文學與時代精神──賴和研究論集》（台北市：允晨文化公司，1994年12月），頁366-367。林氏引此詩後曾分析道：「以史雲稱文學家的賴和，不愧是知心好友的深切認識。」

18 賴和和詩歌詠歷史人物的詠史詩不少，其中題詠明鄭之事更多，陳淑娟即曾統計直接言及的有十八首，間接提及的也有三十四首。見氏著：《賴和漢詩的主題思想研究》（台中市：靜宜大學碩士論文，2000年6月），頁163。

19 按此詩曾作更改，林瑞明以為：「在他後期的改稿詩中，原詩意義作了一百八十度的大逆轉，可作唯賴和台灣主體意識深刻化的例證。」又說：『改動的文字不多僅僅八個字而已，然而這裡頭有對台灣民主國的無限惋惜，有對台灣歷史的反省，感於根本之處質疑史書之紀載。在日本統治下的賴和，歷經社會、政治運動的衝擊、挑戰，以這樣的改稿，呈現了他『民族主義／國家主義』前後期不同的面貌。」《台灣文學與時代精神──賴和研究論集》（台北市：允晨文化公司，1994年12月），頁372。

只心驚。（昔台之民以反抗政府著稱，今日以服從見賞，何今昔之不
同如此，亦教育之收效否乎？）²⁰

再看賴和這組詩的末首則以台灣的過去，思索台灣的未來，而詩中作者
改詩的痕跡，更可看到他由消極轉為積極的思路。充滿歷史感的他，自覺責
任所在，作為詩壇的一員，當從詩壇的改革開始，賴和因而有此〈論詩〉
之作。

〈論詩〉一首由「國風雅頌篇」說起：

國風雅頌篇，大率皆言志。所貴在天真，詞華乃其次。嘲笑及萬物，
刻劃半遊戲。未用嘔心肝，不妨閑擁鼻。有時還自來，求之轉不易。
無病作呻吟，易滋人謗議。頌揚非本心，轉為斯文累。迫厄乾坤中，
閒情堪託寄。鞭策牛馬身，此即自由地。多少嘆息聲，幾許傷心淚。
主權尚在我，揮灑可無忌。門戶勿傍人，各須立一幟。梅花天地心，
鳴鳳人間瑞。思想之結晶，文字為精粹。²¹

作於一九二四年的此詩頗能看到詩人在大環境中的省思，今試分析如下：

（一）

由前四句可知論詩當探其原，原其本則當自詩經之〈雅‧頌〉說起。作
詩當如《詩大序》所述以言志為主，至於詞藻之華麗優劣與否為次。且貴在
天真自然，其他為次要。於此施懿琳在賞析此詩時曾說：

賴和的古典詩造詣，在二世文人之中頗高。由於接受新思想的洗禮刺
激，賴和漢詩中的風味，也與一世文人很不同。試看他的〈論詩〉，

---

20 《賴和全集五漢詩卷》（台北市：前衛出版社，2000年6月），頁321-322。原十首今錄
四首。
21 《賴和全集五漢詩卷》（台北市：前衛出版社，2000年6月），頁429。

這首詩傳達了他崇拜天真、不務雕琢的詩觀。[22]

「所貴在天真」一語，我們也可試由他的詩壇好友陳虛谷所述來印證[23]：

> 詩既是書寫感情，那麼，詩人該有甚麼要件呢？第一、要有敏銳的直觀；第二要有奔騰的情熱；第三要有豐富的想像；第四就是純真的品性。

這四點：直觀、情熱、想像、純真的品性與賴和一樣，就是「所貴在天真」[24]，作為他詩友，陳虛谷頗能呼應〈論詩〉的旨趣[25]，他另有〈詩人〉自道：

> 惜物憐人大有情，不貪利祿不求名。詩家自是預言者，何得無言過一生。
>
> 吟花詠鳥善傳神，花解相思鳥解親。萬物有情皆可愛，天生多感與詩人。[26]

---

22 見《國民文選‧傳統漢詩卷》（台北市：玉山社出版公司，2004年6月），頁363-364。文中所謂二世文人，作者根據林莊生在《懷樹又懷人》中所言：「稱之為二世文人，也就是相對於完全接受傳統漢文教育的『一世文人』而言，這個既接受傳統漢學教育，同時也接受日本帶來的新式教育的世代，稱之為二世。賴和，就是這個世代的佼佼者。」

23 陳虛谷之子陳逸雄在〈我對父親的回憶──陳虛谷的為人與行誼〉有言：「父親的文學活動，始於舊詩，終於舊詩，在殖民地體制下坎坷的文學環境裏，這不僅是他個人走的路，亦是賴和、守愚、一吼等人走的路，可能亦是其他更多的中文新文學從事者所走的路。」見《陳虛谷選集》（台北市：鴻蒙出版社，1985年10月），頁500。按：走同樣的文學路，也可見賴和與陳虛谷等的背景及交情。

24 原載一九二六年〈駁北報的無腔笛〉，《台灣日日新報》引見《陳虛谷作品集》（彰化市：彰化縣立文化中心，1997年12月），頁517。

25 如前篇引文〈駁北報的無腔笛〉頁516，即有言：「你看毛詩序裡說得好：『詩者，志之所之也。在心為志，發言為詩』，書經上也說得好：『詩言志，歌永言，聲依永，樂和聲』，這是何等透徹呀！」可作為賴和此句「大率皆言志」的註腳。

26 《陳虛谷作品集》（彰化市：彰化縣立文化中心，1997年12月），頁490。

　　以其天真所以才能大有情的惜物憐人，不貪俗人追求的利祿，且不平則鳴，甚至成為所謂的預言者；第二首進一步述說詩人因天真，因之歌詠花鳥皆傳神，且能善解花鳥之意，進而體會天地萬物有情可愛之處，所以一九四〇年於〈寄遂性〉一文他還說：

　　　　情意中心生活是人類特有可貴的東西，古今來的大詩人都不脫此例。[27]

　　只因詩人的天真而天生多感。陳虛谷善寫田園自然之詩，以「台灣的陶淵明」自許[28]，他也有詩稱許賴和，如〈贈懶雲〉：

　　　　平生慣作性靈詩，珠玉聯篇不費思。藝苑但聞誇小說，世間畢竟少真知。[29]

　　稱讚賴和的詩尤其是性靈詩，不為一般人所知，他人僅誇其小說，卻不識其詩之佳妙。或許他此處的性靈可與賴和的天真相呼應。他還說：

　　　　你關心與天草會快長起來，這若以文字表現出來便成了詩；你要摘草不使滋蔓，這意思亦可成詩。草雖長而清蒼可愛，首不忍摘這更是詩。[30]

　　陳虛谷也對於天真最有感觸，所以他還引廚川氏之說道：「除去了假面

27　引見陳逸雄編：〈寄遂性信〉，《陳虛谷作品集》之七（彰化市：彰化縣立文化中心，1997年12月），頁590。又前一首提及「詩家自是預言者」應引自廚川〈作為預言者的詩人〉一節之說：「所謂詩人，意思就是因靈感的感觸而像預言者般地歌詠的人，又不外乎是傳達神意，感受到常人所未感受的，以向當代民眾顯示出來的人。」廚川白村著，顧寧譯：《苦悶的象徵》（台中市：晨星出版社，1990年5月），頁71-72。

28　陳逸雄有言：「父親以田園詩人自許，在晚年的一次散策中，曾對我說：『我能當台灣的田園詩人就好，能作台灣的陶淵明就滿意了。』」〈我所認識的陳虛谷〉，《陳虛谷作品集》（彰化市：彰化縣立文化中心，1997年12月），頁835。

29　引見《虛谷詩集》（台北市：龍文出版社，2001年6月），頁14-15。此詩葉榮鐘曾對此賴和的詩是否為性靈詩以討論，見〈詩醫賴懶雲〉收入李南衡編：《賴和先生全集》（台北市：明潭出版社，1979年3月），頁451。

30　《陳虛谷作品集》（彰化市：彰化縣立文化中心，1997年12月），頁640。

孔，以純真大膽的態度把自己表現出來這才算是文藝。」[31]純真的態度另有：「讀書明至理，處世在親仁。鄉黨尊和睦，襟懷重率真」也是以率真說天真。[32]

（二）

接著「嘲笑及萬物，刻劃半遊戲。未用嘔心肝，不妨閒擁鼻。有時還自來，求之轉不易。無病作呻吟，易滋人謗議。」等八句頗耐人尋味。蓋作者以為詩人所作，當牢籠天地萬物，然有時不免賣弄技巧而為嘲弄、遊戲之作。且「遊戲」一詞最宜思索，賴和於此應也有感於廚川之說：「人只在遊戲的時候，才是真正的人」、「遊戲是人類因自己內心的要求而動，不受外來強制，自由的創造生活。」[33]可見遊戲攸關於詩者。

遊戲對於作詩雖至為重要，只是賴和卻也見識到於台灣當時的處境。詩壇的風氣每每有人不知今夕何夕？常遊戲過頭，尤其詩會之風騷，只成了逢場作戲而已。少見嘔心瀝血之苦心，但依樣畫葫蘆、學其擁鼻而吟，甚至無病呻吟，流為無意義的詩篇。以致招人謗議。賴和於此頗為用心良苦。

詩要出自於本心，關鍵在「未用嘔心肝，不妨閒擁鼻。有時還自來，求之轉不易。」也有不求而自得的意味，重點在不可無病呻吟。至於如何作到呢？或許要走出戶外多接觸大自然。於此陳虛谷所述，也可作注腳：

> 遊山玩水易動靈感，早晚須常外出散步，不可一味作課題，沉思默想也。

以作為「台灣的陶淵明」自許的他又說：

> 不可一味埋首室內，須常向田村走。看山玩水，看雲看月，凡自然界

---

31 《陳虛谷選集》（台北市：鴻蒙出版社，1985年10月），頁351。

32 〈寫懷〉，《陳虛谷作品集》（彰化市：彰化縣立文化中心，1997年12月），頁388。

33 廚川白村著，顧寧譯：《苦悶的象徵》（台中市：晨星出版社，1990年5月），頁16。

一切的物象，皆足以陶融性情也。[34]

（三）

至於「頌揚非本心，轉為斯文累。迫仄乾坤中，閒情堪託寄。鞭策牛馬身，此即自由地。」等六句筆風一轉，可以看到賴和更關心眼前台灣人的處境，述說在此江山易主、天地侷促的時代，唯詩作吟詠可堪為寄託，且在異族統治下，此身已如牛馬遭人鞭策，唯詩壇堪稱自由地，「詩界從權堪自主」切不可只是一味頌揚統治者而已，更有甚者作出歌功頌德之舉，只追求眼前利祿，一時虛榮，非出自於本心，人品當轉為此作所累。所以賴和也另有篇文章慨歎：

> 雖然若吟失其情，詠失其事，不僅僅使詩失了價值，連作詩的自己亦喪失其品格了。請看，現在我們的彰化。文風不振，詩道姜靡，致使人心敗壞，世風日下。那些人們，不是身耽聲色，即便心迷利慾，把趨附認作識時務，把賣節當作達權變。是好久的了。當這時代能獨標勁節，超然自在。不同季世沉淪的，唯有真正詩人拉（啦）。[35]

可見賴和所注意的是在彰明詩作之不可不出於本心，詩人當潔身自好，否則將淪落而成為狐媚詩人。於此他的好友陳虛谷也指責哪些趨附賣節、逢迎當時總督而作詩的詩人說道：

> 上山督憲的詩，我是沒有意見的，因為我沒有你們那樣的好眼光。但我相信他的詩，確和你們無干，他來台灣作總督，自有他的抱負，他

---

34 以上二則分別引見〈寄遞性信〉，《陳虛谷作品集》之六、之九（彰化市：彰化縣立文化中心，1997年12月），頁588及597。作為「台灣的陶淵明」自許云云，引自《陳虛谷作品集》〈我所認識的陳虛谷〉，頁835。

35 〈應社招集趣意書〉，《賴和全集三雜卷》（台北市：前衛出版社，2000年6月），頁109。按原注1「拉」即「啦」。

離別他的美麗山河、知心親友，自有他的感情，他要書他的抱負，寫他的感情，他自然要發之於詩，這是毫無可疑的。只是你們要曉得，他的詩不是寄給你們的，並且也和你們素不識面。他是為著自己作詩，不是為你們作詩。誰要你們巴結?你們真不要臉啊！

就是這篇〈駁北報的無腔笛〉真把這些一味頌揚詩人罵得體無完膚，陳虛谷在此文中進而又說道：

狐媚的詩人們啊！我非責你們和詩，是犯了道德上的罪呃。我是說你們違背了作詩的旨趣，是太把藝術污辱了！太把自己的人格糟蹋了！台灣出你們這班詩人真要羞死人呀！你們且不要作詩罷！你們且去洗洗你們的腦袋，涵養你們的人格罷！[36]

賴陳兩人之所以敢如此大聲疾呼、而無所顧忌，只因他們知道詩作的意義所在。這也讓我們看到「鞭策牛馬身，此即自由地。」、「主權尚在我，揮洒可無忌。」等，賴和如此述說作詩與自由之間的關聯，應也有廚川氏的影響在：

文藝是純粹的生命表現。文藝是完全擺脫外界的壓亦強制，唯一立於絕對自由的心境而表現個性的世界。[37]

廚川氏更以為文藝位居人類文化生活中的最高位，其原因在於：

這是人類捨棄一切虛偽和欺詐，而能純正、率真地做人的唯一生活。[38]

---

36 《陳虛谷作品集》（彰化市：彰化縣立文化中心，1997年12月），頁514。按此篇原載《台灣民報》132號（1926年11月21日）

37 引自廚川白村著，顧寧譯：《苦悶的象徵》（台中市：晨星出版社，1990年5月），頁18。

38 引自廚川白村著，顧寧譯：《苦悶的象徵》（台中市：晨星出版社，1990年5月）頁18。他還說：「與這相比，其他一切人類活動都可以說是扼殺、破壞或踐躪我們個性表現的舉動。」

所以賴和要在〈論詩〉裡感嘆道：「迫仄乾坤中，閒情堪託寄。鞭策牛馬身，此即自由地。」這唯一擁有的自由地，怎能不珍惜而有所作為？

（四）

再來看：「多少嘆息聲，幾許傷心淚。主權尚在我，揮灑可無忌。門戶勿傍人，各須立一幟。」等幾句，這先要提及影響賴和寫作的一九二一年諾貝爾文學獎得主法人安納托爾·法朗士，得獎時大會的評語：

> 認定他輝煌的文學成就，乃在於他高尚的文體、寬憫的人道同情、迷人的魅力，以及一個真正法國性情所形成的特質。

一九二一年正是賴和從廈門回來兩年後，這時他也參與台灣文化協會擔任理事一職，極力思謀如何拯救台灣。法朗士得到諾貝爾獎應給賴和一定的啟發：「寬憫的人道同情」，應就是「多少嘆息聲，幾許傷心淚」而「一個真正法國性情所形成的特質」不就是賴和所說的「門戶勿傍人，各須立一幟」？賴和因而三年後有〈論詩〉詩，再一年更有抗議日人不義統治的小說〈一桿稱仔〉相呼應。[39] 於此，可再由陳虛谷敢不假詞色地痛斥當時總督〈內田總督撤職有感〉為證：

> 來是堂堂去杳然，此時心事亦堪憐。也應舟出基隆港，感慨榮枯易變遷。（其一）
> 思想絲毫不變更，依然壓迫再橫行。可憐汝亦痴愚甚，贏得千秋唾罵名。（其二）[40]

---

39 引自林瑞明：〈賴和的文學及其精神〉《台灣文學與時代精神——賴和研究論集》（台北市：允晨文化公司，1994年12月），頁324-330。

40 引自《虛谷詩集》（台北市：龍文出版社，2001年6月），頁2。於此施懿琳曾有說明：「內田家即一九一○年八月至一九一五年十月任職台灣民政長官，在職期間曾以武力鎮壓台灣原住民，又發生了台灣史及其慘烈的羅福星及噍吧哖事件。一九二三年九月來台擔任第九屆台灣總督，再擲期間壓迫台灣議會設置請願活動。引發一九二三年底

　　雖是貴為總督，但因是壓迫台人的日本總督，盧谷因而在痛恨之餘，以千秋史筆責備之，真乃快人快語。非但如此，對於包括總督府的鷹犬如〈警察〉作者也如此說：

　　凌虐吾民此蠢材，寇仇相視合應該。兒童遙見皆驚走，高喊前頭日本來。[41]

　　之所以如此說日本總督、警察壓迫台人之作為為癡餘、蠢材之行徑，但得千秋唾罵名，這指責之餘實不知含有多少台人的嘆息、傷心？而這也是「主權尚在我，揮灑可無忌。」陳盧谷即曾有詩〈觀日人祝戰勝有感〉感嘆道：

　　捷報頻傳奏凱歌，三呼萬歲震山河。前朝父老今猶在，不信無人掩淚過。[42]

　　因而陳盧谷在此有其嘆息聲及傷心淚，而賴和也感受到了，詩作實應該要如此表達才是。而這也因台灣人身處日本統治之下，有志難伸的身世之感。因而賴和早年詩中已有不少感嘆身世的作品。如〈夜作〉：「茫茫身世感，忽焉滿吾衷。」又如〈愁來〉更直說道：

　　身世可無愁，愁來不易消。對花常有恨，坐月每無聊。[43]

　　還有同題為〈感懷〉之「身世而今自可憐，吾生命蹇奈何天。」、「想到傷心魂欲斷，感懷身世淚潸然。」、以及「客中寂寞多愁緒，身世凋零信命

的治警事件，多位台灣民主鬥士受到諸連。」內田就職未及一年因山本內閣垮台而去職，盧谷此詩當作於一九二四年初。見氏著《從沈光文到賴和》（高雄市：春暉出版社，2000年6月），頁481注46。

41 引自《盧谷詩集》（台北市：龍文出版社，2001年6月），頁7。
42 引自《盧谷詩集》（台北市：龍文出版社，2001年6月），頁51。
43 〈夜作〉、〈愁起〉分見《賴和全集四漢詩卷》（台北市：前衛出版社，2000年6月），頁169及172。

乖。」[44] 又如題為〈傷心〉之「每念恩仇欲斷場，自憐身世一心傷。」[45] 都可看到他早年對於作為台灣人身世的深沉感慨。因而當年歲漸長就將此化為反抗的能量。所以〈元日小集各賦書懷一首不拘體韻〉「有酒未甘成獨罪，不才偏會妒人賢。世間久矣無公里，民眾焉能唱利權。」[46] 已有其質問；因此，除〈飲酒〉：「眼前救死無長策，悲歌欲把頭顱擲。頭顱換得自由身，始是人間一個人。」[47] 之慷慨悲歌外，〈留鬚五古〉也有詩以血明志：

> 豈吾丈夫氣，豈無男兒血。悲欲示吾衰，聊與少年別。[48]

而要拯救此種身世之不平，在革命鮮血之外，則有待於文藝寫作之先行。正如陳虛谷引自廚川氏之言：

> 文藝純然是生命的表現，是完全脫離外界的抑壓、強制，立在絕對自由的心境，表現個性的唯一世界。忘卻了名利，丟掉了奴隸根性，擺脫了一切的羈絆、制縛，文藝上的創作才能成立。[49]

以此之故，立足於詩壇更得倍加珍惜，勿依傍他人門戶，須有自己的旗幟、樹立自己之風格。陳虛谷也有不拘形式之作，他甚至呼應賴和這段主張的文字：

> 格式、押韻這種形式，都不是詩的本體。詩的本體是在於情感，表現

---

44 此三首〈感懷〉分見 《賴和全集四漢詩卷》（台北市：前衛出版社，2000年6月），頁111、124、145。

45 〈傷心〉見《賴和全集四漢詩卷》（台北市：前衛出版社，2000年6月），頁156。

46 《賴和全集五漢詩卷》（台北市：前衛出版社，2000年6月），頁403。

47 《賴和全集五漢詩卷》（台北市：前衛出版社，2000年6月），頁432-433。

48 《賴和全集五漢詩卷》（台北市：前衛出版社，2000年6月），頁432。

49 引見〈駁北報的無腔笛〉，《陳虛谷作品集》（彰化市：彰化縣立文化中心，1997年12月），頁518。按此段文字語出廚川白村《苦悶的象徵‧強制壓抑的力》一節，今晨星出版社顧寧譯本頁18也有相關的內容，唯文字頗有出入，應是譯本不同所致，或者虛谷自己直接翻譯日文原文而成。且作者在此先說：「廚川白村有批評文藝幾句很好的話說」 代表他對廚川白村論點的推崇，也以此作為反駁無腔笛的依據。

形式沒有千古不易的道理。[50]

賴和他自己也強調:「表現個人的情感思致」、「不拘體韻」:

> 我們這社沒有甚麼規則。凡所吟詠,以能表現個人的情感思致為主旨,以此不擬題目,詩不拘體韻,吾們大家心所感的,眼所觸的。用詩表現出來,勿論長短篇,有韻無韻,以一月為期,個人把一月中,自己最得意的選錄兩首寄來辦事處。[51]

可見賴和不滿於舊詩已日趨僵化的體制,亟思有所突破,而有此論點。因他認為詩作應是要能寫出真感情的:「表現個人的情感思致」這或許也可以看出何以在創作新文學與書寫漢詩上賴和可以兼顧。[52]

當然創作詩不分新舊,只要有真感情,所以詩要有時代嘆息的聲音,要能抒發人民傷心的淚水。他在〈詩〉七律中的頸聯更說:

> 寫出相思多帶淚,吟來音節各成家。[53]

也可與〈論詩〉中的「主權尚在我,揮灑可無忌。」以及「各須立一幟」相呼應,皆要詩人能寫出真感情,如此當可自成一家。

(五)

因而到了此詩最末四句:「梅花天地心,鳴鳳人間瑞。思想之結晶,文

---

50 《陳虛谷作品集》(彰化市:彰化縣立文化中心,1997年12月),頁598。

51 《賴和全集三雜卷》(台北市:前衛出版社,2000年6月),頁109-110。關於「不拘體韻」也是指不要像當時詩社的課題那樣限題限韻。

52 或許這種觀點可以解釋賴和等人既創作新文學又寫舊詩之故,陳建忠即說:「一九一九年到二〇年代初、中期這段書寫新文學作品前的時期,賴和的漢詩作品說明了,他是在一邊參與新文化運動、同時又練習以白話文創作新文學作品,但也一直保有以漢詩抒情言志的書寫方式。這種情形可說是這一代知識分子(如王敏川陳虛谷等人)的普遍情形。」

53 《賴和全集五漢詩卷》(台北市:前衛出版社,2000年6月),頁219。

字為精粹。」賴和更以詩作不只是閒詠花鳥而已。花當如梅花之以天地為心，梅花之為天地心發出芬芳；鳥當如世間鳳凰，詩語且應作鳳鳴開啟人間之祥瑞。詩作當更把詩人自己思想之結晶，以精鍊之文字加以表出。也可見他的論詩仍不忘詩人之思想，[54]當為天地立心，語言如鳴鳳之喚醒世人，而鳳鳴也是出自於《詩經・大雅》的典故。[55]

　　或許賴和詩末兩句「思想之結晶，文字為精粹。」則更可由廚川氏所引莎士比亞之名句看出其奧妙：

> 被一種微妙的念頭所驅使，
> 瘋狂般地轉動著的詩人之眼，
> 時而向天看時而向地視，
> 時而向地視時而向天看，
> 當他幻想著把未知的事物具體化時，
> 詩人的筆為它定下形狀，
> 又為虛無之物正名和給與地位。

　　就是這最後三行我們看到了賴和的「思想之結晶，文字為精粹。」[56]，而早在一九二二年時，陳虛谷也在〈荒川賞櫻〉有如鳴鳳之呼喚：

54　或許特別說梅花而捨棄櫻花等，也應有見於當時人詩社課題之偏好詠物，卻未能體會到詠物詩的積極意義，因而特別將梅花連結到思想之結晶，令人想到黃永武：「詠物詩必須因小見大，有所寄託才能使筆有遠情。」、「詠物詩自然會觸及民族思想及文化理想。」等參考氏作〈詠物詩的評價標準〉引見《古典文學第二集》（台北市：台灣學生書局，1980年）。

55　《詩經・大雅・卷阿》：「鳳凰鳴矣，于彼高崗，梧桐生矣，于彼朝陽。菶菶萋萋，雝雝喈喈。」

56　廚川白村著，顧寧譯：《苦悶的象徵》（台中市：晨星出版社，1990年5月），頁38，於此作者並將此段引自莎翁第一行中的「fine frenzy」，說：「也就是我所謂的熱」且進而說：「但是熱本身，是隱伏在無意識心裡深處的潛熱。它化成藝術時，必須經過象徵化而成唯一種具體的表現。上列莎士比亞詩句的第三行以下，可以看作是指這象徵化的。」這與賴和期待詩人者有其可對照之處。

荒川十里路橫斜，匝地漫天盡落花。得寵東皇無幾日，大和魂莫向
人誇。

直到後來一九四〇年又有〈偶成〉：

葉落蕭蕭捲地來，北風吹過雁聲哀。太陽卻亦寒酸甚，無力支撐雲霧
開。[57]

等等詩篇借著自然意象，表現他對日本統治者的諷刺，皆可看到台灣人
的反抗意志，以及「思想之結晶，文字為精粹。」的真諦。

賴和他自己在〈應社召集趣意書〉也說：

唉！詩的一道，很難窮極，藉以陶冶性情嘯吟風月，亦藉以比興事
物，是文學上的精粹，思想上的結晶。凡所吟詠以能表現個人的情感
思致為主旨……[58]

所以他的〈讀林述氏黃虎旗詩〉：

黃虎旗。誰復知（改：此何時）。閒掛壁上網蛛絲，彈痕戰血空陸
離。前人已死後莫繼（改：不是盛名後難繼），子孫不肖（改：蟄
伏）良堪悲。
三十年間噤不語，忘有共和獨立時。先民走險空流血，後人弔古徒有
詩。
黃龍破碎亦已久，風雲變幻哪得知。昂首向天發長嘆，堂堂日末西山
陲。[59]

---

57 此二詩分見於《虛谷詩集》（台北市：龍文出版社，2001年6月），頁12及《陳虛谷作
　品集》（彰化市：彰化縣立文化中心，1997年12月），頁369。尤其前詩雖寫櫻卻又說
　「得寵東皇無幾日」可見其寄託。於此施懿琳有言此二首：「皆表達了對太陽國——
　日本的諷刺之意，與他小說〈榮歸〉最末的『落日』意象可遙相呼應。」見氏作：
　《從沈光文到賴和》（高雄市：春暉出版社，2000年6月），頁482。
58 《賴和全集三雜卷》（台北市：前衛出版社，2000年6月），頁109。
59 《賴和全集五漢詩卷》（台北市：前衛出版社，2000年6月），頁446。

因黃虎旗而書寫對於當年台灣民主國的憑弔，第一首即突破絕句四句的限制。且改寫之痕跡，也可看到所謂「思想之結晶，文字為精粹。」第三首更藉著日末西山，同虛谷一樣，以日落的意象，期盼台灣早日擺脫日本人的統治，得到自由，〈自由花〉即又如此說道：

> 自由花蕊正萌芽，風要扶持日要遮。好共西方平等樹，放開世紀大光華。[60]

凡此種種，都可看到詩人念茲在茲者在喚醒台灣人的覺醒與自由，〈論詩〉一首與其〈飲酒〉一詩實可相輝映，都是詩人以其血淚所作的書寫。

三 賴和〈論詩〉當時的詩壇背景

賴和從一詩壇之青年健將自廈門歸來後，不數年間竟轉而如此慷慨激昂，除了在閩南期間對於神州大陸沉淪的感慨，所作的詩篇如：〈漳州雜詠〉中目睹陳炯明所見的漳州公園中一柱上鑄有自由、平等、和平、博愛等字樣，因之有感成詩：

> 牛馬生涯經慣久，一聞平等轉添憂。此間建立平等柱，幾處人間碧血流。[61]

由對於神州沉淪的親睹，加上自傷身世的感慨不免有此無力感，所以在寄肖白先生的詩上又說：「莽莽神州看陸沉，縱無關繫亦傷心。迴天有志憐才小，填海無功抱怨深。」因而決定回鄉打拼，當時台灣詩壇於此頗為關注，許之為騷壇健將。如一九一九年九月十三日《台灣日日新報》第六九一三號〈彰化特訊〉之報導即云：

> 醫師歸來。彰街醫師賴和氏，騷壇中一青年健將也。去歲夏間渡廈，

---

60 《賴和全集五漢詩卷》（台北市：前衛出版社，2000年6月），頁317。
61 《賴和全集五漢詩卷》（台北市：前衛出版社，2000年6月），頁383。

在該地博愛醫院奉職。因鄉土是戀,故於日前歸彰。[62]

然而此一備受詩壇期待的青年詩人何以在〈論詩〉中發出如此深沉的感慨呢?這應就當時詩壇背景說起。賴和敢如此大聲疾呼,而當時詩壇之風氣之所以令賴和深有感慨,與詩壇相對自由卻又不能珍惜甚而墮落腐敗的風氣攸關。當時台灣詩壇相較於外界之所以較為自由,除了前所引日本一些文論家如廚川氏等的影響外,也與日本統治之初的懷柔政策攸關:

> 日人據台之初,百政伊始,來台官員,多以具漢學素養而能詩文者派充,文人墨客亦多參與,其治台方針,且在施行懷柔政策,故自台灣總督以下官吏,多禮賢下士,招待詩人,主持吟會,蓋藉文教而謀親民,俾鞏固其統治基礎。[63]

日本統治者想以懷柔代替鎮壓,而此地的有志之士也想藉著漢文字保存漢文化,因而黃美娥有〈新漢文想像共同體〉的說法:

> 乙未割台之後,傳統詩社的再起,蘊含了台人「漢文再發現」的歷程,故不同於清代以文會友的單純文學本質型態,而是具有漢族文化記憶的再確認與再鞏固的積極性意義,促使社群成為一「新漢文想像共同體」,在詩社本質上已有所改變;而社群意識的凝聚,也藉由集體組織活動與刊物傳播,達成公共理性的認同。[64]

或者也可謂之漢學運動:

> 淪陷未久,許多地主官僚出身的上層知識份子迅速掀起一個聲勢不小

---

62 《賴和全集三雜卷》(台北市:前衛出版社,2000年6月),頁243。同頁前一則又載前兩月此《台灣日日新報》第6487號〈彰化特訊〉之報導:「後起之秀。彰化騷雅場中,諸青年輩。旗鼓相當者頗有其人。──若王敏川錫舟、王麗水蘭生、吳上花仲簪、及轉廈門之賴和等,則頗為老前輩期待云。」可見賴和在廈門期間,已備受矚目。

63 見《台北市志・文化志・文學篇》(1991年11月),頁60。

64 黃美娥:《重層現代性鏡像》(台北市:麥田出版社,2004年12月),頁17-18。

的漢學運動。讀漢書、寫漢字、作漢詩，此仿彼效，蔚然成風。最初發軔於文化素養先近的台南，逐漸擴展至台中嘉義高雄各地，北鄰的台北、新竹聞風而起，出現了第二中心，最後連邊僻如澎湖、台東、花蓮、也捲了進去。這是一個範圍遍及全島的群眾性運動，一直持續到三十年代初期。[65]

最具代表性的是各地詩社如風起雲湧，紛紛成立，連雅堂即說：

三十年來，台灣詩學之盛，可謂極矣！吟社之設，多以十數。每年大會至者嘗二三百人，賴悔之所謂過江有約皆名士，入社忘年即弟兄，誠可為今日詩會讚語矣。[66]

既然如此盛況，也就出現為詩，且只有詩才成為當時台灣文學的代表，如張我軍所在〈糟糕的台灣文學界〉中所言：

是現在——歷來也許都是如此——台灣的文學，除了詩之外，似乎再也沒有別種的文學了。如小說、戲曲不曾看見，所以現在台灣差不多詩就是文學，文學就是詩了。[67]

張氏因厭倦舊詩之陳腐，志在創作新文學，（王詩琅·張我軍從北平回來·梁34）發為此言，當然別有用意，先前他在〈致台灣青年的一封信〉即說道：

諸君怎的不讀些有用的書，來實際應用於社會，而每日只知道作些似是而非的詩，來作詩韻合解的奴隸，或講甚麼八股文章，替先人保存臭味。——想出出風頭，竟然自稱詩翁、詩伯，鬧個不休，這是甚麼

---

65 引見陳碧笙：《台灣地方史》（北京市：中國社會科學出版社，1982年），頁289。

66 連雅堂《雅言》第九十則，引見梁明雄：《日據時期台灣新文學研究》（台北市：文史哲出版社，2000年5月），頁35。

67 《台灣民報》第2卷第24號（1924年11月21日），頁6。

現象呢？[68]

對於青年如此的呼籲，端在物極必反。因漢詩推廣久了，典範已移，以前的
精神不再，以致於詩風敗壞且日漸陳腐，真坐實了舊詩。受到五四運動影響
的張我軍繼續在〈糟糕的台灣文學界〉中就把台灣文壇的腐敗現象對於青年
的戕害狠狠批判一番：

> 創詩會的儘管創，作詩的儘管作，一般人之於文學儘管有興味，而不
> 但沒有產出差強人意的作品，甚至造出一種臭不可聞的惡空氣來，把
> 一般文士的臉丟盡無遺，甚至埋沒了許多有為的天才，陷害了不少活
> 活潑潑的青年，我們於是禁不住要出來叫喊一聲了。[69]

張我軍之所以如此嚴厲批判，除了當時詩壇風氣日益不堪，也因在林癡
仙、賴悔之等老成凋零；施士洁、許南英等避地唐山或遠走海外；洪棄生、
胡殿鵬等或孤僻或瘋癲與世不相牟，騷壇頓失依傍，詩人不知所歸。間以執
政當局「揚文會」的籠絡優遇有加[70]，所衍生的影響，後來的舞文弄墨者遂
逐漸沉淪、不復自愛，風氣因每況愈下，吟詠多為應酬之作；風騷竟成揶揄
之詞。因而作品已逐漸不忍卒睹者多，尤其擊缽之風雖市井之徒猶趨之若
鶩，更為人詬病，以其所作，有如吳濁流所言：

> 在形式上看來多麼壯觀堂皇，文風勃勃，但內容看來廢頹悲鳴，換骨
> 奪胎，拾古今之棄唾而已。又因設詩社造成兩個風潮一個是詩社變成

68　《台灣民報》第2卷第7號（1924年4月21日），頁10。

69　《台灣民報》第2卷第24號（1924年11月21日），頁6。

70　除了延續「紳章制度」、「饗老典」兒玉總督更邀請台灣各地獲有進士、舉人、貢生、
廩生名銜者於台北舉行「揚文會」見王詩琅〈日據初期的籠絡政策〉，《台灣文獻》第
26卷第4期、第27卷第1期合訂本（1976年3月），頁35-41。這於一九〇〇年三月的措
施，卻對這些文士產生不小的影響，黃美娥即由彰化舉人吳德功的書寫說道：「我們
深刻感受到台人既驚懼又欣喜的心情，特別是現代化事物、制度的文明召喚，正魅惑
著從舊社會過渡而來的知識分子」，除了吳德功，王石鵬也很類似，詳見氏著：《重層
現代性鏡像》（台北市：麥田出版社，2004年12月），頁35-38。

紳士的遊戲場，他們老詩人自己也承認作詩就是逢場作戲，別無作用，另一方面又從此詩社產生了職業詩人及職業詞宗。

所謂的職業詩人的詩如何呢？吳濁流〈新文學運動的氛圍氣〉繼續說道：

請看職業詩人作的詩便知，大都千篇一律，他們一天可以作幾十首，但此詩沒有靈魂。[71]

葉榮鐘甚至發表一篇〈墮落的詩人〉批判道：

換湯不換藥地千篇一律數衍下去，這簡直是文字的排疊，而不是詩的創作了。似這樣，只為著巴結權勢，好出風頭，成為貪一席吃喝以至希圖去博妓女的歡心，而將無作有，假話連篇地亂作一場，這不是「詩之手淫」是甚麼呢？[72]

詩人墮落致此，真是令人吃驚，葉榮鐘之所以如此誇張的描述，由他化名為「奇」發表在〈南音〉的一篇可見：

除起給一些沽名釣譽的有閒階級去自己陶醉而外，任是用百萬倍的顯微鏡也照不出他們對於人生、社會和藝術所寄興，而能夠有一些足以像今日這樣招搖藝林的理由來。[73]

葉榮鐘進而對於擊缽吟毫不保留的抨擊道：「擊缽吟便是這樣『言之無物』的詩的極致」而這一切也端在擊缽吟所形成的詩人的習氣：

現在的舊詩人，只能汲汲於形式而不能顧及於內容，這樣數典忘祖的態度就是他們的一大蠹病。[74]

---

71 以上二則吳氏之言見《台北文物》第3卷第2期，頁48-49。

72 葉榮鐘以天籟之名發表：〈墮落的詩人〉見《台灣民報》第2卷第24號（1929年1月8日），頁8。

73 《南音》第1卷第3號（1932年2月），卷頭語〈前輩的使命〉。

74 《南音》第1卷第6號（1932年4月），卷頭語〈作詩的態度〉。

　　如此尖銳的語鋒，雖與前面諸家一樣免不了招來就愛好者等人的反擊，當然也有對於舊文學仍抱持期待者的調停之聲，如陳炘雖為新文學運動的前驅，他在〈文學與職務〉上依然說：

> 今日之形勢，當使文學自覺，勵行其職務，以打破陋習，擊醒惰眠，而就今日之文明思想，以為百般革新之先導為急務也。嘗聞我台有文社之設，已經年餘有光彩之歷史矣，想對此方面，必大有貢獻，固無庸贅也。[75]

　　這當然也是對於詩壇的一翻期許，舊詩陣營中也頗有反省之聲。如連雅堂主張「詩界革新論」，且又說道：

> 夫詩界何以革新，則於所反對者為擊缽吟。擊缽吟者一種之遊戲也，可偶為之，而不可數，數則詩格自卑。雖工藻繢，僅成土苴。故余謂詩當從大處著筆，而後可歌可頌。[76]

　　主張革新，也加入櫟社的他，跟詩社主流一樣，反對擊缽吟。而對擊缽吟沒有好感的，有同樣來自於舊詩陣容中的回響，如陳逢源其人，他喜愛舊詩，吟詠不輟，卻發表了一篇〈對於台灣舊詩壇，投下一巨大的炸彈〉光看題目就足以令人震驚，他先則引胡適和林幼春對於舊詩尤其擊缽吟加以批評並說道：

> 我已斷定台灣的詩社，覺不會作出所謂心畫心聲的詩，倒反挫折了許

---

75 《台灣青年》1卷1號（1920年7月12日）引見黃美娥：《重層現代性鏡像》（台北市：麥田出版社，2004年12月），頁43。黃氏並已為此文社即「台灣文社」。

76 引見〈餘墨〉，《台灣詩薈‧下》（台北市：成文出版社，1977年11月），頁460。原載《台灣詩薈》第19號（1925年7月15日）發行。施懿琳仍推斷連氏提出「台灣詩界革新論」的時間應載1907年。見氏著：《從沈光文到賴和》（高雄市：春暉出版社，2000年6月），頁256-257。

多青年們革新的意氣，真不啻是投殺人才的一大陷阱。[77]

他在投下台灣詩社的擊缽吟和課題的詩都不是真的詩「概是所謂文字遊戲這一類的假詩」的巨大的炸彈後，接著在下篇就討論「真的詩是甚麼？」一樣先引《詩經》說道：「可以拿《詩經》的《大序》來代我回答。〈關睢詩序〉說，詩者志之所之也。在心為志，發言為詩。」旁徵博引將詩的本源說出，只為了證明所言的根據，這與賴和〈論詩〉一詩的發端可說一樣，最後他還說：

> 要作時代先驅的詩人，於台灣反形成有阻害社會進步的反動陣營，這是我們不可不打倒的最大理由吧了。[78]

出身漢詩陣營，卻要打倒漢詩的反動，真的是詩壇內部最深切的反省，但若不如此，舊詩壇又如何能改革呢？陳逢源的這篇發表的時間在一九三二年，應已受到賴和〈論詩〉中觀點的影響。[79]當時這些詩人及論者彼此之互動與感染，又可由林石崖〈台灣詩報序〉略窺一二：

> 古詩三百篇，……義旨奧妙，以十五國風言之，……於政治經濟，人才風俗，沿革得失，指陳詳審，後人讀之，勃然感奮，故詩之所以可貴也。是後王風委頓，大雅不作…此雖或運會使然，要非詩人所見不大之故歟？

此段文字言詩三百尤其國風之可貴，真可為賴和〈論詩〉首段之注腳，且言及「王風委頓，大雅不作」則又似上承李白古風，直探本源。唯不僅如此，作者更舉世界之詩人為例而說：

77　《南音》第1卷第2號（1932年1月），頁6。

78　《南音》第1卷第3號（1932年2月），頁1。

79　由《南音》第一卷二號及三號卷末「本誌同人」之名單同樣列：「陳逢源、賴和、周定山……葉榮鐘……」等，都以陳逢源賴和兩人掛名領銜，因此賴和〈論詩〉的觀點陳逢源應有所知悉。

近世歐美之詩人則反是,其文藝之醇者,一本於哲學,凡所賦詩,不
寫國家之政象,則描民族之心理,如俄之托爾斯泰、印之泰古俞(泰
戈爾)者,使人誦其詩,讀其說,可以察其社會千變萬幻之情狀矣,
蓋其學不離乎社會,而措辭命意,又務以指導人心,改造時勢,此詩
人之偉大,所以能後杜少陵,而為詩聖也。

這也可看出賴和「多少嘆息聲,幾許傷心淚」以及「思想之結晶,文字
為精粹」等等的進階意涵。不僅如此,林氏進而又呼籲道:

嗚呼!詩人所學如是,抱負如是,相勗如是,縱偶飲醇近美,試為綺
語艷詞,又何損其大節乎?若夫萬卷不讀,見解不宏,日唯浸淫於章
句之間,沾沾然搜奇抉怪,以與鄉閭憔悴專一之士,較其分寸豪厘,
爭一時之長短,亦卑卑不足道矣。[80]

非但借古說今,更以世界之潮流,他山之石為借鏡,指出詩道之坦途所
在,當讀萬卷書,有寬宏之見解與抱負,方能有傲人之詩篇,可繼詩
聖等而無愧。雖曰其學不離乎社會,有其「社會性」之關注,然而「措辭命意,又
務以指導人心,改造時勢」等可見他應更重視思想之啟發或改造,這方為本
篇之旨趣,[81]可與賴和〈論詩〉末段相發明。

四 賴和〈論詩〉與李白〈古風五十九之一〉的比較

由林石崖論詩的上承李白古風,可回頭再看賴和〈論詩〉結語之「嗚鳳

---

80 以上三則林石崖之論俱引自〈台灣詩報序〉創刊號,《台灣詩報》(1924年2月6日)。

81 黃美娥曾討論此篇道:「說明可貴的創作必然與社會相連結,且以指導人心、改造時
勢為務,……可以發現林氏對於國外的文意也有所接觸,甚至認為其中大有可以借鏡
之處,並謂台灣的創作,應該致力於『社會性』的彰顯。」見氏作:《重層現代性鏡
像》(台北市:麥田出版社2004年12月),頁46。唯林氏所言:「又務以指導人心,改
造時勢」云云,其實細推文意,思想應該才是他關注之核心,且可與賴和〈論詩〉:
「思想之結晶」相印證。

人間瑞」。祥瑞之鳳凰，還有首句之「國風雅頌篇」等，讓我們也想起曾經
登金陵鳳凰台寫下浮雲蔽日、長安不見之愁的李白，剛好時人也以謫仙稱許
賴和。我們可比較同樣借論詩一展個人抱負之詩作：李白的〈古風第一〉與
賴和的〈論詩〉在旨趣上有何異同？試由賴和這首〈論詩〉詩的起筆「國風
雅頌篇，大率皆言志。」這兩句，也恍若讀到李白的〈古風第一〉的「大雅
久不作，吾衰竟誰陳？」一樣以〈三百篇〉為詩之濫觴，直探本原，用心可
謂良苦，以詩的根源意義來論詩，拯救詩道原是拯救世道的根本，且看李白
此詩：

> 大雅久不作，吾衰竟誰陳？王風委蔓草，戰國多荊榛。龍虎相啖食，
> 兵戈逮狂秦。正聲何微茫！哀怨起騷人。揚馬激頹波，開流蕩無垠。
> 廢興雖萬變，憲章亦已淪。自從建安來，綺麗不足珍。聖代復元古，
> 垂衣貴清真。群才屬休明，乘運共躍麟。文質相炳煥，眾星羅秋旻。
> 我志在刪述，垂輝映千春。希聖如有立，絕筆於獲麟。[82]

李白的這首古風倍受世人矚目，如唐汝詢《唐詩解》即云：

> 此太白以文章自任，而有復古之思也。言大雅既絕，而宣尼又衰，時
> 以無復陳詩者。……夫太白以辭章之學欲空千古而紹素王，亦誇已
> 哉！[83]

頗能讀出李白的用心，但卻囿於俗見，以為是詩人誇誕之言。

《李詩直解》也說：「此太白志復古道，而以作述自任也。」又說：「仲
尼曰：『文王既沒，文不在茲乎？』將復古道，舍我其誰？我故師之，如春
秋之絕筆於獲麟也。有所感而起，固有所為而終也。太白蓋以自任矣。」[84]

---

82 引自瞿蛻園等：《李白集校注》（台北市：里仁書局，1981年3月），頁91。

83 《唐詩解》卷三引自詹瑛主編：《李白全集校注彙釋集評》（天津市：百花文藝出版
社，1996年12月），頁26-27。

84 引自詹瑛主編：《李白全集校注彙釋集評》（天津市：百花文藝出版社，1996年12
月），頁27。

《唐宋詩醇》卷一則云：

> 古風詩多比興，此篇全用賦體。括風雅之源流，明著作之意旨，一起
> 一結，有山立波迴之勢。昔劉勰明詩一篇略云：觀白此篇即劉氏之
> 意。指歸大雅，志在刪述，上溯風騷，俯觀六代，以綺麗為賤，情真
> 為貴，論詩之意，昭然揭矣。[85]

這些資料都可見李白將復古道的今人讚揚，後者更以劉勰之說為證，根本於
大雅、且志在刪述，也以情真釋清真。今人俞平伯也說：

> 所以說：「我志在刪述，垂輝映千春，希聖如有立，絕筆於獲麟。」
> 他既想學孔子修《春秋》，何嘗以文學詩歌自限呢。因之侷限於文學
> 的變遷，討論他的復古，是不易詮明本篇大意的。

俞先生接著又說：

> 這裡卻產生一個問題：下半段所說比上半段更為廣遠，是否變成兩
> 橛？我覺得可以用一個傳統的說法來解答——即《詩》和《春秋》的
> 關係。本篇大意，只是《孟子》上的兩句話：王者之跡息而詩亡，詩
> 亡然後春秋作。（離婁下）[86]

對於古風的解讀可說異於他人，卻頗能說出李白的抱負，我們試看賴和
此詩，乍看之下與李白詩除首聯發端相近之外，其他則字句似相去頗遠，但
若仔細讀至篇末，細加咀嚼，則也頗有相關。所不同者李白借孟子之言抒發
其感嘆，俞平伯說李白古風之一的精神，而觸及到詩與春秋之異：

> 再從政治和文學的關係方面說，文學主要功能之一是批評。詩有美
> 刺，春秋有褒貶，而春秋家的褒貶實比詩人的美刺更了進一步。詩人

---

85 引自瞿蛻園等：《李白集校注》（台北市：里仁書局，1981年3月），頁93。
86 俞平伯：〈李白古風第一首解析〉引自《李太白研究》（台北市：里仁書局，1985年5
月），頁418。

多委婉其詞，春秋家則詞嚴義正。[87]

的確詩人之作當重在美刺。而這組詩其實更有其詠懷的意義，如有些詩即被視為「詠懷」也被視為學陳子昂〈感遇詩〉，而感遇詩也是源自於阮籍〈詠懷〉的傳統，讓我們想到了憂生之嗟的阮籍：「夜中不能寐，起坐彈鳴琴。……徘徊將何見？憂思獨傷心。」[88]就是這詠懷傳統，從阮籍以下，陳子昂、李白等都有的感慨，充滿歷史意識的詩人，在念天地之悠悠之餘，不免要在詩作中發聲，且對詩壇進行反思。也難怪遙繼此傳統的賴和要被稱為「史雲」了。

只不同的是李白的背景是在對政治猶有寄望的所謂盛唐之時，同樣的〈古風其三十五〉就說：「大雅思文王，頌聲久崩淪。」[89]對於當時的政治應是與杜甫相若：「致君堯舜上，再使風俗淳」，惜鮮有知音，當時一般人所追求的也是如此詩中所言之：「一曲斐然子，雕蟲喪天真。棘次造沐猴，三年費精神。功成無所用，楚楚且華身。」只在文字雕琢上賣弄技、巧求得賞識而已，這是李白不屑的。所以在感嘆頌聲久崩淪後，他發出了「安得郢中質，一揮成斧斤」[90]的呼籲，尋找志同道合的知音，李白有將復古道的胸懷，原與他政治上的追尋相關。所以古風之一，識者以為：

這是一首論詩詩，又是一首言志詩。[91]

可以看出他的心志；而賴和的〈論詩〉何嘗不是如此？唯賴和作此論詩

---

87 俞平伯：〈李白古風第一首解析〉引自《李太白研究》（台北市：里仁書局，1985年5月），頁419。

88 引自逯欽立：《先秦漢魏晉南北朝詩》（台北市：慕韡出版社，1988年7月），頁496。

89 引自瞿蛻園等：《李白集校注》（台北市：里仁書局，1981年3月），頁156。

90 引自瞿蛻園等：《李白集校注》（台北市：里仁書局，1981年3月），頁156-157。詩後「評箋」並引沈德潛《唐詩別裁》之說：「譏世之文章無補風教，而因追思大雅也。」

91 見裴斐：《李白與歷史人物》，引自詹瑛主編：《李白全集校注彙釋集評》（天津市：百花文藝出版社，1996年12月），頁29。

之詩，時空背景已大不相同，日本統治台灣在嚴刑峻法之餘，對於詩壇多以懷柔政策而網開一面，因而風騷之壇若詩社、詩會等頗為興盛。惟詩人卻多不能珍惜，但吟詠風月，流連忘返，引起有識者之批評，詩人沉湎於詩酒之會而忘了詩人之職責，舊詩壇的風氣每為人所詬病，新舊文學之爭也因之而起。

賴和出身舊詩之傳統，卻也對新文學付出心力、貢獻頗多，有台灣新文學之父的稱譽，[92]但他始終不能忘懷舊文學，舊詩之創作不斷，因而對於詩壇的積習之深頗不以為然，此〈論詩〉一篇，可說賴和詩作之宣言。

賴和想一掃詩壇積弊，因而如李白一樣追溯詩之源頭，以《詩經》為本探其精神之淵源，在言志、在天真，以此而責求詩人，對於當時人的詩風，也有李白「雕蟲喪天真」、「功成無所用」的指陳與呼籲。且認為詩壇可以著墨者多，此即為自由之地，詩人已有創作之主權不須依傍他人，因而應努力樹立一己之詩風，更須以思想之結晶、化為精粹之文字，如梅花潔淨的天地心為本，進而如鳳鳴高崗致斯民於太平。且能直探詩之本源，則可與李杜並駕，〈詠詩〉即說：

> 脫手何應費構思，此中秘訣我能知。編成觸目亡字語，便是興懷一句詩詩。若得純然見意志，未須弄巧出離奇。而今心到窮源處，李杜看來不過斯。[93]

若能直探本源甚至可以超越李杜，真可與〈論詩〉發端之國風雅頌篇云云相呼應，而未須弄巧，與心到窮原等等也是有〈論詩〉一詩之旨趣在。

若比較李、賴二人之作，則此詩在旨趣上，顯現賴和以個人的創作體驗

---

92 王詩琅：「台灣的新文學能有今日之隆盛，賴懶雲的貢獻很大。說他是培育了台灣新文學的父親或母親，恐怕更為恰當。」李南衡編：《賴和先生全集》，收入《日據下台灣新文學明集1》（台北市：明談出版社，1979年3月），頁400；又楊守愚也說賴和：「他就是這樣一個謙遜的長者，其實，代表作家除掉他，還有誰？」許俊雅等編：《楊守愚日記》（彰化市：彰化縣立文化中心，1998年12月），頁32。

93 《賴和全集四漢詩卷》（台北市：前衛出版社，2000年6月），頁219。

且付諸實際行動，對於詩壇之改革責任期許頗深。非若李白在天寶之時，但得一天上謫仙人之號，卻始終難以舒展雄才，唯以詩酒自遣，直至安史亂後才有歌詠永王東巡之舉，欲一展抱負。[94]卻又以此坐罪，流放夜郎，終其一生，但以詩鳴。至於賴和此作所寄望的詩壇，雖也有知音，如林獻堂、陳虛谷與文協[95]、應社等詩友，[96]但畢竟面對強大的殖民政權，卻始終難以撼動。唯有如夸父逐日、精衛填海知其不可為而為的精神，仍深藏在詩人的內心，有時仍須借酒來抒發。且飲酒之豪情可看到賴和與前輩飲者之異同，也在此〈論詩〉中已可看出端倪。

這一切源於賴和渴望變革之深，欲拯救斯世，當從文學而來喚醒人心才有可能，因而對於台灣詩壇頗為期待。在此〈論詩〉一詩中，他對於詩歌創作與詩人職責毫不掩飾的表出其觀點。可以看到在此殖民統治下：「愚民處苦久遂忘，紛紛觸眼皆堪傷。仰事俯蓄兩不足，淪作馬牛膺奇辱。我生不幸為俘囚，豈關種族他人優。」[97]的不平與憤慨，但想要有所行動想要喚醒同胞，根本還是在思想，而思想的啟迪實賴於文學作品的薰陶、傳播。於文學，賴和還是深有寄望，是以此詩，是詩人的自我期許，也是期許他的同志的一篇宣言。

---

94 李白有〈永王東巡歌十一首〉，見瞿蛻園等：《李白集校注》（台北市：里仁書局，1981年3月），頁546-557。至於永王兵敗，太白遭牽累一事，按：〈校注〉頁556-557更言：「永王東巡歌既為太白自抒抱負之作，亦足證天寶至德間史事，非淺人所解也。」闡述李白詩之旨趣並加以辯解，可參照。

95 文化協會成立時以林獻堂為總理，蔣渭水任專務理事，賴和也被列為理事之一，有關賴和與文協間的互動詳見林瑞明：〈賴和與台灣文化協會〉，《台灣文學與時代精神——賴和研究論集》（台北市：允晨文化公司，1994年12月），頁143-263。

96 「應社」有同聲相應之意，賴和〈應社招集趣意書〉強調該社之創立主要在：「講求吟詩的趣味，琢勵詩人的節操」可見賴和與其詩人朋友間的抱負，《賴和全集三雜卷》（台北市：前衛出版社，2000年6月），頁109；黃美娥即以此認為：「同時期若干新文學作家，如賴和、楊守愚……等素重民族氣節者，願意選擇組織『應社』撰寫舊詩以言志，而未因舊詩與日政府間的曖昧共生關係而唾棄，似又可見廖氏（漢臣）對於舊文學者必與日政府沆瀣一氣的影射可能太過強烈。」

97 《賴和全集五漢詩卷》（台北市：前衛出版社，2000年6月），頁432。

五　結語：兼論賴和〈論詩〉與蔣渭水〈臨床講義〉的關聯

　　由上可知賴和寫〈論詩〉一詩時，正當一九二四年，台灣的漢詩界，於內部或外部的大環境都面臨嚴峻的挑戰。出身小逸堂書房的他熟悉漢詩吟詠，卻又一心想要改革台灣社會而從事新文學寫作，但終究還是回到漢詩的老本行。只是對於漢詩詩壇不免愛之深責之切，尤其在治警事件後，除了以〈飲酒〉七古慨嘆台灣人被奴役的痛苦外，更以社會改革中，思想尤為重要，而思想之啟發改造有賴於文學的薰陶和傳播，而當時台人所最熟悉的文學即為漢詩，若漢詩能拯救，則民心應大有可為。於此施懿琳也說到：

> 至於「鞭策牛馬身，此即自由地」、「主權尚在我，揮灑可無忌」等語更隱約指出寫作者創造時的神聖性與自主性。整首詩更提示了「思想」才是詩的靈魂。賴和的文學觀是活潑新潮的，直到今日看來，他的想法仍是進步的。[98]

　　他的進步就是在點出詩的靈魂端在「思想」，要拯救人民的苦痛，解決當時的困境，就要改變這時代的種種不公不義，而這有賴於思想的啟蒙，因而想從那時唯一還可算為自由地的詩壇著手，思謀就漢詩改革提出建言，而有此作。

　　當然我們注意到他在中國廈門行醫時令他的挫折的經驗，以及五四運動的影響；也要關心到當時舊文人不管舊瓶裝新酒或詩界革新論的呼籲；以及外來的世界潮流，包括日本的廚川白村：「文藝是生命力用絕對的自由而表現自身的唯一機會」或法國的安納托爾‧法朗士，[99] 這些人在在都在思想層

---

98 見《國民文選‧傳統漢詩卷》（台北市：玉山社，2004年6月），頁364。

99 賴和〈一桿稱仔〉曾提及受到法朗士的影響，林瑞明提及「這是賴和在作品中談到外國作家僅有的一次。」又考察及比較其影響所在，且作結道：「前面提到法朗士得到諾貝爾獎得評語，我覺得也可以放在賴和身上，只要將法國改為台灣即可，因為賴和

面上深深打動賴和。當然也不能忽略他的文協、應社詩友林獻堂、陳虛谷、王敏川等等的激勵。

　　由於大正民主潮之故，同樣對於台灣愚民被人奴役，而思索解決之道的另有蔣渭水，他是賴和在台北醫學校就學時的學弟，在一九二一年組織文化協會後，一直把賴和列為理事，可見兩人之關係。[100]

　　《文化協會第一次會報》發表的〈臨床講義〉一文，就以臨床診斷書的寓言形式寫出台灣的問題及解決之道。[101]在文中他以台灣為「患者」：

> 　　主訴：頭痛、眩暈、腹內飢餓感。
> 　　最初診察患者時，以其頭校身大，理應富於思考力，但以二三常識問題試加詢問，期回答卻不得要領，可想像患者是個低能兒。頭骨雖大，內容空虛，腦髓並不充實；聞及稍為深入的哲學、數學、科學及世界大勢，便目暈頭痛。此外，手足碩長發達，這是過度勞動所致。──

蔣渭水接著又寫道：

> 　　診斷：世界文化的低能兒。／原因：智識的營養不良。／經過：慢性疾病，時日頗長。／預斷：因素質純良，若能施以適當療法，尚可迅速治療。反之，若療法錯誤，遷延時日，有病入膏肓死亡之虞。

　　因而他接著又提出治本不治末的根本治療法。所提出的處方則為：

　　一輩子都在為台灣的解放而奮鬥。」《台灣文學與時代精神──賴和研究論集》（台北市：允晨文化公司，1994年12月），頁327。

100 於此林瑞明根據資料考察：「台灣文化協會成立之後，會務是由專務理事蔣渭水負責推動，他並未遵照賴和所囑，取消其理事資格，賴和一直身任理事。」見〈賴和與台灣文化協會〉，《台灣文學與時代精神──賴和研究論集》（台北市：允晨文化公司，1994年12月），頁155-156。

101 〈臨床講義〉原載一九二一年《文化協會第一次會報》，後收入《蔣渭水遺集》一九三一年版，頁384-387，另見《蔣渭水全集》（台北市：海峽學術出版社，1998年10月）。

　　正規學校教育　最大量／　補習教育　最大量／　幼稚園　最大量／
圖書館　最大量／　讀報社　最大量

　　這種種最大量：補習教育最大量、幼稚園最大量、圖書館最大量、讀報
社最大量的處方，就是要解決世界文化低能兒的症狀，用在思想啟蒙或改造
上的用心良苦，也得到了回響。[102]這是當時關切台灣未來前途的蔣渭水發
出的警告，其實不只是他，憂心台灣處境的知識分子也都有相同的感受。這
也是賴和〈飲酒〉詩中所提「愚民處苦久遂忘，紛紛觸眼皆堪傷。仰事俯蓄
兩不足，淪作馬牛膺奇辱。」的傷感與不平；也是他在〈論詩〉詩中所說
的：「多少嘆息聲，幾許傷心淚？」[103]然而解決之道由「鞭策牛馬身，此即
自由地」可知欲擺脫作牛作馬為人奴役的處境，端賴此「主權尚在我，揮灑
可無忌」的文學思想來喚醒同胞，庶幾尚有可為。也擺脫了當初在廈門時
「莽莽神州看陸沉，縱無關繫亦傷心。迴天有志憐才小，填海無功抱怨
深。」的無力感，賴和終於在詩作中找到了力量。

　　由於對於詩壇革新的盼望，所以由〈論詩〉詩中可以見到他跟林獻堂、
蔣渭水、王敏川等文協同志及其他後起的新文學作家走著同歸而殊塗的道
路，[104]他畢竟還是對於傳統詩歌的反思及時代思潮的接收，同樣抱著很深

---

102 如林瑞明即引《台灣民報》二卷十九號說：「彰化的開業醫對文化協會的盡心維護，
　　還可從一九二四年六月十七日文協彰化支部成立於北門外，附設了讀報社及施行實費
　　診療制，賴和、陳英方等十二位醫生，以實費來診療病患，一則嘉惠窮苦的病患，一
　　則提高文化協會在民眾間的影響力。」見〈賴和與台灣文化協會〉，《台灣文學與時代
　　精神──賴和研究論集》（台北市：允晨文化公司，1994年12月），頁163。有關文協
　　在啟蒙運動上的推廣另詳徐雪霞：〈日據時期台灣文化協會的啟蒙運動1921-1927〉
　　（台北市：台北文獻直字第七十一期，1985年3月25日），頁113-143。

103 賴和又有〈繫台北監獄〉：「功疑惟重罪疑輕，敕法何嘗喜得情。今日側身攖乳虎，模
　　糊身世始分明。」、「幽囚身是自由身，尺蠖聞雷屈亦伸。我向鐵窗三日坐，心同面壁
　　九年人。」《賴和全集五漢詩卷》（台北市：前衛出版社，2000年6月），頁425。終於
　　因此而大徹大悟，覺悟到自己被殖民者的身分。也因此在〈飲酒〉、〈論詩〉中皆慨乎
　　言之。

104 林瑞明有言：「賴和應用台灣話文的寫作，因無法使形式與內容充分契合，自覺嘗試
　　失敗，而中止新文學的創作，反應出意識與實踐間的差距，對他而言是巨大的困擾；

的期許。

以後賴和又轉向傳統詩文的寫作。」又說他「被總督府視為危險人物。賴和與革命派
不同的地方,如前所述,他不是教條主義者,保有比較彈性的空間,因此在文化協會
分裂之後,他與台灣民眾黨主流派亦有關聯。」分見〈賴和與台灣文化協會〉,《台灣
文學與時代精神──賴和研究論集》(台北市:允晨文化公司,1994年12月),頁
254、258。凡此都可看到賴和和而不同之處。

賴和古典漢詩中的「小確幸」研究
——以「行腳詩」為例

王惠鈴

摘要

台灣文學史由於「台灣意識」史觀的框架，對於賴和留下了「台灣新文學之父」、「台灣魯迅」、「彰化媽祖」等主流的論述。然而，做為一位具有先導性指標意義的台灣新文藝作家，且具備深厚漢學根基，並於一九○八至一九四○，三十餘年間持續創作古典漢詩不輟的賴和，是否只有這樣幾張既定的臉譜可以寫入台灣文學史中？賴和漢詩詩稿多達二十卷，如何從其中看到賴和其他臉譜的樣貌？

「小確幸」一詞源自於二○○七年村上春樹《尋找漩渦貓的方法》，意謂「小而確實的幸福」。在特定的時空背景下，「小確幸」一詞成為台灣近幾年熱門討論、兩極化評價的話題。本文首先處理「小確幸」流行的現今台灣社會特定時空背景，據此再回溯至賴和古典漢詩中（以賴和詩稿二十卷，前衛出版為本）確實記錄到其所處日治時期的主觀環境，作為賴和「小確幸」研究的考察基礎。

本文因而考察出賴和古典漢詩中的「行腳」系列詩作的主題和思想，傳達出一種透過「自己規制」求出的「真快樂」，由於賴和在詩中傳遞了這樣的「小確幸」，使其人生不至於為「乾巴巴的沙漠而已」。透過本文的論述，發現賴和在熱愛的台灣土地上，歷經種種挫折，呼吸著無望的空氣，將理想沉潛並將熱情轉化為「小確幸」的投射，在空虛哀傷的現實環境中，用以維繫對於台灣人事物的深深眷戀。

關鍵詞：賴和、台灣文學、古典詩、彰化學、小確幸

一　前言

　　台灣文學史的撰寫與研究長年以來，由於「台灣意識」型態與史觀的「政治正確」論述底下，對於賴和留下了「台灣新文學之父」、「台灣魯迅」、「彰化媽祖」主流的論述。然而，做為一位具有先導性指標意義的台灣新文學作家，且具備深厚漢學根基，並於一九〇八年至一九四〇年，三十餘年間持續創作古典漢詩不輟的賴和，是否只有這樣幾張既定的臉譜可以寫入台灣文學史中？賴和漢詩詩稿多達二十卷兩千餘首詩作，如何從其中看到賴和其他臉譜的樣貌？誠如楊宗翰〈賴和的另一張臉〉說：

> 賴和後期之創作與「封筆」在文學史上一直沒有得到適當的處理，致使「再現」出來的只是一個單面的、「前進」的（按：套用賴和作品名）、反抗甚至會「革命」的「賴和」，從而壓抑了他沉潛的、退縮保守的、舊知識分子的那一面。這種「再現」當然是大有問題的，而且還是兩岸詩史/文學史著作共有的問題。[1]

從上述問題出發，重新翻閱前衛出版社的《賴和全集》五冊，便會發現很不一樣的賴和，例如：一九二六年三月二十一日《台灣民報》九七號（原作於1926年3月7日夜）懶雲〈謹復某老先生〉的駁詞說到：

> 老先生！苦力的姦你娘，雖很隨便，不客氣，原不過是他們的吶喊，他們受到鞭撲的哀鳴，痛苦、饑餓的哭聲，在聽慣姦你娘的耳朵裡，本無有感覺，卻難怪老先生耳重。[2]

這是操著台灣國罵的賴和，其溝通用語展現出台灣民眾的草根性。又如一九

1　楊宗翰：〈賴和的另一張臉〉，《台灣現代詩史：批判的閱讀》（台北市：巨流圖書公司，2002年），第一章，頁43。

2　賴和著，林瑞明編：《賴和全集》第三冊雜卷之雜文（台北市：前衛出版社，2000年），頁93。

四一年底當時四十八歲卻被捕入獄的賴和，於〈獄中日記〉第十八日（1941年12月25日）寫到：

> 吾自省這十數年来吾自省這十數年来，真沒有什麼越軌的言行，尤其是自事變（七七事變）後，更加謹慎，前次惹起了醫師取締規則違反（一九三九年因患者感染傷寒病初期症狀，未依法定傳染病規則向有關當局申報，遭重罰被迫停業半年），純然是不論什麼醫生都會犯著的事實，不過我較不受幸運的神庇護，所以被告發而已。對於醫道上，醫生的良心上，是無過不去的地方。但是會碰到那樣結果，也是我的謹慎不充足。
> 我的穿台灣服（對衿衫，唐服），得了真不少的誤解。
> 我自辭了醫院，在彰化開業近二十五年了。我的穿台灣服也是在開業後就穿起來，純然是為著省便利的起見，沒有參合什麼思想在內。[3]

賴和對於自己的言行謹慎，隨意穿著儘管做了解釋，純然為了不惹麻煩以及便宜行事，但基本上仍會被認為他是不得已才這樣說的。再如賴和〈獄中日記〉第二十九日（1942年1月5日）亦說道：

> （獄中主管高等主任）問我和翁俊明的關係，這一層似不甚重要。要我提出靈魂相示，這使我啞口無可應。要我說向來抱的不平不滿，我也一句說不出。他很不相信，說我膽量小。我求其早釋放，他說像我這樣，尚未能再反省，看有什麼心境可對高等主任說，又被送到留置場來。
> 啊，我真絕望了，我的頭腦怎樣愚蠢，我這口舌怎不靈，這是我的無用，還要說什麼，只有等待吧，家任他破滅，還有別法？[4]

一九二四年曾在〈吾人〉古典詩中高喊著「世間未許權存在，勇士當為義鬥

3　同前註，第三冊雜卷獄中日記，頁26-27。

4　同前註，頁40。

爭」的賴和，走到了人生最後的階段，竟也有如此怯場、無助、絕望的時刻和情緒，超乎一般人的想像。

　　事實上，在賴和的古典詩中可以發現他是一位很喜歡走路旅行的人，並且留下不少「行腳」主題的詩作。根據昭和十二年（1937）台灣新民報社出版的《台灣人士鑑》中所介紹的賴和，遊玩是他的興趣之一[5]。當人們對賴和的印象，僅停留在「台灣新文學之父」、「彰化媽祖」、「台灣魯迅」這些尊稱，以為賴和如此懷抱改革社會職志，容易對賴和產生態度嚴肅、沒有生活樂趣的刻板印象，為了還原賴和輕鬆生活的一面，讓現代人更能感受到賴和的親切感，建立賴和與現今年輕一輩連結起來的當代性，本文試著以當下台灣社會普遍引起討論的「小確幸」一詞，進行概念釐清，用來觀看賴和古典詩中的「行腳」主題的詩作之「小確幸」風貌，再利用馬斯洛心理學關於「自我實現」人格的理論重點，將「小確幸」的概念與賴和的「行腳詩」串聯起來，期能印證出賴和古典漢詩中的「行腳」系列詩作的主題和思想，傳達出一種透過「自己規制」求出的「真快樂」，由於賴和在詩中傳遞了這樣的「小確幸」，使其人生不至於為「乾巴巴的沙漠而已」。並希冀透過本文的論述，發現賴和在熱愛的台灣土地上，歷經種種挫折，呼吸著無望的空氣，將理想沉潛並將熱情轉化為「小確幸」的投射，在空虛哀傷的現實環境中，用以維繫對於台灣人事物的深深眷戀。

二　關於「小確幸」一詞的考察

（一）「小確幸」一詞的由來

　　「小確幸」一詞最早起源於一九九六年村上春樹與安西水丸（あんざいみずまる）合著的插畫散文集《尋找漩渦貓的方法》（うずまき猫のみつけかた）」。「小確幸」在日文讀作「しょうかっこう」，村上春樹對於「小確

5　台灣新民報社編：《台灣人士鑑》（東京都：湘南堂書店，1986年），頁398。

幸」的日文解釋是「小さいけれども、確かな幸福（小而確實的幸福感）」。二〇〇七年九月台灣有了《尋找漩渦貓的方法》的中文翻譯本，由賴明珠翻譯，時報出版，這是村上春樹作品第四十四本中譯本。

村上春樹《尋找漩渦貓的方法》共收錄十六則互不相關的短篇生活雜文，取材自作者從一九九三年夏天到一九九五年夏天住在美國麻州的劍橋（與波士頓相連），並在鄰近的 Tufts 大學授課的生活剪影。而一九九四至一九九五年間也是村上春樹在美國同步創作《發條鳥年代記三部曲》與《地下鐵事件》等長篇小說的時期，換言之，《尋找漩渦貓的方法》的雜文書寫是村上春樹用來紓解大量長篇小說創作時所萌生的情緒與壓力而寫的[6]。

「小確幸」一詞出自於《尋找漩渦貓的方法》的第八則雜文〈形形色色的郵購、快樂貓的「吃飯、睡覺、遊戲」手錶〉，本文首先談到美國盛行的郵購文化，在美國的村上入境隨俗的加入郵購行列，在訂購過諸多商品後，使用後滿意的商品有二款：（一）名牌木製大型室內晾衣架（二）錶面不用數字而用「吃飯、睡覺、遊戲」字樣的貓圖案手錶。且兩款商品皆高於村上原本認定的價錢購買下來。然後，村上開始大談他自己在實體店面購物的經驗和意外，例如：骨董咖啡桌、深藍色布鞋、老唱片等，意外的樂趣大於郵購的經驗，因為總可以用低於市價、自訂價錢，而用便宜划算價格買到手。其中他回憶一次非郵購且特殊的購買唱片經驗，最後以「小確幸」一詞作為全文結語。

村上回憶一九九一年剛到美國，某天他在商店看到一張他很喜歡的原版唱片（Matt Dennis 的《Plays and Sings》），當時由於售價（三十四美元）高

6　村上說：「集中精神寫小說時，生活就一貫變得單純而規律。繁雜瑣事便漸漸從日常生活中排除出去。在日本時還難免會有各種雜務和交際，很難像這樣做到完全規律（要是勉強做的話顯得太不融通，不融通的話工作就會變得有一點難做），人在外國的話這就有可能實現，對我幫助相當大。所以每次想寫長篇小說時，我就會不知不覺去到國外。如果要問我：『這樣嚴格而內向地過著孤獨的人生，到底有什麼樂趣呢？』，我也很傷腦筋，嗯，不過那也沒辦法。每個人都有不同的生活方式……。」村上春樹著，賴明珠譯：《尋找漩渦貓的方法·寫小說、開始打迴力球，還有到佛蒙特州去》（台北市：時報文化出版公司，2007年），頁96。

於他自己認定的產地價格，雖然不是買不起，但還是決定先不買。村上的理由是：

> 當時並不是沒有三十四美元，而且我非常清楚如果在日本要買這張唱片的話，這個價錢也絕對買不到，不過以我的感覺來說——或以在地的感覺來說——三十四美元的價錢是貴了一點。收集老唱片畢竟是我的興趣，所謂興趣就像是由自己定規則的遊戲似的事情。如果只要拿的出錢來，就什麼都買得到的話，這樣一點也不好玩。所以就算人家說這比行情便宜喲，只要自己認為：「定價有點貴的話，」還是算貴。所以在煩惱之餘終究沒有買。[7]

過了一陣子，卻發現唱片被買走了，於是村上有了悵然若失的感覺，並後悔著「也需當初應該不計較價錢的買下來」。三年後，他在美國另外的店裡看到同一張唱片，竟只要二點九九美元，當下村上毫不猶豫地買下了：

> 我買到時真的太高興了。雖然還不到手發抖的地步，不過還是忍不住笑咪咪的。一直忍耐著，沒有白等啊。
>
> 有人可能會說結果還不是因為小氣，不過並不是這樣。為了找出生活中個人的「小確幸」（雖然小，卻很確實的幸福），還是需要或多或少有類似自我節制的東西。例如忍耐著做完激烈運動之後，喝到冰冰的啤酒之類的時，會一個人閉上眼睛忍不住嘀咕道：「嗯，對了，就是這個，」那樣的興奮感慨，再怎麼說就是所謂「小確幸」的真正妙味了。而且如果沒有這種「小確幸」，我認為人生只不過像乾巴巴的沙漠而已。[8]

在村上的自我規範中，才會發生「小確幸」的真實感，事實上，錢並不構成村上的困擾，但如果所有想買的東西都用錢來解決的話，對於沒有經濟煩惱

7　村上春樹著、賴明珠譯：《尋找漩渦貓的方法・形形色色的郵購、快樂貓的「吃飯、睡覺、遊戲」手錶》（台北市：時報文化出版公司，2007年），頁116。

8　同前註，頁117-118。

的人而言，獲得東西未免太容易，也太無趣，只有用自己認為合理的價格和方式來取得東西，才會產生確實擁有的存在感。因此根據村上春樹《尋找漩渦貓的方法》「小確幸」的完整意思應為，在把自己逼到痛苦狀態下所得到的紓解、療癒的當下感受，或用自己認為合理的價格來取得東西，才會產生確實擁有的存在感，此稱之為「小確幸」。

（二）「小確幸」定義的深度考察

村上春樹創造的「小確幸」一詞在日本或美國並未成為流行通用語，但在近五年來的台灣卻逐漸風行與討論，至今成為一種符號和象徵。筆者自二〇〇九年五月批閱四技二專統一入學測驗作文試卷時，便改到約略十篇高中、高職生在大考作文寫出「小確幸」一詞，隨後四年至二〇一三年五月，「小確幸」一詞在統測作文中呈現大流行狀態，台灣社會中也興起一股「小確幸」的生活主張，並且引發正反兩種極端的評價。例如：「小確幸」在近年成為了一種集體主義的安慰藥品，一種「失控的正向思考」式的阿 Q 精神[9]，又如許多自稱文創產業的業者，不少操作了「小確幸」，炒作出一個發燒的行銷話題，進而創造了一種符號，讓人覺得「買了即有『小確幸』」，台灣在上個時代「大賺錢」浪潮退去之後，現下的年輕人的茫然，是前所未見的，而「小確幸」在台灣，成為了一種符號，一種可以寬慰人心的符號[10]……等正反兩種極端的評價，但顯然「小確幸」被視為台灣現今年輕族群的一種生活想法。

本文並不著重批判台灣社會中關於「小確幸」理解與引用的對錯問題，但事實是「小確幸」確實在台灣社會中引起年輕世代的共鳴是不爭的事實，換言之，台灣這塊土地上乘載著「小確幸」滋長的養分。如果更深刻去體察

9　盧郁佳：〈小確幸：集體主義分泌的潤滑劑〉，《聯合報》，2013 年 7 月 31 日，網址：http://udn.com/NEWS/READING/X5/8063566.shtml

10　Paul：〈「小確幸」到底在小確幸什麼？〉網址：http://woundero.wordpress.com/2013/08/25/small-assured-happiness/

「小確幸」，並搭配一個人的自我實現歷程來看，其實「小確幸」反而是支撐一個人在追尋自我實現的過程中，面對環境的種種抗衡，而堅定自我價值與自我實現的一股力量。根據村上春樹的「小確幸」原意，「小確幸」字面上雖翻譯為「雖然小，卻很確實的幸福」，但仍有「類似自我節制」的條件。以下針對「小確幸」做出較為完整的定義和探討：

一、「小確幸」的「小」，指的是私領域，傳統小我的概念，在有比較對象的前提下，相對來說是「小」、是「私」的領域和範疇。

在一個人的一生活動中，「公」「私」兩個領域是具有高度相對性而不斷開展的多層次的同心圓。相對於家庭中的個人作為「私」而言，家庭是「公」；相對於個別家庭之作為「私」而言，社會或國家就是「公」；相對於個別的國家之作為「私」而言，國際社會就是「公」。個人處於這種多層次的同心圓展開的過程之中，常面臨多重的身分與責任互相衝突的問題[11]。所以，「小確幸」的「小」不單單只是純然的、絕對性的「小」。

二、「小確幸」是一種全程實體經驗，不參雜虛擬經驗。

村上在談完郵購文化後，自己加入郵購行列，得到的心得是沒有任何麻煩的感受，僅有兩項物品是滿意的，也許不只兩項，但滿意的品項一定不多。反而在實體店面購買商品的意外樂趣是豐富的，尤其是購買老唱片事件，最有「小確幸」的完整體驗。當然人云亦云、隨波逐流的追求和品味，完全被排除在村上的「小確幸」討論範圍之內。

三、「小確幸」是一種自我取捨後的絕對承擔，結果好壞都須自行承受，不得卸責。

村上的實體店面購物經驗，充滿著原則操作和盤算，考量當下的心情，考驗著對於物品的執著，面對實體商品，經過諸多衡量，做了決定後，不管結果好壞，都不能推託卸責，因為整個過程全然操之在己。村上購買古典咖

---

11 黃俊傑：〈東亞近世儒者對「公」「私」領域分際的思考：從孟子與桃應的對話出發〉，黃俊傑、江宜樺編：《公私領域新探：東亞與西方觀點之比較》（台北市：台大出版中心，2005年），頁134。

啡桌基於營造房間的氣氛，並非考量實用性質。購買拍賣的鞋子基於造型簡單百看不膩，確意外營造了良好的人際互動，創造話題性，儘管鞋子本身不輕便，橡皮氣味太重。換言之，只有自己的決定才促使這個結果發生，沒有其他因素可以左右。

四、「小確幸」背離了快樂主義的道路，形成一種我執、自苦、自虐的歡愉與快感，並且是人生的潤滑劑和調味料。

村上說沒有「小確幸」，人生不過是「乾巴巴的沙漠」。由於《尋找漩渦貓的方法》是一本標榜著「腰腿第一、文體第二」的基本訊息，意味著沒有聽話的身體，或忠實傾聽身體的聲音，或是順著自然慾望走，那麼做起事情來也不見得順遂。並且，驅動身體去忍受痛苦和極限，靠的仍是個人固執的意志。體驗「小確幸」的方式是需要依循某些自己規制的個人規範才有可能，所謂的「自己規制」指的應是「背離快樂主義的的生存邏輯」[12]。

三 賴和「行腳詩」中的體力考驗與反思

（一）賴和古典漢詩中的體裁選材

根據林瑞明編輯《賴和全集》來統計賴和全部的作品，共收錄小說二十九篇，新詩六十首，散文二十三篇，漢詩二千餘首，雜卷（日記、雜文、書信、年表）一冊。賴和的作品有古典詩、小說、新詩、雜文四大類型，最為

---

12 村上說：「在實際跑著四十二公里的時候，會相當認真地反問自己：『為什麼非要這樣自找麻煩、自討苦吃呢？做這種事情沒有一點好處吧！不如說，反而對身體有害也不一定（腳趾甲翻起來、腳皮起繭、第二天下樓梯都苦不堪言）』，雖然如此還是想盡辦法衝到終點，喘過一口氣，接過人家遞上來的冰啤酒，咕嘟咕嘟一口喝乾，泡著熱水澡用安全針尖把腫起來的繭挑破時，鼻子一面喘著粗氣，一面已經又開始想：『下次一定要多加油才行。』這到底是什麼作用呢？人類是不是有一種潛在願望，有時候想把自己逼到極限的痛苦狀態呢？」村上春樹著，賴明珠譯：《尋找漩渦貓的方法·為了不健全的靈魂而做的運動——全程馬拉松》（台北市：時報文化出版公司，2007年），頁17。

人熟知的是小說，但小說有虛構性的問題，難以納進來「小確幸」定義之一的全程實體經驗，不參雜虛擬經驗項目中。新詩、雜文的事實基礎是沒問題的，但在題材的廣度上畢竟不如兩千餘首古典詩那樣全面性，且賴和本人的古典詩創作歷程較為持續，沒有像新文學那樣有封筆的疑慮，基於本文屬於初探的嘗試之作，便將「小確幸」的考察對象從較為安全的古典詩入手，作為展開賴和全部作品的「小確幸」研究的先聲。茲將賴和的兩千餘首古典詩之體裁整理如下表：

卷次	五言絕句	七言絕句	五言律詩	七言律詩	五言古詩	七言古詩	雜言古詩	殘句	總數（首）
第1卷	5	95	13	33	1	0	0	0	147
第2卷	20	153	35	65	6	3	3	0	285
第3卷	6	71	27	74	1	0	3	11	193
第4卷	6	116	34	98	1	0	0	2	257
第5卷	10	47	18	23	6	1	0	1	106
第6卷	11	46	17	18	1	0	0	0	93
第7卷	5	137	37	76	0	1	2	2	260
第8卷	13	62	26	47	4	1	0	0	153
第9卷	12	103	27	71	3	1	0	5	222
第10卷	0	81	5	35	0	1	0	0	122
第11卷	0	33	1	31	0	3	4	13	85
第12卷	0	26	0	5	0	0	0	0	31
第13卷	1	128	24	61	4	1	0	2	221
第14卷	0	53	6	35	8	5	1	0	108
第15卷	3	48	26	25	9	7	0	0	118
第16卷（聯吟）	0	67	0	0	0	0	0	0	67
第17卷（聯吟）	0	71	0	0	0	0	0	0	71

卷次	五言絕句	七言絕句	五言律詩	七言律詩	五言古詩	七言古詩	雜言古詩	殘句	總數（首）
第 18 卷（聯吟）	0	15	0	0	0	0	0	6（聯句）	21
第 19 卷	0	27	0	7	0	1	0	4	39
第 20 卷	1	34	0	9	1	1	1	0	47
總計	93	1413	296	713	45	26	14	46	2646
比例	3.5%	53%	11%	27%	2%	1%	0.5%	2%	100%

由上表可知，賴和的古典詩若不考慮重稿的問題，在聯吟的卷數中也只留下賴和的作品，那麼賴和的古典詩共有二千六百四十六首，其中很明顯地，五、七言絕句的創作量最大，高達一千五百○六首，佔全部古典詩的百分之五十六點七，因此合理推測，絕句除了是賴和古典詩作品最多的體裁，也應是賴和最有把握與自信的創作體裁，所以關於本文要尋找的「小確幸」之「行腳詩」理應在絕句中搜尋。

（二）「行腳詩」中的壯遊

　　賴和於十六至二十一歲期間（1909-1914）就讀於台灣總督府醫學校，為第十三期學生，即展開日本教育體制慣有的修學旅行，即今日的戶外教學，計有一九○九年滬尾水源地、一九一一年金瓜石、一九一二年南部、一九一三年宜蘭……等修學旅行，賴和多用七言絕句撰寫詩作。一九一二年十九歲的賴和偕同二十歲的同學杜聰明，在自主意願下，進行同年紀同學避之唯恐不及的一趟壯遊遠足。根據一九四八年詹作舟〈憶王敏川、賴和二氏〉回憶道：

> 及至青年時代，考入醫校學醫，於三學年時之夏假，曾邀鄙人（詹作舟）及二三同學，擬以徒步歸梓，而同人思慮再三，均以謂我等自出母腹，未曾行過三二十里之遠途，實無自信，作此長距離之徒步還

鄉，勸其此舉作罷，但他初答以容再考慮，屆時竟自踐，計畫單獨徒步，經過星期餘，使到故里，心力之強，又是加人一等矣。[13]

意即一九一二年賴和就讀醫學校三年級的暑假，主動邀請同學們從台灣醫學校出發，以徒步的方式，花了五天五夜走回彰化老家。同學們避之唯恐不及，而賴和竟然獨自進行長途遠足，從賴和〈旅伴〉詩中得知，杜聰明是唯一願意跟著他的傻瓜。賴和在詩序中說：

年暇由台北徒步回家途中計費五日，始由三角湧沿中央山脈之近山村落，至頭份乃折向中港，遵海而南行約三百餘里，山嵐海氣殊可追念。[14]

意味著台灣的「山嵐海氣」只能實地親身體驗才能感受，從書中或他人的轉述中是無法真正體會的，於是可以在很久以後仍留下無可抹滅的記憶。

賴和從總督府醫學校（約今台大宿舍）出發，行經新店溪、三角湧（今新北市三峽）、大嵙崁（今桃園大溪），沿著中央山脈縱走，過了苗栗頭份後再轉往西濱，沿途經過尖筆山（今苗栗竹南）、白沙墩（今苗栗後龍）等地，最終抵達烏溪（今大肚溪），進到彰化和美，抵達彰化市。此路線與今日地圖對照，發現台北到頭份的路徑，就是現在的台三線，當年的西濱即是現今的台鐵海線。從台北帝國大學出發，行經山線，轉換海線，走回彰化市老家，總計三百餘里路。此行腳系列詩作選自古典詩二十卷的第二、五、六、八卷〈旅伴〉……〈竹仔腳〉共二十三題四十四首詩，本文試著將此二十三題四十四首壯遊行腳詩整理成下表：

---

13 同註2，第三冊，頁147。
14 同註2，第四冊，卷2，頁35。

時間	城市	路線	地點	詩題	詩體	首數	備註
第一天	台北	約略沿著今天的台三線	台大醫學院	〈旅伴〉	七言絕句	1	步行 杜聰明相伴
			新店溪（碧潭）	〈新店溪待渡〉	七言絕句	1	清晨
			三峽	〈三角湧〉	七言絕句	1	反思三角湧事件
	桃園		大溪	〈大嵙崁〉	七言絕句	1	國姓魚
				〈發大嵙崁〉	五言絕句	4	黃昏 客家庄
第二天	新竹		關西	〈夜宿鹹菜甕〉	七言絕句	1	台北至此計百餘里 蜜餞
			竹東	〈由鹹菜甕越山欲至樹杞林於山巔〉	七言絕句	1	姜百萬茶亭在鹹菜甕樹杞林間山嶺上，此山路皆砌石，亦為所造
			北埔	〈北埔〉	七言絕句	5	亂首因一日婦背己，而官又偏袒乃生憤慨。 男皆傲慢可厭，女卻柔媚堪憐怜。 反思北埔事件
第三天	苗栗		南庄	〈由北埔深夜越嶺宿於獅岩洞齋堂〉	五言絕句	4	深夜越嶺 午夜到達獅岩洞 睡到中午 參加法會（農曆 11 月 13 日） 敘事詩

時間	城市	路線	地點	詩題	詩體	首數	備註
第四天		約略沿著今天的台鐵海線	頭份	〈頭份被順三君所留〉	七言絕句	1	強被挽留而日纔近午，乃往中港一遊，復折回宿此。 留宿一晚
			竹南	〈越尖筆山〉	七言絕句	1	頭份後壠間沿火車路 腳力透支
			通霄	〈白沙墩途中遇雨〉	七言絕句	2	循牛跡找民宿 敘事詩
				〈通霄〉	七言絕句	1	醫療商業化
				〈改宿通霄〉	五言絕句	5	宿郭東海君處
			後龍	〈雨中涉溪〉	五言絕句	4	險渡急流（後壠溪） 敘事詩
			大安溪	〈渡大安溪〉	七言絕句	1	水文景觀
			苑裡	〈過苑裡〉	五言絕句	2	下午 敘事詩
	台中			〈道中〉	七言絕句	1	敘事詩
			大甲	〈大甲訪李天財君〉	七言絕句	1	敘事詩
			梧棲	〈夜入鰲西〉	五言絕句	1	深夜
			大肚	〈汴仔頭渡〉	五言絕句	2	大肚溪渡口
第五天	彰化			〈迷途〉	七言絕句	1	迷路 下午
			和美、大肚溪	〈竹仔腳〉	五言絕句	2	差四里路到彰化城 敘事詩
		5 個城市 19 個鄉鎮		23 題	五絕 20 首 七絕 24 首	44 首	

由上表可知，在此系列詩作中，全部用絕句寫成。首先，〈旅伴〉七絕一首為「小確幸」行腳之旅揭開序幕，「思向風塵試筋力，火車不坐自徒行。吃苦本來愚者少，追隨難得有聰明。[15]」賴和主動想要挑戰自己的腳力和腳程，明明有火車可搭乘也乘坐得起，但選擇自力徒步從台北走回彰化。外人看來是件愚笨的、沒有意義的事，但醫學院的同窗好友杜聰明卻願意跟賴和一起行腳。

接著，旅途行經新店〈新店溪喚渡〉七絕一首、三峽〈三角湧〉七絕一首，詩中提到的史蹟為「金敏仔山胞抗日遺蹟」，該事件發生於明治三十九年（1906年），日人想在三峽山區設置隘勇線，當地原住民泰雅族大豹社部落聞訊後開始抵抗，夜襲殺害多名日人，摧毀日人的隘勇設施，後來日人調派千名警力攻打原住民，架設電網、地雷斷絕原住民交通，仍設立了「上瓦厝埔隘勇線」。日人留下「三角湧勇士歌」歌詞對該役犧牲的三十位日人流露哀悼之意。但是，賴和詩序提到：

> 割台未久，此鄉土匪——不服其統治者，與世所謂土匪有異——聯絡生蕃反判，與日軍抗戰甚力，討伐軍被塹壕所阻，許久不能突破，乃利用台灣話詐謂銃彈不給，欲全線退卻。因蕃人中亦有解台灣話者，遂信之以為機有可乘，欲出追擊，全壕之伏盡起，遂被徘銃掃射，前線全斃，不能再戰，乃乞和，是役討伐軍死者亦似不少。吾在公學校時代，曾學得三角湧三十士之歌，詞甚悽惋。[16]

原住民相當驍勇善戰，若不是因為中了日本人的奸計，日軍恐怕死傷更為慘重。事情雖然過去了，然而僅被記得日人三十勇士的浴血奮戰，卻抹滅或遺忘掉了當年比日本人更加勇猛的泰雅族人。

越過了台北，來到了桃園重要的一站大溪〈大嵙崁〉七絕一首、〈發大嵙崁〉五絕四首「吾生長嵙崁，又入嵙崁鄉。前途尚遙遠，亂山冥夕

---

15 同註2，第4冊卷2，頁35。
16 同註2，第4冊卷2，頁35。

陽。」、「徒步八十里，腳軟行踉蹌。空聞角板山，地勝饒風光。」、「思欲一探之，吾腳力已窮。即此問風俗，語苦不能通。」、「我本客屬人，鄉言更自忘。戚然傷懷抱，數典愧祖宗。」[17]從組詩中的詩句「又入枓崁鄉」、「前途尚遙遠」可知，此趟行程雖然仍遠，並不急著結束，賴和刻意繞進去桃園大溪客家庄，感受早被自己遺忘的客家血緣。詩句「腳軟行踉蹌」、「吾腳力已窮」，儘管體力不支，腳軟無力，但還是需要堅持忍耐。詩句「語苦不能通」、「鄉言更自忘」，較難堪的是，流著客家人的血，卻不會講也聽不懂客家話，賴和自責自己「數典愧祖宗」，大溪一站是反思之旅。

旅程越過桃園，來到關西〈宿鹹菜甕〉七絕一首，已經走了一百里路，竹東〈由鹹菜甕越山欲至樹杞林於山巔〉七絕一首，於山中的姜百萬茶亭小憩。接著，來到了重要的一站，新竹北埔事件所在地〈北埔〉七絕五首，「遠遠人家入眼中，客程已在北埔東。夕陽反照紅塗崁，疑是當年血濺紅。」、「錯落人烟幾百家，當年聽說尚繁華。而今廢井殘墻外，只有寒蘆猶著花。」、「警署前庭兀兀碑，居民見慣似忘悲。我來捫石讀題字，不感哀號只淚垂。」、「唱亂居然第一聲，憐他膽大又年輕。逃姬不是傾城色，豈為區區小不平。」、「婦女謙柔總可憐，能從虎口獲全生。非關民族懷偏見，鐵證分明在眼前。」[18]一九○七年新竹客家人蔡清琳以「復中興」為名，勸誘賽夏族原住民共同發起，最後兵敗作收。賴和到此看到警察局前的紀念碑（五子碑、十五日殉職碑），感嘆蔡清琳何苦一怒為紅顏，此紅顏又是日本妓女，事實證明蔡清琳和諸多台灣人，以及少數日本人為此（北埔事件）犧牲了生命，而那位日本妓女卻苟全性命，且遠走天涯。詩句「警署前庭兀兀碑，居民見慣似忘悲。」、「非關民族懷偏見，鐵證分明在眼前。」從北埔事件中賴和深刻體認，台灣人太健忘，容易被眼前假象或蠅頭小利收買迷惑，殘酷的歷史攤在眼前，台灣人顯然被犧牲的一群，卻活得沒有危機感。

下一站行經苗栗南庄〈由北埔深夜越嶺宿於獅岩洞〉五絕四首，「黑夜上山行，飛蟲亂撲燈。雨風泉瀉澗，怪木鬼現形。」、「燐火散還聚，遠爨滅

---

17 同註2，第4冊卷8，頁271。

18 同註2，第4冊卷5，頁175。

復明。藏蛇草沒髁，一路總心驚。」、「知去獅岩近，遙聞鐘磬聲。到門已午夜，禮佛猶宣經。」、「緣口逢勝會，睡足洽天明。香積分齋罷，攜裝又起行。」[19]賴和竟大膽挑戰深夜橫越北埔的深山，鬼影幢幢，搞得他心神不寧，幸而知道獅岩洞位於獅頭山，獅頭山屬寺廟聖地，恰好到達的這天農曆十一月十三日午夜，廟方開始為連著三天的阿彌陀佛生日法會作準備，只要忍耐過這段鬼途，迎接他倆的是一場救苦救難普渡眾生的法會。賴和借宿廟方，睡到隔天自然醒後，參加完法會又繼續趕路。

到了頭份〈頭份被順三君所留〉七絕一首，「不悟才人作伴行，每疑到處受歡迎。阿三哥更殷懃甚，遲我前途一日程。」[20]賴和婉拒不了好友的盛情邀約，特別多停留了一天。接著是竹南〈越尖筆山〉七絕一首「曳足行登尖筆山，噴雲穿月洞門閒。腳跟紅腫酸兼痛，無限前途步履艱。」[21]此地雖是一八九五乙未戰爭古戰場，但賴和的感受是腳跟痠痛到舉步維艱。此後轉入海線，來到苗栗縣通霄鎮〈白沙墩途中遇雨〉七絕兩首、〈雨中涉溪（後壠）〉五絕四首、〈通霄〉七絕一首，這段驚險的旅途應是賴和難忘的回憶，詩句「海角山邊去路岐」天氣變差，路又難找，雨中迷途，幸得牛販留下牛足跡相尋，找到通霄鎮，詩句「欲借一椽來暫避，村人朴直不相疑。」在後龍遇到溪水暴漲，詩句「急雨勢傾海，大風怒掀波。溪水浩漫漫，撼岸潮頭高。」、「柱折橋已倒，不涉將奈何。幸有同遊伴，相助自可過。」、「互以手交挽，涉足入洪濤。石滑常顛跌，流急行蹉跎。」、「驚心懸惴惴，到岸氣忽豪。回頭視中流，轉覺恐懼多。」[22]橋斷只能靠人力渡河，這是生死一瞬間的時刻。

賴和本應到了大甲，但因腳力不支而進到通霄街道。在〈通霄〉七絕一首、〈改宿通霄〉五絕五首中感慨醫生淪為商業化，「卻使醫生商業化，藥資須要現金來」、「歲晚謝拖欠，夙負需還清」、「乃知此地人，窮至負醫生」、

---

19 同前註。

20 同註2，第4冊卷5，頁38。

21 同前註。

22 同前註。

「何意今時人，財重生命輕」[23]，一位十九歲的準醫生賴和，看到前輩醫師執業竟然淪為醫店，而且當地的百姓普遍都賒欠醫療費用，讓賴和深深反思自己未來執業要當哪一種醫師，才是真正對百姓有幫助，才不會對不起醫師被賦予的使命。

　　大安溪位於台灣中部，為苗栗、台中天然交界線〈渡大安溪〉：「行盡沙灘又石灘，此中未信有波瀾。利滋灌溉民多賴，行旅休嗟道路難。[24]」似乎到了這裡發現河川整治工程未到大肚溪，抱怨道路難走。接著行經苑裡〈過苑裡〉五絕2首，短暫停留問路，「遙遙艱步履，重復結芒鞋。」做好繼續趕路的準備。苑裡到大甲的路上〈道中〉七絕一首，「嘴渴腳痠村店遠，求漿一叩野人家」上門去跟人家要水喝。賴和事前沒有通知大甲朋友李天財說要造訪，〈大甲訪李天財君〉七絕一首，李君全家仍熱情款待。為了趕路，連夜來到了梧棲〈夜入鰲西〉五絕一首，簡單過夜後繼續趕路。到了大肚〈汴仔頭渡〉五絕二首，發現「渡船難傍岸，港路漲浮沙。」、「溪中基石露，往昔幾人家。」大肚居民與溪流的恩怨情仇，滄海桑田。進到彰化和美後，雖未到彰化城，〈迷途〉七絕一首、〈竹仔腳〉五絕兩首，「方向已迷心已亂」、「離城纔四里，去路尚多叉」，因近鄉情怯，卻在抵達之前迷路了。經過五天五夜，走了三百多里路，最後完成了此一壯遊。

　　賴和的行腳壯遊在一百年後的台灣彰化，二○一一年有六位彰化高中、彰化女中的年輕人踏上賴和當年的路線去壯遊，拍成了「跟著賴和去壯遊」紀錄片。六位壯遊少年跟隨賴和當年的足跡，從台北途步走回彰化，八天的旅程如實記錄台灣百年前後的樣貌與這個年輕人世代想法，全程以 HD 高畫質收錄，總共出動五部卡車、多達二十人高規格拍攝；每周一至周四晚間八點十七頻道客家電視台播出，共有十集，喚起觀眾重新認識台灣-這位珍貴的母親[25]。

---

23 同註2，第4冊卷5，頁177。

24 同前註，頁178。

25 〈「跟著賴和去壯遊」記錄片：一場體驗自己，認識土地的追尋〉，《自由時報》，2011年10月24日。網址：http://video.ltn.com.tw/article.php?id=9300

　　賴和年輕時期的行腳詩尚有〈村行〉七絕八首，「行行不計路途長，隨興都由足主張。到處有田多插蔗，幾家圍竹自成庄。」「芳郊十里足清遊，雲淡風輕逸興幽。臨水家家齊曬網，斜陽處處看歸牛。」「聞吠暫為驅犬出，相逢一笑見溫顏。山重水複行無路，指點窮頭一轉灣。」[26]等，雖著墨在田園農村景致和農民生活近距離描寫，但可見賴和在景致當中行行復行行、流連忘我的樣貌。

　　一九二三年十二月，賴和因「治警事件」被捕入獄，隔年一月獲不起訴處分。治警事件後，賴和依然樂於行腳，一九二四年仍可見賴和留下大批行腳詩，〈行入關仔嶺〉五古一首、〈寓洗心館〉七絕一首、〈自溫泉由礎道上關仔嶺庄〉七古一首、〈大雨阻行〉五律一首[27]等詩作，雖然並非年少壯遊或農村踏查，但仍可見賴和獨自行腳於深山僻地的身影。

四　賴和之自我實現類型「小確幸」

　　亞伯拉罕・馬斯洛（1908-1970，美國）提出自我實現的人本心理學理論，自我實現的定義為對天賦、能力、潛力等充分的開拓和利用。這樣的人能夠實現自己的願望，對他們力所能及的事總是盡力去完成。實現的過程意味著發展或發現真實的自我，發展現有的或潛在的能力。[28]由於賴和屬於馬斯洛典型的自我實現者，以下針對賴和「行腳詩」與「小確幸」兩者之間的連結，以馬斯洛的自我實現理論去銜接與融通。

（一）關於「小確幸」的「小」與賴和「行腳詩」的「私」

　　前文提到「小確幸」的「小」，指的是私領域，傳統小我的概念，在有

26　同註2，第4冊卷4，頁138-139。

27　同註2，第5冊卷15，頁436-437。

28　馬斯洛著，呂明、陳紅雯譯：《第三思潮：馬斯洛心理學》（台北市：師大書苑，1992年），頁28。

比較對象的前提下，相對來說是「小」、是「私」的領域和範疇。賴和的「行腳詩」壯遊動機和緣起他在詩中說「思向風塵試筋力」，可見這個測試腳力的決定是個人取向，據詹作舟回憶寫道「勸其此舉作罷，但他初答以容再考慮，屆時竟自踐，計畫單獨徒步」，意味著賴和本就具備著不需要向他人解釋為什麼的性情，儘管朋友大多勸說過他，並曉以大義（身體髮膚受之父母），他仍選擇保有私密感。

在馬斯洛的自我實現心理學中提到自我實現者是以「後設動機」（meta motivation）作為個人行為抉擇與展現的驅動程式，此「後設動機」即超越基本需求的行為衝動。普通人的行為動機來自「缺乏」，即力圖滿足自己對安全、歸屬、愛、尊敬、自尊等的基本需要。自我實現者的行為動機主要來自他對發展、實現的潛力及能力的需要。[29]換言之，在自我實現者的行為中，儘管是享樂、遊戲、漫無目的、隨心所欲的行為，都是以發展、實現的潛力及能力的需要為動機考量。所以，賴和的行腳壯遊的動機具有私密性，相較於群體社交關係而言，他採取一種「小」和「私」的概念，但對個人追求自我實現而言，這個動機具有後設性質，即為超越基本需求的行為衝動。

（二）關於「小確幸」的「實境」與賴和「行腳詩」的「實感」

「小確幸」是一種全程實體經驗，不參雜虛擬經驗。根據馬斯洛自我實現心理學理論，自我實現者最普遍的共同特點就是，具備洞察生活的能力。他們能按照生活的真實面目看生活，而不是按照他們所希望的那樣看生活。

---

29 同前註，頁38。馬斯洛還提到「心理健康的人士非常獨立的，但同時也樂於與人相處。他對獨處有一種健康的慾望，這與適應性很差的人，那種病態的、偷偷摸摸的、令人害怕的獨處是極不相同的。有時在別人看來他們十分淡漠，不易接近，因為雖然他們樂於和他人在一起，但他們並不需要別人。他們完全依靠自己的能力。他們的能力常常如此優越，以致他們實際上感到被別人扯了後腿。他們既是社會上最有個性的成員，同時又是最合群、最友好的成員。與其說他們是受社會或環境的左右，還不如說是受內心的命令、自己的本性以及自然需要的左右。」同前註，頁37。

他們觀察事情較少用感情，而是採取一種客觀的態度。大多數人總是從別人那裏聽他們想要聽的東西，即使聽到的東西並不是很真實或真誠的。然而，自我實現者不會讓他們的希望來歪曲他們的觀察。就正確判斷人們和看穿假象的能力而言，他們遠遠超過了普通人。[30]

賴和行腳詩多有具體客觀的考察實感，〈三角湧〉詩序提到「吾在公學校時代，曾學得三角湧三十士之歌，詞甚悽惋。」賴和詩句「彼三十士何如者，亦得流傳此世名」，顯然賴和不容易受到意識型態的洗腦，也不輕易隨著感情起舞，只是去思考兩方死傷一樣慘重，為何偏偏只有這三十位日人獲得紀念。〈發大斜崁〉詩中賴和反思自己流著客家血，卻已福佬化，平常不覺得有罪惡感，但到了客家庄，罪惡感都湧現了。〈宿鹹菜甕〉詩中賴和比較了家中所食鹹菜與鹹菜甕的鹹菜，發現酸甜滋味不盡相同，各有特色。〈北埔〉反思北埔事件，賴和不落入意識型態的漩渦中，單就人的角度，看到人的情感衝動、無法自我節制、健忘等特質。〈改宿通霄〉詩中賴和主動前往郭醫師處拜訪，哪知親眼看到診所寫著恕不賒欠的字條，他仔細分析，醫生可能重財，居民可能太窮，兩者皆有可能，不單單批判其中一者。

（三）關於「小確幸」的「承擔」與賴和「行腳詩」的「冒險」

「小確幸」是一種自我取捨後的絕對承擔，結果好壞都須自行承受，不得卸責。馬斯洛提到，所有自我實現者當中，創造性是個普通的特點。創造需要有勇氣和昂首面對的膽量，能全然不顧批評和嘲諷，甚至抵抗來自自己文化的影響。每一個偉大的創造者，都體現了單槍匹馬創造與舊事物相違背的新事物之勇氣。這是一種膽量，一種孤軍奮戰，一種公然的違抗和挑戰。

---

30 同前註，頁31。馬斯洛還提到「成熟的個人有一種健康的自尊，因為他清楚知道，自己有能力，也能勝任工作。他常常受到別人對他應有的尊敬，儘管他並不依賴這些。這樣的人並不需要也不看重不正當的毀譽。他能自我控制，因而感到自己很有力量。他主宰自己以及自己的命運，並不畏懼自己，自慚或為自己的過失而沮喪。這並不是說他是完美無缺的，他也犯錯誤，但能很恰當地加以糾正。」同前註，頁36-37。

一時的膽怯是可以理解的，但是假如想成功地創造的話，就必須將它克服。因此就他們對新思想毫無偏見，願意承認無知和錯誤而言，他們是謙卑的；但從他們為了維護一個新思想寧願走在前頭，失去眾人的支持這方面看，他們又是傲慢的。這從某種程度上說，是因為他們有忘我工作的能力。他們自信又自尊，因為他們更關心的是要完成的工作，而不是保全自己的面子。因為有勇氣、不膽怯，所以他們不怕犯愚蠢的錯誤。真正富於創造力的人是能夠「想入非非」的；這樣的人完全明白他的很多念頭最終會毫無價值。有創造性的人是很靈活的——他能夠因時制宜，改掉舊習，在變化與抉擇面前應付自如。他不會像死板、不靈活的人一樣，被不測的風雲所嚇倒。[31]

　　賴和在行腳路線中，起初走約略現今的台三線，後轉為約略現今的台鐵海線，而彰化市便是台鐵山海線分流的起點站，這趟路線的考量與規劃可以想見賴和的靈活和創造，因為他同時體驗了「山嵐」和「海氣」。特別一提的是賴和在旅程中的冒險經驗，〈由北埔深夜越嶺宿於獅岩洞〉詩中由於賴和選擇了夜晚越過獅頭山，預計抵達獅岩洞齋堂再投宿，顯然這經過一番自我評估與取捨後的決定，而這趟冒險的恐怖經驗在於，山中飛蟲不斷往提燈聚集而來，溪流被風吹的像在下雨一般，因為視線不佳，樹影成了陰森的鬼魅，還不時出現飄忽的鬼火，時不時還聽見草叢中蛇在潛行的聲響，忍耐過這段鬼途，終於到達寺廟，得到解脫。〈白沙墩途中遇雨〉則是在海線遇到壞天氣，早已淋成落湯雞，為了早點到村落，便發揮偵探的精神，克服人生地不熟的困境，靠著牛車走過的路跡找到村落所在地。〈雨中涉後壠溪〉由於橋斷也無其他替代道路，兩人必須互相扶持涉溪，腳滑摔落靠夥伴搭救，成功與恐懼共存，終於克服渡河危機。旅途中的迷路、問路、找路、討水、暫憩，都是家常便飯，賴和與同伴一次次克服，不然其實他兩可以在途中選

---

31 同前註，頁34。馬斯洛還提到「自我實現者具有『心理自由』。即使面臨眾人的反對意見，他們仍能做出自己的決定。當文化與他們的觀點不一致時，他們就抵制自己的文化。對他們所認為無關大局的事，他們倒不一定都超凡脫俗：如語言、服飾、食品等等；但當他們覺得事關基本原則時，他們就會表現得非常獨立、卓爾不群。」同前註，頁37。

擇搭上台鐵，坐回彰化市。

（四）關於「小確幸」的「自制」與賴和「行腳詩」的「自苦」

　　「小確幸」背離了快樂主義的道路，形成一種我執、自苦、自虐的歡愉與快感，並且是人生的潤滑劑和調味料。馬斯洛認為，自我實現者總是毫無例外地致力於他們認為重要的工作、任務、責任或職業。因為他們對工作感興趣，所以做得津津有味，而工作與玩樂之間的界線也變得模糊了。對他們來說，工作是令人興奮、充滿樂趣的。如此看來，專心致力於一項重要的工作，似乎是發展、自我實現和幸福的一個必要條件。而這樣的人自私又無私，事實上這兩者是合為一體的。健康的人從幫助他人中感受幸福，因此對他來說無私的行為就是自私的。他們從別人的快樂中得到自私的快樂，這是無私的另一種說法。健康的人以一種健康的方式自私，這種方式有益於他自己又有益於社會。他樂於遊戲、樂於工作，他的工作成了娛樂，他的正業和副業合而為一。[32]

　　賴和行腳詩中最常出現的詩句是腳力不支、路很難走，〈發大嵙崁〉之「徒步八十里，腳軟行踉蹌」、「思欲一探之，吾腳力已窮」，〈越尖筆山〉之「腳跟紅腫酸兼痛，無限前途步履艱」，〈雨中涉溪〉之「石滑腳常溜，流急站不牢」，〈渡大安溪〉之「利滋灌溉民多賴，行旅休嗟道路難」，〈過苑裡〉之「遙遙艱步履，重復結芒鞋」，〈道中〉之「嘴渴腳痠村店遠，求漿一叩野人家」，〈村行〉之「行行不計路途長，隨興都由足主張」，〈行入關仔嶺〉之「與其久悶坐，毋寧勞吾肢」，〈自溫泉由磴道上關仔嶺庄〉之「磴道蜿蜒三百級，躝上絕頂筋力殫」……等，賴和在旅途中客觀感受生理需求，傾聽身體發出的訊息，由於醫生的專業判斷，他可以放心把自己的體能做極限挑戰，而不必擔心出大狀況，當然極限挑戰後一定會產生些許後遺症，但腳力也一定有所鍛鍊，他忍受鍛鍊的痛苦過程，提升自己的實力，為日後的行腳

---

32 同前註，頁36。

計畫和生活體力考驗，帶來更多的實在感和滿足感。

五　結論

　　本文針對賴和的「行腳詩」做了「小確幸」概念的初探，目的在於發現賴和的生活面貌，找出賴和的現代感，以避免賴和的刻板印象被定型。此外，也釐清時下對於「小確幸」的認知，像賴和這樣典型的自我實現者而言，「小確幸」是他在自我實現過程中，具有穩定性的支撐力量。換言之，自我實現者廣泛地享受生活的各個方面，而芸芸眾生只能享受成功、勝利或經歷中的高潮與頂點等偶爾的片刻，他們從不厭倦生活，他們能夠一次又一次地欣賞日出、日落、婚姻、大自然。[33]

　　從賴和的「行腳詩」中看到了屬於賴和的「小確幸」，他孤獨的身影，自苦的對待，創意與冒險，真實客觀去感受等，不受環境制約，但受自己的「小確幸」原則的制約，執意將這些「小確幸」化為生活的養分，昇華為人生的關懷，在被殖民的時代中，成為以不變應萬變的能量所在，儘管一生憂患重重，挫折不斷，但有「小確幸」堅定著自我實現的人生方向，傳達出一種透過「自己規制」求出的「真快樂」，由於賴和在詩中傳遞了這樣的「小確幸」，使其人生不至於為「乾巴巴的沙漠而已」。並感受到賴和在熱愛的台灣土地上，歷經種種挫折，呼吸著無望的空氣，將理想沉潛並將熱情轉化為「小確幸」的投射，在空虛哀傷的現實環境中，用以維繫對於台灣人事物的深深眷戀。

33　同前註，頁42。

參考書目

台灣新民報社編：《台灣人士鑑》（東京都：湘南堂書店，1986年）。

亞伯拉罕・馬斯洛著、呂明、陳紅雯譯：《第三思潮：馬斯洛心理學》（台北市：師大書苑，1992年）。

賴和著，林瑞明編：《賴和全集》（台北市：前衛出版社，2000年）。

楊宗翰：〈賴和的另一張臉〉，《台灣現代詩史：批判的閱讀》（台北市：巨流圖書公司，2002年）。

簡志龍：《賴和漢詩中的社會現象分析與研究》（屏東市：屏東師範學院國民教育研究所碩士論文，2003年）。

黃俊傑：〈東亞近世儒者對「公」「私」領域分際的思考：從孟子與桃應的對話出發〉，黃俊傑、江宜樺編：《公私領域新探：東亞與西方觀點之比較》（台北市：台大出版中心，2005年）。

村上春樹著，賴明珠譯：《尋找漩渦貓的方法》（台北市：時報文化出版公司，2007年）。

〈「跟著賴和去壯遊」記錄片：一場體驗自己，認識土地的追尋〉，《自由時報》，2011年10月24日。網址：http://video.ltn.com.tw/article.php?id=9300

盧郁佳：〈小確幸：集體主義分泌的潤滑劑〉，《聯合報》，2013年7月31日，網址：http://udn.com/NEWS/READING/X5/8063566.shtml

Paul：〈「小確幸」到底在小確幸什麼？〉網址：http://woundero.wordpress.com/2013/08/25/small-assured-happiness

台灣式史詩

──賴和新詩的歷史位置

蕭　蕭

摘要

　　賴和為台灣新文學「打下第一鋤，撒下第一粒種子」，是「滔滔濁世中的一股清流，一顆台灣人的良心」，陳明台在〈人的確認〉這篇論文中確認：「他的文學態度，始終保持與歷史、時代、民眾，緊密的聯繫。因之，他的創作意識與歷史意識、時代意識一直是共通並存的。」就賴和新詩而言，六十首作品中可指出兩點特殊的成就，一是賴和新詩語言（小說語言亦然）固守「台語漢字」的書寫策略（其中有九首，純台語發聲），這是強烈的台灣意識、台灣精神的顯現；二是賴和傑出的四首常被討論的新詩作品「始終保持與歷史、時代、民眾，緊密的聯繫」，是歷史意識、抗議精神的堅持，可以尊之為台灣式「史詩」的建立者。這四首與史事結合的史詩，正是為農民發聲、為彰化發聲、為弱者發聲、為台灣發聲的急切心情，是人道主義者的關懷與情義，民族主義者的使命與勇氣。

關鍵詞：賴和、台灣式史詩、台灣意識、時代精神、人道主義者

一 前言：人的確認

賴和（1894-1943），本名賴葵河，又名賴河，字懶雲，常用的筆名包括甫三、安都生、灰、走街先等，賴和喜歡隨當時環境的改變，選擇不同語境的字詞作為自己心境的呈露。

賴和出生於彰化八卦山脈北端，八卦山脈由南端海拔四百公尺的高度逐漸緩和為一百多公尺，南端緩和的地勢可能造就賴和不躁進、不激進的個性，在新舊文學的競爭中，他寫新詩也不放棄舊詩，在「台灣文化協會」分裂時，他寫〈前進〉協和大家，鼓舞自己，都是明證。〈前進〉悲歎「台灣文化協會」當年因路線不同而分裂，他將時間設定為「黑暗的晚上」，空間則是被黑暗「濃濃密密充塞著」，腳下是「礙步的石頭、刺腳的荊棘、陷人的泥澤」，象徵台灣在日人統治下景況悲慘，境遇堪憐，即使一時之間找不到出路，卻需大無畏摸索「前進」。文中主角設定為兄弟二人，象徵分裂的「台灣文化協會」，同是被時代母親所遺棄的孩童，週遭惡劣的環境相同，但即使是「失了伴侶」，即使是孤獨地，仍要「在黑暗中繼續著前進」。他不偏袒老朋友，也未苛責新勢力，只強調艱困中「前進」的必要性。〈前進〉這篇文章有人視之為隨筆、散文，[1]有人當作是小說，[2]我卻覺得可以是一首「散文詩」，但其精神──協同前進，在紛爭不斷的台灣文化界卻是真正的能「協」、能「會」。

彰化縣境自明清以來家族聚居屯墾，同一氏族往往世居一處，如社頭、田中附近，漳州南靖蕭氏宗親生聚教訓的地方；鹿港、福興一帶，泉州施氏

1　李南衡主編：《賴和先生全集》，將〈前進〉納入隨筆雜文集，見李南衡主編：《賴和先生全集》，收入《日據下台灣新文學 明集 I》（台北市：明潭出版社，1979年），頁234-237。林瑞明編：《賴和全集》，將〈前進〉納入第二卷《新詩散文卷》散文類，見林瑞明編：《賴和全集・新詩散文卷》（台北市：前衛出版社，2000初版），頁249-253。

2　張恆豪編：《賴和集》，施叔編：《賴和小說集》，均將〈前進〉納入小說集裡。見張恆豪編：《賴和集》（台北市：前衛出版社，1991初版），頁75-79；施叔編：《賴和小說集》（台北市：洪範書店，1994初版），頁43-48。

依河行商利益眾生的所在，所以，地方流傳這樣的俗諺：「社頭痟一半，鹿港死了了。」「二林紅半天，大村賴賴趖。」民俗語氣不免戲謔，卻也說明家族聚居的事實。目前，賴姓宗親仍然留守花壇、大村，耕讀傳家的習俗不變，葡萄產業是近年他們耕作的成果，如果時間往前推移，日制時代出生於彰化街市仔尾的賴和，也是在這樣的環境中習漢文、學日文，因而成為這個家族孩童中的佼佼者。不僅如此，十六歲的他（1909）又考進總督府醫學院（今台大醫學院），透過日文，認識西學，所謂中學、西學，所謂為體、為用，在賴和早年的境教中，八卦山和緩的地勢裡，其實並不需要截然二分的。

賴和與彰化的地理關係可以從「虎山巖」說起，《彰化縣誌》記載：「虎巖，白沙坑內虎山巖也。乾隆十二年（1747）里人賴光高募建。巖左右依山環抱，茂林修竹，翠巘丹崖，遊覽之勝，與碧山巖等。每當春夏之交，禽聲上下，竹影參差，清風徐來，綠蔭滿地，置身其間，彷彿神仙境界。」[3]這就是清朝嘉慶十八年（1813）彰化知縣楊桂森（生卒年未詳，嘉慶四年進士）選定的「彰化八景」之一的「虎巖聽竹」。[4]「虎山巖」主祀神明為觀世音菩薩，配祀者包括捐獻土地、集資建廟的賴鳳高祿位（《彰化縣誌》誤為賴光高），根據賴和先生族譜，賴鳳高為其先祖，當時是花壇鄉的大地主，先祖行善於花壇農鄉，賴和行醫於彰化市街，都在北八卦行事，淵源極深。[5]從鄉到城，不論身在何處，賴和所重視的是鄉裡的人、城裡的人的共同尊嚴。

醫學院畢業後，一九一八年賴和曾前往廈門鼓浪嶼博愛醫院服務，一九一九年返回台灣懸壺，時間長達二十五年。行醫時，常穿台灣衫（唐山

3　周璽：《彰化縣誌》（彰化縣：彰化縣文獻委員會，1969年），頁110。

4　清朝嘉慶十八年（1813）彰化知縣楊桂森選定的「彰化八景」是：豐亭坐月，定寨望洋，虎巖聽竹，龍井觀泉，碧山曙色，清水春光，珠潭浮嶼，鹿港飛帆。見《彰化縣誌》，頁109。其中「豐亭坐月」、「定寨望洋」、「虎巖聽竹」、「碧山曙色」、「清水春光」五景，都在八卦山區內。但「龍井觀泉」今屬台中縣，「碧山曙色」、「珠潭浮嶼」今屬南投縣。虎山巖，在今彰化縣花壇鄉虎山街一號。

5　蕭蕭：〈八卦山：蘊藏多元的新詩能量——以賴和、翁鬧、曹開、王白淵透視新詩地理學〉，《土地哲學與彰化詩學》（台中市：晨星出版公司，2007年），頁89。

裝），但穿台灣衫或西式醫療服，也不過是取其便利，其實也無需以意識形態加以安置。賴和曾經說：「我的穿台灣服，得了真不少的誤解。我自辭了醫院，在彰化開業近二十五年了，我的穿台灣服也是在開業後就穿起來，純然是為著省便利的起見，沒有參合什麼思想在內。」「有一位點人氏的〈懶雲論〉，就以為我的台灣服，似有一點台灣精神的存在。自此以後，便聽到非難的聲了。」「我的洋服也已做成，且也作了一副防衛團服。」[6] 所以，他的〈獄中日記〉（第十八日）所談的台灣服，無非是為了穿著方便，行事俐落，當時或後來的學者均無需以此服飾過度解讀「文學家的認同取向與反抗意識」。[7]

一九二五年賴和發表第一首新詩〈覺悟下的犧牲──寄二林的同志〉，已經顯現出為時代顯影，為民眾發聲的史詩特質，自此積極投入台灣新文化運動、新文學創作，作品涵蓋漢詩、新詩、隨筆、雜文、小說、評論等，二十一世紀初賴和文教基金會企劃、林瑞明主編，出版了最完整的作品集《賴和全集》六卷、《賴和手稿影像集》五冊（台北市：前衛出版社，2000年），成為閱讀、研究賴和的定本。在這套全集中，〈覺悟下的犧牲──寄二林的同志〉發表之前、之後，又出現了許多未經發表的作品，值得我們全面檢視賴和這六十首新詩。[8]

研究彰化文學發展史、賴和整體作品的學者施懿琳（1959-），曾經提煉出一個整體性的思想貫串賴和作品，那就是──以「人」為主體的思考。她說：「不管是消極地抒吐被殖民者的悲哀，或是積極地抗議殖民者的不義，乃至批評社會的不公，賴和的著眼點都是在對於『人』存在尊嚴的確立

6 賴和：〈獄中日記〉，林瑞明編：《賴和全集‧雜卷》（台北市：前衛出版社，2000年初版），頁27。

7 楊宗翰：〈賴和的另一張臉〉，《台灣現代詩史‧批判的閱讀》（台北市：巨流圖書公司，2002年），頁31。

8 李南衡主編：《賴和先生全集》，《日據下台灣新文學 明集 I》（台北市：明潭出版社，1979年）。收入賴和「詩創作集」十一首，「隨筆雜文集」十一篇。林瑞明編：《賴和全集‧新詩散文卷》，則收入賴和「新詩」六十首，「散文」二十三篇。

上。」[9]詩人兼評論家 陳明台（1948-）曾以〈人的確認——試論賴和的人本意識〉為題，引用賴和〈飲酒〉詩：「頭顱換得自由身，始是人間一個人，生平此外無他顧，且自添衣更加飯。」認為這是「基於回顧人存在的立場，經由『人的確認』而產生維護人的尊嚴之心情。」因而斷言賴和的作品「不只具備了長久以來人類所尊崇，致力於追求的共通的人性維護的特質，而且也具備了特殊的時代意義。」[10]陳明台「人的確認」是指賴和的時代意識、歷史意識，站在小人物、弱勢者、被欺壓的人的立場，發出不平之鳴，展開現實的批判與抵抗，「凝視個人在歷史中存在的清醒意識」。[11]本文即從這種「人的確認」的人本意識，回頭去尋找賴和的時代意識、歷史意識，要從這節「人」的確認開始邁步，去恢復賴和真實的「人」的本來面貌，去印證賴和新詩的史詩價值與地位。

二　詩觀的確認

根據賴和研究專家林瑞明（1950-）早年曾歸納，賴和文學創作的心路歷程：

傳統詩→新詩→散文→小說[12]

其實，根據後來出土的手稿觀察，小說之後應該再加上「→傳統詩」。賴和的文學創作，始於傳統詩，也以傳統詩作最後的總結。

同一本書中，林瑞明又將賴和的文學創作生涯分為三期：

9　施懿琳：〈賴和漢詩的新思想及其寫作特色〉，《從沈光文到賴和》，高雄市：春暉出版社，2000，頁408。

10　陳明台：〈人的確認——試論賴和的人本意識〉，李篤恭：《磺溪一完人》，台北市：前衛出版社，1994，頁107。

11　陳明台：〈人的確認——試論賴和的人本意識〉，李篤恭：《磺溪一完人》，頁108-109。

12　林瑞明：〈賴和與台灣新文學運動〉，《台灣文學與時代精神》，台北市：允晨文化實業股份有限公司，1999，頁57。

第一期（1925-1928），相當於新文學運動的啟蒙期

第二期（1929-1932），約略符合新文學運動的開展期

第三期（1934-1935），呼應新文學運動由成熟期臻於高潮的階段。[13]

　　新詩與小說的創作，同時發表於一九二五年而終於一九三一、一九三二年，其前、其後，湧現的是大量的舊體詩，所以，對於賴和詩觀的了解，新詩、舊詩無法脫鉤，譬如目前置放於《賴和全集‧新詩散文卷》第一首的〈祝南社十五週年〉，竟是以白話新詩體的方式祝賀傳統詩社「南社」社慶，「南社」成立於一九○六年，一九二二年八月二十九日為紀念創社十五週年，曾於黃氏固園舉行詩會，賴和此詩當寫於一九二二年八月，就台灣新詩寫作的時間來看，又早於追風（謝春木，1902-1969）日文寫作的〈詩の真似する〉（〈詩的模仿〉，寫於一九二三年五月二十二日，發表於一九二四年四月十日的《台灣》雜誌第五年第一號），也早於施文杞中文寫作的〈送林耕餘君隨江校長渡南洋〉（寫於一九二三年十一月十三日，發表於一九二三年十二月一日出版的《台灣民報》第十二號）。台灣新詩的寫作，或許因為賴和遺稿的發現，可以推前一年（1922），賴和新詩創作期當然也要向前推三年，舊詩、新詩的創作顯然就有很長的時間相疊相應。

　　〈祝南社十五週年〉的書寫形式是白話新詩體，但文本裡的「詩」卻可以兼說著舊詩、也兼說著新詩。[14]其中透露的詩觀，可以整理出三點：一是詩是無用的東西，不能禦寒療飢，認識李杜也無補於袪除飢寒；二是再苦也要作詩，詩是抒情，「愁嘆的聲、傷悲的淚、歡喜的情、感憤的氣，一條鞭寄在裡頭去」；三是實地裡做人、生活，才是真詩人，才能使「詩」這無用的變得有用，不知（詩）的也能共知（詩），才不辜負用盡心力作詩的詩人。[15]這樣的詩觀「愁嘆的聲、傷悲的淚、歡喜的情、感憤的氣，一條鞭寄在裡頭去」，類近於孔子的「興觀群怨」，是感性的認知；先實地裡做人的人

13　林瑞明：〈賴和與台灣新文學運動〉，《台灣文學與時代精神》，頁79-80。

14　施懿琳：〈賴和新詩的新思想及其寫作特色〉，《從沈光文到賴和》，頁450-451。

15　賴和：〈祝南社十五週年〉，林瑞明編：《賴和全集‧新詩散文卷》，頁3-4。

格要求，先實地裡生活的務實人生，其實也完全表現在賴和自己的詩作中，這是人道主義者的期勉。「詩是無用的東西」，卻要「做苦來過日子也廢不了做詩」的決志，是一種熱情的展現，是一種理想的堅持，六十首新詩、兩大冊舊詩的寫作就是一種實踐功夫。

　　日制時期台灣為保持漢文化以對抗殖民權勢，漢詩、漢文的教學與寫作，十分發達，漢詩人結社聯吟由中部、南部而北，綿延不絕，櫟社、[16]南社、[17]瀛社[18]成為其中最具舉足輕重的三個詩社。賴和等彰化詩人與霧峰櫟社的地理環境最為相近，深受啟發，乃於昭和十四年（1939）首次集會於陳渭雄小杏園，以「同聲相應，同氣相求」之義，取名「應社」，當時賴和、陳虛谷、楊笑儂、楊雪峰、楊守愚、楊雲鵬、楊石華、吳蘅秋、陳渭雄最常參與，稱為「應社九子」，陳渭雄的小杏園、陳虛谷的默園、吳蘅秋的蘅園、王克士的成源茶莊，是他們最常聚會的所在，賴和活躍其間，根據林瑞明的考察：「應社詩友，寫漢詩當然有其文化遺民的一面，但另一方面用世之心強烈，試圖改變殖民地台灣的狀況，使得賴和的詩具有極強的社會性與

16　櫟社，日制時期三大詩社最早成立者，明治三十五年（1902）由林癡仙、林幼春、賴紹堯創立於台中廳霧峰區萊園（今台中市霧峰區），取名來自林癡仙所言：「吾學非世用，是為棄材；心若死灰，是為朽木。今夫櫟、不材之木也，吾以為幟焉。其有樂從吾遊者，志吾幟。」以無用之材自居，遂名為「櫟社」。其後傅鶴亭招攬同志而規模初具，林獻堂提攜後進而格局更寬。梁啟超曾經來台與會，期許台灣文人積極關懷台灣未來，影響社員從事民族運動，政治色彩在三社中最為濃厚。

17　南社，明治三十九年（1906）創立，由連橫、陳渭川邀集謝石秋、趙鍾麒、鄒小奇、楊宜綠組成於府城，開元寺與固園是最常聚會的場所。春秋佳日會集，擊缽吟唱，詩鐘競作，社員以台南府城菁英份子為主，創社元老多為前清遺儒，漢學素養深厚，個性保守，對日本殖民政府批判性不強，要到第二代詩人才對當時社會問題多所省思。

18　瀛社，明治四十二年（1909）由謝汝銓、洪以南、林湘沅創立於台北廳艋舺平樂遊旗亭（今台北市萬華區），每月例行會集，常與北部「竹社」、「桃社」聯合組成「瀛桃竹聯吟會」，社員陣容龐大，因有多位社員任職《台灣日日新報》漢文部，所作詩詞皆由《台灣日日新報》漢文部發表。大正十年（1921）十月二十三日曾召開第一屆全島詩人聯吟會，後將台灣詩社發展帶入高峰，大正十三年（1924），正式宣佈成立全台詩社擊缽吟會，瀛社終而成為全台詩社龍頭，影響力至今猶存。

抗議性。」[19]「應社」這個區域性的傳統詩社，人數不多，不常參與全島詩人聯吟會，甚至於文學技巧、藝術層面，不一定達至純熟境界，不足以與同時代才華獨具的傳統詩人相頡頏，但是，施懿琳卻看出「應社」在日據晚期的時代意義和價值所在，那就是「以極強烈的批判色彩、清新的面貌、蓬勃的生命力，在日本統治的時代裡，堅持延續漢文化的立場，鎔鑄新思想，為殖民政權統治下台灣文化，思考未來可行的走向；在暗濁的時代，綻露一點幽微的光芒。」[20]施懿琳說的是「應社」的時代意義，卻未嘗不是賴和詩觀的時代關懷，因而造就他史詩創作中廣大而深厚的文化背景。

賴和有〈論詩〉詩之作：

> 國風雅頌篇，大率皆言志。所貴在天真，詞華乃其次。
> 嘲笑及萬物，刻畫半遊戲。未用嘔心肝，不妨閒擁鼻。
> 有時還自來，求之轉不易。無病作呻吟，易滋人謗議。
> 頌揚非本心，轉為斯文累。迫仄乾坤中，閒情堪託寄。
> 鞭策牛馬身，此即自由地。多少嘆息聲，幾許傷心淚。
> 主權尚在我，渾灑可無忌。門戶勿傍人，各須立一幟。
> 梅花天地心，鳴鳳人間瑞。思想之結晶，文字為精粹。[21]

如果以零距離的〈論詩〉詩，探索賴和詩觀，也可看出他所追求的意真、詞真、事真的三真目標。

---

19 林瑞明：〈賴和漢詩初探〉，《台灣文學的歷史考察》（台北市：允晨文化公司，2001年），頁150。

20 施懿琳：〈從《應社詩薈》看日據中晚期彰化詩人的時代關懷〉，收入《第二屆磺溪文藝營論文選集》（彰化市：磺溪文化學會，1993年），頁78。後來收入施懿琳：〈日治中晚期二世文人的詩社活動與作品特色——以彰化「應社」為分析對象〉，《沈光文到賴和——台灣古典文學的發展與特色》（高雄市：春暉出版社，2000年），頁361。

21 賴和：〈論詩〉，林瑞明編：《賴和漢詩初編》，收入《磺溪文學——彰化縣作家作品集・第二輯》（彰化市：彰化縣立文化中心，1994年），頁3。亦見林瑞明編：《賴和全集・漢詩卷下》，頁429。林瑞明判定此詩寫於一九二四年，汲古書屋徵詩之時，當時徵詩主題即是〈論詩——五言古體限真韻〉，賴和此作合乎要求。見林瑞明：〈賴和漢詩初探〉，《台灣文學的歷史考察》，頁121-123。

　　如「國風雅頌篇，大率皆言志」、「有時還自來，求之轉不易」、「頌揚非本心，轉為斯文累」、「主權尚在我，渾灑可無忌」、「門戶勿傍人，各須立一幟」等句，都在講求意之真，自己應是自己詩文的主人。

　　「所貴在天真，詞華乃其次」、「未用嘔心肝，不妨閒擁鼻」、「無病作呻吟，易滋人謗議」、「門戶勿傍人，各須立一幟」、「思想之結晶，文字為精粹」，追求的是天真的詞語，突發的靈感，不造作的心口合一，揮灑自如。

　　「迫仄乾坤中，閒情堪託寄」、「鞭策牛馬身，此即自由地」、「多少嘆息聲，幾許傷心淚」、「梅花天地心，鳴鳳人間瑞」，說的是：詩是情意之所寄，不管是侷促在天地之間，如牛如馬被鞭策，不論是多少嘆息聲，多少傷心淚，詩可以讓人從現實的困阨中昇華而出，進入美好的境界。最後的這一點，也可以視為賴和創作史詩的初衷：寫盡人間苦難，翻轉世界新局。

　　或者看看幾則賴和的隨筆，也可以翻轉為他的詩觀。

　　「苦力也是人，也有靈感，他們的吶喊，不一定比較詩人們的呻吟，就沒有價值。中西人的會餐，已是既有的事實，把它描寫出來，不也是一種藝術嗎？」[22]引申為寫詩的方向，應該關懷低收入、弱勢族群、農工階層的受苦民眾，賴和新詩作品大抵朝此方向努力。

　　「新文學是新發現的世界，任各有能力的人，去自由墾植、廣闊地開放著，純取世界主義，就是所謂大同者也，不過碰著荊棘的荒埔，不能不用力斫拔排除。」[23]新詩的園地是開放的處女地，需要有創造力的人去開發，而且應該盡全力、努力去開闢新的創作題材，賴和寫作新詩的時間不長，題材、語言、技巧，隨詩而轉換，展現出異乎常人的創造力。

　　「有思想的俚謠、有意態的四季春、有情思的採茶歌，其文學價值不在

---

22 賴和：〈讀台日紙的「新舊文學之比較」〉，李南衡主編：《賴和先生全集》，《日據下台灣新文學　明集 I》（台北市：明潭出版社，1979年），頁210。原載於《台灣民報》89號（1926年1月24日）。

23 賴和：〈讀台日紙的「新舊文學之比較」〉，李南衡主編：《賴和先生全集》，頁210。原載於《台灣民報》89號（1926年1月24日）。

典雅深雋的詩歌之下。」[24]賴和的許多詩歌利用歌子戲、童謠、俗諺撰成，楊雲萍在〈追憶賴和〉文中，提起他們兩人最後一次見面：「時而互相握著對方的手；時而談著台灣民俗研究的事。」[25]向台灣民俗取材，向不同的文類借火，賴和的詩觀一直如此開拓資源、開挖活水。

「報紙是民眾的先鋒，社會改造運動的喇叭手。若非忠忠實實替被壓迫民眾去叫喊，熱熱烈烈吹奏激勵民眾前進的歌曲，決不能受這樣的稱號。」[26]這是為《台灣新民報》而寫的良心呼籲，卻也可以移駕於新詩創作之道，熱烈激勵民眾前進的雄心大志。

綜合而言，賴和的心胸是開放的、開闊的，因而賴和的詩觀以真人實事入詩，以真材實料繪圖，以真情實感流蕩在字裡行間。賴和有生之年（1894-1943）與日本殖民統治台灣時期（1895-1945）幾乎完整重疊，賴和的詩，正是台灣魂流蕩於日制時代最佳的歷史資訊與佳例，搜尋可得，疊映可證。

三　史詩的確認

賴和正式發表的新詩是〈覺悟下的犧牲（寄二林的同志）〉，作於一九二五年十月二十三日，發表於《台灣民報》八十四號（1925年12月20日），詩長四十七行，分為九節，具有史詩的規模。此後六年（1925-1931），賴和三十二至三十八歲之間，一共寫出四首長詩：〈覺悟下的犧牲（寄二林的同志）〉、〈流離曲〉、〈南國哀歌〉、〈低氣壓的山頂（八卦山）〉，[27]分別為一九

---

24 賴和：〈開頭我們要明瞭地聲明著〉，李南衡主編：《賴和先生全集》，頁356。原載於《現代生活》創刊號（1930年12月）。

25 楊雲萍：〈追憶賴和〉，李南衡主編：《賴和先生全集》，頁409。原載於《民俗台灣》3卷4號（1943年4月5日）。

26 賴和：〈希望我們的喇叭手吹奏激勵民眾的進行曲〉，李南衡主編：《賴和先生全集》，頁238。原載於《台灣民報》322號（1930年7月16日）。

27 賴和：〈覺悟下的犧牲（寄二林的同志）〉、〈流離曲〉、〈南國哀歌〉、〈低氣壓的山頂（八卦山）〉，《賴和全集·新詩散文卷》（台北市：前衛出版社，2000年），頁76-80、93-114、136-141、144-151。

二五年二林蔗農事件、一九二五至二六年退職官拂下無斷開墾地、一九三〇年霧社事件、一九三一年第二次霧社事件（保護番收容所襲擊事件）等國家大事而寫。莫渝（林良雅，1948-）曾以〈獨立在狂飆之中——談賴和的四首敘事詩〉為題，討論這四首詩作，認為這是賴和文學生涯的巔峰時期，新詩作品的精華，是歷史事件見證的紀錄者，農民文學與弱勢群體呼聲的代表作，足以列入台灣新詩史的典型作品。[28]換句話說，莫渝早在一九九三年已注意到這四首長詩的重要性，是台灣新詩發展史上堅強剛毅的源頭，只是莫渝只將這四首詩當作是「敘事詩」，我則認為這四首詩表面上以詩記事，骨子裡是為史寫詩，應該提升到「史詩」的架構來看待。

　　以下先將這四首史詩所歌詠的史事，依次列表而觀，可以一覽清明，其後逐首加以檢視，為史寫詩、以詩記史的企圖就十分明朗了。

史　　事	發生日期	史　　詩	寫作與刊布日期
二林蔗農事件	1925年10月21、22日	覺悟下的犧牲（寄二林的同志）	作於1925年10月23日。發表於《台灣民報》84號，1925年12月20日。
退職官拂下無斷開墾地	1925、26年	流離曲	發表於《台灣新民報》329至332號，1930年9月6、13、20、27日。
霧社事件	1930年10月27日	南國哀歌	發表於《台灣新民報》361、362號，1931年4月25日、5月2日。
被殖民的苦悶	1895年至1931年	低氣壓的山頂	作於1931年10月20

---

28 莫渝：〈獨立在狂飆之中——談賴和的四首敘事詩〉，李篤恭：《磺溪一完人》，頁117-123。

史　　事	發生日期	史　　詩	寫作與刊布日期
第二次霧社事件（保護番收容所襲擊事件）	1931年4月25日	（八卦山）	日。發表於《台灣新民報》388號，1931年10月31日。

（一）〈覺悟下的犧牲（寄二林的同志）〉

　　葉石濤（1925-2008）是台灣文學研究的前輩、權威，他直指「賴和是寫實主義作家」，將賴和置放在國際寫實主義作家群中加以評比，指出：發源於法國的寫實主義，在各國不同的國情下，各自發展出富於民族性格的寫實主義，如舊俄的托爾斯泰、日本的德田秋聲，而賴和就是富有台灣特色的寫實主義者，他說：「賴和的台灣寫實主義，反映了被日本殖民地的台灣人的被壓迫、被欺凌的弱小民族的悲情。他的寫實充分流露出反帝、反封建的台灣人心聲。賴和的寫實主義是台灣新文學裡最有深度的；他敘述了台灣人被殖民的悲慘事實外，特別著力於描寫台灣人心靈裡光明與黑暗的糾葛和拮抗。他不但描寫台灣人抗爭的悲壯，也刻畫台灣人被殖民統治所扭曲的心靈的屈從、卑屈以及頹喪。他看到了台灣人的知識份子和農民共同抵抗滿清與日本的殘虐統治，也看到了台灣人資產階級的投降和迎合。人性中的光明和陰影都在小說情節的展開中呈現出來。唯有台灣特殊的歷史遭遇才能出現賴和的台灣寫實主義。」[29]這是以小說為本對賴和的論述，如果將小說的論述推廣或籠罩在新詩作品上，論理亦通。因為賴何新詩深受小說影響，故事的渲染，圖像的建構，都能呈現連續性的畫面，而內在的詩的精神，與小說並無二致。如前引，光明與黑暗的糾葛和拮抗，抗爭的悲壯，被殖民統治所扭曲的心靈的屈從、卑屈以及頹喪，新詩作品也隨處可見，不少於小說文本之

---

29 葉石濤：〈賴和與新文學運動〉（下），《台灣文學入門》（高雄市：春暉出版社，1999年），頁39-40。

所呈現，如〈覺悟下的犧牲（寄二林的同志）〉[30]即是。

〈覺悟下的犧牲（寄二林的同志）〉的寫作背景：遠因是日本殖民統治台灣，搜刮林木，壓榨農業，台灣人心中蓄積憤怨不滿，近因則是當時的彰化從北斗、溪州、溪湖到二林地區大片農田，栽種甘蔗，日本政府將蔗園劃歸給不同製糖株式會社採收，蔗農不得越區販售；採收時由會社統一雇工收割，再從蔗價中扣款，蔗農不得私自採收自己田地上的甘蔗；稱重的磅秤，會社提供，蔗農不得異議。買賣甘蔗價格，會社單方面決定，蔗農沒有議價空間。當時流行的俗諺：「第一戇，吃菸噴風；第二戇，吃檳榔吐紅；第三戇，插甘蔗給會社磅。」可以聽出糖廠壟斷蔗價、剝削農民的苛虐作風。因而從大正十二年（1923）開始，蔗農與糖廠之間紛爭不斷，一九二五年一月一日農民自力救濟，在二林仁和宮前召開「農民大會」，六月二十八日正式成立「二林蔗農組合大會」，這是台灣第一個「農組」（農會前身），希望能以組織的力量訴願、談判，結果未能得到合理的回應，幾次談判破裂，蔗農拒絕會社採收，十月二十一日會社強行雇工採收，二十二日發生流血衝突事件，這是台灣農業史上、社運史上第一宗農民運動。[31]習慣舊詩創作的賴和即時（事件發生的第二天）寫了這首新詩：〈覺悟下的犧牲（寄二林的同志）〉。

這首詩從題目就開始強調「覺悟」，詩分九節，第一、五、八、九節都提到「覺悟」，第一節點醒題旨，歌頌農民的覺悟雖帶來犧牲，卻也是無上的光榮：「覺悟下的犧牲，／覺悟地提供了犧牲，／唉，這是多麼難能！／他們誠實的接受，／使這不用酬報的犧牲，／轉得有多大的光榮！」第五節是整首詩的中段，賴和仍在呼應「覺悟的犧牲，本無須什麼報酬」，這一節後兩句「失掉了不值錢的生命，還有什麼憂愁？」直接以「不值錢的生命」哀嘆農民受到欺壓的窘境竟然是生不如死，辛苦栽種的甘蔗得不到應有的報

---

30 賴和：〈覺悟下的犧牲（寄二林的同志）〉，林瑞明編：《賴和全集·新詩散文卷》，頁76-80。李南衡主編：《賴和先生全集》，頁139-142。

31 謝四海：〈二林蔗農事件的時代背景與對台灣農運的影響〉，《東海大學圖書館館訊》新107期（2010年8月15日），頁33-58。

酬，還會被暗扣斤兩，加索工資，如此勞碌，卻又如此卑賤，賴和深深感嘆
這是「不值錢的生命」。最後的第八、第九節反覆在慨歎「覺悟的犧牲！覺
悟地提供了犧牲」是「多麼難能、多麼光榮！」彭瑞金（1947-）曾經指
出：賴和是日治時代在壓力下誕生的典型的知識分子，他參與的社會運動、
文化運動、新文學運動的自覺——也就是他的詩、文中，一再提到的「覺
悟」，猶如他一生行動中不可少的一盞照明燈。他認為：「賴和文學中清醒、
自覺的力量，使他的文學不至於盲無目標，文學清楚地就是為社會、文化運
動效力。捨此，文學存在便無意義。」[32]賴和，一個先覺者，自覺覺人，以
文化運動、文學運動，去覺醒同胞，覺醒台灣。這也就是二林蔗農事件發生
的第二天，他之所以如此快速反應、快速寫作的內在熱情與智慧。

　　賴和不僅是清楚地知道：文學為社會、文化運動而效力，而且對於文學
這種工具，他仍然是一個覺者，他清楚地知道文學是什麼，如何表達。〈覺
悟下的犧牲（寄二林的同志）〉是他往外投稿、公開的第一首詩，我們可以
欣賞到詩創作的三大特色：

　　一是詩的對比：賴和新詩往往使用巨大的對比，形成張力，達成震撼效
果，如本詩第二節以弱者的努力與所得所形成的落差，震撼讀者：「弱者的
哀求——所得到的賞賜，只是橫逆、摧殘、壓迫」，「弱者的勞力——所得到
的報酬，就是嘲笑、譏罵、詰責。」哀求⟷摧殘，勞力⟷詰責，就是極
大的反差，中間還夾入「賞賜」、「報酬」的反諷用語，讀者豈能無所感？第
三節也以相同的反襯法去對映「弱者／強者」的懸殊處境，弱者的汗有所
流，血有處滴，——竟然是強者「慈善同情的發露，憐憫惠賜的恩澤」！

　　二是詩的意象：詩的創作講求意象，即使是寫實主義如賴和者，也會在
適當的地方創造意象，使事象鮮明如在眼前，產生渲染力，如本詩第四節，
以「激動的空氣」比哭聲，以「瀉澗的流泉」比眼淚；第六節說「不值錢的
東西，所以能堅決地拋去」，就好像「不堪駛的廢舫，只當做射擊的標誌」，

---

32 彭瑞金：〈賴和——台灣新文學的領航者〉，《台灣文學五十家》（台北市：玉山社出版
　　公司，2005年），頁78。

都是以譬喻法去達成形象化的目的，都是傳統詩、現代詩所擅用的意象創作技巧。

三是詩的聲韻：習慣舊詩詞寫作的賴和，改寫新詩，有時保留偶數句句尾押韻的節奏設計（如第一節、第六節、第九節），有時採用英詩 ABAB 的韻腳設計（如第五節），有時放棄韻腳，改採自然節奏（如第二節），都能奇偶互生，駢散兼用。

寫於一九二五年的〈覺悟下的犧牲（寄二林的同志）〉當然是賴和早期的作品，如陳芳明（1947-）所言：「強烈批判日本殖民體制對台灣社會的剝削與掠奪。他毫不掩飾自己對農民、工人的關切。為沒有聲音的、沉淪在社會最低層的人民發出苦痛的吶喊。不過，他要強調的並不是他們的淒苦與受難，而是要凸顯他們的抵抗精神。」[33]就這點而言，賴和公開發表的第一首詩，為台灣第一宗農民運動而寫，不是寫事件的歷程、現象，而是點明農民的抵抗精神，喝采台灣人的覺醒，彰顯賴和的史識、史觀、史膽。

（二）〈流離曲〉

〈流離曲〉原載於《台灣新民報》三二九至三三二號（1930年9月6、13、20、27日），根據李南衡（1940-）的註解：「本詩創作背景，是所謂『退職官拂下（批售）無斷（擅自、無許可的）開墾地』事件後，農民流離失所的悲慘史實。」[34]顯然，李南衡已將此詩視為「史詩」看待。

根據李南衡解說，所謂「退職官拂下（批售）無斷（擅自、無許可的）開墾地」事件，是指：「一九二五年至一九二六年十二月止，台灣總督伊澤

---

33 陳芳明：〈賴和與台灣左翼文學系譜〉，《左翼台灣》（台北市：麥田出版社，1998年），頁48。

34 賴和（甫三）：〈流離曲〉，李南衡主編：《賴和先生全集》，頁143-162，詩後有極為詳細的註解，引述《台灣民報》社論、葉榮鐘等著：《台灣民族運動史》（台北市：自立晚報社，1980年）。賴和（甫三）：〈流離曲〉，林瑞明編：《賴和全集・新詩散文卷》，頁93-114。

多喜男,以極廉價將三千八百八十六甲餘的土地准由三百七十人的退職官承購。」因而造成有能力耕田者無田可耕,自己與先祖開墾的土地拱手讓人,只好哀唱〈流離曲〉。

　　〈流離曲〉共分三大節,二百九十二行,其長度不但是日制時代所僅有,可能也是自有新詩以來所罕見。將百姓世世代代開發的河川溪埔地稱之為「擅自開墾地」,整批售給退職官,顯然是官官相護,置民於不顧的苛虐事件,賴和以四年的時間完成此詩,表現出寫作態度的慎重,一方面要以更長的時間觀察事件的演變,一方面要以更縝密的思緒安排結構。詩分三節:(一)生的逃脫,(二)死的奮鬥,(三)生乎?死乎?這樣的設計,吻合辯論學「正、反、合」的思辨歷程。雖然最後是不能確定的生死之辨,似乎未見「合」的可能,但在有生之年不能不做「逃脫」的打算,死神面前又不能不「奮鬥」,時時刻刻都在生死一線間掙扎,這樣的架構,這樣的用字,才合乎「流離」的題意。否則,第一節改成「死的逃脫」,那是「生」的肯定;第二節改成「生的奮鬥」,那麼「生」的機率大於「死」,則「流離」的題意就無所寄託了!

　　〈流離曲〉不是寫批售給退職官「擅自開墾地」之後,農民流離失所的悲慘場景,如果是這樣書寫,反而落入實景煽情,失去文學更高的價值層面。賴和傑出的文學思考,是將這種悲慘場景往前推,推到河川溪埔地開墾之時,一次狂風大雨,溪水暴漲,土石亂流,田園崩壞,厝宅流失,這時與天爭地、爭時,已經流離失所,死神已經伸長手臂,想逃想脫,談何容易!更不要說,批售給退職官自己辛勤開墾的沙洲土地,與人爭地失敗,可能還要面對訴訟的慘狀。

　　賴和以電影的場景呈現那種土崩石流、屋毀人散的恐怖,讀來彷彿身歷其境:

　　　　澌澌!湃湃!

　　　　窸窸!窣窣!

　　　　澎湃的真像把海吹來,

窸窣地甚欲併山捲去，
溪水也已高高漲起，
淼茫茫一望無際。
猛雨更挾著怒風，
滾滾地波浪掀空。
驚懼、匆惶、走、藏、
呼兒、喚女、喊父、呼娘、
牛嘶、狗嗥、
混作一片驚唬慘哭，
奏成悲痛酸悽的葬曲，
覺得此世界的毀滅，
就在這一瞬中。

這是〈流離曲〉的第一節「生的逃脫」，洪水一來，濁水溪畔已經是「奏成悲痛酸悽的葬曲」，與天爭時，無時，與地爭利，無利，在這種情況下，政府、退職官竟然還要「向死神手中爭出一個自己」的農民爭奪土地，何等殘忍！

第一節，流離失所，無處安息，田烟淹沒，無處種作，第二節更慘「死的奮鬥」，沒有土地的農民，只能賣作終身奴隸，甚至於賣掉自己親生的兒子，暫時得到救寒療飢，解除死亡的威脅，但是回頭一看砂石堆積的溪埔地「曠曠漠漠濁泥砂磧，／高低凹凸大小亂石，／尋不到前時齊整的阡陌，／只見得波衝浪決的痕跡，／再無有樹一株草一莖，／破壞到這樣田地，／看要怎樣來耕怎樣來種！」但是，這樣的一片砂石荒埔，卻是「命之父母，生之源泉」，農民哪能顧惜腳腫手裂？哪敢愛惜流汗流血？砂灼日煎，流汗流血，也要與天爭地、與地爭取那微薄的勉強活命的利。

賴和以這樣的兩節，描繪農民開挖溪埔地的不易，正在慶幸手上的血經已拭淨，額上的汗也已晒乾，正在試問自己這應不是幻像的反映，不是夢裡的欣歡？結果竟在文明社會下，還有假藉法律尊嚴，逼迫農民交出土地：

> 沈下去！沈下去！
> 墜落到萬仞罪惡之淵，
> 任憑你，喊到喉破聲竭，
> 也無人垂手一援。
> 粉碎了！粉碎了！
> 橫格在時代巨輪之前，
> 任憑你，喊到喉破聲竭，
> 也無人能為解脫。
> 痛哭罷！痛哭罷！
> 正對著喫骨飲血之筵，
> 任憑你，哭到眼淚成泉，
> 也無人替你可憐。

　　這時，連文化協會、農組的兄弟也被監視拘捕，耕好了田卻歸屬於官吏，種好了稻竟得不到收穫，世界雖廣闊，對農民來說，卻是這樣狹仄！

　　第三節以「生乎死乎」為名，被逼到絕境死域的農民，何處還有生路？趁著還有強健的腳和手，還有耐得勞動的身軀，賴和標舉著一面旗，一片希望，要大家會集：

> 天的一邊，地的一角，
> 隱隱約約，有旗飄揚，
> 被壓迫的大眾，
> 被搾取的工農，
> 趨趨！集集！
> 聚攏到旗下去，
> 想活動於理想之鄉。

　　年輕的學者說：「賴和其詩常夾泥帶沙、莽莽蒼蒼，呈現大地之子所特有的渾茫之氣。敘事詩的語義多表現為人生命尊嚴與生存逼迫之間的矛

盾。」[35]〈流離曲〉可以說就是這種詩作的經典，但在這種矛盾中，賴和所高舉的那一面旗，未嘗不是一帖救命的藥方。彭瑞金閱讀〈流離曲〉這首詩，就認為：被「退職官拂下無斷開墾地」事件，奪走冒險辛苦開墾的河川地農民，猶如墜落萬仞罪惡之淵，「如屠宰之羊、砧上之魚，絕望地任人屠殺割烹」。但他指出：「隨時不惜一戰、不怕一死的精神，應該是賴和在細心診斷了台灣在日本殖民統治下形成的病症，所開出的精神藥方。」[36]

（三）〈南國哀歌〉

以張我軍（1902-1955）與賴和作為兩種文學批判的典型，陳芳明（1947-）曾以敘述性的文字說明〈南國哀歌〉[37]這首詩為台灣新詩帶入全新的階段。他說：「這首詩，是為了抗議日本統治者在霧社事件中對原住民的大規模屠殺。霧社事件發生於一九三〇年十月二十七日，長期受盡欺凌的泰雅族原住民，利用一年一度的公學校運動會，日本官吏警員齊集校園之際，有計畫進行反暴政行動。當時有三百餘名泰雅族勇士，殺死一百三十六名日本人。台灣總督府為了報復，對霧社原住民進行滅種式的轟炸與屠殺。殖民者的殘暴行為，震撼整個國際社會。泰雅族在霧社的原住民有一千兩百餘人，事件後僅剩五百餘名。霧社事件在台灣抗日史上，是可歌可泣的抵抗行動，也是全球反殖民運動中無可輕易磨滅的一頁。賴和的〈南國哀歌〉，

---

35 楊雅惠：〈賴和語義：勞者之歌——生命基本尊嚴與現實生存逼迫的矛盾〉，《現代性詩意啟蒙：日治時期台灣新詩的文化詮釋》（高雄市：國立中山大學出版社，2007年），頁213。

36 彭瑞金：〈賴和——台灣新文學的領航者〉，《台灣文學五十家》（台北市：玉山社出版公司，2005年），頁77。

37 賴和（安都生）：〈南國哀歌〉，李南衡主編：《賴和先生全集》，頁179-184，詩題有註，引導讀者參考溫吉編譯：《台灣番政志》（台北市：台灣文獻委員會，1957年12月）；王孝廉：〈關於霧社事件〉，《夏潮》月刊1卷7期、8期（1976年10月、11月）。賴和（安都生）：〈南國哀歌〉，林瑞明編：《賴和全集・新詩散文卷》，頁136-141。

正是這項歷史事件的見證。」[38]〈南國哀歌〉在事件發生後六個月發表於《台灣新民報》三六一、三六二號（1931年4月25日、5月2日），全詩七十六行，分為十一段，不分節。

　　詩一開始，前兩段仍沿襲〈覺悟下的犧牲〉的史識：「所有的戰士已去，／只殘存些婦女小兒，／這天大的奇變，／誰敢說是起於一時？／／人們最珍重莫如生命，／未嘗有人敢自看輕，／這一舉會使種族滅亡，／在他們當然早就看明，／但終於覺悟地走向滅亡，／這原因就不容妄測。」這兩段詩賴和認為霧社事件中賽德克族（以前與泰雅族混稱）喪亡慘重，幾近百分之五十八，這種犧牲是因為原住民的覺悟，這兩段很清楚地點明，賽德克族的起義不是臨時性的衝動，明知可能滅族也要以弓箭、番刀對抗毒氣、槍砲。

　　這首詩的選材，有賴和特殊的眼光，如選擇賽德克族人在起事之前對漢族人說的話：「一樣是呆命人！／趕快走下山去！」顯示漢人、原住民在台灣島上是共同命運體，一樣受到日人欺凌，賽德克族起事必然引起流血傷亡，卻不願傷及一樣是呆命人的漢族，對賽德克族而言，這是悲悽的決志；對漢族而言，則是情義通同的溫暖情懷。是因為有感於賽德克族對漢族的溫情吧！這首十一段的〈南國哀歌〉，前七段登載於《台灣新民報》三六一、三六二號，截止於「好久已無聲響的雷，／也自隆隆地替它號令。」其後被日本殖民政府新聞檢查人員挖成天窗，空白演出。[39]這七段是以「第一人稱」的方式寫作，「我」看他們，稱呼原住民為「他們」：「這一舉會使種族滅亡，在他們當然早就看明」、「誰敢說他們野蠻無知？」、「在和他們同一境遇，一樣呻吟於不幸的人們」。這種稱呼原住民為「他們」的寫法，是否有一種「旁觀者」、「事不關己」，視原住民為「他者」的感覺？但從第八段開始，敘述者變成「第一人稱複數」的「我們」，稱呼原住民為「兄弟們」，「他們」指的是日本殖民政府。

---

38 陳芳明：〈兩種文學批判的典型：張我軍與賴和〉，《殖民地摩登：現代性與台灣史觀》（台北市：麥田出版社，2004年），頁45。

39 李南衡：〈註二〉，李南衡主編：〈南國哀歌〉《賴和先生全集》，頁182。

> 兄弟們！來！來
>
> 來和他們一拚！
>
> 憑我們有這一身，
>
> 我們有這雙腕，
>
> 休怕他毒氣、機關鎗，
>
> 休怕他飛機、爆裂彈，
>
> 來！和他們一拚！
>
> 兄弟們！
>
> 憑這一身！
>
> 憑這雙腕。

　　這種身分認定的改變，是這首詩最值得玩味的地方，原漢之爭、漳泉之鬥、閩客之分，在面對更貪婪的殖民政權之前，賴和所要呼籲的是覺悟的鬥爭，是聯合所有受迫害的民族挺立起來，要一再一再警醒大家「我們現在比狗還輸！」

　　學者看到的是「賴和敘事詩中的意義關連域大底在於人性正常與異常、人性的真實與虛假、野蠻與文明、生命與死亡，其二律悖反乃圍繞在人生命基本尊嚴與現實生存逼迫的焦點上，這是人道主義的核心關懷。」[40]所謂「二律悖反」，其實也就是對比、張力，〈南國哀歌〉裡盡是這樣的責問：生的糧食豐富，我們能自由獵取？已闢農場已築家室，容得我們耕種居住？獵刀獵鎗，生活必需品，我們有取得的自由嗎？勞働神聖，卻任打任踢，比牛比狗還不如！

　　陳芳明從賴和的史詩作品看見賴和的革命性格，無非是政治脈搏跳動的一種延續。但是賴和沒有為了革命而喪失文學紀律。因為賴和恰當運用象徵、隱喻、影射等等手法，曲折地勾勒客觀現實，為台灣社會開創了既符合

---

40 楊雅惠：〈賴和語義：勞者之歌——生命基本尊嚴與現實生存逼迫的矛盾〉，《現代性詩意啟蒙：日治時期台灣新詩的文化詮釋》，頁214。

現實又充滿反抗的想像空間。[41]到這時，新詩的創作歷史不到十年，但賴和這種詩性的堅持，卻是現實的堅持、真的堅持，也就是史之真的堅持。從〈覺悟下的犧牲（寄二林的同志）〉、〈流離曲〉到〈南國哀歌〉，賴和總是這樣準確地掌握住社會這條筋、歷史這條脈動。

（四）〈低氣壓的山頂（八卦山）〉

〈低氣壓的山頂（八卦山）〉[42]寫於一九三一年十月二十日，原載於《台灣新民報》三八八號（1931年10月31日）。先寫出這首詩的創作日期，因為這首詩的創作背景或心情，受到當時台灣發生的重要史事的影響。

一九三〇年十月二十七日台灣發生霧社事件，賴和寫出〈南國哀歌〉，此詩前半首（六段）發表於《台灣新民報》三六一號（1931年4月25日），就在這天霧社賽德克部落又發生「保護番收容所襲擊事件」，史稱「第二次霧社事件」，直接影響賴和的心情，當然間接也影響了〈南國哀歌〉後半首的刊登（只刊登第七段），因此，登臨八卦山的心境，往往沉鬱不可解，賴和的舊詩〈八卦山〉彷彿也在呼應這種血色紅土：

> 山河歷歷新，世代悠悠易；
> 先民流血處，千載土猶赤。

相對於賴和的心境，陳虛谷（1891-1965）的〈八卦山〉詩就有著遊客遊賞的欣喜，近看花的嫵媚鳥的嬌歌，遠觀雲氣、海濤，寫出了不同的「氣壓」：

---

41 陳芳明：〈賴和與台灣左翼文學系譜〉，《左翼台灣》（台北市：麥田出版社，1998年），頁58。

42 賴和（甫三）：〈低氣壓的山頂（八卦山）〉，李南衡主編：《賴和先生全集》，頁187-193。賴和（甫三）：〈低氣壓的山頂（八卦山）〉，林瑞明編：《賴和全集‧新詩散文卷》，頁144-151。

> 花真嫵媚鳥嬌歌，偏引遊人興致豪；
>
> 試上危顛應更喜，山看雲氣海看濤。

根據陳芳明以「左翼台灣」的角度探討，他認為從一九二五年的〈無題〉到一九三一年四月的〈南國哀歌〉，是賴和第一階段的作品，前三首史詩寫作的時代，賴和的批判精神發揮得相當淋漓盡致，此時正是台灣左翼文學政治運動最為蓬勃發展的時期；從一九三一年〈低氣壓的山頂（八卦山）〉的發表，到一九三五年〈一個同志的批信〉，是左翼政治運動失敗而左翼文學運動進入成熟期的階段，陳芳明因而判斷：左翼知識分子的分合與凋零，對賴和心情造成衝擊，他的作品會呈露部分的挫折與失落。[43] 以這樣的背景來觀察〈低氣壓的山頂（八卦山）〉及其前三首史詩，顯然可以看出內在能量的高漲與消退。

同樣有著左翼文學背景，一生都在大陸（曾留學日本）成長、飛揚的中國作家魯迅（1881-1936），許多文論家也喜歡拿此二人加以比較，年輕學者鄧慧恩從小說創作上看出：賴和的故事比魯迅的人物多了一層無法解透的悲哀，因為台灣民眾的悲劇還是緊緊的勒在一個殖民者的手上，賴和對於筆下人物一方面冷靜刻畫他們悲劇的際遇，一方面深刻的交代彼此壓迫的傾軋，他沒有忘記對於殖民地民眾寄予同情，這份對於民眾的同情，是在自己的本國為了喚醒民眾自覺，無法用溫情語氣說話的魯迅所沒有的。[44] 〈低氣壓的山頂（八卦山）〉雖然不直接寫事件、不直接寫人物，但那種不可卸除的悲傷鬱抑，卻瀰漫在詩中。

所謂「保護番收容所襲擊事件」，是指霧社事件發生後，殖民政府改用「以夷制夷」策略，脅逼土魯閣群、道澤群二部族組成「味方蕃」襲擊隊，造成霧社各族群之間的矛盾與仇怨，因此在一九三一年四月二十五日清晨時分，道澤群的壯丁組成襲擊隊，分批攻擊霧社事件餘生者居住的西寶、羅多

---

43 陳芳明：〈賴和與台灣左翼文學系譜〉，《左翼台灣》，頁50-51。

44 鄧慧恩：〈賴和、尼采與魯迅〉，《日治時期外來思潮譯介研究》（台南市：台南市立圖書館，2009年），頁138-139。

夫收容所，計有二百一十六人死亡，道澤群襲擊隊員，砍下一百○一個首級，向日警道澤駐在所繳功，被稱為「第二次霧社事件」。這種因為統治者的陰謀唆使，造成同是被壓迫者之間種族的仇恨與殘殺，最讓人心情鬱卒，特別是賴和一再強調「覺悟」，多少年的努力不能看到台灣民智的覺醒，心裡的低氣壓一直盤旋不去，八卦山在他眼中盡是陰沉而灰白，霾霧充塞，眼中一切都現著死的顏色。這樣的外在環境描述，其實正是心境的顯露。

〈低氣壓的山頂（八卦山）〉，登高之作，依據登高者的視境而言，先是極目而望，將視力投向最遠的所在，如崔顥（約704-754）的〈黃鶴樓〉，先望空而寫「昔人已乘黃鶴去，此地空餘黃鶴樓；黃鶴一去不復返，白雲千載空悠悠」，再寫對岸的漢陽「晴川歷歷漢陽樹」，賴和亦然，在此詩中先描寫的是風雲的詭譎不安，遠天天色陰沉灰白，郊野霾霧充塞，風聲唬唬不停，以此暗喻外在環境的惡劣；接著是中距離的所在，如崔顥所寫的是江面上「芳草萋萋鸚鵡洲」，賴和此詩寫的是田野，甘蔗綠浪翻飛，稻田金波湧動，彷彿可以預卜農民的豐收；但因為這首詩的基調是蒼茫而悽涼，賴和的關懷是多面向的，因此續寫的是風大浪高下討海人的安危，從天到海的危急，如浪湧來，一般人不能盡知。登高者的視線由「極目」而「即目」，最後的視境會拉回眼前近距離的空間，寫作此詩是十月之時，正當灰面鵟鷹南遷，過境大肚山、八卦山之時，賴和以空中鷹揚之姿，對映草叢中小兔子不知巨禍臨頭，期望受壓迫的人民早日覺悟。登高之作最後以感悟收結，如崔顥會有「日暮鄉關何處是，煙波江上使人愁」的慨歎，賴和則寫風起雲湧的狂飆迴旋，象徵內心變天的渴望，以暴力美學頌揚毀滅，催生全面性的革命手段，一切的一切都摧毀吧！或許還能期望微渺的、未來的、可能的人類幸福於萬一：

> 雲又聚得更厚，
> 風也吼得更凶。
> 自然的震怒來得更甚，
> 空間的暗黑變得更濃，

世界已要破毀，

人類已要滅亡，

我不為這破毀哀悼，

我不為這滅亡悲傷。

人類的積惡已重，

自早就該滅亡，

這冷酷的世界，

留它還有何用？

這毀滅一切的狂飆，

是何等偉大淒壯！

我獨立在狂飆之中，

張開喉嚨竭盡力量，

大著呼聲為這毀滅頌揚，

併且為那未來的不可知的

人類世界祝福。[45]

　　這首詩不同於前面三首詩的及時反應，是半年來對同志觀念的相左，同胞所受的蠱惑，甚至於相殘，積累而成的低氣壓心境。不過，也是以意象鋪陳心境最成功的一首詩，既有實景實境，也有天象惡劣的的暗喻，人心變天的象徵。檢討這首詩之所以異於前三首，就在於民智尚未完全開悟，為此賴和感慨悲抑，低氣壓盤旋不去。前三首因覺悟而前進、而犧牲，不是真的白白犧牲，賴和有著莫名的悲壯與興奮，及時以詩記史；這一首因無明而挫敗，是真的挫敗，賴和積壓在心，更形鬱結，雖然也有記史的意圖，但抒情多於敘事，感觸益加深沉。

---

45 賴和：〈低氣壓的山頂（八卦山）〉，《賴和先生全集》，頁187-193。此處選錄末二節，
　　頁192-193。

四　台灣式史詩的確認

史詩（Epic）的概念始於西洋，西洋史詩是一種莊嚴的文類，聚納口傳文學、民間傳說，而後成為文學家特意的創作，通常以歌頌英雄人物的豐功偉業為主要內容，長篇巨製，如荷馬（Homer，古希臘吟遊詩人，約生於西元前九世紀）的《伊利亞特》（Iliás）、《奧德賽》（Odýsseia），約翰‧米爾頓（John Milton，1608-1674）的《失樂園》（Paradise Lost），是為其中的代表作。羅青（羅青哲，1948-）對史詩的介紹，開宗明義就是：史詩（Epic）又名英雄詩（Heroic Poem），是一種大型長篇敘事詩。他列出「史詩」的特色有七：

（一）內容以敘事為主，主題嚴肅，風格雄偉（elevated style）。

（二）故事背景通常是英雄時代（Heroic Age），英雄之征戰常關係一個國家或民族之成敗存亡。

（三）故事主題多半以戰爭或歷險為重點，場面浩大，幅員廣闊。

（四）史詩作者事跡，渺不可考。（如荷馬）

（五）故事之中，人神交通，充滿神話與傳說。

（六）詩行格律，中規中矩，文氣一貫，對白詳盡。

（七）史詩主旨在娛人，卻有寓教於樂的目的。[46]

以賴和這四首作品加以交叉比對，不完全吻合，如作者事跡不可考，缺少神話傳說、缺少對白，主旨娛人等，但史詩記史的主要功能，賴和作品卻十分凸出，只是賴和的作品不以個別的英雄為主角，而以群體的力量為導向；不以虛擬、傳奇為題旨所在，卻以紀實、寫真為主要內涵。從一開始創作新詩，賴和即走向這特殊的大篇幅創作，台灣新詩創作伊始的十年間（1922-1931），賴和創立了這種類近而又歧異於西洋「Epic」的文類，或許可以稱之為「台灣式史詩」，令人驚喜。

---

46 羅青：《荷馬史詩研究──詩魂貫古今》（台北市：台灣學生書局，1994年），頁21-22。

　　漢詩傳統亦有史詩之作，詩人以歷史人物、事件、古蹟，作為吟詠客體，歌詠者有之、感嘆者有之、論評者有之、諷諭者有之，藉以抒發情懷、表達意志，甚至於所言在此而屬意在彼，這就是傳統的史詩寫作，通常稱之為「詠史」之作，先有前人「史」跡載記在籍，而後才有後人「詠」嘆感懷。特別是改朝換代，異族入侵，山河變色的時候，詩人心中悲慟，卻又不敢直接宣洩；口舌被箝制，卻又有滿腔悲憤不能不噴薄而出，這時，藉他人酒杯以澆自己心中塊壘的作品，特別興盛，青年學者以此為研究對象甚多。[47]日制時代賴和傳統漢詩如〈讀台灣通史十首〉[48]、〈三千粉黛〉、〈六宮佳麗〉[49]、〈讀漢書〉、〈補：讀漢書〉[50]屬此類作品，但為數不多。賴和新詩之作有似於此，但又不盡相同，似的是殖民統治、異族入侵的時代背景紀錄，異的是傳統漢詩以「詠」為主，賴和新詩作品卻以「記」為重，藉詩以「記」史，詩、史合一，而且所記史實尚未載諸史冊，尚可歸納為新聞事件，還在持續發展中，賴和選以為材，不與西洋「史詩」混同，也不與傳統「詠史詩」類近，所以特別標舉為「台灣式的史詩」。依王惠鈴（1975-）的統計，不計詩篇的局部重複，兩冊《賴和全集‧漢詩卷》共有二千六百四十六首古典詩，[51]但詠史之作僅得十多首；反觀新詩六十首中，至少有四首可

47　兩岸碩博士論文以「詠史詩」為研究對象者甚多，如周宜梅：〈杜牧詠史詩研究〉（台北市：台灣師範大學，2004年），胡琳：〈敘事文學史上的三級跳——從史詩距離的破壞看史詩到長篇小說的滑步與并步〉（上海市：上海師範大學，2004年），張子清：〈羅隱詠史詩研究〉（長沙市：湘潭大學，2005年），陳逸珊：〈北宋讀書詩研究——以讀史詩為中心〉（台南市：成功大學，2006年），蔣海英：〈南宋詠史詩初探〉（杭州市：浙江師範大學，2006年），張小麗：〈宋代詠史詩研究〉（西安市：陝西師範大學博士學位論文，2006年），李偉：〈晚唐詠史詩研究〉（濟南市：山東大學，2008年），陳檢英：〈胡曾詠史詩研究〉（武漢市：華中師範大學，2008年），樂巧云：〈李商隱杜牧詠史詩研究〉（貴陽市：貴州大學，2009年），李陪陪：〈李白詠史詩研究〉（保定市：河北大學，2011年），霍海嬌：〈魏晉南北朝詠史詩研究〉（濟南市：山東大學，2011年）。

48　賴和：〈讀台灣通史十首〉，林瑞明編：《賴和全集‧漢詩卷下》，頁321-322。

49　賴和：〈三千粉黛〉、〈六宮佳麗〉，林瑞明編：《賴和全集‧漢詩卷下》，頁341-342。

50　賴和：〈讀漢書〉、〈補：讀漢書〉，林瑞明編：《賴和全集‧漢詩卷下》，頁373-374。

51　王惠鈴：〈賴和古典漢詩中的「小確幸」研究——以「行腳詩」為例〉，《賴和，台灣魂

以視之為「記」史之作（〈前進〉、〈生與死〉也有這種傾向與特質）。顯然，賴和很清楚地意識到：就「記」史而言，新詩這種工具，得心應手之處勝過舊詩。

　　這是從歷史的縱軸看下來的史詩的發展，如果從橫軸的空間廣度來看，二十世紀八〇年代以後，中國大陸學者努力在追索少數民族的「史詩」，他們發現：「包括氏族、部落、族群在內的群體意識覺醒，形成足以與敵人對抗的群體勢力。在頻繁的群體對抗中，湧現出許多英雄的氏族首領、部落首領，湧現出一批能征善戰的英雄。這是英雄時代，也是史詩形成的時代。」[52]在日本殖民統治下的台灣，漢族與南島語系各族群雖已進入半開發時代，但那種部落、族群的群體意識覺醒，也有可能塑造出英雄、塑造出史詩。賴和的新詩創作，首次揭露發表的〈覺悟下的犧牲（寄二林的同志）〉、稍後的〈南國哀歌〉，相當吻合這種論述，雖然詩的長度不是千行、萬行，英雄的征戰不是血流成渠，屍橫遍野，但史詩的氣勢、架式已具備完足，何妨視之為台灣日制時代特有的台灣式史詩。

　　根據中國南方史詩的研究者所獲得的成果，「群體的事業與命運，是史詩世界的基礎。」他們認為史詩不同於一般敘事詩，史詩具有宏偉性與神聖性，史詩所包容的信息大，史詩的內容和文化底蘊古老而豐富，所以在史詩的傳承過程中，可以融進大量的神話、傳說、民間故事、歌謠及諺語等，一部宏偉的民族史詩，是一座民族民間的文學寶庫。[53]賴和所處的時代，台灣民間已經嫻熟應用漢文、漢字、台語、日語，因此神話、傳說未曾大量引用，但民間故事、歌謠、諺語、音字等，在賴和作品中則頻繁出現。[54]發表

的迴盪——二〇一四彰化研究學術研討會》論文集（彰化縣：明道大學中國文學系，2014年12月5-6日）。

52　劉亞虎：《南方史詩論》（呼和浩特市：內蒙古大學出版社，1999年），頁1-2。

53　劉亞虎：《南方史詩論》，頁2。

54　林明德：〈賴和新文學涵攝的民俗元素〉，《賴和，台灣魂的迴盪——二〇一四彰化研究學術研討會》論文集（彰化縣：明道大學中國文學系，2014年12月5-6日）。謝瑞隆：〈賴和民俗生活經驗之書寫與省思〉，《賴和，台灣魂的迴盪——二〇一四彰化研究學術研討會》論文集（彰化縣：明道大學中國文學系，2014年12月5-6日）。

的新詩作品，如〈新樂府〉全詩使用五言句、台語文，〈農民謠〉以長短句歌謠方式呈現，創作時即有譜曲的打算，《賴和先生全集》中附有李金土所作的曲子。〈相思歌〉、〈呆囝仔〉都可以看出原初創作的歌謠企圖，如今也已譜曲、傳唱，[55]這些詩例或可證明賴和內心中民間音樂的迴盪，台灣式史詩的創作意圖。

中國大陸新詩研究者認為，在「朦朧詩」退潮之後，有江河（于友澤，1949-）、楊煉（1955-）二人也曾透露出某種帶有「史詩」氣魄的思考與深度。論者認為：江河、楊煉所代表的朦朧後「新時期詩歌」，他們對於「史詩」的追求是受到當時「文化尋根」思潮的影響，是對「文化尋根」思潮的一種回應，這種思潮促成了「史詩」意識的覺醒，史詩意識「體現著個人對於民族歷史文化和傳統的自覺發現、皈依和宏揚，並且對現實社會構成指導意義。」[56]這種肯認，回溯到日制時期賴和的焦灼處境、覺醒呼籲，似有若合符契之處。賴和所處的時代正是台灣民族文化遭受破壞的驚惶時期，對於自己的民族、文化有所認知的先覺者，心中的憂心與時俱增，當有大事件發生時，怎能不思及如何保全文化、保全歷史、保全民族命脈，因而以詩記史，寫下長篇大史詩！

五　結語：詩的確認

賴和傑出的四首「記史型」長詩常被討論，讓我們見識到「始終保持與歷史、時代、民眾，緊密的聯繫」，是歷史意識、抗議精神的堅持，可以尊之為台灣式「史詩」的建立者。這四首與史事結合的史詩，為農民發聲、為彰化發聲、為弱者發聲、為台灣發聲，是人道主義者的關懷與情義，民族主

---

55 賴和：〈相思歌〉（by 美親），https://www.youtube.com/watch?v=eM_guK6B1u4。鬥鬧熱走唱隊：《河（River）賴和音樂專輯》（台北市：風潮音樂唱片公司，唱片編號：RI-004，2013年）。

56 蔡飛飛：〈論新時期詩歌的「史詩」追求〉（南京市：南京師範大學碩士學位論文，2006年），頁3。

義者的使命與勇氣。賴和其他的新詩作品，其實也有這種台灣式「史詩」的
傾向，篇幅不長，內容記史，但足以跟傳統的「詠史詩」、西方的「史詩」
有所區隔，呈現出專屬於台灣的作品特色。

因此，根據以上的論述與分析，我們可以用四個字涵籠賴和式的史詩，
那就是「苦、怒、悟、主」。

（一）苦：

賴和式的史詩寫出日制時代台灣人的苦：「弱者的哀求，所得到的賞
賜，只是橫逆、摧殘、壓迫，弱者的勞力，所得到的報酬，就是嘲笑、謫
罵、詰責。」寫出台灣人的痛：「驚懼、匆惶、走、藏、呼兒、喚女、喊
父、呼娘、牛嘶、狗嗥，混作一片驚唬慘哭，奏成悲痛酸悽的葬曲。」敘苦
事，抒悲情，在台灣新詩創作一開始的十年，賴和立下了這種典範，可惜，
後繼者無力，未能將這種「記史型」長詩發展出一定的輝煌。

（二）怒：

在高壓統治下，人民生不如死，被逼入絕境，「流盡我一身血汗，把稻
仔蕃薯培養得青蒼茂盛，眼見得秋收已到，讓別人來享受現成，這就是法的
無私平等！這就是時代的文明！」賴和寫出台灣人心中的憤怒！「我們婦女
竟是消遣品，隨他們任意侮弄蹂躪！那一個兒童不天真可愛，凶惡的他們忍
相虐待」。這樣的憤怒，如決堤之水，沖潰台灣；如燎原之火，燃燒大地。
賴和的詩，具有這樣的煽動力。

（三）悟：

賴和的新文學運動、新文化運動，無不指向民智的啟迪，民族意識的覺
醒，他高興的是覺悟的人：「人們最珍重莫如生命，未嘗有人敢自看輕，這

一舉會使種族滅亡，在他們當然早就看明，但終於覺悟地走向滅亡，這原因就不容妄測。」他難過的是不能醒悟的世界：「人類的積惡已重，自早就該滅亡，這冷酷的世界，留它還有何用？這毀滅一切的狂飆，是何等偉大淒壯！我獨立在狂飆之中，張開喉嚨竭盡力量，大著呼聲為這毀滅頌揚」！賴和創作史詩的主要用意，不就是要以簡潔的語言讓人從台灣的史事中有所驚醒嗎？

（四）主

當外族入侵時，台灣人是否有當家作主的覺醒，這是賴和史詩、賴和所有文學創作的精神所在，「我們處在這樣環境，只是偷生有什麼路用，眼前的幸福雖享不到，也須為著子孫鬥爭。」「這是如何地悲悽！這是如何的決意！」「我的弱者的鬥士們，這是多麼難能！這是多麼光榮！」

附記

日制時代：一八九五至一九四五年日本統治台灣，這段期間的稱呼，立場不同、觀點不同，稱呼也有所不同，受過教育的人最常用「日治時期」、「日據時期」，最近政府當局期望大家用「日本殖民時期」，但民間的台語言說，我的父執輩多用「日制時代」、「日本時代」，從未使用「日治時期」、「日據時期」的台語發音，因此本文尊重父執輩的用語習慣，採用「日制時代」。

賴和常說的「世間未許權存在，勇士當為義鬥爭！」台灣人是不是有作為台灣這塊土地之主的主見？賴和創立的台灣式史詩，賴和的其他文類作品，都指向這高遠的目標在前進。

參考書目

一　賴和作品集（依出版序）

李南衡主編：《賴和先生全集》（〔日據下台灣新文學〕明集 I）（台北市：明潭出版社，1979年）。

張恆豪編：《賴和集》（台北市：前衛出版社，1991年）。

施叔編：《賴和小說集》（台北市：洪範書店，1994年）。

林瑞明編：《賴和全集‧新詩散文卷》（台北市：前衛出版社，2000年）。

林瑞明編：《賴和全集‧雜卷》（台北市：前衛出版社，2000年）。

林瑞明編：《賴和全集‧漢詩卷》上下（台北市：前衛出版社，2000年）。

二　徵引書目（依作者姓氏筆畫序）

周璽：《彰化縣誌》（彰化縣：彰化縣文獻委員會，1969年）。

林瑞明：《台灣文學與時代精神》（台北市：允晨文化公司，1999年）。

林瑞明：《台灣文學的歷史考察》（台北市：允晨文化公司，2001年）。

林瑞明編：《賴和漢詩初編》（礦溪文學——彰化縣作家作品集‧第二輯）（彰化市：彰化縣立文化中心，1994年）。

施懿琳：《從沈光文到賴和》（高雄市：春暉出版社，2000年）。

陳芳明：《左翼台灣》（台北市：麥田出版社，1998年）。

陳芳明：《殖民地摩登：現代性與台灣史觀》（台北市：麥田出版社，2004年）。

溫吉編譯：《台灣番政志》（台北市：台灣文獻委員會，1957年）。

彭瑞金：《台灣文學50家》（台北市：玉山社，2005年）。

葉石濤：《台灣文學入門》（高雄市：春暉出版社，1999年）。

葉榮鐘等著：《台灣民族運動史》（台北市：自立晚報社，1980年）。

楊雅惠：《現代性詩意啟蒙：日治時期台灣新詩的文化詮釋》（高雄市：國立中山大學出版社，2007年）。

鄧慧恩：《日治時期外來思潮譯介研究》（台南市：台南市立圖書館，2009
　　年）。

劉亞虎：《南方史詩論》（呼和浩特市：內蒙古大學出版社，1999年）。

羅　青：《荷馬史詩研究──詩魂貫古今》（台北市：台灣學生書局，1994
　　年）。

三　徵引篇目（依作者姓氏筆畫序）

王孝廉：〈關於霧社事件〉，台北市：《夏潮》月刊一卷七期、八期，1976年
　　10月、11月。

王惠鈴：〈賴和古典漢詩中的「小確幸」研究──以「行腳詩」為例〉，《賴
　　和，台灣魂的迴盪──2014彰化研究學術研討會》論文集，彰化
　　縣：明道大學中國文學系，2014.12.5-6。

林明德：〈賴和新文學涵攝的民俗元素〉，《賴和，台灣魂的迴盪──2014彰
　　化研究學術研討會》論文集，彰化縣：明道大學中國文學系，
　　2014.12.5-6。

莫　渝：〈獨立在狂飆之中──談賴和的四首敘事詩〉，李篤恭：《礦溪一完
　　人》，頁117-123。

陳明台：〈人的確認──試論賴和的人本意識〉，李篤恭：《礦溪一完人》，台
　　北市：前衛出版社，1994，頁107。

楊宗翰：〈賴和的另一張臉〉，《台灣現代詩史・批判的閱讀》，台北市：巨
　　流圖書公司，2002，頁31。

謝四海：〈二林蔗農事件的時代背景與對台灣農運的影響〉，《東海大學圖書
　　館館訊》新107期，2010年8月15日，頁33-58。

謝瑞隆：〈賴和民俗生活經驗之書寫與省思〉，《賴和，台灣魂的迴盪──
　　2014彰化研究學術研討會》論文集，彰化縣：明道大學中國文學
　　系，2014.12.5-6。

蕭　蕭：〈八卦山：蘊藏多元的新詩能量──以賴和、翁鬧、曹開、王白淵
　　透視新詩地理學〉，《土地哲學與彰化詩學》，台中市：晨星出版有

限公司，2007，頁89。

四　碩博士論文（依出版序）

周宜梅：〈杜牧詠史詩研究〉，台灣師範大學，2004。

胡　　琳：〈敘事文學史上的三級跳──從史詩距離的破壞看史詩到長篇小說的滑步與并步〉，上海師範大學，2004。

張子清：〈羅隱詠史詩研究〉，湘潭大學，2005。

蔡飛飛：〈論新時期詩歌的「史詩」追求〉，南京師範大學，2006。

陳逸珊：〈北宋讀書詩研究──以讀史詩為中心〉，成功大學，2006。

蔣海英：〈南宋詠史詩初探〉，浙江師範大學，2006。

張小麗：〈宋代詠史詩研究〉，陝西師範大學博士學位論文，2006。

李　　偉：〈晚唐詠史詩研究〉，山東大學，2008。

陳檢英：〈胡曾詠史詩研究〉，華中師範大學，2008。

欒巧云：〈李商隱杜牧詠史詩研究〉，貴州大學，2009。

李陪陪：〈李白詠史詩研究〉，河北大學，2011。

霍海嬌：〈魏晉南北朝詠史詩研究〉，山東大學，2011。

五　其他

鬥鬧熱走唱隊：《河（River）賴和音樂專輯》，台北：風潮音樂唱片公司，2013。

賴和新詩的紅色美學

王文仁、李桂媚

摘要

　　賴和相關研究評論資料已超過一千筆，然而，縱觀資料內容可以發現，相較起介紹賴和生平、論述賴和小說或漢詩的篇章，賴和新詩研究不免顯得匱乏。賴和自一九二二年發表〈祝南社十五週年〉以來，累積有六十首新詩作品，使用色彩字的詩作約有三十三首，其中又以「紅色」出現頻率最高。此外，「日」、「日輪」、「日頭」等太陽相關紅色意象的使用次數多達三十次，同屬於紅色意象的「血」也出現二十九次，顯見「紅色」之於賴和新詩有其特殊性。本文以賴和新詩的紅色意象為研究對象，通過詩作色彩字「紅」，以及紅色意象「日」、「血」的討論，探索賴和詩作的色彩經營的多元性及其意涵。同時，通過這樣的探討，也進一步揭示被譽為「臺灣新文學之父」的賴和，如何走在臺灣新文學創作的前端，為後學示範色彩在詩中的作用。

關鍵字：日治時期臺灣新詩、紅色意象、賴和、日、血

一 前言

　　被譽為「臺灣新文學之父」的賴和（1894-1943），一直走在臺灣新文學創作的前端。早在一九三六年，王詩琅在〈賴懶雲論：臺灣文壇人物論（四）〉一文中，就指出臺灣文學之所以能有彼時的盛況，可說是賴和一手培育出來的。此外，從一九三四年串連全臺文藝家的「臺灣文藝聯盟」成立，馬上推選賴和擔任委員長一事，也可明白賴和當年在臺灣文學界的重要性[1]。一九四二年，黃得時在〈輓近臺灣文學運動史〉中，則是把賴和稱為「臺灣的魯迅[2]」。晚近，學者如施淑曾經評價，賴和的白話文作品讓他「在文學史上具有不可抹滅的意義和地位[3]」。詩人學者蕭蕭認為，從新詩發展的角度來看，賴和「可尊之為臺灣『史詩』之祖[4]」。用畢生之力研究賴和的林瑞明則指出：「研究日據時代的臺灣新文學，必須先通過賴和，方能掌握臺灣新文學運動的內涵與精神[5]」陳芳明則認為：「賴和是臺灣左翼文學的奠基者。他的文學，使臺灣新文學的創作技巧獲得了提升，也為新文學注入了強烈的階級意識[6]。」綜合上述意見，我們確實可以發現，賴和之於日治時期臺灣文學，乃是扮演著領航者的關鍵角色。

1　王錦江：〈賴懶雲論：台灣文壇人物論（四）〉，原載於《台灣時報》第201號（1936年8月），收入陳建忠編選：《台灣現當代作家研究資料彙編01賴和》（台南市：國立台灣文學館，2011年），頁117。

2　黃得時：〈輓近台灣文學運動史〉，原刊於《台灣文學》第2卷第4期（1942年10月），收入黃英哲主編：《日治時期台灣文藝評論集（雜誌篇）第三冊》（台南市：國立台灣文學館籌備處，2006年），頁396。

3　施淑：〈賴和小說的思想性質〉，《賴和小說集》（台北市：洪範書店，1994年），頁2。

4　蕭蕭：〈八卦山：蘊藏多元的新詩能量──以賴和、翁鬧、曹開、王白淵透視新詩地理學〉，《土地哲學與彰化詩學》（台中市：晨星出版公司，2007年），頁91。

5　林瑞明：《台灣文學與時代精神──賴和研究論集》（台北市：允晨文化公司，1993年），頁6。

6　陳芳明：〈賴和與台灣左翼文學系譜〉，《左翼台灣：殖民地文學運動史論》（台北市：麥田出版社，1998年），頁47。

　　作為當時臺灣最高學府臺灣總督府醫學院的畢業生，在日本教育成長下的賴和，其一生的創作卻都是以漢文寫成的。在臺灣新文學的發展歷程中，他被陳芳明推崇為「使小說、散文、詩邁向成熟境界的第一人[7]」。此外，賴和發表於一九三一年、描寫霧社事件的長詩〈南國哀歌〉，陳芳明也將其視為是將臺灣新詩推入另一個階段的代表作[8]，並讚道：「賴和憑一首〈南國哀歌〉，便足以傳世[9]」。事實上，過去談到「臺灣新詩第一人」時，論者多半認為追風一九二三年五月以日文書寫的〈詩的模仿〉是較早完成的一首，而施文杞刊登於一九二三年十二月的中文新詩〈送林耕餘君隨江校長渡南洋〉是最早發表的新詩作品[10]。然則，翻讀賴和的作品可以發現，《賴和全集：新詩散文卷》所收錄的第一首詩作〈祝南社十五週年〉，根據林瑞明的推論，由於紀念南社十五週年的時間點為一九二二年八月，此詩可能創作於一九二二年[11]。若是這樣的推論成立，那麼賴和的新詩寫作恐怕比追風和施文杞都來得早，或許賴和才是真正的「臺灣新詩第一人[12]」。另一方面，翻閱《賴和全集：新詩散文卷》，其中〈相思歌〉幾乎全詩都採用齊足不齊頭的形式，如能證實賴和〈相思歌〉原作即以齊尾的面貌呈現[13]，那麼句尾對齊

7　陳芳明：〈現代性與日據台灣第一世代作家〉，《殖民地摩登：現代性與台灣史觀》（台北市：麥田出版社，2004年），頁42。

8　陳芳明：〈現代性與日據台灣第一世代作家〉，《殖民地摩登：現代性與台灣史觀》（台北市：麥田出版社，2004年），頁45。

9　陳芳明：〈日據時期台灣新詩遺產的重估〉，《左翼台灣：殖民地文學運動史論》（台北市：麥田出版社，1998年），頁153。

10　向陽：〈歷史論述與史料文獻的落差：回應〈誰是台灣新詩第一位作者〉〉，原載於《聯合報》，2004年6月30日〈聯合副刊〉，轉引自網頁 http://tns.ndhu.edu.tw/~xiangyang/cric_13.htm

11　賴和著，林瑞明編：〈祝南社十五週年〉，《賴和全集：新詩散文卷》（台北市：前衛出版社，2000年），頁4。

12　林瑞明在〈台灣與新文學運動〉一文就指出：「如果單於寫作時間而論，賴和是最早起步的一人。」參見林瑞明：〈賴和與台灣新文學運動〉，《台灣文學與時代精神——賴和研究論集》（台北市：允晨文化公司，1993年），頁49。

13　檢視刊載於《台灣新民報》上的〈相思歌〉，偶數句都比奇數句低三格，形式上並非齊尾，《賴和新詩手稿集》中無此詩手稿可供比對，仍待日後史料出土能辨明原貌。賴

的形式創新，便可向前推至日治時代。

　　賴和在新詩寫作上的開創性雖多，但縱觀目前已超過一千筆的賴和相關研究評論資料[14]，有人聚焦於賴和的文化運動參與、作品主題意識或是臺灣話文書寫，也有論者從賴和的醫生身分切入，探討賴和的人文與社會關懷，或將臺灣的賴和與中國的魯迅並列而論，但相較起介紹賴和生平、論述賴和小說或漢詩的篇章，以賴和新詩為主題的論述不免顯得匱乏。詩人吳晟就曾感嘆：「對賴和先生的研究以往都是偏重在小說，最近又有漢詩，也就是舊詩的研究，但對他的新詩，還很少人注意。[15]」翻讀現有的賴和新詩相關評述，不難發現，雖然陸續有研究者選擇賴和新詩作為研究對象，但被提出討論的作品卻明顯僅集中在〈覺悟下的犧牲（寄二林的同志）〉[16]、〈流離

和著，林瑞明編：〈相思歌〉，《賴和全集：新詩散文卷》（台北市：前衛出版社，2000年），頁160-161；懶雲：〈相思歌〉，《台灣新民報》396號（1932年1月1日）；林瑞明編：《賴和手稿集新文學卷》（彰化市：財團法人賴和文教基金會、南投市：台灣省文獻委員會，2000年）。

14　二〇一一年三月出版的《台灣現當代作家研究資料彙編01賴和》，所收錄之賴和研究評論資料目錄多達一千〇四十三筆，其後又有《賴和白話小說的台灣話文研究》、《日治時期台灣新文學中的民俗議題與文化論述：以小說為中心（1920-1937）》、《賴和飲酒詩研究》、《再現賴和——戰後台灣各級詩獎的賴和書寫》等學位論文發表，賴和相關研究可說是方興未艾。陳建忠編選：《台灣現當代作家研究資料彙編01賴和》（台南市：國立台灣文學館，2011年）；陳綠華：《賴和白話小說的台灣話文研究》（高雄市：高雄師範大學台灣文化及語言研究所碩士論文，2011年）；陳婉嫈：《日治時期台灣新文學中的民俗議題與文化論述：以小說為中心（1920-1937）》（新竹市：國立清華大學台灣文學研究所碩士論文，2011年）；張昭瑩：《賴和飲酒詩研究》（彰化市：國立彰化師範大學台灣文學研究所碩士論文，2012年）；黃淑華：《再現賴和——戰後台灣各級詩獎的賴和書寫》（嘉義縣：國立中正大學台灣文學研究所碩士論文，2012年）。

15　吳晟主講，劉原君記錄：〈從賴和新詩談社會現實〉，收入康原編：《種子落地》（台中市：晨星出版社，1996年），頁169。

16　〈覺悟下的犧牲（寄二林的同志）〉是賴和第一篇發表的新詩，一九二五年十二月二十日刊登於《台灣民報》時，題名為〈覺悟的犧牲（寄二林的同志）〉，《賴和全集：新詩散文卷》收錄版本寫作〈覺悟下的犧牲（寄二林的同志）〉，推測應是搭配首句詩句「覺悟下的犧牲」做的修正，《賴和手稿集新文學卷》雖然收錄有此詩手稿，但手稿上並未寫下詩名，本文選用《賴和全集：新詩散文卷》為研究對象，引用詩例皆以《賴

曲〉、〈南國哀歌〉、〈低氣壓的山頂〉等事件詩（或稱敘事詩）[17]，因此對於賴和整體新詩創作的探討，仍有許多待開發的研究空間。

值得注意的是，賴和自一九二二年寫下〈祝南社十五週年〉，一直到逝去為止，總共累積了六十首的新詩作品，這些作品中使用色彩字的詩作計有三十三首[18]。換言之，在賴和的新詩中，約有半數詩作可以窺見色彩的印記，以比例來看，不可不謂之多。從整體色彩的運用來看，在賴和的新詩中，白、黑、紅／赤、黃、綠、藍、青、碧[19]、蒼[20]、灰、金、銀、銅等色澤都出現過，其中，色彩字「紅／赤」在賴和新詩裡合計運用過十五次，頻率最高（請參見表一）。「白」字雖然也使用有十四次之多，但檢視作品內文可以發現，部分運用色彩字「白」的語彙為「李白」、「明白」等，實際上並非顏色的標示。是以，「紅／赤」色彩的運用在賴和的新詩創作中，顯然有一定的重要性。

和全集：新詩散文卷》為準。懶雲：〈覺悟的犧牲（寄二林的同志）〉，《台灣民報》84號（1925年12月20日）；賴和著，林瑞明編：〈覺悟下的犧牲（寄二林的同志）〉，《賴和全集：新詩散文卷》（台北市：前衛出版社，2000年），頁76；林瑞明編：《賴和手稿集新文學卷》（彰化市：財團法人賴和文教基金會、南投市：台灣省文獻委員會，2000年），頁341。

17 根據陳明台的定義，「事件詩」乃是選用當時深受關注的事件為題材的詩作。陳明台：〈日據時代台灣民眾詩之研究〉，封德屏主編：《台灣現代詩史論》（台北市：文訊雜誌社，1996年），頁5。

18 賴和使用色彩字的詩作包含：〈祝南社十五週年〉、〈飼狗領下的銅牌〉、〈寂寞的人生〉、〈寂寞的人生（歌仔曲新哭調仔）〉、〈譯蕃歌二曲〉、〈送虛谷君之大陸〉、〈感詩〉、〈生活〉、〈現代生活的片影〉、〈奉獻〉、〈壓迫反逆〉、〈瘋人的叫聲〉、〈黃昏的海濱（在通霄水浴場）〉、〈日傘〉、〈祝吳海水君結婚〉、〈晚了〉、〈七星墜地歌〉、〈秋曉的公園〉、〈流離曲〉、〈新樂府〉、〈農民謠〉、〈南國哀歌〉、〈低氣壓的山頂（八卦山）〉、〈是時候了〉、〈祝曉鐘的發刊〉、〈相思〉、〈相思歌〉、〈月光〉、〈農民嘆〉、〈日光下的旗幟〉、〈不是〉、〈未命名（冰冷冷的風）〉、〈未命名（你們真是頑冥）〉，計三十三首。

19 「碧」是玉石的顏色，介於綠色和青色之間，用於描述大自然時，則「碧海」是綠色，「碧空」藍色，「碧」可解讀為綠色、藍色、藍綠色，無法含括於綠色或其他顏色底下，因此單獨視為一色進行統計。

20 「蒼」所代表的顏色很多，包含草的深綠色、天空的深藍色，海水的藍綠色，以及頭髮斑白的灰黑色或灰白色，因此同樣單獨視為一個顏色來統計。

　　另一方面，論者如解昆樺曾經指出，賴和有多首詩作頻繁使用日輪意象，表現人民被迫前進的無能為力[21]。其實，賴和新詩中不僅常見「日頭」、「日輪」、「太陽」等紅色意象，同樣象徵紅色的「血」意象，使用的次數也多達二十九次，顯見「紅色」之於賴和的新詩有其特殊性。在前述的基礎上，本文嘗試從色彩學的角度出發，以賴和新詩的紅色意象為研究對象，希冀通過詩作色彩字「紅／赤」，以及紅色意象「血」與「日」的討論，探索賴和新詩的色彩經營與意涵，為賴和的新詩研究開闢一條新的進路。

表一　賴和新詩色彩詞使用頻率統計[22]

顏色	紅／赤	白	黑	金	青	蒼	銅	綠	黃	碧	藍	銀	灰
總計	15	14	9	9	8	4	3	3	3	2	1	1	1

※統計範圍：《賴和全集：新詩散文卷》收錄之六十首新詩

二　紅色的情感世界與紅色意象的開展

　　關於色彩的象徵，曾啟雄認為：「一般語言具有多重意義的性格，色彩也是一樣。色彩的象徵意義會在不同民族與文化、區域的背景中，產生不同的詮釋方式。[23]」西方喜宴偏好穿著白色婚紗，臺灣則喜歡用大量的紅色來傳達喜氣，逢年過節也常見紅色元素的運用，在臺灣的傳統文化中，紅色是喜慶的顏色，也是吉利的顏色。然而，每個顏色都同時存在正反兩面意涵，紅色一方面象徵喜氣、好兆頭，另一方面也意味著革命、抗爭所流下的血。《色彩的世界地圖》一書便曾論及，許多國旗都用紅色來象徵建國烈士的鮮

21　解昆樺：〈離構新詩文體語言——賴和新詩手稿中的意象經營與修辭意識〉，《台灣文學研究學報》第11期（2010年10月），頁21、34。

22　考慮新詩詮釋的歧異性，「李白」雖然不是「白」，但詩人可能刻意選用名字有「白」的「李白」來突顯語意，因此本文進行色彩字統計時，採用最寬廣的統計方法，凡是出現色彩字都算一次。

23　曾啟雄：《色彩的科學與文化》（台北縣：耶魯國際文化公司，2002年），頁157-158。

血，如將精神或形式上的犧牲此意涵進一步延伸，則紅色還可以解讀為「努力、愛國熱忱、活力」等[24]。美學藝術學學者貝蒂・愛德華（Betty Edwards）也在她的論著中提及：「紅色是最猛烈、最富侵略性，也最讓人興奮的顏色[25]」。由此可見，紅色所蘊含的色彩意涵是相當多元的（請參見表二）[26]。

表二　紅色的色彩意涵

顏色	情感	色彩象徵與聯想	屬性
紅／赤	熱情、快樂、焦躁、憤怒	熱烈、奔放、興奮、激情、富貴、吉利、喜慶、愛情、感動、激烈、炎熱、革命、戰鬥、血、危險、禁止、緊張、忌妒、怒、生氣、爆發、燃燒、火、太陽、夕陽、蘋果、生命、南方、女性	暖色調、興奮色[27]

色彩會讓人聯想到具象的事物，也會引發人抽象的情感，林昆範指出：「色彩除了固有、特定的意象之外，更擁有無邊無境的聯想性，而且還富含著引發某種觀念、思想的力量[28]」。文學作品中的色彩亦是如此，雖然讀者沒有親眼看見色彩，但透過文字的誘發，讀者將能產生想像，進而感受到作者所建構的色彩世界，誠如蕭蕭所言，詩中的色彩「從聯想中影響了感情的

24　廿一世紀研究會編著，張明敏譯：《色彩的世界地圖》（台北市：時報文化出版公司，2005年），頁36。

25　貝蒂・愛德華（Betty Edwards）著，朱民譯：《像藝術家一樣彩色思考》（台北市：時報文化出版公司，2006年），頁171。

26　以下表列涵意取樣，參見何耀宗：《色彩基礎》（台北市：東大圖書公司，1984年），頁69-71；李銘龍編著：《應用色彩學》（台北市：藝風堂出版社，1994年），頁18；谷欣伍編：《色彩理論與設計表現》（台北市：武陵出版公司，1992年），頁182；林昆範：《色彩原論》（台北縣：全華圖書公司，2008年），頁95-96；林書堯：《色彩認識論》（台北市：三民書局，1986年），頁159-160；林磐聳、鄭國裕編著：《色彩計劃》（台北市：藝風堂出版社，1999年），頁66。

27　紅色屬於「暖色調」，能給人溫暖、激勵的感覺，也被歸類為「興奮色」。

28　林昆範：《色彩原論》（台北縣：全華圖書公司，2008年），頁95。

產生與轉化，創造了詩的美感[29]」。

在賴和的新詩作品中，使用「紅色」的詩例可分為兩個部分：一是直接使用「紅」來作為紅色意象或配色的使用，這個部分所佔的比例較高，共有十三例；二是用「赤」來作為「紅」的代換字，這個部分在賴和的詩作中計有二例（請參見表三）。值得注意的是，黃仁達在《中國顏色》中曾經提醒我們，「赤」字意指大火，或是被火烤得通紅的色澤，也可用來代表暗紅的血色、橘紅色的烈日等等[30]。而「血」及「太陽」，實際上是賴和從紅色延伸出來、具特別象徵意義的重要意象，此一部分將在下節進一步討論，本節則針對「紅」（包括代稱「紅」的「赤」）的運用進行剖析。

表三　賴和新詩使用「紅色」之詩例

編號	題目	詩句	色彩字	頁數
1	〈飼狗頷下的銅牌〉	一塊赤銅青綬的丸章	赤	7
2	〈寂寞的人生〉	火鉢的炭在紅烘烘	紅	10
3	〈奉獻〉	剖開我鮮紅的敬心討個歡悅	紅	51
4	〈日傘〉	多數的人赤條條	赤	66
5	〈日傘〉	紅赫赫高懸頭上	紅	66
6	〈祝吳海水君結婚〉	特地裏美綠嬌紅	紅	68
7	〈晚了〉	紅灼灼鐵丸似的太陽	紅	70
8	〈秋曉的公園〉	紅綠多麼娟秀	紅	88
9	〈秋曉的公園〉	葉上也抹著了微紅	紅	89
10	〈南國哀歌〉	看見著鮮紅紅的血	紅	137
11	〈祝曉鐘的發刊〉	雲彩鮮紅	紅	156
12	〈日光下的旗幟〉	是不是人類的血染紅？	紅	171

---

29 蕭蕭：《青紅皂白》（台北市：新自然主義公司，2000年），頁35。

30 黃仁達編撰：《中國顏色》（台北市：聯經出版公司，2011年），頁12。

編號	題目	詩句	色彩字	頁數
13	〈日光下的旗幟〉	使牠再加一層地鮮紅	紅	172
14	〈日光下的旗幟〉	染在旗面的紅的血色	紅	172
15	〈未命名（冰冷冷的風）〉	吹得分外紅餤暖烘	紅	181

　　檢視賴和的詩作可以發現，在十五個紅色運用的詩例中，紅色既常單獨出現，也常與綠（青）色搭配，形成鮮明的畫面與寓意。然則，不論是單獨使用或與綠色搭配使用，都呈現出兩種指涉方向：一是常與臺灣島嶼的地方風光相互連結，描繪中下階層人民的生活；二是意味著生命與生活的波瀾。底下將聚焦於這兩大特徵進行論述：

（一）臺灣風土的紅色印象

　　有關臺灣「地方色彩」的詮釋，是日治時期臺灣新文學與新美術發展最具代表性的議題。根據賴明珠的研究，這個觀念實際上多層次的包括了「現代化」、「殖民統制」、「在地化」與「主體自覺」等蘊涵[31]。「地方色彩」的描繪，包括了南國炎熱的特有色彩，也包含臺灣特有的自然景色與動植物及臺灣街景[32]。對殖民者來說，發展「地方色彩」原是為了安撫與箝制殖民地的藝術取向，具有濃厚的殖民主義色彩。然則，「帝國之眼」本身亦具有雙面性：當殖民母國意欲透過「地方色彩」形塑其視覺文化櫥窗，被殖民的一端也會相應的形成一種非被動性的回應。尤其，當被殖民者的藝術家透過現代化的追求，經歷了「異地」（日本內地、歐洲、中國大陸等）以現代化為名的文化洗禮，當其再度踏上自己的土地時，對在地文化的思考與認同，也

---

31 賴明珠：〈日治時期的「地方色彩」理念——以鹽月桃甫及石川欽一郎對「地方色彩」的詮釋與影響為例〉，《視覺藝術》第3期（2000年5月），頁44-45、72-73。

32 王秀雄：〈日據時代台灣官展的發展與風格探釋——兼論其背後的大眾傳播與藝術批評〉，《藝術家》第199期（1991年12月），頁226。

會讓部分的藝術家開始將具有邊陲、非中心的凝視，轉為具備主體思考的「在地性」（localization），並賦予「地方色彩」本土意識的凝視[33]。

　　對於一九一八年前往廈門博愛醫院行醫，深受五四新文化思維衝擊的賴和來說，臺灣新文學的發展不能忽略倡導「平民文學[34]」，對「當時民眾的真實底思想和感情」的捕捉，在他的眼中也正是讓新文學的藝術價值愈見其偉大之處[35]。賴和在其新詩中形塑普羅大眾眼中的臺灣風土時，相當樂於透過紅色的塗佈來展現南國風貌，以及殖民體制下臺灣社會的蛻變。在〈秋曉的公園〉中，詩人先後以「瞧啊！紅綠多麼娟秀，／我不信已到是到了深秋？[36]」以及「那一邊三兩株楓樹，／葉上也抹著了微紅，／現出快樂的酡顏，／似在歡祝秋的成功。[37]」來描寫故鄉八卦山上轉入深秋的風景。楓紅初露，微紅點綴在綠葉、黃葉之間，這一幅秋的圖畫令人嚮往之，也讓人在感覺秋之淒涼的同時，依然心懷無限的歡樂與憧憬。

　　在祝福醫學校後期同學吳海水結婚的祝賀詩〈祝吳海水君結婚〉裡，詩人同樣透過紅與綠的搭配，描寫鮮花滿佈的婚禮場景：「在充滿了喜氣的寺堂中／一束束的鮮花／特地裏美綠嬌紅／至愛之神監臨著[38]」。寺堂中喜氣洋洋的婚禮，是在堅決的毅力下，「始獲從舊慣的範圍裏／解脫出來[39]」的

---

33 王文仁：《日治時期台人作家與畫家的文藝合盟：以《台灣文藝》（1934-36）為中心的考察》（台北市：博揚文化公司，2012年），頁226-229。

34 賴和：〈開頭我們要明瞭地聲明著〉，原發表於《現代生活》創刊號（1930年10月），收入《台灣現當代作家研究資料彙編01賴和》（台南市：國立台灣文學館，2011年），頁103。

35 賴和著，林瑞明編：〈《台灣民間文學集》序〉，收入《台灣現當代作家研究資料彙編01賴和》（台南市：國立台灣文學館，2011年），頁105。

36 賴和著，林瑞明編：〈秋曉的公園〉，《賴和全集：新詩散文卷》（台北市：前衛出版社，2000年），頁88。

37 賴和著，林瑞明編：〈秋曉的公園〉，《賴和全集：新詩散文卷》（台北市：前衛出版社，2000年），頁89。

38 賴和著，林瑞明編：〈祝吳海水君結婚〉，《賴和全集：新詩散文卷》（台北市：前衛出版社，2000年），頁68。

39 賴和著，林瑞明編：〈祝吳海水君結婚〉，《賴和全集：新詩散文卷》（台北市：前衛出版社，2000年），頁68。

自由戀愛結果。美綠嬌紅的不只是鮮花，紅與綠的搭配，也是中式婚禮中新娘與新郎的衣著色彩搭配，詩人巧妙經營色彩，描摹人間相愛、相知、相惜兌現的一刻。

當然，臺灣這片土地上的風景並非都是恬靜美好的，也存在著醜惡的一面。傾訴自我生命志向的〈寂寞的人生〉第四段寫道：

> 火鉢的炭在紅烘烘
> 炭火上架個茶璃
> 時有三個五個人
> 圍著一盞風燈傍
> 一人臥吸阿芙蓉
> 不斷飄來芙蓉香
> 知否眾人各成癮
> 這時影像長不忘[40]

詩人先聚焦於火鉢中點燃的火，再接鏡頭移到炭火上方的器物，接著拉遠，描寫眾人吸食鴉片的場景。紅通通的炭火，不只是實際上的爐火，更是生命漸漸燃燒殆盡的隱喻。再看〈晚了〉一詩：

> 恍惚地驚開雙眼
> 猶似枕上聞雞
> 紅灼灼鐵丸似的太陽
> 已急促促就要沈西
> 遂催動了竹圍外水螺
>
> 晚霧迷濛
> 填塞了空間一切

---

40 賴和著，林瑞明編：〈寂寞的人生〉，《賴和全集：新詩散文卷》（台北市：前衛出版社，2000年），頁10。

群動暫得安歇
各爭向快樂的睡鄉
尋覓那理想中的夢境
藉他來將息片晌[41]

　　在這首詩裡，最具形象化的意象無疑就是「紅灼灼鐵丸似的太陽」。火紅的大自然規律似乎暗示著鄉間生活的無憂無慮，事實上這首詩所寫的，卻是自然時間與人為時間的對立。詩中的「水螺」，指的其實是臺語的汽笛，這種汽笛是日治時期製糖公司通知佃農上下工時間的信號。根據呂紹理的研究，「水螺響起」代表了農村生產活動的規律，不再是「日出而作，日入而息」了，而是「螺響而作，螺響而息」，是依靠一種人為制定的制度，這種制度是近代社會的「時間紀律」，也是日治時期臺灣社會現代化的轉變[42]。詩人透過通紅的太陽即將要西落這樣看似簡單平常的意象，刻劃下鄉野生活所面臨的衝擊與改變。

（二）生命波濤的紅色意象

　　色彩學專家賴瓊琦是這麼形容紅色的：「紅色是生命的顏色。鮮豔的紅色，強烈、熱情且活力充沛。[43]」紅色的色彩寓意中，本有意指生命的一環，以紅色來形塑生命，自然有熱烈、危險、考驗與戰鬥等意涵。這個部分進一步的轉化，也就成了下節所要談的「日」的壓迫與「血」的抗爭，在這裡我們先就幾首寫到「紅／赤」的作品進行討論。
　　在一首未命名的詩作（今標名為〈冰冷冷的風〉）中，賴和讓紅焰的火

---

41 賴和著，林瑞明編：〈晚了〉，《賴和全集：新詩散文卷》（台北市：前衛出版社，2000年），頁70-71。

42 呂紹理：《水螺響起：日治時期台灣社會的生活作息》（台北市：遠流出版公司，1998年），頁120-122。

43 賴瓊琦：《設計的色彩心理：色彩的意象與色彩文化》（台北縣：視傳文化公司，1997年），頁130。

用來指稱不同的生命境遇：「冰冷冷的風，／吹得人血凝肌縮，／一吹到高樓大廈中去，／只會把暖爐的炭火，／吹得分外紅燄暖烘，[44]」冰冷的風代表外在的考驗，對每日要在田中工作無衣無笠的中下階層來說，自然是苦痛的考驗；但是對住在高樓大廈、坐擁許多資產的上層階級而言，總會有暖爐可以取暖。當天氣愈發寒冷，火爐也就燒得愈加旺盛，冰冷的風與暖爐的火焰形成鮮明的對比，凸顯出詩人對社會不平等的批判之心。與此類似的還有〈祝曉鐘的發刊〉一詩中所寫：

> 空空空空！
> 日頭欲起，雲彩鮮紅，
> 農人們早走到田中，
> 犁頭掛在耕牛肩上。
> 戰戰兢兢！
> 官廳要稅，頭家要粟，
> 那顧得帶霜的風冷，
> 還計到凍裂的土硬。[45]

　　賴和的這首作品，以筆名「甫三」發表於一九三一年十二月發行的白話文學雜誌《曉鐘》上。這份雜誌由虎尾郡曉鐘社創辦，吳仁義為編輯兼發行人，為白話文之綜合雜誌，帶有現代啟蒙色彩與社會主義思想。這首詩作一樣寫到「水螺」（汽笛），並且藉由連續五個小節以「空空空空！」開頭，描繪日治時代農民艱困的生活。數不盡的徭役、繳不完的稅，對照起天空初升的太陽、美麗鮮紅的雲彩，農人感受不到絲毫喜悅，徒留夢醒時分的感嘆與哀愁。

　　作為一位具濃厚抗議精神的詩人，賴和的詩作相當善於在生活周遭尋找

---

44 賴和著，林瑞明編：〈未命名（冰冷冷的風）〉，《賴和全集：新詩散文卷》（台北市：前衛出版社，2000年），頁180-181。

45 賴和著，林瑞明編：〈祝曉鐘的發刊〉，《賴和全集：新詩散文卷》（台北市：前衛出版社，2000年），頁156。

生動的譬喻，在〈飼狗頷下的銅牌〉一詩中，就是以戴上狗牌來形容屈從於殖民者的狐假虎威者，他說：「雖說是死得應該／　珍瑯瑯珍瑯瑯／亦為著他的衣襟上／沒有我許他佩帶　珍瑯／一塊赤銅青綬的丸章／　珍瑯瑯　珍瑯瑯　／嫉妒地辯駁起來[46]」。根據李南衡的註解，這首詩應該是作於一九二二年十一月十三日，因為該年四月，日本皇太子裕仁來臺巡遊，授臺灣仕紳勳章，賴和可能是有感而發，方寫下這首詩[47]。「赤銅青綬」的獎牌，紅色配上綠色，在整體畫面上顯得格外鮮明；此外，對日人來說，這個獎牌代表的是榮譽的勳章，可是對海島內做牛做馬的臺灣老百姓而言，非但不是光彩的榮譽，反而成了與殖民者鬥爭的暗示。

　　賴和透過鮮紅的形象更加直接控訴殖民體制的詩作，當推〈奉獻〉一首：

> 絞盡了汗和血
>
> 削盡零星骨節，到如今
>
> 多大義務說不須氣盡力竭，只應該
>
> 頗開我鮮紅的敬心討個歡悅
>
> 誰知道轉添了不安煩悶
>
> 天上的福音全然絕滅
>
> 唉！這段慘情卻教我何處去說[48]

　　什麼是奉獻的極致？詩人告訴我們，當所有義務讓人氣盡力竭後，一切仍未結束，最終必須剖開鮮紅的心，察看其中是否確有敬意。換言之，在行為的檢視之外，還有意識型態的試煉，倘若不是真正徹底的服從，則一切殖民主所賜的「福音」，都將會在瞬間煙消灰滅，其中的諷刺之意不言可喻。

---

46 賴和著，林瑞明編：〈飼狗頷下的銅牌〉，《賴和全集：新詩散文卷》（台北市：前衛出版社，2000年），頁7。

47 賴和著，林瑞明編：〈飼狗頷下的銅牌〉，《賴和全集：新詩散文卷》（台北市：前衛出版社，2000年），頁7。

48 賴和著，林瑞明編：〈奉獻〉，《賴和全集：新詩散文卷》（台北市：前衛出版社，2000年），頁51。

三　紅色意象的轉化：「日」的壓迫與「血」的抗爭

延續著賴和新詩中「紅／赤」的蹤跡，我們可以發現，更頻繁被使用的是從紅色所轉化出來的「太陽」和「血」這兩個意象群組（請參見表四、表五）[49]。「太陽」或曰「日」、「日輪」，既是日常可見的具體之物，也經常與歲月、烈日等詮釋連結在一起。至於「血」是人之精魂，流血是苦難的象徵，往往也代表著生命力的昂揚或消逝，論者如曾啟雄即曾指出：「紅色最直接的聯想就是血，血也是生命的泉源或代表[50]」。值得注意的是，「日」與「血」的意象在賴和諸多詩作中，經常是一起出現，扮演著相輔相成的角色。

表四　賴和新詩使用太陽意象之詩例

編號	題目	詩句	紅色意象	頁數
1	〈寂寞的人生（歌仔曲新哭調仔）〉	無事只恨日頭長	太陽	15
2	〈歡迎蔡陳王三先生的筵間〉	唉！太陽高起來了	太陽	24
3	〈生活〉	怎奈日輪的運行	太陽	43
4	〈現代生活的片影〉	怎奈日輪的運行	太陽	49
5	〈藝者〉	可是堂堂旭日的光輝	太陽	59
6	〈黃昏的海濱（在通霄水浴場）〉	銅盤大的日輪	太陽	64
7	〈黃昏的海濱（在通霄水浴場）〉	殘霞一抹射入層雲裏	太陽	64
8	〈日傘〉	把日傘高高擎起	太陽	66

---

49 「火」同樣屬於紅色意象，但綜觀賴和新詩，「火」字僅在〈寂寞的人生〉、〈寂寞的人生（歌仔曲新哭調仔）〉、〈日傘〉、〈流離曲〉、〈未命名（冰冷冷的風）〉五首詩中出現，合計使用七次，故此處不另行分類討論。

50 曾啟雄：《色彩的科學與文化》（台北縣：耶魯國際文化公司，2002年），頁241。

編號	題目	詩句	紅色意象	頁數
9	〈日傘〉	可是火熱的日輪	太陽	66
10	〈晚了〉	紅灼灼鐵丸似的太陽	太陽	70
11	〈秋曉的公園〉	朝曦初上的八卦山	太陽	87
12	〈流離曲〉	只任牠砂灼日煎	太陽	104
13	〈流離曲〉	失了熱焰的日頭	太陽	105
14	〈農民謠〉	水浸日曝	太陽	120
15	〈農民謠〉	也被日曝爛	太陽	122
16	〈低氣壓的山頂（八卦山）〉	日頭已失盡威光	太陽	148
17	〈祝曉鐘的發刊〉	日頭欲起	太陽	156
18	〈祝曉鐘的發刊〉	響破雲幕，放出陽光	太陽	156
19	〈相思歌〉	等到日黃昏	太陽	161
20	〈日光下的旗幟〉	天上赫赫地輝耀著日光	太陽	171
21	〈日光下的旗幟〉	日光喲！多謝你、多謝你	太陽	171
22	〈日光下的旗幟〉	我愛惜那輝耀的日光	太陽	172
23	〈日光下的旗幟〉	在日光照耀之下	太陽	172
24	〈日光下的旗幟〉	這天上赫赫的日光	太陽	173
25	〈日光下的旗幟〉	極地已看到了日光	太陽	173
26	〈日光下的旗幟〉	天上赫赫地揮耀的日光	太陽	174
27	〈溪水漲〉	那顧得風吹日煎	太陽	174
28	〈未命名（冰冷冷的風）〉	熱烘烘的日	太陽	180
29	〈未命名（冰冷冷的風）〉	熱烘烘的日	太陽	181
30	〈未命名（冰冷冷的風）〉	這熱烘烘的日	太陽	181

表五　賴和新詩使用血意象之詩例

編號	題目	詩句	紅色意象	頁數
1	〈祝南社十五週年〉	南都文化精血盡傾注在這裡	血	4
2	〈歡迎蔡陳王三先生的筵間〉	那一個不是熱血男兒	血	24
3	〈送盧谷君之大陸〉	為同胞灑幾點熱血	血	27
4	〈代諸同志贈林呈祿先生〉	專待我們熱血來	血	36
5	〈生活〉	用盡氣力流盡血汗	血	41
6	〈生活〉	把那些血汗所得	血	42
7	〈現代生活的片影〉	流盡血汗	血	46
8	〈現代生活的片影〉	把那些血汗所得	血	48
9	〈奉獻〉	絞盡了汗和血	血	51
10	〈覺悟下的犧牲（寄二林的同志）〉	使我們血有處滴	血	77
11	〈流離曲〉	敢愛惜流汗流血？	血	104
12	〈流離曲〉	手上的血經已拭淨	血	107
13	〈流離曲〉	正對著喫骨飲血之筵	血	110
14	〈流離曲〉	流盡我一身血汗	血	112
15	〈生與死〉	血性的男兒	血	130
16	〈生與死〉	血性的男兒	血	130
17	〈生與死〉	血性的男兒	血	130
18	〈生與死〉	血性的男兒	血	131
19	〈南國哀歌〉	看見著鮮紅紅的血	血	137
20	〈南國哀歌〉	在這次血祭壇上	血	137
21	〈日光下的旗幟〉	是不是人類的血染紅	血	171

編號	題目	詩句	紅色意象	頁數
22	〈日光下的旗幟〉	迸出沸騰在心脇的血	血	172
23	〈日光下的旗幟〉	染在旗面的紅的血色	血	172
24	〈日光下的旗幟〉	我們已到了血盡力窮	血	173
25	〈日光下的旗幟〉	看不見血痕的遺留	血	174
26	〈溪水漲〉	流來多少血汗	血	176
27	〈未命名（冰冷冷的風）〉	吹得人血凝肌縮	血	180
28	〈未命名（冰冷冷的風）〉	吹得人血凝肌縮	血	181
29	〈未命名（臺灣）〉	流血想也成川	血	185

以下我們將分成兩個部分來加以討論：第一個部分先討論分別運用「日」與「血」的意象的詩作，觀看賴和對這兩個意象使用上的重疊與歧異之處；第二個部分則是觀看兩種意象並用的情況，揭示賴和紅色意象運用更深入、更完整的想法。

（一）「日」或「血」的獨步舞

在描繪落日風景的〈黃昏的海濱（在通霄水浴場）〉[51]中，首句詩人就以「銅盤大的日輪」帶出紅銅色的太陽意象，次句「殘霞一抹射入層雲裏」畫面轉為漸漸消逝的橘紅色彩霞，到了第三句「夜之神快就昏暗──」畫面頓時轉為黑色。第二段還可見到青山的綠、霧的白，第三段則是白沙與深藍海水，可說是賴和運用最多色彩的詩作。賴和新詩中出現「日」意象運用的共有三十例（如表四），在這些詩例裡，像〈黃昏的海濱（在通霄水浴場）〉一樣，「日」意象單純描繪大自然或指涉時間變化的作品，僅占少數，「日」

---

51 賴和著，林瑞明編：〈黃昏的海濱（在通霄水浴場）〉，《賴和全集：新詩散文卷》（台北市：前衛出版社，2000年），頁64-65。

在詩中幾乎都另有暗示，更經常被詩人用來強化不平之鳴。其原因之一正是因為，日本國旗是以白色為底，中間畫著象徵「東昇的旭日[52]」的紅色圓圈，是以在賴和的筆下，太陽常是日本政府的隱喻。在〈藝者〉一詩中，我們可以看到詩人對「旭日」這樣有意的詮釋：

> 彩雲似的舞袖，
> 霞綺似的裙裾，
> 海外奇葩饒豔質，
> 蓬萊仙子本多姿，
> 　美說櫻花，
> 　勇稱武士，
> 可是堂堂旭日的光輝，
> 也隨著豔幟的飄揚，
> 照耀到海外去。[53]

這首詩表面上在寫日本藝者，也確實將其寫得豔麗卓倫；但是詩的後半段，卻明顯轉向描寫日本國旗。堂堂旭日的光輝與照耀到海外飄揚的旗幟，乍看之下似乎是對殖民政府的讚揚，實際上卻是對帝國主義侵略的另類反諷。如果說，這樣的一首詩在表現上還太過婉曲，那麼直接以「日傘」作為詩題的作品裡，詩人則是乾脆拿起日頭控訴，他在詩中的第二段如此寫道：

> 在生的長途上
> 多數的人們赤條條
> 略無遮庇
> 可是火熱的日輪

52　廿一世紀研究會編著，張明敏譯：《色彩的世界地圖》（台北市：時報文化出版公司，2005年），頁36。

53　賴和著，林瑞明編：〈藝者〉，《賴和全集：新詩散文卷》（台北市：前衛出版社，2000年），頁59。

　　紅赫赫高懸頭上

　　要有什麼去處能容我暫避[54]

　　全詩以直白的語言傳達內心之徬徨,「紅赫赫高懸頭上」的日輪,是自然界的太陽、是不斷前進的時間,更是日本政府的統治,對於沒有傘、沒有屏障或依靠的普通人而言,連人生的路上都無法昂首闊步,只求生命中能有片刻遮蔽,然而,正如林政華所言:「『火熱的日輪』,是指日本太陽旗,也象徵日人高壓的統治,它自然無法讓臺人『暫避』。[55]」林瑞明論及詩作〈日傘〉一詩時,則指出:「詩中以炎日比喻日本政府的酷政,也正是他經常在傳統詩中使用的諷諭的代名詞,炎日當頭,無所逃又無可避的百姓心聲躍然紙上。[56]」

　　與〈日輪〉中的「日」形象恰好相反的,是賴和發表於一九三一年十月三十一日《臺灣新民報》上的〈低氣壓的山頂(八卦山)〉,林瑞明強調此詩「是臺灣殖民地的吶喊,也是詩人賴和的痛苦和希望。[57]」詩中賴和意欲透過「日頭已失盡威光[58]」的景況,描繪當時臺灣文化、政治運動所陷入的困境。一九三〇年代初期,臺灣的民族運動在「新文協」的分裂後逐漸走向衰微,發生在一九三一年九月十八日的「九一八事變」,又對臺灣的整體社會帶來巨大的衝擊,從此,臺灣的政治鬥爭運動開始由盛轉衰。日人為遂行軍國主義的擴張,開始對臺灣的抗日團體大規模圍捕與鎮壓,一時之間「臺灣社會運動要往何處去」的問題,成為眾人關注的焦點,「苦悶青年」的形象

---

54 賴和著,林瑞明編:〈日傘〉,《賴和全集:新詩散文卷》(台北市:前衛出版社,2000年),頁66。

55 林政華:〈賴和新近出土的新詩〉,《台灣文學汲探》(台北市:文史哲出版社,2002年),頁66。

56 林瑞明選編:《現代詩卷 I》(台北市:玉山社出版公司,2005年),頁41。

57 林瑞明:《台灣文學與時代精神——賴和研究論集》(台北市:允晨文化公司,1993年),頁343。

58 賴和著,林瑞明編:〈低氣壓的山頂(八卦山)〉,《賴和全集:新詩散文卷》(台北市:前衛出版社,2000年),頁148。

也成為那個時代最顯明的註解[59]。賴和的這首詩作透過描寫彰化八卦山的景色，實則怒吼著當時臺灣知識份子面臨的困境，已然如日光遮蔽，天地之間只剩一片漆黑，因此詩人在悲憤至極下吶喊：「我不為這破毀哀悼，／我不為這滅亡悲傷。[60]」「我獨立在狂飆之中，／張開喉嚨竭盡力量，／大著呼聲為這毀滅頌揚，／併且為那未來的不可知的／人類世界祝福。[61]」換個角度來看，「日頭已失盡威光」何嘗不是對日本政權退出的期待！？曾任賴和紀念館館長的康原，即認為：「『日頭已失盡威光』表示日本人已失去人民的支持[62]」，利玉芳評述此詩時也說，〈低氣壓的山頂（八卦山）〉同時傳達了對現實社會的痛心，以及對未來社會的期盼[63]。

　　與「日」經常籠罩著強大的陰影相比，數量上可相比擬的「血」意象，在賴和的筆下，則經常針對特定的人物或事件，透過詩史的筆法形塑出一種熱烈的生命狀態。可能是賴和最早新詩作品的〈祝南社十五週年〉一詩，詩人就以懇切的口吻，寄望當時已在南部發展十五年的古典詩社「南社」，能夠讓「南都文化精血盡傾／注在這裡，[64]」賴和的想法是，詩表面上看來雖然無用，對於民生問題也無法提供解答，但它卻是一切精神發端之所在，因此，「文化精血」既表明了其擁戴詩的熱切心情，也是呼喚同伴們共同以文化啟蒙大眾的想像。同樣的，在〈送虛谷君之大陸〉這首詩的末段，我們也可以看到詩人對即將遠行的好友，這樣直截、熱切的寄望：

59 王文仁：《日治時期台人作家與畫家的文藝合盟：以《台灣文藝》（1934-36）為中心的考察》（台北市：博揚文化公司，2012年），頁67-68。

60 賴和著，林瑞明編：〈低氣壓的山頂（八卦山）〉，《賴和全集：新詩散文卷》（台北市：前衛出版社，2000年），頁150。

61 賴和著，林瑞明編：〈低氣壓的山頂（八卦山）〉，《賴和全集：新詩散文卷》（台北市：前衛出版社，2000年），頁150-151。

62 康原：〈賴和筆下的八卦山〉，《追蹤彰化平原》（台中市：晨星出版公司，2008年），頁105。

63 利玉芳：〈讀賴和先生詩作——低氣壓的山頂〉，收入李篤恭編：《磺溪一完人》（台北市：前衛出版社，1994年），頁102。

64 賴和著，林瑞明編：〈低氣壓的山頂（八卦山）〉，《賴和全集：新詩散文卷》（台北市：前衛出版社，2000年），頁4。

　　　但我很盼望──

　　　──汝──早日歸來，

　　　為同胞灑幾點熱血，

　　　替鄉里出一臂氣力。

　　　這儉算──是

　　　吾們莫大的事業，正當的理由。[65]

　　詩中的虛谷，所指當然是日治時期重要漢詩詩人陳虛谷（1891-1965）。陳虛谷與賴和同是彰化人，也都是臺灣文化協會的重要成員，可說是一路相互扶持的伙伴。賴和在詩中企盼陳虛谷能夠更加關懷現實、啟發文化，在遠渡神州開闊視野後，也要早日回來替臺灣的文學、文化界盡一分心力，「灑幾點熱血」。類似的情節，也見於其他送行或讚頌詩作，例如〈代諸同志贈林呈祿先生〉中，賴和也免不一番熱血的企盼。在這首詩的第五小節中，我們可以看到詩人對一個即將到來美好國度的想像：「美麗島上經／　散播了無限種子／自由的花、平等的樹／專待我們熱血來／　培養起[66]」。詩中的林呈祿（1886-1968），號慈舟，桃園大園人，明治大學法律科高等研究所畢業，是「新民會」的創設者之一，當時任《臺灣民報》的總編輯。賴和在詩中敬佩林呈祿身為新文化、社會運動的先鋒，自然也希望他能帶領同志們，一起用熱血澆灌這塊土地。

　　同樣對「血」的凝視，也可見於經常被關注、提及的〈覺悟下的犧牲（寄二林的同志）〉一詩。這首作品是賴和生平第一首發表的新詩，寫的是發生於一九二五年，蔗農飽受剝削、憤而反抗的彰化「二林事件」。這首作品一如葉笛（1931-2006）所言：「短簡的詩句中蘊含著深厚的滿腔悲楚，痛

65 賴和著，林瑞明編：〈未命名（冰冷冷的風）〉，《賴和全集：新詩散文卷》（台北市：前衛出版社，2000年），頁27。

66 賴和著，林瑞明編：〈代諸同志贈林呈祿先生〉，《賴和全集：新詩散文卷》（台北市：前衛出版社，2000年），頁36。

苦、憤怒和戰鬥的呼喚！[67]」在詩的第三小節裡頭，賴和寫到：「使我們汗有得流，／使我們血有處滴，／這就是說──強者們！／慈善同情的發露，／憐憫惠賜的恩澤！[68]」汗有得流，血有處滴，象徵著大家對犧牲的覺悟，其揭示的，正是賴和一向對不公、不義的剝奪行為，所表現出的左翼抵抗精神。他既呼喚廣大的「弱者」能夠有所為覺醒、為理想而赴義，也以人道的精神表現出意念的執著與堅定[69]。

經常被拿來和〈覺悟下的犧牲（寄二林的同志）〉放在一起談的〈南國哀歌〉，同樣可以看到熱血發散的印跡。這首發表於一九三一年四月的詩作，寫的是一九三○年十月二十七日所發生的「霧社事件」。在詩的第三段中，我們可以讀到：「雖說他們野蠻無知？／看著鮮紅紅的血，／ 便」忘卻一切歡躍狂喜，／但是這一番啊！／明明和往日出草有異。[70]」詩裡頭的「他們」，指的是事件中起來反抗日人的馬赫坡社原住民們，詩人以鮮紅的血描繪夾雜著狂喜的殺戮景況，卻又強調這次並非單純的出草，藉此作為對比，並帶出下面的這一段：

> 在和他們同一境遇，
>
> 一樣呻吟於不幸的人們；
>
> 　那些怕死偷生的一群，
>
> 在這次血祭壇上，
>
> 　意外地竟得生存，
>
> 便說這卑怯的生命，

---

67 葉寄民：〈不死的野草──台灣新文學的奶母賴和〉，收入賴和紀念館編：《賴和研究資料彙編（下）》（彰化市：彰化縣立文化中心，1994年），頁352。

68 賴和著，林瑞明編：〈覺悟下的犧牲（寄二林的同志）〉，《賴和全集：新詩散文卷》（台北市：前衛出版社，2000年），頁77。

69 李魁賢：〈賴和詩中的反抗精神〉，收入賴和紀念館編：《賴和研究資料彙編（下）》（彰化市：彰化縣立文化中心，1994年），頁322-323。

70 賴和著，林瑞明編：〈南國哀歌〉，《賴和全集：新詩散文卷》（台北市：前衛出版社，2000年），頁137。

　　　神所厭棄本無價值，

　但誰敢信這事實裡面，

　就尋不出別的原因？[71]

　　「血祭壇」一詞在詩中可做兩個方面解釋：一是這次的行動是原住民們追隨祖靈的召喚，反抗壓迫的一次祭血的儀式；二是意指這次的過程中，日人出動飛機、大砲以及生化武器，在兩個月中屠殺了七、八百位的原住民同胞，用以宣揚其殖民主的強大。不論所指為何，都是為了提醒在日人壓迫下噤聲的普羅大眾們，死有輕如鴻毛、重於泰山，詩人疾呼：「　只是偷生有什麼路用，╱　眼前的幸福雖享不到，╱　也須為著子孫鬥爭。[72]」另一首作品〈生與死〉，同樣通過四次「血性的男兒[73]」的生命意義召喚，試圖喚醒大眾的正義。不論是〈覺悟下的犧牲（寄二林的同志）〉、〈南國哀歌〉，還是〈生與死〉，「血」意象的意識揭露，都呈現出賴和一貫熱血、激憤的抗爭精神。

（二）「日」與「血」的雙聲道

　　作為紅色意象群中重要的「日」與「血」，在賴和的詩中既有各自表現的天地，也有不少同時出現的狀態。統計其全部詩作，詩中同時出現這兩個紅色意象者，共有〈歡迎蔡陳王三先生的筵間〉、〈生活〉、〈現代生活的片影〉、〈流離曲〉、〈日光下的旗幟〉、〈溪水漲〉、〈未命名（冰冷冷的風）〉等七首作品。整體來看，「日」與「血」同時出現既有相互強化的效果，也經常讓詩作顯現出悲愴與強烈的抗議精神。試看〈歡迎蔡陳王三先生的筵間〉

71　賴和著，林瑞明編：〈南國哀歌〉，《賴和全集：新詩散文卷》（台北市：前衛出版社，2000年），頁137-138。

72　賴和著，林瑞明編：〈南國哀歌〉，《賴和全集：新詩散文卷》（台北市：前衛出版社，2000年），頁141。

73　賴和著，林瑞明編：〈生與死〉，《賴和全集：新詩散文卷》（台北市：前衛出版社，2000年），頁128-131。

一詩，賴和先是寫道：

> 唉！太陽高起來了，
>
> 氣壓變動了，物質膨脹了，
>
> 真空的瓶兒微微的破裂了，
>
> 新鮮的氣流透進來了，
>
> 快快醒罷，不可貪眠了。[74]

透過「太陽」的升起，表示時代的變動與新氣象的出現，同時呼喚人們快快覺醒、別再無動於衷。而後在詩的末段，詩人又如此呼籲著：「『生不自由勿寧死』，／那一個不是熱血男兒。／奮起！奮起！須奮起！／徬有人笑我哩。[75]」當「熱血男兒」遇上旭日東昇的新時代，確實是應當要力圖振作，梁明雄便曾形容此詩是「呼籲臺灣民眾要在二十世紀的新時代來臨中乘時奮起[76]」。

「日輪」與「血」的意象，同樣見於似乎是同一首作品的〈生活〉和〈現代生活的片影〉[77]中。這兩首詩的文字內容有很多類似的地方，兩首皆未曾發表於報刊，推測賴和應是先寫了一個版本，後又改作為另一首。在詩作中間段落，有著這樣的詩句：

---

74 賴和著，林瑞明編：〈歡迎蔡陳王三先生的筵間〉，《賴和全集：新詩散文卷》（台北市：前衛出版社，2000年），頁24。

75 賴和著，林瑞明編：〈歡迎蔡陳王三先生的筵間〉，《賴和全集：新詩散文卷》（台北市：前衛出版社，2000年），頁24。

76 梁明雄：〈文學的賴和・賴和的文學〉，《台灣文學與文化論集》（屏東市：屏東縣政府文化局，2002年），頁247。

77 此詩收錄於《賴和全集：新詩散文卷》時，題名為〈現代生活的片影〉，但對照《賴和手稿集新文學卷》所收錄手稿，應為〈現代生活的影片〉。賴和著，林瑞明編：〈現代生活的片影〉，《賴和全集：新詩散文卷》（台北市：前衛出版社，2000年），頁44；林瑞明編：《賴和手稿集新文學卷》（彰化市：財團法人賴和文教基金會、南投市：台灣省文獻委員會，2000年），頁470。

〈生活〉	〈現代生活的片影〉
只可憐勞動者們 用盡氣力流盡血汗 過他困苦的日子 僅能得不充分的睡眠 糊亂的三餐[78]	只可憐勞働的農工們， 用盡氣力，流盡血汗， 過他困苦的日子， 僅能得不充分的睡眠， 胡亂粗惡的三餐[79]

　　相較於〈生活〉的文字，〈現代生活的片影〉將文字改得更為堅定、明確，在這裡「血」與「汗」結合，用來強調殖民體制下一般中下階層生活困頓的景況。然則，這樣辛勞的血汗付出，卻連最基本的生活溫飽都難以滿足，至於那些權威的橫逆與無所事事，血汗的所得最終還要用來增長他們的惡勢力，對詩人來說，這是再悲哀不過的臺灣現實。在施懿琳、楊翠所編寫的《彰化縣文學發展史》中，便曾以「弱者的悲哀無奈溢於行間，而賴和一貫的人道主義精神，在此詩中更是淋漓盡致地流露出來[80]」來評價此詩。在〈生活〉、〈現代生活的片影〉這兩首作品最後，有著同樣的這幾行詩句：

　　　怎奈日輪的運行，

　　　不為我少緩一步，

　　　賜我無須工作的片刻，

　　　得從事於生存外的勞力。[81]

---

78 賴和著，林瑞明編：〈生活〉，《賴和全集：新詩散文卷》（台北市：前衛出版社，2000年），頁41。

79 賴和著，林瑞明編：〈現代生活的片影〉，《賴和全集：新詩散文卷》（台北市：前衛出版社，2000年），頁46-47。

80 施懿琳、楊翠：〈第四章　成熟時期彰化新文學的花實（一九二五至一九三七）　第一節　哺育台灣新文學的奶母──賴和〉，《彰化縣文學發展史》（彰化市：彰化縣立文化中心，1997年），頁159。

81 〈生活〉與〈現代生活的片影〉最末四行詩句文字相同，差別僅在於〈生活〉句末沒有標點符號，〈現代生活的片影〉句尾使用標點符號。賴和著，林瑞明編：〈生活〉，《賴和全集：新詩散文卷》（台北市：前衛出版社，2000年），頁43；賴和著，林瑞明編：〈現代生活的片影〉，《賴和全集：新詩散文卷》（台北市：前衛出版社，2000年），

　　「日輪的運行」在這裡當然不能夠直接的解釋為大自然裡太陽的運行，對照前面所寫可憐勞動的農工們，「日輪的運行」代表在上位者的權力與壓榨，這少緩一步而企望著無需工作的片刻，顯然是對著高高在上、兇惡、嚴厲、威風如烈日的殖民者說的。這首詩所顯現的，也正是賴和對殖民體制剝削、掠奪行為一貫的批判。

　　同樣讓「日」與「血」具有著強烈暗示效果者當推〈未命名（冰冷冷的風）〉一詩。這首詩中，可以窺見賴和常用重複句子的特色，及所創造的歌詩效果。詩行中，「冰冷冷的風」和「熱烘烘的日」各出現三次[82]。在這裡，這兩者的反覆登場，都刻劃環境越是惡劣，窮人與富人／殖民者與被殖民者的生活差距越是明顯。這也是為何，詩人會在裡頭藉由大自然的風與日控訴：

　　　　冰冷冷的風，
　　　　吹得人血凝肌縮，
　　　　一吹到高樓大廈中去，
　　　　只會把暖爐的炭火，
　　　　吹得分外紅燄暖烘，

　　　　熱烘烘的日，
　　　　曝得人骨焦皮腫，
　　　　一射到高樓大廈中去，
　　　　只會把電扇旋轉催動，
　　　　使送出涼爽的清風。[83]

頁49。

82　賴和著，林瑞明編：〈未命名（冰冷冷的風）〉，《賴和全集：新詩散文卷》（台北市：前衛出版社，2000年），頁180-181。

83　賴和著，林瑞明編：〈未命名（冰冷冷的風）〉，《賴和全集：新詩散文卷》（台北市：前衛出版社，2000年），頁181。

「血凝肌縮」所描繪的，不是躲在高樓大廈中的人們，而是沒有外衣或斗笠能夠避寒遮陽、每天都必須在寒冷或炎熱的天氣中辛苦工作的人們。這無法抵抗的大自然，其實指的也是嚴峻的殖民情狀，誠如陳建忠所言：「生／死，強／弱，尊嚴／侮辱，殖民／被殖民，這幾乎是賴和新詩中不斷出現的對比意象，這種意象的呈現，一方面是殖民地現實給予作者的物質基礎，另一方面又是作者思想與美學的展現。[84]」〈未命名（冰冷冷的風）〉一詩，正可窺見賴和運用冷／熱、窮／富二元對立來強化詩作意象的特色。

在這些「日」與「血」相互強化的作品裡，最具有代表性的當推〈日光下的旗幟〉一首。這首作品發表在一九三五年七月的《臺灣文藝》第二卷第七號上，作者署名為「孔乙己」。事實上，孔乙己乃是魯迅（1881-1936）小說〈孔乙己〉中的關鍵人物，在小說裡頭，魯迅塑造這個落魄窮困、至死不悟的舊式讀書人形象，透過他不幸遭遇，對腐朽的科舉制度與社會問題，進行了強而有力的批判。賴和選擇以此作為筆名，顯然也大有學魯迅的批判之意。這首詩的一開頭，詩人如此讚頌著殷勤照亮天際的太陽：

> 天上赫赫地輝耀著日光
> 空際展轉地旗幟在飄揚
>> 日光喲！多謝你、多謝你。
>> 給了光明於這世界之上。
>> 雖然尚有夜的黑暗，
>> 有了這些時代的光明。
>> 已夠為著生去從事勞働，[85]

在對自然界太陽抱持著感恩的同時，詩人筆鋒一轉，詢問著旗幟上鮮麗的色彩，是否是由人類的血所染紅。在這詩行裡頭，所謂的旗幟一開頭意指

---

84 陳建忠：〈吶喊與獨白：論賴和的新詩與散文〉，《書寫台灣‧台灣書寫：賴和的文學與思想研究》（高雄市：春暉出版社，2004年），頁278。

85 賴和著，林瑞明編：〈日光下的旗幟〉，《賴和全集：新詩散文卷》（台北市：前衛出版社，2000年），頁171。

的其實是中華民國的國旗。詩人說：「我仰望著旗幟的飄揚，／ 啊！我願意，我願意，／ 迸出沸騰在心脇的血，／ 去染遍那旗的全面，／使牠再加一層地鮮紅。[86]」但是，這樣的一面旗卻逐漸為塵沙所埋沒，逐漸的辨認不出面貌。從詩作中段開始，出現了「他們」與「我們」的對立，「我們」的旗幟日漸破裂，在冰雪之中，默默支撐旗子的無數雙手堆成了白骨；而「他們」的國旗卻高揚在日光之下，飄揚在高空之中。其中的「他們」顯然就是指日本政府，而其掛上旭日的旗幟也在這塊殖民地上繼續展轉。詩行最後，詩人再一次寫到開頭的詩句：「天上赫赫地輝耀的日光／空際展轉的旗幟在飄揚。[87]」這裡頭已經可以讓我們清楚地看到，賴和強烈的民族之心，以及希望臺灣人終究可以脫離殖民的熱血精神。

四　小結

　　賴和身處在一個複雜的時代，年輕的賴和一九一八年前往廈門行醫，適逢昂揚的五四運動高潮，讓他的內心產生強烈的悸動。新文化運動的衝擊引領他從早期漢文教育的侷限走出，並且開始嘗試用當時新興的白話文練習寫作。傳統詩的寫作，是賴和行醫時重要的心靈寄託；而白話詩的寫作卻更符合「歌詩合為事而作」的詩史精神，莫渝即曾以「歷史事件見證的紀錄者」來形容賴和新詩的歷史地位[88]。賴和的新詩寫作幾乎是在一開始，便取得了不錯的成績，雖然文白夾雜、讀起來不免拗口，但是他藉由民間歌謠來吸取經驗，也創造了嶄新的嘗試[89]。賴和的白話詩寫作約略始自一九二二年，比

---

86 賴和著，林瑞明編：〈日光下的旗幟〉，《賴和全集：新詩散文卷》（台北市：前衛出版社，2000年），頁172。

87 賴和著，林瑞明編：〈日光下的旗幟〉，《賴和全集：新詩散文卷》（台北市：前衛出版社，2000年），頁174。

88 莫渝：〈獨立在狂飆之中──談賴和四首敘事詩〉，收入李篤恭編：《磺溪一完人》（台北市：前衛出版社，1994年），頁120。

89 林瑞明：〈賴和與台灣新文學運動〉，《台灣文學與時代精神──賴和研究論集》（台北市：允晨文化公司，1993年）。

他更為知名的小說要來得早，一九二四年後，他的新詩創作數量漸增，並在一九二五年開始刊載於報刊上。由此可見，賴和最早其實是運用新詩，來學習與練習白話文，這也跟胡適（1891-1962）最早是從新詩，開啟白話文運動的想法是一致的。賴和的新詩基本上用的是中國白話文的語調，但也雜入臺灣白話的口語和色彩，這種不可或缺的臺灣特色，以及透過文學對臺灣土地的關懷，一直都是賴和創作上最重要的特色。

　　賴和新詩創作的型態，跟現實的反應與對殖民體制的批判，是有絕對關係的，尤其在一九三〇年代後，臺灣的現實景況愈加進入低潮，他的批判與熱血也就更為顯明。在研究者經常提起的〈低氣壓的山頂（八卦山）〉一詩裡，賴和首句就以「天色是陰沉而且灰白[90]」，傳達臺灣被殖民、受壓迫至極的苦悶。然則，我們細探賴和新詩呈顯的色彩美學，卻非蒼白淒涼的灰白色調，而是以慷慨激昂的紅色為主軸[91]。羊子喬曾經評價，在臺灣新詩奠基期，賴和是「反映被壓迫者的反抗心聲」之代表[92]。張雙英也說，理直氣壯的抗日意識是賴和新詩最重要的特質[93]。賴和新詩呈顯的紅色美學，一方面與「勇士當為義鬥爭」的反抗精神密不可分；另一方面也表現在〈祝吳海水君結婚〉、〈祝曉鐘的發刊〉、〈送盧谷君之大陸〉等讚頌或送行詩作，以及〈寂寞的人生〉、〈秋曉的公園〉、〈晚了〉等生活感懷或景物書寫的作品中，顯見賴和的紅色美學並不全然是抗爭性的。大抵而言，賴和對「紅／赤」色彩的使用，展現出對臺灣風土的描繪記載，同時也是生命波濤的湧動與紀

90 賴和著，林瑞明編：〈低氣壓的山頂（八卦山）〉，《賴和全集：新詩散文卷》（台北市：前衛出版社，2000年），頁144。

91 在賴和描述八卦山的漢詩中，紅色同樣扮演著關鍵角色，寫於一九一三年的漢詩〈八卦山〉，前四句寫道：「二十年前一戰場，今來登眺亦心傷。思相樹下殘蟬蛻，紅土嵌邊秋草黃。」「紅土」意象是生活環境實際可見的色澤，卻也隱喻著八卦山抗日之戰烈士們留下的鮮血。賴和著，林瑞明編：〈八卦山〉，《賴和全集：漢詩卷（上）》（台北市：前衛出版社，2000年），頁52。

92 羊子喬：〈光復前台灣新詩論〉，《蓬萊文章台灣詩》（台北市：遠景出版公司，1983年），頁73。

93 張雙英：〈貳、創新、寫實與超現實（1923-1945）　二、賴和〉，《二十世紀台灣新詩史》（台北市：五南圖書出版公司，2006年），頁42。

錄。他既懷記人間相知、相愛、美好的一瞬，也感謝上天恩賜我們這塊美好的土地。

　　當紅色的意象延伸轉化成為「日」與「血」時，我們可以看到，賴和對「日」的運用，更多是作為對殖民體制的批判而存在，其所籠罩的強大的陰影，恰恰讓人無法睜開雙眼、甚至忽視。至於數量上可相比擬的「血」，在賴和的筆下，則常是帶有熱烈生命狀態的召喚。從時常被討論到的〈覺悟下的犧牲（寄二林的同志)〉、〈流離曲〉、〈南國哀歌〉、〈低氣壓的山頂〉四首詩，幾乎都運用了「日」或「血」意象這點來看，就可以知道，「日」或「血」在賴和的新詩創作中，扮演了多麼重要的角色。「日」與「血」的結合，其實是臺灣一九二〇至三〇年代殖民景況的如實反應，當臺灣的民族運動走到了碰壁的時刻，階級對立與剝削的情況也走向極端，一股蓄勢待發的全面翻轉也正在醞釀著。可惜的是，賴和終究未能等待臺灣走出殖民的彼刻，但他以鮮血、氣力所留下的這些作品，卻帶著紅色的印記為我們留下了永恆，同時見證了當時的歷史。

參考書目

一　專書

廿一世紀研究會編著，張明敏譯：《色彩的世界地圖》（臺北市：時報文化出
　　　版公司，2005年）。

王文仁：《日治時期臺人作家與畫家的文藝合盟：以《臺灣文藝》（1934-
　　　36）為中心的考察》（臺北市：博揚文化公司，2012年）。

羊子喬：〈光復前臺灣新詩論〉，《蓬萊文章臺灣詩》（臺北市：遠景出版公
　　　司，1983年），頁59-97。

何耀宗：《色彩基礎》（臺北市：東大圖書公司，1984年）。

吳晟主講，劉原君記錄：〈從賴和新詩談社會現實〉，收入康原編：《種子落
　　　地》（臺中市：晨星出版社，1996年），頁139-170。

呂紹理：《水螺響起：日治時期臺灣社會的生活作息》（臺北市：遠流出版公
　　　司，1998年）。

李銘龍編著：《應用色彩學》（臺北市：藝風堂出版社，1994年）。

李篤恭編：《磺溪一完人》（臺北市：前衛出版社，1994年）。

谷欣伍編：《色彩理論與設計表現》（臺北市：武陵出版公司，1992年）。

貝蒂・愛德華（Betty Edwards）著，朱民譯：《像藝術家一樣彩色思考》（臺
　　　北市：時報文化出版公司，2006年）。

林昆範：《色彩原論》（臺北縣：全華圖書公司，2008年）。

林政華：〈賴和新近出土的新詩〉，《臺灣文學汲探》（臺北市：文史哲出版
　　　社，2002年），頁63-67。

林書堯：《色彩認識論》（臺北市：三民書局，1986年）。

林瑞明：《臺灣文學與時代精神──賴和研究論集》（臺北市：允晨文化公
　　　司，1993年）。

林瑞明編：《賴和手稿集新文學卷》（彰化市：財團法人賴和文教基金會、南
　　　投市：臺灣省文獻委員會，2000年）。

林瑞明選編：〈賴和・南國哀歌／日傘〉，《現代詩卷 I》（臺北市：玉山社，
　　　2005年），頁33-41。

林磐聳、鄭國裕編著：《色彩計劃》（臺北市：藝風堂出版社，1999年）。

施　淑：〈賴和小說的思想性質〉，《賴和小說集》（臺北市：洪範書店，1994
　　　年），頁1-12。

施懿琳、楊翠：〈第四章　成熟時期彰化新文學的花實（一九二五～一九三
　　　七）　第一節　哺育臺灣新文學的奶母──賴和〉，《彰化縣文學發
　　　展史》（彰化市：彰化縣立文化中心，1997年），頁156-175。

康　原：〈賴和筆下的八卦山〉，《追蹤彰化平原》（臺中市：晨星出版公司，
　　　2008年），頁94-108。

張雙英：〈貳、創新、寫實與超現實（1923-1945）　二、賴和〉，《二十世紀
　　　臺灣新詩史》（臺北市：五南圖書出版公司，2006年），頁37-43。

梁明雄：〈文學的賴和・賴和的文學〉，《臺灣文學與文化論集》（屏東市：屏
　　　東縣政府文化局，2002年），頁228-263。

陳明臺：〈日據時代臺灣民眾詩之研究〉，封德屏主編：《臺灣現代詩史論》
　　　（臺北市：文訊雜誌社，1996年），頁3-19。

陳芳明：《左翼臺灣：殖民地文學運動史論》（臺北市：麥田出版社，1998
　　　年）。

陳芳明：〈現代性與日據臺灣第一世代作家〉，《殖民地摩登：現代性與臺灣
　　　史觀》（臺北市：麥田出版社，2004年），頁27-50。

陳建忠：《書寫臺灣・臺灣書寫：賴和的文學與思想研究》（高雄市：春暉出
　　　版社，2004年）。

陳建忠編選：《臺灣現當代作家研究資料彙編01賴和》（臺南市：國立臺灣文
　　　學館，2011年）。

曾啟雄：《色彩的科學與文化》（臺北縣：耶魯國際文化公司，2002年）。

黃仁達編撰：《中國顏色》（臺北市：聯經出版公司，2011年）。

黃得時著，葉石濤譯：〈輓近臺灣文學運動史〉，收入黃英哲主編：《日治時
　　　期臺灣文藝評論集（雜誌篇）第三冊》（臺南市：國立臺灣文學館

籌備處，2006年），頁390-402。

蕭　蕭：〈八卦山：蘊藏多元的新詩能量──以賴和、翁鬧、曹開、王白淵透視新詩地理學〉，《土地哲學與彰化詩學》（臺中市：晨星出版公司，2007年），頁84-120。

蕭　蕭：《青紅皂白》（臺北市：新自然主義公司，2000年）。

賴和紀念館編：《賴和研究資料彙編（下）》（彰化市：彰化縣立文化中心，1994年）。

賴和著，林瑞明編：《賴和全集：新詩散文卷》（臺北市：前衛出版社，2000年）。

賴和著，林瑞明編：《賴和全集：漢詩卷（上）》（臺北市：前衛出版社，2000年）。

賴瓊琦：《設計的色彩心理：色彩的意象與色彩文化》（臺北縣：視傳文化公司，1997年）。

二　學位論文

張昭螢：《賴和飲酒詩研究》（彰化市：國立彰化師範大學臺灣文學研究所碩士論文，2012年）。

陳婉嫈：《日治時期臺灣新文學中的民俗議題與文化論述：以小說為中心（1920-1937）》（新竹市：國立清華大學臺灣文學研究所碩士論文，2011年）。

陳綠華：《賴和白話小說的臺灣話文研究》（高雄市：高雄師範大學臺灣文化及語言研究所碩士論文，2011年）。

黃淑華：《再現賴和──戰後臺灣各級詩獎的賴和書寫》（嘉義縣：國立中正大學臺灣文學研究所碩士論文，2012年）。

三　期刊論文

王秀雄：〈日據時代臺灣官展的發展與風格探釋──兼論其背後的大眾傳播與藝術批評〉，《藝術家》第199期（1991年12月），頁218-245。

解昆樺：〈雛構新詩文體語言——賴和新詩手稿中的意象經營與修辭意識〉，
　　　《臺灣文學研究學報》第11期（2010年10月），頁7-43。
賴明珠：〈日治時期的「地方色彩」理念——以鹽月桃甫及石川欽一郎對
　　　「地方色彩」的詮釋與影響為例〉，《視覺藝術》第3期（2000年5
　　　月），頁43-74。

四　報紙

懶　雲：〈相思歌〉，《臺灣新民報》396號，1932年1月1日。
懶　雲：〈覺悟的犧牲（寄二林的同志）〉，《臺灣民報》84號，1925年12月20
　　　日。

五　網路資料

向　陽：〈歷史論述與史料文獻的落差：回應〈誰是臺灣新詩第一位作者〉〉，
　　　網址 http://tns.ndhu.edu.tw/~xiangyang/cric_13.htm

賴和的民眾詩[1]

陳　謙

摘要

　　民眾詩多為基層民眾聲音之表露，由作家起而代言。日治時期台灣民眾詩，呈顯出相對於皇民文學之「迎合時局，配合國策的宣傳、口號詩的性格」表現出詩人屈服體制、現實的面貌。民眾詩的主要特色在於詩人勇於衝撞體制，真切描述當時生活情境。賴和今日留下來之現代詩雖極其有限，卻可還原日治時期民眾生活樣態，文本技巧多採寫實與白描等手法，語言質樸而明朗。賴和詩作屬華文白話運動推動初期，文字鍛鍊不足且多說明性之散文語態，但若以社會學的關照視野評估其現代漢詩的存在，仍然是日治時期具有相當關鍵的作品典範。

關鍵詞：賴和、民眾詩、日治時期、反抗精神

1　本文曾於二○一四年十二月六日於明道大學「彰化研究學術研討會」宣讀，感謝特約討論人陳憲仁教授，《當代詩學》二位匿名編審委員給予寶貴的修訂意見及指正。

一　前言

　　賴和一九二一年十月加入台灣文化協會之後，參與了一九二〇年代的台灣新文學運動，最實際的作為是將自己推上編輯台位置，從事《台灣民報》文學欄編輯的重任，落實了「提倡文藝」的宗旨，將藝文周邊訊息如譯介許多當代文藝思潮，推展更多元的文化視野等工作。際此，賴和不但是一位創作者，亦是一位傑出的文學傳播者。[2]

　　本名賴癸河的賴和（1894年5月28日-1943年1月31日），出生於彰化，除常用的筆名賴和外，也使用懶雲、走街先、甫三、安都生、灰等筆名。賴和幼年承襲家訓，勤習漢文，舊文學根柢雄厚，一九一〇年入總督府醫學學校，一九一六年於故鄉彰化建立「賴和醫院」，一九一八年二月前往廈門，供職於鼓浪嶼租界的博愛醫院；一九一九年七月從博愛醫院退職歸台；在廈門期間已感受到中國五四新文學運動對於文化、社會的影響力；一九二一年十月加入台灣文化協會，被選為理事；一九二三年十二月因「治警事件」第一次入獄；一九二五年十二月發表第一首現代詩〈覺悟下的犧牲──寄二林的同志〉，自此積極投入台灣新文學的創作。一九四一年十二月八日，珍珠港事變當天，再度被拘入獄，約五十日，在獄中以草紙撰述〈獄中日記〉，反映了殖民地被統治者無可奈何的沈重心情，後因病重出獄。一九四三年一月三十一日逝世，行年五十。[3]

　　賴和自一九二五年底發表的第一篇小說〈鬥鬧熱〉，到一九三五年十二月發表的〈一個同志的批信〉。在這十年之間，他寫作的題材觸及現實的諸多面向，而生存問題是他最為關切的面向，文本中可見農民、市井小民及攤

2　相關資訊可參閱彭瑞金：《台灣文學運動四十年》（台北市：自立晚報，1982年），頁13-15；林瑞明：《台灣文學與時代精神》（台北市：允晨文化公司，1993年），頁69-71。

3　參見〈賴和先生年表簡編〉，《賴和先生全集》（台北市：明潭出版社，1979年），頁488-502；賴和文教基金會 http：//www.laiho.org.tw/

販、婦女、警察、以及與其對抗的製糖會社,另外階級的對立也是他經常觸及的焦點。本文擬就賴和現代詩部分,探討其寫作關懷與視野,以人物為對象,希冀還原賴和詩中關切所在。本文以「日據下台灣新文學・明集I」《賴和先生全集》(台北市:明潭版,1979年)之選本為例,此選本由李南衡先生主編,在物資並不充裕的年代,也感念這位短暫的出版人,能夠不畏市場經營的困難,毅然留下至今尚稱完備的史料,為後人研究奠下基礎。[4]

二 民眾詩與話文背景

民眾詩不同於大眾詩,大眾詩用孟樊的解釋來說,意即「大眾能接受的文學,往往是通俗文學,也因此『大眾』一詞就很難跟『通俗』劃清界線。其次,所謂『大眾』涉及的是量的問題」,[5]本文援引陳明台對民眾詩的定義,將視為「表現民主的生活詩,歌詠人道精神、熱情洋溢的寫實詩,對大眾、人間滿懷愛情,平易近人的人生詩」[6],定義為本文民眾詩的操作型定義。民眾詩為一般庶民謳歌,反應的是大眾的聲音,出發的基礎是群眾的需求,而孟樊的大眾詩以席慕容現象為例,說明的是傳播接受端的閱聽人,因此在詮釋及定義視野上皆有顯著不同。

陳芳明於〈啟蒙實驗時期的文學〉說明:「新文學運動的發軔,無疑是與二〇年代政治運動同步出發的;二者都在於追求社會與新文化。如果把新文化運動視為一個整體,則政治運動乃是為了求得殖民體制的改造……求

---

4 李南衡在後記中寫道:「如果早二十年或十年開始著手搜集、整理工作,成果一定更大,所費的心力也輕省得多。但我們沒有後悔起步太慢,既然開始了,就沒有什麼可遺憾的了。光說而不動手才該遺憾呢!」參見:「日據下台灣新文學・明集I」《賴和先生全集》(台北市:明潭出版社,1979年),頁507。

5 孟樊:〈大眾詩學〉,《當代台灣新詩理論》(台北市:揚智文化出版公司,1995年),頁197。

6 陳明台:〈日據時代台灣民眾詩之研究〉,《台灣現代詩史論》(台北市:文訊雜誌出版社,1996年), 頁3-19。

得文化體質的改造。」[7]文學從來不能與社會環境脫節，但如何與讀者進行溝通，有賴於文字成為橋樑的居中牽引。文化體質的改造最直接的方式當屬文化及文學的傳播。但根據許俊雅的說法：當時的台灣作家，仍以書寫舊體詩居多，可能是由於舊體詩文字較為生澀，較不易被日本殖民政府檢視。所以，相較於白話文小說的發展，漢文詩的新文學運動在尚未熟悉文字的運用時，似乎較無法受到寫作詩人接受？[8]白話之漢語現代新詩，不論是在中國五四運動影響後的文人寫作，亦或是台灣詩人的作品體例，在當時皆直接深受西方文藝思潮影響已無異議。白話文的提倡，語言文字上的改變固然在當時的傳統漢學體系下飽受評擊，也由於是在異國統治下白話文是庶民的語言的轉譯，舊勢力不單不多加介入，反而樂觀其成，也避免觸怒執政的日本當局。

在一九二〇年代，除白話漢文之外，台灣的俚俗語言也進入文學寫作之列，賴和在詩創作上有一九三五年的〈呆囝仔〉發表。[9]黃石輝認為且強調：「用台灣話做文，用台灣話做詩，用台灣話做小說，用台灣話做歌謠，描寫台灣的事物。」[10]作家有賴和、陳虛谷、楊守愚等人附和其主張。在這次語文改革風潮中，主張「屈文就話」的台灣話文派，和認為應該「屈話就文」的中國白話文派，彼此相互叫陣攻訐，甚至在同一陣營裡也有不同的雜音。[11]而論戰結果雖是贊同台灣話文者佔了上風，但是後繼的推動與研發卻

7　陳芳明：〈啟蒙實驗時期的文學〉，《聯合文學》第180期（1999年10月），頁157。

8　許俊雅：〈日治時期台灣白話詩的起步〉，《台灣現代詩史論》（台北市：文訊雜誌出版社，1996年），頁35-59。

9　「日據下台灣新文學・明集Ⅰ」《賴和先生全集》（台北市：明潭出版社，1979年），頁196-197。〈呆囝仔──獻給我的小女阿玉〉：「呆囝仔 不是物／一日食飽溜溜去 ／不曉照顧怎小弟 ／只管自己去遊戲 ／呆囝仔人是不痛你」（節錄）

10　同註5。

11　一九三一年十一月七日及十四日郭秋生於《台灣新民報》第三八九、三九〇號發表〈讀黃純青先生的〈台灣話改造論〉〉，針對此文加以批評。黃純青則在十一月二十一日《台灣新民報》第三九一號發表〈與郭秋生先生論台灣話改造論〉回應。郭秋生又於十一月二十八日、十二月五日於《台灣新民報》第三九二、三九三號發表〈台灣話文的新字問題──謹呈黃純青先生〉述明立場。可見就算是志在話文改革的相同陣營的同志，也會出現不同的聲音與主張。

無疾而終，論戰在一九三二年《南音》停刊後逐漸平息。[12]際此，賴和雖以華文創作為主，但也摻雜了台灣閩南語話文，形成最早的台語詩體例的建置，使賴和以文本成就他於一九二〇年代台灣新文學運動之主力。

民眾詩究竟如何定位呢？筆者以為民眾詩此一詞彙，比較雷同於李敏勇所陳述的拉丁美洲國家之境遇。譯介者李敏勇在書籍介紹上推介：

> 拉丁美洲文學介入政治的傳統在尼加拉瓜也充分展現。為了追尋自由與社會平等的價值，尼加拉瓜的詩工作坊在桑定民族解放陣線的政治路線和詩人卡得尼爾影響下，朝向社會寫實以體現他們國度的革命追尋，形成革命之花，形成了尼加拉瓜民眾詩的風景。尼加拉瓜的民眾詩也許缺少了經典作品的精煉，但一種特別的新鮮清純和美都是一般拘泥於「形式」和「技巧」論所不及的。最重要的是，透過民眾在閱讀與書寫裡進行的詩運動，使尼加拉瓜的政治運動體現更深刻的自由精神與文化性，並形成一種洗滌心靈的聲音，傳佈在他們的國度。[13]

譯介者用羨慕的口吻說明：詩在群眾中得到支持，民眾詩可能缺乏作品在文字上的錘鍊，但卻透過民眾的閱讀興起共鳴，成為心裡一股偉大力量的支撐，而朝向美好而理想的國度大步邁進。這樣的民眾詩，無疑是貼近大眾的詩，詩在中南美洲的這些國度當然不是曲高和寡的貴族，而是民眾的心情，是民眾欣喜以及悲傷的聲音。這樣的民眾詩的情采與內涵，對比賴和一九二〇年代下發表的詩作，可說十分貼近。

---

12 據《自由時報・藝術特區版》，二〇〇〇年八月十一日報導：日籍研究台文的專家中島利郎，於二〇〇〇年八月十日捐贈其意外獲得的一九三三年份《台灣新民報》給正值籌備中的台灣文學館前身之國立文化資產保存研究中心籌備處，這份資料的出土，延長了台灣第一次鄉土文學論戰的後續時間。http://cdnete.lib.ncku.edu.tw/93cdnet/chinese/talk/1933shinming/source.txt

13 李敏勇譯：《革命之花　拉丁美洲・詩人之國，尼加拉瓜民眾詩選》（高雄市：春暉出版社，2008年），書籍介紹。

三　賴和詩作的時代關懷

（一）以詩表達抗議精神

賴和加入文化協會之後，積極投入抵抗運動化身的文化及思想啟蒙運動，改寫漢語新詩及小說。隨後陸續以白話文發表隨筆、新詩和小說等文類，並藉由《台灣民報》作為發聲的基地。賴和的文學反抗來自於受壓迫後的抵抗，他發表的第一首白話詩〈覺悟下的犧牲──寄二林事件戰友〉，意即是在聲援二林蔗農組合受難的農人及其蔗組幹部。詩中的人物因為抵抗製糖會社的蠻橫無理，遭到警察的毒打。賴和則認為他們這些「弱者的鬥士們」提供的犧牲是經過「覺悟的」，難能可貴且光榮。這些詩作都緣由於民眾於生活現場中遭逢欺壓，詩人便從詩裡找到抵抗的力量，批判精神與力度於是在文字中伸張，對現實問題的不滿、對環境暗黑的暴露，都在詩中一一呈現。我們知道賴和出身算是寬裕，在這個背景下，他能夠體察時情細細的觀察社會現象、鎖定焦點人物來逐行摹寫，進一步呈現生活的悲苦，實屬不易。以主題類型而言，賴和的文本多透過事件來顯現，以現實為取材，轉化為敘事的詩文，用以表達詩人的不滿。〈覺悟下的犧牲──寄二林事件戰友〉開頭提及：

> 覺悟下的犧牲，
> 覺悟地提供了犧牲，
> 唉，這是多麼難能！
> 他們誠實的接受，
> 使這不用酬報的犧牲，
> 轉得有多大的光榮！[14]

---

14 〈覺悟下的犧牲──寄二林事件戰友〉，「日據下台灣新文學‧明集Ⅰ」《賴和先生全集》（台北市：明潭出版社，1979年），頁139-140。

根據編者的註解：二林事件──彰化北斗郡下的二林等四庄的蔗農，一向受林本源製糖會社的壓搾剝削。一九二五年元旦，二林舉行蔗農大會，並於同年六月二十八日成立二林蔗農組合，參加蔗農四百餘人。李應章、劉崧甫、詹奕候等當選為理事。於同年十月對林本源製糖會社開始交涉，要求：甘蔗收刈前公佈收購價格，肥料任由蔗農自由購用，會社與蔗農協定甘蔗收購價格，甘蔗過磅應會同蔗農代表……等五項。會社態度蠻橫。十月二十一日派出所巡查帶數名苦力刈取甘蔗，被蔗農組合員阻止，理由是會社尚未發表收購價格以前拒絕採收。十月二十二日遠藤巡官率警官、特務、會社員、苦力大批人馬來強行刈取，並揮刀揚威，引起衝突。十月二十三日上午二時北斗郡召集警察百餘人，星夜馳赴二林、沙山兩庄，檢舉涉嫌者及蔗農組合幹部，計八、九十名，虐待凌辱非刑毒打。被送公判者三十九人。被判者最高懲役一年，最低者四個月。組合領導人李應章被判懲役八個月。第一審中山檢察官的論告，說是匪徒（抗日義軍）平定後第一大事件。請參閱《台灣民族運動史》，葉榮鐘等著，自立晚報叢書編輯委員會，一九七一年九月初版。[15]

　　雖然現代詩寫作在一九二五年的當下語言不見成熟，卻可以一表農民心聲的吐露。破題道出，犧牲是出於覺悟，而非盲目，且犧牲將是至高無上之光榮。接下來的情境也反應當下時空景況：

　　　　弱者的哀求，
　　　　所得到的賞賜，
　　　　只是橫逆、摧殘、壓迫，
　　　　弱者的勞力，
　　　　所得到的報酬，
　　　　就是嘲笑、謫罵、詰責。

---

15 〈覺悟下的犧牲──寄二林事件戰友〉，「日據下台灣新文學・明集Ⅰ」《賴和先生全集》（台北市：明潭出版社，1979年），頁139。

三

使我們汗有所流，
使我們血有處滴，
這就是──強者們！
慈善同情的發露，
憐憫惠賜的恩澤！[16]

賴和體認到勞動者皆為弱者，因而飽受欺凌與壓迫，他期待弱者可以轉化為
強者，而強者的代表，就是二林事件中勇敢犧牲的兄弟，因為弟兄們的犧
牲，使得其他的大眾廣受恩澤。賴和對他們的犧牲立下注腳，認為這是光榮
的印記，更是覺悟下的犧牲，最好的呈現方式。

八

唉，這覺悟的犧牲！
多麼難能、多麼光榮！
我聽到了這回消息，
忽充滿了滿腹的憤怒不平，
無奈慘痛橫逆的環境，
可不許盡情地痛哭一聲，
只背著那眼睜睜的人們，
把我無男性眼淚偷滴！

九

唉，覺悟的犧牲！
覺悟地提供了犧牲，
我的弱者的鬥士們，

---

16 同上註，頁140。

這是多麼難能！

這是多麼光榮！

作於一九二五年十月二十三日

原載於「台灣民報」八十四號

一九二五年十二月二十日[17]

林邊認為賴和創作不脫「舊社會習俗的敗壞，被屈辱的人民，弱者的奮鬥」
等三項主題，[18]與其說是三個主題，不如說賴和著重的是民眾當下的生活遭
遇與對未來之期盼。反應當下環境，在困境中尋求力量的詩篇，當屬〈南國
哀歌〉，本詩計十一節七十六行，屬小敘事詩型態，音響鏗鏘亦適於朗誦，
亦多使用「兄弟們！來--來！召喚讀者的情感，增強閱讀群眾的同理心，讀
來令人動容。作品定名為〈南國哀歌〉，[19]一九五七年王孝廉加以註解，更
增添作品的可被理解性。詩中陳述：

所有的戰士已都死去，

只殘存些婦女小兒，

這天大的奇變，

誰敢說是起於一時？

---

17 〈覺悟下的犧牲──寄二林事件戰友〉，「日據下台灣新文學‧明集Ⅰ」《賴和先生全
集》（台北市：明潭出版社，1979年），頁142-140。

18 林邊〈忍看蒼生含辱〉《賴和先生全集》（台北市：明潭出版社，1979年），頁462。

19 本詩為哀悼霧社事件而作，霧社事件發生於一九三〇年十月二十七日，霧社原住民同
胞，利用當地日本人都集中到公學校去看一年一度的運動大會，上午九時，日本國歌
唱到一半時，起義的原住民衝進了大會場，開始了他們的反抗暴政行動，三百多名原
住民殺死了一百三十六名日本人。台灣總督即發出「討伐」諭告，戰爭持續了二個月
之久，日軍以新式武器砲轟、飛機轟炸，甚至以毒瓦斯為武器。霧社同胞約死了百分
之五十八（一千二百三十六名減至五百十三名）。請參閱《台灣番政志》，溫吉編輯，
台灣文獻委員會，一九五七年十二月出版。〈關於霧社事件〉，王孝廉著，《夏潮》月
刊一卷七期、八期，一九七六年十月一日、十一月一日。「日據下台灣新文學‧明集
Ⅰ」《賴和先生全集》（台北市：明潭出版社，1979年），頁179。

> 人們最珍重莫如生命，
>
> 未嘗有人敢自看輕，
>
> 這一舉會使種族滅亡，
>
> 在他們當然早就看明，
>
> 但終於覺悟地走向滅亡，
>
> 這原因就不容妄測。
>
> 雖說他們野蠻無知？
>
> 看見鮮紅的血，
>
> 　　便忘卻一切歡躍狂喜，
>
> 但是這一番啊！
>
> 明明和往日出草有異。[20]

螻蟻尚且貪生，而那些慷慨赴義的勇士就因為明白死也該死得其所，知道為的是一種「覺悟的犧牲」便有了犧牲自己成全更廣大的群眾的堅強意志。這篇詩有了台灣文學史上最大的「空白」，肇因於當時的編輯守門員，不敢觸怒當局，有了文學傳播行為上，不完整的斷裂。

> 恍惚有這呼聲，這呼聲，
>
> 在無限空間發生響應，
>
> 一絲絲涼爽秋風，
>
> 忽又急疾地為它傳播，
>
> 好久已無聲響的雷，
>
> 也自隆隆地替它號令。[21]

---

20 〈南國哀歌〉，「日據下台灣新文學‧明集Ⅰ」《賴和先生全集》（台北市：明潭出版社，1979年），頁180。

21 原詩分上下二段，分別刊於《台灣新民報》三六一、三六二號。下段僅刊出六行，至「也自隆隆地替它號令」這行止，以下盡被刪除，即被日本帝國主義者新聞檢查人員挖了天窗，報上留下一大塊空白。《賴和先生全集》（台北市：明潭出版社，1979年），頁182。

兄弟們！來──來！
來和他們一拚！
憑我們有這一身，
　　我們有這雙腕，
休怕他毒氣、機關鎗！
休怕他飛機、爆裂彈！
來！和他們一拚！
兄弟們！
　　憑這一身！
　　　憑這雙腕！

兄弟們到這樣時候，
還有我們生的樂趣？
生的糧食儘管豐富，
容得我們自由獵取？
已闢農場已築家室，
容得我們耕種居住？
刀鎗是生活上必需的器具，
現在我們有取得的自由無？
勞動總說是神聖之事，
就是牛也只能這樣驅使，
任打任踢也只自忍痛，
看我們現在，比狗還輸！

我們婦女竟是消遣品，
隨他們任意侮弄蹂躪！
那一個兒童不天真可愛，
凶惡的他們忍相虐待，
數一數我們所受痛苦，

誰都會感到無限悲哀！

兄弟們來！

來！捨此一身和他一拚！

我們處在這樣環境，

只是偷生有什麼路用

眼前的幸福雖享不到，

也須為著子孫鬥爭。

原載於「台灣新民報」三六一號、三六二號

一九三一年四月二十五日、五月二日

「這呼聲，這呼聲，／在無限空間發生響應，」這是賴和創作當時嚮往引起的迴響，賴和謀的不是個人的小確幸，而是大我的幸福感受，這對醫者的賴和先生而言，是另一種理想人格在文本中的投射。

（二）以詩反應生活現實

賴和常藉由典型人物的刻畫入手，反映時代的顏容，表達中下階層生活的困頓。一九七〇年代末期林邊〈忍看蒼生含辱──賴和的文學〉一文，對賴和的詩：〈覺悟下的犧牲〉，小說：〈鬥鬧熱〉、〈一桿「稱仔」〉三篇作品，曾分析其文學精神歸納為以下三點：

一、是民族主義的。表現了民族的對立，與政治的壓迫，作品描述了
　　被　壓迫民族的痛苦，充滿了反抗日本帝國主義的色彩。

二、是表達民生疾苦的。殖民統治除了民族的對立，政治的壓迫外，
　　更進行著經濟的榨取，作家們正直而忠實地揭露了榨取者的醜惡
　　面目，小市民、農人、工人的生活成為大部份作品的題材。

三、是抗議的。對政治、社會、經濟的不公不義，提出了嚴屬的批

判，形成了反奴役、反壓迫、反榨取的抗議文學。[22]

民族文化融合上的困擾，民生經濟的苦痛，對不公義的政治採取民眾應有權力的主張，這三種主張跟三民主義學說恰好吻合，可見當時時代潮流之趨勢。文學是時代以及社會的產物，當然無法自外於其所依附的社會超越它或者游離出來都屬不智。同樣地，我們在考量文學與社會之間的互動關係時，可參酌由韋勒克與華倫所提出的見解：

> 文學是社會的建構而以社會造成的語言為手段。那些傳統的文學方法如「象徵」，「韻律」，在本質上都是社會性的。它們只有在社會中才會產生習慣和規範。進一步來說，文學模仿「人生」；然而「人生」便是社會的現實，儘管自然界以及個人的內在或主觀世界，同樣是文學「模仿」的對象。文學家本身便是社會的一份子，他具有一種特定的社會地位，那就是說他接受某種程度的社會認許和報酬；他以一群讀者為對象，不管那是如何「假定」的讀者。誠然，文學的興起經常是和特定的社會行為有密切的關係。……文學同時還有它的社會功能或「用　途」，那是不可能純粹屬於個人的。因此文學研究所引起的大多數問題，至少在根本或關聯上，都是社會問題。[23]

借用社會學視野，藝術和社會間的關係是有機且不能分割的，藝術作品不僅反映所隸屬的社會及歷史環境，同時也是社會和歷史環境的產物，正如何金蘭所述，「在所有的文學現象中，社會都佔有一個不可或缺的地位。文學產生之先，社會早已存在，作家無可避免地要生活在社會裏，為社會所制約、限制、影響；作家總是努力反映它、解釋它、表達它，甚至於設法改變它；社會也存在於文學之中，我們可以在文學作品中看到它的存在、它的蹤跡、

---

22 賴和紀念館編，《賴和研究資料彙編（上）‧忍看蒼生含辱——賴和的文學／林邊》（彰化縣：彰化縣立文化中心，1994年6月），頁76。

23 Wellek, Rene & Austin, Warren，王夢鷗、許國衡譯：《文學論》（台北市：志文出版社，1976年），頁149。

它的描繪……在社會和科技的發展節奏都日益加快的今天，我們認為研究文學社會學是有其必要性的。社會結構的轉型深深地影響到今日整體的文學現象，而文學也在反映現實之際以某種程度的力量不斷地改變社會」。[24]以賴和〈低氣壓的山頂〉為例，這裡陳述的是八卦山，彰化的名勝景點，但這景點在詩文裡卻未能以它的光彩示人，相反的，卻是霾霧重重。

> 天色是陰沉而且灰白，
> 郊野又盡被霾霧充塞。
> 遠遠地村落人家，
> 辨不出有雞狗聲息；
> 腳底下的熱鬧城市，
> 也消失了喧騰市聲。
> 眼中一切都現著死的顏色，
> 我自己也覺得呼吸要停。[25]

文章以場景入手，說明遠近皆是一味的灰濛，遠方的村落與身處的城市連一點雞犬相聞的聲息也沒有，死亡的顏色就是一味的灰濛，令人深覺呼吸也要停止。以一九二零年代的文學手法來說，情景交融之意味已屬濃厚，用第一人稱的陳述角度，更能直接銜接讀者的閱讀感受。

> 啊！是不是？
> 世界的末日就在俄頃。
> 山喲水喲！樹林岩石喲！
> 飛的喲！走的喲！
> 巍峨的宮殿喲！
> 破陋的草屋喲！

---

24 何金蘭：《文學社會學》（台北市：桂冠圖書公司，1989年），頁1-4。
25 〈低氣壓的山頂〉，「日據下台灣新文學‧明集Ⅰ」《賴和先生全集》（台北市：明潭出版社，1979年），頁187。

> 痛苦的哀號喲！
>
> 快樂的跳舞喲！
>
> 勝利的優越者喲！
>
> 羞辱的卑弱者喲！
>
> 善的喲！惡的喲！
>
> 所有一切--生的無生，
>
> 盡包圍在唬唬風聲裡，
>
> 自然的震怒，
>
> 似要把一切都毀滅去。[26]

這些語法明顯注重音樂上的可朗誦性，使得本詩有朗誦詩的況味與特質。句式使用排比技巧，更增添音響上的鏗鏘，語言特質上有很顯明的聽覺型態，形成一種貼近民眾生活的特質。

> 壙漠漠的園圃，
>
> 一疊疊綠浪翻飛，
>
> 啊！這是飽漿的甘蔗。
>
> 平漫漫的田疇，
>
> 一層層金波湧起，
>
> 啊！那是成熟的稻仔。
>
> 種田的兄弟們喲！
>
> 想你們鐮刀早已準備？

這一節文字又呈現出詩所該具備的視覺特性。能從情景中理出感情的線索，勾勒出田園中的風景意象，有「飽漿的甘蔗」，亦有稻米如浪般「一層層金波湧起」，手法寫實而細緻。

---

26 〈低氣壓的山頂〉，「日據下台灣新文學・明集I」《賴和先生全集》（台北市：明潭出版社，1979年），頁188。

　　廣闊的海洋之上，

　　雪山般的怒濤，

　　一座一座掀起碰碎，

　　那聲浪直衝破重疊空氣，

　　震撼我聾去了的雙耳。

　　啊！檣欹、船破，

　　那些討魚的人們歸來未？

　　一隻飛鳶翱翔雲裡，

　　似要將牠健翼戰風一試，

　　投入風的旋渦之中，

　　只見牠把兩翼略一斜欹，

　　便再高高地衝上飛去，

　　那傲慢的睥睨，

　　真是無些顧忌。[27]

　　海洋，雪山、怒濤、檣欹、船破、飛鳶、旋渦……賴和詩中已能把握住意象特質加以摹寫，並賦予情感上的真實，算得上是一九二〇到三〇年代意象使用上非常傑出的創作者，也較之前一九二五年的〈覺悟下的犧牲──寄二林事件戰友〉在藝術技巧上更為純熟。試看本詩最末一節，「雲又聚得更厚，／風也吼得更凶。／自然的震怒來得更甚，／空間的暗黑變得更濃，／世界已要破毀，／人類已要滅亡，／我不為這破毀哀悼，／我不為這滅亡悲傷。／人類的積惡已重，／自早就該滅亡，／這冷酷的世界，／留它還有何用？／這毀滅一切的狂飆，／是何等偉大淒壯！／我獨立在狂飆之中，／張開喉嚨竭盡力量，／大著呼聲為這毀滅頌揚，／併且為那未來的不可知的／人類世界祝福。

27　〈低氣壓的山頂〉，「日據下台灣新文學‧明集 I」《賴和先生全集》（台北市：明潭出版社，1979年），頁188-189。

　　這首詩原載於「台灣新民報」三八八號，一九三一年十月三十一日出刊，已經為賴和的現代漢詩藝術樹立一個階段性之典型。在作品以內容為表現主題之外，亦不忘對藝術手法的經營加以用心。

四　結論

　　本文試就賴和正式發表的〈覺悟下的犧牲——寄二林事件戰友〉、〈南國哀歌〉、〈低氣壓的山頂〉三篇作品進行文本討論。三篇作品的發表年代分別為：一九二五年〈覺悟下的犧牲——寄二林事件戰友〉、一九三一年的〈南國哀歌〉與〈低氣壓的山頂〉。〈覺悟下的犧牲——寄二林事件戰友〉其貢獻主要在於對白話文學的開創性。在聲援二林蔗農組合受難的蔗組幹部及蔗農作為作品的主題，文本中的角色為了抵抗製糖會社的蠻橫態度，遭到警察的凌辱毒打。賴和認為他們這些「弱者的鬥士們」提供的犧牲是經過「覺悟的」，所以是難能可貴且而光榮的。

　　民眾詩多為基層民眾聲音之表露，由作家起而代言。日治時期台灣民眾詩，呈顯出相對於皇民文學之「迎合時局，配合國策的宣傳、口號詩的性格，表現出詩人屈伏體制、現實的面貌」。[28]民眾詩的主要特色在於詩人勇於衝撞體制，真切描述當時生活情境。賴和今日留下來之「現代漢詩」雖極其有限，卻可還原日治時期民眾生活樣態，文本技巧多採寫實與白描等手法，語言質樸而明朗。賴和詩作屬華文白話運動推動初期，文字鍛鍊也許不足且多說明性之散文語態，但若以社會學的關照視野評估其現代漢詩的存在，仍然是日治時期具有相當關鍵的作品典範。

28　陳明台：〈日據時代台灣民眾詩之研究〉，《台灣現代詩史論》（台北市：文訊雜誌出版社，1996年），頁8。

參考書目

一　書籍、專著

彭瑞金：《台灣文學運動四十年》（台北市：自立晚報出版社，1982年）。

孟　樊：《當代台灣新詩理論》（台北市：揚智出版社，1995年）。

李南衡編：《賴和先生全集》（台北市：明潭出版社，1979年3月）。

林瑞明：《台灣文學與時代精神——賴和研究論集》（台北市：允晨文化公司，1993年8月）。

林　邊：〈忍看蒼生含辱——賴和的文學〉，《賴和研究資料彙編（上）》，賴和紀念館編，彰化：縣立文化中心，1994年6月。

何金蘭：《文學社會學》（台北市：桂冠圖書公司，1989年）。

許俊雅：〈日治時期台灣白話詩的起步〉，《台灣現代詩史論》（台北市：文訊雜誌社，1996年），頁35-59。

陳明台：〈日據時代台灣民眾詩之研究〉，《台灣現代詩史論》（台北市：文訊雜誌社，1996年），頁3-19。

陳芳明：〈啟蒙實驗時期的文學〉，《聯合文學》第180期（1999年10月），頁157-190。

Wellek, Rene＆Austin ,Warren，王夢鷗、許國衡譯：《文學論》（台北市：志文出版社，1976年）。

李敏勇譯：《革命之花　拉丁美洲・詩人之國，尼加拉瓜民眾詩選》（高雄市：春暉出版社，2008年）。

二　電子文獻及其他

典藏台灣：日籍日籍學者中島利郎捐贈「台灣新民報」給文資中心」給文資中心 http://catalog.digitalarchives.tw/item/00/5b/c6/d5.html

上網日期：2014年11月30日

賴和文教基金會 http://www.laiho.org.tw/

上網日期：2014年11月30日

從〈獄中日記〉看賴和的禁錮身體與宗教療癒

施懿琳

一　前言

　　一九四五年十一月楊守愚在《政經報》第二期刊登了賴和遺稿〈獄中日記〉，這是賴和一九四一年十二月八日，即「珍珠港事件」之次日，被日本官憲拘禁在彰化警察署留置場所寫的獄中紀錄。這次的監禁長達四十九天，從第四十天之後賴和因身體虛弱無法提筆，直到一九四三年一月三十一日病逝，都不曾再書寫；換言之，這是賴和「獻給台灣文壇最後的作品」（楊守愚語）。〈獄中日記〉是創傷文學，也是一位民主志士莫名其故受拘囚的屈辱紀錄。日記裡，我們看到賴和如何在狹小的囚室裡眺望天光，在幽暗的監牢中一再受到「期待」與「失望」的多重輾磨；原本朗健的身體如何在禁錮的空間裡，因為懸念、揣度、矛盾、擔憂而逐漸衰病；而青年時代充滿革新思想的新文化運動者，在生命逼臨絕境之時，如何透由宗教來療癒受創的身心，這都是本文試圖探討的要點。

二　彰化警察署留置場

　　一九四一年十二月八日太平洋戰爭爆發之日，正在看診的賴和接到張姓警官的傳喚，匆忙結束診療工作，下午近五時騎著自轉車到彰化警察署報到。沒想到得到的訊息是：「（台中）州有話來，有事要問你，目下其人不暇來，要你在此等三、五日，或者更久也不一定。」以迅雷不及掩耳之速度，

將賴和關入該署的留置場。

　　彰化警察署位於今彰化市民生路二三四號，東鄰警察局長宿舍，北側為彰化女中與彰化市公所，南側為大東門福德祠，原為清代北路協鎮營的營區。一九三五年十二月二十日開始興建，一九三六年五月三十日竣工，該建築主入口設置在民生路的交叉口，呈現直角正交，兩翼伸展。建築體分為「辦務棟」與「留置場棟」兩部分，前者為辦公以及民眾洽公處所，內部設有辦公室和署長室；留置場棟則作為暫時監禁之用，內部設有監房、保護室及監視席等。[1]這個拘禁空間，

　　呈扇形平面伸展，共六間監房並列組合在一起，各監房朝監視席開門，留置人洗面所在監視席側邊，便所則每間各設一處。監房與保護室為留置人監禁期間活動與睡眠之場所，地面鋪設木板，留置場後方牆面有光線可以照進，底部設有通風孔，主要是為了監視的方便與衛生健康上的考量。留置所一樓部分因管理需要，留置場除本身外牆外，再往外另築一道高牆以為防護。[2]

1　參考《台灣建築會誌》第8輯第5號（昭和十一年〔1936〕11月10日），「口繪及附圖」，台北市社團法人台灣建築會。

2　參考黃俊熹：《新修彰化縣志‧文化志‧古蹟篇》（未定稿）（彰化市：彰化縣立文化局，2014年11月）。

彰化警察署正面

彰化警察署背面

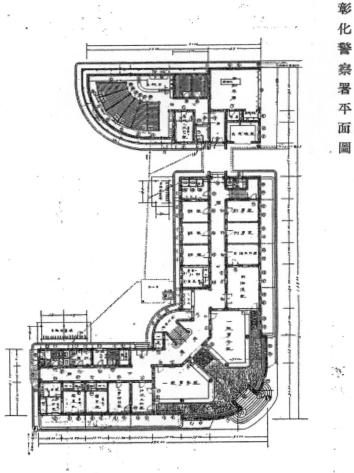

一階平面圖

彰化警察署平面圖

　　賴和這次被拘囚與一九二三年因「治警案」入獄的狀況迥然不同，當時的台灣剛從激烈的武力抗爭轉為以政治文化抗爭的方式向日本統治者爭取島民的權益。和其他的青年一樣，賴和有著革命志士的沸騰熱血，敢於衝撞不合理的制度與法令，而且內心已做好可能被拘禁的準備。因此，儘管被監禁，他依然以昂揚的姿態，表現在詩文作品中。至於，第二次被監禁的一九四一年，已是日本大力進行思想禁制的時期，賴和年近五十，因興建兩棟家屋而背負龐大的經濟壓力，少一天行醫，就增加一日虧損，且倍加負擔。[3]然而，日方強制的監禁是這樣突如其來，猛然切斷賴和與現實生活的鏈結。當警方告知當下必須留在警察署不得返家時，賴和寫到：「我覺得天皆昏黑，不知要說什麼，只求其打電話到家裡，叫人來牽自轉車回去。」不知何故受監禁的賴和，就此被投入一個與外界隔絕的封閉空間。

三　禁錮空間的權力運作及其對身體的斲傷

　　從十七世紀起，西方對於囚犯的懲罰方式已然改變，不再以以公開示眾的方式對囚犯施行身體的酷刑，取而代之的是對囚犯身體的規訓。權力者透過各種經過設計的懲罰技術，將囚犯的身體視為權力運作的直接對象，進而將之訓練成馴服的個體。[4]作為新興的殖民帝國，日本也施行近代化監獄的模式，其拘禁受刑人的空間如前一節所說，已注意到光線與通風的問題，也注意到衛生條件的需求，比如便所、洗面台的設計。賴和被拘禁的雖是暫時性的留置場，但在建築上，六間扇形的留置場及前面的監視席，就是一個小型的「全景式」監督結構。視察員可以在監視席上觀看每一個受囚者的一舉

3　日記第二十日：「想到家裡的，只是心傷。因為我的負擔太重，一日不勞動，便有一日的虧損，倍加我的負擔。」（20,12/27）本論文引述賴和日記，先依其日記的寫法，標示入獄的天數，而後標明日期。比如引文後標20,12/27，表示入獄第二十天，時間為十二月二十七日，以下同。

4　傅柯著，劉北成、楊遠嬰譯：《規訓與懲罰 —— 監獄的誕生》（台北市：桂冠圖書公司，1992年），頁137-138。

一動,並以威嚇的方式阻止受囚者的「不當行為」。在賴和日記裡看到幾次受到視察員的喝止甚至怒斥,比如第一天四弟送晚餐來,賴和「心略一慰,甚想與之一談,卻不自由」(1,12/8)[5]、第七天「有蔡雲鵬者時作滑稽語,能使人發笑。在此百無聊奈之中,只有此瞬間得一發笑,就只一瞬間也可暫慰。但這卻為法不許,觸到監視員之怒,卻被懲罰,我乃替為請恕。」(7,12/14)、第十五天陳滿盈之女丁韻仙亦因思想問題遭高等警察取調而被留置,賴和只問一句她的住處,便受到監視員的注意,使他不敢再探問(15,12/22)、第卅三天因為出獄無望,賴和看到預期會比自己更晚出獄的吳永盛也要出去了,在心神恍惚情況之下,走出監禁室之外,也立即受到喝止(33,1/9)……留置場規矩雖不似監獄嚴格,在飲食睡眠等作息時間上似未有嚴格管束,也沒看到固定的放封、運動或勞作,但是,一旦入到這空間,一個清楚分明的權力關係已然形成。監視者控制受囚者的拘禁空間,賴和在甫入獄時,應是先被安排在「保護室」,長官來巡時要求必須夜間要上鎖,致使賴和夜間無法自由地上廁所(詳後);移到另一個留置場之後,該空間的採光可能是六間裏頭條件較差的,賴和在日記中多次寫到光線的陰暗:「十二點始見日光,漸時又再晦暗」(12,12/20)、「午後晴,近三點,纔見日光。已移上壁間矣。」(15,12/23)、「四點五十分日光完全由隙沒,日光由牆上沒盡,在五時四十五分以前。」(17,12/25)。作為監獄的掌管者,必然知道甚麼樣的方式將會消磨人的志氣,暗淡人的心情,因此將賴和安排在一個難見日影的空間,這種陰鬱感足以使他身體不快,心情陰黯,藉此逐步摧毀這位社會運動領導者的毅力和信念。

　　從入獄的第一天開始,賴和就不斷地在日記中寫到「昏昏」的身體感:「入到監房,坐在地板上,只昏昏思睡」(1,12/8)、「頭似帶箇蓋,意昏昏然」(2,12/9)、「頭腦依然昏昏」(4,12/11)、「朝來頭尚昏昏,全身總似無力」(8,12/15)、「腦依然似帶箇盆,讀書盡不入記憶」(11,12/18)、「重重的昏昏

5　賴和於一九四一年十二月八日入獄,他在第八天開始補記入獄前七天的狀況,一直到一九四二年一月十五日入獄第三十九天,因身體不適而中止。

的，使我無氣力，讀書總不能進入腦裡」（18,12/25）、「早飯後，竟有點要寒，頭亦昏濛不清，只是悲慘」（19,12/16）……突如其來的強制拘禁，像一記重拳，狠狠地敲擊著賴和的腦門，使他無法清楚地了解自己的處境；重重的疑惑與不安，導致他的睡眠狀況極差。每夜失眠，使他身體逐漸弱軟（10,12/17）、倦懶無力（14,12/21），以致有著經常性的腹瀉：「午後有少下痢」（11,12/18）、「早起就覺倦懶的多，且又少瀉，微感惡寒……飯後又復臥下，骨節似要疏散，腹裡又微惡寒」（14,12/21）。

在幽閉空間裡，賴和被視察員全天候的看守著，他無法透過「視覺」感知外面的世界，只能透過「聽覺」與牆外的人事物連結。「聲音」以及由此連帶的想像與懸念，成為賴和重要的生活內容。試看以下幾則日記：「……不知經過多少時間，聞到四弟送晚食及夜具到的聲，心略一慰，甚想與之一談，卻不自由」（1,12/8）、「在此裡頭使我不敢想起什麼，但是墻外便是人家，常有家人歡笑聲，能刺我的愁腸」（6,12/13）、「靜臥下聽到人家喚女的聲音，又想起自家的兒女，心又為之酸楚」（9,12/16）、「近一時，聽見幼稚園兒成群的噪聲，由監房外過。有的聲音似小女彩芷，便連想到孤侄鏑仁，又想到縊死不久的三弟。我的頭腦似要破裂去，我不敢去想……」（10,12/17）、「依然不能好睡，似夢非夢，到三點外，街路已有兒童聲、喚賣聲、行人聲、車聲等」（18,12/25）、「午後，以進軍ラッパ（喇叭）為先頭，似有行列。沿路又聽唱萬歲聲，想是香港陷落的祝賀行列」（19,12/26）。由於留置場位於市街，附近民眾日常生活的聲息經常穿越重層的圍牆，傳入生活極其單調無聊的拘留人耳中，殘酷地切開兩個迥然不同的世界。受囚禁時，賴和的小女兒彩芷才五、六歲，就讀的應是位於彰化孔廟旁的彰化第二幼稚園（今大成幼稚園），離留置場距離不遠……當幼稚園的孩童成群喧鬧地經過留置場所在的彰化警察署之時，對急於獲釋、牽掛家人的賴和而言，更是折磨。被拘禁的第八天，賴和寫到自己身心所受到的折騰：

午後平塚主任到，乞其盡力，彼說事屬高等。乞為轉言，彼亦應諾，但彼又囑咐那看視員，房間夜間須上鎖，這又添上一層憂愁。在其所

視，我是會逃走的，且所關尤不是小可，添益我的愁苦不少。夜間房門鎖後，因其心理作用，喉屢渴，尿意屢數，又恐屢煩看視員，只強忍耐，尚起二回……門鎖上，心裡恐喉渴，不能自由飲水，便溺亦不利便，屢想愈不能眠，血液愈奔集腦際，血在高起，溺尿多，喉屢覺到乾渴，要懇求屢為開鎖，恐干其怒，只有強忍。（8,12/16）

從上一小節的彰化警察署平面圖來看，留置場是有便所的。何以賴和半夜上廁所必須勞煩監視員開鎖？經筆者請教空間設計學者黃俊熹教授之後得知：警察署監房與保護室是分開的，保護室內牆面貼泡棉，主要在避免拘押人有自殘行為。如賴和日記所述，應是關在保護室。保護室內無廁所設計，上廁所即須到外面。[6]因為擔心要求開鎖，引發監視員不高興，賴和只好忍著口渴、忍著尿意，卻因此「喉屢渴」、「尿意頻數」，「血液奔集腦際」卻又不敢喝水，愈想愈不能成眠……這是多麼無奈而難堪的折騰!到了第十日，終於換房了，但是：「昨夜換房睡，依然不好……換到此房比較晦闇，使人憂悶。」（10,12/18）。入獄第十四天起，賴和開始回復用漢詩書寫他在雙重高牆圍堵下，幽暗愁鬱的心情：

細雨連朝夕，虛窗漏薄明。高墻天一隙，靜樹鳥無聲。聽歌愁晝永，聞屐想人行。最苦宵來夢，迷離總不成。（14,12/21）

次日，又有詩云：

小雨連朝夕，愁人愁更生。墻高天一隙，室暗火長明。假寐蚊虫擾，驚心銕鎖聲。宵來心更苦，有夢不能成。（15,12/22）

兩詩都寫到「高牆」意象，牆外人行、牆裡囚嘆；牆外明亮、牆裡幽暗。留置場的兩重高牆，壓得賴和喘不過氣來。緣此，身體的病徵越發嚴重：「今昨猛然兩肩時時起慄，腰竟酸痛，右鼻腔常塞，到今早稍出血。」（16,12/23）、

6 感謝大葉大學空間設計學系黃俊熹教授提供有關彰化警察署及留置場的相關資料，使筆者對賴和所處的拘禁空間有比較具體的了解。

「昨夜稍有一點睡眠，但覺得手麻木，有時喘不出氣，心動尤烈，早飯不甘味。」（21,12/28）、「這一、二夜比較有睡眠，但心膽夜裡常警悸以醒，不知是不是狹心症？」（22,12/29）、「昨夜果然不能好睡，到十二點外以後纔似睡非睡地意識漸朦朧去。到五點，腹如雷鳴，有便意，起如廁又下痢。直到七點再不能睡，早起，心悸便忡忡，怕今天又要失望啊。」（23,12/30）

促使賴和身體越發孱弱的原因，除了日方的「空間禁錮」之外，又運用了「時間延宕」的控制技倆。明知賴和莫名其因入獄，必定亟待高等長官的取調，及早為自己澄清立場，及早順利地返家處理債務。而有權者偏在此時，將時間拉得很長，把高層官廳拉得高遠而神祕不可測，冷眼看賴和急求脫出而未能。兩方力量的拉扯，使得監視者與被監視者的權力關係越扭絞、越密不可分。日方的目地在打擊其信念、弱化其意志力，使受監禁的身體孱弱而柔順，成為馴化的個體。在封閉的囚室之中，被囚者發生的任何情況都呈現在權力者的眼中，這使得無所不在的監視權力持續發揮效應，甚至因此轉換為被囚者自我內在反省，乃至自我監視的模式[7]。賴和日記裡有兩段自我反省，便是在這樣的情境下書寫成的：

> 當國家非常時，尤其是關於國家民族盛衰的時候，生為其國民者，其存在不能有利於國家民族，已無有其生存的理由。況被視為有阻礙或有害之可虞，則竟無有生存餘地。但，國家總不忍遽奪其生，只為拘束而監禁之，已可謂寬大，僕之處此，又何敢怨？

> 這幾日來，我真反省，對於我的生平。我行年四十八了，廿三歲辭了醫院出來做醫生，和這社會周旋，便漸得到世人的稱許，漸博信賴……及至第一次歐戰終了，世界思想激動，台灣亦有啟蒙運動的發生，我亦被捲入其中。我對此運動缺乏理解，無有甚麼建樹；繼而有政治運動，我亦被拉進去，其所標榜亦止於顧慮台灣特殊事情、法律

7　參考紀慧君：《建構新聞事實：定位與權力》，（台北市：政治大學新聞所博士論文，2003年），頁60-63。

制度，不能同一內地……及至到了自治制施行，在彰化結成一個市政
研究會，當其在發起會紀念演講時，我考台灣人善與環境適合，消極
生存，沒有改善環境的魄力，若這樣下去，台灣人是會滅亡。這一語
受到停止，不知是這一句的話，成為不滅的罪嗎？……及至事變勃
發，本市有識者皆自慎重，一切和官廳協力，直至日米戰爭。
（12,12/19）

賴和一方面向官方表達善意，承認自己是有阻礙或有可害之虞者，目前受到
監禁，已是國家寬大的處置，不敢有怨；另一方面，卻又對為自己過去所做
所為試做辯解，台灣啟蒙運動、政治運動雖有參與，那其實都是無傷的；如
果一定要說有問題，是否為一九三五年彰化市政研究會發起紀念時的發言，
受到禁止之故得罪官方？否則一九三七年日華戰爭之後，地方人士都已謹言
慎行，與官方協力，一直到日美戰爭，都無有為違迕之行，何至於要拘提入
獄？

賴和的這段自我檢視，乃至向官方表述，似未收效。他繼續處在迷惘、
失意、焦慮之中。到了第十八日，因年關已近，賴和認為如果無法在年前出
獄，幾乎就要「沉淪了」，尤其看其他的人獲釋，更是萬分不安。晚飯時，
高等主任到監獄來，傳達近日州高等課可能會有人來取調的訊息。緣此，賴
和第二度在日記裡自省，主要就先前違反醫師取締法的小誤差，以及自己長
年穿台灣衫非關台灣精神的強調，這兩方面向官方表白：

吾自省這十數年來，真沒有什麼越軌的言行，尤其是自事變後，更加
謹慎，前次惹起了醫師取締規則違反，純然是不論什麼醫生都會犯著
的事實，不過我較不受幸運的神庇護，所以被告發而已。對于醫道
上，醫生的良心上，是無過不去的地方。但是會碰到那樣結果，也是
我的謹慎不充足。
我的穿台灣服，得了真不少的誤解。我自辭了醫院，在彰化開業近二
十五年了。我的穿台灣服也是在開業後就穿起來，純然是為著省便利
的起見，沒有參合什麼思想在內。直至七、八年前台灣也沒有所謂文

學運動的發生，我也曾和人家發表幾篇文字，後來又擔承《台灣民報》週刊時代的文藝欄一些時，遂於文學上被人家所認識。有一位點人氏的〈懶雲論〉[8]，就以為我的穿台灣服，似有一點台灣精神的存在。自此以後，便聽到了非難的聲了。人家注意，我辯解總辯不清。事變後，參加入救護班，到市役所輪值，便直接受到柴山助役的質問和非難，我便答應他在次回當值時便要穿洋服。但是還未輪到我的當值，彼已轉任了。我的洋服也已做成，且也做了一副防衛團服。後來，原署長時，因為傷寒流行，關於患者的取扱上，受到處罰。原氏也以台灣服為題，教我要注意，我不想在衣裝也會生起問題來，這真是吾生的一厄。（18,12/25）

仔細玩味賴和的自我反省，看似及柔順委婉，還是有堅韌的反抗意志在其中。傅柯認為：「有權力就有反抗」，反抗會出現在每個權力運作所及之處，權力關係網絡和各種反抗的形式往往同時出現。[9]對於賴和柔軟中的反抗，殖民當局不會不清楚，因此，再度給予賴和更長時間的等待與折磨，那個看似已將前來取調的州高等課，似乎又退得更遠了。

十二月二十八日以後，賴和的致命傷——心臟病變的現象開始產生。在入獄後二十天，因心情的憂悶，睡眠顛倒，食不甘味，導致心悸現象一再發生。一九四二年一月十日他託前往留置場的池田公醫診療，也藉由聽診器聽到自己心臟稍有雜音：「心尖第二音小不純，再經一箇月怕要陷入較重的病去。我恐腳氣衝心，救不及，雖然這樣也好，可以省卻多少煩惱」（34,1/10）。四天後，賴和又託來診的李慶牛醫師診斷，情況又較先前池田公醫診療時更嚴重了：「池田公醫診時，第二音稍不純，經過四日，其惡化乃如此，又添加一層煩惱。慶牛先生說是腳氣，我自己恐是狹心症或心囊炎，萬一突然起心臟麻痺，就是最後了；所以對于家事的整理，不能無所計劃，就寫在別

8　林瑞明訂正：應是王錦江氏的〈賴懶雲論〉才對，這裡賴和先生記錯。

9　參考從林政昇、許華孚：〈Foucault 規訓觀點分析一所台灣監獄場域的運作〉，《犯罪學期刊》9卷1期（2006年），頁159。

紙，有似遺言狀，自己亦覺傷悲。」（37,1/13）。賴和的擔心並非過慮，一月十五日寫了最後一篇日記之後，就因為身體極度不適而無法再書寫：「我的心臟的病，李慶牛先生謂是榮養不給的原因，我自己恐是心實有病變，看看此生已無久，能不能看到這大時代的完成，真是失望之至」（39,1/15）。賴和省思自己的病如此快速惡化的原因：「只在一兩夜的（初五、初六）完全不眠，到十日第二心尖音只少不純，至十三日已是雜音，進行可謂速。」（39,1/15）。

一月五、六兩日究竟有甚麼事讓賴和完全不眠呢？試看這兩天的日記，首先是苦等了二十多天之後，終於州高等課來問話，賴和卻無法提出令對方滿意的答案：

> 問我和翁俊明的關係，這一層似不甚重要。要我提出靈魂相示，這使我啞口無可應。要我說向來抱的不平不滿，我也一句說不出。他很不相信，說我膽量小。我求其早釋放，他說像我這樣，尚未能再反省，看有什麼心境可對高等主任說，又被送到留置場來。
>
> 啊，我真絕望了！我的頭腦怎樣愚蠢，我這口舌怎不靈，這是我的無用，還要說什麼？只有等待吧，家任他破滅，還有別法？（29,1/5）

拘留了二十九天，終於有了與主事主管對話的機會，這是賴和脫困的最佳時機。但是，不肯出賣友人、不願背叛理想，以致答話時無法滿對方的願，甚至因而觸怒了對方，於是再度將他送回留置場。這是良知與現實的拉扯，任賴和再如何渴求自由、掛念家務，他始終不願在殖民者面前低頭，連表面的虛應也做不到，他只能自恨無用、不才，以致陷入不幸的深淵：

> 因為對於所抱的不滿不能回答，自恨不用，一夜不能睡，今天一天直到午後六時纔睡片刻。今日托潘樣二次，托水野樣一次，請要和高等主任談話，皆得不到允許。因昨日的失態，諒主任也在生氣嗎？自己不才，陷入不幸，屢更累人懊惱，真是大悉頭，頭重又如戴盆，讀書不能，要寫作亦不能。（30,1/6）

進入戰爭的非常時期之際，殖民者透過牢獄，將昔日彰化地區思想界的領導者拘禁在幽暗逼仄的空間，藉由監視員的監看、管訓，充分展現國家對民眾所具有的宰制權力。精神上的凌遲更勝過鞭笞與刑求，賴和的懊惱、痛苦、無奈、憂愁與不明所以的沮喪，形成莫名的壓力，日復一日地侵蝕、戕傷他的身體。首先是頭昏、腹瀉、痠痛，到了入獄第二十天之後，原本就不強壯的心臟終於撐不住，開始出現異狀，而後快速惡化，終至擊垮了這位文化思想界的巨人。

四　心靈磨難與宗教撫慰

在留置場裡，賴和的心情起伏萬端。原本認為只是幾天的拘禁，很快就可以釋回。第四日受到高等主任的調查審問，「知被疑的事，純與我無干，心一為釋。」（4,12/11），對於回復自由，充滿了希望。但是，此後一直到拘禁第二十九天，不儘沒有取調的動作，甚至一步步加強對賴和的管束。入獄第三天，平塚主任表面上應允賴和替他傳話給高等警察，卻又要求看視員將賴和所在的房間上鎖，這樣的第二重監禁讓賴和心裡越發不安。往後二十多天裡，賴和就在希望/失望、平靜/痛苦、精神振作/意志消頹的情緒裡升沉起伏。從第二天起，賴和每見著一個舊識，如見救主，多次託人協助向高等主任請求出獄開許（11,12/17、18,12/25），但是，所得到的答案卻是：這不僅是州，怕也有警務局和憲兵的指揮，不易知其究竟（26,1/2）。換言之，賴和所涉及的層次頗高，已是全島性思想管束之對象，不單屬於地方的管轄範圍了。每天面對精神的凌遲，賴和除了透過書寫，稍稍紓解憂苦之外，另一個撫慰心靈的管道便是宗教。

賴和與佛教結緣甚早，一九二三年治警事件發生時，「囚台北監獄，因為未曾經驗過，甚麼都沒有準備。終日坐在鐵窗下，很覺無聊，每向獄吏囉嗦，蒙其好意，借我此書。」[10]這裡說的是大谷光瑞在南滿鐵道會社所演講

10　賴和：〈第一義諦〉，收在林瑞明編：《賴和全集・雜卷》（台北市：前衛出版社，2000

〈第一義諦〉的筆記，由京都市興教書院出版。賴和自云並非佛教徒，對於宗教素無信仰，也不甚感到興趣；因為無法排遣寂寥，在獄中還是忍耐地讀下去：「把這本說佛的書，來再四玩味，三、四遍過，已稍覺其中所謂。但終局亦生厭，後來便思試試翻譯，來自消遣。」[11]

就佛教的理論來說，凡夫聖者的境地不同、觀點不同，所以佛陀用來指引眾生由「迷惑」通往「覺悟」之路，因而有「真、俗二諦」兩種。[12]大谷光瑞此書著重於「真諦」，也就是「第一義諦」的闡發，以平淺且符合現代科學的方式解說深妙無上之真理，首先闡述「如來」、「眾生」的意義，而後進一步說明「煩惱即菩提」，賴和的譯文如下：

> 菩提是阿耨多羅三藐三菩提，是無上正遍知，亦可說是道。煩惱譬之身體就是疾病、煩累；譬之心情即是苦痛、憂傷，這兩字不可拘泥字面，是為一切罪惡的相，凡有沉迷過誤罪惡，盡是煩惱的種因。這樣煩惱與菩提本來全然異趣，一面卻又可使相同合一。但是，卻要一種變化，這種變化不是物理的，須在精神上的化學的變化乃有功效。這個虛詭的世人所擬就的善惡的標準，哪有真實的東西？所以，它的結果也就不可靠了。因為本來是假設的，故事實就是這樣，不是故意要毀謗他。[13]

值得注意的是，賴和翻譯到此處時，有一段眉批：

年），頁60。

11 賴和：〈第一義諦〉，同前註。

12 「諦」是真實的意思，若以凡情的立場，說色等法是真實的，一步步引導眾生開悟，此乃就「俗諦」而說；至於聖人則能夠體悟諸法本空，而可說以深妙無上之真理，此為諸法中之第一，故稱「第一義諦」或稱「真諦」。俗諦與真諦，雖有不同，但彼此並非矛盾而衝突的。能依世俗了悟勝義，且知勝義不礙於世俗，方能成立情智和諧、真俗相成的人生觀。參考印順法師：《妙雲集》中編〈中觀今論〉。

13 賴和：〈第一義諦〉，收在林瑞明編：《賴和全集‧雜卷》（台北市：前衛出版社，2000年），頁72-73。

請舉幾個例子來說明，凡所有國家不是把法律、道德、倫理來做善惡的標準嗎？試問這幾件不是人們的造作嗎？不是根本就是虛詭了嗎？在法朗士諷刺得好，他說法律本來是平等的……且刑法上的條例就是殺人罪為最重大。但，有時殺人竟受賞，那最殘酷的殺人的戰鬥，卻是國家主動的，國家又是一切法則的根本……那麼，正義就是戰鬥嗎？簡單說，就是殺人嗎？唉！這樣極大罪惡的殺人尚且不能憑信，其他更不用說了……所以說，世人所造的善惡標準是虛詭的。[14]

這其實是賴和借題發揮，批評帝國主義所引發的殘酷戰爭，這樣的談法比較接近莊子所的「竊鉤者誅，竊國者為諸侯。諸侯之門而仁義存焉？」（《莊子・胠篋》）之意涵，賴和本身也很清楚，因此，他又寫道：「但，這個卻不是這樣。『悟』是指那真實的本體，不把它框在一定的範圍內。真理是充滿這空間，甚麼人都可以領悟到；『迷』是指那非真理的一切錯誤。錯誤雖屬虛詭，為一種假設，但，世上有那錯誤的事是真實的，所以『迷』的一字也就不是假設了。」[15]由此可知，賴和對佛教義理其實有一定程度的掌握，在他早期的漢詩作品中，偶而也會提及佛教「緣起性空」的思想特質：

> 吾生不合已為人，未敢輕輕負此身。願把寸心酬造物，別探真理唱無神。
> 天機隱隱疑還信，佛說空空果亦因。陳舊靈官今腐敗，掃除腦府待更新。　（〈歲晚書懷〉[16]，1921）
> 鬱鬱居常恐負名，祇緣羞作馬牛生。世間未許權存在，勇士當為義鬥爭。
> 一體有情何貴賤，大千皆佛不聞聲。靈苗尚自無均等，又敢依違頌

14　賴和：〈第一義諦〉，收在林瑞明編：《賴和全集・雜卷》（台北市：前衛出版社，2000年），頁73。

15　賴和：〈第一義諦〉，收在林瑞明編：《賴和全集・雜卷》（台北市：前衛出版社，2000年），頁74。

16　此詩收於林瑞明編：《賴和全集・漢詩卷》（台北市：前衛出版社，2000年），第10卷。

太平。　（〈吾人〉[17]）

世無煩惱何須佛，物有由來即是終。悟到菩提真妙諦，始知一切本空空。

世間隨地有因緣，悟徹分明在眼前。安得如來無量法，一帆接引到西天。　（〈讀佛書〉[18]）

然而，對於佛教思想是否真的能為人度脫苦厄，賴和其實還是有一定程度的懷疑，比如古體詩〈歸途經一新墳旁婦人負子哭甚哀聞者淚墜因有此作〉[19]，前有序文云：「歸途經一新墳，旁有婦人負子哭甚哀，聞者淚墜，叔謂吾曰：釋迦之所以欲解脫者，其為此哉？予曰：世之學佛，所以不能解脫，亦正為此。然使世間無此悲歡哀樂，生老死病，貧富榮辱，即亦不能成為世間矣。予雖云然，予心戚焉，乃歌以祀之。」

雲蒼蒼，草茫茫，七尺孤墳臥道旁。一婦哭泣悽斷腸，一兒呱呱啼背上，有知無知只喚娘。雨將落，日無光，我心到此忽改常，珠淚盈盈欲奪眶。

人生歡喜何能長，朝為滄海暮栽桑。仙家不死焉可望，佛氏解脫嘆無方。只好悲來放聲哭，歡喜憑他笑口張。

不管是求長生，還是求解脫，道家與佛家似乎都無法滿眾生的願。只能長聲嚎泣或以歌當哭，以抒解生命永恆的哀傷與無奈。然而，晚年的賴和，家庭的軛壓得他喘不過氣來，殖民者強橫的管束，使得「有識者皆自慎重，一切和官廳協力，直至日米戰爭發生」（12,12/19）。孰料七七事變後，謹言慎行的賴和竟遭到官方檢束，他投訴無門，求助無方，只能在一方囚室中，透由宗教尋求心靈解脫。入獄第八天，是他提筆寫日記之始：「由放物箱拿出手帳，看有便箋一枚，初想寫下詳細家務金錢的整理事件，有似遺囑，不禁傷

17　此詩收於林瑞明編：《賴和全集‧漢詩卷》（台北市：前衛出版社，2000年），第15卷。
18　此詩收於林瑞明編：《賴和全集‧漢詩卷》（台北市：前衛出版社，2000年），第14卷。
19　此詩收於林瑞明編：《賴和全集‧漢詩卷》（台北市：前衛出版社，2000年），第14卷。

心。乃轉念頭，試為記錄《心經》一篇，不知有無差錯？不知何日得有對證
的機會？心又淒然……雜記帳有鉛筆一枝，試書塵紙，乃可書寫，遂想記錄
日記，前七日當回憶錄之。」（8,12/15）在獄中無書可讀之際，賴和默寫了
過去背過的《心經》，一直到入獄第十三日，新井石禪師所釋的《心經講
義》送到獄中之前，賴和皆以此暫充讀誦的經本。茲先呈現《般若波羅蜜多
心經》〉（簡稱「心經」）的原文如下：

> 觀自在菩薩。行深般若波羅蜜多時。照見五蘊皆空。度一切苦厄。舍
> 利子。色不異空。空不異色。色即是空。空即是色。受想行識。亦復
> 如是。舍利子。是諸法空相。不生不滅。不垢不淨。不增不減。是故
> 空中無色。無受想行識。無眼耳鼻舌身意。無色身香味觸法。無眼
> 界。乃至無意識界。無無明。亦無無明盡。乃至無老死。亦無老死
> 盡。無苦集滅道。無智。亦無得。以無所得得故。菩提薩埵。依般若
> 波羅蜜多故。心無罣礙。無罣礙故。無有恐怖，遠離顛倒夢想。究竟
> 涅盤。三世諸佛。依般若波羅蜜多故。得阿耨多羅三藐三菩提。故知
> 般若波羅蜜多。是大神咒。是大明咒。是無上咒。是無等等咒。能除
> 一切苦。真實不虛。故說般若波羅蜜多咒。即說咒曰。揭諦揭諦。波
> 羅揭諦。波羅僧揭諦。菩提薩婆訶。

《般若波羅蜜多心經》（簡稱《心經》）為《般若經》的總要，其中「般若波
羅蜜多」，直譯為：以佛法的智慧到達生死解脫的彼岸。代表由文字聞修而
親證般若智慧，超越生死苦海，到達不生不滅的究竟解脫境界。此經乃《大
般若波羅蜜多經》濃縮成為二百餘字的精粹，也是所有佛經中翻譯次數最
多，譯成文種最豐富，並最常被念誦的經典。經文言簡義豐、博大精深，闡
明「第一義諦」，展現了般若學的精髓。《心經》與一九二三年賴和在獄中翻
譯大谷光瑞所講的〈第一義諦〉的精神是相一致的，「色即是空，空即是
色」，闡明五蘊（色受想行識）與諸法空相，實乃不一不異之中道。[20]也就

20　參考維基百科「摩訶般若波羅蜜多心經」。http://zh.wikipedia.org/wiki/%E6%91%A9%

是從「諸法性空」的角度,來破解凡夫的無明煩惱。此經強調菩薩因為能體
證般若波羅蜜多故,心無罣礙。因心無罣礙故,得以「無有恐怖,遠離顛倒
夢想」,證得「究竟涅槃」。因此,若能誦讀此經及咒語,「能除一切苦,真
實不虛」。對於日日在苦痛煎熬中的賴和而言,這或許是拘禁歲月中,唯一
的解憂方、皈依處。試看〈獄中日記〉裡,述及誦心經之紀錄:

> 近一時,聽見幼稚園兒成群的噪聲,由監房外過。有的聲音似小女彩
> 芷,便連想到孤侄鎬仁,又想到纔死不久的三弟。我的頭腦似要破裂
> 去,我不敢去想,卻又無法使腦裡不去想,無限哀苦直刺此心,又只
> 有拿自錄《心經》來誦。(10,12/17)

> 午飯時,水野樣持到《心經》講義,心中大慰,較前日抄錄者少三
> 節:「受想行識亦復如是」、「不增不減」、「無眼界乃至無意識界」,想
> 不到。午後靜臥到二點,始看《心經講義》,是新井石禪師所釋的。
> 午後只讀《心經》放醫書不觀。(13,12/20)

> 昨日精神比較清快,且得到《心經》,又較喜悅……腹裡又微惡寒,
> 直到午飯到纔起來,食後修指甲,骨節依然酸酸,在床上步行些時,
> 讀《心經》。(14,12/21)

> 讀《心經》,屢覺得我前作是某上人詩,有味。
> 涅槃未到未歸真,難得金剛不壞身。妄想逍遙登極樂,偏尋煩惱向凡
> 塵。虛空世界初無佛,穢垢煙寰實有人。敢乞如來宣妙締,為伊指點
> 出迷津。(16,12/23)

到了十二月二十四日,也就是賴和入獄第十七天,他對應《心經》的義理與
現實的處境,做了許多思考,然而,還是無法放下對家庭龐大債務的擔憂,
以及對家業可能會因之破滅的懸念:

E8%A8%B6%E8%88%AC%E8%8B%A5%E6%B3%A2%E7%BE%85%E8%9C%9C%E5%
A4%9A%E5%BF%83%E7%B6%93,2014/12/03取讀。

> 《心經講話》裡說起，勿迷勿執，無明纏生煩惱，說苦說顛倒，但我現在不知是屬於那一種苦？要說是無明煩惱，卻又不似！有似乎是執，執著於家庭破滅的想念上。

賴和細數每個月的支出、兒女的教育費以及此次建築所負的債，將近千圓之多：

> 我一日不能勞動，即一日無收入，所有現金皆填於這兩次的建築，可謂現金全無，若檢束繼續一箇月，就要生出一千圓債務，若繼續到明年三月，則家將破滅，那能不愁苦？要解脫，不知將何解脫起一？家破滅的事實，呈現在眼前。我想什麼哲人對此亦不能不悲觀？

活在人與人密切連結的網絡中，賴和擔憂的不是個人的受苦難、不是身體的病痛，而是緣分最深的家人，有如層層負累，難以放下棄捨。他又思維，要脫離顛倒夢想，就必須諦觀：「生本是苦」。可是，就「苦」而言，「苦我一身，苦我妻子，不要緊，份所當然。年近七十的父母，要累其受苦，將何以為人子？這一點，要將何法來諦觀耳！」因為自己而使雙親受累，雙親的苦，可以視之為「空」嗎？可以用「因緣果報」來解釋因自己而起的家族受難嗎？

> 這是不是實相，若這是真相，就不能用真空了之了。實實在在受苦的父母，可以本來空而空之嗎？轉一想，父母因為生我這一個不好的兒子，以這為業緣，合受生苦，這苦就是實相，就在佛的真空之中、因緣果報之內。但在為人子的我，可以為是因果而漠然不關嗎？這迷、這執就無法可以破了。所以心上只有妄念。希望日夜可以釋放，日夜在祈禱，在念佛，在誦經，到來廿九日若不能放出，那時又不知要怎樣苦楚。

日夜祈禱、念佛、誦經，原本反對宗教迷信的賴和，在生命遇到巨大困厄、徬徨無助之時，只能尋求得以指引迷津的慈航，撫慰受傷的心靈，以清涼甘

露消解每日每日積累的痛苦。是日有兩首詩,一寫宗教給予的心靈撫慰,另一則藉由「詠蚊」詩,暗諷殖民者的嗜血與無情:

> 家將破滅身猶繫,愁苦填心解脫難。聞道心經能解厄,晨昏虔誦兩三番。
>
> 嚶嚶只想螫人來,吾血無多心已灰。你自要生吾要活,攻防各盡畢生才。(17,12/24)

在往後的日子裡,足以「解一切苦厄」的《心經》猶是賴和鎮靜心靈最重要的依憑,雖也有無法消愁解悶的時候;然而,誦讀《心經》似乎已然成為賴和日常生活的一部分:

> 今早來心緒不清,倒臥到日影下床,始讀《心經》,讀來總似看新聞,總不能入于頭腦裡……及至晚飯後,高等主任到監裡來,吾再為懇求。彼說這兩日大概州高等課會有人來,受過他的取調後,當有眉目。這幾句話,又使我愁心為之一開;又希望著受取調後,會得到自由。又不禁展誦了《心經》一遍。(18,12/25)

> 一夜的失眠,真不易恢復。早飯後,直臥至十一點,精神纔小安定,又讀《心經》。今朝又空望了一朝了,州的高等不見來,今日中無望嗎?今天看看無有希望了。只有明天一天而已,運命的神啊!能不能賜一點恩惠給我?又自《心經》默誦起來。(19,12/26)

> 一冊改造時局版,不夠我讀二日,此心要把什麼來鎮靜呢?小兒科學讀完,《心經》已讀了兩遍,無可破悶時,只想到家事去。父母的憂愁,妻子的不安,家業的破滅,苦楚悽涼一齊溯上心來,真使我要發狂。好幾次暗誦的《心經》也總不能鎮靜此心的妄想,此情的悲苦。(20,12/27)

> 小兒科讀過一遍,《心經》看過三、四遍,差入尚未到,鬱悶殊甚,無聊假寐。又想到三弟的死,說若當時再施行二次手術,不一定救得

著也未可知，殊悔不到台北或台中去，手術當較完全，輸血亦便利。
午後一個北港人蔡有福氏釋出，使我心裡欣羨且煩悶。書籍重翻總少
味，暗誦又不能，也只有空誦而已。（21,12/28）

曉來聽著唱歌聲，便覺春風已滿城。此世幸無終止日，我心不悟去來
生。高堂憂患因兒女，家計艱難幾弟兄。也要自覺思解脫，心經三誦
未能明。（25,1/1）

前兩日早上不讀書可以渡過，今早思想竟紛亂，乃再翻《心經》，試
把其中所有和歌漢譯，同時也得詩一首：

長夜漫漫怕失眠，昨宵又被亂愁纏。不聞屧響經墻外，便有雞聲到枕
邊。剖腹徒看吾弟死，掛心總為小兒牽。高堂年老衰頹甚，憂患何堪
一再煎。（27,1/3）

有如日日洗滌心靈的甘露，撫慰傷痕的靈藥，《心經》裡觀自在菩薩行深般
若波羅蜜多時，專注思惟觀修而照見五蘊皆空，透過空性的解悟與體證，足
以使行者斷除種種煩惱，而證得涅槃。[21]賴和閱讀新井石禪師所撰寫的《心
經講義》，除了在第十七天對「勿執勿迷」、「無明煩惱」、「顛倒妄想」與自
己受苦的處境做對照性的思考之外，究竟對《心經》的義理還有什麼樣的體
會？在日記裡並未進一步記載。值得注意的是，在入獄第二十九天（1月5
日）州高等課取調的大挫傷之後，賴和原本浮浮沉沉，時有期待、時有失落
的心，猛然墜入黑暗的深淵。但，這似乎也使得他對佛教精神的體悟，有一
個大的飛躍。嚴重失眠兩天之後，賴和有了斬釘截鐵的決斷：

昨夜有點睡，今日精神沒有那樣痛苦，我已斷念了早出去的希望……
因為是自己的愚蠢，該然的。今日較有讀點書，雖不入腦裡，也可遣

---

21 參考維基百科「摩訶般若波羅蜜多心經」http://zh.wikipedia.org/wiki/%E6%91%A9%
E8%A8%B6%E8%88%AC%E8%8B%A5%E6%B3%A2%E7%BE%85%E8%9C%9C%E5%
A4%9A%E5%BF%83%E7%B6%93，2014/12/03檢索。

此長日。

欲渡迷津過，提攜及眾生。眾生登彼岸，大道始完成。

不入地獄，誓不成佛。入到地獄，亦一鬼囚。不知地藏菩薩，將何以
施其佛力？（31,1/7）

生命逼到絕境，天地突然開闊了起來！此刻，賴和掛念的不再只是個人的遭
遇與苦難，他更將視野擴及一切眾生。不只是自己要從「迷」的此岸，渡到
「覺」的彼岸，更要提攜所有同樣受難者：「眾生登彼岸，大道始完成」、
「地獄不空，誓不成佛」。這是「倒駕慈航」觀世音菩薩的大悲，也是「安
忍不動」地藏王菩薩的大願！在荊棘之道匍匐前進的賴和，以帶血的雙手，
試圖撐起暗夜中的藍天。入獄第三十五天，日記有詩寫道：

昨宵心躍不能眠，囚繫何堪更病纏。墻外語聲如聚鬼，床中念咒學安
禪。人從地獄纏成佛，我到監牢始信天。饑渴滿前無力極，愁煩相對
互相憐。（35,1/11）

依然是牆裡牆外的對比。然而，牆外鬼魅呼嘯，不再是令人嚮往的召喚聲；
牆內則呈現了一個念咒禪修之後，靜定莊嚴的行者之相好光明。

五　結論

賴和是一位跨越新舊文學的作家，也是一位跨越左右兩派的政治運動
者，他的小說、新詩、雜文乃至他的漢詩，都為日治時期台灣文學立下典
範。本文探討賴和在生命最黑暗的階段，如何透過「日記」這種文類，逐一
寫下在獄中受到的身心煎熬。一九四一年底，珍珠港事變的第二天，日本當
局即以迅雷不及掩耳的手法將賴和拘捕入獄。在彰化留置場中，賴和的日常
時間完全被打斷，生活空間也被迫轉換與切割，在全景式的監督下，每一個
舉動都受到觀看與控制。殖民者藉由拘禁空間的隔離、取調時間的延宕，以
及各種不同的威嚇方式，使得賴和的身心俱受創傷。日記裡詳細地記載了他

身體的不適：蚊蚤叮咬的癢和不快、頭腦昏沉、喉渴頻尿、血壓高起、失眠、體弱、腰痠、下痢、鼻腔出血，乃至於後來的心悸亢進，心臟的病徵日益明顯，終究導致後來的病逝，此次的禁錮對賴和身體的傷害之大，由此可知。至於心靈的創傷，更是難以言喻。原本還在為病患診療的彰化仁醫，一夕之間，頓成階下囚。不知緣故、突如其來，就這樣被拋入幽暗的留置場。對家人的思念和家務的牽繫、對出獄之日的期待和希望的一再落空、對自我的檢視和反省、對錯失良機的遺憾和自責……都嚴重地打擊賴和的意志。此時，誦讀足以「度一切苦厄」、「無有恐怖、遠離顛倒夢想」的《心經》，唸誦「能除一切苦。真實不虛」的般若波羅蜜多咒，思維「萬法皆空」的法義，是撫慰賴和受創心靈最有效的方式。癒合的創傷，可能一再地因權力者的壓迫而迸裂，但是，佛家自度度他的悲心與願力，讓賴和奮力地從受苦的深淵中脫拔而出，甚至因體貼他人的苦難，而忘卻自己的創傷。痛苦的蟲繭終將蛻變，肉體的病雖日益嚴重，但是，在賴和心中卻點燃了無數盞燈，在闃黑的牢獄發出幽微的光。不只溫暖了自己，也溫暖了跟他一樣受苦難的庶民大眾。

賴和文學的生死觀

陳淑娟

摘要

賴和的文學研究，至今已經有不少豐碩的成果，主要針對賴和的文學與思想、社會文化運動等，筆者也曾經於就讀碩士班期間，以賴和的漢詩作品作為碩士論文題目，完成了第一本賴和的碩論：《賴和漢詩的主題思想研究》，期能拋磚引玉，讓更多人投入賴和文學作品的研究，而如今已經有不少研究成果。

當時，筆者在處理賴和漢詩作品時，是由賴和的思想研究入手，但是總覺得仍有許多細部的問題，未能在當時的碩士論文中呈現，實為一憾。如今賴和先生冥誕一百二十年了，願能再以當年的研究熱情，繼續研究賴和的文學作品，能再為賴和研究做一點事情，特別是他的生死觀部分，是我深感興趣的，因此筆者打算以「賴和文學的生死觀」為題，期盼能進一步了解這位人格高尚的人道主義者與醫者、文學家三種身分集於一身的賴和先生，希望此文能儘量將賴和文學作品中對於生死的思考與觀念，做一完整的研究與呈現，以凸顯賴和先生的人格與精神，讓後人更加了解。

關鍵詞：生死觀、賴和、生死學

一 前言

　　賴和（1894-1943）的漢詩研究，自前輩林瑞明教授的〈賴和漢詩初探〉一文之後，已有不少學者投入這個領域的研究，也不斷切進更深入的細部解讀，筆者當時在撰寫碩士論文《賴和漢詩的主題思想研究》時，便對於賴和的生死觀有所關注，因此於第三章〈人道主義的思想與生命的自我安頓〉中已別立第三節〈對生命問題的省思：生死問題的思考〉來討論賴和漢詩的生死觀，但當時只以漢詩為主要的討論對象，加以篇幅所限，憾當時未能更進一步深入探討。

　　這次筆者以「賴和文學的生死觀」為主題，除了全面性探討其漢詩作品中的生死觀之外，亦加入賴和若干新文學作品中對於生死的討論，擴大了研究的範圍，也期望藉此能更加深入剖析賴和的生死觀之形成因素。由於學力的限制，目前筆者注意到有關此一主題的探討，可在陳建忠的博士論文《書寫台灣，台灣書寫：賴和的文學與思想研究》[1]一書中的第六章〈吶喊與獨白：論賴和的新詩與散文〉第二節〈覺悟的吶喊：論賴和新詩的主題與風格〉看到，其中對於賴和新詩作品的生死思考，已有初步的剖析；至於簡志龍的碩士論文《賴和漢詩中的社會現象分析與研究》[2]的第三章〈小逸堂與醫學校時期〉的第二節〈日本總督府醫學校時期：對生命意義的探索〉也略微提及了賴和漢詩中對於生命的看法，可惜至今仍未有一令人滿意的專文全面探討賴和的生死觀。

　　筆者僅以此文，期望能將透過賴和所經歷的死別經驗，與賴和自身的生命體驗和對於生死大事的思考，再將其作品中對於生與死的辯證與生死的覺察，進一步探求他追尋生存意義的脈絡，了解生死大事對於他人生態度的影

---

1 陳建忠：《書寫台灣，台灣書寫：賴和的文學與思想研究》（高雄市：春暉出版社，2004年）。

2 簡志龍：《賴和漢詩中的社會現象分析與研究》（屏東市：屏東師範學院國民教育研究所碩士論文，2003年），頁49。

響，並歸納其思想中生死觀的類別。

二　賴和生命中的死別經驗

　　死亡的課題，從人類一生下來，就無時無刻不伴隨在我們身邊，但是一般人對於「死亡」這一件事，總難免會有一種不願去了解或逃避的心態，結果導致在自身或所愛面對死亡之時，心中無法釋懷，而感到痛苦非常。

　　依照存在心理學家歐文・亞隆（Irvin D.Yalom）對於死亡課題所提出的縝密觀察，他將人們覺察與感受到死亡的情況，區分為四類[3]：（一）生命中的重要他者死亡時（二）發生重大事件時（三）發生不尋常的身體變化時（四）生命中的特殊變動。因此我們在這一節當中，想要透過賴和的作品，去將他一生之中所經歷的死別經驗做一個較為完整的歸納，爬梳其中的脈絡，討論他一生之中，在遭遇親友、師長這些重要他者死亡時，對他的生死觀的衝擊與影響。

　　今就目前所及賴和的生平事蹟，將其人生中的死別經驗做一表列如下[4]：

西曆日期	年齡	追悼對象	身分	新文學作品	漢詩作品
1903	10	祖父賴知去世，享年59歲。	親人	〈我的祖父〉	
1906	13	11月4日，四妹賴養出世，翌日死亡。	親人		
1910	17	5月9日（農曆4月1	師長		〈悼楊逢春仙

3　辜琮瑜：《生死學中學生死》（台北市：法鼓文化出版社，2010年），頁104-107。

4　本表主要依據林瑞明編：〈賴和先生年表〉《台灣文學的歷史考察》（台北市：允晨文化公司，1996年）、陳淑娟編：〈賴和先生生平年表及作品繫年〉，《賴和漢詩的主題思想研究》（台中縣：靜宜大學中國文學系碩士論文，2000年）、陳建忠編：〈賴和生平與創作年譜〉，《書寫台灣・台灣書寫：賴和的文學與思想研究》（高雄市：春暉出版社，2004年）編訂而成。

西曆日期	年齡	追悼對象	身分	新文學作品	漢詩作品
		日）楊守愚之父楊逢春秀才逝世，享年69歲。			逝〉、〈悼楊秀才逢春伯〉
1910-1912	17-19	梁杞過世 某詩人身分不詳	友人		〈哀梁杞君〉〈哀梁杞君死，其父之痛實足感人〉 〈弔詩人〉
1913	20	周甲、吳長、梁杞	友人		〈重典周甲窗兄之墳即賦所感〉
1915	22	吳汝霖過世	師長		〈輓吳汝霖先生〉
1918	25	1月1日長男志宏出生，1月22日即夭折。	親人		〈得兒蒙省白先生詩賀依韻答之〉 〈宏兒生未滿月忽染病以死又蒙省白先生以詩慰誨聊此鳴謝〉 〈山上〉
1918	25	女性友人	友人		〈聞訃〉
1920	27	四月十六日次男志煜出生，八月二十八日去世。	親人		〈死了的志煜兒〉 〈懶病〉 〈無奈〉
1921	28	賴和小逸堂的塾師黃倬其先生逝世。	師長	新詩〈寂寞的人生〉	〈偶成用笑儂君韻〉〈小逸堂感舊〉 〈中秋日回憶〉 〈伴文苑世兄拜先夫子墓〉
1924	31	1月2日叔父之女（賴和堂妹）三妹阿冰病逝，時年十	親人		〈哭三妹阿冰〉

西曆日期	年齡	追悼對象	身分	新文學作品	漢詩作品
		七。			
1924	31	3至4月間,林明君過世。	友人		〈哭林明君〉
1924	31	6月6日端午作詩懷念林維新先生	師長		〈端午憶舊〉
1924	31	6月2日吳德功去世8至9月間出殯時作詩追悼。	師長		〈哭吳德功先生〉
1925	32	3月12日孫逸仙病逝。			作孫逸仙先生追悼會的輓聯及輓詞
1927	34	1925年5月17日,四男悵出生1927年3月7日去世。	親人	散文〈聖潔的靈魂〉	
1928	35	吳清波過世。(亦記友人蘇炳垣,過世日期不詳,當早於吳氏)	友人	散文〈隨筆:這一日〉	
1929	36	1926年12月17日。長女鑄出生,1929年9月10日去世。	親人	新詩〈思兒〉	
1934 年 2 月 5 日	41	1932年6月1日,六男洪出生,1934年2月5日去世。	親人		
1938	45	李耀灯過世	友人	散文〈輓李耀灯君〉[5]	〈輓李耀灯君〉漢詩五首
1941 年 11 月	48	三弟賢浦因急病胃穿孔病逝	親人		〈長夜漫漫〉獄中日記27日

5　賴和:〈輓李耀灯君〉附漢詩五首,前衛版二,頁280。

由上表中可知，賴和第一次遇到親人死亡時，年方十歲，其祖父賴知五十九歲時往生，他在追憶的散文〈我的祖父〉中云及祖父家中係因戴萬生之亂而家道中落，本好博奕，之後翻然一改，學弄鈸技成，聞名鄉里，使後人得無凍餒，並述及祖父為人厚道、不炫富等事蹟，可知其對祖父感念之深。

賴和十三歲的少年時期，四妹賴養甫出生翌日即往生；此後直到十七歲，賴和敬愛的楊逢春秀才往生，他才第一次提筆將感受寫成漢詩，悼念這位對他備極照拂的長輩。由目前所留存的作品之中，可看到陸續有幾位朋友如梁杞、周甲、吳長、某詩人、某女性友人、林明君、吳清波（1878-1928）[6]、李耀灯往生，還有師長黃倬其、林維新、吳德功、吳汝霖往生，賴和皆寫詩文追悼；賴和一九一五年結婚，一九一八年一月妻子王氏草女士生下長男志宏，二十餘日即夭折；一九二〇年四月次男志煜出生，不足五個月即去世；一九二五年五月四男悵出生，不滿兩歲，又於一九二七年三月去世；一九二六年十二月長女鑄出生，不滿三歲，也於一九二九年九月去世；一九三二年六月六男洪出生，不足兩歲，於一九三四年二月去世。賴和共有子女九人，但有五人皆不幸早夭，僅有二男二女成長，分別名為燊、浤、彩鈺、彩芷。[7]賴和也寫下不少傷痛子女早夭、哀痛弟、妹過世的悼亡詩文，因此我們以賴和寫有作品的部分逐一討論如下。

（一）傷痛親人過世

一九一四年四月，賴和醫學校畢業，十二月至嘉義醫院就職，一九一五年所寫的〈乙卯元旦書懷〉詩中云：「平生得意知何事，一世無憂能幾人。閒陋幸無名士氣，癡憨還有少兒真。近來一事堪倚說，曾許無邪乙女親。」[8]提到平生得意不知有何事，只知一世無憂的沒有幾個人，可幸自己無名士

6　賴和：〈隨筆〉，前衛版二，頁258-260。

7　陳建忠：〈賴和生平與創作年譜〉，《書寫台灣・台灣書寫：賴和的文學與思想研究》（高雄市：春暉出版社，2004年），頁520。

8　賴和：〈乙卯元旦書懷〉，前衛版四，頁75。

氣、尚有小兒的天真，然而總感受人生的憂慮常伴隨此身，詩末提及他許親之事，次年（1915年）十一月與西勢仔庄王浦先生四女王氏草女士結婚，婚後仍於嘉義醫院擔任筆生（抄寫員）和通譯（翻譯）的工作。雙親期盼含飴弄孫，賴和亦盡為人子的傳宗接代義務，於一九一八年生下長男志宏，有詩云：

> 寒門何幸索男兒，賢否前途未敢期。博得高堂開口笑，承歡有自報君知。吾生自覺尚非愚，解得窗前送白駒。有子轉添煩累重，養花人亦要工夫。聊承吾老笑含飴，豚犬何堪辱賀詩。俗世每談相欠債，是伊償我我償伊。先生才識重圭璋（一寫：傳名有女艷中郎），脫手詩成字字香。莫抱俗人嗣續念，世間不朽是文章。（先生少子息）[9]

我們可以看出賴和對傳宗接代的想法是「莫抱俗人嗣續念，世間不朽是文章」，認為養兒育女不如文章傳頌後世來得久遠，所以在喜獲長男志宏時，賴和會懷著「寒門何幸索男兒，賢否前途未敢期」的心情，只覺得最重要的是「博得高堂開口笑」，能夠傳宗接代，兒孫承歡膝下，讓父母遂願就好。然親情的牽繫，本就是人生中最微細的情質，失去親人，會使人對生命的消逝興起極深的哀思，賴和的長子志宏僅出世二十多天便夭折，〈山上〉一詩充滿了無限的傷痛：

> 山上原來是鬼鄉，寒煙衰草莽蒼蒼。眼前多少孩兒塚，人世傷心不獨儂。[10]

雖然傷心自己的孩子早夭，但賴和看到那麼多的墳墓，也知道失去孩子，是所有為人父母者共同的傷痛，這更加添了他對死亡的無常感。賴和對生命的省思，一方面也展現了他的人道關懷，不僅為自己的遭遇憂傷，也為他人而悲。

9　賴和：〈得兒蒙省白先生詩賀依韻答之〉，前衛版五，頁314。
10　賴和：〈山上〉（1918.1），《初編》，頁95。前衛版五，頁315。

對於長子的早夭，賴和另有一詩〈宏兒生未滿月忽染病以死又蒙省白先生以詩慰誨聊此鳴謝〉[11]云：

> 自知耳薄原無福，生得男兒覺不祥。也覺人間難免死，只憐堂上日牽腸。
>
> 墜地曾經得幾時，可憐一病便難醫。他人有子多無恙，何事偏殤到我兒。
>
> 自念行醫術未全，生來又不是神仙。誤人應也時難免，報應隨教現眼前。
>
> 明月如珠向海沉，人間此景最傷心。勞公辱賜新詩慰，珍重持篇拭淚吟。

詩中自云耳薄無福，人間難免一死，又自責或許曾當醫生醫術不全曾誤診，所以遭到眼前的報應。一九一八年一月二十二日，長子志宏夭折之後，同年二月二十五日，正值元宵節，賴和就聘廈門博愛會所創設的日支合辦博愛醫院，自基隆出發渡海至廈門鼓浪嶼，以醫員身分就職[12]，當時志宏才過世月餘，曾為此事寫下〈客思〉一詩：

> 謾自天涯嘆影單，閨中有夢怯春寒。燈花消息知偷卜，月鏡團圓想獨看。信遠奈何山更阻，珠沈偏恨海多瀾。（宏兒夭死）卿憐寂寞予飄蕩，兩地相思淚暗彈。（之三）[13]

可見宏兒夭死對於賴和的打擊甚大，特別是客居異鄉，思及此事便獨自垂淚，心中悲愁可想而知。

一九一九年七月，賴和自廈門博愛醫院退職歸台，一九二〇年四月，賴

---

11 賴和：〈宏兒生未滿月忽染病以死又蒙省白先生以詩慰誨聊此鳴謝〉，頁315。

12 陳建忠：《書寫台灣，台灣書寫：賴和的文學與思想研究》（高雄市：春暉出版社，2004年），頁521。〈就聘博愛醫院〉，《台灣日日新報》第6344號（1918年2月21日）載明此事。

13 賴和：〈客思〉，前衛版五，頁378。《初編》頁92。

和次男志煜出生，他曾寫〈得子書報敏川先生並詢近況〉一詩給王敏川
（1887-1942）：

> 近來頑體漸頹唐，未至荒嬉亦怕忙。世事自今差可足，馳書報與少年
> 王。看雲看水意何如，小試牛刀力有餘。熱血滿腔原易迸，莫教濺上
> 案頭書。[14]

詩中云「世事自今差可足」，表示對於得子亦感滿足，因此快信報與王敏川
知道，不料才四個月，他又失去第二個孩子，內心傷悲更深，寫下漢詩〈死
了的志煜兒〉三首感懷此事：

> 莫說千金與萬金，沈珠蒼海更何尋。<u>我原太上忘情者，卻累傍人替痛
> 心</u>。（之一）
> <u>世事看來盡屬空</u>（一寫：世事希望而余盡），<u>轉令衷塞豁然通</u>。許多
> 辱父傾家子，幸免他累乃翁。（之二）
> 何時瑞氣正盈門，二老欣欣喜抱孫。成日臨堦雙淚落，蘭芽疊幻了無
> 痕。（之三）[15]

上列詩中，賴和說自己原是「太上忘情者」，表示他覺得可以看開喪子之
痛，了悟世事皆空，喪子未必不幸，幸免他日辱父傾家，只是看到二老由欣
喜抱孫，變成了整日落淚，一切彷如蘭芽疊幻了無痕，可知賴和由喪子之痛
體悟到世事盡空，了無痕跡。他將此詩寄予王敏川，得到王敏川來一明信
片，其中附詩云：

> 訃報傳來已足悲，那堪更誦斷腸詩。天公果是無開眼，忍使仁人喪二
> 兒。勸君豁達學蒙莊，撇卻西河哭斷腸。<u>人世百年原一夢</u>，奚須悲短
> 與欣長。多少親朋賞識奇，如君勉學果非遲。<u>已無兒女人間累</u>，破浪

---

14 賴和：〈得子書報敏川先生並詢近況〉（1920.4），前衛版五，頁320。
15 賴和：〈死了的志煜兒〉之一（1920.8），前衛版五，頁320。《初編》，頁95。

　　乘風正及時。[16]

詩中表達對於賴和連喪二子的悲悼之情，勸勉賴和能學莊子豁達看開生死之事，勿學子夏哭斷肝腸，無兒女拖累，正可勉力學習。詩末王敏川並附註云：「家中屢蒙照拂，而小兒亦乘惠安全，此誠非筆舌所得宣謝意者，然能聞及小兒之能語，而不能聞及君兒之不死。嗚呼！此僕之所以悲悼而不能已，且君詩中云及『……傍人替痛心』豈也有豫料乎。噫！死生一幻夢耳，固不足悲。然立于社會，尤貴有改造之力，此諸人之希望，而亦吾子之不平。……」由王敏川之言，亦可推知賴和對於二子過世極為低落的心情，因此無法真能那般豁達的看待生死，賴和又寫〈書答敏川先生〉一詩回覆王敏川的期許：

　　　　幼年失學壯何如，有負先生賞識之。未是駑駘甘戀棧，鷲門一蹶力猶疲。已覺人間無賞音，逢君燃起未灰心。感恩重滴兒時淚，愛我情殷望我深。往哲名言實可懷，<u>人生心死最堪哀</u>。方今社會無思想，專賴先生改造來。[17]

　　同樣寫於一九二〇年八月的〈懶病〉與〈無奈〉二詩，便可看出他自責甚深，亦常陷入悲傷的情緒之中：

　　　　懶惰非關性，頹唐祇覺衰。傷心添老態，愁味得閒知。<u>不死無妨病，有生安用醫</u>。<u>曾將醫國手，殺卻兩嬌兒</u>。[18]

　　　　金丹杠說可回春，<u>世上還多短命人</u>。我自無方能活汝，婦人所靠只求神。<u>痛深早失生之樂，親在猶非可死身</u>。欲不傷心心更慘，淚珠強忍亦沾巾。[19]

16　王敏川：〈王敏川來明信片〉，前衛版三，頁209。

17　賴和：〈書答敏川先生〉（1920.8），前衛版五，頁320。

18　賴和：〈懶病〉（1920.8），前衛版五，頁321。

19　賴和：〈無奈〉（1920.8），前衛版五，頁321。《初編》頁46。

上列兩首詩中寫出了賴和喪子之後的頹唐心情，傷心致添老態，自身雖為醫生，亦自嘆這雙醫國之手卻殺死了自己的兒子，無法救活他們，若非親人皆在，猶非可死之身，早已悲痛到喪失生存之樂。

　　一九二二年一月，賴和的三男賴燊出生，他作詩〈阿燊彌月喜作〉表達心中歡喜，而阿燊終於幸運地慢慢長大，：

> 自信平生不愧天，強顏猶可在人前。未應伯道終無後，（長次二兒皆天，及今思之猶餘痛）曾有隨園例在先。一子誠遲纔壯歲，雙親差健未高年。敢當戚友殷勤祝，蘭草當階任自然。笑啼能博二親憐，為虎為牛聽自然。薄德早知吾有後，門寒敢望汝光前。生涯鹽米何須計，姓氏文章孰可傳。似覺自今閒不得，剪綃抄寫訓兒篇。[20]

賴和自信平生不愧於天，詩中引用兩個典故來談有後、無後之事，提及幸好未如晉朝賢臣鄧攸（字伯道）一樣無後[21]，亦提到袁枚當江寧縣令時，為一位本來正室不孕而無後的錢某，判將陳氏女嫁之為妾而使錢某終於有後的判例，賴和心想自己薄德應有後，欣喜於得子，又計劃抄「訓兒篇」好好教子，但由詩中附註仍可看出他對之前二兒的死亡仍感痛心。

　　可嘆死神並未對賴和的孩子鬆手，七年後的一九二七年，四男悵也去世，更令賴和傷悲，他曾刻了一塊紅磚墓碑，上刻「聖潔的靈魂」，並作有〈聖潔的靈魂〉一文表達深切的哀思：

> 良醫之子，多死於病。我雖然也在行醫，尚不足說是高明，況至於良乎。何事我的兒子也多死於病。一、二尚可自解，因當時經驗尚淺，且不盡死於自己手下。至於再之，又在十年後之今日，又完全死在自己處方之裏。唉！這將何以對於死者啊！不殺人不足以為良醫，這是世間的定論。別人猶可，況乃自己的兒子呢？在這十年間，別人且可

20　賴和：〈阿燊彌月喜作〉（1922.2），前衛版五，頁321。
21　《晉書》卷九十有〈鄧攸傳〉，為保弟弟之子而犧牲自己之子，不料未再有子，後娶妾又娶到外甥女，故而不再娶妾，一生便無後代，但死後仍有侄子為其守喪三年。

勿論，因為未曾有過欲向我索償生命者，<u>但自己的兒子已經藥殺了三個，這樣竟再有行醫的勇氣？</u>唉！卻又捨不掉這名利兩收的行業。[22]

一九二四年，年僅十七歲的堂妹（即三妹）阿冰過世，賴和作有〈哭三妹阿冰〉[23]一詩追念，前並附有詩序詳記阿冰生平之事，可見其悲悼之深：

三妹阿冰，為季父所出，幼即寄養於乳母，方七歲，吾三嬸沒，早失所恃，其乳母因自乏子息，嬌養太過，遂多疾病，性忌藥，每自諱飾，羸弱日加，家中人莫之知也。今年秋中，肌肉消瘦甚，季父恐，強之服藥，然一聞藥氣，即嘔逆上衝，多不下咽，當吾未入獄之前，猶能強自支撐，起作如常，比吾出獄，已憊不能起，肉削血枯，飲食銳減，聞吾歸，乃強起視余。吾猶以其素善疾病，不之防，加以積務未理，鞅掌勞勞，遂亦忽之，何期於臘月廿四日，乃溘然以沒，十有七耳。嗚呼！吾之不友，誰實使之，冥冥蒼天，其不可知也耶。

汝體每善病，況又素多愁。阿兄繫縲綫，想汝懼且憂。及兄覩白日，汝疾乃不瘳。撒手謝塵世，參鸞玉京遊。哀此優曇花，一現遂以萎。吾心竟忘痛，欲哭終無淚。思慰季父悲，喉塞辭莫致。乳母榆桑年，骸骨將誰寄。<u>汝死自無累，吾悲亦有涯</u>。獨憐汝乳母，晚景多寒飢。一旦失掌珠，痛苦碎心脾。汝依阿父膝，兩目長瞑矣。<u>得其處以生，得其時而死</u>。葬汝北山頭，草青石壘壘。待同四弟來，薦香寒烟裡。

賴和在詩中悲憐三妹阿冰早逝，更悲憐喪女的季父與乳母，「汝死自無累，

22 賴和：〈聖潔的靈魂〉，前衛版二，頁228。

23 賴和：〈哭三妹阿冰〉（1924.1.29），前衛五，頁426。賴和的堂妹（即三妹）阿冰是十二月二十四日（即陽曆一月二十九日）過世，在台灣民俗中（見吳瀛濤《台灣民俗》頁148），死者入殮是置屍於正廳一二日，再請道士擇時刻將屍體納入棺內。又因二月三日即是除夕，台灣風俗若非長輩，都會在過年前即出殯；又，詩中云：「葬汝北山頭，草青石壘壘。」可知賴和之寫作此詩，當於阿冰下葬後；再者，手稿中，於此詩之後有一首詩題云〈年欲盡猶偕許君浴於沂水園〉，表示當時尚未過年，故可推知〈哭三妹阿冰〉此詩當作於陽曆一月三十日至二月二日（農曆除夕是陽曆二月三日）間。

吾悲亦有涯。」死者死後已無知，賴和自言悲傷亦有涯，然而乳母失去掌上
明珠的痛苦最令人憐。

　　一九二九年九月十日，不到三歲的長女賴鑄去世（1926年12月17日出
生），賴和十分想念她，新詩〈思兒〉[24]以「安都生」筆名發表，由其原載
於一九三一年六月二十七日，加上內容為追悼女兒，可推知此詩應是為一九
二九年過世的長女賴鑄所寫，詩中可見出一位父親對於已逝的女兒深切的
思念：

> 每當我見到人家的小孩，
> 總禁不住要激起一陣陣悲哀。
> 噯喲！我心愛的芳兒喲！
> 要是你還活在世上，
> 不知現在會如何地長大！
>
> 每當我見到人家的小孩，
> 總禁不住要使我憶起仁慈底父愛。
> 噯喲！我心愛的芳兒喲！
> 你怎麼這樣硬著心腸從爹娘的懷抱裏掙開？
> 任我如何呼喊，
> 連一些些影兒也不見回來。（摘錄前兩段）

一九三四年，賴和不到兩歲的六子賴洪又過世，雖未見留下以其為名的作
品，我們可以透過賴和新詩〈生命〉[25]來了解他對於兒子的愛：

> 生命的燭不斷燃著
> 照耀著生的光明
> 勿教運命的風吹息

24　賴和：〈思兒〉，前衛版二，頁142-143。
25　賴和：〈生命〉，前衛版二，頁50。

　　那兒子！就是永遠的明燈

提到賴和行醫的專業，依據賴和醫院的藥局生陳水發回憶提及賴和自己最得意的專業是小兒科，婦產科與牙科方面也有看診，在彰化市頗富盛名。[26] 而如今，任憑醫術多麼高明，卻無法挽救自己兒子的性命，這對賴和來說，又將是多麼的失落與自責？故我們可以在他的漢詩中看到這件事對他的內心影響。

　　一九四一年十一月，賴和一生之中還有一個莫大的遺憾發生了，那便是他的三弟賴賢浦因急病胃穿孔病逝的打擊，十二月八日「珍珠港事變」，賴和被日方傳喚，在未被告知原因之下被囚禁，繫獄四十餘日，在獄中寫有三十九日的〈獄中日記〉，後病體虛弱停筆。在此期間，由於三弟賢浦剛過世，留下無依的妻兒，讓賴和心中非常掛念，其〈獄中日記〉[27] 幾度提起此事：

　　第九日：「但夜間睡，依然不能，一睡不過幾分，輾轉反側，便想起死去的三弟臨死的狀態，心又悲傷不敢想下。精神又無集注之法，只長嘆息，念佛號。」

　　第十日：「近一時，聽見幼稚園兒成群的噪聲，由監房外過。有的聲音似少女彩芷，便連想到孤侄鋪仁，又想到纔死不久的三弟。我的頭腦似要破裂去，我不敢去想，卻又無法使腦裡不去想，無限哀苦直刺此心，又只有拿自錄心經來誦。」

　　第十三日：「經這十幾日，不知何如，又想到家中兒女，三叔死去，不見了三叔，而今不見我，能不能以為我也是死去了嗎？」

26　陳建忠：《書寫台灣，台灣書寫：賴和的文學與思想研究》（高雄市：春暉出版社，2004年），頁519。郭月媚訪談：〈從關係人追憶生前賴和〉，《彰化縣口述歷史（三）》（彰化市：彰化縣立文化中心，1998年6月），頁134。

27　賴和：〈獄中日記〉，前衛版三，頁6-49。

第二十一日：「又想到三弟的死，設若當時再施行二次手術，不一定
救得著也未可知，殊悔不到台北或台中去，手術當較完全，輸血亦便
利。」

賴和的〈獄中日記〉第二十七日中寫有〈長夜漫漫〉一詩：

長夜漫漫怕失眠，昨宵又被亂愁纏。不聞屐響經墻外，便有雞聲到枕
邊。剖腹徒看吾弟死，掛心總為小兒牽。高堂年老衰頹甚，憂患何堪
一再煎。[28]

賴和在獄中屢次提到三弟的死，可見他一方面難過，一方面自責，又擔心家
中情形，哀苦逾甚，雖試圖以念佛、誦念心經來寬解，然而效果有限。

藉由上述的討論，可知賴和對於親人的過世，感到極為傷痛而難以釋
懷，甚至會不斷自責自己的過錯，但是面對這些親人的離去，賴和最憐憫的
無非是活著的家人，難以接受死者的離開，但由賴和的作品中，的確可以看
出他已經了悟到生命無常、痛苦的一面，與活著未必好，死亡也未必不好的
道理。

（二）悼念已逝的師長

一九一〇年五月九日（農曆四月一日）楊守愚之父楊逢春（1842-
1910）秀才逝世，享年六十九歲，賴和作有〈悼楊逢春仙逝〉、〈悼楊秀才逢
春伯〉等詩追悼：

老成長逝矣，遺澤思猶隆。為惜騎鯨難，留去落日紅。獨嗟今已往，
莫見古人風。何事蒼蒼者，瞑瞑道不公。[29]

老成長逝矣，遺澤思猶隆。為惜騎鯨去，難留落日紅。可憐今已往，

---

28 賴和：〈長夜漫漫〉，載於〈獄中日記〉第27日，前衛版三，頁38。

29 賴和：〈悼楊逢春仙逝〉，《初編》頁98。

莫見古人風。幾點懷恩淚，望雲灑碧空。

〈悼楊秀才逢春伯〉詩曰：

> 吾才兩三歲，提抱或勞公。及長乖呆甚，徒沾惠愛隆。可憐今後日，
> 莫見古人風。漫說桑榆暮，餘霞尚滿空。[30]

由詩中可看出賴和非常敬愛楊逢春，從小時候便受楊秀才的疼愛，長大亦深
受他的精神影響，因此感念他的恩情，亦覺古人風範此後難見了。

一九一五年吳汝霖先生過世，曾有〈輓吳汝霖先生〉詩曰：

> 子已成名道已傳，人生事業算全完。<u>可憐一世勤兼苦，未得蒼天更
> 假年。</u>
> 回憶程門立雪時，先生毛鬢已如絲。<u>風朝雨夕都無閒，猶向堂前課
> 小兒。</u>[31]

由詩中，可知應是賴和視為老師般敬重的長輩，也是一位認真教學的老先
生，然而一生勤苦教學的吳先生並未因此得到蒼天眷顧而延長其壽命，可見
並非好人就會長命，生命無常由此可知。

一九二一年農曆七、八月間，賴和小逸堂的塾師黃倬其先生逝世，據他
寫於一九二三年十一月的古文〈小逸堂記〉中云：「距落成未一年而夫子竟
以捐館」，在楊笑儂於舊乞巧節（七夕）寫給賴和的信中云：「令師黃先生逝
世將近週年」，又有〈中秋日回憶〉，提及小逸堂新成於一九二〇年，可知黃
倬其先生逝於一九二一年。在賴和提到黃倬其先生的詩中，有一首〈拂拭塵
埃〉詩曰：

> 拂拭塵埃上殿堂，求神保庇跪焚香。口中念念心祈祝，願我恩師健
> 且康。

---

30 賴和：〈悼楊秀才逢春伯〉，《初編》頁98。

31 賴和：〈輓吳汝霖先生〉（1915），前衛版四，頁71。

> 一聞病耗淚同潸，報道日來勢復添。校舍同窗齊不語，冷雲寒雨草微霑。[32]

詩中寫出當黃老師生病時，身為學生的賴和心中的掛念與著急，一個相信無神論的人，還為老師去求神保庇、跪拜焚香，得知恩師病重，同窗皆神色凝重不語，為老師擔心。〈同窗報道〉有詩句云：「雙行暗淚流難盡，滿校愁雲鎖不開。」「吾師積德干天怒」，「先生身有病魔侵，經過依然到只今，共向神前求速癒，一山煙雨晝陰陰。」[33]平日有所積德的恩師莫非干天怒，竟受病魔侵犯，使大家淚流難盡，滿校愁雲，同窗們共向神前求恩師速癒的舉止，皆可看出黃先生在學生們心中崇高的地位，使得學生極為不捨。

黃倬其先生逝世，令賴和十分悲痛，寫有〈偶成用笑儂君韻〉詩曰：「去年觀月夕，座上酒盈觥」、「菊花留晚節，木鐸久銷聲，天欲斯文喪，誰人覺後生」。[34]另有一首〈小逸堂感舊〉[35]詩云：「容易西風又月明，講堂樹影夜淒清。無憑天道終難論，已喪斯文痛後生」、「木鐸無聲講座荒，菊花零落傲寒霜。當年聞義悲難徙，今夜重過恨獨長。」均可見出賴和心中這位恩師的地位。一九二四年，賴和曾與朋友黃文苑在夫子過世三年左右一起去祭拜，〈伴文苑世兄拜先夫子墓〉詩云：

> 煙雨咽啼鵑，寒風掃故阡。心香憑一瓣，築室愧三年。禍福曾先見，言談戒少愆。有聞終莫踐，非罪更誰憐。[36]

賴和自云夫子當年的先見之明，曾經提醒他禍福由口出，言談之間要注意別說錯話，只是雖然聽到了夫子的交代，卻終未實踐，心中愧對夫子。

在黃倬其先生逝世四年之後，賴和對其仍念念不忘，新詩習作期所寫的

---

32 賴和：〈拂拭塵埃〉，前衛版五，頁349-350。

33 賴和：〈同窗報道〉，前衛版五，頁350。

34 賴和：〈偶成用笑儂君韻〉（1920.11），前衛版五，頁326。《初編》頁46。

35 賴和：〈小逸堂感舊〉（1920.11），前衛版五，頁327。《初編》頁46。

36 賴和：〈伴文苑世兄拜先夫子墓〉（1924.3-4），前衛版五，頁442。《初編》頁100。

〈寂寞的人生〉[37]，仍有漢詩的痕跡，內容述說其對於人生感到寂寞的時候，便想到已逝世的恩師黃倬其先生：

三
小逸堂的園庭上
花木凋落草拋荒
護謨樹大已枯死
枝幹杈牙月影中
夜來無人放空屋
壁上唧唧鳴守宮
<u>我因無聊行到此</u>
<u>反感著分外淒涼</u>
<u>吾師死去忽四年</u>
<u>更無人能憐我狂</u>

四
火鉢的炭在紅烘烘
炭火上架個茶璚
時有三個五個人
圍著一盞風燈傍
一人臥吸阿芙蓉
不斷飄來芙蓉香
<u>知否眾人各成癮</u>
<u>這時影像長不忘</u>

五
先生癮足遂坐起
也自忘形同笑語

---

37 賴和：〈寂寞的人生〉，前衛版二，頁9-11。

先生忽忽死久矣
吾癮深痼更不治
寂寞無方能遣之
欲尋消遣今無處
閒行不覺又到此
一時觸發舊來癮
纔知悲痛先生死

九
有人跑上了東京
有人守住在家裏
京中有切磋的知己
守住家有愛的伴侶
我只孤單單在寂寞
寂寞得要死
死也尚自不忍心
也尚沒有法子
任憑著寂寞的權能
好在隨意處置
利不與我往來
名不與我共處

賴和詩中寫到夫子有吸鴉片的癮頭,而同學們的癮頭卻是夫子吸鴉片的形象,又提及先生過世已四年,自己對夫子的癮頭卻根深而無方可治,無聊時又走到小逸堂,才突然觸發舊日的癮頭,才知道自己有多悲痛夫子的逝世,心中覺得再也無人能懂他的狂妄了,覺得寂寞得要死,又無法去死,只好任憑寂寞處置自己,與名利隔離。與另一首同題為〈寂寞的人生〉內容極相似,賴和可能是參與新文化運動,與本來故舊漸行漸遠,自己已被當成是思想危險的人,也怕拖累了朋友,因此自己迴避,後面亦云及在富人與窮人之

間兩面不討好，心裡雖堅決想要走向民眾中間，行動上卻鼓不起勇氣，因此站在十字街頭徘徊，猶豫不決，這也說明了他已決心走上一條不被眾人認同的道路，因此感到人生的寂寞：

> 永過兒童玩遊伴，／至今猶有舊情誼。／可憐受著指摘身，朋友雖然不厭棄。／帶著思想危險人，／自己也著來迴避。
>
> ……
>
> 我又不耐得寂寞，／日日吐氣怨孤獨。／富豪忌我像惡蛇，散人講我已墜落。／站在這樣環境中，／叫我如何去振作。
>
> ……
>
> 慨然幾次想奮起，／走向民眾中間去。／雖曾下了堅決心，無奈鼓不起勇氣。／只立在十字街頭，／惹得來往人注視。[38]

賴和有一首〈端午憶舊〉，詩曰：

> 十七年前鄉下兒，（我小逸堂學友十餘人，每課開出遊必相偕伴，端午於公學逢林維新先生，笑我等為鄉下兒。）當年可愛今堪悲。學業不修身老大，淪為市井一庸醫。愧負前人期望心，每見蒲香感憶深。舊伴謀食散四方，先生永息杳難尋。訓語當年偶憶之，譬欬教人長繫思。此身今已人多厭，無奈先生總不知。（批：感舊情深形於歌詠，晚近間幾見有此種人）[39]

詩中追憶曾於端午時在公學校遇到林維新先生，林先生笑他們是鄉下兒，期望他們好好進修學業，如今賴和自認只成為市井一位平凡的醫生，辜負了前人的期望，先生過世已不知當年的學生如今變成這個樣子，每見蒲香，便想到林先生，可見其感舊情深。

　　一九二四年，被日本以懷柔手段籠絡的傳統文人、親日宿儒領袖吳德功

---

38 賴和：〈寂寞的人生〉（歌仔曲新哭調仔），前衛版二，頁18-19。
39 賴和：〈端午憶舊〉（1924.6.6），前衛版五，頁456。

（1850-1924）過世，一開始日本當局積極刻意拉攏吳德功，吳氏也曾寫有
不少詩歌固辭以明志，但被日本政府一再施壓之後，逐漸與執政者密切往
來，甚至完全改變了他的身份認同，吳氏對於地方事務極為熱心，關心社會
福利，深有保存歷史文獻之功勞，然而晚期投殖民政府所好的卑屈姿態，令
人感慨良深。[40]賴和也寫有一詩〈哭吳德功先生〉：

> 老輩如公獨可親，不將古法黜維新。何勞少子來歌頌，自是台灣史上
> 人。少曾文字擅時名，老更虛心愛後生。勝朝碩德新朝望，亦有紳章
> 佩帶榮。名壽雙兼福可知，承家獨恨更無兒。芝蘭繞砌芽新苗，正及
> 西風冷落時。[41]

不知賴和何以撰寫此詩，但若論詩中所言，讚賞吳德功對於台灣史的貢獻，
及少時其詩文為當時所重，老時又虛心提攜後進，無論前朝、新朝，皆有榮
耀，名、壽雙兼，可謂福報很大，可惜繼承家業獨恨無子，這是八卦山之役
彰化城陷落時，吳家發生的變故，戰時疾疫大興，吳德功的長子病逝（後又
遭母逝、七弟過世，四弟又喪妻兒之變故），吳氏的人生其實悲慘至極。賴
和看吳德功一生，不管生前有紳章佩帶榮，死後卻是家業無人承繼，仍是西
風冷落的淒涼景況而已，這或許也讓賴和思索到生前無論一個人名聲多大、
壽命多長、福報多足，然而人終將面臨一死，死後也是西風冷落，一無所有。

（三）知交友人的往生

　　賴和看到朋友梁杞之死，被梁父的哀慟所感，故作有〈梁杞君之死日〉
詩：「渠亦可憐矣，無兒欲怎生。心傷餘老淚，語咽不成聲。老母不思活，

40　參見施懿琳：〈從反抗到傾斜——日治時期台灣舊儒吳德功詩文作品與身份認同之分
　　析〉《從沈光文到賴和：台灣古典文學的發展與特色》（高雄市：春暉出版社，2000
　　年），頁363-404。

41　賴和：〈哭吳德功先生〉（1924.8-9），前衛版五，頁460。吳德功逝世於一九二四年六月
　　二十六日。

嬌妻欲守貞。<u>教人忽感悟，一死要非輕</u>。」[42]〈梁杞君死〉：「父也可憐矣，無兒欲怎生。心傷餘老淚，語咽不成聲。對人強忍淚，不語只吞聲。阿母常求死，嬌妻要守貞。如君今竟死，累我亦傷情。」[43]又有〈梁杞君死，其父之慟實足感人〉：「渠也可憐已，傷心難自明。對人強忍淚，無語暗吞聲。北郭悲成恨，西河痛入情。看來忽有得，一死要非輕。」[44]上述三詩，皆寫梁杞之死，修改重寫再三，可見賴和感觸甚深，因為朋友的死亡，而見到其家人傷痛逾恆，體悟到「死不可輕」——「生命不可輕易死去」的道理。而作於一九一七年之後的〈重典周甲窗兄之墳即賦所感〉中對於知交好友的過世更是哀痛[45]：

墓草離離綠漸長，重來又換一星霜。惜春空悵閒花落，祭事依然蜀酒香。

<u>坏土拋殘知己淚，三年斷盡故人腸</u>。杜鵑泣血荒郊晚，樹影參差半夕陽。

烟斜雲淡日淒淒，郊外春深望眼迷。草拱墓門人不見，花飛野徑鳥空啼。

碧桃有淚脂痕薄，綠柳牽愁翠黛低。最是無言腸斷處，晚風吹雨小橋西。

<u>不堪回首憶前盟</u>，世事如雲易變更。曾記西窗紅燭下，<u>共憐身世羽毛輕</u>。

<u>遺言在耳人何處，赴弔修文歲又經。今日掛錢重到此，萋萋荒草墓門生</u>。

---

42 〈梁杞君之死日〉（約1910-1912），《初編》頁99。此詩賴和謄抄多次，且有略作修改，但最早的版本在1910-1912年間，可知梁氏死於1910-1912年間。

43 〈梁杞君死〉，前衛版四，頁34。

44 賴和：〈梁杞君死，其父之慟實足感人〉，前衛版四，頁144。

45 賴和：〈重典周甲窗兄之墳即賦所感〉（1917之後作），前衛版四，頁142。《初編》頁100。「芳草夕陽憑處」，詩集中少一字。

飛花三月逐東風，坏土烟埋夕照中。掛劍空彈公子淚，碎琴難剖故人衷。

此心有恨縈殘絮，想像無言望落紅。聽到猿聲天漸晚，遙山一角迥玲瓏。

蔓草荒烟夾道斜，一年一度此咨嗟。可憐人去花空落，恰直春殘恨轉加。

飛絮半江流水急，重泉何處路途賒。墓門染遍啼鵑血，卻為懷君又憶家。

壘壘荒墳埋宿草，崚崚短碣臥斜暉。憐君作古經多日，顧我於茲識是非。

在昔典型空仰慕，即今想像只依稀。墓門叉手無言立，淚滴東風杏雨飛。

風烟過眼感形骸，恨趂浮雲遠岫排。<u>故舊云亡情固在，典型猶昔骨長埋</u>。

更無魂夢逢君語，剩有相思繫我懷。芳草夕陽憑處，鳥啼花落傍 層崖。

山外斜陽樹半梢，墓門寂寂鎖蓬茅。未經剪紙腸先斷，<u>不待聽猿淚始拋</u>。

<u>一死早教成往事，九原今幸得新交</u>。興來覓趣應相約，莫負清風明月郊。（吳長梁杞於今年中，相繼逝去，二塚總與周君塚接近）

對於三位好友相繼過世，三人墓塚接近，因此懷想三人到九泉之下也能成為好友吧！

　　一九一八年，賴和二十五歲，得知嘉義朋友的死訊，他哀傷的寫下〈聞訃〉一詩：

生知何意死何因，竟作曇花一現身。我信芳魂應不滅，幸他世上有情人。

諸羅偶爾寄萍蹤，如此知音不意逢。共是飄零偏惜我，私情款款尚

纏胸。

刻意憐人復自傷，早知壽命不能長。別來聽說腰肢瘦，如此相思更斷腸。

多恨多愁善病身，珊珊玉骨可憐人。記曾無事閒談久，為說先生最惜春。

親嘗世味苦偏多，薄命紅顏可奈何。我當飄零無可報，祇宜墮淚說諸羅。[46]

由詩中所述，追念的對象應是一位女性友人，在嘉義醫院共事，與賴和相知相交甚深，視為知音，然而別後對方體弱多病而往生，令賴和十分傷痛。另有一首〈弔某詩人〉詩云：

同心遑論不相知，一讀遺篇總繫思。想像何從空結夢，聞名已是見無期。春花秋月微吟候，碧水青山得句時。每恨逢君書肆裡，未曾為道我能詩。（相逢書店曾代傳言於浚深君不知渠乃大詩人也。）[47]

可知賴和讀某位已過世的詩人遺文，雖未能相知但深感同心，當時並不知道他是一位大詩人，當面錯過能跟他討論詩歌的機會，深感遺憾。又有兩首追念某位醫生友人的詩：

前日見君門外立，今朝聽說已登仙。人間學道非容易，世上傳聞恐未然。豈是現身偶臨凡，於茲撒手便歸天。塵緣拋盡心無碍，少婦孤兒有可憐。[48]

舉世上共稱周，無人可繼解惜。共惜人間無扁鵲，更誰妙手繼華陀。

---

46 賴和：〈聞訃〉之一（1918.2-4），前衛版五，頁367。《初編》頁97-98。

47 賴和：〈弔某詩人〉，《初編》頁98。有另一版本〈吊詩人〉：「雖曾相見不相知，讀到遺篇便繫思。想像何從空結夢，聞名已是會無期。春花秋月微吟候，碧水青山得句時。每恨逢君書肆裡，未曾為道我能詩。」《賴和全集》，前衛版四，頁41。

48 賴和：〈前日見君〉，《賴和全集》，前衛版五，頁336。

明日死生人莫料，十年計劃事何報。遊戲煙寰偶現身，被澤饒愛杏林春。

眾間共稱回天手，世上猶多載地人。痛我心腸亡益友，憑誰腕力補生民。

婆心廣大原無佛，手術幽微妙有神。半世生存無綴日，三年活得幾多人。

閻羅天子來相請，醫學而今重日新。蒼蒼公道今何在，後果前因豈實真。[49]

由上列〈前日見君〉、〈舉世上〉兩詩，在手稿中相鄰，可知應是追悼同一人，作詩可看出賴和感嘆一位救人無數、醫術高明的友人竟英年早逝，後果前因實難相信，如此豈有公道？痛失益友的悲傷在詩中真情流露，「明日死生人莫料，十年計劃事何報。」也體悟到生命無常，明日生死人人無法預料的「無常觀」。而「遊戲煙寰偶現身」更有那種認為人生如戲，在人間不過是偶一現身的想法。

一九二四年賴和也曾寫一首〈哭林明君〉，表露了他對志同道合的友人早夭的傷痛，及對死者家屬的傷痛，感同身受的理解：

捨身曾與作犧牲，豈為區區後世名。同志憐君偏早死，傷心如我獨偷生。桑榆晚景雙親淚，刀尺殘燈少婦情。今日素車南郭路，風淒雲黯杜鵑聲。[50]

我們在一九三一年一月刊出的賴和散文〈隨筆〉中，看到第一則〈這一日〉提及賴和與大功君、大喜君、大穗君去祭吳清波之墓（賴和相信無神論，不讚同他們說要在墓前行禮之事），又路過另一早逝的友人蘇炳垣之墓，云：「蘇君身軀素弱，年尚壯已老態龍鐘（應為「鍾」之誤），我們皆稱他為老人。見面時每咒以胡不早死，渠亦好謔，每相還罵，以為笑樂，而今

---

49 賴和：〈舉世上〉，《賴和全集》，前衛版五，頁336。詩中第一、二句有缺字。
50 賴和：〈哭林明君〉（1924.3-4），前衛版五，頁443。《初編》頁99。

渠真已早死了，使我們聚會時減卻不少活氣，也使我們懺悔那諧謔的不祥。」文中又云大穗君還提議為吳清波客死京都的次子吳益村找合適的墓地，踏查結果靠近其父墓地西畔可容再築一墳，共舉大喜君進言於清波嫂，而賴和說：「恐他日墳成，清明祭掃痛夫傷子，使她多滴幾滴傷心淚。」一行的人，亦各悵惘，講不出話來。[51]由這一段文字，我們可知他雖相信無神論，不贊成墓前行禮，卻又懺悔諧謔詛咒朋友的不祥，也感受到他對友人過世的不捨，由大家為吳清波之子找墓地而賴和認為不妥，也可以看出他深具同理心，能真正為死者家屬設想，然而對於死亡這個現象仍無法全然釋懷。

（四）其他追悼之作

一九一八年，賴和曾為一位紅顏命薄的梁小姐寫下〈漳州雜詠〉（之二）感嘆：「埋骨成灰恨未灰，紅顏命薄為憐才。幽魂何意依蝴蝶，不傍鴛鴦塚亦哀。」（蝴蝶山梁小姐墓，乃一府尹之女，殉情以死，聞前清會試秀才多為設祭）[52]張潮《幽夢影》云：「為月憂雲，為書憂蠹，為花憂風雨，為才子佳人憂命薄，真是菩薩心腸。」[53]也顯現了他的菩薩心腸。

一九二三年九月一日，日本關東發生大地震，當時在東京就學的台灣留學生遇難者極多，台灣人曾經捐獻兩百多萬元救災，賴和寫有〈弔在京遭難學生〉一詩，追悼客死異鄉台灣留學生，心中感傷人才更少，總為台灣悲泣，如鴻毛般輕易死去，如同玉石俱焚般的浩劫，日後民權要等待誰來伸張呢？

> 死已堪哀況異鄉，前瞻後顧兩茫茫。即今彌覺人才少，總為吾台涕數行。

---

51 賴和：〈隨筆〉，前衛版二，頁258-260。

52 〈漳州雜詠〉之二（1918.8-9），《初編》頁216。

53 張潮：《幽夢影》（台南市：漢風出版社，1992年），頁8。

世間有志幾能償，死等鴻毛我亦傷。玉石俱焚成浩劫，民權今後待誰張。[54]

賴和三十一歲時，涉歷世事更深，對人生無常與生命短暫、人情淺薄的感慨，亦可由一九二四年所寫的〈詩五首〉（錄三）中看出：

釣遊舊侶憶當時，出指豪家首數伊。不道眼看君最後，饕餮漸已不能支。

曾記花前共賞春，一堂濟濟盡嘉賓。而今送葬南郊外，只見寥寥三四人。

三寸桐棺揜蓋時，眾人定論渺難知。哭聲一片咿嗃裏，坏土新添南塚陲。[55]

詩中寫出一個富家子終因奢華過度而導致家道中落，而人情之淡薄，亦可由送葬人數寥寥無幾看出，使賴和感嘆「三寸桐棺揜蓋時，眾人定論渺難知。」人的一生，不是起初好就一直好到底，唯有蓋棺論定時，方可斷一個人此生的榮辱得失。「南塚平漫北塚斜，荒烟蔓草莽無涯。縱然已死思無用，也覺吾生本有涯。先世艱難勤創業，後人遊蕩易傾家。原知坏土終堙滅，草餅新封略慰些。」[56]提出死者已矣，來者可追的看法，人生有涯，應當把握有限年光，珍惜先人艱辛打下的基礎，不應奢侈遊蕩，致使傾家蕩產。

賴和不僅有醫者的仁德之心，身為世間的一個人，眼見人間悲苦境況，賴和亦感同身受。有一天，他回家途中經一新墳，見一婦人背負孩子哭得非常哀傷，聽到的人都不禁掉淚，賴和在詩題中云：「叔謂吾曰，釋伽之所以欲解脫者，其為此哉，予曰，世之學佛，所以不能解脫，亦正為此，然使世間無此悲歡哀樂，生老死病，貧富榮辱，即亦不能成為世間矣，予雖云然，

54 賴和：〈弔在京遭難學生〉，前衛版五，頁417。《初編》頁98。

55 賴和：〈詩五首〉（1924.4-5），前衛版五，頁452。「哭聲一片咿監裡」依據《賴和手稿集》頁145更正應為「哭聲一片咿嗃裡」。

56 賴和：〈掃墓〉，前衛版四，頁267-268。

予心戚焉，乃歌以祀之」，可知賴和雖明知世間就因為有悲歡哀樂，生老死病，貧富榮辱，才成為世間，但是眼見如此淒慘的人間景象，亦不禁為其一掬同情之淚：

> ……我心到此忽改常，珠淚盈盈欲奪眶。人生歡喜何能長，朝為滄海暮栽桑。世上煩惱猶難忘，死生交替長悲傷。仙家不死焉可望，佛氏解脫嘆無方。只好悲來放聲哭，歡喜憑他笑口張。（1923.1）[57]

從以上詩句，可知賴和內心深有人生無常之感，生死交替，無可迴避，既然生而為人，就要承擔人生的種種煩惱，就得歷經生死輪迴之苦，仙家佛氏都只是一種精神的寄託，但是沒有人可以真正得到解脫，賴和對此抱持悲觀的想法。

賴和在〈清明山上聞哭〉[58]詩中，同樣對人間死別的之苦，表示了深深的同情與憐憫：

> 煙草萋萋山欲晚，誰家哭墓此辛酸。訴來苦恨無人管，細聽所言使我嘆。
> 孤子日稚乞一飯，老姑何力供三餐。直教死者精靈在，血淚千條迸出棺。

在此詩中，賴和描述他聽到哭墓者的話語，對孤兒老母的悲苦遭遇，寄與無限的感嘆及同情，「直教死者精靈在，血淚千條迸出棺。」二句更以死者若是有靈，血淚也會衝出棺木來形容其淒慘哀絕，可見賴和很懂得「傾聽民間疾苦之聲」，眼見耳聞民間之苦，都讓賴和感同身受，也進一步深化他

---

57 賴和：〈歸途經一新墳，傍有婦人，負子哭甚哀，聞者淚墜，叔謂吾曰，釋伽之所以欲解脫者，其為此哉，予曰，世之學佛，所以不能解脫，亦正為此，然使世間無此悲歡哀樂，生老死病，貧富榮辱，即亦不能成為世間矣，予竟云然，予心戚焉，乃歌以祀之〉（1923.1），《應社詩薈》及《初編》頁96題為〈歸途經一新墳，傍有婦人，負子哭甚哀，聞者淚墜，因有此作〉。
58 〈清明山上聞哭〉，前衛版四，頁146。

的生死觀念。

　　賴和的人道主義胸懷，是不分種族國籍的，對台灣的原住民，賴和亦展現他的關懷，寫於一九三〇年的新詩〈南國哀歌〉[59]亦呈現了霧社事件原住民同胞的斑斑血淚，對日本殖民政治的不義提出控訴，也體現了生命的艱難與苦痛。賴和又有一詩〈閒〉曰：「此身不慟盡清閒，心被愁城萬疊關。底事吾生多煩惱，猶知有我有人間。」[60]也反思為何自己如此煩惱，身雖清閒，心卻陷入愁城，正因知道有我，也有人間的存在，故不能無視於這世間人民生命的苦痛，哪能有真正的清閒呢？

三　賴和自身的生命體驗與生死大事的思考

　　以下一節，我們將由賴和自身的生命體驗再切入他對於生死大事的思考。

（一）賴和自身的生命體驗

　　由賴和生平事蹟與作品之中，可推知其健康出現重大問題，至少有三次：一次是一九一五年，當時賴和二十二歲，仍在嘉義醫院任職，同年十一月與王氏草女士結婚；一次是一九一八年，當時二十五歲的賴和在廈門博愛醫院任職時，曾得到天然痘（天花）；一次是在晚年入獄時，心臟出現問題，病重出獄一年左右即因僧帽瓣閉鎖不全在自宅逝世。[61]

59　〈南國哀歌〉反映了賴和對一九三〇年十月二十七日所發生的霧社事件之看法，他極為同情勇於起義對抗日本政府的泰雅族原住民，此詩原載《台灣新民報》361-362號（1931.4.25/5.26），仍是被殖民統治者硬是開了天窗，沒有全詩刊完。今全詩收於《全集》，頁179-184。

60　賴和：〈閒〉，前衛版四，頁261。

61　參閱陳建忠編：〈賴和生平與創作年譜〉《書寫台灣‧台灣書寫：賴和的文學與思想研究》（高雄市：春暉出版社，2004年），頁522-523。一九一八年四月二十二日報載傳聞賴和患天然痘，為使家人寬心托言「風邪」。《台灣日日新報》8253號〈彰化短信〉。

〈藥入口〉此詩作於一九一五年，可知賴和曾經因病而思考生死的問題：

> 湯藥未沾唇，已覺苦且辛。放杯一嘆息，病痛聊呻吟。
> 忌藥定難瘳，藥竟難入口，自念此微軀，尚非吾自有。
> 死生聽之天，似覺未合理。吾生有大任，豈容輕一死。
> 悟來藥尚溫，忍苦強一吞。擁衾獨不語，夜寂燈欲昏。[62]

藥苦且辛難入口，不吃藥病又難癒，自念微軀非自有，死生聽天由命也不合理，而且生有大任，不可輕死，因此賴和領悟此事之後，又忍苦強吞藥入口，他將此思考過程寫成此詩，可見他活命一直都不是只為自己想而已，其實死亡對他來說最能解脫生的痛苦。在此之後，約末秋季，他還寫了〈妄想〉、〈感事〉二詩，因此可知這一場病，使賴和更深入地思考人生的問題，〈妄想〉詩云：

> 百年人亦不多時，何自沈迷戀世為。總是作人生世，姓名本要世間知。妄想沈沈忽自醒，天開霽色夜光明。吾生但做為人士，自有千秋不朽名。[63]

〈感事〉詩云：

> 山不能移海莫填，有為歲月負年年。至情終使閒人笑，怨憤難舒欲罵天。
> 人無當用才堪想，生不能謀拙可知。處事由嫌為世穢，立身無地死非時。[64]

由上二詩，可知年方二十二歲的賴和，頗有用世之心，但常自認無才而謀生技拙，但是又認為姓名本就應該給世間人知曉，只要事事為人，終能有千秋不朽的聲名，而今尚未立身揚名，猶非可死之時。

---

62 賴和：〈藥入口〉，前衛版四，頁70。
63 賴和：〈妄想〉，前衛版四，頁72。第三句「總是作人生世」原書缺一字。
64 賴和：〈感事〉，前衛版四，頁72。

一九一八年四月四日，賴和在寒食節時寫〈同笑儂君閒話蒙贈新詩依韻答之〉，又寫〈意有未盡再上兩首〉云：

> 寒食梨花兩腳斜，綠楊風裏客思家。此行自笑無他好，贏得闌珊臉上花。
>
> 謀生計拙株長守，酬世才疏譽不高。思向空山修佛課，世間事自有英豪。[65]

生病期間又寫了〈同七律八首〉，其中第一首云：

> 碌碌無聞廿五年，飄零又復逐征鞭。生無俗骨應皈佛，人到窮途輒羨仙。客夢夜飛瀛海外，病魂春繞鷺江邊。祇餘一事堪相報，江岸高樓出半天。[66]

還有〈病中〉詩如下，病好之後，並寫有一詩〈病痊書報錫烈君〉（缺詩）。

> 歸夢無端忽自醒，搖搖篝火放燐青。芭蕉窗外蕭疏雨，遙夜何堪病裡聽。
>
> 勃勃雄心鬱在懷，枕書藉遣病生涯。好蘆飛盡鵙聲苦，風雨殘春事事乖。
>
> 生來落寞神何妒，人本昏愚天豈憐。心未經愁詩不好，一春故遣病相纏。
>
> 人間有草號忘憂，底事人生卻善愁。且放此心寬一點，丈夫有淚不輕流。[67]

在病中，人本來就較為脆弱，何況生的病是天花，當時聽聞賴和得天花的親友，無有不廢書而嘆者，他自己也因病纏身而愁苦，病中只能讀書自遣。依據《台南新報》大正十二年（1923）二月二日，七五一七號「詩壇」，〈步笑

---

65 賴和：〈意有未盡再上兩首〉，前衛版五，頁376。

66 賴和：〈同七律八首〉，前衛版五，頁376。

67 賴和：〈病中〉，前衛版五，頁368。《初編》頁89。

儂君殘秋書懷韻〉（四首），其中第一首云：「<u>病怯寒風日掩扉</u>，管他塵土撲天飛。<u>無聊只愛臨池好，一卷黃庭信手揮</u>。」可知其病中除了看書，還喜歡寫書法，臨黃庭經。[68]

〈病後〉詩曰[69]：

> 春光已在病中歸，眼底紅稀綠正肥。失去好生青帝愛，那堪殘酷祝融威。自憐傲骨崚崚甚，每向人前事事非。不耐悲傷益憔悴，<u>吾生有命莫能違</u>。

賴和在病中的心情極為低落，更覺得人生的命運無法違抗。在他的〈獄中日記〉中也一再提及自己因為憂心家事，想到家將破滅，以及過世的三弟，便夜不能眠，頭昏昏、身體漸弱，腰酸發痛，全身無力，心痛、懶倦，腹瀉下痢、惡寒、亂夢，到後來是心悸亢進、筋肉顫搐，懷疑自己得了狹心症、心囊炎，萬一心臟麻痺，也就是最後了；心境上的悲觀、愁苦、煩惱、悲悽、痛苦，心緒不清，毫無食慾，為了活下去強逼自己吃飯等，種種病況讓賴和無法不思考到死亡的問題。

第二十五日有一首詩〈曉來〉：

> 曉來聽著唱歌聲，便覺春風已滿城。此世幸無終止日，我心不悟去來生。
> 高堂憂患因兒女，家計艱難幾弟兄，也要自覺思解脫，心經三誦未能明。[70]

---

68 《台南新報》大正十二年（1923）二月二日，7517 號「詩壇」以「懶雲」筆名發表漢詩〈步笑儂君客思原韻〉：「惜花勤供佛，中酒愛逃禪。悟入無生外，吟閒夕照邊。證仙皆白骨，不老有青天。欲濟滄波去，曾聞石可鞭。」、〈步笑儂君殘秋書懷韻〉（四首）：「病怯寒風日掩扉，管他塵土撲天飛。無聊只愛臨池好，一卷黃庭信手揮。」「酒綠燈黃樂正多，忍教歲月付磋跎。山寒已有春消息，其奈梅花不放何。」「颯颯催寒已朔風，一爐相守尺軒中。閒來無物供消遣，只把吟秋學小蟲。」「渴睡年來夢不驚，任他風雨作秋聲。曉晴日影穿窗入，亦自春溫被底生。」

69 賴和：〈病後〉，《初編》頁 63。依據手稿改字，「不『奈』悲傷益憔悴」應為「耐」。

70 賴和：〈曉來〉，前衛版三，頁 35。

賴和本身身體的不適，使得他不得不去面對色身會敗壞、生命會死亡是一件
事實，他身為醫生，平日也經常看診，處理病患的病痛，也曾經面對不少病
患無法救治成功而導致死亡的結果。生與死，在賴和的生命之中，是一個一
直存在，並且不斷提醒他的問題。平日若是深入思惟死亡與生命的關係，便
知死亡其實正是生命的一部分，生與死無法斷離，人們不能只要生不要死，
因為一開始有生命，便已經註定走向死亡的目的地。學習在生活中覺察死
亡，並非意圖使人陷入哀傷或苦惱，而是透過對於生命無常與脆弱的觀照，
學會珍惜現在所能暫時擁有的一切，用心體會生命中的每一個階段，而能真
正學會活在當下。

（二）生死大事的思考

人生之大事，莫過於生死課題，有一些課題可以透過生命經驗來自我省
察，有一些則屬於假設性質，無法證實。其中有三個問題是一般人都會思考
以及對於生活有所衝擊的問題，第一是「生從何來」的探討，第二是「死往
何去」的思考，第三則是「應做何事」的反省[71]，然而賴和對生死問題的省
思，又多了一層，那便是「無處可容身」的感嘆，想要探求人生的答案，終
其一生在追尋這個答案，不間斷的思維，影響了他的人生態度，也在他的文
學作品之中清楚呈現，然而，這卻是一個沒有答案的答案，追尋答案的過
程，本身即是答案。

1 悠悠世上我何人（生從何來）

我們可以在賴和的漢詩之中看到他對生命抱持著極大的不安與懷疑，因
此經常在其詩作之中出現自問「我何人」（生從何來）的疑惑：

> 悠悠世上我何人，每向風塵念此身。自顧前程三嘆息，回思往事一酸
> 辛。少陵寂寞詩因好，太傅沈淪賦以神。如此衷懷如此恨，生無知己

---

71 韋琮瑜：《生死學中學生死》（台北市：法鼓文化出版社，2010年），頁44。

對誰申。(〈悠悠世上〉之一)[72]

認容如有舊,顧影倍相親。易代形容異,盧山面目真。<u>果然能似我,究竟是何人。要非來夢裡,重再見前身</u>。(〈重睹垂辮攝影戲題〉)[73]

賴和看著自己的垂辮照片,認容顧影如舊日,感到親切,雖因朝代更異,而剪去辮髮,然而仍是自己,卻又自問「究竟是何人」,除非在夢裡才能再見前身了。表面上雖有感嘆朝代更替之意,更有一種跳脫現實的思維,去顧影自問真正的自己是何人。在賴和的漢詩中清楚提出這些疑問的,還可以用下面這首詩來作為代表:

<u>人生有何事?吾生乃何意?天何生我我不知!我自為生生不疑,生生空過日</u>,日有為人職,飢來飽食倦即眠,過了一年復一年,<u>待到生已足</u>,一死便結局,生亦安所樂?!死亦安所悲?!吁嗟我何人?!生自多所思,秋風秋雨空蕭瑟,秋興秋悲共一時!(〈人生〉・1915)

人生來此世上究竟所為何事?有此生命有何意義?為何上天給我這個生命,我卻不知為什麼,一直就這樣為了生存而沒有懷疑過此事,導致一直空過日子,等到生命結束,生有何樂,死有何悲,感嘆自己到底是誰?放眼世間,覺得人生不過是空過日,一死便結局而已。賴和不斷自問「我何人」,追尋人生的答案,想要知道自己的「前身」,不願與一般人一樣,正因「生自多所思」才會有「秋風秋雨空蕭瑟,秋興秋悲共一時!」的感嘆。

2 人間無地寄形骸(生不自由)

賴和在其作品中,經常發出「人間無地寄形骸」[74]、「斯世不容我獨

---

72 賴和:〈悠悠世上〉,林瑞明編:《賴和漢詩初編》(彰化市:彰化縣立文化中心,1994年),頁58。以下引用時一律簡稱為《初編》。

73 賴和:〈重睹垂辮攝影戲題〉,《初編》頁63。

74 賴和:〈詩債〉,前衛版五,頁490。詩題雖為「詩債」,但猶可讀出賴和借無力償還詩債為名而感嘆人生無處可棲之意。

醒」、「浩浩乾坤著我窄，悠悠塵世做人難」之類的感嘆，覺得天下之大，無
處可棲，做人非常艱難，而這個浩大的世間卻容不得他一人獨醒，例如此詩：

> 是是非非強忍聽，自憐憔悴鬢星星。豈余慣作奮時語，<u>斯世不容我獨</u>
> <u>醒</u>。（一）
>
> 事到而今羞見影，身猶如此定忘形。無常笑罵哭兼歌，看做顛狂亦正
> 經。（二）[75]

詩中亦點出由於自己「慣作奮時語」，因此招來極多是非，由賴和置於《癸
丑詩稿》（1913）中的一篇記事可略知一二。[76]

> 簀燈無燄夜窗寒，獨客情懷感萬般。<u>浩浩乾坤著我窄，悠悠塵世做人</u>
> <u>難。暖衣飽食生容易，敗德毀名死不安。</u>何是何非逆所擇，無端無的
> 淚空彈。[77]

詩中感嘆人生艱難，並且表達他重視品德與名聲之意，天地雖大，卻窄到無
處容身，悠悠塵世，做人卻如此艱難，若是為了求取生存，即使暖衣飽食，
敗德毀名死了也不會安心，對於是非紛然的現實，不得已須違逆自己的選擇
實令人落淚。可見賴和對於人間是非顛倒，事與願違，感到非常傷心，特別
是在人生不如意時，更易有這樣的感嘆。

> 身世長零落，愁懷未易消。對花常有淚，坐月每無聊。命較紅顏薄，
> 人將白眼驕。<u>塵寰即孽海，何地作逍遙</u>。[78]

---

75 賴和：〈自傷〉（1913.2.8），前衛版四，頁83。

76 賴和：〈記事〉（1913.3.14），為同學李得君之事與人在食堂議論（事不詳），並留下一
篇記事：「癸丑三月十四日，為李得君事與諸役員論於食堂，理之所長在我，其如言辭
過激，遂為眾所不值，磺溪會之聲，因之頓挫，咎之所歸，均在和氏慎之哉，言之不
可拘也。當是起時而辨難者，嘉廳人黃調清氏為最。如滿清之留學生張春暉氏亦與
焉，其餘葫蘆墩人、台北人等皆和聲裝勢者甚至，我會員中亦有樂觀其成敗者，和氏
有感於斯，爰誌之以備無忘」（前衛版三：3）。

77 賴和：〈悠悠世上〉，《初編》，頁58。

78 賴和：〈寫懷〉，林瑞明編：《賴和全集（四）》（台北市，前衛出版社，2000年），頁

賴和這類的感懷詩，塵寰等同於孽海，可知他對於人世間持有比較悲觀與負面的看法，追求自由自在的逍遙生活，卻始終無法如願。生存既然如此痛苦，也就自然會產生人死之後是否有來生，或者是否能前往另一個世界的思考。

3 來生莫卜不先憂（死往何去）

在賴和漢詩作品中，曾經去思維今生、來生的問題，究竟人死之後往何處去、人類究竟有無來生？對於今生，他提出其看法：

> 蔴姑詭說海揚塵，幾見人間百歲身。此世原無真實事，空勞佛說果緣因。[79]

認為世間的一切原來都只是假相，並沒有真實的事情，可見佛家的因、緣、果之說亦是空勞。在另一首漢詩〈放言〉中亦對因果有所探討，詩云：「後果前因原可驗，昨非今是悟難真。」[80]再度對因果之說提出質疑，他認為因果之說應是可以驗證的事情，但是倘若果乃來自於因，又怎麼會有昨非今是的情形，似乎並非定論，因此讓他尚難以領悟這個道理。

至於人是否有來生，賴和反覆思維，在〈申酉歲晚書懷〉一詩中提出他的思想：

> 滔滔天下正橫流，難覓慈帆彼岸舟。往事已非如昨死，來生莫卜不先憂。[81]

143。為有別於明潭出版社的《賴和先生全集》（明潭版），以下引用時一律簡稱「前衛版」。

79 〈和笑儂君惆悵詞錄三首〉（1920秋），《賴和全集》，漢詩卷下，卷十，頁325。《初編》頁143。楊樹德（1897-1982），字笑儂，或作嘯雲，台北醫學校畢業，彰化應社詩人，主編《應社詩薈》。參考施懿琳：〈日治晚期二世文人的詩社活動與作品特色──以彰化「應社」為分析對象〉，《從沈光文到賴和：台灣古典文學的發展與特色》（高雄市：春暉出版社，2000年），頁321。

80 〈放言〉，《初編》頁16。

81 〈申酉歲晚書懷〉（1921年終），《初編》頁48。

眼看天底下戰禍災難頻仍，何能找到慈帆得渡彼岸，對於往事已非，不可復追，就當成如同昨日已死，抱持著來生無法知卜，就不用多加憂慮了，意即只要把握住這一生就好。由上可知，賴和的思想可說是較近似於儒家思想（未知生，焉知死），既然過去不可追回，來生亦不可預知，因此當前應做何事，便是他最想確定下來的事情了。

然而賴和會去追問死往何去，正因為眼看人間，有許多不公不義的事情，人一出生就不平等，因此唯有相信道德良知，活在世間才能有生命價值與生活的意義。死可以輕如鴻毛，可以重如泰山，每個人最後都要面對死亡這一關，如果有心理準備，在面臨死亡時，就能平靜接受，而不會一直怨憤「為何是我？」而無法好好靜心面對臨終的功課。

4 當為世人造幸福（應做何事）

苦悶的人生既已不可改變，要在其中如何找出生存的價值，便是賴和思維的重心了。賴和的用世之心，可從其勉勵朋友的詩看出：

> 吾人生長此世上，當為世人造幸福。勸君勿學嚴光輩，終身老死在岩壑。莫負男兒七尺身，他生未必再為人。我非盜世無聊士，不敢隨聲頌隱淪。[82]

賴和在一九二四年治警事件遭受牢獄之災時，開始留鬚，並寫有〈留髭〉一詩，手稿中有數句被刪去，但卻清楚表現出賴和珍惜生命，想留命做大事業的想法：

> 要使敲詩時，念此間生活。要使命共留，未忍輕一割。飽食永其軀，待看成霜雪。羞媚閨中人，染墨吾不屑。」（〈留髭〉1924見手稿）

詩云留髭可以讓他日後在作詩時，想起獄中的生活，希望能因留髭而一併把命留下，永遠保持健康的身體直到鬍鬚如霜雪般花白，即使白了，也不屑於

---

82 賴和：〈阿傳臨川二兄購別墅於市外欲以養閒作此貽之〉，前衛版四，頁72。

染黑來諂媚閨中人。

在賴和的〈生活〉[83]這首新詩當中，同樣表示了面對現實社會，其內心的孤獨與被生活所迫的無奈心情，也提出「到底有何使命」的問題：

> 永遠的世間　充滿著瞬間的人
>
> 無數的人群　有個單獨的我
>
> 整天整夜　忙著那食和眠
>
> 像這樣的生活
>
> 我對她總沒有留戀
>
> 奈此養命的力
>
> 不容人們一刻拒絕
>
> 生命的繼續人
>
> 是帶有什麼使命
>
> 抱有什麼希望
>
> ⋯⋯
>
> 在栖栖的中間
>
> 我每想到了我自己
>
> 問所為的是什麼事
>
> 於世間寧無辜負
>
> ⋯⋯
>
> 吾們人──辛苦勞力
>
> 把那些血汗所得
>
> 供獻做一部的犧牲
>
> 培養牠橫逆的威權

---

83 賴和：〈生活〉（1924.4），前衛版二，頁39-43。此詩與同書頁44〈現代生活的片影〉極相似，僅舉一詩討論。

　　　增長牠凶惡的勢力

　　　只嘗著生活的苦痛

　　　喪盡了樂生的希望

一九二四年所作的七古〈飲酒〉，對於生死與貧富的思考，更強烈地表達賴和追求平等自由的觀點，與批判強權壓迫、階級不平等的思想：

　　　世間萬事皆縈心，悲哀歡樂遞相侵。<u>生者勞勞死寂滅，豪門酒肉貧民血</u>。

　　　愚民處苦久遂忘，紛紛觸眼皆堪傷。仰事俯蓄兩不足，淪作牛馬膺奇辱。

　　　我生不幸為俘囚，豈關種族他人優。弱肉久矣恣強食，至使兩間平等失。

　　　正義由來本可憑，乾坤旋轉愧未能。眼前救死無長策，悲歌欲把頭顱擲。

　　　頭顱換得自由身，始是人間一個人。平生外此無他願，且自添衣更加飯。

　　　天道還形會有時，留取雙睛一看之。掀髯據案思量久，酒傾始覺杯在手。

　　　擲杯拍案眼向天，烏兔雙馳又過年。年年歲始多閒日，似此佳時忍教失。

　　　李桃梅杏皆已花，邯鄲酒薄易為賒。莫放春光醒眼過，舉杯勸影且自賀。

賴和一生追求人類族群的自由、平等、尊嚴、正義，因為人類失去自由，就失去了做人的價值與樂趣。詩中可以清楚看出身處殖民統治之下台灣百姓的痛苦，「生者勞勞死寂滅」以下二句指的是階級壓迫，「愚民處苦久遂忘」以下四句指的是喪失做人的尊嚴，「我生不幸為俘囚」以下四句則是種族歧視、強凌弱等種種不平等的待遇。「兩間」表示種種對立的情況，諸如種族

（漢／和）、階級（貧／富、官／民、有權者／無權者、強／弱）等，要達
到作為「人」的基本條件，就要追求平等。「正義由來本可憑」以下四句則
表現出賴和為正義拋頭顱、灑熱血的高尚情操，「頭顱換得自由身，始是人
間一個人。」真正的「自由」，涵蓋了平等、正義、尊嚴等，即使必須犧牲
生命去換取也在所不惜，只為成為一個完整的人，只為追求世人的幸福。

　　由上面賴和思索生死大事的四個問題，我們也會反觀自己，活著的時候
到底都在做些什麼，經常是處於一種似乎知道在做什麼，又不怎麼清楚知道
的狀態，為何要自問生命從何處來，正因為對自己的生命不滿意而產生質
疑。然而追問生從何來，不管從宗教上（例如基督教的人由造物主所創造出
來或佛教的因果輪迴、十二因緣等），或科學上（例如進化論、演化論）來
探尋，會發現人類的生死問題不過是在不斷變化的世間中的一個歷程。最重
要並不是知道「生從何來」，而是如果一個生命，他存在的狀態是充滿煩惱
與苦痛的，那麼應該努力的是如何脫離痛苦，而不是去追問生從何來、死往
何去。

四　生死的辯證與覺察

　　在賴和的文學作品中，我們經常看到生與死的辯證，也有生與死的覺
察。陳建忠教授曾提到賴和的作品中有一特點，更是時常出現「對比意象」
與「啟蒙話語」，例如生／死、強／弱、尊嚴／侮辱、殖民／被殖民，可謂
是殖民地的現實給予的物質基礎，也是其思想與美學的展現。[84]所謂生與死
的辯證與覺察，是賴和一直在思考的問題，例如生與死相對，生與死一體，
生未必好，死未必不好，那麼覺察生死的意義在何處？

　　賴和詩云：「而今身等伏櫪馬，此願未知何日酬。富貴壽夭與貧賤，人
生有命不可求」[85]，中國傳統家庭的概念，喜歡福祿壽，然而福壽雙全固然

---

84 陳建忠：《書寫台灣，台灣書寫：賴和的文學與思想研究》（高雄市：春暉出版社，
　2004年），頁278。

85 賴和：〈悠悠淒然欲涕聊舒所懷以寄在北知己〉，前衛版四，頁300。此詩與〈庭前庭

好，若是只能擇一，選擇有福無壽，或者有壽無福，任一種似乎也不是多好的事情，更何況我們並沒有選擇的自由。

〈上巳〉：「往來陌上多歡意，南北山頭有哭聲」寫出人世間的苦樂對比[86]，又有一詩：

> 是是非非非是是，真真幻幻幻真真。地原載物還埋物，天固生人亦死人。[87]

由此詩中，可知在賴和的眼中，人生如夢似幻，也看透了生死相對的真理，如同水能載舟，亦能覆舟，有得必有失，有成就有敗，有是即有非，有真方有幻。只有先去掉自己的分別心，才能求得精神上的解脫。

現實生活的苦痛既然無法解脫，賴和只能安慰自己：「風煆筋骸日煆肌，生當痛苦死休悲。猶有尺天堪吐氣，穿窗明月酒邊詩。」（〈和笑儂君惆悵詞錄三首〉之三・1920）「生當痛苦死休悲」，可見賴和認為人生活著反而比死亡痛苦，還有一小片天空可以稍吐不平之氣，只能寄情於詩酒來遣懷。新詩〈流離曲〉中亦寫著：「啊！死？只是一霎時傷悲，／活，平添了無窮拖累。」活著不一定比較好，死了也不一定需要悲傷，這就有莊子的道家生死觀念：

> 才固無多愁有餘，生來何用死何悲。人間活計東西窟，身世鷦棲南北枝。一步舉腳思覆轍，三年袖手看圍棋。知誰解我胸中恨，盡把幽懷寫入詩。（〈秋思〉・1915）[88]

自嘆生來何用，因此也就無須悲傷，而對於人生的苦痛，他發出「吾生轉易滋煩惱，不死何能便息休。」（〈同七律八首〉之七・1918）的感嘆，人生的痛苦，唯有生命死亡的那一天才能結束。

後〉一詩相似，前衛版五，頁346。

86　賴和：〈上巳〉：前衛版五，頁449。

87　賴和：〈放言〉（之一），前衛版四，頁149。《初編》，頁16。

88　〈秋思〉（1915），與《初編》頁59〈感懷〉相似。

賴和曾有詩云：「男兒生不能做驚天動地事，亦當暢遂此生之快樂。」[89]
賴和所謂「生之快樂」究竟是什麼？對於賴和來講，最希望的生活方式無非
是「謝卻塵緣，離世作閒人」，不用再管是非，隨遇而安，這就是他覺得最
快樂的事：

> 晚窗悄獨坐，萬念紛然生。瑩瑩簷燈火，欲滅還復明。仰首向寒窗，
> 淒涼恨滿腔。浩歌對殘月，嘆息和鳴蛩。吾生持小技，遂以勞其身。
> 甚欲謝塵緣，離世作閒人。是非不與管，隨遇聊浮沉。所欲務使寡，
> 感慨不便深。但求身不辱，不使心惜足。吾生自多樂，何能遂吾樂。[90]

賴和認為生命活著必須有尊嚴，才能感到快樂，例如小說〈一桿「稱仔」〉
的秦得參中云：「人不像個人，畜生誰願意做，這是什麼世間，活著倒不若
死了快樂。」[91]而賴和曾在一本書的封面上這樣寫著：「生活是鬥爭，不進
則退，忍辱負重，生何幸，死又何悲哉！」[92]在賴和一生中，所謂的生活就
是鬥爭，不能前進就是後退，必須忍辱負重的過日子，因此生到底有何幸
運，死到底又有何悲傷呢？

如同他的新詩〈日傘〉：「在生的長途上／多數的人們赤條條
／略無遮庇／可是火熱的日輪／紅赫赫高懸頭上／要有什麼去處能容我暫避」[93]，又如
〈忙〉：「在煩忙的裡頭／誰也不覺得苦痛／只有清閒著的日子／很是難過，
並多失望／真麼？吾們人是當然的／──服從地勞作麼？／不然為什麼受這
無理的束縛，至死不得解放／且也至死不敢抵抗。」[94]〈多數者〉詩中寫
著：「多數人作少數人的犧牲／拼著無價值的生命／醉迷迷呼喚不醒／試問
他所處的現境／實要進取努力／為何反忍耐、緘默／使我的眼中腦際／覺比

---

89 賴和：〈余之無用〉（1915），前衛版四，頁62。

90 賴和：〈客思〉（1915），前衛版四，頁64。

91 賴和：〈一桿「稱仔」〉，收於《全集》頁18。

92 賴和寫於《斷腸詩詞》封面（李白英編校，上海光華書局出版，1930年9月再版），賴
　　和紀念館藏書。

93 賴和：〈日傘〉，前衛版二，頁66。

94 賴和：〈忙〉，前衛版二，頁72。

身受的更忍耐不得」[95]都宣示著生命活著，便是一種不得解脫的痛苦。在賴和的新詩〈生活〉當中，則探討殖民地的人民生活的苦痛與無奈：

> 更思想到世間
>
> 紜紜總總
>
> 只可憐勞動者們
>
> 用盡氣力流盡血汗
>
> 過他困苦的日子
>
> 僅能得不充分的睡眠
>
> 糊亂的三餐（前衛版二，頁41）

而「一部分幸福的人」，整日裏追尋快樂，不勞而獲，過著奢侈淫縱的日子，〈生活〉詩中又云：

> 吾們人──辛苦勞力
>
> 把那些血汗所得
>
> 供獻做一部的犧牲
>
> 培養牠橫逆的威權
>
> 增長牠凶惡的勢力
>
> 只嘗著生活的苦痛
>
> 喪盡了樂生的希望（前衛版二，頁42-43）

其〈奉獻〉一詩，更是把人民被剝削的痛苦寫出來：

> 絞盡了汗和血
>
> 削盡零星骨節，到如今
>
> 多大義務說不須氣盡力竭，只應該
>
> 剖開我鮮紅的敬心討個歡悅
>
> 誰知道轉添了不安煩悶

---

95 賴和：〈多數者〉，前衛版二，頁75。

> 天上的福音全然絕滅
>
> 唉！這段慘情卻教我何處去說（前衛版二，頁51）

而人人響往的幸福呢？他在〈生的苦痛〉詩中如此寫著：

> 人世間
>
> 都說著生的幸福
>
> 奈多數人們
>
> 盡殼受生的束縛，這可不是社會罪惡
>
> 教士們雖讚美死的快樂
>
> 但是到了那個時候
>
> 人們已別的沒有希望了
>
> 思想至此吾不禁為人們放聲大哭（前衛版二，頁74）

追求理想的「生的幸福」與厭棄「死的絕望」，是賴和作品中反覆敘述的主題，生的幸福只是一種傳說，多數人們是受到生的束縛，如果死亡時便可如教士們讚美的一樣得到快樂，但那時生命已死，又有何希望？賴和對於生命無寧說是抱持著極為悲觀的想法。又如〈生與死〉這首詩：

> 生、啊！真不容易。
>
> 死、嘻！有甚艱難？
>
> 有人幸福到使人妒羨，
>
> 有人不幸到自己可憐。
>
> 這敢是命運所註定？
>
> 這敢是勤怠所由判？……
>
> 時間無不得不死的時候，
>
> 心靈有生之厭倦的念頭，
>
> 血性的男兒，死便死去，

要牠什麼意義？[96]

賴和漢詩中有一首〈人生〉詩云：

> 人欲得其生，不能廢衣食。食只升斗粟，衣僅幾尺帛。<u>長歲事勞苦，尚復愁得失</u>。——<u>妻兒待教養，父母須服侍</u>。——學者曾宣言，此事還容易。日作四小時，人類飽煖矣。<u>天下致紛然，人生失樂趣</u>。大盜任恣橫，賢聖久已死。鳥獸難為群，吾其將誰與。<u>欲遂生之樂，必自無官始</u>。[97]

人的生命中有許多無奈的事情必須承擔，衣食的需要、家庭與經濟的壓力、長年的勞苦工作，卻又不一定能滿足生活的基本需求，而「天下致紛然，人生失樂趣」「欲遂生之樂，必自無官始。」提出人民要能得到生活的快樂，得到生活的自由，必自沒有官府來統治開始。

而生命的價值，究竟是如何，若沒有尊嚴的生命，寧可不要，生都不要了，死便也無懼了。賴和認為台灣人的共通性，就是「受到強橫者的凌虐，總不忍拼棄這弱小的生命，正正堂堂和他對抗。」（〈隨筆〉）但是出獄後，他的抗爭精神有增無減，為了追求人生的自由平等，已經達到可以把死生置之度外了，所以他在〈席上賦贈蔡惠如先生〉（1924年3至4月）詩中云：「已不要生何畏死，輸君肝膽自輪囷。」他是很想追隨這些先覺者的腳步的。

既然無懼於死，那麼要死也要死得有價值，他這首〈讀太戈爾詩集竊其微意以成數首明火執杖之盜人固不奈他何〉詩曰：

> 可憐物類同芻狗，敢替群生罵化工。<u>有死始知身代價，無思未信世將終</u>。[98]

---

96 賴和：〈生與死〉這首詩：（前衛版二，頁128-131）：

97 賴和：〈人生〉詩云：前衛版五，頁456。

98 賴和：〈讀太戈爾詩集竊其微意以成數首明火執杖之盜人固不奈他何〉之三，前衛版五，頁454。《初編》頁248。

賴和眼見物類如芻狗，得不到應有的尊嚴，所以敢替天下蒼生罵大自然的創造之神，他甚至認為有死亡才知道此身代價幾何，沒有思想的人是不會相信世界末日將要來到的。

　　賴和在朋友眼中也是個悲觀的人，在〈寄懷奇崖學兄疊韻四首〉[99]詩中有一段註解很值得注意：

> 學中我忝踞先班，一日清談萬慮刪。醫術今經推國手，詩名久已重人間。三千世界誰青眼，二八年華祇韶顏。淪落此身空老大，不堪回首憶羅山。（同在嘉義時，<u>君謂余不得志，必自殺，問世十年，百事違心，此身老大，卻未有此勇氣，實出君所料不。哈哈！</u>）（之一）

> 謬許文章學馬班，胸懷茅塞愧難刪。<u>未能憂患先天下，辜負生存在世間。</u>眉睫仰承非素志，臉皮添縐失朱顏。西風何處堪攜手，八卦豐亭一角山。（之二）

賴和附註云：「同在嘉義時，<u>君謂余不得志，必自殺，問世十年，百事違心，此身老大，卻未有此勇氣</u>，實出君所料不。哈哈！」得不得志，是賴和終生很在意的事情，可是賴和雖不得志，現實生活雖然苦悶，卻為了他的家庭不得不苟延殘喘，這段賴和自嘲之語，何其悲慨！

　　一九一四年十二月，就職於嘉義醫院，感受到差別待遇，作此詩時，賴和正客居於嘉義，曾於一九一五年初寫〈寄詹本君〉一詩勉勵詹阿本（1895-1977）[100]，詩中亦透露其對人生的看法，得意與失意本就是有時，勿喜亦勿悲，只要莫辜負作男兒的志向即可：

> 去年今日君失意，立向春風愁不語。今年今日君得意，立向春風默

99　賴和：〈寄懷奇崖學兄疊韻四首〉（1920.11），前衛版五，頁324。

100　詹阿本（1895-1977），字友梅，號愚翁，彰化市人。台北醫學校畢，醫師，著有《友梅詩稿》，詹阿川為其兄，陳虛谷為其內兄。參考施懿琳：〈日治晚期二世文人的詩社活動與作品特色──以彰化「應社」為分析對象〉，《從沈光文到賴和：台灣古典文學的發展與特色》（高雄市：春暉出版社，2000年），頁326。

不語。

聞君失意人共惜，今君得意何默默？<u>人生得意原有時，勿用喜歡勿悲惻</u>。

今君得意君自知，記否當年失意時。<u>得失願君詳記取，人生莫負作男兒</u>。[101]

又有一首〈再寄詹本君〉：

世間生物多難數，<u>一世為人不偶然</u>。莫使吾生死便滅，要留姓字到千年。[102]

詩中強調世間生物極多，能為人並非偶然之事，珍惜生而為人的難得，畢竟來世未必仍為人，莫使生命隨著肉體死滅，應追求精神形而上的永恆，與流傳後世的美名。

　　透過上述生與死的辯證過程，我們可以發現賴和在他的文學作品中，一直在覺察生死的存在，與思考生與死的意義在何處？他不但思考了生與死的關係，也懂得了生與死並非對立，而知道生與死可以和解。有生、不死，有死、是否無生？賴和對於生死的思考是很深入且反覆辯證的：如果周遭所有的人都死了，我們卻可以不死？如果永遠不死，那麼生的痛苦，不就永無止盡？而世間有一些困擾的人際關係的衝突，若是無能力改善，也許死亡不失為一個讓苦痛休止的方式。如果可以永遠不死，那麼我們是否就以為時間永遠都足夠，而不懂得珍惜與善用，對於時間的觀念會更趨拖延，永遠下不了決心去做某些想做的事情；反之，如果明白死亡是隨時可能到來的，也許我們對於時間的態度會截然不同。再者，如果可以不死，可是身體的器官卻不斷退化衰敗，這樣的不死，有人願意嗎？而如果有人活得很久，甚至永遠不死，但是卻日日虛度光陰，比起生命短暫卻活得十分有意義的人，哪一種更好呢？福壽雙全固然好，若是只能擇一，選擇有福無壽，或者有壽無福，任

101　賴和：〈寄詹本君〉（之二），前衛版四，頁68。據手稿判斷於一九一五年初作。
102　賴和：〈再寄詹本君〉，前衛版四，頁68。一九一五年作。

一種似乎也不是多好的事情，更何況我們並沒有選擇的自由。[103]因此，我們可以歸納出賴和並不畏懼死神的來臨，甚至覺得死神也有可愛之處，死亡也不是那麼可厭與不幸。討論到這裡的時候，就是該總結賴和究竟體悟到應如何面對生死了。

五　賴和文學的生死觀

經由上述的討論，筆者試將賴和文學的生死觀歸納如下三點：

（一）儒家思想的生死觀

賴和自小在書房讀書，當然也受到儒家思想的薰陶，頗具遺老氣質，因此他對於生死的看法，也與孔孟的生死觀有相近之處。我們可以看到賴和的文學作品中，會提到「莫使吾生死便滅，要留姓字到千年。」[104]、「人無當用才堪想，生不能謀拙可知。處事由嫌為世穢，立身無地死非時。」[105]這類的觀念，儒家思想的重點主要在於「安身立命」，也就是如何在世間建立自己的價值，例如《易經》的「天行健，君子以自強不息」，便是主張人應該不斷往前超越自己、自我實現。既然人有生死大限，那麼生命應如何才能不朽？儒家重視的精神不朽，即是透過《尚書》所說的三不朽「立德、立功、立言」來完成，而賴和文學作品中也顯現這種觀念。

孔孟思想均十分強調活在人世間的價值與意義，孔子對於生死的看法，最有名的是「未知生，焉知死」，「未能事人，焉能事鬼」，主張人死後的世界不是我們需要去管的事情，重要的是活在人世間必須努力完成個人想要實現的生命價值，所謂「朝聞道，夕死可矣」，還有「志士仁人無求生以害

103　辜琮瑜：《生死學中學生死》（台北市：法鼓文化出版社，2010年），頁80-85。

104　賴和：〈再寄詹本君〉，前衛版四，頁68。1915作。

105　賴和：〈感事〉，前衛版四，頁72。

仁，有殺身以成仁，死有輕於鴻毛，有重於泰山」的觀念，則闡明死亡無可
畏懼，最重要的是成就仁義道德；又如孟子強調的「捨生而取義」，則認為
只要符合了道義，即使犧牲生命也是有價值的。

至於荀子認為的「以禮化育」，則著重於喪葬儀式如何處理，「禮者，謹
於治生死者也」，認為應善生善死，善終善始。而儒家對於生死的處理方
式，可由孔子所說的這段話為代表：「生，事之以禮；死，葬之以禮，祭之
以禮」，「禮，與其奢也，寧儉；喪，與其易也，寧戚。」孔子雖然認為死必
須以禮安葬，以禮祭之，但是又說到禮的重點是「儉」，而喪禮的重點乃在
於「戚」，因此，就這一點而言，賴和的看法是跟儒家相近的，對於台灣人
的喪禮，也就是「送死」一事，他與楊守愚以最下層的來作標準，提出改革
的具體案，「喪，死過了二十四時間，就宜收斂，第二日出葬，祭一概廢
止，只於香的供獻，送葬也要廢止，這費用限二十五圓以內（連棺材併
算），居喪一禮拜，這中間接受親戚朋友的吊唁。」[106]雖然賴和他們主張簡
化喪禮事宜，改革台灣社會中舖張浪費、手續繁複的喪禮，但是仍舊保有居
喪一週、接受親友吊唁的哀戚莊重，因此亦符合儒家的生死觀念。消極面來
說，儒家不去解決未知的死亡問題，也可以說他們逃避死亡的問題；積極面
來說，是以人為本的思想，立基於現實的世界，不去研究怪、力、亂、神的
想法，而是實際去著手解決人生的問題。

（二）道家哲學的生死觀

1 我原太上忘情者（忘情於世、萬事由天）

賴和曾於回家途中經一新墳，見一婦人背負孩子哀泣，寫下〈歸途經一
新墳，傍有婦人，負子哭甚哀，聞者淚墜，因有此作〉一詩，詩題中云：
「叔謂吾曰，釋伽之所以欲解脫者，其為此哉，予曰，世之學佛，所以不能

---

106 賴和以「懶雲」的筆名，與守愚共同具名發表：〈喪禮婚禮改革的具體案〉，原載《革
　　新》（1934年10月27日）。

解脫，亦正為此，然使世間無此悲歡哀樂，生老死病，貧富榮辱，即亦不能成為世間矣，予雖云然，予心戚焉，乃歌以祀之」，可知賴和雖明知世間就因為有悲歡哀樂，生老死病，貧富榮辱，才成為世間，這是正常的生命現象，生而為人，就要承擔人生的種種煩惱，就得歷經生死輪迴之苦，要追求像仙家不死無法寄望，要學習佛氏的解脫也沒有方法，因此用道家莊子的把生死看成一樣：

> 莫說千金與萬金，沈珠蒼海更何尋。我原太上忘情者，卻累傍人替痛心。[107]

賴和認為自己是「太上忘情者」，即是道家老子的概念，忘情並非無情，而是具有大慈大悲，無偏無私的大情，就如天地生育萬物，平等無差，不求回報。但是賴和也誠實表示，雖然有「忘情」的觀念，卻還是有鬱鬱不得志之感，每想為了超然崇高的理想捐棄生命，卻無法忘情於世：

> 鬱鬱不得志，栖栖徒困此。認識世間來，一無遂志事。韶華易遠人，瞬息老而死。吾生三十一，來日能有幾。每欲捐軀殼，超然獨高舉。神仙致可求，忘情要非易。[108]

賴和早年即有想把此身獻於理想的想法，生死在他來說本無可悲傷，只因身有負擔，不忍便捐棄此身。但是，有道家的生死觀念，並不是代表他一定要做得到。

> 萬事由天不介懷，隨時聽任命安排。求仁未識將何用，所欲從心即便佳。錢不用多沽酒足，活慵過久讓塗埋。而今與世多忘卻，尚愛逢場一學乖。[109]

107　〈死了的志煜兒〉之一（1920.8），前衛版五，頁320。《初編》頁95。

108　賴和：〈去日容易成事艱難一剎那已非春光百忙中又來生日〉（之一）（1924.5.27），前衛版五，頁455。《初編》，頁118。

109　賴和：〈萬事由天〉，前衛版四，頁260。

第一、二句的聽天由命，順應自然，符合一切皆自然的生死觀；第三、四句則反思了儒家的求仁態度，不一定能受賞識，因此若能和孔子一樣「從心所欲」也便好了。

2 覺來浮夢已千年（人生如夢、世事皆空）

　　在莊子的道家思想當中，一直有人生如夢、世事皆空的觀念，例如〈覺來〉（1917）詩中即表達了這樣的思想：

> 覺來浮夢已千年，利慾名心兩俱捐。處世無為容我懶，讀書未達讓人賢。
> 江淮河漢都歸海，日月星晨永繫天。二十四年生也厭，敢將不死笑神仙。[110]

他寧願像老子一樣的處世無為，捐棄名利，如同江河終歸於海，日月星辰永在天，人生令他厭倦，何必學習神仙求得長生不死？

> 世事看來盡屬空，轉令衷塞豁然通。看來世上傾家子，幸免他年累乃翁。[111]

　　世事皆空，賴和因兒子的過世已有所領悟，換個角度想，無子反而能幸免拖累父親。又云：「人到放懷忘有我，心因不羈形為奴。浮生夢夢醒非易，那復能知賢與愚。」（〈春遊〉）但是浮生如夢，要清醒覺悟不是簡單的事，每個人都一樣浮沉於人生這個大夢之中，所謂大夢誰先覺，沒有醒覺者，又豈能知孰賢孰愚？有用無用？

110　〈覺來〉（1917），《初編》未收。見前衛版四，頁76，詩在前衛版中缺了頸聯兩句：「處世無為容我懶，讀書未達讓人賢。」本文引詩的頸聯為筆者參閱賴和手稿補上（手稿九-184，頁67）

111　〈死了的志煜兒〉之二（1920.8），前衛版五，頁320。《初編》頁95。

3 生來何用死何悲（余之無用、處世遷移）

天地悠悠，人生罔罔，光陰一剎那間如飛，繁華一夢，身為醫生，賴和看盡人生的生生死死，對生命有限的感懷很深：

> 天地長悠悠，人生原罔罔。<u>光陰如過客，百歲等一夢</u>。繞看日出扶桑巔，回首西山已薄暮。<u>男兒生不能做驚天動地事，亦當暢遂此生之快樂</u>。吁嗟悲兮余之無用。做人尚未能，心將懷奢望。論詩人嗤俗，行醫世笑庸。勞勞無所成，持此以長終。吁嗟悲兮，余之無用。[112]

然而無用之用，是為大用，正是莊子思想的重點，只是賴和所云的「余之無用」，尚不能如莊子的境界那麼灑脫，仍有一種悲懷與無奈，畢竟知與行是有差異的，但莊子的生死觀卻是沈潛於賴和的意識之中的，就如同此詩：

> 才固無多憨有餘，生來何用死何悲。人間活計東西窟，身世鷦棲南北枝。一步舉腳思覆轍，三年袖手看圍棋。知誰解我胸中恨，盡把幽懷寫入詩。[113]

賴和自嘆才淺性憨，活著時既然不一定有何用處，死亡到來時也就不一定得悲傷，處世雖經反覆思考，卻一直有不能放手去做的考量，令他幽懷滿腹，引為恨事。

既然人情反覆，時事難料，因此賴和亦體悟到道家的生存之道：

> 無常時事難預料，反覆人情莫可知。<u>處世身同浮大海，只應逐浪任遷移</u>。眼前萬物皆芻狗，世上無人不鬼狐。便是青山與綠水，濛煙罩霧或糊途。（〈賦感 十七日〉・1913）

老子《道德經》說的「天地不仁，以萬物為芻狗。」是指天地的運作就是一個自然的狀態，不住一切相，對萬物的運作沒有分別心，沒有一個宰制的對

---

112 賴和：〈余之無用〉（1915），前衛版四，頁62。

113 〈秋思〉（1915），與《初編》頁59〈感懷〉相似。

象，而是一切自然平等的。即使是芻狗，也是一個暫時的存在，自然而生，自然而有，也自然還滅。因此處世只要逐浪遷移，這也是賴和心中對待無常世事的處理方式。

4 幾見人間百歲身（人生有限，順應自然）

觀賴和的詩句，經常對人生短促有所感懷，例如「人生顧有限，日日就死滅。」（〈留髭〉‧1924），「人世有朝暮，難留落日紅。」（〈悼楊秀才逢春伯〉‧1910）他的生死觀中經常感嘆生命短暫，亦明白人生有限，日日趨向死滅。

> 蔴姑詭說海揚塵，幾見人間百歲身。此世原無真實事，空勞佛說果緣因。（〈和笑儂君惆悵詞錄三首〉之二‧1920秋）

這首詩反映了道家對於長壽的看法，畢竟如同道家所言，死亡對於生命來說，就是自然的現象。因此道家認為人們不需要加速生命的死亡，也不需要去刻意來延長自己的生命，出生入死，一切順應自然即可。

（三）佛家哲理的生死觀

佛教的生死問題，有三組概念，第一，「輪迴、轉世和業」。第二，「為什麼我們要修行」。第三，「無始來，無始終」。第一組的概念，所謂「輪迴」，就是出去了還再回來，但是出去之後變成什麼樣子回來，則有不同的相關因素互為影響。「業力」與「輪迴」、「轉世」密切相關，六道輪迴即六條不同的道路，人往哪一條路走，好或不好都由自己決定；第二組概念，是因為人們不想繼續輪迴，希望能夠解脫生命的痛苦，佛法中提到「涅槃寂靜」就是一個解脫的狀態，意指不受苦樂羈絆、不被煩惱所困，是很多人嚮往與期待的一種方向；第三組概念，所謂的「無始來，無始終」，人生中的「生從何來、死往何去」根本找不到答案，在佛教的時間觀念中，即使是中國的五千年文明，也僅是如同剎那一般短暫而已。生命的起源無從得知，生

命的終點亦無從得知，最重要的仍是如何處於當下，清楚自己的這一念心，是否能安定、明白，沒有罣礙，但是這必須經過許多的歷練方可達到。[114]

1 生死輪迴

一九二三年二月賴和以「懶雲」筆名發表的漢詩〈步笑儂君客思原韻〉云：

> 惜花勤供佛，中酒愛逃禪。悟入無生外，吟閒夕照邊。證仙皆白骨，不老有青天。欲濟滄波去，曾聞石可鞭。[115]

詩中提到「供佛」、「逃禪」、「無生」等佛家名相，又如〈萬石巖〉（1919）詩中云：「頑生欲聽無生法，也到禪林一叩關。」[116]也提到「無生法」、「禪林叩關」等佛家用詞，可知賴和對於佛家思想相當有研究，亦顯現了他生死觀之中融合了佛家對生死的觀念。所謂的「無生法」，是指真如之理，涅槃之體。《楞嚴經長水疏八上》曰：「真如實相，名無生法。」佛教名相中，將「無生」解為「涅槃之真理，無生滅」，觀無生之理，則可破生滅之煩惱。《圓覺經》曰：「一切眾生於無生中，妄見生滅，是故說名轉輪生死。」《最勝王經一》曰：「無生是實，生是虛妄。」由他惜花勤供佛、愛逃禪等詩句，可知他有想要修行的想法，詩中所言「悟入無生外」，亦可看出他對佛理頗有研究，「無生」（不生不滅）正是佛教對於生死的概念，證仙之人都已成白骨，不老的唯有大自然界的青天了。簡言之，「無生」乃是在說一切法性空寂，不生不滅，但世人卻常在無生中，產生有生有滅的妄想，才會有生死輪轉之苦，反之，悟入無生外，也就是體悟到不生不滅之理，也就是解脫

---

114 辜琮瑜：《生死學中學生死》（台北市：法鼓文化出版社，2010年），頁54-55。

115 《台南新報》大正十二年（1923）二月二日，7517號「詩壇」以「懶雲」筆名發表漢詩〈步笑儂君客思原韻〉等數首漢詩。參陳淑娟編：〈賴和先生生平年表及作品繫年〉，《賴和漢詩的主題思想研究》（台中縣：靜宜大學中國文學系碩士論文，2000年）

116 〈萬石巖〉（1919），賴和手稿五-73。《初編》頁220。

生死輪迴了。例如他寫給詹本的詩，提到「世間生物多難數，<u>一世為人不偶然。</u>」[117]「<u>莫負男兒七尺身，他生未必再為人。</u>」[118]正是道出了佛家輪迴的生死概念。

2 夢幻苦空

賴和在〈有力者〉一詩也提出知識、學問是裝飾品，而地位與名聲則是如夢幻、如電、如泡影，這是套用了佛教的《金剛經》的概念：「一切有為法，如夢幻泡影，如露亦如電，應作如是觀」：

> 有力者們啊！
> 爾是誇耀著什麼？
> 「知識啦，學問啦」
> 那不過是虛花的裝飾品
> 只夠利用牠
> 堅固地位　滿足奢望
> 保持己如幻如夢如泡如電的光榮
> 試自問可看著自己生命麼？[119]

在賴和的文學作品中，我們可以看到佛教的生死觀念在他的作品中展現，例如有關第四節的「生死辯證與覺察」當中可看出在賴和的詩文當中，反覆出現活著是痛苦的，死了反而能得致安樂的想法。又如他在思考死亡這件事，具有相當成熟的死亡覺醒意識，對於「生死的覺察」已經投入不少關注。例如他在二十歲（1913）作的〈初三日上山典墳〉詩云：「大母山頭日欲斜，亂墳壘壘路多叉。<u>縱然已死無須念，也覺吾生本有涯。</u>先世艱難勤創業，後人遊蕩易傾家。<u>原知坏土終堙沒，塋植為勞致意差。</u>」[120]亂墳壘

---

117 賴和：〈再寄詹本君〉，前衛版四，頁68。1915作。
118 賴和：〈阿傳臨川二兄購別墅於市外欲以養閒作此貽之〉，前衛四，頁72。
119 賴和：〈有力者〉，前衛版，頁52。
120 〈初三日上山典墳〉，前衛版四，頁45。第二首跟第一首只有字面略改動，意義相差

壘,縱然已死無須掛念,也是叫人往未來看,不必一直追念過世的人,也領悟到我們的生命是有限的,即使有坯土之墳,他日終將堙沒,也點出世間相的成、住、壞、空。

3 生死無常

佛家的生死觀還有一個特色,就是「無常觀」,賴和的思想中也深具這種觀念,「明日死生非所料,他年重見更何期」[121]、<u>無常時事難預料,反覆人情莫可知</u>」(〈賦感 十七日〉‧1913)尚有詩云「<u>人生疊幻物無常</u>,身已贅疣血已涼。」(〈無題〉‧1908-1912)都是在說明生命的無常現象。

賴和並且認為世間若無煩惱,則不須佛陀,很多事情都是一種相對的存在,煩惱即菩提,由來即是終,菩提的真諦即是「空空」,故詩云:

> 世無煩惱何須佛(原為「世無煩惱原無佛」),物有由來即是終(原為「物有由來總有終」)。悟到菩提真妙諦,始知一切本空空。(〈讀佛書〉1923.12)[122]

此詩值得注意之處有二:首句原作之意為「世間本無煩惱,因此本來無佛」,再修改為「世間沒有煩惱,也就不須佛的存在」;然而,世間是有煩惱的,當然也就有佛,這表示賴和認為佛的功用,在於消除人類的煩惱,因此「煩惱即菩提」。次句原作之意為「物有由來,也就有終」,賴和將詩意修改為「物有由來即是終」,起點即是終點,也可以說是歸回本心,方知一切均是空幻。

無多:「大母山頭白日斜,亂墳重疊路多叉。<u>雖然已死思無用,也惜吾生自有涯</u>。先世艱難勤創業,後人遊蕩易傾家。<u>原知坯土終堙滅</u>,草餅新封略慰些。」因此僅討論其一。本詩與〈掃墓〉詩相近。

121 賴和:〈寄方象松〉,前衛版四,頁62。

122 賴和:〈讀佛書〉(1923.12),《初編》頁83。

4 生死涅槃

大陸高僧圓瑛大師曾於一九二三年遊化台灣，時在台灣宣揚佛陀的教化[123]，賴和當時定也耳聞，作有〈上圓瑛大師〉一詩：

涅槃未到未皈真，尚有金剛萬劫身。漫想逍遙登極樂，偏尋煩惱向凡塵。

虛空世界初無佛，穢濁煙裏卻有人。正待如來宣妙諦，為他指點出迷津。（〈上圓瑛大師〉· 1924.1-2）[124]

詩中所云，乃是闡明人心多所妄想雜染，自尋苦惱，若不到涅槃的境界，則一切境都不是實相，此身尚得經歷萬劫，亦表示出賴和期望佛家思想能夠為他指點迷津。

賴和並有詩云：「一体有情何貴賤，大千皆佛不聞聲。」（〈吾人〉· 1924.6-8）[125]認為萬物均是有情眾生，沒有貴賤的差別，大千世界中處處皆佛，凡人雖無法耳聞，卻不能說沒有佛，這也代表賴和對佛理的體悟，深知佛曰不可說，言語道斷之理，佛理是無法用言語傳達的，只能靠個人的修行領悟。

5 因緣果報

賴和對於生活的艱難，亦常思考解脫之方，可惜自嘆無法體悟過去生與未來世，雖誦心經仍未能明白：

---

123 據葉性禮：〈圓瑛老法師事略〉云，「十二年，遊化台灣……宣揚佛化，法雨頻施，三根普被。……是秋，由台南回至泉州，……」此指民國十二年，即西元一九二三年，可知當時圓瑛大師來台必造成民間轟動，但賴和此詩作於一九二四年一至二月間，應非面呈圓瑛大師，但或有此意。參考圓瑛法師：《大佛頂首楞嚴經講義》（台北市：大乘精舍印經會，1996年9月），頁1691-1692。

124 賴和：〈上圓瑛大師〉（1924.1月底-2月初），有三字與《初編》頁178不同，分別是「皈」、「煙」、「他」，今依手稿。

125 賴和：〈吾人〉（1924.6-8），《初編》頁232。

此世幸無終止日，我心不悟去來生。高堂憂患因兒女，家計艱難幾弟
兄。也要自覺思解脫，心經三誦未能明。(〈曉來〉‧《初編》頁239)

雖在精神苦痛時，藉由念佛誦經以求得精神上的安慰，但是其心中仍充斥著
許多不安與愁苦，〈獄中日記〉第十七日（《全集》頁283-284）云：

> 心經講話裏說起，勿迷勿執，無明纏生煩惱，說苦說顛倒，但我現在
> 不知是屬於那一種苦，要說是無明煩惱，卻又不似，有似乎是執，執
> 著於家庭破滅的想念上⋯⋯家將破滅，那能不愁苦？要解脫，不知將
> 何解脫起。
> 妄想，佛說顛倒夢想，怕就是這境地。要求脫出這無明煩惱，要怎樣
> 呢？要締觀生本是苦，苦我一身，苦我妻子，不要緊，份所當然。年
> 近七十的父母，要累其受苦，將何以為人子，這一點，要將何法來締
> 觀耳。這是不是實相，若這是真相，就不能用真空了之了。⋯⋯這苦
> 就是實相，就在佛的真空之中因緣果報之內，但在為人子的我，可以
> 為是因果而漠然不關嗎？這迷這執就無法可以破了。所以心上只有妄
> 念。希望日夜可以釋放，日夜在祈禱，在念佛，在誦經，⋯⋯

雖然具有因緣果報的觀念，然而並非真正信入，而是在反覆思維與辯證。

6 欲渡眾生

賴和在佛理上的思索，對應到現世生活的理想，值得後人肯定，其〈欲
渡〉詩云：

> 欲渡迷津過，提攜及眾生。眾生登彼岸，大道始完成。(《初編》頁
> 240)

由此詩中可看出賴和的願力極大，並不僅成就自己而已，而是眾生均登彼
岸，大道才算完成，祈願能自度，也能度人。雖然有此願力，然而囚禁與死
亡的壓力過大，使賴和在〈欲渡〉詩之後寫下這樣一段話，質疑自己的能力：

不入地獄，誓不成佛，入到地獄，亦一鬼囚，不知地藏菩薩，將何以
施其佛力？（《全集》頁297）

在小乘佛教中，聲聞、緣覺的二乘行者主要是以四諦、十二因緣為修行方
法，自覺、自度、自利，以求解脫生死，不受三界流轉之苦，其所行證的果
為證阿羅漢、辟支佛；而所謂「摩訶衍」的大乘佛教思想，則以利己利人、
自度度人，上求佛道、下化眾生為志，能夠自覺覺他是為菩薩，覺行圓滿則
成佛[126]，雖則賴和的初發心力量極大，只是仍然不夠堅信，由此亦可知賴
和對宗教不是以「信仰」來看待的，而是注重佛理的體悟與思索，已深具大
乘佛教的思想，而經由上述的討論，亦可推知賴和的生死觀，已融合了儒、
釋、道三家的思想於其中。

六 結論

　　人生遭逢多變，命運乖舛之際，唯有能夠覺察生死、意識生死，明白生
命的有限性，明白死亡終究會到來，這樣才能夠清楚地在自己有限的生命
中，做最重要、最合適的取捨，明白哪些是必須實踐的事情。透過討論賴和
關於生死的文學作品，看到他由一位沒有信仰的無神論者，變成以佛理作為
精神寄託，來撫慰他極目所見與面對人生遭遇的苦痛。幸好賴和並不受宗教
信仰的局限，也不注重宗教的形式，有佛理上的哲思，但是一位不以狂熱的
態度去崇奉任何宗教的新知識份子，能夠誠實面對自我，看清生死的真相，
才明白人應該為自己生命的困境負責。如果總認為自己的困境是他人或外力
造成的，那就無法自我反省，也無法改變自己，當然就無法出離困境了。賴
和著名的詩句「勇士當為義鬥爭」，正因為看清楚了生死的價值，明白了
「生命與死亡是相互依存」的，雖然人類會因為形體的死亡而消毀，但是人
能從悟透死亡之中得到拯救，而不會陷入越深的死亡焦慮，尼采曾用兩句雋

---

126 參考高觀如：《佛學講義》第三部〈佛教概述〉與第五部〈大乘佛教概述〉（台北縣：
　　圓明出版社，1999年7月一版二刷），頁188-196、頁278-288。

永短語鏗鏘有力地表達這觀點：「活得精彩」及「死得其時」。[127]

　　歐文‧亞隆（Irvin D.Yalom）說：「我們及我們所愛的人終不可避免會死亡；每個人都有選擇生活方式的自由；人終究是孤獨的；最後，生命沒有明顯的意義或道理。這些既定事實或許很灰暗，裡面其實蘊藏智慧與救贖的種子。」只要是人，都有能力面對生存的真相，並根據對生存真相的了解，來追求個人的改變與成長。所有生命的真相裡，死亡是最明顯、最能憑直覺察知的。我們在幼年時期便知道人終有一日會死，且絕不可能逃脫死亡。[128]

　　人唯有置於死地而後生，只有能夠面對「死亡」，才有可能明白「生存」的意義，人生只是一個生命的過程，為了追求人生意義而來，人們一直在尋找生命的答案，其實生命本身就已經是生命的答案了，能正向來凝視死亡的時候，我們才能轉身來看待人生到底是什麼。我曾看過柯文哲醫師二〇一三年在 TED 的一段演講，題目叫做「生死的智慧」，他說：「身為台灣看最多往生者的醫生，看待人生只有插管跟沒有插管兩種結局。」「死亡不是目的，生命只是一個過程。」又說：「最困難的不是面對挫折打擊，而是面對挫折打擊，卻沒有失去對人世的熱情。」我在賴和先生身上，也看到了像這樣熱情看待生命的特質。

　　面對殖民統治之下的種種不合理，賴和由起初的隱忍，到忍無可忍，由起初的妥協到起而反抗，由逃避現實到介入政治社會文化運動，把為義而死，當作是一種志願，但是死亡，絕不是怯弱的死亡。即使是晚年的賴和，身繫囹圄之時，求生的意志仍是很強的，例如他一九四一年在獄中寫的〈嚶嚶〉：「嚶嚶只想螫人來，吾血無多心已灰。你自要生吾要活，攻防各盡畢生才。」（〈嚶嚶〉‧1941.12.24）[129]賴和表達出與死神爭生命的抗爭精神，要拼著所有生的能力，去忍受一切人生的痛苦，找出活下去的出路。既要生存

127 歐文‧亞隆（Irvin D.Yalom）著，廖婉如譯：《凝視太陽——面對死亡恐懼》（Overcoming the Terror of Death）（台北市：心靈工坊，2013年），頁61。

128 歐文‧亞隆（Irvin D.Yalom）著，張美惠譯：《愛情劊子手》（Love's Executioner：And Other Tales of Psychotherapy）（台北市：張老師文化，2013年），頁11。

129 賴和：〈嚶嚶〉（1941.12.24），《初編》頁238。

下去，便要忍受一切生的不幸，也要享受盡所有生的幸福。[130]

賴和對生死的省思，誠如同研究者林載爵所言：「就是一種通過毀滅到再生的過程，當殘酷的力量屆臨，而忍耐、妥協、逃避等舊有的觀念行為和生活習慣被打破時，新的生機與希望就孕育於其中了，再經過一番奮鬥，新的環境便漸漸建立，這就是賴和『毀滅與再生』的主要意旨。」[131]有生就有死，有死就有生，無生即無死。死亡本身是沒有意義的，但是為義死亡卻使生命散發出光輝。生命活著便有它的價值，人不需要覺得自己是一個負擔，或者活得很愧疚，如果生命的期限到了，自然就會離開這個世界。然而有的人不清楚生命的意義，一方面捨不得死，一方面又不想活，結果變成「要死不活」，人無須等死，更不要怕死，只要善用生命，在未死之前要好好地活，提昇自己生命的品質，創造自己生命的意義。

綜合上述，本文係由賴和生命中的死別經驗，由賴和之外的生命體，來回視賴和受到外境而產生影響的生死觀。我們發現賴和由親人、師長、朋友，甚至不認識的人身上，他們的生命過程與死亡的結果，以及家屬面對家人死亡的反應，賴和均十分重視，而這些與重要他者死別的經驗，使得賴和更加深入去思維生死的觀念，並由其中深刻體悟到「生死無常」是極為真切的道理。親人的離世，更讓賴和去思考，不管多麼不捨，不管多麼親愛，人與人都沒有辦法永遠在一起的無奈與悲傷，而每個人都得面對那最後一日的到來，縱然生前多麼福壽具足，死後亦須和盤交出；而生命又是如此短促有限，豈能禁得起虛度？而人類畢竟無法掌控自己的命運，能掌握的便是還活著的每一刻。悲痛與失落，可以讓人意識到自身的存有，覺醒到所有生物終究不能避免死亡，有的人得在生命的終點才能覺醒，但是有的人卻可以提早覺醒，而懂得珍惜生命的可貴。賴和自身的生命體驗和對於生死大事的思考，再加上作品中對於生與死的辯證與生死的覺察，來探求出他追尋生存意

---

130 賴和：〈生與死〉（1930.11.18），《全集》頁163-166。

131 林邊（載爵）：〈忍看蒼生含辱──賴和的文學〉，收於《賴和研究資料彙編》（上）（彰化市：彰化縣立文化中心，1994年），頁95。

義的脈絡，可見生死大事對於他人生態度有很重要的影響，其生死觀可區分為儒家、道家與佛家三大類，或許仍有不當與不足之處，盼望此文能夠凸顯賴和先生的人格與精神，彰顯他一生堅持創作的文學作品另一層次的豐富面貌。

參考書目

一　專書

井出季和太原著，郭輝編譯：《日據下之台政》第一冊（台中市：台灣省文獻委員會發行，1977年）修正出版

林瑞明編：《賴和漢詩初編》（彰化市：彰化縣立文化中心，1994年初版）

林瑞明編：《賴和手稿影像集》（南投市：台灣省文獻會、彰化市：財團法人賴和文教基金會，2000年初版）

林瑞明編：《賴和全集》（台北市：前衛出版社，2000年初版）

施懿琳著：《從沈光文到賴和：台灣古典文學的發展與特色》（高雄市：春暉出版社，2000年初版）

高觀如編：《佛學講義》（台北市：圓明出版社，1999年一版二刷）

張潮：《幽夢影》（台南市：漢風出版社，1992年再版）

圓瑛法師著：《大佛頂首楞嚴經講義》（台北市：大乘精舍印經會，1996年）

歐文・亞隆（Irvin D.Yalom）著，張美惠譯：《愛情劊子手》（Love's Executioner: And Other Tales of Psychotherapy）（台北市：張老師文化，2013年初版）

歐文・亞隆（Irvin D.Yalom）著，廖婉如譯：《凝視太陽——面對死亡恐懼》（Overcoming the Terror of Death）（台北市：心靈工坊，2013年初版）

賴和紀念館編：《賴和研究資料彙編》（上）（下）（彰化市：彰化縣立文化中心，1994年初版）

陳建忠：《書寫台灣，台灣書寫：賴和的文學與思想研究》（高雄市：春暉出版社，2004年初版）

二　學位論文

陳淑娟：《賴和漢詩的主題思想研究》（台中市：靜宜大學中國文學系碩士論

文，2000年）

陳建忠：《書寫台灣，台灣書寫：賴和的文學與思想研究》（新竹市：清華大
　　　　學中文系研究所博士論文，2001年）

簡志龍：《賴和漢詩中的社會現象分析與研究》（屏東市：屏東師範學院國民
　　　　教育研究所碩士論文，2003年）

試論賴和作品中的生死觀

嚴敏菁

摘要

台灣新文學運動之父——賴和，以其醫生身份濟世救窮，以悲天憫人的情懷，從文學角度書寫庶民的悲慘生活，他終其一生以文化抗爭的形式，反抗殖民者的統治。他是人道主義者、社會運動者、也是民族情感強烈的文學家。無論以醫生、社會運動者或者文學家身份，其一生之信念深具「救溺」之精神，而作品如小說中的人物，則經常以「死亡」做為結束，其作品之間的生死拉鋸，與其本身醫生身份之使命，深具衝突性。本文擬自賴和的白話文作品－小說、散文、新詩，及其〈獄中日記〉，藉由探討其對生命與死亡的書寫，以梳理賴和作品中所呈現之生死觀。

關鍵詞：賴和、死亡書寫、生死觀

一 前言

　　賴和以漢學啟蒙，其思想一部分源自傳統文化，日據時期的殖民地政策，使其產生覺醒與反抗的精神，面臨五四運動的思潮，讓他在漢學的傳統下，嘗試白話文的寫作。處於新舊文化遞嬗之際，賴和承先啟後，成為台灣新文學與文化運動的啟蒙與推動者。賴和作品中融合傳統與新時代的氣息，透露日治強權下，對世情的悲憫。他被視為人道主義精神的代表，個人並無鋒芒畢露的才子氣質，又是一位不苟言笑、溫柔敦厚又沈著的長者，為人謙遜，王詩琅稱他是「有良心知識份子的典型」；其觀點除了跟隨時代潮流前進，另一方面，從他的作品中又能感受到，他深具濃厚的舊時代文人氣息。[1]賴和民族意識的由來，除了源於中原文化的遺澤外，從他受教育的背景，也可進一步了解，林瑞明曾提及：

> 一九○九年五月，賴和十六歲時，以最低的年齡，考入台灣總督府醫學校十三期，這是當時台灣人最好的出路，醫學校教育使賴和超越了他原先的家庭背景，爾後以醫生的身分行醫濟世，被低他一期的蔣渭水邀請加入台灣文化協會為理事，更使得賴和與台灣文化抵抗的運動，緊密的結合起來。[2]

賴和以醫者、文學家、文化運動者三重形象的疊合，形成其一生勇往直前與悲天憫人的人格特質，他對於人道精神的闡發，主要體現在仁義、自由、平等、理性、個人尊嚴等精神的實踐。此外，其作品中的小人物，在強權的壓迫下，呈現出為追尋自由、不惜一死的崇高形象。從作品中檢閱賴和的生死觀，可以發現其對於生命價值的尊重與追求，以及在死亡觀點上的透視與超

1　王詩琅（1908-1984）：〈賴懶雲論〉，收入封德屏總策劃，陳建忠編選：《台灣現當代作家研究資料彙編──賴和》（台南市：台灣文學館，2011年），頁118。

2　林瑞明：〈賴和與台灣新文學運動〉，《台灣文學與時代精神──賴和研究論集》（台北市：允晨文化公司，1993年），頁9-10。

越。本文以文本分析為其研究方法，透過文類間的並置相較，做為彼此參看對照之依據。有關賴和文學中的主題思想及特色，前行研究眾多，較聚焦於賴和的漢詩寫作上，因此本文以賴和的白話文作品作為主要之研究文本。

賴和於一九二一年開始嘗試白話文寫作，時年二十八，此際才學習另一種書寫語言的操作，並不容易。其白話文作品，涵納小說、散文、新詩、雜文以及日記，多面向呈現其思想觀點，寫作的用心與策略不能忽視。賴和作品中呈現個人積極入世、溫良恭儉的淑世理想，對強權的時代展現改革、拯溺之決心；對於群眾面貌的書寫，則反映其仁醫俠士之精神；在面對死亡時，賴和陳述了對親族的不捨，文字中展現自我安頓與生命依戀、複雜的心靈寫照。小說中的象徵、隱喻手法，深刻還原了日據時期台灣人民的內心世界；新詩、散文作品中直陳其生命理想。而〈獄中日記〉是賴和幾乎親歷死亡經驗的書寫，直陳梗概，最貼近作者自身。因此本文將自以上所述幾個方向入手，祈自賴和新文學的寫作中，透視其生死美學。

二　賴和的生命觀

（一）勇往直前的奮鬥精神

賴和一生中，無論是文化活動的參予，或者作品中的意識，充滿著努力與奮鬥的精神。這樣的現實主義精神，體現在其作品中，充滿著「雖千萬人吾往矣」的無畏意識，以下試以幾篇文章論證之。

〈前進〉一文，最能代表賴和一生對於文化與文學運動積極任事的信念，但同時卻也透露作者長期追求卻無法成事的茫然心緒。前進應有目標，但文中兩位主人翁的前進，「沒有尋求光明之路的意識，也沒有走到自由之路的慾望，只是望面的所向而行。」[3]這看似有違賴和在文化運動中之領航

3　賴和文教基金會企劃，林瑞明編：《賴和全集二・新詩散文卷》（台北市：前衛出版社，2000年），頁250。

者形象，或可解釋為其背後隱含著「不許他們永久立存同一位置的勢力」。換言之，這樣的驅策力來自人性的本能、自我的召喚，這樣的召喚來自「黑暗的統治」，因黑暗而激發出人性的潛能：

> 礙步的石頭，刺腳的荊棘，陷入的泥澤，溺人的水窪，所有一切前進的阻礙和危險，在這黑暗的統治之下，一切被黑暗所同化；他倆也就不感到阻礙的艱難，不懷著危險的恐懼，相忘於黑暗之中，前進！行行前進，遂亦不受到阻礙，不遇著危險，前進！向著面前不知終極的路上不停地前進。[4]

文中多次強調「黑暗的力量」使人目盲，陳述人在失去方向時，恐懼會因為過度恐懼而喪失，指出台灣成為殖民地已是壞至見底的處境，因此從谷底反彈是人之常情，也是當前人民應有的認識。〈前進〉不以階級對比的故事鼓吹革命的精神，而是直視眼下的世界，赤裸揭開「黑暗」讓讀者觀看。陳建忠從賴和〈前進〉一文發表期間與當時《台灣大眾時報》的創刊背景，認為作品人物在黑暗中的出現，正代表台灣人試圖走出暗黑籠罩的企圖，而無論是母親（中國）或後母（日本）的暗喻或意象，賴和散文所形容的台灣人處境與身分，都是十足的「孤兒意識」。[5]

　　相較於〈前進〉以激烈的筆觸架構出一對兄弟自黑暗走向光明、鍥而不捨的孤獨形象，〈惹事〉則以兩個事件交叉呈現作者的同一觀點──「同情弱者」心理的矛盾性。前段故事中的群眾認為主角「欺負」小孩，於是站在同情弱者的立場，對其行為進行批判，顯見是非經常由多數者決定的荒謬。後段故事中群眾又畏於權勢，原來對主角表示支持的意見，在強者的面前瞬間瓦解，紛紛向強權靠攏，當主角成為真正的弱者時，卻無人同情。兩段故事都在群眾是非的錯亂中，讓支持正義公理的人被孤立、成為真正的弱者。

4　同前註。

5　陳建忠：〈先知的獨白〉，收入封德屏總策劃，陳建忠編選：《台灣現當代作家研究資料彙編──賴和》，頁283。

真正的弱者是不被同情的，因為被人群排除在外的，才是弱者。只是，當群眾的普世價值產生矛盾，人民寧可得過且過地安度高壓下的和平假象，對正義卻被孤立的清醒者而言，形成雙重的踐踏。故事後段的張力，在於群眾立場轉變之快，看似毫無痕跡，主角由領導者瞬間化身惹事者。原先的形勢是：

> 這次活動的結果，得到出乎預期的成績，大家都講這是公憤，誰敢不贊成？而且對於我的奔走，也有褒獎的言辭，這很使我安慰，我也就再費了一日的工夫，再去調查他，我所不知的劣跡，準備要在他上司的面前，把一切暴露出來。[6]

文中所指的「他」，是令主角痛恨的巡查大人－尋釁惹事的代表，在群眾的支持下，主角已下定決心為正義發聲，要揭發這位魚肉鄰里的惡棍罪行。然而幾天之後，群眾態度毫無預警地轉向，原先的支持氛圍一轟而散，不僅不提揭發之事，反而忙著「通過給大人修理浴室及總舖的費用」[7]，這樣的轉變與無常深深刺痛了主角的心，在這樣無言的灰心下，反而更激起他的憤怒與勇氣，於是他做出決定：

> 一時興奮起來便不管前后，走到聚會所的門口，立在門限上講起我的意見來，我滿腹怒氣正無可發洩，便把這大人的劣跡橫暴一一曝露出來，連及這一些人的不近人情，卑怯騙人也一併罵到，話講完我也不等待他們有無反駁，跨下門限，走回家裏，晚飯雖不曾食過，這時候也把飢餓忘卻去，鑽進自己的床中亂想了一夜。[8]

主角在群眾無聲的背叛中，反而義正辭言地將日警惡行一一揭發，是千萬人吾往矣的暗示，也是賴和身為文字革命者的孤聲。他試圖戳破假象、攤開現實朝眾人逼視，以先知覺後知，以智慧啟蒙昧。故事的結局，原先令主角相

---

6 賴和文教基金會企劃，林瑞明編：《賴和全集一・小說卷》（台北市：前衛出版社，2000年），頁203-204。

7 同前註，頁204。

8 同前註，頁204-205。

當信賴的保正伯化身和事佬,並向其父訴說安撫日警的經過,是「大人很生氣,我替你婉轉,恐怕你是酒醉」[9]的協調語言。保正伯的存在隱含折衷與委婉,具備強權與弱勢間的中介力量,是理性與感性的協調者,但在賴和看來,是一種恐怖平衡,在主角年輕的心靈中,是斷難接受的求全姿態。因此最後,主角選擇「我一聲也不應,走出門來,直向驛頭,所有後事,讓父親和保正伯去安排」。[10]主角的立場最終受到背叛,啟蒙之光終歸邁向消亡、不復存在。〈惹事〉一文,談的彷彿是主角處處生事的故事,然而實際上,真正惹事的人是日警,這位錯誤的制度裁決者在人民的軟弱中強大。民眾雖然不能認可,卻不得不低頭,粉飾太平,更強化了統治者的力量,多數者的懦弱鞏固了強權,將原有道德的世界推向錯亂邊緣,使主角最終成為弱者、惹事者與受害者多重的化身。

　　站在正義公理的一方,為弱勢發聲,一直是賴和作品中的主軸,〈惹事〉以第一人稱書寫,更能體現作者心聲。賴和在〈吾們〉中曾說:「吾們人要申展個性,發現生命的價值,享受生活的趣味和快樂,須要脫出因襲的環境,破棄盲目的生存,創造文化生活纔能夠達到。」[11]「因襲」一事,應是賴和最不喜見的生存法則,從他個人自漢語跨越到白話的學習、家業由道士身分轉換為醫生、生涯中參予文協與報刊的活動來看,可見賴和性格上的巨大能量。他擁有在一切既有或者舊制的基礎上,接納新世界的勇氣。他並非無視轉變過程的痛苦,而是對「因襲」這樣的生存模式感到「盲目」,強調人生的突破,才能「發現生命的價值」,而他自身的作為即是最佳代言。〈吾們〉文末所言「現在敢把我同仁們見聞範圍裡的現代思想、藝術、科學,紹介給大家相與研究討論,盼望牠能助我文化一寸寸的進展。」[12]立於時代新舊浪頭上的賴和,預見了種種現代文化的未來性,企圖改造舊世界的

9　同前註,頁205。

10　同前註,頁206。

11　〈吾們〉一文作者原未命名,其後由編者林瑞明為其訂定。賴和文教基金會企劃,林瑞明編:《賴和全集二‧新詩散文卷》,頁208。

12　同前註,頁209。

心情，使他奮不顧身呼籲，並投身於新文化推動的浪潮裡。欲脫離因襲的環境，要有排除萬難的決心與毅力，賴和經常在作品中宣揚這樣的理念，成為其生命觀積極面的展現。

〈善訟的人的故事〉中，則以管家林先生與貧者、富人、僧侶三次的對話，層次鮮明地展開林先生從替富人志舍的幫傭角色，搖身一變為窮戶的代言人，進行了人生價值的翻轉與重構。小說中以對話形式以表達人物心態之改變：

> 「這樣，頭家讓你做就好啦！」志舍顯然有些不悅了：「憐憫？世間不是被這樣虛詭的道德，弄到不像樣？憐憫，狗纔有這心情！」
>
> 「志舍！不要生氣，我沒有答應他不收錢，曾吩咐他下晡再來……」
>
> ……
>
> 「你有記賬的工夫，我可沒有帳簿的費用！」
>
> 「要是沒有提來，我代為賠出。」林先生也有些不服氣了。
>
> 「你既然有錢可代賠，就不須來食頭路了。」志舍也真生氣起來。
>
> 「這頭路，誰稀罕！」
>
> 「哼！不稀罕？不稀罕就須走啊！」
>
> 「走，有什麼關係。」這時候林先已忘記著家裡有靠他生活的人們。[13]

林先生的價值翻轉，全賴一念之間，心念的電光火石，可使制度下的奴役者化身為制度的改革者。林先生憑藉自身的能力為富人志舍掌管帳目，管家身份讓林先生認識上層結構的社會秩序，同時看清上位者的無情。最終他將過去為富人服務習得之才學，反饋於窮苦大眾身上，表面上協助訴訟，其實是為他們爭取做人應有的尊嚴與價值。心念的轉變有賴於環境的刺激與自身的覺醒，單憑個人努力容易孤掌難鳴，於是林先生提出「因為受到艱苦的全是提不起五錢銀的人，世間富有的有幾家？聽到有人出來計較，一定會有同情

---

13 賴和文教基金會企劃，林瑞明編：《賴和全集二・新詩散文卷》，頁212-213。

的。」[14]表明團結力量的可貴與可畏。賴和認為台灣人並非沒有能力，只是缺乏信念的培養，以及團結合作的信心，才會在殖民的陰影下飽受欺壓。賴和所處時代，經歷推翻滿清、建立民國時期，對孫中山有著新制度重建與先知的美好想像，相較於「驅逐韃虜、恢復中華」信念與口號的成功，將民族主義移植作為台灣人與日本人身份與領土的劃清，賴和應是以孫氏的身份自任，期待著自治的理想。賴和給了林先生臨去前一記漂亮的身姿，一位無姓無名者，遞上十六字箴言：「生人無路，死人無土，牧羊無埔，耕牛無草。」[15]彷彿章回小說中的隱者或者神仙角色，肩負提點與警醒的作用，不知其來，亦不知其往，有如天降神諭，觸動林先生內心深處最底層的聲音。於是〈善訟的人的故事〉有了別於以往、較完美的結局：「我們的地方就得到林先生在省城打贏了官司的消息，志舍的山場自然是捨做公塚，牧羊牧牛也不須再到大肚溪邊去，窮苦的人也可以去拾些柴草。」[16]所向來處，是最初也是最終，林先生在異地默默為故鄉親友討回公道，彷彿賴和處於苦難的舊時代裡，孤單又奮力地進行著對未來台灣、美好新世界的努力。〈善訟的人的故事〉是賴和筆下鮮有的圓滿結局，最後林先生功成身退，也如靈光般消失，略具魔幻，他的事蹟因此產生流動性，漸漸演化為傳說，最終化身文字刊刻於石碑，成為改造世界的見證與傳奇。林瑞明認為林先生是賴和筆下理想型的人物，這位身份成謎（可能是原住民）的主角形象塑造，同時也顯示了賴和跨越了以漢族為中心的局限性，象徵了賴和心目中理想的有勇氣的台灣人實是不分漢人、原住民的，台灣社會的解放，各族群應該合力打拼，賴和筆意大有指出這類正義的化身，正散布於廣大的群眾中。[17]

綜上述，賴和於作品中所呈顯的人生觀，充滿了奮鬥的精神，而其寫作的思考進路，具有層次性，而就賴和寫作的層次進程，有類於馬斯洛的「需

---

14 同前註，頁215。

15 同前註，頁227。

16 同前註，頁228。

17 林瑞明：〈賴和的文學及其精神〉，《台灣文學與時代精神──賴和研究論集》，頁334-335。

求理論」；〈前進〉強調無論是否有希望，人都要為自己而活，生存是最基本的問題，生理需求也是推動人們行動的最大動力，有了生存的可能，保障自身、追求安全的機制，才能逐漸推往精神的滿足與需要。賴和所強調的生存與前進，屬於作品中人物的第一層次，在馬斯洛的理論中，就是「生理」與「安全」上的需要。〈惹事〉裡道出自身為他人抱不平的觀點，延伸出個人需關心週遭人事、為他者而努力的精神，屬於情感上的滿足以及社會性的認同，逐漸邁向精神的需求，在馬斯洛的理論中，則列入「社會需要」與「尊重需要」。〈善訟人的故事〉中隱喻的，已擴及到他者為眾人奮鬥的精神，顯示這樣的人生觀並非賴和獨有，而是有志之士的共同認知，屬最高層次，是賴和的生命理想，在馬氏理論中，也是「自我實現」的最終境界。

（二）人道主義的淑世理想

《周易》有云：「立天之道，曰陰與陽，立地之道，曰柔與剛，立人之道，曰仁與義。」賴和啟蒙於漢學，其思想承繼儒家精神者，展現於外，最明顯為「仁」、「義」理念的闡揚。他的作品反映日據下的現實，反抗強權的壓抑，並對市井小民流露著無限關懷，寫出殖民地下台灣人民的辛酸；在他的作品中，大聲疾呼，仗義直言，替悲苦的民眾，向殖民者爭取合理的對待。[18]對廣大人民的同情代表了他仁愛的胸懷，替悲苦的民眾發聲，則是義的表現。他不刻意地強調「仁」與「義」的重要，卻經常在其作品中展現這樣的關懷。例如〈不幸之賣油炸檜的〉體現對最弱者的同情，對整個社會結構「強凌弱」的現實，以同情之語代替控訴。小說中描寫孩童為分擔家計，必須晨起叫賣早點、卻因此遭日警羞辱責打的下場。作者見不慣強欺弱的畫面，不顧自身是否遭罪，仍代為央求，顯示對孩童的處境，既無能為力，又萬分不捨。孩童說：「我母親教我，要不出來賣，就沒有飯吃。賣不去，回

---

18 黃武忠：〈日據下的小民悲歌〉，收入賴和紀念館編：《賴和研究資料彙編（上）》（彰化市：彰化縣立文化中心，1994年），頁199。

家亦沒有飯吃,若不高聲喚賣,生意就做不成了。」[19]無情的後母逼迫孩童出外謀生,強權下的被壓迫者,同時複製了壓迫者的模式,欺壓社會結構最底層者,小孩成為承擔一切卻無力反撲的受害者。

〈不幸之賣油炸檜的〉一文以劇本形式呈現,人物間的身份與對話一覽無遺,透露賴和將文字演化為戲劇之構思。文字的魔魅僅能煽動識字的讀書人,若能將故事化為戲劇般展演,連同不識字的民眾也能受到革命者的啟蒙與思想灌溉。賴和對日警與孩童的角色設計具兩極張力,賣油炸檜一事既貼近民眾生活,孩童的弱者身份與受欺凌的場面必定深獲同情。主角在一旁代為說出觀眾的心情:「大人饒他這次罷,小孩子原是不小心,不曉得大人正做好夢。」又說「他小孩子做的是不成生意,那曉得有這樣規則,且他不大著聲叫賣,人怎曉得?」[20]賴和式的精神與語言化入群眾間,試圖激起輿論與共鳴,凝聚群眾意識的團結。賴和的人道主義是普世性的、深入人心,故此文是賴和苦心的安排,可惜從未獲得演出的機會。

賴和被尊稱為仁醫的特質,從作品裡對弱者的同情,表現特別明顯。醫生的特質是救人,在現實生活中,賴和經常為了救人,連診治費都讓窮苦的病患賒欠。而〈可憐她死了〉中,對女主角阿金命運的處理,卻選擇讓她走向了死亡,似乎與仁醫的救助精神有違。賴和的生命觀,應是積極入世,然而看見備受壓迫的苦難大眾,或許這樣的仁道精神,體現出《詩經‧蓼莪》中「鮮民之生,不如死之久矣。」的無奈與同情。阿金來自「一個貧窮的勞働者的家庭」,賴和署名安都生,令人聯想丹麥著名童話作家安徒生,阿金彷彿賣火柴小女孩的延續,一齣探討生死價值的成人童話,賴和為小女孩添加貧困的成長歷程與身份一再置換的混亂,劇中人物化身為阿金,暗喻被轉手割讓的台灣。阿金多病,如島嶼人心需要診治,全家乞食無方來自於賦稅制度對勞動階層與貧者的壓迫;阿跨仔官相中阿金的年幼與溫馴,將之買回家中當成童養媳,台灣當年在大航海時代的葡萄牙人眼中,也以福爾摩沙之

---

19 賴和文教基金會企劃,林瑞明編:《賴和全集一‧小說卷》,頁9。

20 同前註。

名，被視為光燦亮麗的海上珍珠，有如初識紅塵的年幼阿金。阿金在不知情的情況下，由親生女兒過渡為養女身份，再成為阿跨官仔的媳婦。阿金身份的置換猶如台灣，歷經葡萄牙、荷蘭、明鄭與清領時期，在這段期間，阿金的生活僅管必須依靠養父母與丈夫，無法獨立，但起碼享有平安與小康的生活，暗示日據前的台灣亦具備相似的條件。丈夫死後，阿金面臨人生最大的難題：成為富豪身邊不具身份地位的小妾，任由富人作賤、輿論攻擊，只為解決阿跨官仔的經濟困難。台灣的割讓是清朝對日本戰敗的求全，日人在台灣的行徑就有如富人阿力哥對阿金的玩弄與虐待。不久之後阿力哥失去新鮮感，厭棄了阿金，「溫柔靜淑」的阿金有如刻苦耐勞、溫良恭儉的台灣人，對世間的不公平默默承受，卻再難挽回命運最終對她的殘酷安排。阿金的懷孕暗示台灣仍處處充滿希望，但這樣的希望需要阿金願意擺脫阿力哥的控制才能實現，暗喻台灣也要擁有獨立自主的力量，才能擺脫日人控制，能脫離困苦環境，靠的不是別人，正是自己。賴和在〈可憐她死了〉對阿金懷孕與死亡的衝突處理，揭示一個事實：台灣人應咬牙度過比日人統治更艱困的物質生活，才能得到精神的自由與民族的尊嚴，否則下場就如同阿金一樣，在被剝削殆盡與歧視厭棄中消亡，不被珍惜也不受同情。

賴和作品經常呈現雙向意圖：作品歌頌的，經常是小人物不畏強權的反抗精神，例如〈一桿稱仔〉、〈善訟的人的故事〉中的主角，皆是受壓迫後起身反抗的代表；而〈可憐她死了〉中，阿金從來不違逆命運，最終卻落得順水漂流溺死的下場，作者對阿金的死，一方面以人道精神看待，讓死成為最終的解脫與自由，另一方面，阿金的性格，卻也代表著順從唯有一死的哀嘆。

相較於小人物的悲苦，〈不如意的過年〉從統治者的角度，書寫查大人可惡又可悲的形象。「查大人一面在努力於威嚴的恢復，一面又在考研人民心理變遷的原因。」[21]得不到足夠的歲末進奉，又抓不到人民犯罪的證據，為了展現其威信，最後居然拿小孩出氣。賴和利用查大人作威作福實又無能的舉措，證明「可憐之人必有可惡之處」。查大人與〈惹事〉、〈一桿稱仔〉

---

21 賴和文教基金會企劃，林瑞明編：《賴和全集一‧小說卷》，頁80。

中的日警形象疊合，彼此互涉，彷彿虛擬的共謀，設計現實世界的圈套，網羅無辜的人民入火坑、引誘後世的讀者建構歷史真相。查大人的內心獨白猶多，透露統治者對大眾的焦慮，也顯露文化革命突破的契機。賴和從故事中多方教化，推翻統治者的力量不在發起者，而在群眾身上，滿清被推翻是最好的實證，然而台灣無法成為新中國的翻版，原因來自於太多人仍延續舊時代陋習－嗜賭。查大人以此美化他假借官威、責罰群眾的惡行，以消除年禮減少的不滿。查大人是假「仁」假「義」的代表，外表跋扈內心焦慮，喜歡虛張聲勢來掩飾自己對制度貫徹的無能。

再如〈一桿稱仔〉中「巡警們，專在搜索小細故，來做他們的成績，犯罪的事件，發見得多，他們的高昇就快。所以無中生有的事故，含冤莫訴的人們，向來是不勝枚舉。」[22]巡警、查大人具有的階級，只比台灣人民高出一等，站在殖民者的立場，他們一樣肩負向上級交差的「業績」壓力；換言之，在日人階層中，他們也是卑微的一群。最低階層的統治者行為尚且如此，其背後隱含的權力系統與極權統治可想而知。賴和所要追求的，不只是解決日人欺壓台灣人的現象，而是其現象背後，極權統治制度的解除。無論日人或者台灣人，都隱約活在這種壓力下而無法自由，真正能讓人民獲得解脫的，不是經濟生活改善、也不是統治者善待人民，而是帝國主義的瓦解。

〈蛇先生〉一文從現代觀點來看，其身份為密醫，但處於舊時代，可能是活菩薩再世。其回春之術不在於醫技高明而是明白生死關鍵，面對外界誤解而享有的盛名，蛇先生沒有因循迷信舊習，貪圖群眾誤解下的名聲，反而對前來就教的西醫相當虛心並誠實以告，只是眾人依然不願相信。〈蛇先生〉隱喻啟蒙者的角色，深知舊時代的迷信，企圖在以西醫為代表的新時代面前，以理性的精神來破除積習，理性精神的確立，也是賴和作品中所強調。施淑對其破舊立新的思想有過評論：

在〈蛇先生〉中，透過那帖草藥秘方的喜劇，賴和以一紙科學化驗證明，批判了被缺乏商品交易的農業經濟所決定的知識的片面性，也即

---

22 賴和文教基金會企劃，林瑞明編：《賴和全集一‧小說卷》，頁47。

普遍存在於農業社會的小天井意識和迷信。相同的精神使他意識到因封建社會的品級結構而形成的思想知識的經驗化，以及由之而來的神聖化和神秘化。語文論戰中，他對文言文的神龕地位的無情挑戰，就是一個證明，同樣由於啟蒙思想者比較上寬廣的新世界的認識，賴和對於一個公平合理的世界的探求是熱切的。[23]

理性之外，賴和更倡言自由平等，〈一桿稱仔〉秦得參奮而不捨、以死明志的作法，呈現出賴和思想中最強烈的訴求。賴和本於人道主義精神的信念，使他時時都站在弱者那一方，表現在文學上則是他抓住了台灣人在殖民地生存下的思考與痛楚，從而產生了極為感人的力量。他參與政治社會運動，亦是本於人道主義的信念，並非只是出於政治態度，或者執著於政治教條。賴和對於仁義理想的發揚，一是對殖民地人民的廣大同情，另一則是自由平等精神的闡發。[24]賴和思想中，對於自由平等的詮釋，是可以以死為交換的。賴和人道主義的思想，以「人生而自由平等」觀念為出發，擴大來說，應不分台人日人，其平等的理想，有賴於帝國主義的瓦解；他認為理性的思維，才使人擁有前進的力量，而突破「因襲」與成規，就是最好的做法。賴和不僅站在弱勢的一方同情人民處境，更是以理性客觀的書寫，作為其觀點的完整實踐。

三 賴和的死亡觀

（一）生命精神的延續與超越

賴和具有醫生身份，行醫目的雖志在救人，然而人力有時而窮，死亡是不可避免的事實，因此賴和對死亡的觀點，其一是將之視為對生命精神的延續，使亡者永保生者心中，既是醫者救助任務的完成，也是對生者的慰撫。

---

23 施淑：〈秤仔與秤錘〉，收入賴和紀念館編：《賴和研究資料彙編（上）》，頁171-172。
24 同註9，頁342。

他在〈孫逸仙先生追悼會輓聯〉一文，曾言「人們的軀殼雖說不能永保，生命也自永遠無窮。先生的精神久嵌入在四萬萬人，各個兒的腦中」[25]肉體生命的終止，刺激了生者對死者生命延續的渴望，於是在世精神的延續有如重生，繼續存活於他者心中，肉體終止而精神永存。這樣的精神永存與宗教所言「永生」有所不同，這樣的精神是思想的存在與永恆。賴和並不迷信宗教，曾言「余非佛教信者，況且對於宗教素無信仰」[26]，因此對於生命精神的延續，並非立於宗教觀點。他個人雖無信仰，但未絕於佛經的閱讀，佛經給予的人生提點與啟發，同樣使他感到受用。只是他並非執著佛家立場，而是開展對佛典中真理的思索，從中思考生命與死亡的真諦，從而自苦悶的現實中尋獲解脫，到達靈魂的彼岸。

賴和另一種死亡觀的呈現，則在於以生命換取、捨生取義的烈士形象－以死亡做為生命精神的超越。烈士有著不同於常人的特質－視死如生，罕見對生命觀念的平衡，卻經常被視為激進性格的表徵。換言之，賴和認為激烈的破壞才能達成調正時代的天秤，也因此〈一桿稱仔〉中的秦得參最後必須以死明志，同時刺殺日警，減輕社會的罪惡。

如前述，賴和的生命觀具勇往直前之姿，其作品經常流露為達目的，不惜一死的犧牲精神。賴和於一九二一年開始白話文的寫作練習，第一首白話詩見於一九二三年稿本，題為〈歡迎蔡陳王三先生的筵間〉，詩中即寫下這樣的理念：

> 兄弟們
> 這二十世紀？
> 是解放運動全盛的時期，
> 世界新潮流，
> 久已高高漲起。

---

25 賴和文教基金會企劃，林瑞明編：《賴和全集三‧雜卷》，頁58。
26 賴和文教基金會企劃，林瑞明編：《賴和全集三‧雜卷》，頁60。

> 無奈我可愛台灣，
>
> 尚閉置在真空裡——
>
> 沒有傳波的空氣，
>
> 終只寂沉沉反動不起。[27]

　　詩中一開始即揭示新時代的來臨，「新」來自於「解放運動」，蘊含思想、觀念、制度等各種作為，皆有重新檢討之必要與可能。「解放運動」是全世界的潮流，唯有台灣仍不為所動，表現沈寂。這是賴和的失落，一位先知卻缺乏知音的孤單。在這樣的失落中，賴和仍「說破了唇兒／喊破了喉嚨兒」，為的是一句「生不自由勿寧死」，不斷呼籲著「熱血男兒／奮起！奮起！須奮起！」儘管「傍有人笑我哩」，他仍是殷殷告誡，不忘提醒。本詩作為賴和第一首白話詩，其後雖未發表，[28]僅收入其後賴和全集中，但詩中除彰顯其承繼中文傳統、不以日文寫作外，並表明台灣在殖民政權下，對自由的渴望。詩中言明自由的重要，超越生死。

　　另一首〈覺悟下的犧牲〉則有更強烈的呼籲：

> 覺悟下的犧牲
>
> 覺悟地提供了犧牲，
>
> 唉，這是多麼難能！
>
> 他們誠實的接受，
>
> 使這不用酬報的犧牲，
>
> 轉得有多大的光榮！[29]

不自由，毋寧死，詩作末句「這是多麼難能！這是多麼光榮！」述及存活的束縛與死亡的解脫。詩中雖言「可是覺悟的犧牲／本無須什麼報酬／失掉了不值錢的生命／還有什麼憂愁？」乍聽之下，死亡彷彿毫無意義，「覺悟」

27　賴和文教基金會企劃，林瑞明編：《賴和全集二・新詩散文卷》，頁23。

28　同註2，頁40-49。

29　賴和文教基金會企劃，林瑞明編：《賴和全集二・新詩散文卷》，頁76。

的當下即是死亡的抉擇，觀念間彼此矛盾。但原因來自「我們只是行屍／肥肥膩膩！留待與／虎狼鷹犬充飢！」作者要強調，行屍走肉地活著，不如壯烈成仁。覺醒之後的死亡，靈魂的甦醒與肉身的殞滅，具有雙重矛盾。然而若以人生價值觀之，「覺悟」需要意識，換言之，人對自身處境有所「覺悟」，才能對自我有所超越，以死亡做為實踐方式，在「覺悟」的前提下，殺身成仁，這樣的死，是「光榮」的。這種「不用酬報」的「死」，更勝於「隨他們任意侮弄蹂躪」的生，因此，「死」成為「覺悟」的實踐，也是痛苦的解脫與自我生命的超越。

〈南國哀歌〉中，作者已不用第三人稱敘事書寫，改以第一人稱，讓己身參與其中：

> 人們所最珍重莫如生命，
> 未嘗有人敢自看輕，
> 這一舉會使種族滅亡，
> 在他們當然早就看明，
> 但終於覺悟地走向滅亡，
> 這原因就不容妄測。
> ⋯⋯
> 兄弟們！來！來
> 來和他們一拚！
> 憑我們有這一身，
> 我們有這雙腕，
> 休怕他毒氣、機關鎗，
> 休怕他飛機，爆裂彈，
> 來！和他們一拚！[30]

彷彿參與現場，作者化身詩中角色，為亡者代言，親歷抗暴的過程，一同邁

---

30 賴和文教基金會企劃，林瑞明編：《賴和全集二・新詩散文卷》，頁136-140。

向犧牲。賴和對於「霧社事件」的認同，同樣根基於抗日的「覺悟」信念，〈南國哀歌〉也因使用第一人稱的視角書寫，因此比〈覺悟下的犧牲〉更加強烈地肯定死亡的價值與可能、更具說服力。李魁賢以此兩首詩做比較，提出賴和思想中生命由「卑怯－覺悟－光榮」的完人脈絡，他說：

> 他著重「覺悟」。在〈南國哀歌〉第二節所謂「覺悟地走向滅亡」，正是「覺悟下的犧牲」的同一表現。覺悟是透過掙扎、抉擇、決心所奮鬥出來的指標。因此，覺悟是有意識的表現，把生命從「卑怯」提升到「光榮」的原動力。[31]

烈士置死生於度外，生命殞落的同時，精神也隨之留在人世，賴和雖不明言，但前述二詩是為二林蔗農與霧社事件而寫，換言之，賴和歌頌的，就是這樣的烈士精神。

從賴和對死亡的書寫中可以看出，其對「生不逢時，死得其時」的看待，有重於生命精神的延續，但有時兩者也是不可分的。當個人看待生命已超越生死之際，往往精神也隨之延續。賴和死後，其墳前墓草被視為可以治病而經常被拔除、一掃而光，他個人欲破除迷信，死後卻被神格化，從理性角度延伸，雖有矛盾，但從民間信仰來看，卻是治世救國、仁醫形象的奠定。楊守愚曾說：「先生的肉體雖然是與世長別，但是先生偉大的精神，是永續地在領導民眾，在激勵省內的文學同志呢！」[32]他對烈士精神的書寫，視死亡為生命的延續與超越，自身也成為相同的精神表徵，或可視為其書寫與生命人格的完整呼應。

---

31 李魁賢：〈賴和詩中的反抗精神〉，收入賴和紀念館編：《賴和研究資料彙編（下）》（彰化市：彰化縣立文化中心，1994年），頁333。

32 參見楊守愚：〈獄中日記·序言〉，收入賴和文教基金會企劃，林瑞明編：《賴和全集三·雜卷》，頁7。

（二）〈獄中日記〉──自我安頓的生死輓歌

　　賴和一生中曾有兩次入獄，第一次是一九二三年十二月十六日的「治警事件」，是日本總督府鎮壓台灣人民覺醒的政治意識，當時三十歲的賴和，先囚於台中銀水殿，再移送台北監獄，後以不起訴處分、出獄，共被監禁二十四天；第二次入獄發生於一九四一年十二月八日，原因是日本政府為查明賴和與台灣醫校同班同學翁俊明的關係，致使賴和在未被告知逮捕原因的情況下，被囚五十天，因病釋放。[33]〈獄中日記〉寫於賴和第二次入獄期間，楊守愚曾在序文中提及其入獄之因：

> 因為先生生平對於殘虐的征服者，雖然不大表示直接抗爭，但是他卻是始終不講妥協的。即當時一部人士所採取的，所謂「陽奉陰違」的協力，他都不屑為的。他這一種冷嚴的態度，我想，就是他被拘的理由。[34]

楊守愚之言說明了賴和被囚之因，一直沒有明確理由，也因此〈獄中日記〉的書寫有別以往，呈現賴和個人真實面對死亡的心情。林瑞明認為當時日本發動太平洋戰爭後，對於台灣島內的控制更為加強，也因此憲警當局不說明理由便將賴和拘禁，長期不予審問，造成他心理的恐慌，一向充滿抵抗精神的賴和在牢中也不免流露出膽怯、害怕，加上不久前其三弟浦賢病逝，讓賴和也籠罩在死亡的陰影下。[35]

　　賴和〈獄中日記〉的書寫，經常呈現終日惶惶，希望與失望輪替的現

---

33 參見林瑞明：〈賴和〈獄中日記〉及其晚年情境〉，《台灣文學與時代精神──賴和研究論集》，頁277-278。

34 楊守愚：〈獄中日記・序言〉，賴和文教基金會企劃，林瑞明編：《賴和全集三・雜卷》，頁6。

35 同註25，頁279。

象。例如「自己心內很期待著，能回復自由」[36]，「直等到夜，不見動靜，又陷入於失望之中」[37]，其後憶及死去的三弟浦賢，再思及自身，「經這十幾日，不知何如，又想到家中兒女，三叔死去，不見了三叔，而今不見我，能不能以為我也是死去了嗎？」[38]死亡的陰影經常縈繞其間。賴和從一位德高望眾的醫生，莫名淪為階下囚，目睹獄友進出，己身卻苦無獲釋消息，牢房所需，獄方經常相應不理，此間的孤獨驚懼可想而知。賴和在詩與小說中的確提倡烈士精神，但這樣的褒獎多來自對已逝者的禮讚，實際生活並沒有鼓吹他人壯烈犧牲。因此儘管賴和文本中具有烈士之精神，但其人未必要有烈士的性格，賴和生前與人為善，說明其個性溫和恭儉，克己復禮，對於家族中人與鄰里多有照顧。以此推之，壯烈成仁不符賴和以文化運動改造台灣的性格，再說，己身若殉，也就失去繼續革命的可能，若以完人角度看待賴和，〈獄中日記〉確有矛盾，但作為革命者，毋需盲目視死如歸，賴和相當崇敬的孫中山先生在革命的過程，亦相當愛惜生命，而賴和活在死亡陰影的恐懼下、不願莫名就死，亦有同樣心情。

再言賴和珍視生命的另一原因，來自對家人的牽掛。〈獄中日記〉後半，經常提及家中債務以及身後扶養問題：

> 我一日不能勞動，即一日無收入，……若繼續到明年三月，則家將破滅，那能不愁苦？要解脫，不知將何解脫起。一家破滅的事實，呈現在眼前。我想哲人對此亦不能不悲觀。兒子不能上進求學，家業償債，尚恐不足，將何以為生，……。[39]

---

36 參見〈獄中日記—第4日〉，賴和文教基金會企劃，林瑞明編：《賴和全集三·雜卷》，頁9。

37 同前註。

38 參見〈獄中日記—第13日〉，賴和文教基金會企劃，林瑞明編：《賴和全集三·雜卷》，頁19。

39 參見〈獄中日記—第17日〉，賴和文教基金會企劃，林瑞明編：《賴和全集三·雜卷》，頁24。

為他者而活，是賴和堅持下去的重要原因，即使在獄中苦病交加，日記中有
哀嘆，賴和仍不失活下去的希望。他個人並不畏懼死亡，只是身為家中經濟
支柱，己身若有閃失，家族命運必然產生激烈的變化，他不得不顧及身後一
切。賴和入獄時期，無人為其說情，為了家人，賴和有必須活下去的理由。
他曾言「生本是苦」，對於己身苦難其實並不在意，但連累年邁的父母，實
在無顏以對，也因此「心上只有妄念，希望日夜可以釋放，日夜在祈禱，在
誦經」[40]。賴和平日謹言慎行，入獄時並不知身犯何罪，求生的意念與面臨
死亡的擔憂，同時包含著生者處境艱難的考量，由此在獄中有替自己申辯說
情之語，並不違反情理。賴洨在〈憶父親〉一文中曾言：

> 先父第二次入獄時，所寫〈獄中日記〉內，也曾述及經濟上的壓力加
> 重，致使家幾乎面臨破敗時的情狀，讀之使人鼻酸，尤其生為子女的
> 我們，更覺淒梗，不忍卒讀。[41]

牢獄與人間，彷彿天人永隔，首尾無法相顧。賴和念及世情與親人，對死
亡、對生命，其實已有逐漸了悟的跡象。牢獄生涯令其焦躁不安的過程中，
賴和曾言以〈心經〉安頓心情，暫時紓解未知的恐懼。他說「讀心經，屢覺
得我前作是某上人詩，有味。」[42]，又說「心經講話裡說起，勿迷勿執，無
明纏生煩惱，說苦說顛倒」[43]。賴和從〈心經〉的閱讀中，有時樂觀，有時
失意，心情起伏巨大，〈心經〉伴隨而來內心的生死辯證，也透露出賴和愛
惜生命、不願白白犧牲的認知。他於第一次入監出獄後曾寫下〈第一義
諦〉，中有言：

---

40 參見〈獄中日記─第17日〉，賴和文教基金會企劃，林瑞明編：《賴和全集三・雜卷》，
　　頁24。

41 賴洨：〈憶父親〉，收入李篤恭編，磺溪文化學會策劃：《磺溪一完人──賴和先生百年
　　紀念文集》（台北市：前衛出版社，1994年），頁45。

42 參見〈獄中日記─第16日〉，賴和文教基金會企劃，林瑞明編：《賴和全集三・雜卷》，
　　頁22。

43 同前註，頁23。

世人一律是悲死樂生，不知生存自有期間，日日趨向死的一途，若以死為可悲，就不當有此生，因為生來就已大誤，有生必死，本是真理，死終不能免掉的。[44]

二次入獄期間，賴和藉由對於佛理所參，理解了諸法空相，生死有命，死的宿命與「向死」的不可逆，讓其與病痛與死亡對峙時，逐漸展開對死亡的透視。賴和於獄中後期屢犯心病，猜想自己不久於人世，最後的心聲則是「看看此生已無久，能不能看到這大時代的完成，真是失望之至」[45]。他懷抱著淑世的理想，邁向生命的盡頭，話語中充滿對生命的不捨，與世間法未平的依戀。佛理奧義使人心情平靜，生死一線的命運最終使賴和於獄中參透了永恆。一向展現積極奮進精神的賴和，難得語出「失望」，證明了他對自身生命的最後回顧，文化改造之路尚未完成，理想圖中的未來台灣，他已無緣得見。他「失望」應該不是台灣的人民與土地，而是時代不予，他沒有足夠的時間改造、看見台灣的未來。賴和在獄中，預見了自己死亡的先兆，也預見了台灣的未來，他的一生，與日據的時間幾乎疊合，不知是時代的捉弄，還是先知的宿命。一位哲人在文字、文學與文化上的多重努力，提供後世一種完人的典型與儒者的想像，賴和如果得知後世對他的無限景仰，應會感到安慰吧。

總結賴和對自身面臨死亡的空間想像，如林瑞明所言：「表現了人性最真實的一面，他亦有平常人彷徨、受驚、膽怯……的弱點。」[46]他一方面展現了對生命的愛惜，一方面表達出對父母妻兒的虧欠及對家中經濟的擔憂。自身於病痛之際感受人命危淺，不久人世的預感最初讓他極度地不安，然賴和以其溫和理性的性格，深研佛理並試圖穿透生死，由〈心經〉的安頓展開對彼岸的接受。儘管死亡的腳步逐漸逼近，他在健康的絕望中也未曾放棄希望。身為一名醫者，一生皆在濟世救人，面臨被政治壓迫、千瘡百孔的台

---

44 賴和文教基金會企劃，林瑞明編：《賴和全集三・雜卷》，頁68。

45 參見〈獄中日記—第39日〉，賴和文教基金會企劃、林瑞明編：《賴和全集三・雜卷》，頁49。

46 同註25，頁294。

灣，仍不忘其拯溺之心，最後在自身面臨死亡之際，仍不忘親人、不忘這塊土地，「醫生的您／為自己開了一帖藥方／千萬不可／讓自己的責任鬆弛／千萬不可／讓精神失了緊張」[47]，賴和留給後世的，就是這樣的精神。

四　結論

誠如彭瑞金所言：「賴和的文學，可以用彈無虛發來形容，幾乎篇篇都指向議題嚴肅、需要以生死賭注的重大抉擇。」[48]這樣重大的生死抉擇，一方面要以積極奮發的精神不斷追求，例如〈前進〉、〈惹事〉、〈善訟的人的故事〉，都呈現了作者積極任事的精神；〈可憐的她死了〉、〈不幸之賣油炸檜的〉等篇，又對悲苦的大眾，寄予無窮的同情。賴和的小說，浸透了濃烈的現實主義精神，通過描寫各個社會層面的人物，準確地反映了殖民統治下台灣同胞所遭受的政治與經濟的雙重壓迫，也高度贊揚了「弱者的奮鬥」的不屈精神，[49]由此可以看到賴和的生命觀，除具有積極進取的信念外，更具有仁民愛物的淑世精神。

賴和曾在〈隨筆〉中提到台灣島民的性格：「有一個被評定的共通性，受到強權者的凌虐，總不忍摒棄這弱小的生命」[50]，而在地的文人則只會「藉了文字，發表一襲牢騷，就已滿足」，表面上對於人民順從權勢的陋習有所批判，究其實，賴和所批判的，是強權者背後，帝國主義的集權統治。賴和以激烈的語言，在新詩〈覺悟下的犧牲〉、〈南國哀歌〉、〈歡迎蔡陳王三先生的筵間〉等作品中，倡言願為自由平等奮鬥與犧牲的理念，〈一桿稱仔〉中的秦得參更是為了獲得自由與解脫寧願玉石俱焚。這些作品中對死亡

---

47 利玉芳：〈憶賴和先生兩首〉，收入李篤恭編，磺溪文化學會策劃：《磺溪一完人──賴和先生百年紀念文集》，頁206。

48 彭瑞金：《台灣文學五十家》（台北市：玉山社出版公司，2005年），頁77。

49 黃重添：〈台灣新文學的「奶母」──賴和〉，收入賴和紀念館編：《賴和研究資料彙編（下）》，頁509。

50 賴和：〈隨筆〉，《賴和全集二‧新詩散文卷》，頁260。

的書寫，集中於對烈士捨身取義的讚揚，換言之，生命固然重要，但為了人權自由，不惜以死換取，死亡成為生命精神的延續與超越。

〈獄中日記〉裡，則更真實呈現了賴和在面臨死亡威脅時的深切感受。在這一場與自我的生死對話中，他懷抱對死亡的畏懼、對親友的不捨、同時接受佛法的安頓，預知死亡的來臨，在命運逼近的時刻，從容邁向生命最終的光陰。

若將「生」與「死」並置，不難發現賴和的觀點與其醫者立場一致，是愛生而惡死的。賴和雖於作品中的處理，有時將人物的結局推向死亡，但大多處於不得已之境，而以死亡作為主角解脫之所；相同的，描寫壯烈成仁的詩篇，也多為爭取自由而犧牲，絕非浪費生命的表現；再反觀賴和的〈獄中日記〉，更強烈地表現了對生者與生命的依戀。作為活人濟世的仁醫、與人道主義者等多重形象，我們深切感受到他對生命價值的重視與闡揚，更為其留與後世的精神，有無限的景仰。

賴和是人道主義者、以「雖千萬人吾往矣」的思考，作為生命的啟蒙指導，他一再鼓吹人民意識的覺醒，提倡民族自決，並在文化運動與台灣新文學運動中扮演重要的角色。他自漢學書寫一路至新文學的創作，具備承先啟後的角色，而其終生不用日文寫作的堅持，更具有強烈的民族自覺與反抗精神。從其生死觀來論，以「生」的觀點而言，賴和在其文化推動與文學書寫中，其實更具有關懷人民的感性力量，是以在其啟蒙者的理性外衣下，其實隱藏仁民愛物的儒家精神；而面對「死亡」一事，賴和則具有烈士精神與重生性格的雙重表徵，兩者看來似乎矛盾，其實並不衝突。不具宗教信仰的賴和以佛理參悟人生，同時表達對人世的眷戀，在完人與常人性中穿梭，是他真摯的表現。本文雖僅就白話文寫作視角觀之，亦能感受賴和作品中撼動人心的力量。賴和作品的前人研究確已非常豐富，但本文仍試圖自前人觀點中，梳理出賴和對生命與死亡的雙重脈絡與其對應之錯綜關係，並以其對「生」與「死」之看法做為梳理之，本文對賴和的引文雖難以達成完整論述，相信賴和的生死觀仍有未盡之處，仍祈能對這位先知的作品，以不同角度解讀，呈現賴和思想中，其對於生死經驗的觀點，以及其關懷人民的表現。

參考文獻（依作者或編者姓氏筆劃先後排序）

林瑞明：《台灣文學與時代精神－賴和研究論集》（台北：允晨文化，1993
　　　年）初版。

林瑞明編：《賴和全集一・小說卷》（台北：前衛出版社，2000年）初版。

林瑞明編：《賴和全集二・新詩散文卷》（台北：前衛出版社，2000年）初
　　　版。

林瑞明編：《賴和全集三・雜卷》（台北：前衛出版社，2000年）初版。

陳建忠編：《台灣現當代作家研究資料彙編－賴和》（台南：台灣文學館，
　　　2011年）初版。

賴和紀念館編：《賴和研究資料彙編（上）》（彰化：彰化縣立文化中心，
　　　1994年）初版。

賴和紀念館編：《賴和研究資料彙編（下）》（彰化：彰化縣立文化中心，
　　　1994年）初版。

訓讀、模仿、創造——
「台灣白話文」：
論日本時代台灣近代文體的形成與樣貌

呂美親*

摘要

　　賴和（1894-1943）的時代，幾乎等同於整個日本統治時代；這個時代，也是台灣的「文體」，從「舊」過渡到「新」的時代；而一個文體從舊到新，或者說所謂的「言文一致」，並非一夕之隔或一時現象，乃是經由一連串細緻的討論、實驗、實踐、演繹的過程。本論文提出台灣白話文這個整體概念，來重新對賴和時代的台灣近代文體之形成與發展進行文體論的考察。首先，重新考察台灣漢字中的文音、白音，以及複雜的訓讀，乃至假借字或借用語的轉換規則等聲音模式，來確認日本時代台灣人所創作的近代文體之「語言主體」；並論析寫作者如何在觀點上受到日本的言文一致之影響，而形式上與中國白話文連結，進而實踐台灣白話文的書面文及口語文等寫作。第二，分析作為近代文體的「台灣白話文」之形成過程。本文提出「言文一致」的思考乃由兩個路徑傳入台灣：一，語言學者的調查、研究，

* 作者為日本一橋大學言語社會科博士候選人。本論文撰寫期間，得到星名宏修教授及星名演習課程的諸位同學之寶貴意見，也得到松永正義教授及安田敏朗教授諸多指正；而關於漢字的台語讀音等相關知識，尤其得到潘科元教授的賜教。研討會時，得到評論人陳建忠教授的珍貴建議，另也獲呂興昌教授的提點，於此一併致上深深的感謝。

以及介入；二，留日台灣知識分子的介紹與實驗。而日本時代由台灣知識份子所發起的言文一致運動，主要分為兩個大階段，一為一九二〇年代初期的「漢文改革」運動，成就台灣白話文中各種書面文體；二是一九三〇年代前後「台灣話文」運動對「言文不一致」的反思，成就了台灣白話文的口語文體。在聲音的辯證上，本文尤其聚焦於成就東亞漢文中各地域文體差異起點的訓讀模式，所造成白話文寫作者於創作時發生的腦譯（翻譯）現象，同時援引語言社會學者安田敏朗論述韓國國語學建構時的模仿與創造之概念，來檢驗台灣白話文的生產機制。而此機制事實上與賴和在一九二六年提及新文學運動的標的及其創作過程完全相符。第三，本文參考日本近代文體的分類，嘗試整理台灣白話文在各演進階段所產生的文體類型，包括：非言文一致體、言文一致體、白話文章體、雅俗折衷體、口語體、通俗白話體等，並以實際作品為例，闡明這些文體的特徵及內涵。

關鍵詞：文體論、近代文體、台灣白話文、漢文、言文一致、訓讀、模仿、創造、賴和、台灣新文學、書面語、口語

我們現在談新文學的運動，至少有兩個要點：1 白話文學的建設、2 台灣語言的改造。[1]

——張我軍

新文學運動，純然是受著西學的影響而發動的，所以有點西洋氣味，是不能否認，又且受著時代的洗鍊尚淺，業績猶未完成，也是事實。她的標的，是在舌頭和筆尖的合一，當然這也說是模倣，但各樣的學術，多由時代的要求，因著四圍的影響，漸次變遷，或是進化或是退化，新文學亦在此要約之下，循程進化的，其行跡明瞭可睹，所以欲說是創作，寧可謂之進化，較為適當。[2]

——懶雲

台灣文學因為它的特殊性，分以和文與漢文的兩種言語文字來表現的事，固不必待筆者再提。……。台灣的文學在現階段以這兩種語言文字表現，雖是件無可如何的事，於將來姑且勿論，現在的台灣人既是還在用台灣話以上，台灣話式的漢文，在文學自身著想起來，不但不能消滅，還有不減前者的意義。[3]

——王錦江

1　張我軍：〈新文學運動的意義〉，《台灣民報》，1925年8月26日，頁19。

2　懶雲（賴和）：〈讀台日紙的『新舊文學之比較』〉，《台灣民報》第89號（1926年1月24日）；轉引自林瑞明編：《賴和全集（三）：雜卷》（台北市：前衛出版社，2000年6月），頁87-88。

3　王錦江（王詩琅）：〈一個試評——以「台灣新文學」為中心〉，《台灣新文學》第1卷第4號（1936年5月），頁94-95。

一　前言：聲音、訓讀、文體論

論及日本時代以漢字書寫的文學作品或文獻之文體，往往被略分為古典漢文、漢文、中國白話文、台灣話文等諸類。自一九二〇年代新文學運動時期的白話文，乃至一九四〇年代的通俗文學，論者多視之為混雜日語、台語的中國白話文，甚且直接指為中國白話文[4]。而較多的論點則指一九三〇年代作品常有「語文混用」現象，特別是台語詞彙增多，謂此為作品語言中的本土性，並給予具反殖民意義的正面評價[5]。近年亦有論者對「漢文」做較細緻的檢驗與定位。如張安琪提出台灣白話漢文（台灣話文），強調台灣話文早在五四白話文被引進台灣前的一九一〇年代即已形成，才有一九三〇年代台灣話文對中國白話文的反動[6]；邱雅萍則從一九三七年的「漢文欄廢止」事件整理當時的台語欄、台灣語、台灣文等用詞的指涉，進而指出混雜程度不一的台灣式白話文已曾出現於《台灣民報》[7]；李敏忠認為一九三〇年代的台灣現代小說混雜了「台灣話文（台語）」、日文、中國話文等詞彙及語法，而呈現在地性，故稱此些作品的文體為台灣白話文[8]。最受注目的即

4　如柳書琴論及一九三三年的一部新聞小說〈美人局〉，文中如「日本姑娘真有雅氣，有教養，忠實、從順、守貞操。台灣的姑娘則反是俗氣。娶台灣老婆那是要真要三代無風爐，四代無茶古」（第三十回）等非中國白話文的語句極多，但論者仍謂「作者賴慶以流利的中國白話文撰寫了連載三個月、總字數五萬字以上的小說。」氏著：〈《台灣新民報》向右轉：賴慶與新民報日刊初期摩登化的文藝欄〉，《台灣文學研究集刊》第12集（2012年8月），頁2。

5　如陳建忠指賴和小說漸漸走向台灣話文，並強調透過這種語言的本土性，作家才找到其立足發聲的根源，氏著：《賴和的文學及思想研究》（高雄市：春暉出版社，2004年1月），頁246。

6　張安琪：〈日治時期台灣白話漢文的形成與發展〉（新竹市：清華大學台灣文學研究所碩士論文，2006年7月），頁1-3。

7　邱雅萍：〈從日刊報紙「漢文欄廢止」探究台灣式白話文的面貌〉（台南市：成功大學台灣文學系碩士論文，2007年7月），頁106。

8　李敏忠，〈殖民地風景的書寫：一九三〇年代台灣白話文小說文體風格研究〉（台南

陳培豐的殖民地漢文概念，統指產出於日治下的台灣之混雜且多語的近代文體，並指此為近代台語文的雛形[9]。

　　雖考察對象或時代不一，此諸論一共通觀點為，於日治下的台灣之文體雖受中國白話文影響，但夾雜台灣本地及帝國日本的語彙，為一種具主體內涵之殖民地特殊文體。此諸論也提及漢文與台語的關連性，但多僅將焦點置於詞彙（符號）的討論，而未有語言（發音）的辯證。則漢文在發展過程如何被發音、閱讀或翻譯，甚至如何發展成近代文體等問題被擱置，如此使得固有台語的書面體及借用語等現實被模糊化，導致中國白話文的範圍被無限擴大，但台灣白話文的界限被過度擠壓。日本領台五十年間，台灣的文體變化急遽，且若細分則種類繁雜，從一九一〇年代的舊漢文到一九二〇年代的半文半白之書面文體，以及一九三〇年代的口語文體傾向，甚至一九四〇年代中國語彙純度極高的白話文，的確很難僅以一概念來統括。要釐清在這樣複雜語境與社會環境下產出的似同又異之文體，也許得將各時期甚至各文類一一劃開並分別檢驗，才能更精確理解台灣的白話文如何受中日與在地影響而發展，乃至為何變化、分歧或繁衍等問題。

　　本論文提出台灣白話文這個整體概念，嘗試對戰前的台灣近代文體之形成與變遷進行文體論（stylistics）的考察，並強調其形成至少經歷一九二〇與一九三〇年代兩階段的言文一致之實驗與實踐。眾所周知，作為台灣白話文運動嚆矢[10]之一的〈漢文改革論〉，黃朝琴在續篇加上「唱設台灣白話文

　　市：成功大學台灣文學系博士論文，2009年6月），頁128。

9　陳培豐：〈日治時期台灣漢文脈的漂游與想像──帝國漢文、殖民地漢文、中國白話文、台灣話文〉，《台灣史研究》15卷4期（2008年12月），頁31-86。陳氏此系列論文收於日文版《日本統治と植民地漢文　台湾における漢文の境界と想像》（東京都：三元社，2012年8月），增補論述的中文版收於《想像和界限　台灣語言文體的混生》（台北市：群學出版社，2013年7月）。

10　《台北市志卷首下大事記》於一九二三年二月二日一則記黃呈聰、黃朝琴為推行台灣文化運動、普及白話文，在《台灣》雜誌發表：〈論普及白話文的新使命〉及〈漢文改革論〉，開台灣白話文運動之先河（台北市政府編，1989年6月，頁125）。而廖毓文將此後一連串的討論通稱為台灣文字改革；謂：「自民國十一年起，至民國二十二年止，

講習會」之副標並提及：「在我的意見，年少的學生，可以獎勵他，年多的
人，不如教他學台灣在來白話文，較是利益，像這種的事業，叫台灣當局來
做，實際上是不可能的？[11]」作者明言欲對向來的漢文進行改革，其建議的
方針為學習台灣在來的白話文；在來（tsāi-lâi）一詞源自日語，本地之意；
台灣在來的白話文即如副標所揭的台灣白話文。而面對戰後初期的跨語挑
戰，吳新榮也於〈文化在農村〉文中呼籲研究台灣白話文：「關于**台灣話**，
我自有一種意見，像我從小就沒有讀過漢文，因此我所寫的漢音常有不正確
的地方，而我寫的漢文也常不清不楚，但是我一旦用了**台灣白話式**的話法，
寫一篇土話文章給一般人看，人們都說比漢文更容易使人瞭解，比白話文
（國語文）更能明白。像白話文裡面，有如「很」或是「夠」等字，由**台灣
白話文**看來，是一種話渣，所以我主張除掉學校教育外，在一般文盲的農村
大眾，應有研究**台灣白話文**的必要……[12]（粗體：筆者）」。

　　黃吳兩人之論，可視為台灣白話文文體變化軸上的定點座標。而吳所謂
的漢文具兩層意義：一、漢音即台語的文音，故其未學過的漢文，為以文音
發音的舊式漢文；二、其所書寫的漢文，則是台人對以漢字所寫的白話文章
之泛稱。吳認為自己的白話漢文寫得不清不楚，即是本論文將論及的模仿；
以文白音或訓讀模式被閱讀；而其以台灣話式的話法寫出的土話文章，則可
謂台灣白話文中的一過渡文體。從其日記亦可能驗證此台灣白話式的文體結
構與內涵[13]。

十年來之間，發生了一連串的文字改革運動，有的提倡「白話文」，有的提倡「羅馬
字」，有的提倡「台灣話文」，甚至也有人提倡過「世界語」，各人的主張都不一致，但
其企圖，都是一樣想在異族的支配下，使全省民（當時稱為台灣人），獲一識字的利器，
以吸收新智識，新思想。」氏著：〈台灣文字改革運動史略〉，《台北文物》第3卷第3期、
第4卷第1期（1954年12月10日）、（1955年5月5日）；轉引自李南衡編：《日據下台灣新
文學‧明集5‧文献資料選集》（台北：明潭出版社，1979年3月），頁459。

11 黃朝琴：〈續漢文改革論　唱設台灣白話文講習會〉，《台灣》第4卷第2期（1923年2
月），頁26。

12 吳新榮，〈文化在農村〉，《台灣文化》第1卷第1號（1946年9月），頁21。

13 周華斌也注意到吳新榮的文章是白話、文言、訓讀混用的文體，並稱吳的日記文體為

　　近年，日本學界興起以聲音作為切點的訓讀論研究之風潮。思想史學者中村春作指出，訓讀論不僅跳脫單純的技法論、語學教育論或意識型態出發的評論視野，對近代學識也加以批判，且開展更新穎而具普遍性及對等性觀點的討論可能；並謂訓讀不僅與吾人內在的古典教養素質、近代的語言及文體的成立關係密切，更可視為解開東亞漢文文化圈中多樣存在的現實之可能線索之一，除了日韓越等中國周邊之外，也包括中國內部的語言現象[14]。筆者也認為，討論台灣漢字的聲音及訓讀，可釐清台灣近代文體的演進，更可理解不諳北京話的台灣作家如何以漢字創作白話文。簡言之，無論是中國白話文、台灣話文或羅馬字，甚至時也有以假名或諺文來書寫的意見，其實都是標記台灣話的文字（符號）。需探討的是，書寫者選擇標記法背後的「目的性」及其過程之意義。以此框架來檢驗漢文用字或發音的變遷，就更清楚一九三二年《南音》的台灣話文討論欄，何以有增加台灣音、採用代字、另創新字等討論。

　　因此，本文以檢驗台灣漢字的文白音、訓讀，乃至假借字或借用語的轉換等聲音規則，重新確認日治下台灣的近代文體之語言主體；並論析寫作者如何在觀點上受日本的言文一致之影響、形式上與中國白話文連結，進而實踐台灣白話文的書面文及口語文等寫作。另也探究言文一致傳入台灣的路徑與其在台發展，並援引安田敏朗論及韓國國語學建構時提出的模仿與創造之理論，來分析台灣白話文的形成及生產機制；此理論亦與賴和謂台灣新文學的進行模式不謀而合。最後，參考日本近代文體的分類，整理台灣白話文各演進階段所形成的非言文一致體、言文一致體、白話文章體、雅俗折衷體、口語體、通俗白話體等文體，並以實際作品為例闡明其特徵及內涵。而限於篇幅，本文考察的文類僅限於論述性的雜文與小說，傳統歌仔冊或現代詩等

「台語漢文」。氏著：〈吳新榮 ê「台語漢文」書寫〉，《台江台語文學季刊》第2期（2012年5月）。

14 中村春作：〈なぜ、いま「訓読」論か〉，中村春作、市來津由彥、田尻祐一郎、前田勉編：《「訓讀」論──東アジア漢文世界と日本語──》（東京都：勉誠社，2008年10月），頁1、8-10。

文類之文體變遷及內涵，待日後續補。

二 「混語」之說──主客體模糊化與文體變異光譜的曖昧化

　　以往論者多以混雜性（hybridity）概念看待日本時代的文體，並視其為特殊時代下的語文混用之特殊產物；典型之論即陳培豐以 créole（混成語）概念提出的殖民地漢文[15]。即便 créole 語後來還分英語系 créole、法語系 créole 等多種，且其變異幾乎完全異於原來的語言，例如法國本地人無法理解源自法語的海地或模里西斯之 créole 語；但 créole 有個極重要的觀念是，其源於殖民主的語言－其「語言主體」為宗主國的語言[16]。準此，則殖民地漢文的語言，恐怕較傾向中國語[17]。但產出於殖民地台灣的漢文之基底語言

---

15 陳培豐：《想像和界限　台灣語言文體的混生》，同註9，頁9。二○一○年七月一日，陳氏以〈日治時期台灣的「殖民地漢文」〉為題於一橋大學進行演講。席間語言社會學者安田敏朗教授提出疑問：「殖民地漢文的聲音如何？」陳教授的回答是「沒有聲音」。安田教授未再細問，但也在與筆者討論時強調，文體的發展不能忽略語言（聲音）問題。

16 créole 的概念源自西班牙語的 criollo，最早是指西班牙人在加勒比海的西印度群島所生的西班牙小孩。後來意義擴大，亦指出生於殖民地的歐洲人。而成為語言學研究之熱門議題的 créole 語，雖尚有極嚴謹的定義，卻已被廣泛研究甚至誤用。簡言之，所謂 créole 語，乃自古歐洲人所殖民過的地方所產生的類歐洲語，雖其源自歐洲殖民主的語言，但已是自成一個獨立語系的語言。參考ロベール・ショダソン（Robert Chaudenson）著，糟谷啟介、田中克彥譯：《クレオール語》（東京都：文庫クセジュ，2000年11月），頁7-16。正因 créole 的語言主體是源自殖民主的語言，西成彥才指出台灣語文的 créole 化，恐怕是一九四五年後才形成（西成彥，〈脫植民地化の文学と言語戦争〉，《日本台湾学会報》第16號，2014年6月，131頁）。

17 或許因對 créole 概念的誤用，造成語言主體顛倒，導致陳氏認為殖民地漢文為台語文的雛型，卻又指出戰後以華語為基底的「小紅文」為殖民地漢文之延伸，且提出小紅文巧妙運用「同文」，為更接近現今的言文一致之實踐、應是台語文最自然且可行之路等主張（《想像和界限》，頁334-338），此即語言主體模糊且語、文概念混為一談所造成的誤論。

顯然是台灣話。此即漢字圈各地不同的訓讀問題被忽略，而導致主客體模糊化甚且倒置的問題。

再者，語（language）、文（writing）概念混為一談，往往造成無法回到當時的語境（context）來考量，而僅就符號表象論析，則漢字間的共通性不斷被擴大，但各地域語彙所形成的異質性就少被聚焦。那麼，國語政策帶給殖民地語言的侵蝕及文字發展的阻礙等問題，則無法究詳。漢文的確是日本領台初期重要的溝通工具[18]，但訓讀卻起了區別地域之用，即創作者的發音主體為台灣話時則屬台灣話文；若為北京話時則屬中國話文。日本在以「漢字假名混寫」之前的正式文章皆為漢文，要書寫閱讀都需音訓規則等素養[19]；朝鮮的「訓民正音」（諺文）在十五世紀中期已誕生，但對朝鮮王朝的知識份子而言，漢字才是文字，其自有一套訓讀法來閱讀這作為書面語的漢文之訓練[20]。簡言之，日本和朝鮮的漢文閱讀與創作，乃在各自語言的訓讀機制－即一種翻譯工程之下完成[21]。

因此，分析文體的變遷與其各種樣貌前，本文先對日本時代以漢字寫成的台灣近代文體之語言主體進行再確認。各地語境不同時，漢文的隔閡與誤差也隨之發生[22]。尤其各國的近代文體漸走向言文一致後，差異越來越大，朝鮮的諺文、日本的假名、越南的字喃、香港的粵語造字、台灣的羅馬字或新字等，正是扮演聲音識別及成就各自近代文體的關鍵。而確認文體的語言主體後，即可再深入剖析從外部混入此文體的外來語、借用詞，甚至是新時

---

18 陳培豐著，王興安、鳳氣至純平譯：《「同化」の同床異夢 日治時期台灣的語言政策、近代化與認同》（台北市：麥田出版社，2006年11月），頁89。

19 佐藤喜代治：《日本文章史の研究》（東京都：明治書院，1966年10月），頁54。

20 野間秀樹：《ハングルの誕生》（東京都：平凡社，2011年1月），頁77。

21 金文京：《漢文と東アジア——訓読の文化圏》（東京都：岩波新書，2010年8月），頁12、94-96。

22 金文京評陳培豐著作時，亦曾對陳所說白話運動之旨趣在於追求言文一致之誤認提出修正，而謂如中國這樣的多方言國家，其言文一致意味著地方方言的分裂。氏著：〈陳培豐「日本統治と植民地漢文—台湾における漢文の境界と想像—」〉《歷史學研究》917號（2014年4月），頁56。

代的語彙等客體,如何影響此文體的變遷。

關於漢文的學習,巫永福曾謂:「在我入讀埔里公學校(按:1920年)前曾請鹿港人漢學家許果堂於夜間七點半至八點半在我家教漢文。除大兄上台中一中外,較大的兄弟姊妹連母親都參加,許果堂老師先從三字經開始。這三字經念起來猶如讀冊歌,朗朗上口容易記憶。[23]」。王育德也在自傳中說:「我們兄弟在五六歲時被強制學習漢文,有時找老師來家裡,有時前往街上的書房。當時漢文是以台語讀的。日本時代,台語的使用在昭和十二(按:1937)年的支那戰爭之前是還允許的[24]。」由此可知台人對漢文的重視,以及書房或漢學堂乃台人習得漢文的重要空間。王更強調,至戰爭末期,民間仍有書房存在,而其存在意義即為台語的保存與傳播[25]。巫閱讀三字經時應屬文音的學習,而王則為了更瞭解文言音以外的讀音,挑戰了以歌仔冊做為讀本[26]。總之,當時的漢詩漢文透過台語這個語言/聲音被認識及學習;而學過漢文,則大致可分辯漢字的文白音,或可以訓讀(翻譯)模式閱讀漢文。以下簡述台灣漢字中的聲音模式在文體裡的作用;另也以香港粵語書寫的文體變遷,作為台灣白話文的論述參照。

(一)台灣漢字的「文音」、「白音」與「訓讀」

村田雄二郎謂,漢字這個文字體系消弭了中國各地的方言差異,且因漢民族的意識型態之統制,中國人對同民族應有一共享的、統一的漢語之存在深信不疑;但若只就聲音而論,漢語系諸語與歐洲諸多語言同樣可謂一個各

---

23 巫永福:《我的風霜歲月 巫永福回憶錄》(台北市:望春風出版社,2003年9),頁24。

24 王育德:《「昭和」を生きた台湾青年》(東京都:草思社,2011年4月),頁19(原文日文,筆者中譯;「支那戰爭」保留原文用法,即引發中日戰爭的一九三七年之盧溝橋事變)。

25 王育德,〈書房の話〉(台灣語講座第十回),(初出:《台灣青年》,1960年代),參考自氏著:《王育德の台湾語講座(復刻版)》(東京都:東方書店,2012年7月),頁44。

26 王育德:〈書房の話〉,同前註,頁47。

自相異的語言集合體（Sinitic languages），有其非均質性與多樣性[27]。中國在白話文與普通話的齊步推行下，以漢字呈現的方言差異被抹消；但台灣則因成為殖民地而與中國的讀書市場有所區隔，再透過伴隨著近代化而來的言文一致觀，於是逐漸形成異於中國白話文的台灣白話文。而如日語音訓之別的台語文白音，即驅使被置於漢字文化圈的台語保有其地域特徵。小川尚義[28]如此闡明台語發音：

> 台灣話中有所謂的讀書音與俗音，但並非所有字都有這兩種發音，其與日本的音及訓的狀況類似，一個或兩個以上的俗音也是有的[29]。

小川強調有些字有兩種以上的俗音；而讀書音即文音／文讀音，俗音即白音／白話音；文白的差異即如日語的「音訓」（音＝漢音；訓＝和音）之別。受過漢文教育者，大概可知古典漢詩多以文音閱讀，生活用語多以白音閱讀；

---

27 村田雄二郎：〈漢字圏の言語〉，村田雄二郎、C.ラマール編：《漢字圏の近代：ことばと国家》（東京都：東京大學出版會，2005年9月），頁3。

28 小川尚義（1869-1947），生於愛媛縣，一八九三年進入帝國大學文科大學博言學科（今東大文學部言語學科），師事國語學者上田萬年。受上田建議於1896年來台，任職台灣總督府學務部、編繹官等職，在台灣諸語言研究有極大貢獻。相關論述請參考洪惟仁，〈小川尚義與高本漢漢語語音研究之比較──兼論小川尚義在漢語研究史上應有的地位〉，《台灣史研究》第1卷第2期（1994年12月）。

29 小川尚義：〈台灣語に就て（承前）〉，《台灣協會會報》91號（1906年）。轉引自林初梅編：《小川尚義論文集〔復刻版〕日本統治時代における台湾諸言語研究》（東京都：三元社，2012年11月），頁268（原文日文，筆者中譯）。小川且又列出幾個漢字，並標出各別發音：

漢字	讀書音	俗音	漢字	讀書音	俗音	漢字	讀書音	俗音
田	tien	tsan	糊	ho·	ko·	少	siau	tsio
猴	ho·	kau	叔	siok	tsiek	寒	han	koa^n
樹	siu	tsiu	飛	hui	poe	篩	su	tai
後	ho·	au	歲	soe	he	烟	ien	hun
齒	tsi	ki						

原文（頁268-269）另有福州話的讀書音及俗音之對照，於此省略。因是一九〇六年的文章，仍有符調標示受印刷限制或羅馬字用法亦未標準化等問題，此保留原文。

而即便未識漢字，日常語彙中的「文白」也因自然傳承而使一般話者得以應用，如第二遍（tē-jī-piàn）的「二」念作文音的 jī，而不念作白音的 nn̄g 或 nōo。

　　但王育德認為台語的訓讀和日語稍有不同且更加複雜，卻常被與「白（俗）音」概念混淆。他提出一個漢字有三種類的台語讀音：文言音、白話音及訓讀。文言音又名孔子白，即小川所謂的讀書音；白話音，台灣以土音稱之[30]，即小川所謂的俗音。他進一步說明：「漢字」與「和語」是不同語系，日語訓讀是將輸入自中國的漢字以和語翻譯；但「漢字」與「台語」則非異種語系，台語訓讀是把從中原移入的漢字以方言翻譯，即台語訓讀是取漢字之義來做假借字。且台語在語系上與漢字關係較近，而方言的複數性能集結各地域的「類義語」，因此生成的訓讀比日語複雜。如「在」的文音為 tsāi，白音為 tī；但訓讀則是不同漢字有同樣意思時則念法可相同，如「兄」、「哥」皆念 ko；「懂」、「識」皆念 bat（現亦寫為「捌」）；「不」、「沒」、「無」、「否」皆念 bô（現亦有「嘸」等寫法），此即比日語更複雜的台語訓讀現象之一[31]。筆者認為，正是這種訓讀的流動性，造成一九二〇年代的言文一致未完成，而引發一九三〇年代第二波的言文一致運動。

　　笹原宏之對東亞各地的訓讀亦有細緻解說，他提及日本漢字中有義音皆同但字異的同訓異字現象，而清國文獻中亦可見一字十音，即一字多訓之例，且更指出韓國、越南等中國周邊地域甚至中國內部中存在極其多樣且複雜的訓讀現象[32]。從小川的俗音和王的訓讀來看，台灣漢字的確兼具「同訓異字」和「一字多訓」的現象，此正是解讀台灣近代文體變遷的重要線索。雖小川未提出訓讀之說，但其他日人研究者也留下不少類似記述。如岩崎敬

30　王育德：〈文言音と白話音と訓読と（1）〉（台灣語講座第11回），轉引自《王育德の台灣語講座》，同註25，頁49-50。

31　王育德：〈文言音と白話音と訓読と（1）〉，同前註，頁50-51。

32　笹原宏之：《訓読みのはなし　漢字文化圈の中の日本語》（東京都：光文社，2008年5月），第5、6、8章。

太郎[33]曾提及台語的標記方式有四種，包括一、音義皆能表現；二、只能表現意義；三、只能表現語音；四、音義皆無法表現（並謂此在日語中無）。其中的第二點，岩崎舉出讚美（o-ló）、如此 ヲロヲ（án-ni）、事情 アヌニイ（tāi-tsì）、 タイチイ　羞恥 キアヌシアウ（kiàn-siàu）、賢人 ガウラン（gâu-lâng）、茂茂 アムアム（ām-ām）等例詞，說明像這類僅表現意義的漢字與其發音的差異[34]；且書中多可見如 尚未 イアウベエ（iáu-bē）、何處 トヲロヲ（toh-loh）、時候 シイツン（sî-tsūn）等例[35]。換言之，此看似中國白話文的語彙，其實是台語原就存在的僅取意義做標記之假借字，這種發音模式即王育德所謂「取漢字之義來做假借字」的訓讀機制。而此訓讀傳統，應是台灣在清國時期已有《三國演義》、《水滸傳》、《紅樓夢》等諸多小說的閱讀市場所逐漸形成的現象。了解文白及訓讀之別，再重讀日本時代諸多半文半白的文章，並試著以此三種類的發音來閱讀，即能較精確掌握台人創作時的語言思考。

（二）他者之鑑：香港「三及第文體」與「港式中文」

如前所述，漢字抹消中國各地方言的差異，但漢語系諸語可謂各自相異的語言集合體，有其非均質性與多樣性。而即便台灣未受日本統治，清治時期的唱本或歌仔冊等民間說唱文獻，也預告了台語漢字不僅具書面文功能，亦有發展成口語文的可能性。香港學者李婉薇指出，明末以來，廣東民間說

---

33 岩崎敬太郎（1880-1934），首位研究台語的日本學者，一八九六年擔任陸軍省通譯官而來台，歿於台灣。編著《台灣語發音獨習》、《埤圳用語》、《新撰日台言語集》、《專賣局台灣語典》、《羅馬字發音式台灣語典》等書。參考黃馨儀：〈台湾語表記論と植民地台湾－教会ローマ字と漢字から見る―〉（東京都：一橋大學言語社會學研究科博士論文，2010年2月），頁40-41。

34 岩崎敬太郎：《新撰日台言語集》（台北：新撰日台言語集發行所，1916.12），頁40-41。

35 岩崎敬太郎：同前註，頁63。羅馬字為筆者加註。岩崎的另一部《羅馬字發音式 台灣語典》（台北市：新高堂書店，1922年8月），例文皆附教會羅馬字，內容與《新撰日台言語集》類似。

唱活動帶動出版業蓬發展，粵語開始成為印刷上使用的書面語。僅管這些歌本的口語成份並不濃厚，但粵語書寫傳統逐漸形成，出版和閱讀書面的粵語成為普遍的商業和娛樂行為；此時的粵語，具口語和書面語兩種形態[36]。中國於一八四二年與英國簽署南京條約後，香港成為英國殖民地，但二十世紀初期前後，不少寫作民間歌謠的知識分子如鄭貫公，亦受日本影響而於呼籲普及淺文書寫：

> 查日本變法，全賴報紙之鼓吹，而報紙尤以淺文白話為普及。彼原與中國同文，迫後自創數十字之字母，遂為日本之文字。發明後，舉國習之為普為通，雖婦孺皆識。蓋以其字少而易於記憶也。且文字之功用，可串為俗語白話。日本報紙，雖勞動社會，如車夫侍役，亦能各手一篇，故武士道大和魂之主義，膨脹於全國人之腦海者，未嘗非報紙之有以致也。吾國方言之雜各省固不同音，即一省中亦各有其語。白話之撰，戛戛獨難。即以吾粵論，其俗語恆有其音而無其字者。無已，則惟有淺文之一法焉。庶幾一般之社會，皆得其解，互相播傳，即互相警惕……[37]

從「無已」、「即」等漢字用法，即可知此半文半白之文乃以粵語寫出，李婉薇更指文中的白話即指「口語（粵語）」。鄭貫公認為，中國不若日本使用拼音文字（假名），且方言雜亂，若寫白話恐互不相通[38]，且報紙普及新知仍需賴文言文，因此提出盡量將文章淺化之淺文寫作主張。而即便有人對方言寫作抱持焦慮，但同時期已可見不少以口語寫作的實踐。如黃伯耀於《社會公報》即以粵語介紹創辦該報之因：

---

36 李婉薇：《清末民初的粵語書寫》（香港：三聯書店，2011年4月），頁8。

37 貫公：〈拒約必須急設機關日報〉，《唯一趣報有所謂》（1905年8月20日）。轉引自李婉薇，同註35，頁65。

38 此欲與中國保有共通性之觀點，和台灣的中國白話文主張者甚至是黃石輝的台灣話文主張類似。請參考註84之引文。

> 我地的同人，創辦此報社，力量雖薄，願望好大，一則扶進社會的智
> 慧，一則掃去社會的窒礙，以完全普通社會的希望，宗旨係咁樣嘅[39]。

此文比前引鄭文更加白話，而末句的「宗旨係咁樣嘅（宗旨即是如此）」，即是
將口語加進書面語的嘗試。在南洋的華人報刊撰述不少政論的黃伯耀，常將
香港獨有漢字入文，其於參與創辦的《廣東白話雜誌》及《嶺南白話雜誌》
等粵語刊物，也發表許多「擬演說」及雜文[40]。李婉薇的研究大量援引當時
的文言文、淺文、諧文等多種例文，來闡明粵語書寫的流變。她認為清末民
初的粵語書寫遍及各種文體，韻文如粵謳、龍舟、南音、班本等擬說唱，散
文如諧文、小說或舊體詩歌及擬演說等，為一種極富彈性的書面語（通用
語）[41]。

同屬粵語圈的廣東進入中國近代國家的框架，且受中國語文統一的影
響，以粵語書寫的「廣東話文」的似乎未被延展。但殖民地香港則逐漸發展
出獨特的三及第文體（語言主體仍為粵語）。研究者黃仲鳴即稱運用文言、
白話（書面語）和粵語（口語）寫作的小說為三及第小說；其謂《佛山贊先
生》在敘事時用文言，偶又交雜白話，對話時則用粵語，因能盡各語文優
勢，而起繪聲繪影之效[42]。而趙汝慶則指這種將文言、白話、粵語方言混為
一體的三及第文體，具文言詞十分豐富，表現力強、虛詞使用頻率高、粵方
言詞入文由少漸多等特色[43]，如《有所謂報》創刊詞的文例：

> 有所謂，今日系出世良辰，睇嚇舌劍唇槍，幾咁認真。重話監督住個
> 的民賊獨夫，同百姓雪忿。又試婆心苦口，啟導愚民。咁樣子把世界

39 耀（黃伯耀），〈社會公報出版之原因〉，《社會公報》，1907年12月5日。同註36，頁
67。

40 李婉薇，同註36，頁66-67。

41 同註36，頁314。

42 黃仲鳴：《香港三及第文體流變史》（香港：香港作家協會，2002年），頁99-102。

43 趙汝慶，〈香港報紙三及第文體〉，《中央民族大學學報》（哲學社會科學版）第33卷第1
期（2006年1月），頁119-121。

開通，心亦太懇。真正逞頭浪角、不顧其身。君呀、試睇嚇近日世界
點樣子情形、實在唔忍再問。就系危同累卵、不久就大起風雲。況且
舉國人心、好似染著長睡嘅症。若不力為喚醒唎、一味地黑天昏。唉、
我今日重有一點精神、還想盡我的本份。心實不忍。望我同胞齊發
奮、雖則我呢嚇諧言諷世唎、未必系亂講時聞。（《社會聲》粵謳）[44]

所謂文言詞的發音應為粵語文音，而方言則是粵語白話音。更精確地說，淺
文發展初始的口語，且直接以表現聲音的香港漢字來寫出。而一九二〇年代
以降更興盛的三及第文體，在一九七〇年代漸漸衰微且出現極大變化，且增
加不少英譯詞[45]；趙汝慶認為三及第文體乃香港報刊的語言呈現發展變異的
一個重要階段，其衰落標誌著香港社會一個時代的終結和一種新的語言風
格──港式中文的出現[46]。現今的港式中文在形式上較不受規範，由白話文、
方言及外來語等詞彙組成，但其中的方言已非三及第文體中的廣府話，而是
獨特的香港粵語及更多新詞；且外來語方面包括英語單字或音譯詞，甚至洋
白雜染以及日語借詞[47]。

　　從今日香港網路媒體即可知，現今的港式中文已有書面體和口語體分離
的現象。書面體受華語影響極大，幾乎形同現代中國白話文；而口語體文章
的造字比例極高；但兩者的語言主體仍為粵語。總之，語境未斷裂的香港粵
語在近代書寫觀的影響下，於清末時期即形成具口語和書面語功能的文體，
而後發展三及第文體，進而又演化成今日的港式中文（新三及第）。本論文第

---

44 轉引自趙汝慶，同前註，頁119。

45 例如：路透雷曰：「香港乜都講科學，漁船亦用了鋼筋水泥來造矣，所以連鯉魚門的橫
　　水渡，亦已裝了摩打，用汽車唎，那一個四十歲的船娘，坐近艇後的艙中，好似揸快
　　艇一樣，入前後波，用手加油，撐汽車式唎。」我曰：「竟如此摩登乎？」（《成報》
　　1971年6月2日）。轉引自趙汝庆，同前註，頁119。文中的「摩打（motor）」、「唎
　　（tie）」、「摩登（modern）」等皆為英語音譯詞，可見用詞洋化的現象。

46 趙汝慶，同前註，頁118。今日香港人的「中文」概念仍較停留於「粵語」。而所謂
　　「港式中文」亦為以粵語發音的白話文書寫，即現代粵語書面文。

47 趙汝慶，同前註，頁122。

四節論及的一九二〇年代至一九四〇年代的文體變遷，即類似香港的淺文到三及第文體的發展過程。

三　「言文一致」的導入與實踐，以及「差值」

　　確認台灣漢字的發音，並藉粵語書寫說明同以漢字實踐近代文體發展的書面語和口語之關係後，本節將論析言文一致觀如何被導入台灣及其造成的影響。一般認為，台灣話文於一九三〇年代前後出現[48]，而張安琪則指出台灣話文早在領台初期誕生，且由第一批接受日文教育的本島知識份子參與寫成[49]。張也提及不少語學用書中的創作長文已可謂完整的文章，且已具言文一致的特色，是中國白話文進入台灣之前，台灣本土話文的發展脈流[50]。

　　既然本土話文已有自己的脈流，何以台人未能因循並發展出完全的台灣話文？以下詳述言文一致導入台灣的路徑，並討論一九二〇年代中國白話文運動在台發酵所導致發展中的台灣白話文出現「言文不一致」的歧異現象；進而重新評價中國白話文主張者寫出的所謂中國白話文，且檢討一九三〇年代的台灣話文論爭與書寫，在言文一致運動及文體發展上的意義。另也以字辭典及羅馬字文獻等記錄，檢證台灣白話文發展過程中的發音與其差值。

（一）言文一致的兩層意義：「言文一致體」與「口語體」

　　作為支撐近代國家之制度的日本「國語」應如何書寫並統整，於明治初期有極多討論，如一八七〇年南部義籌的〈修國語論〉，為羅馬字採用論；一八七一年前島密的〈國文教育の儀に付建議〉（關於國文教育之儀建言）、〈廢

48　如陳淑容：《一九三〇年代鄉土文學／台灣話文論爭及其餘波》（台南市：台南市立圖書館，2004年12月），或中島利郎編：《一九三〇年代台灣鄉土文學論戰資料彙編》（高雄市：春暉出版社，2003年3月）等。

49　張安琪，同註6，頁31-34。

50　張安琪，同註6，頁34。

漢字私見〉（廢漢字之我見），為假名採用論；一八七二年森有禮的《日本の教育》（日本的教育），為簡易英語採用論；一八七三年福澤諭吉的《文字之教》，為漢字限制論等。此期間漢字廢止論、假名運動、羅馬字運動等關於國語的文字標記、甚至是以何種語言作為國語的言論相繼出現；而假名會、羅馬字會等社團及機關刊物也繼而登場[51]。明治維新以後也開始出現為消弭書面語及口語間的差異之主張，一八八五年西洋學者神田孝平在〈文章論ヲ讀ム〉（讀文章論）文中所言：「以平時說話的語言寫作文章，即為言文一致」，此正是這類主張最早的說辭；而翌年即有題為《言文一致》的書籍出版[52]。

所謂言文一致（我手寫我口），其實具兩層意義：其一是「はなす通りに書く（書其所言）」，成就了言文一致體；其二為「話したごとくに書く（依言書寫）」，成就了口語體。而關於言文一致體，安田敏朗引物集高見所論，「『言文一致體』即明明白白的書面語」，而「所謂『言文一致』，並非如何言說就如何書寫，而是能創造出新的文體才有了意義」來說明，言文一致的首要工作是將語言書面化－即書面體的建立；第二件工程則是可完全記述口語──口語體的實踐[53]。

言文一致的實踐導致日本（語）的近代文學在發展時，文體產生種種細緻變化，從明治以降的東京時代開始，文體就漸與江戶時代前的古典漢文產生變異，飛田良文即把東京時期的文體視為「非言文一致體」；此文體其中還包含漢文體、漢文直譯體、和文體、候文體、歐文直譯體等類。這些「非言文一致體」也逐漸發展成文言與口語並存、但基本上仍屬較文言文的「普通文體」；直到明治末期的言文一致運動，才成就了「言文一致體」，同時也發展出更符合「我手寫我口」的「口語體」；而所謂的言文一致，要到一九

---

51 安田敏朗，《「國語」の近代史》（東京都：中公新書，2007年3月〔初版：2006年12月〕），頁36-38。

52 安田敏朗著，呂美親譯：〈日本「國語」的近代〉，《東亞觀念史集刊》第3集（2013年3月），頁84。

53 安田敏朗，同前註，頁86。

二〇年以降才真正被（階段性）完成[54]。如倉數茂所言，言文一致運動初始，半新半舊的文體也讓人覺得不是流暢的「語言」，要到明治末期或大正初期如大杉榮等社會主義運動者的文章出現，那半新半舊的人工性才被漸漸被抹去[55]。亦即，<u>言文一致運動並非一時現象，而是一連串的討論、實驗、實踐及演進的過程。</u>甚至到一九三〇年代後半，羅馬字運動仍繼續進行，且不僅是漢字限制等相關主張，自江戶末期就有的假名遣（假名的使用及標記）問題，至戰後初期都持續被討論[56]。

　　一九二〇年代初期如《台灣青年》中的文體，即是台灣的言文一致初始化的痕跡－言文一致體－語言書面化的實踐。須再強調的是，同樣半新半舊且具人工性，日本文章的<u>語言</u>是日語，台灣文章的<u>語言</u>是台語。而最早見證言文一致運動並將此書寫觀介紹回台的，即當時留學於早稻田大學的黃朝琴與黃呈聰[57]。如黃朝琴在〈漢文改革論〉即直接呼籲言文一致體的落實：

Í siōng-tsió ê sî-kan　sú in tit-tiòh siōng-tuā ê tì-sik　Kàu-siū ê hong-huat
以　最少　的時間，使他們得著　最大　的智識。　教授的　方法　，

iōng giân-bûn it-tì ê bûn-thé　í giân-gí kin-kì　sú thiann-kóng ê bûn　'ik kì 'ik
用　言文　一致的　文體，以言語根據，使　聽講　的文，易記易

siá　bián kuhîng-sik　puttián-kù　khí-pit siá-pèh tsiū-sī
寫，　免拘　形式　，不典句，起筆　寫白　就是[58]。（標音：筆者）

---

54 飛田良文編：《国語論究第11集　言文一致運動》（東京都：明治書院，2004年6月），頁4-19。

55 倉数茂：〈「物語」への権利〉，《大杉栄　日本で最も自由だった男》（東京都：河出書房新社，2012年2月），頁137-138。

56 今野真二：《振り仮名の歴史》（東京都：集英社，2009年7月），頁209-210。

57 黃朝琴的〈漢文改革論〉與黃呈聰的〈論普及白話文的新使命〉被視為台灣白話文之嚆矢，但就時間順序而言，陳端明的〈日用文鼓吹論〉（初出：《台灣青年》第3卷第6號，1921年12月15日，但該期被禁，後重刊於4卷1號，1922年1月20日）乃早於雙黃之文。而以文體來看，正如廖毓文所言，其文中雖有「白文」，卻仍以文言文所寫；要至黃氏二人的文章後，白話文運動才正式納入軌道、開始前進。廖毓文，〈台灣文字改革運動史略〉，同註10，頁460-461。

58 黃朝琴，〈續漢文改革論　唱設台灣白話文講習會〉，同註9，頁27。

文中的「得著」、「使聽講的文」不僅是白話也幾乎近於口語;「言語」則是轉自日語的借用詞,即「語言」之意;從甘字典[59]可知,「們」為複數表現,唸作 bûn、būn、lín 等。亦即,「們」的白音為 lín,而「他(i)」、「你(lí)」、「我(guá)/人(lâng)」加上 lín/ń,再模仿近代白話書寫,即成「他們(in/tha-bûn)」、「你們(lín/lí-bûn)」、「我們(guán/lán/ngóo -bûn)」等可能以文白或訓讀的台語發音之詞。而所謂「言文一致的文體」,即言文一致體[60],且全篇多處提及言文一致,可知作者接觸不少言文一致的相關討論。尤其「以言語根據,使聽講的文,易記易寫,免拘形式,不典句,起筆寫白就是」之語,完全符合前述物集高見所言:「『言文一致體』即明明白白的書面語」,而「所謂『言文一致』,並非如何言說就如何書寫,而是能創造出新的文體才有了意義」等說詞;即安田敏朗闡釋的言文一致第一層「書其所言」之義－書面語的落實。因此,〈續漢文改革論〉副標為「唱設台灣白話文講習會」,其呼籲的是學習日本走向言文一致,完成台灣語言書面化的工程[61]。

而黃呈聰在〈論普及白話文的新使命〉中,雖言乃就於中國所見中國白話文運動之心得來提出台灣也應普及白話文的建議,但其在一九一六年即成為日本世界語學會會員,世界語運動也可謂當時日本的語言文字改革之一環,他接收言文一致書寫觀,應是台人知識分子之中極早的[62]。文中他推崇

---

59 甘為霖(William Campbell,1841-1921),《Ē-mn̂g-im Sin Jī-tián(廈門音新字典)》(台南市:台灣教會公報,1913年7月)。頁38、453。但正因如「他們」、「我們」、「你們」的模仿,有「屈二字去就一字」之嫌,黃石輝才提出採用新代字,如「佣」、「咱」、「恁」的寫法。參考氏著:〈言文一致的零星問題〉,引自中島利郎,同註48,頁281-282。

60 楊雲萍於戰後初期的引用直接將此句改為「言文一致體」。氏著:〈台灣新文學運動的回顧〉,《台灣文化》第1卷第1期,頁10。

61 黃朝琴:〈續漢文改革論 唱設台灣白話文講習會〉,同註11。

62 日本世界語學會機關誌《Japana Esperantisto》於一九一六年三月的會員名單可見黃呈聰之名。兒玉四郎在一九一三年開始在台宣傳世界語,翌年後全島已有不少函授學生,當時彰化研究會代表即黃呈聰。參考〈內國消息 台灣支部〉,《Japana Esperantisto》(東京都:日本世界語協會,1914年3月),頁8;台灣的世界語運動概況請參考拙論:〈日本時代台灣世界語運動的開展與連溫卿〉,收於陳翠蓮等主編:《跨域

日本提倡言文一致體，並說，「將日本話教我們是好，總也要教我們台灣話，自小學起用我們的話來教各種的科學和一般的智識，豈不是普及文化快一點嗎？若是更進一步，用這個白話文做漢文自小學教他到六個年卒業，就社會上的利用是很方便了。我很希望當局採用這個白話的文，放棄那深遠難解的古文，這是最要緊的[63]」，由此可看出，其當時的主張乃立基於「台灣話」來呼籲普及屬於台灣的白話文。

蔡培火長期推行的羅馬字運動，受言文一致運動的影響亦不小。如思想家植村正久[64]即曾在《台灣青年》發表〈台灣の青年に望む〉，認為台灣基督教之間實行羅馬字久矣，乃一大進步，應予以普及；且說內地的羅馬字論者也心繫此事，欲聲援台灣的羅馬字實踐者[65]。眾議院議員田川大吉郎[66]也發表〈歐米の思潮と羅馬字〉，提出採用羅馬字乃為開發台灣最有效之計劃[67]。《台灣青年》創刊號封面以羅馬字標註「The Tâi-oân Chheng-liân」，即是一種聲音的宣示作用，而後蔡培火〈新台灣の建設と羅馬字〉、張洪南〈誤解されたローマ字〉[68]等文章陸續被發表，對照明治末期的國語國字相關議論來看，這些亦可謂台灣的言文一致運動之一環，且間接影響往後台灣

青年學台灣史研究》5（台北市：政治大學台灣史研究所，2013年8月）。

63 黃呈聰：〈論普及白話文的新使命〉《台灣》第4卷第1號（1923年1月），頁32。

64 植村正久（1858-1925），日本重要思想家，與田村直臣、松村介石、内村鑑三等並稱日本基督教界的「四村」。一九〇二年至一九二〇年間前後來台十次（京極純一，《植村正久 その人と思想》，東京都：新教社，2008年1月，頁10。次女植村環曾任台南長榮中學校長（坂口直樹，《戰前同志社の台湾留学生 キリスト教国際主義の源流をたどる》東京都：白帝社，2002年5月，頁58-60）。

65 植村正久，〈台灣の青年に望む〉，《台灣青年》第1卷第1號（1920年7月），頁27-28。

66 田川大吉郎（1869-1947），評論家、社會運動者、眾議院議員。一八九六至一八九七年曾任職《台灣新報》，曾為台灣議會請願運動向眾議員上呈意見。楠精一郎《大政翼贊会に抗した40人 自民党源流の代議士たち》（東京都：朝日新聞社，2006年7月），頁40。另，日本世界語學會機關誌《Japana Esperantisto（日本エスペラント）》的「會員錄」，亦可見田川之名（1916年8月，頁1）。

67 田川大吉郎：〈歐米の思潮と羅馬字〉，《台灣青年》第1卷第3號（1920年9月），頁33。

68 蔡培火：〈新台灣の建設と羅馬字〉，《台灣》第3卷第6號（1922年9月）；張洪南：〈誤解されたローマ字〉，《台灣》第4卷第5號（1923年5月）。

語言的標記。

本文聚焦於考察以漢字書寫的文體變革,而羅馬字或世界語與言文一致的關係待後日再論。總之,由一九二〇年前後的留日台灣學生提倡的漢文改革與白話文普及,可謂台人的第一波言文一致運動。而日本領台以來,日人語言學者留下的龐大文獻與實踐不容忽視,且影響台人在一九三〇年代前後的第二波言文一致運動。以下簡述日人編撰的字辭典中呈現的言文一致及文體樣貌。

(二)台日字辭典的「說話體」與「書面體」

事實上,言文一致在日人知識菁英的言論及留日台人的介紹前,早已由來台的日人學者實踐於語學雜誌之中,且在台人提倡書寫言文一致體之前,日人研究者已開始記錄並書寫台灣話的書面文及口語文。一八九六年發行的《台灣土語全書》,即曾提及台語在標記上有口語文及書面文分歧的現象:

> 台灣的語言與文章之間於記述上有所差距。不僅**說話體文章**與**純粹的文章**在結構上稍有差異,**說話**與**文章**在相同的文字上之各自發音也有相異。舉例而言,如開這個字,在說話時念作「クイ」,而文章上則要念作「カイ」。因此,只要記住**說話體文章**及其發音,則在日常生活上無有障礙,而不需研究**文章體**及其發音法。但此兩者之間的差異,即是學習台語的人應好好記住的地方。現為說明**台灣文章的體裁**及其發音法之一班,列舉兩短篇於左,以資讀者參考[69]。(粗體:筆者)

說話體文章即口語文,純粹的文章即書面文。編者認為學台語時,若只要應用於生活會話,則可忽略書面文的發音;但兩種文體的差異才是台語重要之

---

69 田部七郎、蔡章機共著:《台灣土語全書》(台北市:〔版權請求中〕,1896年5月〔初版:1896年3月〕),頁152。原文日文無標點符號,括號之羅馬字發音亦為筆者所加。

處，因此書面文的發音也應熟記。文中也說明「開」字於書面文唸作カイ（khai），而口語時唸作クイ（khui）。此文後又另舉一篇序事文與幾篇書簡文之例，並以日文對譯來闡明書面文的作則；而書簡文即如現今的便條書信，文體傾向文言文。「序事文」形式如古典漢文，而漢字旁的假名標以文音。東方孝義也明確指出，文章體（書面文）多以文音發音，而談話體（口語文）則是文白音混用[70]。

　　除了張安琪所謂的台語長篇例文外，一九一〇年代以後，即有日人研究者嚐試將書面文及口語文加以結合。如擔任通譯且一九三〇年代亦參與台灣話文討論的小野西洲[71]，於一九一四年在《語苑》發表土語小說〈羅福星の戀〉[72]；此為其擔任苗栗事件審判通譯後寫出的作品。小野當時的書面與口語漢字應用已達相當水準。

Kóo-tsá-lâng	ū	kóng	sē-tsiá jû-su		put-sià tiù-iā		tsit-kù-uē sit-tsāi sī ū-iánn
古昔人	有	講	逝者如斯、		不舍晝夜、		此句話實在是有影、

tuā-kang ê tsuí　bô-huntsá-àmtñg-tñgtehlâu　bô-kohtò-tñg　lâng ê hù-kuì iā-sī
大江 的水、 無分 早暗 長長在流、 無更 倒返、 人的富貴亦是

tshin-tshiūnn án-ni　buē-tit thang kú-tñg　sè-kài ê kî-jîn　Na-po-re-on
親像 如此、 沒得 可 久長、 世界的奇人、 那破崙 、

Wa-shin-ton　tsit-nñg-ê tshiòng-tshut kiōng-hô-kok　tann hiān-sî bô hit-ê-lâng
和盛頓 、此二個 唱出 共和國 、今 現時無彼個人、

70 東方孝義，〈台日新辭書緒言〉，《台日新辭書》（台北市：台灣警察協會，1931年7月），頁12。

71 小野西洲（1884-?），本名小野真盛，大分縣人，一八九九年來台，至終戰後回日。在台期間任法院通譯，也為警察及司獄官習生講授台語；並發起戰前最長壽的語學雜誌《語苑》的發行，任主筆多年；曾出版《台語和譯修養講話》等多部語學著作。黃馨儀，同註33，頁44。戰後回到宮崎縣的小野，亦加入「引揚者」發起的台灣協會，並在相關刊物發表文章。如氏著：〈台灣を憶う〉，《日台通信》（1952年5月20日）。

72 草庵（小野西洲）：〈戀の羅福星〉，《語苑》第7卷第3號（1914年3月），頁36-56。文本分析可參考潘為欣：〈通譯經驗的轉化──小野西洲土語小說〈羅福星之戀〉創作〉，《第六屆台灣文學研究生學術論文研討會論文集》（台南市：國家文學館，2009年11月）。

sè-kan lāi tē-it tāi-sing khai-huà ê kok　tsiū-sī Ìn-tōo　tē-it tsá bông iā-sī Ìn-tōo
世間　內第一　預先　開化　的 國、就是 印度、第一早 亡 亦是 印度、

tē-jī Pho-su　kip Ai-kip　tann tsiū Tiong-kok lâi-kóng　Tsîn pīng-thun liók-kok
第二 波斯、及 埃及、今 就　中國　來講、秦 併吞　六國、

liáu-āu bûn-huà sui pī　iā bô juā-kú tsiū bông　koh lóh-lâi tsiū-sī Kim-kok
了後　文化 雖備、亦無 若久 就　亡、更 落來 就是 金國、

Guân-tiâu　Tshing-kok iā lóng hōo biát khì uānn tsò Tiong-huâ-bîn-kok　guá khuànn
元朝　、清國　亦攏 被 滅去 換做　中華民國　、我　看

bô-lūn tohtsit-kok　kóo-tsá tshiùnn-kua bú-tō lāu-jiát ê kong-kíng　tann it-tān pìnn-tsò
無論何 一國、古昔　唱歌　舞踏 鬧熱 的　光景　、今 一旦 變做

oo-tshiok pi-bîng ê sóo-tsāi　sui ài beh khì hong-thióng tiāu-uì ing-hiông
烏雀　悲鳴 的　所在　、雖然 要去　荒塚　弔慰　英雄　、

khuànn-kìnn lōo-tsuí ping-líng　sit-tsāi hōo lán ê sim-kuann sng-ńg　ah sit-tsāi lán
看見　露水　冰冷 、實在 給咱的　心肝　酸軟 、噫實在 咱

Tâi-uân 73
台灣 73。

名為土語小說，但敘事文以日文為主，對話則以全漢字台語標記並以假名注音，下方附日譯對照。從讀音即可知小野不僅熟習漢文典故，以漢字書寫口語的工夫亦達精練，無論文音（逝者如斯　sē-tsiá jû-su）、白音（長長 在流、可、tn̂g-tn̂g teh lâu thang）、訓讀（預先、如此、古昔 toh tāi-sing án-ni kóo-tsá）等皆得要領。而此引文乃小說裡兩名女性的對話，雖是口語，其論說意義使已具書面的敘事形式，此文已可見台語的近代文學化之雛形。小野於一九三一年的文章提及：本島人說話往往引經據典（逝者如斯）且時雜譬喻（變做烏雀悲鳴的所在），偶而新語（那破崙）時而又運用古語（不舍晝夜），亦以新舊交雜之現代語言來表現新舊思想（我看無論何一國……）。尤其台人演講時，吾日本警察若不精進學識語言，則無法掌握台人表達，故其呼籲警察要熟練台語會話，也應熟識學問性

73　草庵，〈戀の羅福星〉，頁38-39。原文以片假名標注每個漢字的台語發音，為便今讀者閱讀，此以教育部公布之羅馬字注音。

的台語[74]；此恰好呼應其於一九一四年的創作。

　　亦即，無論是小川、岩崎、東方或小野，都是身處言文一致討論的世代，這些日人研究者一邊直接以台語的口語落實白話，一方面也更看重書面的學識語言。他們在一九一○年代初期為台灣的語文近代化完成初步實踐，除了以假名或羅馬字標註台語發音，更將日語的音訓技術運用於台語研究及記錄。雖也如川合真永所言，台語標記往往是取相同字音的漢字來用，故學習上不必拘泥字義[75]；但小野不僅在一九一四年嘗試將台語近代文學化，他在一九三一年讀完黃純青的〈台灣語改造論〉後，更發表文章重新討論言文一致，且介紹明治以降的言文一致過程及各文體的發展演變[76]。由此可看出，日人的口語漢字之研究成績，在初期未普及到台人之間；而言文一致在一九二○年代被留日台人以「漢文改革」的方式提起，但口語體的用字問題到了一九三○年代才被做為重點討論。

　　另外，關於書面文的讀音問題，留學慶應義塾大學的劉青雲在一九二五年出版以漢文及羅馬字對照的《羅華改造統一書翰文[77]》中，將書翰文（書面文）類別按羅馬字讀法順序排列分為三十四類；逐字詞逐例文皆以羅馬字標註讀音並簡要解說。同年，劉克明也在《實業教科台灣語及書翰文[78]》中，以日文假名詳註台語字彙與例文讀音及日語解釋。這些例子也更證明，受過漢字教育的台人多可掌握漢字的文白音，特別是書面文，多以「文音」閱讀。

74　小野西洲：〈台灣語學習機關を完備せる〉，《語苑》第24卷第8號（1931年8月），頁3-4。

75　川合真永講述：《新撰註解　日台會話獨修》（台北市：台灣語通訊研究會，1916年3月），頁2。

76　小野西洲：〈台灣語改造論を読みて（二）〉，《語苑》第24卷第12期（1931年12月），頁2-4。

77　劉青雲：《羅華改造統一書翰文》（上海商務印書館印刷，台南新樓書房發兒，1925年2月）。

78　劉克明：《實業教科　台灣語及書翰文》（台北市：新高堂，1925年7月）。

（三）羅馬字文獻中的「借用語」之例

　　除了上述的書面與口語之差異，國語（日語）教育進入台灣，也改變了台灣作家的語文載體及台灣語言的內涵。從日語詞彙轉化成台語發音的「借用語」即典型之例；無論是新知識用語等抽象名詞或各種生活用語，在論述文章或小說作品隨處可見。如都合（too-háp）、進出（tsìn-tshut）、卒業（tsut-giáp）等諸多語彙，至今也仍廣用於台灣社會。《台灣教會公報》主筆潘道榮，謂有讀者希望報社介紹當時流通於台灣社會的新台灣話，使人了解其起源和意義[79]，而向林茂生[80]請託寫作〈Sin Tâi-oân-ōe ê Tîn-liát-koán〉（新台灣話的陳列館）專欄；自一九三三年十二月至一九三五年三月共連載十五回，林氏以台日英三語簡介這些新台灣話[81]：

ài-tsîng	ài-jîn	ài-kòo	ài-kok	ak-tshiú	àn-nāi	àm-hō	àm-kì	àm-sī
愛情	愛人	愛顧	愛國	握手	案內	暗號	暗記	暗示

an-tsuân-piān	bâi-khún	bān-lîng	bé-siu	bí-siong	huan-hō	huan-tē
安全瓣	黴菌	萬能	買收	米商	番號	番地

huát-kim	hùn-huat	piān-lī	piát-ki	puê-siông	puát-tik	puát-tsuī
罰金	奮發	便利	別居	賠償	拔擢	拔萃

79　張妙娟：〈《台灣教會公報》中林茂生作品之介紹〉，「殖民地教育、日本留學與台灣社會──紀念林茂生先生國際學術研討會論文」（台北市：中央研究院台灣史研究所，2002年9月，頁12）。據張統計，林茂生於《台灣教會公報》中共發表五十一篇次以台語羅馬字寫作的文章，包括京都見聞、時勢和人物感懷、劇本編寫、語文教育、基督教文明史觀等主題。

80　林茂生（1887-1947），生於台南，同志社中學畢業，一九一六年取得東京帝國大學學士學位，一九二九年取得哥倫比亞大學博士學位，為台灣首位留美博士。一九四六年創辦《民報》。一九四七年二二八事件發生不久，被便衣帶走即永遠消失，時任台大哲學系教授。相關論述參考李筱峰：《林茂生、陳炘和他們的時代》（台北市：玉山社出版公司，1996年10月）。

81　一百三十三個詞取自張妙娟製表（氏著〈《台灣教會公報》中林茂生作品之介紹〉，同註76，頁13-14）。此參考原文羅馬字發音，並以現行教育部羅馬字標註讀音。

phok-huat　phok-liát-tân　bián-kióng　piān-hōo　piān-hōo-sū　piān-kái
爆發　、　爆裂彈　、　勉強　、　辯護　、　辯護士　、　辯解　、

piān-sū　piān-tong　piát-tsong　bí-buán　bí-sút　bōng-uán-kiànn　boo-tsip
辯士、　辦當　、　別莊　、　美滿　、美術、　望遠鏡　、　募集　、

mōo-hiám　hông-hāi　piát-būn-tê　pông-thìng　bī-bông-jîn　bó-hāu　bó-kok
冒險　、　妨害　、　別問題　、　傍聽　、　未亡人　、　母校、　母國　、

bók-tiûnn　bûn-hák　bûn-hiàn　bûn-huà　bûn-pông-kū　bút-siu　bú-tâi
牧場　、　文學　、　文獻　、　文化　、　文房具　、　沒收　、　舞台　、

hun-kuân　hun-īnn　pēnn-īnn　pōo-hūn　tê-uē-huē　tē-hā-sik　tiâu-tsa
分權　、　分院　、　病院　、　部分　、　茶話會　、　地下室　、　調查　、

tiàu-sû　tîn-tsîng　tiâu-liû　tiâu-tiān　thiok-im-khì　tī-an　tîg-tsik-hû-su
弔詞　、　陳情　、　潮流　、　弔電　、　蓄音器　、　治安　、　腸窒扶斯　、

pîng-tíng　tì-sik kai-kip　tī-guā huat-kuân　tit-tsiap　thik-gú　tiong-lip
平等　、　知識階級　、　治外法權　、　直接　、　敕語　、　中立　、

tiong-tsí　tsù-siā　tiong-sim　tiong-kun-ài-kok　tāi-gī-sū　tāi-piáu　tsù-ì
中止　、　注射　、　中心　、　忠君愛國　、代議士、　代表　、　注意　、

tsù-bûn　tuā-to-sòo　thó-hiáp　thuân-kiat　thuân-thé　thuat-suànn
注文　、　大多數　、　妥協　、　團結　、　團體　、　脫線　、

tông-tsîng　tông-huà　tông-kám　tōng-ki　tōng-guân　tōng-bút　tōng-gī
同情　、　同化　、　同感　、　動機　、　動員　、　動物　、　動議　、

tông-giáp-tsiá　tông-bîng　tông-kip-sing　tông-ku-jîn　tók-tshòng　tók-lip
同業者　、　同盟　、　同級生　、　同居人　、　獨創　、　獨立　、

tók-tuān　tók-uá-su　tók-sin　tōng-sán　tōo-liông-hîng　tō-lōo　lôo-lē
獨斷　、　毒瓦斯　、　獨身　、　動產　、　度量衡　、　道路　、　奴隸　、

îng-giáp　uân-buán　uē-sing　put-tik iàu-líng　uán-tsiok　ián-tsàu　ián-suat
營業　、　圓滿　、　衛生　、　不得要領　、　遠足　、　演奏　、　演說　、

put-tōng-sán　hū-ka-suè　hùn-khài　hūn-tòo　tsín-thè　put-liông-siàu-liân
不動產　、　附加稅　、　憤慨　、　奮鬥　、　振替　、　不良少年　、

hong-suat　hū-tam　gán-kho　gák-tuī　gē-sút　guā-kho　guā-kau
風說　、　負擔　、　眼科　、　樂隊　、　藝術　、　外科　、　外交　、

guân-khì　guān-su　guéh-kip　háp-tshiùnn　hák-huì　hák-tsu-kim　hák-kài
元氣　、　願書　、　月給　、　合唱　、　學費（學資金）、　學界　、

　　　　ha̍k-suat　ha̍k-uī　ha̍k-su̍t　uá-su
　　　　學說 、學位、學術、瓦斯。

當時的新台灣話當然不僅這一百三十三個詞，時過境遷，有些用詞現今較少使用，如風說，林氏的解釋即風聲（hong-siann）之意，但今日慣用的仍為「風聲」；振替今則幾乎不用，而多用借自華語的匯款（huē-khuánn）。而愛情、握手、動機、樂隊、學位等，甚至不得要領一詞，林氏還特別註明 Bîn-kok bô ēng[82]，即中華民國沒有使用。另外，從教會公報還可知日人姓名的發音，如秋山由五郎的秋山讀為 Chhiu-san、多辻春吉的多辻讀為 To-sip，賀川豐彥的賀川讀為 Hō-chhuan 等[83]。但這些例詞，恐怕於今多被以日語或中國話視之。

　　前述的台語研究者第一人岩崎敬太郎，據聞其台語幾乎與台人相當，且曾謂成功習得台語的秘訣就在羅馬字[84]，即說明羅馬字之於聲音的重要性。換言之，語言的斷裂，造成吾人對漢字的認識停留在訓讀已幾乎消失的現代華語理解，但羅馬字文獻有助於釐清當時的讀音，且包括外來語或借用語的發音，因此對文體變遷的探討具極大的佐證功能。

（四）從「台灣音」的排除到「口語體」的確立

　　即便羅馬字昭示幾乎直接完成言文一致體與口語體的書寫工程，但漢化社會的台灣，對於漢字的依賴仍難打破，於是原就存在口語及書面有所分歧的漢文，在文字改革運動過程中，兩者的歧異未完全破除，才導致一九三〇年代的論爭。如揚起台灣話文旗幟的黃石輝，於行文中亦以羅馬字說明發音，但他仍認為，

82　Lîm Bō·-seng：〈Sin Tâi-oân-ōe ê Tîn-lia̍t-koán〉，《台灣教會公報》598期（1935年1月），頁8。

83　K. Y. C.：〈Chin hó ki-hōe〉（真好機會），《台灣教會公報》577期（1933年4月），頁4。

84　小野西洲：〈草庵漫筆〉，《語苑》第9卷第10號（1916年10月），頁54。

如果要把自己的門關起來不和中國人交通，我們儘可採用羅馬字來寫**台灣的白話文**……我們因為要寫給中國人亦看曉的**台灣白話文**，因為要使讀**台灣的白話文**起底的人能兼通中國的白話文，所以要採取和中國的白話文有共通性的**代字**來用[85]。（粗體：筆者）

為使台灣白話文與中國白話文可互通曉主張，而採用與中國白話文有共通性的代字來創作的主張，與前述粵語書寫的「淺文」意識類似。而代字即取義代音的訓讀機制，如 ó-ló 以「讚美」標記。換言之，漢人意識驅動一九二〇年代的言文一致體在形式上走向模仿中國白話文，卻也導致語、文脫軌和語言無法固態化的狀況，才促使一九三〇年代追求完成口語體的第二波言文一致運動；但此口語體改造的爭議，仍於漢字範疇中被進行。

且因台語漢字擁有文白音及訓讀機制，學習上原就有其困難度，所以一九二〇年代以降的台灣白話文，在無正規語文教育的支撐下模仿中國白話文並「隨意」發展，又加上漢文教育勢微，造成台人在閱讀或書寫上的「語」「文」混淆，使文體更加歧異；如「信」的文音為 sìn，白音為 phue，因而 siá-phue 即有「寫信」或「寫批」等寫法，於是才有一九三〇年代對文字標準化的討論，而《南音》的台灣話文討論欄，即是針對「話（言）」和「文」一致化所設的專欄。

也正為此，郭秋生才在〈建設「台灣話文」一提案〉中謂「若文字不會直接記號言語，便不得配稱忠實了」，他認為台灣受白話文影響的確不少，且白話文的淺白亦近台灣語體，但它無法完全表記台灣語，實有違言文一致的原則[86]。所以他強調語文的不規則性，並謂台灣話文即台灣語的文字化[87]之意，而這項工作重點即新字的創作；此正是為解決代字（訓讀）的混雜而

---

85 黃石輝：〈再談鄉土文學〉，原於一九三一年七月連載於《台灣新聞》八回；引自中島利郎，同註48，頁58。

86 郭秋生：〈建設「台灣話文」一提案〉，原文於一九三一年七月連載於《台灣新聞》三十三回，引自中島利郎，同註48，頁45。

87 郭秋生：同前註，頁47。

提出的統一性原則：

一、台灣語文字化的基本工作，頭先要考據當該言語有無完全一致的即成漢字。

二、有，就沒有問題了。

三、設使字義有和當該語義符合，但字的音韻和該語音有些少差異的時候（親像真害真壞這一欵），總要屈言語的音韻就字的音韻，歸正這限度內有可能性沒有相干。

四、若字義和當該語義有絕對的一致，但字音和語音絕對的相反（親像雨字，字音是羽語音是護這欵）的時候，除了該字音在或一定所在既成立做熟語慣行（親像風雨（羽）期這欵）以外，一切要適從言語的音韻（親像落雨（護）風雨（護）這欵）。

五、若字的音韻和當該語句的音韻有一致，但字義和語義有不同，或是字音和語音一致，字義和語義也相近，只是該字義於慣行上易招誤解，這樣的缺陷就沒有建設台灣話文的資格。

六、結局想要補救這些的缺陷，除非案出新字來就言語不可了。……只是現在台灣的情勢，既不能以徒賴既成漢字隨時做台灣語的表現，然全漢字的內容確有足以表現台灣人生活的全形式，不過直接記台灣語不足間接表現台灣語有餘。所以在這層的理由下發生了創作新字的必要，同時附帶了一個制限的條件，即新字的創作。的確要限在舊字的胎裡產生。其實新字的創作不外舊字的轉化變用而已啦！[88]

郭提出的建議，精簡而言，即一、考據符合言文一致的<u>既有漢字</u>，盡可能使用現有漢字；二、字義符合但音韻不符時，應屈語音而就字音，即<u>取「字音（文音）」</u>；三、除了熟語慣行，<u>一切從「語音（白音）」</u>；四、字義及語義若相異<u>（即訓讀的不規則性）</u>而易招誤解，則不符台灣話文的建設；五、為彌補

---

88 同前註，頁50-51。

字義及語義的歧異缺陷，則應造新字。總之，觀點與黃石輝類似，黃認為文字不夠用可採用代字，但也應另做新字；其具體建議如將「他」讀作「伊」、將「給」讀作「乎」；把「你們」讀作「恁」等[89]。今現行的台語常用漢字制定，如：讚美（o-ló）寫作呵咾、如此（án-ni）寫作按呢、事情（tāi-tsì）寫作代誌、羞恥（kiàn-siàu）寫作見笑等[90]，其實正是郭黃等人提出的字義及語義相符之新字建議－即口語體的實踐工程。

　　黃純青的〈台灣話改造論〉亦值得深思。文章開頭以兩句口號下筆：用廈門音做標準、要改做言文一致。此標語即可將台灣話文運動視為第二波言文一致的最佳證明。其認為台灣漢族語言有泉州話、漳州話、客話、福州話、廣東話等，漳泉可通，但其餘各種不通，故應需統一，而建議以泉漳及泉漳人僑寓南洋之中心的廈門音來做標準化的依據[91]，即以廈門音做為台灣漢族的共通語。此建議的確有其現實考量，英國牧師甘為霖於一九一三年出版《廈門音新字典》，提及四十年前並無協助外國傳教士學習當地語言的書籍，故編撰此書[92]。也因當時廈門亦歸台灣總督府管轄，且台人發音仍多以廈門音為主，故甘字典才如此命名；從收錄內容可知，當時廈門字音以文音為主[93]。

　　黃純青又進而聲明此文乃以漳泉人的鄉音所作半話半文的「試作兮台灣白話文」，以及「改造台灣話的確是目前兮急務」等項；並扼要提出「台灣

89　黃石輝：〈再談鄉土文學〉，引自中島利郎，同註48，頁57-59。

90　「讚美」等字例與讀音取前引岩崎敬太郎《羅馬字發音式　台灣語典》，頁29。

91　黃純青，〈台灣話改造論〉，原文於一九三一年十月連載於《台灣新聞》十四回，引自中島利郎，同註48，頁121、130-131。

92　甘為霖：《Ē-mn̂g-im Sin Jī-tián（廈門音新字典）》，同註59，頁1。

93　除了甘字典，另一位亦來自英國的余饒理（1855-1905）於一八九四年在台南出版的《Sam Jū-keng Sin-choān Pe̍h-ōe Chù-kái（三字經　新撰白話註解）》（台南新樓，1894年），亦可見類似問題。書名謂為「白話」，但無論是標題與內容幾乎每一字皆以羅馬字標註「文言」音，如序文中引理學家言：「Jū-jū iàu ngáu-chhut chip-chiong lâi」（字字要咬出汁漿來），皆為文音。可知當時台灣知識分子在接收中國古典時，「文音」為主要的聲音認識。

話改造」的原則：一、言文無一致，要改做一致；二、讀音無統一，要改做統一；三、語法無講求，要講求；四、言詞太錯雜，要整理[94]。若把一九三一年黃純青的〈台灣話改造論〉與一九二五年張我軍在〈新文學運動的意義〉文中所提：「我們現在談新文學的運動，至少有兩個要點：1 白話文學的建設、2 台灣語言的改造[95]」加以對照，則台灣的言文一致之兩波運動的軸線就更清楚了。正因「台灣語言的改造」在新文學運動的實踐上呈現言文不一致的落差現象，才有繼續改造台灣話的論調出現。

而也如小野西洲所評，〈台灣話改造論〉與以往本島人諸君寫的純古文、時文、官話的白話文等文體全然不同，是以純粹的台灣話的語文所寫成；對吾人而言，反而這篇台灣白話文更加易讀易懂[96]。故小野才介紹明治以降的言文一致之文體發展，並認為此次論爭乃現今的台灣漢文和台灣語界中的一大革命；且謂黃純青之文乃《語苑》以外的刊物中首見有純台灣語口語文的文章[97]。簡言之，小野視〈台灣話改造論〉為台人以漢字書寫的口語體之里程碑。

而《南音》的台灣話文討論欄中有增補台灣音、採用代字、另創新字等討論，即是想將與台灣土地不夠親暱的、模仿自中國白話文的語彙換成符合「台灣音／土音」的「台灣（白話）話文」。且正因模仿中國白話文時，台人在閱讀上總要屈話就文，黃石輝則提出具體建議：

---

94 黃純青：〈台灣話改造論〉，引自中島利郎，同註48，頁121-122。

95 張我軍，同註1。而劉捷在〈台灣文學の史的考察〉（《台灣時報》1936年4月，頁87）文中，亦列舉黃呈聰〈論普及白話的新使命〉、黃朝琴〈漢文改革論〉、蔡培火〈新台灣の建設と羅馬字〉、張梗〈討論舊小說的改革問題〉、連溫卿〈將来之台灣話〉、張我軍〈新文學運動的意義〉等六篇，謂為一九二○年代初期新文學運動相關的導火線文章。可見新文學運動初期的白話文書寫與台灣話的「近代語」之建設關係密切。近代語相關問題請參考森岡健二編：《近代語の成立　文体篇》（東京都：明治書院，1991年10月）。

96 小野西洲：〈台灣語改造論を読みて（一）〉，《語苑》第24卷第11號（1931年11月），頁2。

97 小野西洲：〈台灣語改造論を読みて（二）〉，《語苑》第24卷第12號（1931年8月），頁2-4。

總不可想屈「阮」去就「我們」，將「我們」讀做「阮」，就算做不是屈話就文，亦是屈台灣話就中國話。屈二字去就一字，秋生先生的「沒會」是拼音的，尚且已經很不自然咯，那會堪得「你們」讀做「恁」、「我們」讀做「阮」、「他們」讀做「亻因」？所以我始終主張若是遇單字和複字相衝突的時，像──

| 我們──咱、阮 | 他們──亻因 | 你們──恁 |
| 這裡──嗟 | 那裡──吭 | 不能──賣 |

……這一款的話，若不另外做新字來添，亦著採用新代字。[98]

此說明當時台人如何閱讀「白話文」。即台灣的白話文在形式上雖模仿中國白話文，但閱讀時總「屈二字去就一字」地以台灣話發音，於是才有新代字的提議。更精確而言，台人雖自一九二〇年代初期實踐了言文一致的書面化工程；但模仿中國白話文時的取義代音、屈話就文，卻成為對台灣音的「排除」動作；換言之，持續使用「這裡」、「那裡」、「不能」等字，則「嗟(tsia)」、「吭(hia)」、「賣(bē)」等土音遭到擠壓，雖文體近於書面文，但唸起來相當不自然，於是一九三〇年代的台灣話文運動才對「言文」歧異提出修正而重提言文一致，欲實踐其第二層的口語體意義。雖第二波的言文一致運動仍未得到共識，但作家對言文仍不一致的反省是常見的，例如為避免以文音閱讀所致的不自然，有些文章標題加註「土腔」[99]，即強調需以「白話音／土音」發音。

除了台灣話文主張者提出的「字音相符」之論，若從反對台灣話文的賴明弘之語，亦可證明一九三〇年代的論戰，可謂台灣的第二波言文一致運動：

文盲症的病菌只盡乎言文沒有一致之故，這種見解其實太不妥當，我們主張中國白話文也千萬不敢說要為醫治台灣人的文盲症，**不過把從**

---

98 黃石輝：〈言文一致的零星問題〉，引自中島利郎，同註48，頁281-282。

99 如署名曙人的詩作〈人生路上〉，標題下方括號註「（土腔）」，但其中仍可見應念作白音的假借字（如「燃」應念作 hiânn、「站」應念作 khiā）《台灣新文學》第1卷第3號（1936年4月），頁92。

> 來我們台灣人的文字使其繼續發展，同時以有統一的白話文，來創造
> 新文學的表現工具。……這種見解，你們如再否認，頑固不覺，就請
> 你們台灣話文先生，從你們的所信，去從事寫台灣人的言文一致的所
> 謂『台灣話文』傾注所有的力量，去普遍你們精製的專治文盲症神藥
> 『台灣話文』看々台灣人的文盲症能解消不能？**那時候才來再與我理**
> **論吧**[100]。（粗體底線：筆者）

亦即，賴明弘提倡中國白話文的立場，乃是將「我們台灣人」的文字傳統加
以發展，且為了有一個（和中國）統一的白話文。甚且，賴更進一步說，
「台灣人若根據中國一地方方言之台灣話寫白話文－中國民族的話在何一程
度，有與白話文共通——完備的白話文亦可以漸々看到了。不曉得中國話不
能寫完全的白話文，這點卻沒有憂慮之必要，因為我們有福建話可以根據
了。[101]」換言之，賴明弘強調的是以福建話的漢字做依據來與中國「共
通」；所以中國白話文和台語的字音不一致－即「言文不一致」，對中國白話
文提倡者而言並非切身問題，可用「文音」念出即可[102]。回到這樣的脈
絡，我們才能理解即便提倡中國白話文但不諳北京話的台灣人，其寫出的
「白話文」，所基於改造台灣話上的文字改革意義。

　　換言之，中國白話文在當時亦是標記台灣話的符號之一。那麼，回到語
境，回到標記符號下的聲音來考察這一連串的言文一致運動之過程後，即能
理解一九三七年漢文廢止令的漢文，乃指以漢字所寫的各種文章，包含古典
漢文及白話文，而它們的語言主體皆為台語。這樣也才能相應共產主義者林

100　賴明弘：〈絕對反對建設台灣話文　摧翻一切邪說（三）〉，《新高新報》，1934年2月16
　　日，頁19。

101　賴明弘：〈絕對反對建設台灣話文　摧翻一切邪說（六）〉，《新高新報》，1934年3月16
　　日，頁18。

102　台人以「文音」閱讀中國白話文之證，可從一九二五年一月小野西洲於《語苑》開闢
　　「時文欄」，引中國時下的白話文來以台語標註讀音，以便學習者閱讀之例看出。而
　　一九三〇年代之後，更有以台語閱讀中國白話文的相關書籍出版，請見第四節第五小
　　節的引用（註151）與說明。

木順之子林炳炎（1944-），為何強調戰前報紙的漢文版可謂「台語版」[103]，也才能相應為何一九三六年王錦江將「漢文」指為「台灣話式的漢文」：

> 台灣文學因為它的特殊性，分以和文與漢文的兩種言語文字來表現的事，固不必待筆者再提。……。台灣的文學在現階段以這兩種語言文字表現，雖是件無可如何的事，於將來姑且勿論，**現在的台灣人既是還在用台灣話以上，台灣話式的漢文**，在文學自身著想起來，不但不能消滅，還有不減前者的意義。……**漢文作家呀─撞破客觀的不利之條件，奮起罷！**[104]（粗體：筆者）

漢文為台灣話式的漢文，可謂當時公認的既定事實。換言之，這台灣話式的漢文並非單指台灣話文，更泛指在台日人眼中所謂的時文[105]或台語時文[106]，亦即漢文改革運動及新文學運動以來，台人所創作的台灣白話文在演進中的各種文體。只是它們還在建構途中，未真正進化與完成，即被另一波語文勢力切斷。

四 訓讀、模仿、創造──台灣式白話文的言文一致方程式

以上將台灣的漢字發音及其造成漢文於近代化過程中，書面體與口語體位置的流動，還有漢人意識影響文體形式的取決，所導致的文體變異之因加以梳理後，本節實際以文學作品為例，討論台灣白話文中各文體的形成與樣

---

103 林炳炎：《林木順與台灣共產黨的創立》（台北市：三民書局，2013年2月），頁79。氏謂林木順寫給莫斯科的建黨經過報告是以台語來寫，但上海的東方局看不懂，只好全文直接送莫斯科存檔。

104 同註3。

105 小野西洲：〈台灣語改造論を読みて（一）〉，《語苑》第24卷第11號（1931年11月），頁2。

106 西洲：〈漫言漫錄〉，《語苑》第23卷第12號（1930年12月），頁70。

貌。賴和即曾提及新文學運動的標的及其創作過程：

> 新文學運動，**純然是受著西學的影響而發動的，所以有點西洋氣味，
> 是不能否認**，又且受著時代的洗鍊尚淺，業績猶未完成，也是事實。
> 她的標的，是在舌頭和筆尖的合一，當然這也說是**模倣**，但各樣的學
> 術，多由時代的要求，因著**四圍**的影響，漸次變遷，**或是進化或是退
> 化**，新文學亦在此要約之下，循程進化的，其行跡明瞭可睹，所以欲
> **說是創作，寧可謂之進化**，較為適當。……在現狀下的新文學，尚沒
> 有橫書的必然性，但將來音字採用的**時候**，就有橫書的必要了。[107]
> （粗體：筆者）

賴和此說，亦可作為張我軍〈新文學運動的意義〉中談及運動的兩個要點為
「白話文學的建設、台灣語言的改造」[108]之註腳。此文文體為第二小節將
詳述的白話文章體；發音為文白混用，純然、受著等乃台語的慣用詞彙，時
候等為訓讀用法。「舌頭和筆尖的合一」即言文一致的主張，甚且其不排除
新文學走向音字的可能，此與當時日本的羅馬字或世界語等議論多少有關。
賴和也明確地說，新文學運動乃出自模倣、但也隨時代與環境影響而循序進
化的結果。

　　賴和所論台灣新文學的建構，與安田敏朗分析近代韓國語學的建立之觀
點不謀而合。安田從上田萬年將語言做為一門科學的概念，以及時枝誠記等
人於京城帝國大學的研究基礎，或如韓國學者李熙昇對語音的研究乃習自金
田一之助，而方法論上與山田孝雄類似等例，提出韓國「國語學（朝鮮語
學）」的建構過程，乃模仿日本的語言學研究觀點而被創造並加以奠基的學
問[109]。事實上，「台灣語學」也如朝鮮於殖民地時期所奠基（如小川尚義即

107　同註2。

108　張我軍，同註1。

109　安田敏朗：〈京城帝大の朝鮮人学生と近代韓国学の成立——模倣と創造のあいだ〉，
　　「人文韓国事業団国際シンポジウム　東アジア近代アカデミズムの形成と国家権
　　力」論文（首爾市：成均館大學東亞學術院，2010年7月）。

師事上田萬年），但體制化的闕如導致斷裂。總之，置身近代化過程中的殖民地台灣，許多學問都循模仿與創造的模式被加以建構，台灣的近代文學－新文學運動，即典型一例。

　　以下參考日本近代文體發展的分類，將台灣白話文的文體流變大致分為非言文一致體、言文一致體、白話文章體、雅俗折衷體、口語體、通俗白話體等六類，並以一九二〇年代至一九四〇年代具代表性的文章或文學作品為例，來詳述這些文體的特徵。除了著眼於訓讀機制如何作用於作家創作時對代字或新字的選擇等翻譯行為，也援引賴和及安田的模仿與創造之論來分析台灣白話文的創作原理。

（一）從「非言文一致體」到「言文一致體」：《台灣青年》的文例

　　如前引飛田良文所言，明治以降的文體即謂非言文一致體，其基調仍傾向文言體式，且可細分為漢文體、漢文直譯體、和文體、候文體、歐文直譯體等幾種；直到明治末期的言文一致運動才成就言文一致體，進而又發展出各種文體，至一九二〇年前後才真正完成更符合我手寫我口的口語體。而台灣在黃朝琴與黃呈聰呼籲書寫「言文一致體」前，《台灣青年》與《台灣》中常刊出和漢對譯的文章，其中的漢文即可謂非言文一致體。如植村正久的〈願望台灣之青年〉：

> 現在台灣有所謂同化之問題也。是欲使台灣人同化為內地人之謂歟。同屬日本之國民。如永似油與水之無關係。殊為可憂取。故其間不可無融和與協調。惟此為最善
>
> 之結果。若只以法令或威壓。斷不能致之。必期乎精神的。自然的。以行優勝劣敗之天演焉。若就一事例而言之。內地人居于劣者有之，本島人居于優者亦有之。同化者未必為全然化作內地人之義也。蓋其

˙˙˙˙˙˙˙˙˙˙
間不可無自由以行取捨。其間或有可使內地人同化者。……[110]

此非古典漢文也非白話文，乃<u>即將成為「言文一致體」的胚胎文體－非言文</u>一致體。而文中的同化、國民、融和、自由等直接譯自日文的形式，則可謂非言文一致體中的漢文體或漢文直譯體。但同一時期，日本的言文一致討論已沸沸騰騰，除了前述植村正久或田川大吉郎的羅馬字呼籲，言文一致思潮很快地被留日學生引入台灣，他們同時也借鏡中國正流行的新文體，呼籲台人應寫作台灣白話文；而他們寫作的文體即言文一致體，如黃朝琴謂：

> 但是中國普及教育的運動。熱度一天已高一天。所以現時除了來往私信古詩之外。皆採用**言文一致的**白話文。以官話為標準叫做**新體白文**……這片（按：爿）就是現代文豪深啟起（按：梁啟超）先生所記在中學教科書的一節。先生自十數年前到外國回來。便將八股做法改寫白話文。每於報上發表意見。或著作。無不用他。那時候一部的守舊家。個個都笑他變戲法。到了今日。不但現時的青年崇拜他。是前清的舉人進士亦佩感他了。……[111]。（粗體：筆者）

相對於多念作「文音」的「非言文一致體」，言文一致體的目標是「寫白」，即前引東方孝義所言，<u>口語體的發音為文白混用</u>，故此文不僅有文音，白音及訓讀的介入也越趨明顯。如「皆　採用　言文　一致的　白話文　」（kaitshái-iōnggiân-bûn it-tì ê péh-uē-bûn）為文白相間的發音；而「　一天　」（tsit-kang）、「回來」（tńg-lâi）、「每於」（kiàn-tī）、「那時候」（hit sî-tsûn）等皆模仿中國白

---

110 植村正久：〈台灣の青年に望む〉，《台灣青年》第1卷第1號（1920年7月），頁29。這種文體也類似明治二〇年代成為主流的「漢文訓讀體」，即把漢文以「訓讀」方式（較機械式）直接寫出，也與「漢文くずし體」相近。參考森岡健二編：《近代語の成立　文体篇》（東京都：明治書院，1991年10月），頁383-384。只是漢文訓讀體為漢字及片假名混寫，而植村此文仍為全漢字。

111 黃朝琴：〈漢文改革論（上）〉，《台灣》第4卷第1號（1923年1月），頁30。

話文時受「訓讀」的「取義代音」之作用的結果；「 一部 _{tsit-pōo}」則為借用語，部份之意。文中梁啟超的「新文體」，則是其亡命日本時受言文一致運動影響後，進而在中國的實踐[112]。而後，黃朝琴在〈漢文改革論〉續篇更以「請看台灣現時的流行文」為小標題，對漢文加以批判：

> thiann-liáu tú-tsiah tsîng-tsat guá sói pí-jū ê uē　khióng-kiann ū kóng　jiân-tsiah
> 聽了　剛才　前節　我 所 比喻 的 話，　恐怕　有 說，　然則
>
> Tâi-uân tsiong-lâi thang tsò tsê hàn-bûn pún-ka ê lâng　Haih　jú siūnn jú kî lah
> 台灣　將來　可 做個 漢文 本家 的 人？ 唉！越 想 越 奇 了！
>
> Tâi-uân hian-tsāi ê thàk-tsu-lâng　ū hô-tíng ê lîng-lik　ū hô-tíng ê pún-líng
> 台灣　現在 的　讀書人　，有 何等 的 能力，有 何等 的 本領，
>
> ē-tàng î-tshî tsit-tsióng bûn-giân put it-tì　ê hàn-hák leh
> 可以 維持　這種　文言 不 一致 的 漢學 呢？[113]（標音：筆者）

此流行文，即前述非言文一致體中的漢文體。但言文一致體的特徵之一則是欲走向白話，卻仍流露雅文韻調之說話習慣；這整段可以文白相間及訓讀方式讀出。黃更明確提出應學習「台灣在來的白話文」之建議：

> Tsāi guá ê ì-kiàn　siàu-liân ê hàk-sing　ē-tàng tsióng-lē i　lāu-huè ê lân　put-jû
> 在 我 的 意見，　年少 的 學生 ，可以 獎勵 他，　年多 的 人，不如
>
> kà i óh Tâi-uân tsāi-lâi péh-uē-bûn　khah sī lī-ik　tshiūnn tsit-tsióng ê sū-giáp
> 教他學 台灣 在來 白話文 ，較 是 利益，　像　這種 的 事業，
>
> kiò Tâi-uân tong-kiok lâi tsò　sit-tsè-siōng sī bô khó-lîng ê
> 叫 台灣　當局 來 做，　實際上 是 不 可能 的？[114]（標音：筆者）

亦即，台灣白話文即台灣在來的白話文－屬於台灣本地的白話文。最後且強調，「小弟雖然對這件不甚把握，此後一定專工研究，極力欲宣傳這個白話

---

112 清水賢一郎：〈梁啟超と〈帝国漢文〉─「新文体」の誕生と明治東京のメディア文化─〉，《アジア遊学》第13號（2000年12月）。

113 黃朝琴：〈續漢文改革論　唱設台灣白話文講習會〉，同註11，頁24。

114 黃朝琴，同註11，頁26。

文的必要,台灣若有同志的人,欲開講習會,小弟願往幫忙」。換言之,雖當局不願從事、而自己還不甚把握,但黃等人提出言文一致觀點之外,也直接嘗試以言文一致體來實踐台灣白話文的寫作。

但言文一致體的發展相當短暫,因同時期已有不少留學中國的知識分子更有意識地要以中國白話文為鑑來改造台灣話言(張我軍之語)。但這形式上模仿中國白話文的動作,除了造成了前述「台灣音」的排除,從《台灣民報》刊出「口語體」的作品而被大肆批判的例子也可看出,台灣白話文發展初期「口語體」被排除的現象。例如一九二四年初有一篇直接以口語體呈現的短文〈新正〉:

> ……好兄弟姊妹!汝看咧!嬌嫩的春風、一下吹來、草木就漸々發芽、軟暖的陽光、一下照來、鳥仔就唱歌、狗仔就會伸胸、貓仔也就展威起來、水牛也會「吁嘛」「吁嘛」 魚啦、鱉啦、雞啦、鴨啦、老鼠啦、蟑蟲啦、無論山禽野獸、一切都盡活動起來!
>
> 親愛的兄弟姊妹!當這個萬物更新!發展!的景象、咱大家也應該一發有元氣!有精神!有膽力!相共來打開咱的門路!相共來掃盡前途的耕荊!相共來建設一條。 光明!潤大!自由!平坦!的活路徑。這豈不是咱大家的本領?這豈不是咱大家的使命? 幾句零刪話、抵做新正頭一句的『恭喜』、大家平安。[115]

此篇為相當靈活運用「土音」漢字所寫成的口語體白話文。言文一致觀被台人接收時,口語體的實踐僅在羅馬字文獻[116],文類更遍及戲劇或長篇小說。但漢字方面,寫作者多先走向言文一致的書面化意義-言文一致體;而

---

115 性:〈新正〉,《台灣民報》第2卷第1號(1924年1月1日),頁15。筆者推測此文可能出自當時於明治大學就學的莊遂性(莊垂勝)。

116 小野西洲認為當時台灣人寫的口語文僅存在於羅馬字。「我国では現今口語文が尤も便利として広く実用的に使用されてゐます。然るに台湾では、本島人の書く文と言へば羅馬字で表はす台湾語より外に口語文はないのであります」。氏著:〈用字と口語文体の創定に就いて〉,《語苑》第22卷第3號(1929年3月),頁4。

這篇土音用字精確、直接以第二層書寫口語意義所創作的口語體文章，卻讓當時的中國白話文主張者感到可笑。留學上海的施文杞即於文中先提起林耕餘曾論：「台灣人做的那種白話文，真是弄笑話！他們做那種台灣式的白話文，要是他們後旦到中國來，豈不還要習中國的白話文嗎？……[117]」，而後對〈新正〉提出批判：

> 還有一件我要作鄭重地聲明！就是文言文、和白話文的分別。文言和白話是絕對的不同。若是同一篇文章，忽而白話，忽而文言，（我的朋友各丁君也是有這種毛病）忽而用著「的」「嗎」「了」「呢」，忽而「之」「乎」「也」「者」都有，好像是一個人身穿著洋裝，手拿著司的克，Stick　而頭則戴掛帽、（台灣土話叫做碗帽仔）而身則穿前清時代的舊式鞋，像這樣你看成得體統嗎？我現在再把本期出版的一第二卷第一號一文藝欄內，有一署名「性」做的一編「新正」的文章，這一編完全是方言一土語一的白話文，像稱「鳥」為「鳥仔」，稱「狗」為「狗仔」，這都是泉漳的方言。若照普通的白話文寫起來，是應該叫做、「鳥兒」、「狗兒」。

> 又用一個「咱」字，這也是泉漳的方言，普通白話是叫做「我們」。像這種對於普通白話文絕沒心得的作者，也公然做文章來「民報」上發表，我實在是替他羞熬呀！[118]

留學上海、才「曉得幾句國語（林耕餘語）」的兩人，對台人的白話文加以批評，但其文中仍留有台語話者的習性。而從施文杞對〈新正〉的更正動作：「若照普通的白話文寫起來，是應該叫做、『鳥兒』、『狗兒』」，更可看出台人的白話文寫作乃透過模仿而進行。

---

117 施文杞：〈對於台灣人做的白話文的我見——台灣人的研究白話文者注意——台灣人的投民報者注意〉，《台灣民報》第2卷第4號（1924年3月），頁8。同頁可見逸民（林耕餘）的〈對在台灣研究白話文的我見〉，頁8-9。

118 施文杞，同前註，頁8。

　　亦即，台人在嚐試以稍白話的言文一致體創作時，中國白話文也於大約同時期被導入台灣，「文音」及「字義」成為作者在從事文字書面化時的關鍵選項，而具土音功能的台語漢字（如「狗仔」、「鳥仔」等寫法）則遭到排除。換言之，台灣白話文透過模仿產出，而這種模仿不僅是「訓讀」的翻譯工程，更是排除「土音」詞彙的動作。這使得往後的文體，愈趨中國白話文的形式。

　　總之，台灣白話文發展初始以言文一致體之姿呈現，概念上雖受日本影響，但慣用漢字的台人未就「漢字假名混寫」的方式來改革漢文，而選擇模仿中國白話文來實踐書面化。而《台灣民報》系列刊物即成了模仿與實驗、實踐及展演的空間。雖亦有如〈新正〉這樣的口語體，卻因土音詞彙的被排除，致不被當時的多數知識分子接受而曇花一現。

（二）「白話文章體」──訓讀與模仿：連溫卿的日記

　　言文一致體雖傾向白話，卻但仍未脫文言韻味，致使台人欲再加以改革，於是同以漢字寫作的中國白話文成為最佳的模仿藍本。但未有中國經驗的多數台人能選擇的中國白話文語彙（word）仍有限，故文中不斷露出台語文法及詞彙的痕跡。而比言文一致體更白話卻仍非完全口語的文體，如一些論述性的文章，即所謂白話文章體。其最受取義代音的訓讀所限，使作家需以翻譯方式選擇中國白話文的語彙來進行創作，而讀者則還得再「逆向腦譯」，才能重新以台語閱讀出來。

　　此小節以僅公學校畢業、無漢學堂經驗、未到過中國，卻寫作極多左翼論述的連溫卿，其於中國報紙連載一百多回的〈蠹魚的旅行日記〉[119]作為

119　連溫卿將其一九二四年的〈蠹魚的旅行日記〉發表於中國發行的報紙，共連載一百○五回；剪貼本原由沖繩世界語者比嘉春潮收藏，現存於中研院。戴國煇校訂：〈連溫卿日記──一九三○年の三十三日間〉，《史苑》第39卷第1號（東京都：立教大學史學會，1978年11月），頁99。連在旅日時拜訪的人物包括堺利彥、比嘉春潮、仲宗根源和、謝文達等人，皆是世界語者，請參考拙論，同註62，頁131-171。

分析對象。不諳北京話的連溫卿，因世界語運動與許多歐洲知識分子及中國的蔡元培、胡愈之、黃尊生等世界語者多有接觸[120]。從他在民報發表〈言語之社會的性質〉、〈將來的台灣話〉等文，皆可見他從參與世界語運動後對語言問題的思考。而觀察其看似中國白話文的文章，可見文法語彙多有不通之處，此也印證他提出呼籲落實台灣話文法的整理[121]，乃意識到當時台灣的白話文發展仍呈現混亂，文字需改革的問題。其日記與他在民報發表的文章皆可見模仿中國白話文的痕跡，但台語文法和語彙隨處可見，此即典型的白話文章體。如第三十四回：

> 聽說今年的勞働祭，除勞働者以外，官憲**不許**思想團體和學生參加，所以那警戒比他年較緩，這句話是實在與否，我總**不能**相信，因為**甚麼呢？他們既不許**思想團體和學生參加，那的警戒一定是要比他年較嚴，以防那駱駝穿過**蟻子**的**穴兒**一樣，這**時候**我覺著 B 君的手輕輕推我的背上，我即向他注視，他云你對面立著的是朝鮮人，我始注意看他，見他穿學生的制服，又不**戴著**學生的帽子，雙手插在衣囊中，一個**小帽子**深深戴到眉上，縷縷像述不平的事給一個日人聽，而其聲音很低，不能聽得明亮，只見他面上的筋肉緊張起來的時候，「**實在講，這是何等的可惡！**」一句話時時很明亮響過，那個日人**相似**和那朝鮮人共鳴的**樣子**，也講我的住址，是在某某地方，你可來遊**罷**，**我們**可携手協力除此可惡的怪物**罷**[122]。（粗體：筆者）

不許、甚麼、蟻子、穴兒、戴著、小帽子、相似、樣子、罷……等詞，皆為模仿中國語彙而來；但閱讀時得經過「蟻子－káu-hiā（蚼蟻）」、「穴兒－khang（空）」、「相似－tshin-tshiūnn（親像）」等翻譯。而如前述，「們」乃台人原有的複數表現用字，他們、我們等轉化音的書寫，即黃石輝謂勿「屈二字

---

120 拙論，同註62，頁163。

121 連溫卿：〈將來之台灣語（續）〉，《台灣民報》第3卷第4號（1925年2月），頁14-15。

122 越無（連溫卿）：〈蠹魚的旅行日記〉第三十四回，比嘉春潮收藏之剪貼本，頁20。

去就一字」，而主張寫成「亻因」、「阮亻咱」等字的建議。時候（sî-tsūn）、說、云（kóng）、立著（khiā-leh）、不能（bē-tàng）等詞的訓讀發音，亦可見於當時的字辭典。又如第七十二回：

> 當三百年前的台灣，遍地住民都是蕃人的**時候**，雖有中國人因為要和蕃人貿易－－物品交換渡來，**若**蕃社的女子結婚，由蕃人而觀，那男子雖是異族算是蕃社人們的親族，結婚後不但可使**自己**的妻──蕃女**往**他的蕃社代自己交換物品，**就是**和他的競爭者競爭**也能**因為親族關係上，占得優勝地位。一方面因為新開地方交通上很不便的緣故，**抑**是在本國犯了甚麼罪案，**逃避**台灣娶了蕃人的女子為妻**也有**。然**此等**原因**極少**，又較前例甚遲才能生出的事實，**那時候**稱結婚後的蕃女為「牽手」，其意義也不過和「灣妻」「鮮妻」**的**一樣，僅限於在台灣同棲，若一旦男子離開台灣，那自然二人的共棲生活就告消滅，以後二人的行動全屬自由。就這意義而言，牽手一句話是表示男子的專制，**由**經濟上欲搾取他人的利益，**純然由自己**的慾望出發，方便**案出**的，怎麼能和在那教堂內，循著牧師的口令握手的意義相當呢？[123]（粗體：筆者）

日記是否經中國編者修改無可考證，但細究其中詞彙多有台語慣用。即便刊於中國報紙，想然中國讀者雖大致通曉，應也有無法精確掌握之處，；如當（tng）：發語詞，於；算是（sng-sī）：卻也是；就是（tsiū-sī）：就連；也能（iā-ē）：也會；抑是（iánh-sī）：或者；逃避（tô-phiah）：逃往；也有（iā-ū）：亦有；的（ê）：虛詞，中文不用。由（tuì）：從；純然（sûn-jiân）：完全；案出（àn-tshut）：借用詞，發想；此等（tsia-ê）：日文假借字，這些；能（ē）：會；相當（siong-tong）：等同[124]。因此，即便訓讀作用下的模仿行為，強化

---

123 越無：〈蠢魚的旅行日記〉第七十二回，頁40。

124 字辭典中許多訓讀之例於第二節已提及，此不再贅述，僅再列幾些例詞供參考，如從《日台會話入門》中的片假名標音即知「自己」念作「ka-kī（今或寫作「家己」）」（林久三編：《日台會話入門》（台南市：林寫真館，1911年8月〔初版：1907年2

了台人的白話文與中國白話文的「共通性」，但也因模仿語彙有限，才創造
出如此的變異面貌。

　　但謂連溫卿未能精準書寫中國白話文，倒不如說是其台語文法及詞彙的
自然流露；而這種白話文章體因還未完全口語，故猶屬書面體範疇。它受取
義代音的訓讀限制，使作家以腦譯方式選取中國白話文的語彙，而讀者也要
再逆向翻譯地以台灣口語閱讀；所以，「穴兒」若以文音念作 hiat-jî 則無意
義，得念成 khang，此亦黃石輝謂不應「屈二字去就一字」之意。

　　倒是，訓讀規則混亂，連讀者都得繼續腦譯的白話文，終於讓擅用台灣
口語漢字的小野西洲也提出意見。他在一九二九年指台人在民報漢文欄發表
古文、時文、折衷於日語直譯體的文章，就是不見「口語體文」；他認為尤
其這些論述性文章，為讓一般人易讀而以「國語體文」書寫，但這種文體並
非台灣話的口語文，乃支那北平語的國語－所謂的白話文，但卻也非純然的
白話文，根本是民報獨特的畸形文體，不足作為範本；且連許多年輕的本島
人都無法閱讀民報這些文章，因此他期待純台灣語口語文之落實[125]。

　　而留學日本且親身前往北京考察的郭一舟，也在一九三六年參與「文聯
東京支部座談會」座談時，指出台人模仿民國的白話文所寫出的文章根本是
「鬼話文」，且違反胡適或陳獨秀等人提倡的文學革命之精神[126]。郭一舟曾
以口語體寫出〈福佬話〉、〈北京話〉等論文[127]；此些文章的重要性在於，

月〕，如頁71）；或「時候」念作「sî-tsūn（今或寫作「時陣」）」（如頁51、53。）

125　小野西洲：〈用字と口語文体の創定に就いて〉，《語苑》第22卷第3號（1929年3月），
　　　頁4。此外，小野在翌年的語苑中，繼續期待「本島語言文」（口語體）的發達：「我
　　　語苑は本島人に国語の普及を企り、内地人に台湾の学習を奨励する以外に、言語上、
　　　文字上、旧慣上、風俗上、唯一の羅針盤となり本島の官吏並に本島人に接触する内
　　　地人に便利を与へ一面本島語を整理し一般本島人の使用に便なる本島語言文の発達
　　　を期したいと思ふのである」（西洲：〈漫言漫録〉，《語苑》第23卷第12號1930年12月，
　　　頁70）。

126　〈台灣文學當面の諸問題　文聯東京支部座談會〉，《台灣文藝》（1936年8月），頁9。

127　郭一舟：〈北京話〉，《台灣文藝》（1935年5月）；〈福佬話〉，《台灣文藝》（1935年6月）
　　　（連載三回）；收於郭明昆遺著，李獻璋編：《中國の家族制及び言語の研究》（東京
　　　都：東方學會，1962年9月）。

文中多數的「的」以假名的「ㄙ」（唸作「ê」）標記，「ㄙ」的存在告訴讀者，只要一個「符號」不同，文章的讀音就不同。但因眾多白話文都以「漢字」標記，使現今僅能以華語閱讀文獻的研究者誤以為其皆為中國白話文。正如日本和朝鮮的言文一致發展初期，文章中仍多為漢字，假名或諺文的使用極少，但它仍是日語或朝鮮語的文章。

　　綜言之，《台灣民報》中的多數文體（尤其是白話文章體），因與口語有差距，而導致難以閱讀的現象。除了小野期待未來台人之間會有純台灣語口語文、台灣語白話文[128]誕生，葉榮鐘同樣在一九二九年的〈關於羅馬字運動〉一文中提出台灣話的標準語[129]之重要性，並呼籲「多採用台灣話來做詩、做文、寫小說、編劇本，一來可使台灣話漸成為完全正確的言語，來解決這個全島的重大問題（按：大眾教育問題）[130]」，這些在在表示台人已意識到當前白話文不夠言文一致、且非「完全正確的言語」。這種潛在意識與討論，才導致不久後爆發所謂的一九三〇年代鄉土文學論爭，並迫使台人對口語文－台灣話文之逐漸落實[131]。

（三）「雅俗折衷體」──調頻再創造：賴和的作品

　　日本近代文體的發展，小說扮演重要角色[132]。而台灣新文學運動中的

128　小野西洲：〈なぜ漢文を学ねばならぬか〉，《語苑》第22卷第6號（1929年6月），頁5。

129　葉榮鐘：「我對於羅馬字運動完全是一個門外漢，……對這個問題我雖然不能一一指摘其可否的所在，卻也不是完全無意見的，就中使我平時最懸念的一點就是台灣話的標準語的問題。這問題還可分作兩層來講，第一是語數的補充，第二是言語的統一。」氏著：〈關於羅馬字運動（二）〉，《台灣民報》，1929年5月19日）。

130　葉榮鐘：〈關於羅馬字運動（三）〉，《台灣民報》，1929年5月26日。

131　一九二〇年代前後，日人語言學者對台灣的漢文、時文、白話文、台灣語白話文、台灣語口語文的定義及討論的相關整理，可參考黃馨儀，同註33，頁60-99。黃認為，相較於台人對於台灣話文的實踐，從《語苑》中的討論與寫作可知日人學者已有更早且更積極的投入。

132　如坪內逍遙的小說改良文體、二葉亭四迷小說的俗語觀、山田美妙小說的言文一致走向等，都是日本近代文體發展中不可不論的重要文本。山本正秀，《近代文体発生の

小說創作，亦是促成台灣近代文體發展的力量。尤其被譽為台灣新文學之父的賴和，其自一九二六年的〈鬥鬧熱〉到一九三五年的〈一個同志的批信〉，大約十年的小說創作時間，幾乎等於新文學運動的發展時期。同時代作家也認為賴和小說於台灣新文學發展史上具開創性地位，且台灣現代文學的建構也與賴和小說有密切牽連[133]。

　　觀察賴和作品的文體變化，大抵可說是從模仿中國白話文寫作出白話文章體，再走向使用符合字義皆符合台灣土語的文字，進而從事口語體實踐的過程。而賴和如何「模仿」中國白話文？他的中文藏書不乏世界語者胡愈之編著的《國際語運動》、《近代文學概觀》，或魯迅翻譯的世界語作家愛羅先珂著作《世界的火災》等。另有一本書皮、頁數及版權頁都散佚，而頁緣標註「白話文研究法」的冊子；經查證得知即投入五四運動的蔡曉舟所撰的《白話文研究法》[134]。除了中文書的閱讀，從《白話文研究法》的「破舊」亦可看出賴和為書寫白話文所下的苦心。

　　王詩琅論及賴和的寫作過程，謂「他是一個極認真的作家。每寫一篇作品，他總是先用文言文寫好，然後按照文言稿改寫成白話文，再改成接近台灣話的文章……[135]」；黃春成也提及，「聞他創作小說，是先用文言寫後，改作白話文，有特殊處，再由白話文修改當時台島通用的話文……[136]」（粗體：筆者）。將此二証言對照前述賴和所言的舌頭和筆尖的合一，以及模

　　史的研究》（東京都：岩波書店，1965年7月）。

133 陳建忠，同註5，頁197。

134 蔡曉舟：《白話文研究法》，推測出版於一九二○年前後，從目錄來看，應是一本厚書。此資訊乃中國友人劉鮮花幫忙查證，特此致謝。她認為從資料搜索的多寡來看，此書在中國影響不大，且中國國家圖書館未有藏本，為何流通至台灣，頗令人玩味；而蔡氏和楊亮功合著的《五四》在中圖顯示為海外中文圖書，可能是寫於國外，楊亮功曾至日本留學，賴和經由日本獲得此書亦不無可能。

135 王錦江：〈賴懶雲論——台灣文壇人物論（四）〉，李南衡編：《賴和先生全集》（台北市：明潭出版社，1979年3月），頁405。

136 黃春成：〈談談《南音》〉，《台北文物》第3卷第2號（1954年8月）。轉引自李南衡編：《文獻資料選集》，頁343。

做、創作及進化的說法，更可證實賴和的創作，可謂第三節第一小節提及的「言文一致」的雙重意義之縮影。亦即，當時的知識份子如賴和，其習慣的書寫文體為文言文，因此下筆時先以文言文作為骨架，進而「寫白」擴充地改作白話文，此即言文一致的第一層意義之實踐：語言書面化（寫白）；然後再改成「接近台灣話的文章、當時台島通用的話文」，則是第二層意義－口語體的實踐（口語化）。而因賴和的多數小說是融合此雙層意義所呈現的樣貌，筆者將此小說文體稱為雅俗折衷體。

日本近代文體發展中，有所謂雅文體（和文體）與俗文體（現代語）的分類。雅文體遵循平安時代文法所作之擬古文，亦有「美文」或「新國文」之稱[137]。而雅俗折衷體，山本正秀舉尾崎紅葉的小說《色懺悔》（1889）分析，謂此汲取其他文體多種要素，形成「一風異樣的文體」，可說是雅俗折衷、令人耳目一新的新文體[138]。由於台灣的文體發展與日本有所差異，於此筆者取字義上的定義來命名台灣白話文中的雅俗折衷體，而其中的雅俗定位也與日本稍有不同。

討論此文體內涵前，先再簡述賴和的模仿與創造之痕跡。例如未發表的〈僧寮閒話〉之一稿及二稿中，「牠」與「他」的用字修改，即是仿自中國白話文的用字；而一九二三年〈盡堪回憶的癸的年〉中的「恁想了錯去了」（小說卷頁19），是一句口語體的表現，但因前述的「口語體／台灣音」之排除，使得同樣的對話在一九三二年的〈歸家〉變成「你想錯去了」（頁28）。不過，與其說這是模仿中國白話文時造成的用字取捨，或可視為賴和對白話文學需成為「美文」的堅持：

> 新文學的工具雖尚未完備，比較多些一點，且以民眾為對象，不能不詳細明白。自然在舊文學者眼中，就覺其冗長了。……又謂洋氣極重，這恐是神經過敏的異常感覺，不知新文學的趨向，是要把說話用

---

137 飛田良文，同註54，頁6。
138 山本正秀，同註132，頁765-767。

　　　　文字來表現，再少加剪裁修整，使其合於文學上的美。……[139]

此語發表在賴和首篇小說〈鬥鬧熱〉刊出不久後；而「新文學的趨向，是要把說話用文字來表現，再少加剪裁修整，使其合於文學上的美」，亦即從事言文一致的書面化工程之同時，也要追求文學美感的表現，因此需修飾工夫，此工夫即模仿和創造的連續動作（氏所謂進化）。而正因是白話文學，且是小說作品，它不若具論述性質的白話文章體之硬，而有較多豐富意象且經修飾加工的敘事文體（雅），以及情感起伏更活潑的口語文體（俗），故謂雅俗折衷體。再舉〈一桿稱仔[140]〉例文：

> 村中，秦得參的一家，猶其是窮困的慘痛，當他生下的時候，他父親早就死了。他在世，雖曾**贌**得幾畝田地耕作，他死了後，只剩下可憐的妻兒。若能得到業主的恩恤，田地繼續**贌**給他們，雇用工人替她們種作，**猶可**得稍少利頭，以維持生計。（小說卷頁43）

> 這一天的生意，總算不壞，到市散，亦賺到一塊多錢，他就先糴些米，預備新春的糧食。過了幾天糧食足了，他就想，「今年家運太壞，明年家裡，總要換一換氣象纔好，第一廳上奉祀的觀音畫像，要買新的，同時門聯亦要換，不可缺的金銀紙、香燭，亦要買。」再過幾天，生意屢好，他又想炊一灶年糕，就把糖米買回來。他妻子就忍不住，勸他說：「剩下的錢積積下，待贖取那金花，不是更要緊嗎？」得參回答說：「是，我亦不是把這事忘卻，不過今天纔廿五，那筆錢不怕賺不來，就賺不來，本錢亦還在。當鋪裡遲早，總要一個月的利息。」（頁43）

> 「寬心罷！」妻子說，「這幾天的所得，買一桿新的還給人家，剩下

139　懶雲，同註2，頁88。

140　小川尚義的《台日大辭典》中，記有「稱桿」一詞，念為 tshìn-kuáinn 或 tshìn-kuínn（頁442），因此，「一桿稱仔」應念為 tsit-kuínn tshìn-á，且應為台語慣用寫法。

的猶足贖取那金花回來。休息罷，明天亦不用出去，新春要的物件，大概準備下，但是，今年運氣太壞，怕運裡帶有官符，經這一回事，明年快就出運，亦不一定。」（頁51）（粗體：筆者）

例文中除了有鋪陳事實情景的敘事文，也穿插著流洩情感、將小說人物更加立體化的口語對話。這些文字雖明顯有雅文或美文的修飾痕跡，但將庶民口吻置入其中，俗文的表現隨處可見。當然，也因雅文的精煉度猶不足，俗文的口語用字猶不夠精確，通篇還存在著不自然的人工性，導致不易閱讀。

雅俗折衷體與白話文章體在實踐上呈現差異之因在於，作家們認為土話（口語漢字）不登大雅之堂，且為保留與中國的共通性而傾向模仿中國白話文；卻也意識到不以土話表現，則難呈現台灣鄉土特色。故敘事表現多以模仿中國白話文來修飾文學形式，但對話則以台灣話文（口語）呈現，因此形成一種「非純口語」但仍保留口語體的素樸面貌。這種融雜類中國白話文之「雅」，以及類台灣話文之「俗」的文體，即雅俗折衷體的特色。

事實上，新文學運動以來多數的小說文體，雖內含的雅俗比例不一，多可視為雅俗折衷體。而林瑞明發掘賴和遺稿〈富戶人的歷史〉，並指出與一九三五年發表的〈一個同志的批信〉中的用字類似，如「粒積」、「荷老」、「春錢」等，推測是賴和後期作品，且應為寫於一九三四年發表的小說〈善訟的人的故事〉之後[141]；而〈富戶人的歷史〉與〈一個同志的批信〉皆為台灣話文小說也已是定論[142]。但從台灣白話文的光譜來看，賴和的文學體式即先經過雅俗折衷的實驗，如改稿、修字或修飾，以及在書面與口語之間的游移，或後又在台灣話文討論欄中提出用字建議，並將其落實在作品中，最後終於在一九三〇年代的第二波言文一致運動之後，完成了「口語體」的

---

141 林瑞明：〈富戶人的歷史〉（導言），《台灣文學與時代精神：賴和研究論集》（台北市：允晨文化公司，1999年12月），頁381-384。初稿署名「走街先」，前衛版以殘稿「走街仔先」刊出。

142 相關討論請參考拙論，〈日本時代台語小說研究〉第三章（新竹市：清華大學台灣文學研究所碩士論文，2007年7月）。

實踐。可以說<u>賴和的創作之變遷，幾乎是台灣白話文在言文一致化過程中的</u>
<u>演進縮影</u>。

（四）「口語體」——言文一致的完成：蔡秋桐的小說

相對於賴和在創作晚期才實踐口語體書寫，蔡秋桐則完全以口語體進行
創作。所謂口語體，即漢字的使用不再取義代音，而是較精確使用白話音的
漢字來書寫。也正因用字更接近白話音／土音，故稱台灣話文。蔡秋桐創作
不少漢詩，其新文學運動的參與幾乎集中於正值台灣話文論爭期的一九三○
年代。其未參與論爭，卻直接以口語體寫出十多篇的短篇及中篇台灣話文小
說[143]。於《新高新報》第二四九至二六七號連載十期的〈帝君庄的秘史〉
是目前所見其首篇小說。此時他已較其他作家更能精準使用台語漢字來寫作
口語體：

> 豬八戒坐軟交椅了後就想……我這隻豬哥精。那無來展我這枝豬哥生
> 出來。給大家看々長短。無彩我坐這塊軟交椅！。第一先起手就對那
> **豬稠內的**。諸兄弟展威道……眾兄弟啊！我是庄長呵。你們是我的部
> 下。己後不得對我亂來。要禮々貌々**即會即用得**。我也有**去到**西天受
> 戒。你們**無過**是跟那舊式的教育而已。就是有受些新的教育。不過學
> 幾句**圭母屎式**的。萬々不及我受了千辛萬苦學來的。西天去的路途不
> 但遙遠。人是崎嶇無比呢!!。單々念那幾句子曰。**現時是不達半文錢**
> 了汝知道嗎？。凡有要發送的文書。全部要提來我刪改。即可發送即
> 不會去出醜。這幾句要緊記在心。眾兄弟聽了。這款話了後。大家就

---

143 蔡秋桐於自一九三○年至一九三六年共發表〈帝君庄的秘史〉、〈放屎百姓〉、〈新興的
悲哀〉、〈連座〉、〈有求必應〉、〈理想鄉〉、〈四兩仔土〉、〈王爺豬〉多篇台語小說。創
作年表參考陳淑容，〈論蔡秋桐及其新文學活動〉，《第六屆府城文學獎得獎作品專集》
（台南市：台南市藝術中心，2000年12月），頁351-355。

開緊會議了。[144]（粗體：筆者）

小說以「豬哥精」諷刺留日知識份子，將其回台耀武揚威的姿態鋪陳得淋漓盡致。而豬哥精的「發言」，可謂敘事與口語功能兼備。例如 **發送**（huat-sàng）為轉化自日語的借用詞；**無彩**（bô-tshái）、**起手**（khí-tshiú）為文白混讀的語彙；**即可**（tsiah-thang）、**而已**（niâ-niâ）等則是「寫文讀白」之詞。**了後**（liáu-āu）、**那無來展**（nā-bô lâi tián）、**豬哥生**（ti-ko-lān）、**豬稠**（ti-tiâu）、**即會用得**（tsiah-ē īng-tit）、**單々**（tann-tann）等，幾乎全以白音呈現，即文字忠實標記「言／音」，即便用字與今日傾向標準化的漢字稍有不同（如「無過」今多寫作「毋閣」），卻可見其對言文一致的最終追求－落實口語體的努力。又如〈連座〉：

> 這時候日已將罩。去**畑**裡的百姓們也陸續**回來**了。那行那唱著哭調的台灣小曲返來了。行將入庄時候。忽然聽見有不好的風聲。到保正宅前竟然看見 T 補大人端坐在交椅裡嘴卜煙。他的面前跪了一二十人。啊！**那圍那多**人了四面圍到密々如同鐵城。補大人親像故意要待看的人多即卜打人。展他的威力給一般的小百姓們看々他的威風。**乓々乓々**打了。對頭名就先叫來打。打了又打。嗳喲！補大人看掌紅一瘇了。就命令保正去**夯**藤條來略！。[145]（粗體：筆者）

時候（sî-tsūn）、**回來**（tńg-lâi）、**多**（tsē）等即訓讀或寫文讀白的使用，但其他用字幾乎以白話音呈

---

144 愁洞：〈帝君庄的秘史（一）〉，《新高新報》249號（1930年12月）。「豬哥生」：ti-ko-lān，雄豬的性器，男性權力之象徵。「生」現多寫為「卵」或「膦」。「無彩」：bô-tshái，枉費，現多寫作「無采」。「已後」：應為「以後」，í-āu。「圭母屎式」：雞母屎式，ke-bó-sái sik；此指對日語的蔑稱。「不達」：應為「不值」，m̄-tat。

145 愁洞：〈連座（三）〉，《新高新報》275號（1931年6月）（小說共四回）。「畑裡」：tshân-nih，田裡；「畑」（はたけ）為借用自日語的漢字。「那行那唱」：ná kîann ná tshiùnn，邊走邊唱。「嘴卜煙」：tshuì pok-hun，嘴裡刁著煙。「那圍那多」：ná ûi ná tsē，愈圍愈多。「即卜」：tsiah beh，才要。「乓々乓々」：pìn-pìn-piàng-piàng，狀聲詞。「夯」：gîa，舉，此指拿。

現；且從　卜煙　和　卽卜　等讀音不同但用字相同的例字，也印證長期從事
漢詩活動的蔡氏對漢字文白音能高度掌握。但因台灣話文討論出的用字也未
真正統一，因此像這樣已幾近完全整的口語體小說，同一段中的　tńg，就有
「回」和「返」兩種用字，可見用字仍有不確定性；而此不確定性於今日仍
存在。

　　當時徐玉書評賴和的〈一個同志的批信〉時提到，「這篇的文字和有名
以用台灣白話寫作的蔡愁洞氏的一樣，這是我台灣白話和鄉土方言特色的作
品」，並在同篇中直接稱蔡秋桐的〈王爺豬〉也是寫台灣白話的作品。可見
蔡氏以台灣話文（口語體）創作小說的特色在當時已受注目。徐肯定蔡的小
說成就，且雖言不絕對反對台灣白話，但認為若台灣的好作品將來介紹到中
國去，恐有讀不懂的問題[146]。亦即，追求與中國保持共通性的白話文寫
作，成為落實口語體的隱性阻礙。

　　口語體文章，在文學作品上被稱台灣白話，而在鄉土文學論爭時被稱台
灣話文，即小野西洲期待出現的「純」台灣語口語文。另外，如自一九三一
年至一九三二年連載於《三六九小報》、後來出版成書且膾炙人口的許丙丁
之滑稽童話（Ku't-khe Tông-uē）《小封神》，其文體與以下討論的通俗白話體
類似，為極具近代文體形式的章回小說，文白漢字使用精準，可謂另類口語
體風格的作品[147]。

　　即便賴和、蔡秋桐與許丙丁等人的作品形式稍異，但也印證完全的台灣
話文，並不若論者所言「犧牲文學品質」或「在未覓得解決之道的殖局中告
終」[148]，它精采地存在於台灣新文學的小說場域裡，頗受好評。而作家能
精確掌握漢字發音來創作如此台灣白話，與其深厚的漢學素養亦有絕對關

146 徐玉書，〈台灣新文學社創設及「新文學」第一二三期作品的批評〉，《台灣新文學》
　　第1卷第4號（1936年5月），頁98-100。
147 請參考拙論：〈日本時代台語小說研究〉第四章。另，楊逵創作初期亦曾寫作〈貧農
　　的變死〉、〈剁柴囝仔〉兩篇中篇口語體小說（第三章），但漢文教育闕如與日語普及
　　和其得獎等種種原因，其後終走向日語作家之途。
148 陳培豐：《想像和界限》，同註9，頁164、219。

係。倒是，當時代的台人作家漸漸無法掌握漢字及其讀音，使得創造出的文體無法真正言文一致，恐怕正是因為中國白話文的模仿，以及漢文教育衰微和日語普及等原因所致。

（五）「通俗白話體」——國策縫隙：鄭坤五的通俗文學

雖雅俗折衷體成為台灣現代小說的大宗，而作家們亦有走向口語體的實踐，但一九四〇年代前後的文體仍有顯著改變；此與戰爭發生及日本當局的對中政策關係密切。陳培豐引《南日本新報》中的議論提及一九三七年的漢文欄幾乎與「台灣語台灣文」無有二致，因此陳氏認為當時被禁止的其實是「台灣語台灣文」（台灣話文），而非具「日華親善」功用的中國白話文[149]。準此，則為何《台灣新民報》、《台灣新文學》的漢文欄皆遭廢除？若就整個文體發展脈絡來看，漢文欄之漢文所指涉的台灣語台灣文，即前引王錦江所言「台灣話式的漢文」，也就是本文所謂的台灣白話文－此包含各演進階段文體的綜稱文體。

陳氏亦引《南日本新報》所言「真正的漢文欄，應與南進政策產生緊密之結合，方為上策。要言之，由大局觀之，即便本島將漢文欄加以廢止，仍有安排適當作為以取代漢文欄之功效的必要[150]」，而認為此可充分說明「台灣語台灣文」自漢文欄中被排除的真正理由。然而，與其說台灣語台灣文遭到排除，倒不如說台灣白話文在「雅俗折衷體」與「口語體」大量存在的一九三〇年代後期，受到國策的影響，取向代之的是《風月報》乃至其後的《南方》等媒體，而這樣新的漢文欄，在文體上又產生一次大的變化，亦

---

149 陳培豐：同註9，頁260-271。另，陳氏認為「殖民地漢文」涵蓋台灣話文、明治體、平易漢文、台灣的中國白話文等（頁218），但又在另一節重申「殖民地漢文」即「台灣語漢文」（頁305）。準此，則被禁的僅「台灣語台灣文」（台灣話文）之說，就顯得矛盾。

150 〈国語台湾の建設及南進政策と漢文欄の問題〉，《南日本新報》706號（1937年4月16日）。轉引自陳培豐，同註9，頁271。

即，不僅是文字（writing），連語言（language）都更加傾斜於中國白話文的變化。事實上，一九三〇年後半，台人模仿中國白話文的動作加速，甚至促使一九三五年劉增銓在《語苑》發表〈白話文用語の研究〉，為的即是讓台人更順利「閱讀」中國白話文：

Tsé-kòtong-si　s ngóotínghí-huan tik
這個 東西、是 我 頂 喜歡 的。

Tik-pingtsū-jiânput-siáutān-sībút-iú kì-lút put-iàuhāi-phànn
敵兵 自然 不少 但是沒有紀律 不要　害怕 。

Thann it-kò guát 　iā-tsiū iú it-pik lâi khuàitsiân tik tsìn-hāng
他 一個月 ，也就有一百來 塊　錢 的 進項 。[151]

由發音可知，進入戰爭局勢後，台人在閱讀中國白話文時，白音或訓讀已經不見，發音幾乎完全「文音」，根本將其視為「文言漢文」來學習。且一九四〇年代前後的漢文更加順應國策，導致台人創作的文體更趨於中國白話文。不過，若以本文一再強調的文白與訓讀等發音機制來看，只要是台人的創作，仍可讀出其語言主體（似今日以粵語為主體的港式中文）。當然，中國白話文的純度更高是事實，在此不拘泥於國策改變所導致的文體轉折來辯證，但有一種文體特別值得提起，即大量產生於一九三〇年代後期至一九四〇年代的通俗文言小說[152]。雖謂文言，實則為淺白文言，讀來簡單易懂，仍具白話性質。以下就一九四四年出版的鄭坤五小說《鯤島逸史》為例，簡述此時期的通俗白話體之特色。

　　鄭坤五於一九二七年擔任《台灣藝苑》編輯，且因整理《台灣國風》，被論者認為「在台灣文學史（特別是台語文學史）上具有舉足輕重的地

---

151 劉增銓：〈白話文用語の研究〉，《語苑》28卷5號（1935年11月），頁94（原標音為片假名，台羅標音為筆者所加）。

152 楊永彬：〈從「風月」到「南方」——論析一份戰爭期的中文文藝雜誌〉，河原功監修，郭怡君、楊永彬編著：《風月‧風月報‧南方‧南方詩集 總目錄 專論 著者索引》，頁93。

位[153]」。而其在一九三〇年代曾參與台灣話文討論，能以台語漢字寫作通俗
小說，也非意外之事。《鯤島逸史》乃鄭坤五有意以文學為台灣寫史，而實
地從事田野調查所寫下的作品。如此鉅作更被譽為「台灣光復前後，最受台
灣民眾歡迎的本土歷史小說[154]」，這種異於新文學中的雅俗折衷體或口語體
的小說，筆者謂之通俗白話體。如第四回〈得奇器乳虎添翼　用毒藥豺狼喪
心〉的文例：

> 內中有六轉短銃一枝，彈子約五百粒，千里鏡（望遠鏡也）一箇，羅
> 馬字小冊子一冊。油紙嚴密封固，貯在箱中。……再把短銃取在手
> 內，試塡子彈，用指頭試動火雞（發火機）。忽然硼得一聲，彈丸從
> 英士耳邊打過，斜上屋頂。……書中交代，按守己跌下之井，即現在
> 大樹庄管內姑婆寮山頂中（今已填淺，僅數尺深），古老稱曰荷蘭
> 井。……聞守己所拾皮箱內小冊子所記載文字，並井邊石碑文字，後
> 經通蘭學者讀之，知與台南赤崁樓之井同時。在西歷一六三三年間，
> 蘭夷佔據台灣，十周年紀念所開。[155]

> 且聞小冊子中，並記有虱目魚來歷，及其飼法。本島魚塭是從此小冊
> 子內傳出云云。而異種之龜，現在尚有生存者，土名曰壓蛇龜。性善
> 食蛇，嘗利用其之殼之前後下板，能自開閉，蛇經其前，則以板掩
> 上，代口唧之。……故又名曰木屐龜。著者曾託人於荷蘭井邊，亂得
> 一頭養之。嘉食木瓜，所缺陷者，惟多糞便，令人厭惡。嘗欲寄贈台
> 北動物園，未果而失之。聞動物園最近亦已羅置之矣。此是後話。[156]

---

153 呂興昌：〈論鄭坤五的「台灣國風」〉，《台灣民間文學學術研討會論文集》（南投市：
　　省文化處，1998年）。

154 羅景川：〈鯤島逸史讀後〉（序），收於戰後重新出版的鄭坤五：《鯤島逸史（上）》（高
　　雄縣：高雄縣立文化中心，1996年5月），頁8。

155 鄭坤五：《鯤島逸史（上）》，頁48-49。

156 鄭坤五：同前註，頁49。

行文雖似文言，實則淺白；例如 短銃、 彈子 、 千里鏡 、 小冊子

（té-tshìng, tshìng-tsí, tshian-lí-kiànn, sió-tsheh-á）

（按：借用語；羅馬字小書）、 火雞 （ 發火機 ）、 荷蘭井 、 台北 動物園

（hué-ke, huat-hué-ki, hô-lân-tsénn, Tâi-paktōng-bút-hn̂g）

等現代器物或空間，使讀者如以「白話」一般可平易吸收；且不必如白話文章體或雅俗折衷體需經訓讀的腦譯機制，而是只要以文白音互換即可輕鬆閱讀的類白話。這種通俗特色，有如民間傳統文學之說書體式，稍文言的用詞以文音閱讀，則增添古典雅文的美感。

通俗白話體的風氣形成與當時的國策關係密切，且《風月報》大量刊載中國的通俗文學，因此受中國的復古文風影響極大。而《鯤島逸史》不僅書寫的空間是台灣，時間則表現台灣史，閱讀大眾更是廣大的台灣人；此作雖發表在被企圖改造的一九三七年以後的漢文欄，但通俗又白話的體裁，彷彿連結了清末時期台灣的通俗小說之閱讀習慣，而在戰爭期間大受歡迎，成為台人另一種精神寄託。

以上簡述台灣白話文的發展及其各階段的文體面貌。從聲音觀點重新檢驗台灣近代文體的變遷後，再回到本文最初提及的吳新榮文章，即可將其定位於仍在書面和口語之間游移的白話文章體，而它正是訓讀、模仿與創造等連續動作下產生的文體。且即便是一九六○年代的日記，若以華語閱讀則易造成誤解，例如：

> 我們即提出三個條件，給他們選一個：第一、**起租**可起到每月五百元，第二、合約年限不超過五年，第三、**如不者**要賣給我們。最後的條件如談妥者，即第一、請榮宗叔回來買收，第二、請碧霞女士回來買收，最後即請進丁君**買收**[157]。（粗體：筆者）

---

157 吳新榮著，張浪澤總編撰：《吳新榮日記全集（10）》（台南市：台灣文學館，2008年6月），頁380。從十一冊二○七頁等需透過翻譯之記事，即可知一九六○年代的吳新榮仍不諳「國語」。或如日記中的許多誤字（如營養寫作榮養，216頁；暫寫作漸，219頁），皆可看出其以台語思考的軌跡。

文中三個「即（tsiah）」字，之一為「於是」，之二為「亦即」，第三為「再」之意。若僅以華語理解，恐怕讀不出其中差異；「買收（bé-siu）」即林茂生所收的新台灣話之一。「如不者（nā-bô tsià）」、「如談妥者（nā tâm-thó tsià）」的「者」，即「的話」之意，為台語中的假定語尾詞。亦即，台灣白話文於戰後的發展，包括白話文章體或雅俗折衷體等，猶存於跨越語言一代如吳新榮等人的創作中。而戰後的台語文，雖發展出全漢字、全羅馬字，或漢羅合寫等書寫系統，其實都是<u>台灣白話文的口體體之延續</u>[158]。換言之，戰後的台語文書寫並非憑空而來，它是經歷一連串的文字改革所演繹而來；而今仍未達到標準化的台語文，亦是言文一致的未竟。

綜言之，作為台灣近代文體被加以推展的台灣白話文，呈現諸多文體樣貌，到戰後又經歷斷裂、重整及改革，漸漸則愈趨向言文一致最徹底的口語體的追求。但也因兩時代的改革都不在體制內而未能標準化，且戰後又因另一波國語運動之推行，使得主題語言快速移轉。時過境遷，即便本土意識抬頭後，台人有書寫台灣白話文的慾望，漢字的發音卻僅剩「華語」，使得台語歌曲之漢字標記或鄉土文學中的對話表現，多變成以華語標示台語，如「宅女小紅」的「小紅（sió-âng）」寫作「羞昂」，而「出來講（tshut-lâi-kóng）」卻假借「揣共」來標記。但這些新世代在主體語言為華語的書寫中摻入「台語」（無論是正字或假借字），或「借華語發音拼寫台語」的模式，事實上與日本時代的台灣白話文之產出機制完全相反，故文體面貌也迥然不同。

五 代結語：台灣白話文的「射程」

本文對以往台灣的文體相關論述因語、文概念混淆，而產生的如混雜性或混語等觀點重新檢討，並透過文白音、訓讀、假借字、借用語等聲音模

---

158 關於羅馬字與漢字的口語體於戰後匯流之相關論述，請參考拙論：〈日本時代台語文學書寫系統 ê 歷史意義：以小說作觀察中心〉，《二○○七青年文學會議論文集》（台北市：文訊雜誌社，2008年4月）。

式，來確認戰前台人創作的近代文體之語言主體為台灣話，進而提出台灣白話文這個概念，來梳理台灣近代文體的形成與變遷。首先，本文強調台灣白話文的形成受一，日本的言文一致運動、二，中國白話文運動等兩方面影響；並理出言文一致由一，日人學者的調查研究及介入、二，留日台灣知識分子的介紹與實驗等兩路徑傳入台灣。而由台人發起的言文一致運動主要分兩階段：一，一九二〇年代初期的漢文改革運動，實踐了言文一致的「書其所言」之義，成就言文一致體等書面文體；二，一九三〇年代的台灣話文運動對「言文不一致」的反思，實踐了言文一致的「依言書寫」之義，而成就口語體書寫。另更援引安田敏朗論述韓國國語學建立時的模仿與創造之概念來論析文體的產出機制；此機制完全符合賴和所論新文學運動的形成。簡言之，漢人意識促使台人選擇就漢文改革文體，他們接收日本的言文一致書寫觀，形式上則模仿同以漢字書寫的中國白話文；但因台灣話的文白及訓讀等發音機制，驅使不諳北京話的台人創作出與中國白話文相異的台灣白話文。

　　本文將台灣白話文各階段樣貌大致理出幾種文體類型：<u>（一）非言文一致體</u>：如《台灣青年》中的和漢對譯文章中的漢文版，為非古典漢文也非白話文、乃將成為言文一致體的胚胎文體。<u>（二）言文一致體</u>：受日本言文一致觀影響所產出的漢文改革與普及白話文的主張及實踐；文體雖傾向白話，卻仍有半文半白的痕跡。<u>（三）白話文章體</u>：模仿中國白話文所創作出的比言文一致體更白話，卻仍非完全口語的近代書面文體。<u>（四）雅俗折衷體</u>：敘事時傾向模仿中國白話文之「雅」，而對話以台灣話文之「俗」呈現，為經過美學修飾的文體。<u>（五）口語體</u>：反思模仿中國白話文時造成的「台灣音」被排除現象，進而以字義與字音皆符台灣話的口語用字書寫之文體。<u>（六）通俗白話體</u>：形式雖似文言實則為淺白的「類白話」；具傳統文學之說書體式及較多文音的運用，更添加雅文美感。當然，並非每篇文章都只屬一個文體範疇，如言文一致體與白話文章體之間的過渡有其曖昧；而一九三〇年代前後各種文體同時大量出現，如雅俗折衷體越來越多，但類中國白話文的白話文章體也不少，部分口語體的作品亦與一九四〇年代前後的通俗白話體形式重疊。

　　透過理解台灣白話文的形成與變遷，吾人即可釐清台灣的語言還未正式切換作國語（北京話）前，何以未諳北京話的台灣作家可寫出那樣類中國白話文的作品。甚且，「跨越語言一代」的戰後初期作品，仍留有台灣白話文的痕跡。但相較於戰前的模仿，隨著另一個國語及中國白話文透過國家政策的推展，台灣的文體更加與中國白話文合流。而一旦「語境」完全被切換成北京話後，台灣白話文在戰後的延續，則僅存口語體──即現今的台語文，包括用字已漸趨標準化卻也還未真正統一的全漢字，或系統不一的全羅馬字，甚且是較多人使用的「漢羅混用」等書寫。它與戰後的語言主體為華語之文體中的台語使用（如夾帶借華語發音拼寫台語的「小紅文」，應較符合 créole 理論－即語言主體為殖民語）之邏輯相反，是延續戰前的口語體（台灣話文）、以台語作為語言主體的台語文，所加以標準化並文學化的實踐。

參考書目

一 雜誌

《語苑》

《Tâi-oân Kàu-hōe Kong-pò》（台灣教會公報）

《台灣民報》系列

《台灣時報》

《南音》

《新高新報》

《台灣新文學》

《台灣文化》

二 字辭典

余饒理（George Ede）：《Sam Jū-keng Sin-choān Pe̍h-ōe Chù-kái（三字經新撰白話註解）》（台南市：台南新樓書房，1894年）。

甘為霖（William Campbell）：《Ē-mn̂g-im Sin Jī-tián（廈門音新字典）》（台南市：台灣教會公報，1913年7月）。

田部七郎、蔡章機共著：《台灣土語全書》（台北：不詳，1896年5月〔初版：1896.03〕）。

林久三編：《日台會話入門　全》（台南市：林寫真館，1911年8月〔初版：1907年2月〕）。

川合真永：《新撰註解　日台會話獨修》（台北市：台灣語通訊研究會，1916年3月）。

岩崎敬太郎：《新撰日台言語集》（台北市：新撰日台言語集發行所，1916年12月〔初版：1913.01〕）。

岩崎敬太郎：《羅馬字發音式台灣語典》（台北市：新高堂書店，1927年3月〔初版：1922.08〕）。

劉青雲：《羅華改造統一書翰文》（上海商務印刷，台南新樓書房發兌，1925
　　　年2月）。

劉克明：《實業教科　台灣語及書翰文》（台北市：新高堂，1925年7月）。

小川尚義編：《台日大辭典（上、下）》（台北市：台灣總督府，1931-1932
　　　年）。

東方孝義：《台日新辭書》（台北市：台灣警察協會，1931年7月）。

三　專書

（一）中文

越無（連溫卿）：《蠹魚的旅行日記》（比嘉春潮收藏之剪貼本，1924年）。

李南衡編：《日據下台灣新文學・明集5・文獻資料選集》（台北市：明潭出
　　　版社，1979年3月）。

鄭坤五：《鯤島逸史（上）》（高雄縣：高雄縣立文化中心，1996年5月）。

賴　和：《賴和全集》（台北市：前衛出版社，2000年6月）。

黃仲鳴：《香港三及第文體流變史》（香港：香港作家協會，2002年）。

中島利郎編：《一九三〇年代台灣鄉土文學論戰資料彙編》（高雄市：春暉出
　　　版社，2003年3月）。

巫永福：《我的風霜歲月　巫永福回憶錄》（台北市：望春風出版社，2003年
　　　9月）。

陳建忠：《書寫台灣・台灣書寫──賴和的文學與思想研究》（高雄市：春暉
　　　出版社，2004年1月）。

陳淑容，《一九三〇年代鄉土文學／台灣話文論爭及其餘波》（台南市：台南
　　　市立圖書館，2004年12月）。

吳新榮著，張良澤主編：《吳新榮日記全集》（台南市：國家台灣文學館，
　　　2007年6月）。

李婉薇：《清末民初的粵語書寫》（香港：三聯出版社，2011年4月）。

陳培豐：《想像和界限　台灣語言文體的混生》（台北市：群學出版社，2013
　　　年7月）。

（二）日文

山本正秀：《近代文体発生の史的研究》（東京都：岩波書店，1965年7月）。

佐藤喜代治：《日本文章史の研究》（東京都：明治書院，1966年10月）。

森岡健二編：《近代語の成立　文体篇》（東京都：明治書院，1991年10月）。

ロベール・ショダソン（Robert Chaudenson）著，糟谷啓介、田中克彥譯，
　　　《クレオール語》（東京都：文庫クセジュ，2000年11月）。

飛田良文編：《国語論究第11集　言文一致運動》（東京都：明治書院，2004
　　　年6月）。

村田雄二郎、C.ラマール編：《漢字圏の近代：ことばと国家》（東京都：東
　　　京大學出版會，2005年9月）。

楠精一郎：《大政翼賛会に抗した40人　自民黨源流の代議士たち》（東京
　　　都：朝日新聞社，2006年7月）。

安田敏朗：《「國語」の近代史》（東京都：中公新書，2007年3〔初版：2006
　　　年12月〕）。

笹原宏之：《訓読みのはなし　漢字文化圏の中の日本語》（東京都：光文社，
　　　2008年5月）。

今野真二：《振り仮名の歴史》（東京都：集英社，2009年7月）。

中村春作、市來津由彥、田尻祐一郎、前田勉編：《「訓讀」論－東アジア漢
　　　文世界と日本語－》（東京都：勉誠出版社，2008年10月）。

中村春作、市來津由彥、田尻祐一郎、前田勉編：《続「訓讀」論－東アジ
　　　ア漢文世界の形成》（東京都：勉誠出版社，2010年）。

三ッ井崇：《朝鮮植民地支配と言語》（東京都：明石書店，2010年12月）。

金文京：《漢文と東アジア──訓読の文化圏》（東京都：岩波新書，2010年
　　　8月）。

野間秀樹：《ハングルの誕生》（東京都：平凡社，2011年1月〔初版：2010
　　　年5月〕）。

王育德著，近藤明理編：《「昭和」を生きた台湾青年》（東京都：草思社，
　　　2011年4月）。

王育德，《王育德の台湾語講座》（東京都：東方書店，2012年7月〔復刻版〕）。

鎌田慧等著：《大杉栄　日本で最も自由だった男》（東京都：河出書房新社，2012年2月）。

林初梅編：《小川尚義論文集〔復刻版〕日本統治時代における台湾諸言語研究》（東京：三元社，2012年11月）。

陳培豐：《日本統治と植民地漢文　台湾における漢文の境界と想像》（東京：三元社，2012年8月）。

三　論文

（一）期刊論文

洪惟仁：〈小川尚義與高本漢漢語語音研究之比較──兼論小川尚義在漢語研究史上應有的地位〉，《台灣史研究》第1卷第2期（1994年12月）。

陳淑容：〈論蔡秋桐及其新文學活動〉，《第六屆府城文學獎得獎作品專集》（台南市：台南市藝術中心，2000年12月）。

清水賢一郎：〈梁啟超と〈帝国漢文〉─「新文体」の誕生と明治東京のメディア文化─〉，《アジア遊學》13（2000年12月）。

柳書琴：〈通俗作為一種位置：《三六九小報》與一九三〇年代台灣的讀書市場〉，《中外文學》第33卷第7期（2004年8月）。

趙汝慶：〈香港報紙三及第文體〉，《中央民族大學學報》（哲學社會科學版）第33卷第1期（2006年1月）。

陳培豐：〈日治時期台灣漢文脈的漂游與想像──帝國漢文、殖民地漢文、中國白話文、台灣話文〉，《台灣史研究》第15卷第4期（2008年12月）。

潘為欣：〈通譯經驗的轉化──小野西洲土語小說〈羅福星之戀〉創作〉，《第六屆台灣文學研究生學術論文研討會論文集》（2009年11月）。

周華斌：〈吳新榮 ê「台語漢文」書寫〉，《台江台語文學季刊》2（2012年5
　　月）。

柳書琴：〈《台灣新民報》向右轉：賴慶與新民報日刊初期摩登化的文藝
　　欄〉，《台灣文學研究集刊》12（2012年8月）。

安田敏朗著，呂美親譯：〈日本「國語」的近代〉，《東亞觀念史集刊》3
　　（2013年3月）。

呂美親：〈日本時代台語文學書寫系統 ê 歷史意義：以小說作觀察中心〉，
　　《2007青年文學會議論文集》（台北市：文訊出版社，2008年4
　　月）。

————，〈日本時代台灣世界語運動的開展與連溫卿〉，陳翠蓮、川島真、
　　星名宏修主編，《跨域青年學台灣史研究》5，2013.08。

（二）學位論文

張安琪：〈日治時期台灣白話漢文的形成與發展〉，新竹市：清華大學台灣文
　　學研究所碩士論文，2006年7月。

邱雅萍：〈從日刊報紙「漢文欄廢止」探究台灣式白話文的面貌〉（台南市：
　　成功大學台灣文學系碩士論文，2007年7月）。

呂美親：〈日本時代台語小說研究〉，新竹市：清華大學台灣文學研究所碩士
　　論文，2007年7月。

李敏忠：〈殖民地風景的書寫：一九三〇年代台灣白話文小說文體風格研
　　究〉，台南市：成功大學台灣文學系博士論文，2009年6月。

黃馨儀：〈台湾語表記論と植民地台湾－教会ローマ字と漢字から見る－〉，
　　東京都：一橋大學言語社會學研究科博論，2010年2月。

（三）研討會論文

張妙娟：〈《台灣教會公報》中林茂生作品之介紹〉，「殖民地教育、日本留學
　　與台灣社會——紀念林茂生先生國際學術研討會」論文，中央研究
　　院台灣史研究所主辦，2002年9月。

安田敏朗，〈京城帝大の朝鮮人學生と近代韓国學の成立——模倣と創造の
　　あいだ〉，「人文韓国事業団国際シンポジウム　東アジア近代アカ
　　デミズムの形成と国家権力」論文，首爾：成均館大學東亞學術院
　　主辦，2010年7月。

四　書評

金文京：〈陳培豊「日本統治と植民地漢文—台湾における漢文の境界と想
　　像—」〉《歷史學研究》917（2014年4月）

賴和的編輯生涯對台灣新文學的影響

陳憲仁

摘要

　　賴和是一九三〇年代大家公認的文壇領袖，他除了在文學創作上，身體力行，以白話文寫作小說、評論、新詩、雜文，引領風騷之外，還在內容上抒發台灣人的苦悶，揭發殖民政權的不公，悲憫台灣人的命運，呈現了開闊、深厚的人文關懷，使作品具有時代性、具有本土性；同時在文字的冶煉、文辭的運用上，也為台語文注入了新生命。

　　賴和除了是一位作家、一位醫師，他還有一個重要的身分——編輯。

　　在日本統治台灣期間，台灣的留日學生為了啟發文化、提振元氣，一九二三年在東京辦了一份《台灣民報》，為台灣人發聲。這份刊物於一九二七年遷回台灣發行，一九三〇年易名為《台灣新民報》，並且在一九三二年由週刊改為日刊，成為「台灣人唯一的言論機構」、「台灣人唯一的喉舌」。

　　同時，這份報紙從一九二三年開始設有「文藝欄」，鼓吹台灣新文學的寫作，發掘文壇新人，賴和先生即是這個「文藝欄」的主編，其對台灣文壇的影響可想而知。

　　賴和會被尊稱為「台灣新文學之父」，最主要的原因，即是他主持編務時，對後進的提攜、對台灣新文學的推動，不遺餘力。他不僅刊登了好作品，提升讀者，改造社會；也發掘了許多優秀的寫作者，激發寫作風氣，使處於中國邊緣地區、瀰漫著日本文化的台灣，在新文學發展上能獲得長足的進步。賴和就是因著這份編輯工作，讓他獲得了文壇最高的尊崇。

歷來研究賴和的學者，雖然從賴和作品上不斷地闡釋賴和的文學成就與對台灣新文學的貢獻，但對他的編輯生涯，觸及者似乎不多。本文試圖以賴和出土資料及當時文人談及的斷簡殘編、吉光片羽中呈現賴和對編輯工作的用心、努力；對文人的照顧、指導及他藉由編輯理念的實現，在台灣新文學的關懷與推動上的影響。

關鍵詞：台灣民報、台灣新民報、文藝欄、台灣新文學之父

一　前言

　　賴和，一八九四年生於彰化，本名賴癸河，一名賴河，筆名有懶雲、甫三、走街先等。一九一四年畢業於台灣總督府醫學校，一九一七年六月在彰化開設賴和醫院。一九一八年一月前往福建省廈門鼓浪嶼博愛醫院任職，一九一九年七月回台，繼續在彰化行醫。一九四一年十二月八日入獄，被關五十天，在獄中用草紙寫了「獄中日記」，一九四三年一月三十一日病逝，年五十歲。

　　賴和由於在大陸時受到中國風起雲湧的白話運動的衝擊，回台後，積極致力於台灣新文學運動的推展。一方面從文化革新的角度，撰文批評舊社會、舊文學；一方面身體力行，從事白話文學的創作。特別是一九二六年開始，他被聘請擔任《台灣民報》文藝欄及易名後的《台灣新民報》學藝欄編輯期間，在自己的園地陸續創作白話散文、白話詩、白話小說，為白話寫作披荊斬棘，開啟風氣；同時藉由編輯工作之便，鼓吹新文學，大量刊登白話作品，發掘、鼓勵白話文學的創作者，直至一九三七年《台灣新民報》漢文版被禁。

　　而在這個時候，台灣社會各式各樣的文藝團體和文學雜誌紛紛成立，賴和也屢屢被推為領導人物，影響範圍更大。所以他不僅是台灣開風氣之先的白話文作家，也是呵護台灣文學成長的褓姆，更是台灣新文學園地的開墾者、文學運動的推動者。

二　賴和主編之《台灣民報》、《台灣新民報》與台灣新文學的關係

（一）《台灣新民報》簡介

　　賴和在台灣新文學的推動上，最關鍵的著力點是他有機會長期主編《台

灣民報》及《台灣新民報》的文學版面。這兩份先後被視為日治時期台灣人喉舌的報紙，係一九二三年四月十五日蔣渭水為「啟發我島的文化，振起同胞的元氣，以謀台灣的幸福」在東京創辦的，當初名為《台灣民報》。

但在此之前，台灣留日學生林獻堂、蔡惠如等曾於一九二〇年七月創辦過《台灣青年》，之後一九二二年四月改稱《台灣》雜誌，這份雜誌雖在日本創辦，但中日文並用。《台灣民報》創刊時，承繼了這份台灣人刊物的精神，以台灣人立場報導新聞，糾正日系報紙歪曲言論，作為台灣維新的工具，並且建立白話文特色，開闢「文藝欄」，帶動台灣人的新文化運動。

《台灣民報》創刊時為半月刊，半年後改為旬刊，一年後改為週刊，且增設台北支社，當一九二五年五週年慶時，發行量已突破一萬份，與當時的日系報紙《台灣日日新報》可相提並論。

一九二七年八月《台灣民報》遷入台灣，對台灣的社會運動、文化運動有更深遠的影響。一九三〇年三月易名《台灣新民報》，一九三二年的四月十五日獲准發行日刊，傳播力量更形廣闊，惜乎到了一九三七年，日本殖民政府為了加強控制台灣，推動皇民化運動，全面查禁報紙、雜誌的漢文欄，《台灣新民報》的「學藝欄」乃不得不於六月一日廢刊，《台灣新民報》才逐漸式微。

（二）《台灣民報》及《台灣新民報》對台灣新文學的鼓吹

《台灣民報》及其前身《台灣青年》、《台灣》，為台灣知識份子所辦，除了凝聚台灣人的情感，反映台灣人的心聲外，在日本明治維新成功、世界潮流東漸之際，也有啟迪台灣人的心智、開啟台灣新文化的理想。

所以，從一九二〇年《台灣青年》創刊號開始，即有陳炘〈文學與職務〉掀起新文學運動的討論，一九二二年一月《台灣青年》陳端明〈日用文鼓吹論〉，一九二三年一月《台灣》雜誌又有黃呈聰〈論普及白話文的新使命〉、黃朝琴〈漢文改革論〉。而四月《台灣民報》創刊後，新舊文學的論戰、新文學的鼓吹更為熱烈，第一期蔡培火發表了〈台灣新文學運動和羅馬

字〉關懷台灣白話字問題，八月劍如〈文化運動——新舊思想的衝突〉；一
九二四年四月施文杞〈對於台灣人做的白話文的我見〉；十月連溫卿〈言語
之社會的性質〉、〈將來之台灣語〉；十一月前非〈台灣民報怎麼樣不用文言
文呢？〉；一九二五年一月黃呈聰〈應該著創設台灣特種的文化〉、錫舟〈從
事文化運動的覺悟〉、半新舊〈「新文學之商榷」的商榷〉、蔡孝乾〈中國新
文學概觀〉等。一連串的論戰不斷延燒，持續參與催生新文學的人包含張我
軍、楊雲萍、賴和、陳虛谷、楊守愚、謝春木、王白淵、葉榮鐘、陳逢源、
呂阿庸等人，光是張我軍在一九二四、一九二五年間就發表了〈致台灣青年
的一封信〉、〈糟糕的台灣文學界〉、〈為台灣文學界一哭〉、〈請合力拆下這座
敗草叢中的破舊殿堂〉、〈絕無僅有的擊缽吟的意義〉、〈揭破悶葫蘆〉、〈文藝
上的諸主義〉、〈新文學運動的意義〉等批判作品，強烈批評舊文人，一再說
明台灣文學改革之必要。

　　同時，《台灣民報》在創刊的頭三年，也積極引介中國新文學運動的論
述文章，並轉載了白話運動主要人物的新文學作品，如：陳獨秀〈敬告青
年〉；胡適〈新式標點符號的種類和用法〉、〈文學革命運動以來〉、〈終身大
事〉、〈李超傳〉；魯迅的〈鴨的喜劇〉、〈故鄉〉、〈狂人日記〉、〈阿 Q 正
傳〉；冰心〈超人〉；郭沫若〈仰望〉、〈江灣即景〉；徐志摩〈自剖〉等。讓
關心台灣新文學的人，得以從中國白話運動的觀點和經驗中獲得更深的認識
和取樣的範本。

　　很明顯地，在台灣新文化運動上，《台灣民報》、《台灣新民報》充滿著
台灣知識份子的自覺，對新文學的鼓吹扮演著非常重要的角色，不只是文字
改革的議題討論了，文學與生活、社會的關係亦注意到了，甚且「何謂台灣
文學」的問題都積極介入，而且也出現了不少有份量的作品。《台灣民報》、
《台灣新民報》稱之為台灣新文學的搖籃，或台灣新文學的大舞台都當之
無愧。

三 賴和與《台灣民報》、《台灣新民報》的關係

賴和雖生長於日治時期，從小進學校接受日文教育，但他還跟從私塾老師學習漢文，十四歲時入「小逸堂」拜師黃倬其，從十五歲開始，即不斷地寫作漢詩，除了自我書懷外，也在台灣人辦的刊物上發表，如一九二二年六月參加《台灣民報》前身《台灣》雜誌的徵詩，寫了兩首〈劉銘傳〉，得到第三名及第十三名；十月發表〈秋日登高感懷四首〉、〈懷友〉；十二月發表〈秋日登高偶感〉；一九二三年一月發表〈文天祥〉；四月發表〈最新聲律啟蒙〉；一九二三年四月《台灣民報》創刊後，同樣繼續投稿，一九二四年發表漢詩〈阿芙蓉〉；一九二五年開始，則不斷地創作新文學作品，八月發表第一篇白話隨筆〈無題〉，令人驚豔[1]；接著十二月發表第一首新詩〈覺悟下的犧牲──寄二林事件的戰友〉；一九二六年一月則發表第一篇小說〈鬥鬧熱〉。

一九二六年他應聘擔任《台灣民報》「文藝欄」主編，更從作者跨越到編者。在長達十一年的編輯生涯中，他營造了新文學的環境，對新文藝的鼓吹有相當貢獻，且刊登了不少白話文，使《台灣民報》成為當時白話文的重要發表園地，更是台灣新文學由量到質整個飛越進步的關鍵媒介。

唯當時雖然新舊文學的論戰激烈，白話寫作卻還是處於蒙昧時期，真正從事白話寫作的人不多。賴和深刻瞭解到創作新文學作品的重要，於是他如同在荒蕪的園地裡開墾一樣，親身下田工作，以《台灣民報》為根據地，自己帶頭發表白話文，作為示範，藉以鼓勵有志者朝此方向創作；同時他也知道，那時，凡能使用漢字舞文弄墨者，都是受私塾教育洗禮過的人，閱讀或寫作，習於文言與詩詞，日常言語則是台語，故在白話文書寫、表達上，確

---

1 楊雲萍於〈台灣新文學運動的回顧〉稱讚說：「這篇散文，是新文學運動以來頭一篇可紀念的散文」（見李南衡主編：《日據下台灣新文學文獻資料選集》明集5，台北市：明潭出版社，1979年，頁427）

有實際困難。故他在主編「文藝欄」時，不是單純的審稿而已，當他遇到不夠成熟的作品時，常常需要加以潤飾、修改，於是賴和在行醫之餘，心力都放在編輯工作的修稿上。當時的作家楊守愚即說：「他毫不珍惜體力的去一一刪改寄來的稿子，有時甚至要為人改寫原稿的大半部分。」[2]

總之，《台灣民報》對他來說，是他第一篇白話散文、第一首白話詩、第一篇白話小說發表的地方；也是他實驗白話寫作、示範白話文的地方；同時更是他長達十餘年編輯工作的地方。在這裡，他是發表作品的作者、是白話創作的推廣者，更是培植作家、鼓吹寫作風氣的編者。因此，當時的《台灣民報》及《台灣新民報》始能吸引創作者在此投稿，發揮培植之功。如果說，《台灣民報》、《台灣新民報》在台灣新文學發展上，具有舉足輕重的地位，賴和居功厥偉。

四 賴和編輯生涯對台灣新文學的影響

（一）賴和編輯《台灣民報》與《台灣新民報》的成績

《台灣民報》創刊時即設有「文藝欄」鼓吹白話寫作，張我軍、楊雲萍先後擔任過編輯，後因張我軍赴大陸讀書，楊雲萍到日本，於是經常在《台灣民報》發表作品的賴和，即受聘主持「文藝欄」。

賴和編輯《台灣民報》文藝欄，始於一九二六年，當時，台灣新舊文學論戰方興未艾，報紙媒體自然是論戰的主要場所，他既受大陸五四運動的刺激，對台灣新文學的發展，自也有其基本立場，在〈讀台日紙的「新舊文學之比較」〉[3]文中，他提到「新文學的標的是在舌頭與筆尖的合一」、「文學就是社會的縮影」、「我敢斷定新的，較有活氣、較有普遍性、較易感人、較易

2　見〈小說與懶雲〉，收入李南衡編：《賴和先生全集》明集1（台北市：明潭出版社，1979年），頁427。

3　見《賴和全集三‧雜卷》頁87、89。（林瑞明編，台北市：前衛出版社，2000年6月）。「台日紙」指日人辦的《台灣日日新報》。

克完文學的使命」；在〈開頭我們要明瞭地聲明著〉⁴明確地提出「我們是要倡導平民文學、普及民眾文化的這一種藝術運動」、又說「自然界裏、群眾中間，拾取題材，務要識字的人們盡能瞭解」；又如在〈答覆台灣民報特設五問〉⁵裡他希望民報多記載的事項是「有台灣地方色彩的文學，世界思潮學術的介紹」等，多次強調他的立場，及站上文藝欄編輯之位，乃在議論之外，以實際行動，展開新文學的推展。其主要步驟為：首先，持續白話寫作，作為示範、推廣；其二，提攜後進，發掘作家。茲述如下：

1 賴和以身作則，創作白話文作品

　　從一九二六年一月開始，他在《台灣民報》、《台灣新民報》發表不少作品，且都有很高的評價，如：

（1）一九二六年一月：小說〈鬥鬧熱〉及〈答覆台灣民報設問〉（《台灣民報》86號）；〈讀台日紙的「新舊文學之比較」〉（《台灣民報》89號）

（2）一九二六年二月：小說〈一桿稱仔〉（《台灣民報》92號-93號）；

（3）一九二六年三月：〈謹覆某老先生〉（《台灣民報》97號）。

（4）一九二七年一月：〈忘不了的過年〉（《台灣民報》138號）

（5）一九二七年七月：〈對台中一中罷學問題的批判〉（《台灣民報》165號）

（6）一九二八年一月：小說〈不如意的過年〉（《台灣民報》189號）

（7）一九二八年七、八月：〈無聊的回憶〉（《台灣民報》218號-222號）

（8）一九三〇年一月：小說〈蛇先生〉（《台灣民報》294-296號）

（9）一九三〇年五月：小說〈彫古董〉（《台灣新民報》312號-314號）

（10）一九三〇年七月：〈希望我們的喇叭手吹奏激勵民眾的進行曲〉（《台灣新民報》322號）

---

4 見《賴和全集二‧新詩散文卷》頁205、206。（林瑞明編，台北市：前衛出版社，2000年6月）

5 見《賴和全集三‧雜卷》頁85。（林瑞明編，台北市：前衛出版社，2000年6月）。

（11）一九三〇年九月：新詩〈流離曲〉（《台灣新民報》329-332號）[6]

（12）一九三〇年十一月：新詩〈生與死〉（《台灣新民報》341號）

（13）一九三〇年十二月：〈新樂府〉（《台灣新民報》343號）

（14）一九三一年一月：小說〈辱〉及新詩〈農民謠〉（《台灣新民報》345號）

（15）一九三一年一月：新詩〈滅亡〉（《台灣新民報》347號）

（16）一九三一年三月：小說〈浪漫外記〉（《台灣新民報》354-356號）

（17）一九三一年四、五月：新詩〈南國哀歌〉（《台灣新民報》361、362號）

（18）一九三一年五、六月：小說〈可憐她死了〉（《台灣新民報》363-366號）

（19）一九三一年六月：新詩〈思兒〉（《台灣新民報》370號）

（20）一九三一年十月：新詩〈藝者〉（《台灣新民報》387號）

（21）一九三一年十月：新詩〈低氣壓的山頂〉（《台灣新民報》388號）

（22）一九三一年十一月：新詩〈是時候了〉（《台灣新民報》390號）

（23）一九三二年一月：〈相思歌〉及隨筆〈紀念一個值得紀念的朋友〉（《台灣新民報》396號）

（24）一九三二年一月 一、九日：小說〈豐作〉（《台灣新民報》396、397號）

在白話文寫作還不普及的時候，他從主編文藝欄開始，短短七年之間，即發表了小說九篇、新詩十一首、散文隨筆七篇。這些作品，不僅是形式上表現語言文字的改變，寫出了文字清新的作品，更在內容上將關懷層面由舊文學的吟風弄月、交際應酬，深入至表現台灣社會底層人物的悲哀、殖民制度下人民的苦痛。像〈覺悟下的犧牲——寄二林事件的戰友〉，以文學聲援

6　《台灣新民報》一九三〇年八月增闢新詩專欄「曙光」後，賴和即寫白話長詩，此詩全長二百九十二行，係日治時代台灣新文學最長的詩，但當時只刊到二百〇四行，餘八十八行被停刊。

二林事件的蔗農，寄望廣大社會能因此事件而對日本殖民統治覺醒；〈一桿稱仔〉則揭示了台灣人追求公平正義的理想、發揚抵抗不公不義而犧牲的精神；〈南國哀歌〉係悼念霧社事件起義抗日的同胞。這些悲天憫人的作品，豐富了台灣新文學的內涵，注入了文學中珍貴的人道精神，其對台灣文學的影響絕對不止於由文言改為白話而已。這都是因為他對文學的功能有深刻的認識，並有機會主持編務，始能把他高遠的文學理想藉由報紙傳播出去，漸漸影響台灣新文學的走向。

2 發掘白話寫作者，鼓吹白話創作

當時，受賴和照顧、提攜，進入文壇，而後成為名家者頗多，許多人的第一篇作品都是被賴和慧眼所識的。如陳虛谷第一首新詩〈秋曉〉，發表於一九二七年、第一篇小說〈他發財了〉發表於一九二八年；楊華首批詩作〈小詩五首〉發表於一九二七年一月；楊守愚第一篇作品小說〈獵兔〉發表於一九二九年；翁鬧的重要小說——中篇小說〈有港口的街市〉發表於一九三九年。

可見《台灣民報》、《台灣新民報》對當時寫作者的號召力有多大，大家有了作品，就有投寄《台灣民報》及《台灣新民報》接受賴和品鑑的企盼，大有「一經品題，便作佳士」之勢。茲舉幾位早期名家當初在《台灣民報》、《台灣新民報》發表的情形，即可見一斑。如：

（1）楊雲萍，一九二六年一月在《台灣民報》發表小說〈光臨〉、四月〈到異鄉〉、八月〈弟兄〉。

（2）張我軍也在一九二六年一月《台灣民報》發表了小說〈買彩券〉、〈誘惑〉。

（3）陳虛谷，繼一九二七年於《台灣民報》發表第一首新詩〈秋曉〉後，一九二八年又發表他的第一篇小說〈他發財了〉及〈無處申冤〉，一九三〇年又有小說〈榮歸〉、〈放炮〉及新詩〈落葉〉、〈賣花〉、〈病中有感〉等。

（4）楊華在一九二七年第一首新詩〈小詩五首〉（141號）之後，因為《台

灣新民報》於一九三〇年八月開闢新詩專欄「曙光」，喜歡新詩的他，受到編輯政策的影響，及賴和對他的賞識，於是從一九三二年至一九三三年，在《台灣民報》總共發表了一百五十七首新詩。[7]足見賴和編輯《台灣新民報》期間，對新詩的鼓吹，獲得了立竿見影的效果。

楊華發表於《台灣新民報》的詩作有：

A 一九三二年二月二十七日〈秋贈給我的〉、〈春愁〉、〈夢醒〉、〈褐色的草舍〉四首（《台灣民報》404號）

B 一九三二年三月十九日〈小詩十二首〉（407號）。

C 一九三二年四月二日〈褪黃的紙窗〉、〈西子灣〉（409號）

D 一九三二年五月二十六日〈愁緒〉、〈蕭蕭雨〉、〈春來了〉、〈溫柔的春陽〉、〈淡薄的哀愁〉（414號）。

E 一九三三年六月十日-七月八日〈山花一二四首四六五行〉（827號-855號）

F 一九三三年七月四日〈暮春的早晨〉（851號）

G 一九三三年九月二日〈花謝了〉、〈愛的呀！別了三首〉（911號）

H 一九三三年九月七日〈你已變了心麼？愛友！〉（916號）

（5）葉榮鐘一九二九年五月在《台灣民報》發表〈關於羅馬字的運用〉（第260至262號）

（6）楊守愚除第一篇〈獵兔〉發表於一九二九年外，從一九二九年至一九三二年四年間，在《台灣民報》、《台灣新民報》還發表小說二十六篇、隨筆一篇、民間故事一篇，登了近三十篇文章。詳列如下：

A 一九二九年：小說〈生命的價值〉（《台灣民報》254、255、256號）、〈凶年不免於死亡〉（257、258、259號）、小說〈捧了你的香爐〉（273、274號）、小說〈瘋女〉（291號）。

B 一九三〇年：小說〈醉〉（《台灣民報》294號）、小說〈誰害了他〉

7　見羊子喬編：《楊華作品集》（高雄市：春暉出版社，2007年）。

（304、305號）、小說〈十字街頭〉（306、307號）、小說〈顛倒死？〉（321號）、隨筆〈小學時代的回顧〉（324-328號）。

C 一九三一年：民間故事〈十二錢又回來了〉（《台灣新民報》345號）、小說〈過年〉（345、346號）、小說〈女丐〉（346、347號）、小說〈比特先生〉（350號）、小說〈一個晚上〉（354、355號）、小說〈元宵〉（357、358號）、小說〈一群失業的人〉（360、361、362號）、小說〈嫌疑〉（363、364、365號）、小說〈升租〉（371、372、373號）、小說〈開學的頭一天〉（375、376號）、小說〈就試試文學家生活的味道吧！〉（382、383號）、小說〈夢〉（386、387、388號）、小說〈啊！稿費〉（389、390、391號）、小說〈爸爸！她在使你老人家生氣嗎？〉（392-394號）。

D 一九三二年：小說〈決裂〉（《台灣新民報》396-399號）、小說〈罰〉（402、403號）、 小說〈瑞生〉（404-406號）、小說〈斷水之後〉（407、408號）

另外，楊逵〈新聞配達夫〉[8]的前半部也曾於一九三二年五月《台灣新民報》上刊登；還有，蔡秋桐於一九三一年四月起發表〈放屎百姓〉、〈奪錦標〉、〈新興的悲哀〉；張深切一九三一年六月二十日至七月十八日發表〈鐵窗感想錄〉；其他，王詩琅、周定山、郭秋生、呂赫若、林荊南、吳濁流、葉石濤等人也都是與賴和編輯生涯有密切關係的人。

（二）賴和編輯生涯對台灣新文學的影響

在一九二〇、三〇年代，台灣新文學萌興的時刻，賴和剛好身居文壇要津，負責當時「台灣人唯一喉舌」《台灣民報》和《台灣新民報》文學版面的編輯，一方面他為白話文寫作開疆闢土，作品的量和質都獲得肯定；另方

---

8 〈新聞配達夫〉後來改題〈送報伕〉，參加日本東京《文學評論》徵稿，得到第二獎（第一獎從缺），為台灣作家首篇在日本得獎的作品。

面提攜後進、照顧作家，使新文學作家輩出，新文學風氣形成。同時，因為他的編輯身分、他的編輯工作、他的編輯理想，使他在那個時代的文壇，也累積了相當的聲望，不少藝文團體或新創雜誌，他都是大家爭取、請益的對象，如一九三二年葉榮鐘、郭秋生等人創辦《南音》雜誌，他被邀請同為創辦人；一九三四年五月「台灣文藝聯盟」成立時被公推擔任常務委員長[9]；稍後一九三五年楊逵創辦《台灣新文學》時，賴和也應邀擔任雜誌編輯。

　　參與這些文學社團創設或文學雜誌的創辦，讓賴和對台灣新文學的影響由報紙的點擴大至社會的面，更見證了他長期的編輯生涯，的確對台灣新文學的發展有深遠的影響。

（三）文壇對賴和編輯工作與文學成就的推崇

　　賴和編輯上的努力、對文人的照顧、提拔以及他的文學理念、文學創作，都是時人深深佩服的，不少人在文章中自然流露出來，如陳虛谷〈贈懶雲〉「到處人爭說賴和，文才海內獨稱高。」；一剛〈懶雲做城隍〉：「懶雲在台灣新文學運動裡是一位最有成就的人，建立了輝煌的里程碑。」；楊逵〈台灣新文學的二開拓者〉：「賴和氏有許多佳作，成為台灣創作界的領袖」。類似的表達不勝枚舉，茲再舉楊守愚、黃邨城、王錦江、葉榮鐘、葉石濤等人之言為證：

（1）楊守愚：「當時如果沒有一位像懶雲氏那樣既有創作上的天才，而且又有對新文學事業的推展抱著熱情和決心的人來擔當、領導這個時期，並擔任這一艘台灣新文學大船的舵手，則相信台灣的新文學，是無由達成若今日的狀態和成就。」[10]

（2）楊守愚：「台灣新文學，懶雲先生打下第一鋤，撒下第一粒種子」[11]。

9　賴和先生固辭，改推選張深切為常務委員長。

10　見〈小說與懶雲〉，收入李南衡編：《賴和先生全集》明集1（台北市：明潭出版社，1979年），頁427。

11　見〈報顏閒話十年前〉，收入李南衡編：《日據下台灣新文學文獻資料選集》明集5（台

（3）楊守愚：「當時，因為有懶雲先生在，彰化儼然成為新文學運動的中樞」[12]

（4）黃邨城：「他的小說，無論何人都說好的，雖說他具有創作的天稟，但他的努力和誠意，是使人加倍尊敬的！不客氣說一句話，假使《南音》有點聲譽，他的功勞是不可埋沒的。換句話說，《南音》不至被人唾棄至於無容用身之地，也可說藉他的光不少！」[13]

（5）王錦江：「事實上，台灣的新文學能有今日之隆盛，賴懶雲的貢獻很大。說他是培育了台灣新文學的父親或母親，恐怕更為恰當。」[14]

（6）葉榮鐘：「日據下台灣新文學的開拓者、導師賴和先生，不論是他的作品或為人，都是當時的文學青年最敬仰的。」[15]

（7）葉石濤：「同時代的作家不知有多少人，受到他的精神感召和生活照顧，為台灣新文學而打拚。賴和的寬容是偉大的的資質；他在無形中成為台灣新文學的領袖，新文學之父。」[16]。

五　結語

　　台灣在歷經兩百多年的古典文化浸潤後，詩詞文言的寫作深入社會，詩社林立，擊缽應和，已是風氣。但在二十世紀初起，新的文學思潮出現，雙

北市：明潭出版社，1979年3月），頁346。

12 見〈赧顏閒話十年前〉，收入李南衡編：《日據下台灣新文學文獻資料選集》明集5（台北市：明潭出版社，1979年3月），頁348。

13 一九三二年《南音》雜誌創辦時，賴和應邀擔任創辦人。見〈談談《南音》〉，收入李南衡編：《日據下台灣新文學文獻資料選集》明集5（台北市：明潭出版社，1979年3月），頁343。

14 見〈賴懶雲論〉，收入李南衡編：《日據下台灣新文學文獻資料選集》明集1（台北市：明潭出版社，1979年3月），頁400。

15 見〈詩醫賴懶雲〉，收入李南衡主編：《日據下台灣新文學文獻資料選集》明集1（台北市：明潭出版社，1979年3月），頁453。

16 見葉石濤：《台灣文學入門》（高雄市：春暉出版社，1997年6月），頁35。

方經過激烈的論戰，不僅舊文學的文字、形式遭到挑戰，題材、內容、目的、精神上，亦有了翻轉的契機。在那個新時代、新思潮的大變動中，台灣的文學革命運動固然有像張我軍、蔣渭水、蔡培火、黃朝琴、楊雲萍等人大力提倡，但有長遠和普遍影響的當屬賴和。

最主要的是他對文學改革有明確的認識，同時長時間主持台灣人的報紙副刊，得以藉由編輯角色，一方面揭示文學理念，一方面創作他理想中的文學作品，「把白話文的真正價值具體地提示到大眾之前」[17]來引導文壇寫作方向，影響新文學的發展；加上他的愛心與胸襟，能照顧作者、提攜後進，後起之秀，乃如雨後春筍，連帶地帶動其他文學刊物的興辦與文藝團體的組成，使台灣的新文學蔚為風氣。

所以賴和的編輯身份，既是新文學的啟蒙者，也是白話文學的導師；他的編輯生涯，既成就了自己，使自己有機會創作作品，為那個時代留下最珍貴的紀錄；同時也成就了別人，拉拔有志的創作者，使白話文學作家源源而出，並因此延續了新文學的精神，使台灣新文學在惡劣的政治環境下能夠成長茁壯，終而開啟可長可久的局面。

---

17 見〈小說與懶雲〉，收入李南衡主編：《日據下台灣新文學文獻資料選集》明集1（台北市：明潭出版社，1979年3月），頁425。

參考書目

李南衡主編：《賴和先生全集》（台北市：明潭出版社，1979年3月）

李南衡編：《日據下台灣新文學文獻資料選集》（台北市：明潭出版社，1979
　　　年3月）

林瑞明編：《賴和全集二‧新詩散文卷》、《賴和全集三‧雜卷》（台北市：前
　　　衛出版社，2000年6月）

《賴和研究資料彙編》（彰化市：彰化縣立文化中心，1994年）

《彰化縣作家資料檔案摘要》（彰化市：彰化縣文化中心編印，1993年6月）

葉石濤：《台灣文學史綱》（高雄市：文學界雜誌社，1998年4月）

葉石濤：《台灣文學入門》（高雄市，春暉出版社，1997年）

彭瑞金主編：《葉石濤全集8‧隨筆卷三》（台南市：國立台灣文學館，2008
　　　年3月）

羊子喬編：《楊華作品集》（高雄市：春暉出版社，2007年9月）

陳逸雄編：《陳虛谷作品集》（彰化市：彰化縣立文化中心，1997年12月）

陳藻香、許俊雅編譯：《翁鬧作品選集》（彰化市：彰化縣立文化中心，1997
　　　年7月）

施懿琳編：《林荊南作品集》（彰化市：彰化縣立文化中心，1998年12月）

介入‧自省‧自嘲
──論賴和與楊逵小說中的知識份子形象

楊 翠

一 前言

　　一九三○年代的台灣作家筆下，不乏各種知識份子形象，無論是傳統型知識份子，抑或是現代型知識份子，他們對台灣現實處境的對應態度，以及自身的角色扮演，都各有選擇，有積極介入的、奮起抵抗的、議論批判的、蒼白憂鬱的、徬徨困惑的、冷眼旁觀的、現實功利的……，這些作家筆下的知識份子形象，共構成一幅繁複的日治時期台灣知識份子的精神圖譜。

　　賴和（1894-1943）與楊逵（1906-1985）筆下，也充斥著各種知識份子角色，兩位作家相差十二歲，恰好分別代表兩個不同世代，他們小說中的知識份子形象，既彰顯出不同的世代感，同時也與一九二○年代台灣社會運動的發展線圖有著高度的互文互涉性。

　　統整觀之，賴和小說中的知識份子，有幾種比較鮮明的典型值得探論，其一，「介入型」：積極介入的實踐者，如〈新時代青年的一面〉（寫作日期不明）、〈善訟的人的故事〉（1934）、〈阿四〉（寫作日期不明）等；其二，「中介型」：介於旁觀者、聆聽者、紀錄者、參與者之間的角色，如〈僧寮閒話〉（1923）、〈不幸之賣油炸檜的〉（1923）〈、歸家〉（1932）、〈赴會〉（寫作日期不明，可能1926）、〈凋古董〉（1930）、〈棋盤邊〉（1930）、〈辱！？〉（1930）、〈惹事〉（1932）、〈富戶人的歷史〉（寫作日期不明）等都是；其三、自嘲的、無力的知識份子，如〈一個同志的批信〉（1935）、〈赴了春宴回來〉（1936）等。

　　衡諸賴和小說，三者之中，以第二種居最大量，此種介於多重位置之間的知識份子形象，也同時映襯了身為作者的賴和自身的觀察、反省、批判和實踐位置的多重挪移。相較於賴和在政治、社會、文化運動的長期多方參與涉入，賴和小說中的知識份子，卻大多以一種相對抽離的視角來觀察殖民體制、社會運動者，並且彰顯民眾對殖民者與運動者的觀感，甚至藉此抽身易位，觀察運動中的自身，而形成獨特的內／外批判視角。

　　賴和小說中以「中介型」知識份子為多，與他本身的世代性有關。賴和是所謂「二世文人」世代[1]，出生於清廷割台之前，成長於日本領台初期，既受傳統漢文教育，亦受殖民現代教育，可謂處身兩個時代的裂縫（邊界）之間，而他筆下的知識份子，也經常彰顯出游移於兩個時代的多重性格，展現出在傳統性／現代性、介入／抽離、自省／自嘲之間的複雜性與多重性。如〈善訟的人的故事〉中為人民爭取權益的傳統型知識份子林先生；〈歸家〉中的返鄉青年、〈惹事〉中的憤怒青年，他們身為現代知識份子，對於傳統與現代的文化性格，保持雙向的批判態度，從而彰顯出自身複雜的思想矛盾與內在對話；〈辱!?〉中對「做文化的」知識份子的嘲諷，以及〈赴了春宴回來〉、〈一個同志的批信〉中充滿虛無感與自嘲的知識份子形象，更是賴和知識份子書寫中的重要典型。

　　除了複雜與游離的性格之外，賴和小說中的知識份子，還具有「成長型運動青年」的特質，如〈新時代青年的一面〉與〈阿四〉中，青年展現出從迷惘、覺悟到實踐的思辨過程，此一過程與日治時期台灣新文化與社會運動的發展軌跡，有程度的疊合性，與賴和自身「二世文人」的思想發展歷程，也有高度對話性。整體觀之，賴和小說所刻劃的知識份子形象，著重於彰顯出一個社會實踐者的外／內在辯證，實踐主體經常維持一種自我分裂、自我矛盾、自我辯證、自我成長的動態精神圖景。

　　至於楊逵小說中的知識份子，則以受現代日文教育者為主，首先，與賴

1　指出生於日本領台前後，曾受漢文教育，但以日文教育為主的世代。參見林莊生：《懷樹又懷人》（台北市：自立晚報出版社，1992年8月），頁238。

和相同,「成長型運動青年」是楊逵小說中知識份子的重要類型,甚至比賴和小說中佔有更高比例。另一方面,楊逵著力於刻劃各種不同的「權力位置」中的知識份子,並且強調主體的自我選擇,強調組織化、集體性、知識力的重要性。他筆下的知識份子,大抵包含三種:(1)選擇與權力者靠攏的知識份子,如〈送報伕〉(1932)中當警察的哥哥,〈死〉(1935)中的陳清波;(2)「脫出強勢國族/階級位置者」:出身地主、資產階產,或者日本人身份,然而,基於自身經驗與普世的公平正義理念,他選擇斷裂自身階級/國族位置,立身弱勢者的處境,如〈送報伕〉中的日本人田中與伊藤、〈模範村〉(1937手稿)中的阮新民、〈鵝媽媽出嫁〉(1942)中的林文欽;(3)「複合式的知識份子」形象:小說中的敘事者我,經常具有多重身份,集勞動者、行動者、寫作者於一身(以楊逵自身為範型),出身無產階級,選擇以勞動營生(農民、工人),在小說情節發展中,經常以一個正在閱讀、學習、寫作的知識份子/勞動者形象現身,這一群是楊逵筆下最鮮明、最大群的人物角色,如〈送報伕〉中的楊君、〈模範村〉中的陳文治、〈鵝媽媽出嫁〉中的花農、〈難產〉一九三四中的「我」、〈死〉中的寬意等等。

　　整體觀之,楊逵與賴和相同,他們筆下的知識份子,都與他們自身的世代感,以及台灣社會運動的發展進程密切扣合。賴和已如前述,屬於世代交替時期的跨世代台灣知識份子,是「台灣文化協會」初創時期的理事,參與早期的「台灣議會請願運動」,堪稱日治時期第一批組織化行動的創始者與參與者。賴和是基於對殖民統治的反思與對弱者的關懷而投入運動,可視為「素樸的左派」,而非某種思想體系的奉行者;他小說中的角色亦然,他們是首批新時代的運動青年,經由迷惘、學習、自省,從而選擇行動,但由於組織化實踐方當初創,不免時而奮勇,時而游移。

　　相較於賴和的「二世文人」身世,出生於日本領台之後,與賴和相差十二歲的楊逵,未曾受過傳統漢學教育,屬於完全接受日本殖民現代教育的世代。楊逵之所以未受書房教育,一方面是時代較晚,二方面是由於他的工人

家庭階級身份[2]。留日時期，接受馬克思主義之後，他的覺醒，是通過對於馬克思主義的系統性研讀，以及左翼青年的組織化行動而來[3]，他甚至曾經翻譯社會主義相關的思想論述[4]。至於他之所以返台參與文化運動與農民運動，則是受到台灣島內運動同志的號召，如此看來，晚賴和整整一輪的楊逵，是台灣社會運動組織化趨於穩健、蓬勃的世代，他不是初創者，但他返台的一九二七年，正是台灣各種組織化社會運動的高峰期，因此，楊逵本人之所以強調組織化、集體性、知識力的重要性，亦有其時代因緣。楊逵本人的世代感與台灣社會運動發展時程的特殊性，也具現在他的作品中，楊逵小說中的知識份子的共通性，是具有行動力、高度內省性、向外批判性。

整體來看，賴和與楊逵小說中，都有各種「介入型」知識份子，亦有不少「成長型的青年運動者」塑像；同時，賴和的多重「中介型」、楊逵的多重「複合型」知識份子，也很值得參照討論；再者，賴和筆下自我嘲諷、自我矛盾的知識份子，以及楊逵筆下在經濟上貧窮、在知識上豐富、在行動上介入，也同樣不斷自我嘲諷、自我調侃的知識份子，異同互現，形成有趣的參照性與對話性，本論文將進一步交叉析論；最後，賴和與楊逵小說都擅用「議論」的說話策略，有趣的是，賴和小說著力於蒐覽采錄庶民大眾的議論，而出身無產階級，也在經濟位置上具有無產階級身份的楊逵，小說中卻一再彰顯出「無產階級／知識份子／運動者」三重身份的議論，兩個作者的文本，若結合來看，則是日治時期社會運動場域的運動者／庶民大眾之間關係的具現，此亦是本論文的論述焦點。

2　楊逵自述出身錫匠工人家庭，父母都是文盲。參見楊逵〈我的回憶〉，收於彭小妍主編：《楊逵全集第十四卷‧資料卷》（台南市：國立文化資產保存研究中心籌備處，2001年12月），頁50。

3　楊逵留日時期，一九二七年加入留日台灣學生所組成的「社會科學研究部」，為重要成員。參見河原功、黃惠禎編：〈年表〉，收於彭小妍主編：《楊逵全集第十四卷‧資料卷》，頁372。

4　楊逵曾翻譯《馬克司主義經濟學》，見〈楊逵作品目錄〉，彭小妍主編：《楊逵全集第十四卷‧資料卷》，頁446。

二 積極介入的運動青年

（一）賴和：「成長型運動青年」的翦影與列傳

　　賴和對於介入型實踐者的刻劃，著重於展現出「成長型運動青年」的成長敘事。〈新時代青年的一面〉以對話體的敘事策略，將劇情切片化，通過「雄辯」的對話現場，敘說青年的思想基底與行動理念，青年則如「翦影」一般，線條勾勒簡單，形象卻鮮明突出。不同於〈新時代青年的一面〉以「翦影」般的斷面，鋪陳介入者的行動理念，另一篇小說〈阿四〉，則操演類線性的、如列傳般的敘事手法，演義了一名叫「阿四」的知識份子的成長史、覺醒史與運動參與史，可以視為一則「運動青年成長史」的文本。兩部作品，一是斷面，一是線性；一是介入者現身對談實錄，一是以客觀化的敘事視角，展演運動青年的微電影小傳；兩部小說並置，正好可以彰顯出介入型運動青年的多重面貌。

　　〈新時代青年的一面〉中，分兩段對話體開展故事，前一段是兩個青年的對話，後一段是青年與警察的對話，通過這些對話與議論，故事逐漸鋪展開來。留學三年返台的大學青年，執行了一場刺殺警察的行動，賴和著重於彰顯出兩個課題：其一：證成「行動的意義」──論述青年採取「殺警」此一爆破性、觸法性的行動，背後的思考與意義；其二：反思「法律的意義」──通過青年的敘述，彰顯出「法律」淪為強權工具的不公不義。

　　〈新時代青年的一面〉的創作日期不明，據林瑞明指出，與〈一桿「稱仔」〉寫在同一本稿本，推測應是一九二五、一九二六年之間[5]，兩部作品都觸及「殺警」、「法律」這個主題，特別是後者，成為賴和小說的核心母題；再者，兩部作品的主角，一是知識青年，一是底層佃農，也具有高度的意

5　賴和：〈新時代青年的一面〉，收於林瑞明編：《賴和全集（一）小說卷》（台北市：前衛出版社，2006年6月），頁61。

義，佃農因為基本的生命尊嚴而殺警，知識青年則有著明確的行動理念，兩者結和，成為被殖民者與弱勢階級「反抗行動」的完整圖像。文本中這一段，「雄辯青年」的理念清晰，句句觸及「法律」、「暴力」背後的深沉思考：

> 「我不是要暴力撲滅他們，是要把鮮血來淘洗他呢！」
>
> ……
>
> 「我認定他的罪惡，……用我的一滴血，洗去多麼大的罪惡，不是很光榮嗎？」
>
> ……
>
> 「現在汝們所謂法不是汝們做的保護汝們一部份的人的嗎，所謂神聖這樣若是能無私地公正執行也還說的過去，汝們在法的後面，不是還受到一種力的支配嗎？汝們敢立誓嗎？汝們能無污了司法的神聖嗎？簡直在服務罪惡的底下。」[6]

小說中的青年，是以行動介入社會與政治的典型，他的肉身實踐及雄辯話語，體現出三個層面的意義，首先，行動者是「無畏的」：他不畏懼流血犧牲，也不畏懼法律的罪名指控；其次，行動並非「暴力的」：他對行動的「暴力」指控，進行了一番詮釋，將「暴力」與「淘洗」連結；其三，行動是在揭露當權者對於「法」的操控性：正因如此，前述的行動介入、「把鮮血來淘洗他」的革命理想，就有其必要性與價值支撐。

〈阿四〉一文，則可視為「新時代青年」的前傳，可觀察〈新時代青年的一面〉中的青年是如何成為實踐的、雄辯的青年，這一段「運動青年成長史」，不僅是阿四的史記，也可以視為一九二〇年代台灣運動青年的集體臉譜。阿四是懷抱著浪漫純真夢想，其後成為醫師的青年：

> 阿四是一個熱情的青年，他抱有遠大的志向，無窮的希望，很奮勵地向著那可以實現他的志望的道上，用著他所有生的能力前進著。[7]

---

6 賴和：〈新時代青年的一面〉，頁61。

7 賴和：〈阿四〉，收於林瑞明編：《賴和全集（一）小說卷》，頁265。

阿四成長的第一階段，懷抱著純粹的理想，如同有著絕對音感，無法忍受、亦無法見容於現實雜音，在大醫院裡行醫，他感到醫院不尊重醫生，返鄉開業之後，又不斷面對各種壓迫性的法律，更必須與警吏周旋，深切感到不平。小說發展至此，鋪衍了阿四成長史即將邁入第二階段的契機：

> 台灣雖被隔絕在在太平洋的一角，思想的波流，卻不能海洋所隔斷，大部份的青年，也被時潮所激動，由沉昏的夢裡覺醒起來。
>
> 且又有海外的留學生，台灣解放運動的先覺，輸進來世界的思潮，恰應付著社會的需求，迄今平靜沉悶的台灣海上，便翻動著第一次風波。[8]

小說將阿四的覺醒，置於世界性的、台灣全島性的風潮中，以青年阿四的成長與覺醒，隱喻了整座島嶼的成長與覺醒，扣合了一九二〇年代台灣的幾個關鍵詞：世界、台灣、青年；在這樣的時代語境中，阿四感知到世界裂變，而他選擇處身其間，奮起參與：

> 今日聽到朋友的啟示，他的歡喜有似科侖布的發美洲（案：疑漏一字「現」），也似溺在深淵，將失去自浮力的時候，忽遇到救命艇。因為他所抱的不平，所經驗的痛苦，所鬱積的憤恨，一旦曉得其所以然，心胸頓覺寬闊許多。[9]

> 阿四此后便成為一個熱心的社會運動者，文化講演者，也常看見他在講壇上比手劃腳，也曾得到民眾熱烈拍手的歡迎。阿四這時候纔覺得他前所意想的事業盡屬虛妄，只有為大眾服務，纔是正當的事業、光榮的事業。[10]

從文本中可以觀察到，阿四的覺醒與行動，非僅緣於外在的時潮激盪，而是

8　賴和：〈阿四〉，頁268-269。

9　賴和：〈阿四〉，頁270。

10　賴和：〈阿四〉，頁270。

因為瞭解自身痛苦與憤恨的問題根由，理解到並非他個人的問題，而是社會集體的問題，從而找到投身社會、解決問題的方法。賴和通過青年阿四，將個人生活的苦悶「問題化」，並將這些問題「社會化」，同時將解決問題的方法「集體化」、「行動化」，這正符合了所有社會運動的核心論述：個人所遭遇的問題與生存困境，經常並非緣於個人，而是社會體制與統治政策出現問題，必須通過集體的社會行動，改變體制與政策，才可能真正解決每個「個人」所遭遇的難題。

賴和筆下的介入型知識份子，有如〈阿四〉這種成長型的參與者，從最初的純真夢想，其後稍見怯懦游移，到最後受到啟發，終而成為積極的運動者，體現出自我辯證的歷程，敘說了「運動青年的成長史」的集體形象。而〈善訟的人的故事〉中的林先生，則是另一種具有高度自覺性的典型，也是賴和小說中少見的英雄型人物。

小說中的林先生本來受雇於志舍家，幫他管帳，然而志舍壓迫農民的行徑讓林先生無法忍受，他先是暗中幫忙農民，其後向志舍據理力爭，最後則決定捨棄糊口工作，不願出賣靈魂，更選擇替人民撰寫狀紙告官討公道，從縣城告到府城，只為幫農民爭取生存權、土地權，以及來世的安居權。林先生替人民向官府提告所書寫的狀紙內容，表達出亙古以來人與土地的關係，以及現代社會的公平性理念：

> 人是不能離開土地，離去土地，人就不能生存……
> 志舍這人，沒有一點理由，占有那樣廣闊的山野田地，任其荒蕪墟廢，使很多的人，失去生之幸福的基礎，已是不該，況且對於不幸的死人，又徵取墳地的錢，再使窮苦的人棄屍溝渠，更為無理。[11]

府城告官之舉，人民獲勝，但林先生卻從此杳無音息，小說指出，這紙狀紙日後傳頌多時，成為一則經典。林先生的英雄型角色，固然與這則故事採自民間傳說有關，然而，從他出生原住民、天生義氣、巧遇指點迷津給予十六

---

11 賴和：〈善訟的人的故事〉，收於林瑞明編：《賴和全集（一）小說卷》，頁217-218。

字者、告官勝利等小說所鋪展的元素觀之，林先生做為賴和小說中的介入型
參與者典型，其角色具有雙重性，既是英雄型人物（挺身而出），卻非神話
式英雄，而是覺醒型人物，同時，那位神秘的指點迷津者（啟蒙者），沒有
姓名，從未正式現身，也破除了「運動英雄」、「運動造神」的迷思，具有歷
史的、時代的、普世的多重深刻隱喻，如林瑞明所言：

> 小說結尾的地方，林先生為窮人打贏官司之後下落不明，那位為林先
> 生出主意寫訟書的茶客，更是一個無名無姓的人。賴和筆意大有這類
> 正義的化身，正是散佈於廣大的群眾中。不突出個人的英雄色彩，也
> 是賴和一生行為事跡之所以感人的地方。[12]

（二）楊逵：「無產階級‧知識份子」的運動青年典型

與賴和相同，楊逵小說中也經常出現「成長型運動青年」，但兩人的根
本差異在於小說中青年「經濟階級性」，從而使得他們筆下的知識份子形象
異同互現。賴和小說中的青年，如〈新時代青年的一面〉中的留學生、〈阿
四〉中的醫生、〈善訟的人的故事〉中的林先生，他們的實踐動力，大都並
非緣於自己的生存危機，即使阿四是因受法律與警吏之迫，但與〈一桿「稱
仔」〉中的秦得參，仍然有很大不同。

簡單來說，賴和筆下的知識份子，在生活上都還有一些餘裕，或者至少
不是經濟上的受迫害者，然而，楊逵小說中的介入型知識青年，則幾乎清一
色同時也是體力勞動者、經濟受迫害者、勞力受剝削者，楊逵小說中的「運
動者原型」，最大的特點即在於此，他既是弱勢的受害者，同時也是運動的
啟蒙者、被（自我）啟蒙者、實踐者，亦即，他是一個弱勢階級中的「自覺
自救者」。

楊逵小說中的介入型運動青年，本來就是勞苦大眾的一員，他與大家一

---

12 林瑞明：〈賴和的文學及其精神〉，收於氏著：《台灣文學與時代精神——賴和研究論
集》（台北市：允晨文化公司，1993年8月），頁335。

起勞動，一起受苦，然後一起挺身而出。因此，我們可以觀察到幾個特色，其一，他們出身貧苦；其二，他們通過知識、通過學習、通過組織，而具備了思想與行動的能量；其三，這些青年並未、也不想透過「知識」，翻轉其自身在經濟上的「階級位置」。這些特質的觀察非常重要，因為一般的論述，大都從「社會階層流動」的觀點，來審視無產階級出身者與知識份子之間的身份轉換與階層流動現象，然而，在楊逵小說中，你無法這樣論述，因為這名知識青年並未藉由其「知識」的文化資本，而翻轉其經濟上的位置——他還是一名勞動者；再者，楊逵小說中一再衍繹「知識」之必要，但很顯然的，在故事的脈絡中，「知識」不是用來翻轉自身的階級位置的工具，而是一個運動實踐者藉以自省與思考的依據。

也因此，楊逵小說中有啟蒙者，但沒有「救世主型」的運動領袖，而啟蒙者與群眾之間，也是同一群人，他們通過議論的方式，言說受苦內容、討論具體的行動策略與意義，而非僅止於情緒與口號。因此楊逵小說中的「運動者原型」，簡單來說，是普羅階級、學習型、思辨型、議論型，最後是行動型，而且，楊逵小說中的介入型知識份子，他的介入行動，都處於「進行式」的狀態。

如前所述，楊逵小說中，此種複合了經濟階級上的「普羅大眾」與社會階層上的「知識份子」的「社會運動者」很多，然而，若是單純從這個角度來看，此種運動者形象，並非楊逵所獨有，楊逵筆下「運動者原型」最獨特之處在於，這兩者自始至終都是身份疊合的，他的小說中的「敘事者我」，特別體現出知識份子與勞動者的身份疊合，從頭到尾都二體合一，沒有「階級翻轉」的問題，一直是並存的。這類小說中，大體有一組知識份子典型——啟蒙者與召喚者／成長者與覺醒者，試舉〈自由勞動者的生活剖面〉（1927）、〈送報伕〉（1932）為例。

此種「運動者原型」，在楊逵一九二七年發表的生平第一部小說〈自由勞動者的生活剖面〉中即已出現，小說中的敘事者，一出場就是「勞動的知識份子」形象，他以當砂石工營生，每日必須挑一百多公斤的砂石上坡，來回好幾趟，然而即使如此努力，仍然無法填飽肚子，餓了幾日之後，為了換

一餐飽食，他決定賣書換錢：

> 我無限惋惜地交上老友饋贈的列寧著的《帝國主義和民族問題》，可
> 是掌櫃根本不想接過書來看，似乎盡在打量我的身體。接著他從我的
> 頭頂直看到腳尖……這本書還沒看過呢，所以覺得可惜。被這麼瞧不
> 起，還賣它幹嘛？——我這樣想，但一發覺肚子在餓，就默默看著外
> 頭，那兒排著一堆我想看的書。[13]

> 接下來由於賭氣和飢餓，我一看見舊書店就走進去。這樣反覆了十四
> 次，眼看著好不容易第十五次才得到的三十錢，我苦笑了。[14]

這一段小說情節，有三個部份值得深論，其一，印證前述楊逵小說敘事者的
「知識份子與勞動者」複合型身份；其二，「知識份子與勞動者」複合型身
份，使其個人在文化資本的豐厚，與經濟資本的匱乏之間，產生極大的內／
部衝突。小說中，敘事者窮到無物可當，只能賣「書」，然而，「書」這種具
有高度文化資本的物件，卻幾乎完全不具備經濟資本，老闆連看都不想看一
眼，它還不及一條冬被、一件冬衣有價值；反過來說，舊書店整排的書籍，
「那兒排著一堆我想看的書」，但敘事者我因為不具備經濟資本，以致於無
法換取文化資本。這種矛盾，從一開始就並存在楊逵小說的主要人物中。其
三，如前述，楊逵小說中，「知識」做為文化資本，並非拿來翻轉階級位
置，而是用以育成社會運動、社會改革能量的，因此，「書」頂多只能拿來
典賣，不是拿來換取社會地位，而小說中敘事者拿出的是一本列寧的《帝國
主義和民族問題》，這既是小說中的現實，同時也具有「知識能量與社會改
革」的隱喻。

　　此外，幾乎是從〈自由勞動者的生活剖面〉開始，小說中的「敘事者
我」這個角色，經常是一個既介入又旁觀的角色，通過他，召喚出小說中對

---

[13] 楊逵：〈自由勞動者的生活剖面〉，收於彭小妍主編：《楊逵全集第四卷‧小說卷（一）》
　　（台南市：國立文化資產保存研究中心籌備處，2001年12月），頁12-13。
[14] 楊逵：〈自由勞動者的生活剖面〉，頁13。

理念真正支持的角色，而「敘事者我」通常是一名被感召者。〈自由勞動者的生活剖面〉中的敘事者，是勞動者、學習者、被啟蒙者，他與同志們的運動理念與意志，都是受到名叫「金子」的勞動者同伴的召喚。「金子」正是楊逵筆下「自覺自救者」的典型，他不是自我形象鮮明的「運動領袖」，也不是天縱英明的「救世主」，相反的，他是一個「平常總是鬱鬱不樂」[15]的勞動者，與勞動工作夥伴相同，受盡壓迫與剝削，因此，當他壓抑到最後，在一片饑餓、鬱悶、垂死的呻吟之聲中叫喊起來，同伴們（包括敘事者在內）都吃了一驚，:

> 大家正消沉的時候，突然聽到這樣的叫聲，聲音熱情而有力，是無法抑制的、拼命的叫喊聲，就像低氣壓達到極限時，暴風雨必然來襲一樣。
>
> 風暴就快發生了！而且是大風暴！就像是暴風雨的前兆似的，這個叫聲驚動了所有的人……[16]

蒼白憂鬱的金子的發聲，不是某個「英雄」的吼聲，而是象徵所有弱勢者的覺醒之聲，從集體的垂死般的呻吟之中醒來，將要掀起一場階級自救的「大風暴」。如果運動將有一個、兩個或更多個「先覺者」，這些「先覺者」並非外在於勞動團體的「知識份子」，而是內在於勞動團體的「勞動者」，因為他們本身就是受苦者；而當前的問題，不是一個人二個人挨餓的問題，是「大家都在餓著」:

> 「對，大家都在餓哪！」我再也沉默不住，這樣叫喊起來。稍稍靜下來後，金子君冷靜地說了:「是的，是大家的事，所以非得大家好好商量不可。而且無論幹什麼，非大家一起幹不可。……一個勞動者的力量是微不足道的，可是，許多勞動者的力量就有那麼大了。……用

---

15 楊逵:〈自由勞動者的生活剖面〉，頁15。
16 楊逵:〈自由勞動者的生活剖面〉，頁15。

我們集體的力量衝擊資本家看看！你想那些傢伙會悶聲不響嗎？」[17]

金子的一番發言，有幾個可討論焦點，首先是將問題與行動都訴諸於「集體性」──將個人處境「問題化」，而將問題「集體化」；再者，金子的此種運動者形象，當然具有啟蒙者的色彩，小說中，他是社會問題的揭露者與詮釋者，也是理念的傳達者、行動的召喚者，然而，金子也是勞動者的一員，這些勞動與剝削體驗，都是他自身的切膚經驗。這正是楊逵小說中介入型知識份子的最大特質，如果有「啟蒙者」、「先覺者」，也是來自無產階級自身，甚至自己可以成為自己的啟蒙者，而不假借一位外來的、天縱的、超越的、英雄式的救世主。

相同的角色，也在〈送報伕〉中也出現。〈送報伕〉可以視為〈自由勞動者的生活剖面〉的衍生作與擴充版，其中楊君的角色，與〈自由勞動者的生活剖面〉中的敘事者高度疊合，是一個遠來東京半工半讀的台灣人，具有「知識份子與勞動者」複合身份。值得一提的是，小說中的田中與伊藤，也可視為從「金子」化變而來的角色，田中與楊君，同是學習者、勞動者，田中對楊君的照顧，體現了楊逵除了信奉弱勢階級的「自覺自救」之外，更信奉弱勢者之間的團結互助。

如前所述，楊逵的小說很少建構英雄式的運動者形象，很少見到一呼百應、萬人擁護的英雄式場面，即使〈送報伕〉中的伊藤，從文脈觀察，應該是社會運動組織的幹部，但他在小說中出現時間很短，也不強調其英雄式、明星式運動帶領風格，突顯的是他對問題的揭露──無產階級的痛苦，是超越國族的。與〈自由勞動者的生活剖面〉相同，〈送報伕〉強調弱勢者必須跨越國族疆界，面對共同問題，攜手戰鬥，包括在日本的台灣人與日本人勞動者，以及在故鄉面臨土地被強迫徵收、家園被毀棄的台灣同胞：「好，我們攜手罷！使你們吃苦也使我們吃苦的是同一種類的人！（我們有共同的敵人！）」[18]

---

17 楊逵：〈自由勞動者的生活剖面〉，頁16。
18 楊逵：〈送報伕〉，收於彭小妍主編：《楊逵全集第四卷‧小說卷（一）》，頁100。

三 中介型／跨界型知識份子

（一）賴和：「民族誌型」的知識份子類型

　　賴和小說中最大宗的人物，是介於旁觀者、聆聽者、紀錄者、參與者之間的知識份子，若以「參與性」的強度來看，他們又可區分為不同的參與層次，如〈赴會〉、〈僧寮閒話〉、〈不幸之賣油炸檜的〉、〈棋盤邊〉、〈凋古董〉、〈富戶人的歷史〉等，敘事者通常也具有隱藏性的「運動者」身份，但這並不表示小說是以運動者的視角發聲。至於〈歸家〉、〈辱！？〉、〈惹事〉三部小說，則是以歸鄉青年的視角，無論是內視（觀看自身），或者外視（觀看故鄉與村民），都在聆聽者、紀錄者、參與者之間的，交互移動替置，形成多重對話性的敘事效果。

　　〈僧寮閒話〉是目前所見賴和第一部以「對話體」、「議論式」的書寫策略所撰寫的小說，開啟了賴和小說的重要敘事風格，其後，「對話體」、「議論式」無疑是賴和小說手法的主體風格，細究之下，又可區分為「座談會」形式與「街談巷議」形式。此外，小說中的隱藏作者，如前所述，既是紀錄者，又介於旁觀者、聆聽者、參與者之間，扮演著既介入又刻意疏離的「中介者」角色，我們或可稱之為「民族誌型」的知識份子，在故事現場進行著「民族誌」般的參與式觀察[19]。

　　〈僧寮閒話〉透過我、朋友、和尚的對話，討論惡霸強權嘴臉、懲惡與救苦的意義、服從與抵抗的差異、法律向權力者傾斜等議題，短短幾頁，已經融入賴和最核心的思想母體，其中，透過「朋友」之口，更確認了社會運動的價值：

　　　　朋：實在目下社會心理，已大變化了。只如我自己，看那報上的不逞

---

19 David M. Fettermsn 著，賴文福譯：《民族誌學》（台北市：弘智文化公司，2000年4月），頁67-70。

徒、不良分子，就認他們是個性覺醒之人、是先覺者，替多數之人謀
幸福的，很暗地祝他成功。[20]

〈僧寮閒話〉是典型的「座談會」形式，以旁觀者（兼紀錄者）的視角，通
過議論的形式，揭露強權之惡與抵抗之必要；小說以三人鼎談的形式展開，
因此，三人都是議論者，但也都是聆聽者，這種多音交響、互為主體的敘事
策略，在賴和寫在稿本中的第一部小說即已顯現，意義重大。〈赴會〉更是
一部眾聲喧嘩的佳作，小說中，知識青年欲北上參加會議[21]，一路上，車行
之間，青年成為一場議論的「收音者」、「紀錄者」。他所觀察紀錄的面向，
大抵有四，其一是紳士（日本人與台灣人）的議論；其二是勞動大眾的議
論；其三是社會運動組織的內部會議與派系矛盾；其四則是對青年自身的運
動者身份的自曝與自省。所以這些，都涉及對社會運動者——「講文化
的」、「講農組的」——的評價；如日本及台灣人士紳如此討論「××協會」
（指「台灣文化協會」）：

「聽說是要求做人的正當權利」

……

「那麼台灣人應該有多數的參加者，我想知識階級必定全部加入。」
那日本人又問。

「卻不見得是這樣，有些人還以為是無理取鬧，在厭惡他們，迴避他
們。」[22]

……

「那些中心分子，多是本留學生，有產的知識階級，不過是被時代的
潮流所激盪起來的，不見得有十分覺悟，自然不能積極地鬥爭，只見

20 賴和：〈僧寮閒話〉，收於林瑞明編：《賴和全集（一）小說卷》，頁3。
21 〈赴會〉寫作時間不明，據林瑞明考證，內容「可能是在描述一九二六年五月十五、
十六日，文化協會於霧峰召開理事會的情形。」參見賴和，〈赴會〉文末「編案」，收
於林瑞明編《賴和全集（一）小說卷》，頁07。
22 賴和：〈赴會〉，頁66。

三不五時開一個演講會而已。」[23]

台灣士紳對於「台灣文化協會」的認識論，就是「有產的知識階級」的時潮遊戲。至於三等車廂中勞動大眾的對話，則又是另一番景觀，人們談著「土地拂下」的問題，世代墾居的土地竟成為違法開墾，面臨被強制搶奪，低價給退職官員承購的命運，民眾們有人就提起是否去問那些「講文化的」、「講農組的」來解決：

> 「講文化的？若是搶到他們，大概就會拍拼也無定著。」[24]
> ⋯⋯
> 「他們不是講要替台灣人某幸福嗎？」
> 「講好聽？」
> 「阿罩霧不是霸咱搶咱，家伙那會這大。」
> 「不要講全台灣的幸福，若只對他們的佃農，勿再那樣橫逆，也就好了。」[25]

這兩段議論場景，彰顯出士紳的嘲諷與庶民的嘲諷，既站在不同認識論的基點，也立身不同的知識背景與認識系統，反映出不同層次的問題。〈赴會〉的旁觀性與參與性並置，形成非常奇特的觀察與發聲位置，特別是結尾處，敘事者又成為會議的「紀錄者」，記下第二日會議中兩派的分裂端倪：

> 次日的會議，顯然現出了二派的爭執，似有不能相妥協的形勢，一派以社會科學做基礎，主張階級利益為前提，一派以民族意識做根據，力圖團結全民眾為目的。[26]

小說在一開始面對那些南下的香客時，敘事者曾針對迷信問題發揮議論，然

23　賴和：〈赴會〉，頁67。
24　賴和：〈赴會〉，頁68。
25　賴和：〈赴會〉，頁69。
26　賴和：〈赴會〉，頁70。

而，身為「講文化的」一員，面對士紳與大眾對於運動者的評論，敘事者卻反而一直採持旁觀、聆聽的態度，從頭到尾未曾介入討論，〈赴會〉因而得以鮮活地彰顯出更多元的「社會運動的認識論」。然而，若說〈赴會〉中作者不曾涉入其判斷與觀點，又並非如此，小說中透過庶民議論：「阿罩霧不是霸咱搶咱，家伙那會這大」，並扣合結尾的兩派爭執，時值文協分裂前夕的風雨欲來，賴和挪用他者的評論，不僅更見犀利，同時也清楚地彰顯出他的意識形態站位。對照於一九二七年「台灣文化協會」分裂後，賴和相對比較靠近左翼，更可理解這部小說為何選擇透過士紳與庶民的雙口雙聲，齊聲批判「有產知識階級」，小說的這最後這一筆，微妙地揭露出賴和的思想底細。

　　與前述的開放性「廣場空間性」、街談巷議性不同，〈棋盤邊〉的議論者是一群鴉片吸食者、地方士紳，議論空間則是一間精緻客廳，用來休憩、逸樂、交遊的封閉場所，他們議論著關於民意、幸福、社會運動、鴉片特許等話題：

> 那文化會的人年年所做的把戲，什麼請願運動，蓋印署的也不過是千餘人，就講是民意，難道三萬多人的願望，就不成民意嗎？[27]

〈棋盤邊〉因而是一種反筆、一種逆寫，嘲諷這些士紳所自認的「民意」，其實是精緻密室中的自我陶醉。至於〈富戶人的歷史〉中，走街仙同樣扮演著「民族誌」中聆聽者、採集者、紀錄者的角色，轎夫們則是歷史的傳述者、現實的批判者，他們除了談說當地阮家的興榮過程之外，也談及姓張的所長將要娶富戶女兒一事：

> 後：「他現在只看見錢，什麼情誼他勿記得了，什麼名譽他也顧不到了。哦，他不是也曾和文化的出來講演？啊！人真⋯⋯」
>
> 前：聽講他去日本留學，全是為著這層事去研究法律的。
>
> 我聽見他們這樣議論，實在也替現代青年過意不去，內心也自己慚愧

---

27 賴和：〈棋盤邊〉，收於林瑞明編：《賴和全集（一）小說卷》，頁119。

起來，想把他們的話拖向別位去。[28]

「文化的」也有各式各樣的人物，庶民對於「文化的」認識論，有的一針見血，有的穿鑿附會，有的放縱想像，但作者賴和就如〈富戶人的歷史〉中的走街仙一般，維持冷靜的聆聽距離，不直接涉入議論之中，此種「民族誌」式的觀察筆記，構成歷史的穿透力與庶民的多元發聲場域。林瑞明指出這部小說：「值得注意的是透過勞苦大眾對富有人家發跡過程之批評，帶有濃厚的庶民性。」[29]

賴和採取此種「民族誌」式的書寫策略，使他小說中的知識青年，維持著一種「中介」的位置，介於局內／局外之間。在〈歸家〉、〈惹事〉這兩部從歸鄉青年的視角切入的小說中，也是如此，青年出外讀書多年，與故鄉有著難以言說的疏離感與陌生感，然而，也因此，青年反而得以找到一個非局外人、亦非局內人的處於「間際」的觀看與聆聽位置，而得以收納更多街頭議論。〈歸家〉即是其中的佳作，小說中的敘事者，從學校畢業後，懷抱著害怕被遺棄的心情，很不安地回到故鄉，感受到與故鄉的疏離感，故鄉舊友不似往日，但也因此，他反而暫時可以從一個既介入又抽離的獨特位置觀看故鄉：

> 我歸來了這幾日，被我發現著一個使我自己寬心的事實——雖然使家裡的人失望——就是這故鄉，還沒有用我的機會，合用不合用便不成問題，懷抱著那被遺棄的恐懼，也自然消釋，所以也就有到外面的勇氣。[30]

他以一個畢業學子的身份，在街巷間聽著賣圓仔湯與賣麥牙羹的在談論著進學校讀書一事的好壞，在他們的議論中，知識份子被視為「無能者」，知識

---

28 賴和：〈富戶人的歷史〉，收於林瑞明編：《賴和全集（一）小說卷》，頁300。

29 林瑞明：〈〈富戶人的歷史〉導言〉，收於氏著：《台灣文學與時代精神——賴和研究論集》，頁382。

30 賴和：〈歸家〉，收於林瑞明編：《賴和全集（一）小說卷》，頁24。

青年忍不住參與討論：

> 「我隔壁姓楊的兒子，是學校的畢業生，去幾處店舖學生理，都被辭
> 回來，講字目算無一項會，而且常常自己抬起身份，不願去做粗重的
> 工作，現在每日只在數街路石。」[31]

> 「學校不是單單學講話、識字，也要涵養國民性，……」
> 「巡查！」不知由什麼人發出這一聲警告，他兩人把擔子挑起來就
> 走，談話也自然終結。[32]

這一段情節中，小販所代表的是庶民大眾對於「讀書人」的觀點：驕傲、無
用、擺身段；而青年的言論，則是一種反串，他化身國家的視角，說明日語
和「殖民教育」的目的，以此形成對比張力，彰顯出論辯的效果。賴和擅長
在小說尾端，翻轉全文的敘事語境，或者對眾聲宣嘩的各種觀點，以節制
的、戲劇性的手法，做出他自己明確的價值評斷。正當〈歸家〉中青年講著
「涵養國民性」時，「巡查」的叫嚷聲出現，兩者產生極大對比性，形成荒
謬感，藉此暴露出賴和對於殖民教育的批判，以及「涵養國民性」背後殖民
強權的粗暴本質。

　　另一篇小說〈惹事〉，以兩條敘事軸線發展；二十幾歲的返鄉青年，因
為釣魚而與人發生衝突，警察的雞跑到中年寡婦的餐桌上，警察硬要指控她
偷竊，青年挺身而出為她奔走，卻被指責犯了一串罪狀：「公務執行妨害、
侮辱官吏、搧動、毀損名譽。」[33]最後青年決定離家前往台北。〈惹事〉的
結構緊密，層層推進，評論者皆評為佳作，呂正惠認為是賴和以日本警察為
題的小說中最成功的一部[34]，而小說中自始至終一直處於憤怒情緒的青年，

---

31 賴和：〈歸家〉，頁27。
32 賴和：〈歸家〉，頁29。
33 賴和：〈惹事〉，收於林瑞明編：《賴和全集（一）小說卷》，頁205。
34 呂正惠：〈賴和三篇小說析論——兼論賴和作品的社會性格〉，「日據時期台灣文學國際
　　研討會」宣讀論文（新竹市：清華大學，1994年11月）。

最後的離去，也代表著一種不妥協的覺悟。

（二）楊逵：「跨界型」知識份子與強勢者的自省

　　如前所述，楊逵小說最獨特之處，在於小說中的人物在向美好世界前進之際，同時並進著「弱勢者的覺醒」與「強勢者的自省」，他不僅關注弱勢者的自覺自救，也關注強勢者的自我反思；唯有強勢者願意改變、甚至放棄他對權力與財富操控的慾望，世界才可能真正被改變，弱勢者的自覺自救也才有真正的未來性，而不致流於無止盡的戰鬥工程，猶如薛西佛斯的行旅，兩種不同的社會階級，也才能在「公平正義」的基礎上，彼此和解共處，這正是社會運動的真諦。

　　而這也是積極投身社運的作者楊逵的終極理想。因此，有趣而值得討論的是，與賴和小說中的階級對話策略不同，出身無產階級、在經濟生活上也歸屬於無產階級、積極從事無產階級運動的楊逵，小說中的社會階級關係，卻並非以「質疑地主與資產階級的壓迫」來彰顯階級矛盾，反倒是以「演義地主與資產階級的自省」，來詮釋社會不同階級和解的可能，這是很值得深論的敘事觀點。同時，我們必須注意的是，此種不強調對立，而強調和解的敘事策略，有一個關鍵，即是強勢者必須自省，主動放棄自己的強權，成為營造「和解」的一方，而非要求弱者去「寬恕與和解」。

　　楊逵對於強勢者自省形象的勾勒，國族部份已如前所述，而階級部份，〈死〉（1935）、〈模範村〉（1937手稿）、〈鵝媽媽出嫁〉（1942）是三部經典之作。〈死〉中青年寬意所展現的，是一個「地主階級的共犯者」的自省與覺悟。寬意受雇於陳寶，陳寶是台灣十大富豪、評議會員，擁有土地千餘甲、十幾個會社社長，然而，這些資產卻是以剝削如阿達叔這樣的貧農而獲取，而寬意則因必須代表地主前往收帳，心中充滿矛盾。阿達叔是永遠在勞動卻難以溫飽的貧農，受到陳寶的壓迫，即使再如何勤勞努力，也無法擺脫貧苦悲運；小說賦予阿達叔如此形象：

> 一身所穿是破了又補幾十重的衫褲、青黑色而消瘦的營養不良的身
> 軀……這樣的衣食與其通風過奢的破厝，像是人類世界最大淒慘的標
> 本。[35]

「像是人類世界最大淒慘的標本」一語，既道盡阿達叔的悲情，也將阿達叔
的命運「非個體化」，指涉為人類世界所共有。阿達叔終而走上自殺絕路，
寬意因為自己做為剝削者的代理人，對於阿達叔之死，內心感到萬分愧疚：

> 寬意對陳寶家（富之誤）豪的痛恨愈深，也感覺自己的責任不淺。
> 阿達叔會去想死明明是因我去催迫了他太屬害的。我會去催迫他，總
> 受了頭家強迫的……
> 寬意愈深想，竟要討厭自己就的這種職務起來（向來他常以自誇的當
> 富豪的雜差）……

〈死〉中寬意做為一名「自省者」與「覺醒者」，與前述楊逵幾部作品中的
介入型運動者不同；後者是從自身的勞動經驗中覺醒起來，有了「勞動者意
識」的自覺；而寬意則是從「共犯者意識」中覺醒起來，寬意的角色在楊逵
作品中具有關鍵性的意義即在於此。楊逵小說中有弱者的自覺、強者的自
省，也有介於其間的如寬意這種角色──既是勞動者，也是共犯者──的覺
醒，如此三層並進，方得以走向真正的百花齊放新樂園。除了寬意的自省，
小說並加上同學明徹的啟發：

> 「我們貧農們群結為一體……這就是唯一的可以阻止這樣悲慘的辦
> 法！」明徹的口氣好像充滿著自信，而且是決斷的。
> 「抵抗他？……」
> ……
> 「是！要求他不可昇租要求他不可起耕，要求他不可將我們做牛馬看

---

35 楊逵：〈死〉，收於彭小妍主編：《楊逵全集第四卷・小說卷（一）》，頁262。

待！」[36]

明徹的角色，一如前述金子與田中、佐藤，同樣是從無產階級中覺醒起來的「先覺者」、「啟蒙者」，強調「集體性」、組織化對抗行動的重要性。同時，明徹對「知識能量」的強調，也是楊逵小說中的一貫觀點，他也讓寬意覺知到，要對抗威權強者，弱勢者除了團結之外，還必須具備足夠的知識能量，寬意後來決定赴東京留學：「我已有點決心，想要往東京去苦學，粉骨碎身，期望穿錦衣歸鄉，來救農民們。」[37]寬意這個角色與賴和的〈善訟的人的故事〉中的林先生類似，皆是由於覺知到自己是介於剝削者／被剝削者之間的「共犯者」，從而產生自我角色扮演衝突，並立志揚棄做為「剝削者末稍神經」的身份，強化自己的知識能量，以期對問題的分析、了解與掌握更精確，對於行動策略的運用能更有效。

至於〈模範村〉與〈鵝媽媽出嫁〉這兩部小說，也有異曲同工之妙，首先，小說中的強權者都建構了一個虛幻的美麗假像，如〈模範村〉中的「公路」、「模範村落」，〈鵝媽媽出嫁〉中的「共存共榮」、「大東亞共榮圈」；其次，小說都以反諷的手法，揭露美麗虛像背後的黑暗本質，然後再以新的敘事，改寫／逆寫強權的虛假敘事，如村落青年自力救濟建構了真正的「模範村」，而〈鵝媽媽出嫁〉中的知識青年林文欽，以生命最後餘力寫了一部迥異於統治者的「共榮經濟理論」；其三，小說中都有「脫出強勢階級位置」的知識份子，即〈模範村〉中的阮新民、〈鵝媽媽出嫁〉中的林文欽；其四，兩部小說都信任知識的力量具有「社會運動」的效能，而「知識」做為文化資本，在楊逵筆下，它所翻轉的不是角色自身的階級位置，而是整體社會的階級關係。

〈模範村〉中的阮新民，父親是當地財主富豪，對鄉里小民極盡壓榨剝削，然而兒子阮新民卻是完全相反的人物，他同情弱勢者，聆聽受苦者的傷痛，並且信奉不同的價值，決定走出新的道路：

---

36 楊逵：〈死〉，頁312。

37 楊逵：〈死〉，頁314。

> 關於他父親差不多每年都要向佃戶收回土地，轉租給糖業公司的事，
> 他回鄉時早已有所聞。……有這麼多農民遭到如此不人道的待遇，想
> 到了這些事實，使他更充分的理解和證實了在東京時，於社會科學研
> 究會所學得的新的思想理論。這些理論鼓舞著他，這回他才熱切地理
> 解到，為什麼許多同志從理論走上實踐的路。他不知不覺地感受到這
> 股巨大的力量，使他再也不能苟安於目前的生活。[38]

此處有一個關鍵情節，即阮新民之所以能夠異於父親阮固，與兩件事有關，
首先是他接觸了社會科學相關思想理論，其次是他返鄉後對具體的農民生存
困境的了解；對現實的理解，驗證了理論與思想的意涵，從而凝聚出行動的
力量。〈鵝媽媽出嫁〉中的林文欽，也是類似的人物，不同於阮新民的是，
林文欽從父輩開始，即選擇放棄自己的階級利益，實踐共榮共利的思想；林
父是夙有聲望的漢學家，相信「不患寡而患不均，不患貧而患不安」，與兒
子的「共榮經濟」有異曲同工之妙。此處即彰顯楊逵思想的另一個特質，不
僅國族與階級不是永遠二元對立的，傳統與現代亦然，林父從傳統漢學中所
獲取的思想，與兒子從新思潮中所堅持的理念，是互涉相通的，都指向人類
社會的普世價值。然而，因為相同的經濟理念，林家被欺騙盜奪，傾家蕩
產，父子命運相同：

> 正如林文欽包辦了我的學雜費一樣，他的父親是包辦了更多貧家子弟
> 的學費的。鄉裡有人病了無法醫治，死了無法出喪時，他也給他們包
> 辦了一切。抗日風起，民族文化與要求民主自由的民眾運動開展，而
> 文化運動者需要用錢時，他更是有求必應，連那唯一收入之源的佃
> 租，他也從不逼繳，欠的也不追究。因此超越時代的作風，千餘石的
> 美田甚至家宅都變成了債務抵押，整個被握在一家公司的手裡了。破
> 產宣告的危機就操在那家公司的王專務的一念了。[39]

---

38 楊逵：〈模範村〉，收於彭小妍主編：《楊逵全集第五卷‧小說卷（二）》，頁117。

39 楊逵：〈模範村〉，頁407。

這個社會並不友善,林父貧病而死,林文欽歸農之後,也同樣貧病而死。林文欽死時,景況淒涼,雙手如竹片,唇邊還留著一絲血跡,然而,他卻孜孜不倦地撰寫著「共榮經濟的理念」,以他的肉身枯萎,換得思想的新生:

> 在他腳邊桌子上發現了一疊厚厚的原稿。題目是「共榮經濟的理念」。好像他一直到昨天還在這裡工作著似的,桌子上沒有一點塵埃。[40]

林文欽之死,「共榮經濟的理念」之生,隱喻著個人之死,換取了新社會到來的可能,這是小說中敘事者的理念,也是楊逵自身的終極理想。正因為有寬意、阮新民、林文欽這些跨越階級出身、跨越既有思想框架的知識份子,有強勢者的自省、有共犯者的自悟、有弱勢者的自覺,社會運動才能有達成之日,這也是研究者皆觀察到的楊逵小說經常以「希望」結尾的主要原因。

四 無力的運動者,自嘲的寫作者

賴和與楊逵都通過小說中的介入型知識份子的成長、啟蒙、行動,彰顯出一九二〇年代台灣知識份子的精神構圖與實踐光譜,並且具現了台灣社會運動的發展進路。然而,無論是賴和或楊逵,儘管勾勒理想願景,身為寫作者,卻也不能無視於現實中的諸多窒礙與困頓,並將此反應在他們的作品之中。事實上,賴和與楊逵的小說中,都有大批無力的、行動不遂的知識份子,面對外在環境的困窘以及自身的無力感,這些知識份子只能自嘲自況,藉此維持生命的清醒。

(一)賴和:無力的、自嘲的知識份子

賴和小說中的角色慣於自嘲,與前述「中介型」知識份子的內/外既介

---

40 楊逵:〈模範村〉,頁410。

入又疏離的視角有關,如寫於一九三○年的〈辱!?〉,即已出現「自嘲」的風格。小說中,眾攤販聚在一起議論,談及警察不斷取締,小攤販一再被舉報的窘況,也提及了「文化的」的無力,指其自顧不暇,軟弱無力,無法相助;說著說著,話鋒一轉,甚至把附近醫館的醫生也嘲諷一番:

> 「文化的也有去抗議。」
> 「抗議了多倒害,這幾日不是更大展威風?」
> 「文化的也是一款,他們的演講被中止,或者被他们們去,也不敢○○一下看。」
> ⋯⋯
> 「連文化也有人怕他,縮腳起來。」[41]
> 「那醫生本也是文化的一派,也曾在演講台上講過自由平等正義人道;現時不常見他再上講台,想是縮腳中的一個。」[42]

賴和小說中,民眾總是不相信「文化的」,身為「台灣文化協會」理事的醫生作家賴和,其小說中的敘事者,則既非應和民眾意見,也無意為「文化的」爭辯,而是通過此種具有反差性的故事場景,拋擲出關於「社會運動」與群眾的相關課題。〈辱!?〉中的醫師,可視為賴和的化身,通過小攤販的雜語喧嘩,化身作者的醫生,也把化身醫師的運動者,一起放到檢驗台上,通過外界話語所映照出來的自省性,少了幾分自說自語,多了一層對話性。

時序到了一九三○年代中期前後,皇民化前夕,時局窘迫,賴和小說中的知識份子,無力感與自嘲性格更見鮮明,如〈一個同志的批信〉,敘事者的舊同志從獄中來信,言其身染重病無錢治療,敘事者心裡困擾著是否要寄錢給他?由此拉開一段躊躇心路。小說以兩個場景的荒謬感,來營造昔日運動者的崩毀與自嘲。其一是敘事者既不願寄錢,又憂心同志,鬱悶難眠,出

---

41 賴和:〈辱!?〉,收於林瑞明編:《賴和全集(一)小說卷》,頁128。
42 賴和:〈辱!?〉,頁130。

門去逛 「樂園」（酒店），結果把已準備好的那筆錢花掉了；其二則是小說
結尾，他被公部門強制募款，又費去一筆錢，終於再也無錢寄給同志：

> 我躊躇了一下，就把預備要寄去給那同志的款項移用了。這是做為國
> 民應當盡的義務。那個同志呢？非意識地又提起那張信來，抽出信
> 箋，……這張信的郵費，是罄盡了我最後的所有，我不願就這樣死
> 去，你若憐憫我，不甘我這樣草草死掉，希求你寄些錢給我，來向死
> 神贖取我這不可知的生命，我也曉得你困難，但是除你以外，我要向
> 什麼人去哀求？……
> 啊！同志！這是你的運命啊！[43]

小說在此嘎然結束。這兩個場景的荒謬性，即在於他雖已準備好了錢，但不
甘心直接寄過去，又不忍心看昔日同志落入黑暗苦境，信件躺在抽屜裡，時
時提醒著他，日復一日，然而錢卻消失在「樂園」與「公部門」中，營造出
具反差性的荒謬感。小說的精彩之處，是刻劃敘事者一再躊躇，既不甘又自
責，不斷給自己找藉口，又不斷安撫自己的複雜心理：

> 啊！對不住，同志！煩你再等幾日。
> 過了幾日，又想起那個同志的批信，算一算這幾日的收入，尚可供應
> 暫時的欠用。但是過午了，送金怕不辦理，等待明日，大概不要緊。
> 若會死已經聞也爛了，新聞尚無看見發表。[44]

〈一個同志的批信〉中的知識份子，自嘲失去戰鬥力、對抗心，昔日鬥士今
日老，錢固然不是沒有，躊躇的原因也不全然是吝嗇，而是憂鬱、恐懼、無
力感、無價值感，小說通過敘事者的自嘲，表達出對即將全面到來的皇民化
運動，以及殖民政府對殖民地的全面動員的一種反諷式抗議之聲。一九三六
年的〈赴了春宴回來〉，亦嘲諷昔日「聖徒」，今日與眾人在脂粉堆中，與酒

---

43 賴和：〈一個同志的批信〉，收於林瑞明編：《賴和全集（一）小說卷》，頁260。

44 賴和：〈一個同志的批信〉，收於林瑞明編：《賴和全集（一）小說卷》，頁259。

色財氣相濡以沫：

> 一下子，我突然又想起自己來：是，自己不是被稱為聖人之徒麼？結
> 局，一被激進咖啡館，在肉香、酒香，還有女人的柔情、媚態的包圍
> 中，一次、二次……心也活啦。不是麼？吃過了晚飯，總覺得失掉了
> 什麼似的，心裡頭空空虛虛的，只是悶，就一直等到喝下酒，嗅嗅女
> 給們的脂粉味，才算把空虛填平。[45]

關於〈赴了春宴回來〉一文，楊守愚在其日記中指出，此篇是他以賴和名義
代筆所寫[46]，但由於林瑞明仍將其編入《賴和全集》中，此處雖非將之視為
賴和作品，但由於該文內容與〈一個同志的批信〉有相似之處，或藉由小說
角色的「背棄同志之嫌」，或以「墮落的聖徒」自嘲，嘆問：昔日風雲湧動
的政治社會文化運動，於今安在？從〈一個同志的批信〉中可以觀見，即使
自嘲，賴和筆下的知識份子仍然維持著節制的觀察與反思距離，彷彿自身分
裂為二，我正在寫「我」，我觀看著「我」，反思性與批判性的力道，就從
「敘事者我」的兩重身份間隙中穿透而入。

（3）楊逵：運動者的淪落史——前鬥士、普羅作家、生活失敗者「自嘲」

前文述及，楊逵小說中最鮮明的知識份子形象，其實是以他自身為模本
變造而成的，他們的具體形象或有變動，但是在小說中，他們都是一名勞動
者、閱讀者、書寫者、行動者、好發議論者的複合式知識份子形象，有時兼
有其二、三，有時全部具備。如前述兩部作品〈自由勞動者的生活剖面〉中
的敘事者我、〈送報伕〉中的楊君皆是同時具備勞動者、閱讀者、行動者三
者；這兩部作品可視為同一系列在日本求學時的經驗具現。

至於其後以台灣的生活現場為時空舞台的小說，小說中的主要角色（通
常是敘事者我）的共通點，是具有「寫作者」的身份；如〈難產〉（1934）

---

45 賴和：〈赴了春宴回來〉，收於林瑞明編：《賴和全集（一）小說卷》，頁314。
46 楊守愚：《楊守愚日記》（彰化市：彰化縣市文化中心，1998年），頁55。

中的敘事者我、〈無醫村〉（1942）中「預防醫生」、〈泥娃娃〉（1942）中的敘事者我（父親）、〈鵝媽媽出嫁〉（1942）的敘事者我（花農）、〈萌芽〉（1942）中丈夫、《紳士軼事》（1942）中的敘事者我、〈增產之背後〉（1944）中的敘事者我、〈不笑的小伙計〉（1944）中的敘事者我等。

　　這些小說中的知識份子形象，除了寫作者之外，大都也是勞動者，除了〈難產〉是手工業者（童衣縫製者）、〈無醫村〉是醫生之外，其餘都是農業勞動者。除了〈無醫村〉的醫生外，其他角色幾乎都靠勞動營生，日常生活中喜歡閱讀，好發議論，雖然都懷抱著文學創作的理想，但幾乎無法、也不願意靠媚俗文學吃飯。他們以「勞動者／寫作者」的雙重身份現身；「勞動者」是勤苦工作的無產階級，而「寫作者」則是充滿無力感的貧弱作者。

　　「寫作者的自嘲」是這幾部小說的共同特色，小說中的主角，都一邊正在進行寫作，一邊面對生活／藝術的雙重無力感，他們都是運動舞台失落、經濟生活窮困、作品乏人問津的「多重失敗者」。如果不能先掌握楊逵小說中知識份子的複合式身份，以及他們的「多重失敗者」形象，就無法精確解讀楊逵小說結尾的「希望敘事」的真正意涵。

　　寫於一九三四年的〈難產〉，是「多重失敗者」自嘲的經典之作。小說中的主角，是失去運動舞台的前鬥士，如今是正在寫著普羅小說的小手工業勞動者，首先，小說刻劃他是嚴重的「生活戰線上的失敗者」，分期付款買了一架縫紉機，一直不斷地踩踏著，製造童衣，由妻子負責拿到外面去賣，然而，成本既小，規模不大，生意極差，總是賺不了錢，貧窮到連下一餐都沒有；其次，小說賦予他「失落無聞的寫作者」形象，雖然好不容易收到一封邀稿信，然而卻餓得頭昏眼花，無力寫作，想做飯吃，以蓄養精力，卻擔心今日飽食，明日就缺糧，小說鮮活地營造出這樣一個場景，讓敘事者的寫作慾望與肚腹慾望相互衝突；其三，敘事者終於成為在運動上、生活上、藝術上都落空的「多重失敗者」：

　　　　我曾看過，也經驗過勞動者不顧死活的工作，還有農民艱苦的生活。

　　　　我親眼看見，也深刻體會到其中險惡越來越猖獗。這些如今都成為我

要表達的　　全部藝術的素材。在生活戰線如此無力的我，連自己的生活都維持不了，如今還想為將來留下什麼，這種想法本身，簡直是形同瘋人，我是格外感同身受的。

幾年前要生孩子時，手頭只有七錢，由於醫生和助產士都請不了，妻子難產了。而如今我身無分文，為藝術的難產而疲憊不堪。[47]

無論怎麼艱苦也不應該拋棄筆桿，這種想法太荒唐無稽。拿著筆鍥而不捨，可是我到底寫出了什麼！

××雜誌已經上市了，我不是又掉隊了嗎！照這樣下去，不用說生不了生龍活虎的孩子，不是連自己本身都要餓斃在路旁嗎！[48]

這一段情節的自我嘲諷性極強，生活難產、藝術難產，敘事者體會到自己是一個永遠無法飽足的饑餓者與失敗者，從而陷入自暴自棄的情境，甚至否棄理想的意義。然而，楊逵小說中的力量，也就經由此種自嘲中辯證出來。小說的第一層辯證是，若非生活陷入極地，理論就無法具實化；敘事者我，是個馬克思主義者，他從生活中體會到了馬克思主義的真義，當妻子訴說著小本經營者與大工廠競爭之不可能時，他的馬克思主義信仰，擺脫想像的虛幻感，而具有現實的參照，他體認到當生活從平地跌落谷底時，思想反而可能從雲端著落到地面：

但我念過一些馬克斯，曾在讀書會和研究會講授過馬克思的 ABC，這個道理是耳熟能詳的常識，可是現在我被逼到這步田地，幾乎把這個常識忘了。但現在自己一嚐到苦頭，就算理論並沒有什麼改變，卻讓我另有一番感受。

聽著妻的話，我體會到一個真理。那就是在高度發展的資本主義社會裡，手工業者的慘狀。讀馬克斯時，每句話都覺得很有道理，但那時的理解是沒有根據的，並沒有切膚之感，可是自己一嘗到苦頭，就感

---

47 楊逵：〈難產〉，收於彭小妍主編：《楊逵全集第四卷・小說卷（一）》，頁233。
48 楊逵：〈難產〉，頁239。

到這個真理有可怕的吸引力。……腦袋中的理論和由體驗學到的理論，就吸引力和震撼力而言，簡直不可同日語。武田氏好像說過，這種事是主觀幼稚的，不錯，幼稚是幼稚，但我卻從這裡掌握到一些踏實的東西。[49]

然而，小說很快又進入第二層的辯證：理論獲得實證，但「實證」卻無法付諸「實踐」，依舊「失敗」；知識青年因在知識上有所領悟而喜，但是「實證」的媒介卻是自己的失敗生活，而運動舞台失落，想寫出社會不公的普羅作家，被生活暴風雨一再摧折，連衣服被子都已當掉，來是沒飯吃，並且全家受寒。最終，小說鋪展出第三層辯證：敘事者面臨「生活／理想」的抉擇，是要揚棄手工業的生存條件（縫紉機），抑或是揚棄編造理想的稿紙？最後他最後選擇了「理想」，把日以繼夜親手縫製的童服拿去典當，借得十二圓，二圓贖回被子，十圓給兒子看病。這位前鬥士、生活失敗者，因為體認到終究必須捨棄其一，在苦楚的生存語境中，拾回稿紙，文思泉湧。雖然小說結尾，小孩受診斷因營養不良而罹患眼疾，難產許久才終於產出的小說〈收穫〉也一再被退稿，但是，〈收穫〉雖然賣不了錢，經由敘事者在勞動場所講述的故事，卻獲得很多迴響：

> 「收穫」結果哪裡都不肯刊載。只是在勞動者間口傳，得到若干反應，雖然微不足道，但至少令人欣慰，因為星星之火如果活絡地散播，也可以燎原的。[50]

這一段極有意義，小說中敘事者自嘲是全面的失敗者，但是，他放棄發展自己的童衣事業，受僱於西服店之後，向其他勞動者講述〈收穫〉，故事被口耳相傳，在庶民大眾間播衍力量；如果以此觀察，小說最後，以「道歉啟事」的形式，說明「難產」三部曲仍然難產未完，可視為具有積極性意義：

---

49 楊逵：〈難產〉，頁246-247。

50 楊逵：〈難產〉，頁259。

　　我本來打算把「難產」寫成三部曲，第一部是「新社會的難產」，第
二部是「新藝術的難產」，第三部是「新底人的難產」。[51]

儘管新社會、新藝術、新人類都還「難產」中，但〈收穫〉開始流傳在庶民
之間，社會運動非一促可成，庶民的野生力量仍然具有高度希望；由此可
見，楊逵依舊信賴勞動階層高於知識社群，或者應該這麼說，他信賴知識、
信賴知識份子的主體自覺，但對於知識份子社群的社群文化，則抱持懷疑，
而庶民之間的聲音傳遞，也是〈難產〉中的敘事者，在一敗塗地之後的希望
所寄。

　　失去運動舞台的前鬥士，連自己的生活都無以為繼的無力的創作者，此
種知識份子形象，也同樣出現在〈無醫村〉中。小說中的敘事者也是一個
「多重失敗者」，做為一個醫生，是一個「打死蚊蟲的數目比醫治病人還要
多的所謂『預防醫生』」[52]，生意慘淡，收入拮据；做為一個寫作者，他是
一個不受歡迎的普羅文學寫作者：「學生時代曾寫過不太高明的小說和詩，
既沒受人讚賞，……」[53]無論對於行醫或寫作，敘事者我都感到自己極度不
合時宜：

> 我的腦海裡，如蒙上夕雲般的沉悶，連一點新鮮活潑的氣氛也沒有，
> 想要寫稿子，這完全是過於鬱悶時的一種輕率反應罷了。與其寫稿，
> 不如追打在診療室裡嗡嗡地飛著的蚊蟲還比較對得起社會。[54]

這部小說表面上是自嘲自諷，實際上是嘲諷現代醫療體制與醫療文化，以及
嘲諷文壇對「普羅文學」的輕視。正是這樣的自嘲產生了自省的力量，因
此，醫師作家通過一次外診的經驗與體認，讓他有了創作的靈感：

> 窮人是要證明書才叫醫生的。

51　楊逵：〈難產〉，頁258。
52　楊逵：〈無醫村〉，頁294。
53　楊逵：〈無醫村〉，頁293。
54　楊逵：〈無醫村〉，頁293-294。

> 我現在已經不是診療醫生，也不是預防醫生，完全成了個驗屍人了。
>
> 我進了診療室時，燒剩的稿紙還在微微地冒煙，我把灰吹掉，拿了新的稿紙，以新的感觸寫著與平時不同的詩。
>
> 然而，雖然詩已寫好，卻一點也不覺得喜悅，一種激烈的悲哀隨著襲來。[55]

預防醫生無錢可賺，但普羅作家卻有文可寫，只是藝術完成後卻沒有喜悅，因為這藝術是通過窮人之死而達成的，這也是一種自嘲，一種帶著人道主義精神的悲憫底蘊的、具有深沉反省力量的自嘲。這種「寫作者的自嘲」，從楊逵開始較大量寫作的一九三四年開始，就成為楊逵小說的基調，到了一九四〇年代，文本中的暗影顯得較淡，小說中的敘事者，生活困境仍然存在，但本質上是保持樂觀的。這時期的作者亦然，對知識、藝術、社會運動、勞動生活，都因積極投入而能夠抱持著信念，在苦悶掙扎之後，大多總會回返陽光未來，楊逵做為作者，與他的作品，有著高度互涉互文性。而小說的自嘲底蘊不變，但自嘲成為幽自己一默，增添一些溫暖的色調。如〈泥娃娃〉中的敘事者，是一個正在寫作的、「以種花維生」，為工作營生疲於奔命、小孩整天吵鬧，想寫稿卻沒時間的農業勞動者，然而，結尾卻透顯出一些希望之光：

> 不管我那些娃娃兵勇士們如何勇敢戰鬥，像富岡這種人卻跟在後頭，若無其事地坐享其成，這算什麼嘛！？
>
> 如果不根除人的這種劣根性，人類怎麼可能會有光明和幸福的一天！
>
> 我真巴不得讀者能早一天把我寫的作品當成非寫實性的故事，就像讀《西遊記》那樣，在孩子們的爆笑中讀過去。但願這天能早日到來。[56]

〈不笑的小伙計〉中的敘事者我，同樣也是窮苦農民兼無名作家，因父母之

---

55 楊逵：〈無醫村〉，頁299-300。

56 楊逵：〈泥娃娃〉，收於彭小妍主編：《楊逵全集第四卷・小說卷（一）》，頁346。

死，拖欠地租，耕地被收回，負債愈多，債主整天摧逼，但他還是夢想著當一個好農民、好作家；小說中一段夫妻關於新花種與純文學的對話，彰顯出楊逵認為農作勞動／藝術勞動具有一致的意義：

> ——可是，那種研究室裡的東西……就像你的純文學一樣呀，不能賺錢嘛。
>
> ——妳小看了吶。即使是我的純文學，對大眾……
>
> ——得啦，你的純文學不是盡虧本了嗎？[57]

身為作者的楊逵一直面對生活貧困、三餐不繼的窘境，而小說中的敘事者，也不斷思辨金錢、勞動、理想之間的關係；身為作者的楊逵一直思索著文學的意義，而小說中的敘事者，也同樣思辨著文學的價值。最終，身為作者的楊逵，其運動者的失落、寫作者的虛無，都被勞動者的勤奮所救贖，而他小說中的主角亦然。

楊逵小說中，「勞動」通常都是主角的終極救贖，此種救贖顯現為「進行式」，而非「完成式」。而小說中「勞動」之所以能夠達致救贖，是緣自三層因素，其一，楊逵將「勞動」從「賺錢」的目的中解放出來，賦予「勞動」獨立的意涵；其二，小說中的主角通常兼具三者身份，因此，他可以從自體內在，進行自我辯證與自我療癒；簡單地說，他做為勞動者的「實踐主體」，可以療癒他做為運動者和寫作者的無力感，因為「勞動」憑靠的是自我的身體；其三，小說中的「勞動」意旨，既指涉個體的身體勞動，也指涉「勞動」之原初價值。據此，對楊逵小說中的知識份子而言，救贖，有時來自勞動的進行式，有時來自素樸的勞動者初心；如〈增產之背後〉（1944）中的勞動文盲老張，是敘事者從事普羅藝術實踐的導師與檢驗者，激勵他不斷自省：

> 老張是個傭工，居無定所，兩年前起在我的農園工作，幫了我的忙達一年多之久。斗大的字雖然一個不識，憑他的敏銳感性與豐富的經

---

57 楊逵：〈不笑的小伙計〉，收於彭小妍主編：《楊逵全集第八卷・小說卷（五）》，頁125。

驗，經常提供我很多小說的題材。我這邊也每次寫了點什麼便唸給他聽聽，祇要他說一聲「沒趣味」，我便毫不吝惜地塞進灶孔裡。這人近半年以來不曉得跑到哪兒去了，因此我成了個跛腳鴨。園裡雜草叢生，小說也沒有了鑑賞者，再也寫不下去了。[58]

他不光是我的小說的上好鑑賞家，還是我為人處世的痛切批判家。真確的語言，絕不因為出自一個傭工或礦工之口而絲毫減損其價值。他拂拭了我的膽小，給我元氣，並以日常的生活，告訴我鋼鐵經鍛冶而益堅的道理。他不折不扣是我的良師。我還想到，過去我們這些所謂的知識階級，憑蟻視這一類人，而厚顏地呈露出自己的倀俗，實在是要不得的。現在，正是重新繫緊腰帶的時候了。[59]

一段敘事者的自述，清楚地彰顯出楊逵對勞動者／知識階級的觀點，如前所述，他信任勞動的價值，信任個別勞動者與知識份子主體的覺醒，但對於「知識階層」則是有所保留並且批判的。同樣的勞動救贖觀，也在〈萌芽〉中體現。〈萌芽〉透過書信體、手記體的書寫策略，寫信說話者是一位女性，曾經歷十多年酒家女涯，婚後，因丈夫病弱住進療養院，她以妻子身份書寫；信中，她傳達出歸農種植之後，體會到勞動的愉悅感，充滿生命力，並決心以勞動為價值，打造新家園與夢想，等候丈夫歸家；小說的收信者，是一直未正式出場的男性知識份子，他病弱的身體正被打敗，住在療養院中，〈萌芽〉的結尾很有意思：

> 我懷著最大的喜悅，期待著他日能在這個園子裡，創造出勞動者精湛的戲劇，把我夢中的感動傳達給勞動的人們。
> 請趕快恢復健康，回家來。然後努力實現我們的夢想吧。我等你回來。[60]

---

58 楊逵：〈增產之背後〉，收於彭小妍主編：《楊逵全集第八卷‧小說卷（五）》，頁53-54。
59 楊逵：〈增產之背後〉，頁72。
60 楊逵：〈萌芽〉，收於彭小妍主編：《楊逵全集第五卷‧小說卷（二）》，頁451。

楊逵小說中自嘲的全方位失敗者，在〈萌芽〉中撤退到了療養院，而妻子則成為勞動者與治療者。這部小說將勞動、階級、性別扣合，弱勢階級的女性，通過勞動建造家園，而病弱的知識份子男子，將要回歸健壯的勞動者女性為他所闢建的家園；從〈難產〉到〈萌芽〉，小說的暗影與自嘲淡去，勞動的價值更見明確，奉行勞動價值的全方位失敗、失能者，就有了療癒的可能。

五　兩種議論風格

賴和與楊逵小說中，都使用了「議論式」的書寫策略，但兩者風格不同，賴和小說中的知識份子敘事者或主角，經常化身聆聽者，采錄庶民的街談巷議；而楊逵小說中的勞動者兼知識份子，則經常議論著社會主義思想與運動理念。此種分野十分有趣，表面看來似乎賴和比楊逵更關切庶民階層的聲音，然而，究其根由，則是緣於楊逵小說中的知識份子本身即是勞苦大眾的一員，庶民之音，不假外求。

首先討論賴和小說中相關人物（知識份子）的出場方式，以及小說情節編排的特殊性，還有此種特殊的出場方式，又如何與他筆下的知識份子形象緊密扣合，產生豐富多向度的對話性。觀諸賴和的小說，運用了非常大量的對話性、議論性書寫策略，就此，陳建忠有很精彩的論述，他以「對話性敘事」（narrative of dialogism）稱之：

> 把「人物」對話當成小說構成的重要形式，他讓群眾發聲，使菁英以及殖民者的敘事聲音反而位居陪襯地位。這種設計無疑也是反殖民文學書寫的展現，……[61]

陳建忠認為賴和此種「對話性敘事」，一方面建構了賴和個人的文學風格，

---

[61] 陳建忠：《書寫台灣・台灣書寫：賴和的文學與思想研究》（高雄市：春暉出版社，2004年1月），頁222。

另一方面則彰顯出台灣新文學殖民時期的特殊性[62]。回返賴和小說，這些對話與議論，主要是庶民大眾的「街談巷議」，以及特定對象之間的議論與對談，如〈僧寮閒話〉（1923）中我、友人、和尚的對話；〈不幸之賣油炸檜的〉中我、孩子、警察的對話；〈歸家〉中的街頭議論，〈鬥鬧熱〉中的看熱鬧者的議論；〈新時代青年的一面〉中的兩段對話；〈赴會〉中紳士們與勞苦大眾們的兩段議論；〈棋盤邊〉客廳中各方的議論對話；〈辱！？〉中攤販群聚議論；〈富戶人的歷史〉中轎夫和走街仙的對話等等。

由此可見，「議論」確實是賴和小說情節編排的特殊手法，通過不同的議論場景的佈局安排，小說人物的出場方式與舞台占位也各異其趣，此種藝術手法所造成的美學效果，容待日後進一步深入探析，此處所要強調的是以下幾點：其一，「街談巷議」所發生的公共論述空間，包括廟亭、市場、商店、街頭、車站、車廂等等，這些空間本身即具有庶民性、開放性、聚集性、發散性等特質，不同於主流敘事空間的封閉性與唯一性；其次，小說中的議論內容，大致朝向幾個面向：在地歷史掌故、八卦傳聞、現實事件的評價、社會運動的評價、法律正當性與威權性的討論等等，就內容而言，小說中庶民的議論，幾乎都與主流的敘事站在對立面，開展出一個素樸的公共論述平台。

陳建忠援用巴赫金（Bakhtin）的「廣場因素」，以此詮釋賴和小說中的「眾生喧嘩」如何讓被殖民者發聲，並以此激盪出批判性與反思性[63]，在這個脈絡底下，庶民階層得以發聲是很明確的，本論文則希望援借這個觀察，扣緊知識份子的幾種典型，觀察他們在「廣場因素」與「對話性敘事」，究竟扮演了什麼角色。

其三，承接上前述，賴和小說中的知識份子，尤其是第二項知識份子典型，在「街談巷議」中，大都立身「觀察者」與「聆聽者」的角色，而非「言說者」、「論述者」，當然更非「啟蒙者」，小說中許多對於社會運動參與

---

62 陳建忠：《書寫台灣‧台灣書寫：賴和的文學與思想研究》，頁222。

63 陳建忠：《書寫台灣‧台灣書寫：賴和的文學與思想研究》，頁223。

者的評價，都是透過他者（特別是庶民）之口傳達，這種書寫策略，使得賴和這位作者站在相對抽離的、冷靜的、反思的敘事位置。

　　至於楊逵小說的議論風格，筆者以「社會主義文論」兼「運動宣言式」風格稱之。正如前述，楊逵小說的知識份子與勞動者身份是相互疊合的，因此，議論者既是知識份子，也是勞動者，議論內容以關於「運動」、「理念」的議論為主，而用以揭露問題的情節，經常是問題的議論過程，有如一冊社會主義文論。如〈自由勞動者的生活剖面〉中，金子的議論就占了近三頁；這也體現出楊逵對「知識能量」的信賴，他相信知識能夠讓農民、工人、被壓迫者具有反省與思考能力，一方面不會被強勢者愚弄，二方面能夠援以自救。

　　相同的議論，在〈送報伕〉、〈模範村〉、〈死〉、〈難產〉、〈鵝媽媽出〉等作品中，都不斷出現。此外，在楊逵小說中，運動者通常必須兼備二者——現實理解與思想基底，因此，他的小說中，主要角色經常都在閱讀著，從第一部小說〈自由勞動者的生活剖面〉開始，「書冊名稱」就經常出現在他的作品中。如〈自由勞動者的生活剖面〉中，敘事者拿著列寧的《帝國主義和民族問題》去舊書店典賣；而〈模範村〉的結尾，阮新民離開村落，前往他方，他將一堆書籍送給漢學老師陳文治和青年們做禮物，希望他們好好閱讀，以對將來運動發揮效用：

> 這些書是他能送我們的唯一的禮物，叫我好好讀了，教給你們……」
> 儘是些政治學、經濟學、社會學一類難懂的書，忽然出現一紮日本農民組合的機關報《土地和自由》。這是什麼呢？陳文治一張張翻著，裡面有一段文章寫著「××農民對於收回耕地的鬥爭」。他聚精會神地讀了一遍，興奮地用台灣話翻譯給他們聽。[64]
>
> 他們從來沒有讀過報紙，迫切地希望從這些舊報紙中了解世間的種種。翻出了一本《報紙的讀法》，又翻出了一本《農村更生策》。就這

---

64 楊逵：〈模範村〉，頁143。

樣的，青年們以行將熄滅的煤油燈為中心，臉頰紅通通的，頭湊頭興奮地讀著，忘記了夜深。當陳文治正拿起一本《農民組合的理論與實際》時，煤油終於乾了」[65]

此處出現好多書本名稱，《土地和自由》、《報紙的讀法》、《農村更生策》、《農民組合的理論與實際》，顯示楊逵相信知識的力量，將知識視為社會運動的一部份，認為人民的思想的進步與改造，才是社會運動的永久之策。做為閱讀者與寫作者的楊逵，除了相信知識的閱讀與學習，更相信知識的創造；〈鵝媽媽出嫁〉中的林文欽，一生固然短暫貧苦，但他相信以自己的思想結晶，創寫一部「共榮經濟計劃」，是他此生最重要的功課：

> 他也相信，「一人積著巨富萬人饑」的個人主義經濟學，在理論上已非其時，又因青年們共同的正義感，他早就希求其結束。因此，他以全體利益為目標，考察出一個共榮經濟的理想，從各方面早資料來設計一個龐大的經濟計劃。對於原始人的經濟生活研究盡詳的他，總以為「要是資本家都取回了良心，回到原始人一般的「朴實與純真」，共榮經濟計劃的切實實施一定可以避免血腥的階級鬥爭。[66]

林文欽一直寫到生命的終了，最後留下原稿，題為「共榮經濟的理念」：

> 這是一部將近二十萬字的著作，雖然前面的稿紙都變黃了，最後幾十張的墨跡卻很新，而且有點點血痕，可以看出這是他在咯血中勉強寫出來的。我再緊握他那竹片似的手哭泣了。[67]

〈模範村〉中的阮新民與〈鵝媽媽出嫁〉的林文欽，都是專業知識的引介者，通過他們，向民眾引介具有改革能量的知識系統，差異的是，〈模範村〉中的阮新民是傳述者，他傳遞給陳文治和青年的書本，是經典之書，而

---

65 楊逵：〈模範村〉，頁144。
66 楊逵：〈模範村〉，頁406-407。
67 楊逵：〈模範村〉，頁411。

〈鵝媽媽出嫁〉的林文欽則是著述者，他以自己的心力建構一個理想的社會，著作、創作、新理念，形成新希望與新可能：

> 林文欽為求通徹於「共榮經濟的理念」而夭逝了。我卻串演了虛偽的「共存共榮」而生存……良心的苛責，叫我非常難受。
>
> 我決心要繼承林文欽君的遺著，把「共榮經濟的理念」完成。為了彌補自己的罪過，這是不可不做的。缺乏經濟知識的我，這也許是不太容易的事情，但是除非如此，美麗的明天就無可希求。[68]

六　結論

　　本論文以賴和和楊逵的小說中的知識份子形象為討論對象。整體觀之，賴和小說中的知識份子的形象，最鮮明者大抵有三種典型：積極介入型、旁觀者／聆聽者／參與者的複合型、自嘲自省型。他筆下的運動青年成長史，彰顯出一九二〇年代台灣青年的覺醒與實踐歷程，以及台灣社會文化運動的發展進程。同時，他擅以街談巷論的書寫策略，如「民族誌」般的觀察視角，呈現庶民階層的眾聲喧嘩，及其對「運動」的觀察與觀感。

　　與楊逵相較，賴和小說中的知識份子，無論是哪一種類型，都顯得較為冷靜，既介入又抽離，與現實世界維持距離，此一距離正是賴和筆下的知識份子得以介入世界的最佳間隙，讓他們得以在庶民與士紳之間、統治者與被統治者之間、自我與他者之間，找到一個最適切的站位與觀察視角。因為這個距離，賴和小說的知識份子，即使是返鄉青年，即使是自嘲失落理想的前運動者，也都還有這一處可以潛逃或觀看的間隙，以此做為實踐主體安身立命之所在。

　　而楊逵小說中的知識份子典型，也大抵有三種：無產階級／知識份子／運動者三合一的介入型運動青年、跨越自身國族與階級疆界的自省者，以及正在寫作的勞動者／生活失敗者。正由於楊逵筆下的知識份子與勞動者的身

---

68 楊逵：〈模範村〉，頁428。

份幾乎完全疊合，而且不具「階級流動」與「身份轉換」的問題，因此，楊逵小說中的知識份子不必如賴和筆下那般，選擇立身一個疏離的位置，蒐集庶民的議論，而是透過此多重身份的相互補充與自我辯證，終而以「勞動價值」為終極依歸，從而獲致自我療癒與救贖。

另一方面，楊逵小說除了彰顯國族與階級的矛盾之外，也強調經由強勢者的自省，營造的社會和解與共存的可能；弱勢者自覺、共犯者自悟、強勢者自省，是楊逵小說中理想社會可能到來的重要條件。前述兩種因素，包括複合式的人物角色、奉行勞動價值、強弱的對話與和解，即是楊逵小說經常出現「希望」結局的思想背景。

賴和小說的幾種速度及人物對話

余境熹

摘要

　　賴和的新文學創作成就使其獲得「台灣新文學之父」的美譽，無論是作者、文本、讀者、社會的向度，或小說、詩歌、散文等文類，甚或是作家比較等領域之上，「賴和研究」都已有豐贍的成果。聚焦於賴和小說，本文嘗試彰示作家於速度感方面的多重嘗試與拿捏，並闡述文本中人物對話的戲劇效果、社會批判作用，以圖提供新的閱讀角度，向廣處認識賴和留下的寶貴文學遺產。與此同時，賴和之能夠駕馭不同的文本節奏，能夠寫出富於內涵的人物對話，其藝術魅力、藝術成果，實都是值得欣賞和學習的。

關鍵詞：賴和、短篇小說、速度、對話

一 引言

賴和（賴河，1894-1943）的新文學創作成就使其獲得「台灣新文學之父」的美譽，「賴和研究」亦誠如雨後春筍，遍地開花，在作者、文本、讀者、社會四個向度，在小說、詩歌、散文等多種文類，甚至作家比較等領域上都有豐富成果。聚焦於賴和的小說，本文嘗試彰示作家於速度感方面的多重嘗試與拿捏，並闡述文本中人物對話的戲劇效果、社會批判作用，以圖在相關研論已碩果纍纍的情況下，提供新的閱讀角度，向廣處開拓「賴和研究」之領域。[1]

二 賴和小說的幾種速度

賴和小說的篇數不能算多，而且均屬短篇，然若從各篇呈示的不同速度感來說，其表現堪稱多采多姿，至少具備了「摩天輪」、「跳樓機」、「拍干樂」和「過山車」四種速度模式，能給讀者各種各樣的閱讀體驗。

（一）摩天輪

在遊樂場中，摩天輪應算速度較慢的機動設施，乘坐者大概不以追求刺激為旨歸，而在乎於車卡中細賞風景，在放緩節奏之餘，也開放心靈為美麗的景致觸動。

賴和的〈前進〉在速度感上最是接近摩天輪，整篇小說大量運用象徵，迥異於容易掌握的日常語言，留下了許多詮釋上的不確定點，[2]如首段所

---

1 本文引述的賴和（賴河）小說文字，主要據張恆豪主編：《賴和集》（台北市：前衛出版社，1991年）；施淑（施淑女）編：《賴和小說集》（台北市：洪範書店，1994年）。

2 Bohuslav Havránek, "The Functional Differentiation of the Standard Language," *A Prague School Reader on Esthetics, Literary Structure, and Style*, trans. Paul L. Garvin（Washington:

寫：「在一個晚上，是黑暗的晚上，暗黑的氣氛，濃濃密密把空間充塞著，不讓星星的光明，漏射到地上；那黑暗雖在幾百層的地底，也是經驗不到，是未曾有過駭人的黑暗。」以歷史角度進行研究者，自可對號入座，指認黑暗為日本統治的象徵，星星光明的散失則為希望之未曾出現等，但這一黑暗似也可指向人生中的艱難處境，甚至時代更易之後，仍然能廣泛地指向殘虐獨裁的統治，其詮釋實是無窮無盡的。至於〈前進〉中間部分的「狂濤怒波」、「浩蕩溪聲」、「水面的夜光菌」、「橋」、「彼岸」、「白光」、「黎明」、「夢之國的遊行」等等，甚而是作為主人公的兩個「孩童」、沒有登場的「母親」和「後母」，理當如何解說？恐怕也難覓單一的釋義。面對巨大的語義空白，讀者自得加以投入，聯想、填補、反思，然後方可解讀出有得於一己之心的版本，這便正正應合了沃夫爾岡·伊瑟爾（Wolfgang Iser, 1926-2007）的文藝理念——「空白」為讀者想像的催化劑，[3] 而後者對〈前進〉之接收速度必將減緩。

其次，〈前進〉也以修辭的優美見稱。在聲音方面，如有排比的「礙步的石頭，刺腳的荊棘，陷人的泥澤，溺人的水窪」，對偶的「忽然地顛蹶，險些兒跌倒」，反復的「前進」等等，藉重複形構內在的節奏感，其音樂效果如詩一般，大大提升作品的視覺之美；在形象方面，如有寫溪聲「澎澎湃湃如幾千萬顆殞石由空中瀉下」的誇張比喻，亦見「只有風先生的慇懃，雨太太的好意，特別為他倆合奏著進行曲；只有這樂聲在這黑暗中歌唱著，要以慰安他倆途中的寂寞，慰勞他倆長行的疲憊」的動人比擬。邁克爾·萊恩（Michael Ryan）嘗謂，文學語言可打破已經機械化了的感知模式，使呈現出來的現實變得奇特，[4] 戴維·米切爾森（David Mickelsen）亦謂，詩般優

U of Georgetown P, 1964）10.

3　沃夫爾岡·伊瑟爾（Wolfgang Iser），《閱讀行為》（The Act of Reading: A Theory of Aesthetic Response），金惠敏等譯：（長沙市：湖南文藝出版社，1991年），頁249-251。

4　邁克爾·萊恩（Michael Ryan），《文學作品的多重解讀》（Literary Theory: A Practical Introduction），趙炎秋譯：（北京市：北京大學出版社，2006年），頁3。

雅的文字能引起讀者的廣泛想像，令閱讀活動放緩得猶如停頓下來，[5]二氏均充分肯定優美文辭在減慢接收速度方面的功效，可為〈前進〉具備摩天輪速度感的佐證。

復可注意的是，〈前進〉並不是乘搭過後就可以忘記得一乾二淨的摩天輪體驗。在小說之末，賴和刻意留置「開放式結尾」，寫孩童獨個兒「前進！向著那不知到著處的道上」之後，便用省略號終篇，他前進的目的地是哪兒？他的下場到底如何？成功或失敗，是基於什麼原因？文中都無說明，於是便造成了不包含最終交代的「中斷」，供讀者閱後細思，提供了一趟緩慢而教人回味、難忘的摩天輪旅程。[6]

（二）跳樓機

在莫言（管謨業，1955- ）的短篇小說〈神嫖〉裡，有助增速的對語、產生延宕的典故和細緻的詩化描寫幾番間隔著出現，令文本有種循環地由慢轉快、由快轉慢的律動，以機動遊戲的形式比喻，其表現實近於跳樓機（jumping machine）的緩緩上升又忽然下降，最後遊戲結束，速度才回歸平緩。[7]

賴和諸作之中，〈鬥鬧熱〉的內在速度最近於跳樓機，該作以和緩的文字開場：「拭過似的、萬里澄碧的天空，抹著一縷兩縷白雲，覺得分外悠遠，一顆銀亮亮的月球，由深藍色的山頭，不聲不響地，滾到了天半，把她清冷冷的光輝，包圍住這人世間，市街上罩著薄薄的寒煙，店舖簷前的天燈，和電柱上路燈，通溶化在月光裡，寒星似的一點點閃爍著。在冷靜的街

---

5 David Mickelsen, "Types of Spatial Structure in Narrative," *Spatial Form in Narratives*, eds. Jeffrey R. Smitten and Ann Daghistany（Ithaca: Cornell UP, 1981）72.

6 羅蘭‧巴特（Roland Barthes），《S/Z》（*S/Z*），屠友祥譯：（上海市：上海人民出版社，2000年），頁158。

7 莫言（管謨業），〈神嫖〉，《神聊──莫言最新中短篇小說選》（北京市：北京師範大學出版社，1993年），頁1-9。

尾，悠揚地幾聲洞簫，由著裊裊的晚風，傳播到廣大空間去，似報知人們，今夜是明月的良宵。」論修辭，則有「拭過」、「抹著」、「不聲不響地」、「滾」、「包圍」、「溶化」、「傳播」、「報知」等比擬之語，又有以閃爍的「寒星」喻籠罩在月光下的天燈、路燈之筆，富於想像，使人備感新奇；論畫面，則「澄碧的天空」、「白雲」、「銀亮亮的月球」、「深藍色的山頭」等，共同交織出色彩富瞻而情調幽冷的圖景，引人細賞，復有洞簫聲、風聲奏鳴，使描寫聲色俱備，帶來視覺、聽覺的立體享受；論文字選用，「萬里澄碧」、「分外悠遠」、「清冷冷」、「寒煙」、「寒星」、「悠揚」、「洞簫」、「裊裊」、「良宵」等，皆典雅流麗，頗富古意。凡此種種，均有助令讀者放慢閱讀的步伐，延緩接收的過程，如同跳樓機剛起動時乘客座緩慢的上升。

忽然，文本就寫到一群小孩登場，哈哈笑著，喊出「好，很好，快來，趕快」的對白，在「快快快快」的鑼響聲中舞著香龍，嬉戲玩耍，不久卻因受到欺負，香龍龍頭被割去，於是連珠炮發地向成年人訴冤，亦引起成年人的議論沸騰，你一言，我一語，因日常語言的使用，貼近於生活，大大加快了接收的速度，一如跳樓機攀至頂端後陡降之急。

降至地面，跳樓機的乘客座又會再次徐徐升起──〈鬥鬧熱〉中，繼一輪加速的對話後，賴和便插入又一番細膩的描寫：「明月已漸漸斜向西去，籠罩著街上的煙，濛迷地濃結起來，燈火星星地，在冷風中戰慄著，街上佈滿著倦態和睡容，一綵綵霜痕，透過了衣衫，觸進人們的肌膚，在成堆的人們中，多有了袖著手、縮著頸、聳著肩、伸著腰、打呵欠的樣子。議論已失去了熱烈，因為寒冷和睡眠的催促，雖未見到結論，人們也就三三五五的散去。」以優美若詩的文字寫街上矇矓之景，寫燈光不停閃爍，寫人們感到寒意，又以豐富的動詞形容眾人的動作神態，具有很高的文學內涵，有效減低接收速度。

重來一次，跳樓機在緩升至頂時即會忽然跌下，〈鬥鬧熱〉隨後便寫一處客廳中眾人對談的記錄，支持鬥鬧熱的人佔了多數，各各提出贊成的理據，如可以使人發財，可以培養團結，可以作為餘興，可以討好官廳，亦旁涉過往為求鬥鬧熱而耗盡家財遭人嘲笑的例子、對勸止鬥鬧熱者的批評等，

眾聲紛紜，而皆以生活用語、腔調出之，自然有著提速之效，令閱讀忽然增快，接收的速度感又一番陡變，像是跳樓機的再次墜下。

一番議論之後，〈鬥鬧熱〉以鬧熱日過後的街景收結：「一到夜裡，在新月微光下的街市，只見道路上映著剪伐過的疏疏樹影，還聽得到的幾聲行人的咳嗽，和狺狺的狗吠，很使人戀慕著前天的鬧熱。」當中「新月微光」、「疏疏樹影」固然精緻，以古漢語「狺狺」形容犬吠，亦有阻緩即時接收的功效，而漸以街景、街聲取代人們的爭競比拼，慢慢淡出，沒有給出實質的結尾，亦一如文末之「使人戀慕」，能惹人低迴，其可供讀者介入思考的空間良多——跳樓機一局終了，適才的感覺衝擊依舊縈迴腦際，〈鬥鬧熱〉到了結局，讀者的參與未見得就要停止。依此觀之，謂賴和〈鬥鬧熱〉存著「慢—快—慢—快—慢」的內在律動，寫出了跳樓機的速度感，應非屬河漢之言。

（三）拍干樂

微電影《在八卦山下遇見賴和》的第一段落裡，康原（康丁源，1947 - ）曾領唱〈拍干樂〉一曲。拍干樂即「打陀螺」，而陀螺的速度感，一般為：最先，陀螺仍在手上時，蓄勢待發，有一種平靜但將突然加速的態勢；接著，陀螺出手，便高速旋動，不可遏止；最後，陀螺停歇，其產生的速度記憶仍在玩者心中盤旋，令人十分期待能藉再擲一次，延續它的旋動，或甚至錯覺它一直沒有停頓下來。這大可移用於分析賴和某些小說的內在節奏。

以〈棋盤邊〉為例，該作開首列出兩句奇怪的聯語：「第一等人烏龜老鴇」、「唯兩件事打雀燒鴉」，何以「第一等人」本應是高潔良實的「忠臣孝子」，卻被書成卑污猥褻的「烏龜老鴇」？「唯兩件事」本應是忠厚勤懇的「讀書耕田」，卻被改為輕浮怠懶的「打雀燒鴉」？通過植下此一啟人疑竇的種子，賴和在篇首即製造懸念，引發讀者趕快展閱，查根究底，其態勢有類於陀螺在手的「靜中有動」。接下來，小說內文便主要為舊士紳們的對話，由於對話比較生活化，少見文縐縐的修飾和詩化處理，接近於大眾的日

常使用情境，故台灣讀者應能快速地完成這一部分的瀏覽，速度感亦大為提升，就像陀螺脫手，高速「旋玲瓏」一樣。〈棋盤邊〉的篇末突然以一句「戰爭又依然激烈地接續下去」作結，一方面，如同陀螺穩穩停住，另一方面因「依然」、「接續」等詞的提示，產生延宕感，令人想到士紳們的賭局未完，拍干樂的遊戲也一樣可再來數個回合——轉化作文學接收的語言，即小說〈棋盤邊〉的敘事雖然告終，讀者反思內文的活動卻可持續不息，有甚多介入、思索的餘地，言有盡，意無窮，韻味不絕，就像陀螺雖歇而倍讓人惦記它的旋動般，在完全放緩中蕩起了新的波瀾。

〈棋盤邊〉以外，內文包含「擲干樂」的〈歸家〉一篇亦見打陀螺的節奏。在該篇中，自打回到鄉下的主人公在祖廟口一時興起，加入賣圓仔湯的和賣麥芽羹的的對話中間後，小說剩下的篇幅就幾乎全是對話，節奏甚快，將全文的速度感截成擲陀螺前的沉實準備以及陀螺高速飛旋這兩大部分。有趣的是，小說中對話的眾人因撞著「巡查」，談話不得不戛然中止，這便特像陀螺碰上外物，即時停頓一般，與摩天輪、跳樓機以及後文將說的過山車的收結方式有所不同。

真正把陀螺連擲數回的，則有〈豐作〉一篇。小說一開首便是添福兄的大篇內心獨白，講的都是日常的收入、支出和計劃項目，非常易於理解，速度亦較快；之後小說寫到新的甘蔗採伐規條及眾人的反應，速度稍為放緩；然後如同新擲一枚陀螺，寫一眾蔗農的談話，論到有代表去與工場交涉，交涉失敗後眾人又七嘴八舌發洩憤慨與不平，以人物對話來再次增速；往後，是報紙對產糖新聞的記事，速度略為平伏；繼而又有對話，第三枚陀螺發出，兩位甘蔗委員與警官討論秤量結果有無問題；在寫了一輪委員和警官對磅台的檢驗而使速度稍減後，文本擲出來第四顆陀螺，添福兄向事務員詢問是否能拿獎勵金，引起了對其種植成果的具體點算；到添福兄強壓傷痛回到家後，〈豐作〉最終扔出了第五枚陀螺，保正伯兼甘蔗委員祝賀添福兄拿到獎金，卻引來添福兄的怨氣爆發。整篇〈豐作〉，就由五次較佔篇幅的人物說話組成，中間加入稍為降速的描述、說明、補充，造成了一種連擲陀螺的速度感。

《在八卦山下遇見賴和》第一段落的學生旻諺曾有這樣的內心獨白：「一顆小小的陀螺，也可以寫成詩，真是神奇。不知道老師介紹的賴和，會不會也寫過像這樣的詩？」可以說，藉研閱賴和的〈棋盤邊〉等作，這位「台灣新文學之父」理當寫過具備陀螺節奏的小說無誤。

（四）過山車

要用到過山車來比喻，文本的速度自然較拍干樂的「旋玲瓏」更快、更為強烈。符合這一條件的，在賴和小說裡當屬〈浪漫外紀〉一篇。除了起始的發動階段外，〈浪漫外紀〉全篇基本上盡依人物說話組成，整篇只有「混著女性驚駭痛楚的悲鳴，奏成一曲交響樂，和著酒神的跳舞」三句略見詩化修飾，速度陡降，像過山車極速垂跌前短暫的恐怖等待，其他描述文字，如寫人物的動作，則只使用簡潔至極的「提出名刺」、「接受名刺」，打鬥的紛亂場面也僅用「椅桌跌倒聲，碗碟破碎聲，骨頭皮肉的擊撞聲」輕輕帶過，連預期可以減低速度的詩文引述，竟也為淺顯非常的「自君一去兩年餘，田裡雜草全無除，接信若不返鄉里，明年瀹人種蕃薯」，與諸如〈赴會〉中的「道義人心兩已乖，聖言早被世疑猜。娛親自存人間事，戲彩還當笑老萊」等，斷然不可同日而語。如是者。

綜合上述各點，賴和小說具備至少四種速度模式，富於變化，能給讀者持續更新的閱讀感受。從易讀性（readability）[8]的角度看，像「摩天輪」延緩較多的〈前進〉固屬最不容易理解，加上該作在很大程度上取消了情節，歷來評論皆以為並不算十分成功的小說，甚至有聲音反對把該篇列於說部。然而，正因延緩帶來的厚重感，該篇具有甚高的文學密度，深富內涵，能促人多向度、多方面地反思台灣人為自由所作的奮鬥，故設立「前進文學地標」，把節錄的〈前進〉以鏤空字見於鋼板，良有以也。「跳樓機」與「拍干

8　沃納‧賽佛林（Werner J. Severin）、小詹姆斯‧坦卡德（James W. Tankard, Jr.），郭鎮之等譯：《傳播理論起源、方式和應用》（*Communication Theories: Origins, Methods, and Uses in the Mass Media*）（北京市：華夏出版社，2000年），頁129。

樂」快慢相濟，可說是較好地平衡了易讀與延宕的部分，因而此類作品會較對一般文學小說讀者的口胃，在藝術表現上較易獲得認同——前文未述的〈惹事〉、〈一桿「稱仔」〉作為賴和風評最佳的小說，其實便都具備了兼容快慢的節奏感。〈浪漫外紀〉如「過山車」般飛快，或許於其文學性有所不利，易惹不夠細緻之譏，但「淺白」為大眾文化的特質，它也有接近讀者，較易引起迴響與共鳴的實效。[9]

三　賴和小說的人物對話

當析說賴和小說的各種速度時，人物對話是衡量的關鍵之一，如前所述，其所寫對話由於接近生活，可令讀者的接收增速。然而除影響速度感外，賴和筆底的人物對語亦為小說帶來較強的戲劇感，並有通過人物形塑以批評當時日本統治者之效，值得仔細品味。

（一）小說對話與戲劇感

米克・巴爾（Mieke Bal, 1946- ）在《敘述學：敘事理論導論》（*Narratology: Introduction to the Theory of Narrative*）裡嘗言，對話的加插能提升敘事文本的「戲劇性」。[10]綜觀各式小說創作，巴爾所論可謂大體正確，但由於其僅屬泛化的意見，不同文本在加插對話後戲劇感的高低差異並未成為巴爾探究的焦點，而具體析說賴和小說如何藉對話增強戲劇效果，或許即能從這一「對話增加戲劇感」的普同現象中，發見賴和創作的獨特性。

首先，賴和小說中的對話種類頗繁，能夠製造較多樣的戲劇效果。作為

9　約翰・費斯克（John Fiske），郭鎮之等譯：《理解大眾文化》（*Understanding Popular Culture*）（北京市：中央編譯出版社，2001年），頁126。

10　米克・巴爾（Mieke Bal），譚君強譯，萬千校：《敘述學：敘事理論導論》（*Narratology: Introduction to the Theory of Narrative*）（北京市：中國社會科學出版社，1995年），頁162。

參照，弗利德里・狄倫馬特（Friedrich Dürrenmatt, 1921-90）劇本《羅姆魯斯大帝》（*Romulus the Great*）四幕的對話分別即有四種不同安排：（A）第一幕，對話呈相持狀態，騎士長官史布利烏司・堤圖斯・瑪瑪（Spurius Titus Mamma）連夜奔赴西羅馬皇帝羅姆魯斯・奧古斯都（Romulus Augustulus）在坎帕尼安的夏宮，亟欲謁見皇帝，報告前線敗績的情況，皇帝及其侍衛卻以各種理由拒絕瑪瑪，如吩咐其遞交申請，或「恩准」他先行睡覺休息。（B）第二幕，對話呈複沓狀態，眾聲喧嘩，甚至不無胡鬧的意味，如羅姆魯斯的女兒蕾雅（Rea）沉迷於戲劇訓練，東羅馬皇帝伽諾（Zeno）在提出請求時被兩位侍從監督必須吟唱詠嘆調，瑪瑪一再無意義地抱怨長期沒有歇息，褲子商人凱薩・路普夫（Caesar Rupf）發表古怪的世界大勢言論等；（C）第三幕，對話呈宏大狀態，眾人企圖刺殺羅姆魯斯，結果引出後者深邃睿智的歷史哲學，行刺者不得不理屈而退；（D）定本第四幕，對話呈遊說狀態，羅姆魯斯與日耳曼領袖歐都阿克（Odoaker）分別求死及自願歸降，但兩人都無法滿足對方，於是局面膠著，情節進展放緩，二人最終唯作較小讓步，而兩者的擔憂其實都未全然解除。[11]

　　這四種對話狀態，都能在賴和小說中找到對應的使用。如以〈鬥鬧熱〉為例：（A）相持狀態有「鬧」與「不鬧」的議論，有人為孩子被欺侮感到不平，提倡對抗：「不可讓他占便宜。」有人立即表示不必把事鬧大：「孩子們的事，管他做甚？」同時，有人覺得上番鬥鬧熱已是十五年前之事：「怕大家都記不起，再鬧一回亦好。」有人則心存戒懼：「要命，鬧起來怕就不容易息事。」意見對立，爭持不下；（B）複沓狀態如有一廳雜語中「甲」通俗甚至粗鄙的說詞：「某某和某等，不是皆發了幾十萬，真所謂狗屎埔變成狀元地。」「他媽的，看他有多大力量能夠反對！」「他正在發瘋呢。」「他媽的……花各人自己的錢，他不和人家分擔，不趕他出去，也就便宜，

---

11 弗利德里・狄倫馬特（Friedrich Dürrenmatt），，王安生、柯孝瑋、高國軒、黃怡蓁、蔡昌達、蘇傳笙譯：《羅姆魯斯大帝》（*Romulus the Great*）（台北市：台灣商務印書館，2008年）。

要硬來阻礙別人的興頭，他媽的！」「他媽的，老不死的混蛋！」（C）宏大狀態如有「丙」的懇切呼籲：「實在是無意義的競爭……在這時候，救死且沒有工夫，還有閒時間，來浪費有用的金錢，實在可憐可恨，究竟爭得是什麼體面？」「說什麼爭氣，孩子般的眼光，值得說什麼爭面皮！」老人關涉統治情形的回憶：「那時代，地方自治的權能，不像現時剝奪得淨盡，握著有很大權威……」（D）遊說狀態如有某人和「丙」皆著力勸止鬥鬧熱，眾人卻步步進逼，如謂「就說不關什麼……也是生活上一種餘興……不曉得順這機會，正可養成競爭心，和鍛鍊團結力」，謂學士、委員、中等學校卒業生、保正、市長和郡長等有學問、有地位的人士都支持鬥鬧熱，又說「能夠合官廳的意思……」致令一方的看法漸漸佔了上風。若不集中於一篇，人物對話的相持狀態實可以〈惹事〉、〈善訟人的故事〉為代表，複沓狀態實可以〈棋盤邊〉、〈浪漫外紀〉為代表，宏大狀態可以〈阿四〉、〈辱?!〉為代表，遊說狀態可以〈蛇先生〉、〈豐作〉為代表，可見賴和小說中人物對話的多元，且亦理應不限於此四門狀態之內，因類同於劇本的語言表現，能取得較強的戲劇效果。

這種對應除了顯示賴和小說確有較豐富的對話表現形式外，其中相持狀態一端，更格外有助於作品戲劇程度的增強。俄國形式主義的領軍人物維克托・什克洛夫斯基（Viktor Shklovsky, 1893-1984）曾指出多種有助延緩敘事的細節類型，認為這些細節愈豐富，則敘事作品的戲劇性愈高，而其中一項細節類型即為「不順遂的愛情」，要求當角色甲喜歡角色乙時，角色乙得喜歡丙，到乙回心轉意愛上甲時，甲又已經不愛乙了，藉由兩相矛盾展開情節。[12] 鮑里斯・托馬舍夫斯基（Boris Tomashevsky, 1890-1957）在其長篇論文〈主題〉（"Thematics"）裡亦指，需要在「男主人公愛女主人公，但女主人公卻愛男主人公的情敵」或是「男主人公和女主人公互愛，但男方雙親阻

---

12 Viktor Shklovsky, "The Structure of Fiction," *Theory of Prose*, trans. Benjamin Sher (Elmwood Park, Illinois: Dalkey Archive Press, 1990) 52-53；中譯見維克托・什克洛夫斯基，方珊譯，董友校：〈故事和小說的結構〉，《俄國形式主義文論選》（北京市：生活・讀書・新知三聯書店，1989年），頁12。

撓他們結婚」等的情境裡，情節才得以藉「鬥爭」為基礎而構成。[13]相持狀態的對話在某程度上取代了「不順遂的愛情」中人物的位置，藉由正反意見角力，一如兩相矛盾，一如相持鬥爭，演成「不順遂的對話」，令情節不會一瀉無餘，增加了變化，也符合戲劇化的要求。賴和小說中的具體例子，如有〈歸家〉所載：

> 「你！」我轉向賣圓仔湯的，「也有幾個兒子會賺錢了，自己也致著病，不享福幾年何苦呢？」因為他是同住在這條街上，所以我識他較詳一點。
> 「享福？有福誰不要享，像你太老纏可以享福呢，我這樣人只合受苦！」賣圓仔湯的答著，又接講下去，「囝仔賺不成錢，做的零星生理，米柴官廳又當當緊，拖著老命尚且開勿值，享福!?」

對話人先是一方提出「享福」的概念，表達正面的看法，繼而另一方加以否定，具體陳說「享福」之不可能，兩者見解全然相反，使得敘述能在一正一反中展開，曲折倍增，延長了走到結局的路程。同一組對話人其後又說：

> 「現時比起永過一定較好啦，以前一個錢的物，現在賣十幾箇錢。」
> 「啊！你講囝仔話，現在十幾箇錢，怎比得先前的一箇錢，永過是真好！講起就要傷心，我們已無生命，可再過著那樣的日子了！」

就著當下生活是否比以往為好的話題，雙方又表達不同意見，沒讓對話太順遂而不起波瀾。到後來，談話者還就入讀公學是「用得著」、「用不著」的問題各自表述，這邊廂方枘，那邊廂圓鑿，戲劇感就在這相持、矛盾中愈益增加。

　　此外，若細讀賴和的小說文本，更應可發現有時內文以接近劇本的形式寫作，如〈浪漫外紀〉所見，依在對話後的文字，像「這一句聲音有些柔

---

13 鮑里斯‧托馬舍夫斯基（Boris Tomashevsky），姜俊鋒譯，方珊校：〈主題〉（"Thematics"），《俄國形式主義文論選》，頁111-112。

和」、「提出名刺」、「接受名刺，那先生突然著一大驚，雖極力裝做鎮靜的樣子，不安的情狀，已不能掩飾」、「『拍』又是一聲肉的聲響」、「椅桌跌倒聲，碗碟破碎聲，骨頭皮肉的擊撞聲，混著女性驚駭痛楚的悲鳴」、「主人很殷勤地招待警官到樓下去」等，不就和劇本用於交代角色神情、動作、背景聲音的舞台提示如出一轍麼？在〈一桿「稱仔」〉中，賴和交錯使用「參」、「法官」來進行對話，在〈不幸之賣油炸檜的〉裡則連續使用「我：……」、「警：……」、「孩：……」的簡單標示，來呈現說話者的換替，說是採用了劇本的標示形式，亦無不可。這種直截了當的說話者身分交代，以及人物情狀、環境音聲書寫，都使得小說敘事更為緊湊，令戲劇性大為提高。

略作補充的是，由於賴和小說的人物存著某種「定型」，如日本警察「大人」欺侮台灣百姓，屢見於〈一桿「稱仔」〉、〈不如意的過年〉、〈不幸之賣油炸檜的〉等作之中，這種「面譜化」的角色，自然也與戲劇有著可相勾連的地方。在日本狂言的長河中，「大名狂言」和「小名狂言」是兩道主流，常寫居於鄉下、愚鈍缺乏修養的大名挾其僅有的權勢，戲弄他人取樂，或是反過來，遭到手下的挑戰與捉弄，前後兩者有類於賴和小說中日本警察在台作威作福的情境及諸如〈一桿「稱仔」〉、〈惹事〉中平頭百姓抗衡警方的書寫。此外，日本狂言亦有「憨女婿」的主題，跟賴和〈未來的希望〉中阮大舍的形象也有比讀並觀的空間。[14]這些主題、人物形象上的冥契暗合處，正可以開啟賴和與日本文學的「互文」研究，似乎有進一步探討的空間。

（二）人物形塑與顛覆上位：執法者的說話和「梅尼普體諷刺」

米哈伊爾·巴赫金（Mikhail Bakhtin, 1895-1975）在《陀思妥耶夫斯基詩學問題》（*Problems of Dostoevsky's Poetics*）中提出「梅尼普體諷刺」的十

---

14 李玲：《日本狂言》（北京市：外語教學與研究出版社，2010年），頁52-60。

四項指標，[15]其中第9、第10點的內容為以鬧劇、古怪行徑為典型場面，及充滿如善心藝妓、高尚強盜等不相襯的形象。賴和小說中，如〈浪漫外紀〉有在酒樓嬉笑、爭執、打鬥的混亂情境，〈棋盤邊〉有以「烏龜老鴇」、「打雀燒鴉」取代「忠臣孝子」、「讀書耕田」的無聊士紳，其行事說話不著邊際，飽食終日而無所用心，亦有〈惹事〉中被稱為「流氓」卻心地正直、行事勇敢之士，此等書寫實皆與「梅尼普體諷刺」第九、十點相應，而本應維護法紀、除暴安良的警察，在賴和小說中卻盡都橫蠻枉法、殘民自肥，最是值得探研。

仍然從語言的角度觀照，日本統治者的正式宣佈往往咬文嚼字，規範而合乎體統，如頒布於一九二四年六月三十日的《台灣度量衡規則》，其文第十條謂：「下列各號度量衡器、計量器，除台灣總督規定之場合外，不得販賣或為販賣而持有：一、無政府證印與檢定證印的器物。二、前條之修覆，而後受檢定不合格者。三、經變造之器物。四、在總督府規定的公差以上的狂差器物。五、不具備台灣總督規定之構造之器物。」第十五條謂：「相關官吏認定度量衡器取締、或度量衡計量取締有必要時，得於店鋪、工場或其他場所進移臨檢。相關官吏臨檢時認定有度量衡相關之犯罪，為證明其犯罪事實得沒收其物件。」[16]堂而皇之，正大而嚴肅，予人重視法治、講求理據的觀感。

可是，執法人員的語言在賴和筆下卻是另一模樣。在〈不如意的過年〉中，巡警的話粗鄙惡俗，欠缺文化，如以「你仔」甚至「畜生」蔑稱、辱罵台灣人，當說話被打斷時，竟直斥謂：「豬！誰要你插嘴？」在〈一桿「稱仔」〉裡，巡警則連連以「畜生」罵人：「不去？畜生！」「畜生昨天跑到那兒？」「畜生，到衙門去！」其說話與官方語言存著天壤之別。另外，賴和

---

15 米哈伊爾‧巴赫金（Mikhail Bakhtin），白春仁、顧亞鈴譯：《陀思妥耶夫斯基詩學問題》（*Problems of Dostoevsky's Poetics*）《巴赫金全集》第5卷（石家莊市：河北教育出版社，1998年），頁150-56。

16 陳慧先：《「丈量台灣」──日治時代度量衡制度化之歷程》（台北市：國立台灣師範大學碩士論文，2008年），頁68。

寫〈一桿「稱仔」〉裡巡警的「同路人」──法官與秦得參的對語時，亦重
點呈現其武斷無理：

> 「汝曾犯過罪嗎？」法官。
>
> 「小人生來將三十歲了，曾未犯過一次法。」參。
>
> 「以前不管他，這回違犯著度量衡規則。」法官。
>
> 「唉！冤枉啊！」參。
>
> 「什麼？沒有這樣是嗎？」法官。
>
> 「這事是冤枉的啊！」參。
>
> 「但是巡警的報告總沒有錯啊！」法官。
>
> 「實在冤枉啊！」參。
>
> 「既然違犯了，總不能輕恕，只科罰汝三塊錢，就算是格外恩典。」
> 法官。

這段對話可分成三個層次：一、法官先問秦得參曾否犯法，秦得參表明未嘗
違反法紀後，法官卻只一句以前且不管他，便懸擱了對其清白紀錄的考慮，
是知無論如何答覆，秦得參都難免受禍，因該法官實存心網民，陷人於罪並
從而刑之；二、法官並無聽取解釋的意願，一準「巡警的報告總沒有錯」為
原則，未聽辯白，先已作了審決，不甚講理；三、科罰秦得參錢財，一時說
「不能輕恕」，一時謂「格外恩典」，搬弄文詞，其發言基礎卻為無根無據的
「既然違犯了」，顛倒黑白，混淆是非，最無法理可言，活脫脫是現代版的
楚州太守桃杌。統言之，藉著人物對話的書寫，賴和尖銳地暴露出日本執法
者──警察、法官與政府文書所表現的統治者形象大相逕庭的事實，對日本
的管治作出了強烈的抨擊。

　　撇開人物的形塑不言，賴和的這一書寫表現更是暗合了巴赫金重視「狂
歡」以挑戰上位的策略[17]──巡警鮮少文化的詈罵破除了日人強調的禮儀，

---

[17] 錢中文：〈交往對話主義的文學理論──論巴赫金的意義〉，《錢中文文集》（上海市：
　　上海辭書出版社，2005年），頁467。

法官如同鬧劇的審訊消解了口稱重視的法治，日本統治者如通過公文建構的正統、正義，乃至其自視高人一等的菁英心態都遭到逆向處理、褻瀆、貶低、顛覆、瓦解，上層的不堪與罪惡被揭示出來，而「不搬配」不相襯的形象更可以導出統治者「不配」的暗藏結論，察諸巴赫金的言說，這種暗藏於字裡行間的政治批評，便屬「梅尼普體諷刺」的第十四點：具有現實的政論性，自有其思想的力度。

四　結語

隨著時代變遷以及創作技法的月異日新，賴和的寫作亦不免受到過時或語言粗糙的質疑。然而，其於台灣新文學萌芽階段，即已開啟了速度感不一、面貌多樣化的創作實踐，又策略性地利用人物對話來增加戲劇性、批判社會，這筆寶貴遺產，實值得後人加以注視。退一步言，能夠駕馭不同的文本節奏，變化靈活，能夠寫出富於內涵的人物對語，實都是賴和小說的藝術成果、魅力所在，獨立地看，也是值得欣賞、學習的。

參考書目

一 賴和小說

張恆豪主編：《賴和集》（台北市：前衛出版社，1991年）。

施淑（施淑女）編：《賴和小說集》（台北市：洪範書店，1994年）。

二 中文著作

李玲：《日本狂言》（北京市：外語教學與研究出版社，2010年）。

莫言（管謨業）：《神聊——莫言最新中短篇小說選》（北京市：北京師範大學出版社，1993年）。

陳慧先：《「丈量台灣」——日治時代度量衡制度化之歷程》（台北市：國立台灣師範大學碩士論文，2008年）。

錢中文：《錢中文文集》（上海市：上海辭書出版社，2005年）。

三 翻譯論著

什克洛夫斯基，維克托（Shklovsky, Viktor）等著，方珊等譯：《俄國形式主義文論選》（北京市：生活・讀書・新知三聯書店，1989年）。

巴特，羅蘭（Barthes, Roland），屠友祥譯：《S/Z》（*S/Z*）（上海市：上海人民出版社，2000年）。

巴爾，米克（Bal, Mieke），譚君強譯，萬千校：《敘述學：敘事理論導論》（*Narratology: Introduction to the Theory of Narrative*）（北京市：中國社會科學出版社，1995年）。

巴赫金，米哈伊爾（Bakhtin, Mikhail），白春仁、顧亞鈴譯：《陀思妥耶夫斯基詩學問題》（*Problems of Dostoevsky's Poetics*），《巴赫金全集》第5卷（石家莊市：河北教育出版社，1998年）。

伊瑟爾，沃夫爾岡（Iser, Wolfgang），金惠敏等譯：《閱讀行為》（*The Act of Reading: A Theory of Aesthetic Response*）（長沙市：湖南文藝出版

社，1991年）。

狄倫馬特，弗利德里（Dürrenmatt, Friedrich），王安生、柯孝瑋、高國軒、
　　黃怡蓁、蔡昌達、蘇傳笙譯：《羅姆魯斯大帝》（*Romulus the Great*）
　　（台北市：台灣商務印書館，2008年）。

萊恩・邁克爾（Ryan, Michael），趙炎秋譯：《文學作品的多重解讀》
　　（*Literary Theory: A Practical Introduction*）（北京市：北京大學出
　　版社，2006年）。

費斯克，約翰（Fiske, John），王曉玨、宋偉杰譯：《理解大眾文化》
　　（*Understanding Popular Culture*）（北京市：中央編譯出版社，
　　2001年）。

賽佛林，沃納（Severin, Werner J.）、小詹姆斯・坦卡德（James W. Tankard,
　　Jr.），郭鎮之等譯：《傳播理論起源、方式和應用》（*Communication
　　Theories: Origins, Methods, and Uses in the Mass Media*）（北京市：
　　華夏出版社，2000年）。

四　外文著作

Havránek, Bohuslav. "The Functional Differentiation of the Standard Language."
　　A Prague School Reader on Esthetics, Literary Structure, and Style.
　　Trans. Paul L. Garvin. Washington: U of Georgetown P, 1964. 3-16.

Mickelsen, David. "Types of Spatial Structure in Narrative." *Spatial Form in
　　Narratives*. Eds. Jeffrey R. Smitten and Ann Daghistany. Ithaca: Cornell
　　UP, 1981. 63-78.

Shklovsky, Viktor. *Theory of Prose*. Trans. Benjamin Sher. Elmwood Park, Illinois:
　　Dalkey Archive Press, 1990.

現代性視域下的賴和

林俊臣

摘要

　　本文試圖以本雅明（W.Benjamin）、傅柯（M.Foucault）的現代性眼光，探討賴和作品中的具現代性質素的內容。此來自東西方文本得以對接的關鍵在於本雅明面對歐陸現代化發展的同時，觸及了傳統生活形態在現代進程中的諸多矛盾與擔憂。而傅柯《何謂啟蒙》一文對啟蒙本身的反省與賴和作品中的思路亦多有相契合之處；而傅柯對生命政治的深入思考將有助於我們凸顯賴和〈蛇先生〉作品中，在批判日本殖民政權以現代法律統治台灣百姓的假公濟私之外，仍能關注到現代法律與地方性知識系統的價值衝突。

關鍵詞：賴和、現代性、啟蒙

一　在文學中啓蒙

> 兄弟們
> 這二十世紀
> 是解放運動全盛之時。
> 久已高高漲起。
>
> 無奈何我可愛的台灣、
> 尚閉置在真空裡！
> 沒有傳波的空氣、
> 終只寂沈沈反動不起。
>
> 唉太陽高起來了
> 氣壓變動了、物質膨脹了。
> 真空的瓶兒微微的破裂了。
> 新鮮的氣流透進來了。
> 快醒吧、不可耽眠了。[1]

　　這首詩是賴和在一九二三年寫下，屬於早期的新詩作品，也是賴和進入小說形式書寫前的作品，此詩充滿著啟蒙者浪漫的淑世熱情，不只呼應了賴和終其一生從事社會運動的諸多行誼，賴和更在往後的小說作品裡不斷的闡釋與探索啟蒙之於台灣人民及之於自己的意義。在日治時期的台灣觸及啟蒙議題，必須釐清啟蒙與現代性間的複雜內涵，也必須留意目前在學術上尚未被人留意的雙重現代性問題，並以此視角回顧賴和的小說作品，才有可能深刻地挖掘出賴和如何在文學作品，以人間世的順逆悲歡情節進行有關現代性

---

[1]　林瑞明：《台灣文學與時代精神──賴和研究論集》（台北市：允晨文化出版公司，1993年3月），頁45-46。

的「哲學」探索。此當無異於賴和以文學白話文學意圖扭轉人心的本意初衷。

根據林瑞明的研究從各方面指出賴和從讀醫科開始即與革命黨人的關係密切甚至其於一九一九年赴廈門行醫都與中國政府的政治活動的可能性，另一方面賴和無論在思想及文學發展深受中國五四啟蒙思潮的影響則是毋庸置疑的。[2]表面上看來，這兩者間的關係僅僅視為背景的說明即可，若是將賴和所接觸而介入台灣的五四思潮，當作民國文化精神在台灣的生根則有可能產生凸顯四九年國民政府文化的保守性格，進而在重新構造台灣文化性的同時納入反省批判各種體制下的現代華人社會之可能性條件。[3]怎麼說五四對於我們討論賴和如此的重要呢？因為如果五四精神是啟蒙賴和的主要思想資源之一，那麼賴和在台灣的一生行誼則也可視為對五四精神的某種踐履與演繹了。也就是說，我們可以一九四九年前後的兩種漢文化間找到兩種可連續性的現代性基礎。在賴和的文學作品中我們可以明確感受到，賴和雖然有著對於啟蒙的信仰，卻也不斷地在思考如何具體落實問題，作為無力者的賴和自然轉向關注漢人傳統價值與殖民新秩序所帶來種種文化差異間的價值辯證。而這兩種價值同時也具足在賴和自己的身上。

在林瑞明的研究裡多次意欲撇清賴和與左派思想間的關係，就目前的時空環境而言顯然已無其必要。[4]因為若是正視賴和及其他知識份子的言行，以及二十世紀三零年代台灣左派思想的發展，有可能在賴和的作品中找到一種調和傳統漢文化、左派思想、與民國文化（五四精神）的宏觀視野，而此視野正好是面對目前兩岸三地華人政治文化情勢的嚴峻課題所獲缺的。所以從思想的角度詮釋賴和作品，確然不失為一種突破的方法。本文礙於學力所限，僅就閱讀賴和作品之心得略作闡釋，希冀能獲致理想目標之十之一二。

2　參見林瑞明：《台灣文學與時代精神——賴和研究論集》（台北市：允晨文化出版公司，1993年3月），頁16-18。

3　參見拙著：〈在鹿港談中華文化〉，《思想》第25期（2014年5月），頁205-214。

4　見林瑞明：《台灣文學與時代精神——賴和研究論集》（台北市：允晨文化出版公司，1993年3月），頁94。

二 何謂啓蒙？

> 啊！時代的進步和人們的幸福原來是兩件事，不能放在一處併論的
> 喲。[5]

　　啟蒙在一般的理解裡總是意味著某種新時代的降臨，似乎只要進入了歷史學意義的啟蒙之後，人彷彿不必經過任何的自我轉化工夫，就能搭上歷史的順風車而成為被啟蒙的一分子，可貴的是啟蒙者賴和在其文學作品中，不斷地呼應歐陸哲學大家的視野來反思啟蒙的真正意義。首先對啟蒙提出反思的是德國思想家康德（Kant），而當代繼此反思而發出深切疑問的是法國思想家傅柯（Michel Foucault）他說：

> 康德開門見山地指出，標誌著「啟蒙」這「出口」是一種過程，這過程使我們從「未成年」狀態中解脫出來。他所說的「未成年」是指我們的意願的某種狀態，這種狀態使我們接受某個他人的權威，以便我們可以走向使用理性的領域。康德舉了三個例子：當書本代替我們的知性時，當某個精神領袖代替我們的意識時，當醫生為我們決定我們的特定食譜時（順便指出，很容易看出其中的批評意味，儘管文章並沒有明白的表露），我們就處在「未成年」狀態。總之，「啟蒙」是由意願、權威、理性之使用這三者的原有關係的變化所確定的。[6]

亦即傅柯認為所謂的啟蒙應該是對時代性的切身體會，進而對自己發出某種自我轉化的律令。於是他從康德那邊歸納出意願、權威、理性之間的關係為考察啟蒙的關鍵。如前所述，所指之意願已經標誌著啟蒙與個體性的密切關聯；而權威所觸及的將是個體如何看待權力持有者以及所作用之事物；理性

5　李南衡主編：《賴和先生全集》（台北市：明潭出版社，1979年3月），頁229。

6　傅柯：〈何謂啓蒙〉，見杜小真編選：《傅柯集》（上海市：上海遠東出版社，2003年3月），頁530。

則是指對於知識的使用態度。其實這三者都是不斷的呼應著主體的問題，更切確地說既是主體更是關於主體內自己與自己關係的倫理問題。傅柯如此說道：

> 人自身要對所處的未成年狀態負責。應該認為，人只有自己對自己進行改變才能擺脫這個狀態。康德意味深長地指出，這個「啟蒙」具有一種「有題銘的紋章」。所謂有題銘的紋章，即是一種人們互相識別的標記，它也是人們給自己下的指令和對他人的指令。這指令是什麼呢？「要有取得知識的勇氣和膽量」。因此，應當認為「啟蒙」既是人類集體參與的一種過程，也是個人從事的一種勇敢行為。人既是這同一過程的一分子也是施動者。他們可以成為這個過程的演員，條件是作為這個過程的一分子；這種情況之產生，必須是人自願決定充當其中的角色。[7]

作為啟蒙者的賴和，雖然也有運動者淑世熱情的一面，然而其透過文學的手法亦不時透露出與哲學家無異的視野，關注反省到啟蒙的現實意涵，即關於啟蒙的應然與實然在二十世紀初位於亞洲的台灣的真實處境。可從文獻中得知當時台灣知識分子致力於瀰漫一世的啟蒙理想，可從台灣民報一篇名為〈文化運動的目標〉的社論看出：「所謂『我』的自覺，是成立於確認自己的人格，而打破一切偶像，懷疑自己，不信一切，終而批評自己，批評一切。這種現象，也漸發現於東洋諸國了。日本本國中的成績已大有可觀，中國的進步，印度的運動，都很急激。然而我台灣呢？真是消沈極了！一般人多不知道有一個『我』，日常生活以至於百般行為，都盲從繼承的法則，尊奉一切偶像，對於一切，不消說沒有存著什麼疑，而批評之，便是對於自己，也只是醉生夢死的不存疑，不批評。如此，欲其不為世界文明的落伍

---

7 傅柯：〈何謂啟蒙〉，見杜小真編選：《傅柯集》（上海市：上海遠東出版社，2003年3月），頁530。

者，何異責明于垢鑑！」[8]或許我們可以以此背景理解賴和於參與的文化社會政治運動中，所表現出的風格：「他並非是政治性格強烈之人，賴和願站在中間地帶，盡力協助一切提升台灣文化向上，為台灣人的政治權力而奮鬥……。」「他不像蔣渭水、王敏川、蔡培火……等政治人物，未具明顯的政治性格，甚至在整個運動中，看不到闡釋他政治理念的文章；也不類後起的無產青年，在強烈的意識形態之下，不顧一切橫衝直撞，掀起巨大的衝突。」[9]或許正是哲人的深邃思想不讓賴和輕易顯露立場，當然對於其他鼓吹改革的啟蒙者，在賴和不無絃外之音的文字中可窺見其看法：

> 他們到了 T 市，一起擁到講演的面前去，想瞻仰講演者、他們想像中的救世主的丰采。[10]

即啟蒙者的付出固然珍貴可敬，然而若是對於自己信奉的理念未曾給予批判性的接受，那麼民眾們加諸於自己的一切光環，終究還是虛幻不實的。此外，賴和應對言論檢查制度的態度可由如下文字見得：

> 但有一點可以期待的，就是當事諸君的妙筆，要使所發表的能通過檢查，而又不至於全部抹殺我們的意志。[11]

由今視昔可以明確感受到賴和言說的理想觀眾就是處於分裂邊緣的文化協會之諸同志。其口吻不是以滔滔雄辯地說話術來召喚民眾的理想與熱情，相對的採取迂迴的路徑以獲得功效為上的務實態度。

8　李南衡編：《日據下台灣新文學明集5‧文獻資料選集》（台北市：明潭出版社，1979年3月），頁。

9　林瑞明：《台灣文學與時代精神——賴和研究論集》（台北市：允晨文化出版公司，1993年8月），頁145。

10　李南衡主編：《賴和先生全集》（台北市：明潭出版社，1979年3月），頁337。

11　李南衡主編：《賴和先生全集》（台北市：明潭出版社，1979年3月），頁240。

三　經驗與貧乏

在德國思想家本雅明（W.Benjamin）的一篇重要短文〈經驗與貧乏〉裡，出現了與賴和同時期東西方知識份子對於技術文明來臨，所產生的不安與焦慮。而此二十世紀初知識份子對於時代改變卻有值得觀察比較的必要。賴和與本雅明不只同為處在新舊文化斷裂時代的知識精英而已，他們還同樣的有著左派思想的背景，以及身處於被視為次等公民的被壓迫者之社會背景之中。賴和處於日本殖民統治的時代因為參與文化協會活動鼓吹民族主義及議會請願等活動而幾度入獄最終罹患疾病而死，而本雅明卻是因為猶太血統之故工作屢遭打壓，進而不耐迫害流亡而自裁。本雅明是如此表述文明類型轉換間的經驗與貧乏，他將傳統文化的一切視為既成的習俗，其中包含了令人亟欲捨棄的陋習與支配著傳統社會運作的倫理價值；以貧乏指涉著現代文明一切尚新而急欲抹去任何歷史軌跡的進步思潮，其中本雅明未必給予任何一方積極的肯定或否定，只是陳述著自己的觀察與疑慮，而樹立現代性人文關懷的思想典範。他說：

> 我們經驗的貧乏只是更大的、以新的面目—其清晰與精確就像中世紀的乞丐一般——出現的貧乏的一部份。因為如果沒有經驗使我們與之相聯繫，那麼所有這些知識財富又有什麼價值呢？上一世紀各種風格和世界觀的可怕混雜已經明確地告訴我們：虛偽的或騙取來的經驗將我們引向何方，因此我們不能再認為：承認自己的貧乏很丟臉。不，我們承認：這種經驗貧乏不僅是個人的，而且是人類經驗的貧乏，也就是說，這是一種新的無教養。[12]

簡而言之，如果捨棄了傳統的積淀，那麼所謂一切尚新的思潮終將人類帶回

12　本雅明著，王炳鈞、楊勁譯：《經驗與貧乏》（天津市：百花文藝出版社，1999年9月），頁253-254。

一種新的野蠻時代，因為我們不再憑藉傳統的經驗與智慧度日，轉而需要於繫在進步文明的口號之下，重新探索生活的方式。然而，這種對於現代文明的疑慮，對被視為時代啟蒙者的賴和而言，作品裡並非毫無關注，其實我們仍然可以在賴和的作品中看到不少賴和對於現代文明疑慮的著墨，首先從我們可以在賴和的作品中看出其介於傳統與現代文明間的猶疑與反思，在其遺稿《城》述及了彰化古城面對現代機器文明的遭遇時提到：「這城我沒讀過縣誌，不知道經過多少年代，但是我曾看見過它的頹壞，也曾看見它的重修，不過新又要保存它的尊貴，所以不久就再頹壞，因為內部的腐朽，不是表面的修理塗飾所能除去。反至現代的機械文明，侵入到我們這精神文明的中心－這是被人稱頌過的榮譽－的我們地方來，它的最後運命便被決定了。」[13]

其中，以「內部的腐朽」象徵傳統中陳舊的陋習並非治標不治本的修理塗飾所能改革，然而這些改革若僅僅只是借由現代機械文明的名義就能改變嗎？而「被人所稱頌過的榮譽」意指在傳統中我們仍難以捨棄忘懷的部分。賴和又提到：

> 現代機器文明的寵兒，在現在可以講是自動車，所以街路上不時看見有自動車的奔馳，上北下南也在和火車競走。這座城樓恰鎮在上下南北的要道，有時候不曉得是故意過失，或不可抗力，自動車竟會爬到城壁上去，這的確是運轉手無老練，斷不是這古蹟有礙著交通，會阻碍文明的向上。怎樣竟決定了要把成拆廢？所以那一班尊古尚舊的先生，就皆不平怒罵而至奮起，要求把這古蹟保存，「保存，著保存。」街當局也這樣講，不過保存它要相當金錢。尊古尚舊的先生們，既擔不起這負擔，一般的愚百姓，竟不知道古的尊貴，結局沒法度，也只有含著一眶眼淚，看他被拆廢而已。[14]

---

13 李南衡主編：《賴和先生全集》（台北市：明潭出版社，1979年3月），頁326。
14 李南衡主編：《賴和先生全集》（台北市：明潭出版社，1979年3月），頁326-327。

自動車（汽車）這種現代機器文明的產物，對傳統城市風景產生的改變最
大，因為過去以人或獸力為空間主體的城鎮發展，在汽車出現之後便完全以
另一種城市規劃的態度介入傳統城市的聚落肌理，功能主義建築師科比意
（Le Corbusier，1887-1965）的名言：「直線比曲線道德。」，宛如宣判了傳
統空間的不再時行的最終命運。在此時賴和或許聽到某些主張拆除城樓的理
由為防礙著汽車的行進之理由，而斥其荒謬，故曰：「這的確是運轉手無老
練，斷不是這古蹟有碍著交通，會阻碍文明的向上。怎樣竟決定了要把成拆
廢？」[15]然而古蹟保存與發展之間當以保存不可逆之歷史軌跡為優先，所謂
「古的珍貴」這個在二十一世紀還有待努力成為官民共識的論題，已經被賴
和以其現代性的敏銳初步勾勒出來。顯見作為啟蒙者的賴和並不是為了改變
而改變，而是在新舊價值之間賴和仍然有著衡諸一切的能動的主體存焉。於
此傅柯對於啟蒙態度的嶄新詮釋若合於賴和，傅柯提到：

> 這並不意味著必須支持或反對「啟蒙」，更確切的說，這乃是意味著
> 必須拒絕可能以簡單化的或權威的形式表現出來的要求：或者你接受
> 「啟蒙」，那你就仍然留在理性主義傳統裡（有人把這看成是必須肯
> 定的，而另一些人則把這看成是應當指責的）；或者你批評「啟蒙」，
> 那你就會設法擺脫這些理性原則（這一點也同樣可能被理解為好的或
> 壞的）。以設法確定在「啟蒙」中可能有好的或壞的因素的方式，把
> 「辯證」的細微差異引入這種對啟蒙的敲詐中，這絕不是擺脫了敲
> 詐。我們作為由「啟蒙」在某個方面從歷史上加以確定的人，應當設
> 法對自身進行分析。[16]

亦即，在新文化運動如火如荼的進行中，主其事者之一的賴和已能關注到
「啟蒙」的外在形式（現代化）與內涵的差別，而能以啟蒙落實到於台灣這

---

15 李南衡主編：《賴和先生全集》（台北市：明潭出版社，1979年3月），頁329。

16 傅柯：〈何謂啟蒙〉，見杜小真編選：《傅柯集》（上海市：上海遠東出版社，2003年3
月），頁537。

塊土地所發生之事情，進行諸多的關注與反思。對於拆除城樓這件事件而言，所謂的理性原則是對於一個還未能在感受空前便利驚喜的當下，好好沈澱下來思考的那個東西。賴和亦未如同那些「尊古尚舊」的保守知識份子，眼中只有傳統的價值，從未能辨別其中之優缺，於是我們不容易在賴和的這篇作品中看到到底該主張拆除或保存的清楚態度，而是不斷地在後面的段落裡述說著關於這座城樓的掌故及傳奇，大肆的渲染著「雷起大成殿、鬼哭明倫堂」等妖異冥契傳說，說明「當時的社會可以講是建在鬼神的基礎之上，不僅是災害病痛、家事國政，要去求鬼神解決，就是一隻鳥忽然飛進曆裏來，一尾蛇爬進城門去，也講是鬼使神差……。」因此也偷偷把城樓轉而成為這些迷信文化的象徵或同一時代的產物，其中有些雖然是負面的但也不無令人難以割捨的情懷存焉。現代文明對傳統社群聚落的破壞在《歸家》中也有著墨：

> 市街已經改正，在不景氣的叫苦中，有這樣建設，也是難得，新築的高大的洋房，和停頓下的破陋家屋，很顯然地象徵著廿世紀的階級對立，市面依然是熱鬧，不斷地有人來來往往，但是以前的大生理，現在都改做零賣的文市，一種聖化這惡俗地街市的人物，表演著真實的世相得乞食，似少去了許多，幾幾乎似曉天的星宿，講古場上，有幾處都坐滿了無事做的閒人。[17]

新舊中西建築的雜陳，是財富資產、階級的外化，空間的改變同時也改變著人們的生活形態，將乞食者聖化的描繪，有著與本雅明類似的觀察，乞食者所反映著的某種世道人心某種光景，是社會觀察家及思想家們考察城市文化不可忽略的對象，因為他們總能透過乞食者、拾荒者、妓女等邊緣人物中，透視這世道人心。賴和雖不以哲學家自許，然而其哲人之眼已經能在其文學作品中流露著殊異於他人的慧點。

---

17 賴和：《賴和全集‧小說卷》（台北市：前衛出版社，2000年6月），頁24-25。

四 知識與權力的反思

　　賴和本身的醫學專業來說〈蛇先生〉通常被視為旨在破除迷思的一部作品。然而，若以本雅明式的現代性視角觀之，我們卻可以在〈蛇先生〉中看到賴和現代性思維的細膩之處。也許不必然要以如下斷語視之：「這篇小說，賴和寫來生動有趣，是啟蒙時代破除舊社會『迷思』（myth），導引進步觀念的作品。」[18]我們可以試著在這部作品中看到賴和如何探討知識與真理的關係。其中以：「法律！啊！這是一句真可珍重的話，不知在什麼時候，是誰個人創造出來？實在是很有益的發明，所以直到現在還保有專賣的特權。世間總算有了它，人們才不敢非為，……他的特權所有者就是靠他吃飯的人，準會餓死，所以從來不曾放鬆過。像這樣法律對於他的特權所有者，是很有利益，若讓一般人民于法律之外有自由，或者對法律本身有疑問，於的他們的利益上便覺有不十分完全，所以把人類一切行為，甚至不可見的思想，也用神聖的法律來干涉取締，人類的日常生活、飲食起居，也須在法律容許中，才保無事。」[19]這段話以法律的普遍性，概括現代文明中對於生命政治的控制，亦反省了法律執行者及其邊際獲益者本身的荒謬。賴和並不只在此反省法律的執行者，他在與《一桿「秤仔」》同一稿本的《新時代青年的一面》也有更具批判性說法可供補充，他說：「現在汝們所謂法不是汝們做的保護汝們一部份的人的嗎，所謂神聖這樣若是能無私地公正執行也還說得過去，汝們在法的背後，不是還受到一種力的支配嗎？汝們敢立誓嗎？汝們能無污了司法神聖嗎？簡直在服務罪惡的底下，所以我沒有辯論，雖不服，不該服也不能服，所以也就服了。」[20]以及《僧寮閒話》裡提到：「現大千世界裡有何法律？但有維持特別階級之工具而已，亦不過一

---

[18] 林瑞明：《台灣文學與時代精神——賴和研究論集》（台北市：允晨文化出版公司，1993年8月），頁102。

[19] 賴和：《賴和全集·小說卷》（台北市：前衛出版社，2000年6月），頁92。

[20] 賴和：《賴和全集·小說卷》（台北市：前衛出版社，2000年6月），頁61。

種力的表現罷。」[21] 都直接挑明講出執法者見不得人的私心。

當法律介入醫療，以保障合於理性原則的醫療制度，同時也意味著人的肉身及其生命、精神亦將置入法律的管轄之內。故而賴和以如下口吻提到：「疾病也是人生旅路一段行程，所以也有法律的取締，醫生從別一方面看起來，他是毀人的生命來賺錢，罪惡比強盜差不多，所以也有特別法律的干涉。」[22] 關於這種說法，傅柯於《巔瘋與文明──精神醫學的誕生》一書有過詳盡的考察，亦即當醫學領域發展到可以處理人的精神世界之時，知識與權力將以更為幽微的方式掌控人而毫無覺察，於是賴和在二十世紀三零年代，這個在亞洲最早落實現代醫學的地區之一的台灣，其所提出的反省就顯得格外具有意義。 賴和對此論題的處理方式很特別，其設定的主角蛇先生是一個生活在傳統文化價值體系下的勞動者，既沒有新教育的洗禮，工作可能也不在三百六十行之列，但是憑藉著對自然現象及生活偶然觀察所得的經驗，歸納出民眾被毒蛇咬傷的情況可分為陰毒跟陽毒兩種，並藉此可能無法為現代醫學所檢証的常識，輕易處理民眾毒蛇咬傷的問題，而聲名遠播。值得留意的是，此醫療行為的開端正是以「在他（蛇先生）隔壁庄，曾有一個蛇傷的農民，受過西醫的醫治，不見有藥到病除那樣應驗，便由鄰人好意的指示，找蛇先生去，經由他的手，傷處也就漸漸地紅褪腫消了。」[23] 凸顯了西醫在處理蛇毒問題的侷限。然而其不為法律所保障的準醫療行為，很快的就遭到檢肅，即便是象徵意義的警告，樸實的蛇先生卻因不知變通的堅持，以無祕方可言而無法被羅織罪名，讓法律執行者沒有台階可下，反遭一頓責打。在這裏不只透露出醫療與法律間的共生關係，賴和也經由深描法律執行者的敘事手法，表達出對此關係嘲諷，賴和分別以如下文字寫道：

> 他們平日吃飽了豐美的飯食，若是無事可做，於衛生上有些不宜，生活上也有些乏味，所以不是把有用的生產能力，消耗於遊戲運動之

21 賴和：《賴和全集‧小說卷》（台北市：前衛出版社，2000年6月），頁5。
22 賴和：《賴和全集‧小說卷》（台北市：前衛出版社，2000年6月），頁92。
23 賴和：《賴和全集‧小說卷》（台北市：前衛出版社，2000年6月），頁91。

裏，便是去找尋 —可以說去製造一般人類的犯罪事實，這樣便可以消遣無聊的歲月，併且可以做盡忠於職務的證據。蛇先生的善行，在他們的認識裏，已成為罪惡。沒有醫生的資格而妄為人治病，這是有關人命的事，非同小可，他們不敢怠慢，即時行使職權，蛇先生便被請到留置間仔去。[24]

法律的營業者們，所以忠實於職務者，也因為法律於他們有實益，蛇先生的偷做醫生，在他們實益上是絲毫無損，無定著還有餘潤可沾，本可付之不問，設使有被他祕方所誤，死的也是別人的生命。[25]

執法者是抽象法律條文在生活世界具體落實的表現，所以執法者除了需要諸多如制服、佩刀等行頭來裝扮其身份外，最重要的還是要付諸於證明法的存在及有效性的行動上，雖然賴和在文字作品中調侃執法大人的筆調，有其面對殖民統治的對抗意識存焉。然而，執法者介於自然人與執法人身份的弔詭，即以執法人身份掩護自然人之生存欲望。雖然執法行動的依據還是來自於法本身，但是卻已經被執法者以個人的私慾好惡所工具化了，此議題總是在賴和作品中以各種敘事手法不斷地被強調。其次，賴和在〈蛇先生〉中還「探討」了作為立法依據的知識體系，在那個知識即真理的啟蒙風潮之下，若無某種思想洞察的工夫顯然不會觸及到這個層次。賴和僅以「西醫」兩字而不指明該西醫來自何地及其姓名，似有以此代稱所有接受現代醫學洗禮的醫生，試圖給予讀者所有西醫皆作如此想的普遍性觀感。若是比較小說中對西醫拜訪蛇先生橋段前的空景描述，可以發現賴和似乎有意在暗示蛇先生的知識結構，與其所處之恬淡嫻靜的農村景緻間有著多麼難以言詮關聯，賴和的描述如下：

雨濛濛下著，蛇先生對著這陣雨在出神，似有些陶醉於自然的美，他看見清蒼的稻葉，金黃的粟穗，掩映在細雨中，覺得這冬的收成已是

---

24 賴和：《賴和全集・小說卷》（台北市：前衛出版社，2000年6月），頁93。
25 賴和：《賴和全集・小說卷》（台北市：前衛出版社，2000年6月），頁93。

不壞，不由得臉上獨自浮出了微笑，……。一支閹雞想是起得太早，縮上了一隻腳，頭轉向背上，把嘴尖插入翼下，翻著白眼，瞌睡在蛇先生足傍。榕樹下臥著一匹耕牛，似醒似睡地在翻著肚，下巴不住磨著，有時又伸長舌尖去舐牠鼻孔，且厭倦似地動著尾巴，去撲集在身上的蒼蠅。訓養似的白鷺絲，立在牛的領上，伸長了頸在啄著黏在牛口上的餘沫。池裡的雨因這一陣新鮮的雨，似添了不少活力，潑剌一聲，時向水面躍出。兒童們尚被關在學校，不聽到一聲吵鬧。農人們尚各有工作，店仔口來得沒有多少人，讓蛇先生獨自一個坐著「督龜」，是一個很閒靜的午後，雨濛濛下著。[26]

　　在賴和筆下呈現的一幅幅鮮活的農村景緻，以極其細微觀察描寫閹雞的姿態、耕牛與白鷺絲的寄生共存，彷彿要讓讀者領會農業社會無所為而為的恬淡自有其詩意及思想上的莊嚴，這樣的描述手法顯然不是一般的背景介紹，因為在此景中有著能植入觀眾潛意識的效果。何以見得？發表此作品的三零年代，可以說所有的讀者幾乎都或深或淺的感受過這種生活方式，即便未曾在此情境中獲得如賴和描述下的感動，也將透過在《台灣民報》的發表，讓民眾因為看到此作品喚起某種感觸，是作為一位在大眾媒體發表文章之作者不會沒有的作者意圖。另外，這種蛇先生所擁有的地方性知識無所不在農業社會[27]，相對於西式的法律觀而言，其實也有著比傳統街談巷議還要具有公信力的機制在運作著，比如在《善訟的人的故事》賴和提到：

　　後殿雖然也熱鬧，卻與前面也些不同，來的多是有閒工夫的人，多屬於有識階級，也多是有些年歲的人，走厭了妓寮酒館，來這清淨的地方，飲著由四方施捨來的清茶，談論那些和自己不相干的事情；而且四城五門戶的總理，有事情要相議，也總是在這所在，就是比現時的

---

26 賴和：《賴和全集‧小說卷》（台北市：前衛出版社，2000年6月），頁97。
27 於此所指之地方知識是相對於近代西方科技主義之後的俱有寰宇性質的知識體系。一般此說法在人類學裡經常使用，故借此說明蛇先生的知識譜系有別於西醫所具有的知識譜系。

市衙更以權威的自治團體——所謂鄉董局也設在這所在，所以這地方的閒談，世人是認為重大的議論，這所在的批評，世間就看作是非的標準。

在此，賴和指出傳統有識階級的議論因其有智識基礎及有閑暇，所以也比較不會夾帶個人的偏見或私心，即便言論有些偏差或私心露餡，總還是得經由大眾輿論檢視，公共事務最需要的正是這種集思廣益的過程。準此，賴和處處質疑日治時期執法者的假公濟私，應該還是有一個處理公共事務或法律執行的理想範式；所以我們有理由相信蛇先生的知識雖然未能與此段引文所提到的有識階級相提並論，但是這種來自生活感受及來自於傳統倫理社會的價值體系，卻有者非常緊密的關係。就賴和的背景而言，有著從事道士工作的父親跟早期的傳統漢學教育，讓他得以在面對新的知識體系之時還可以擁有另一種價值體系與之辯証，這正是我們很少在賴和的作品裡不容易看到他對於新的知識體系輕易地否定或肯定的主要原因之一。比如他在《赴會》看到以勞動者跟農作者組合而成燒香客，讓賴和開始深思破除迷信這件事情真正的意義何在：「會議時將用何種題目提出？迷信的破除嗎？這是屬於過去的標語。啊過去，過去不是議決有許多種的提案，設定有許多種標語，究其實再有那一種現之事實？只就迷信來講，不僅不見得有些破除，反轉有興盛的趨勢。啊，這過去使我不敢回憶。而且，迷信破除也覺得不切實際，使迷信真已破除了，將提供那一種慰安，給一般信仰的民眾，像這些燒金客呢？這樣想來，我不覺茫然地自失，漠然地感到了悲哀。又回想我這赴會的心境，不也同燒金客赴北港進香一樣嗎？」[28]作為啟蒙信仰者的賴和，於參與文化協會分裂前的會議途中，看到同樣懷著虔誠信仰的民眾前往進香的民眾，不禁開始質疑自己當初想幫助這些民眾從「嘗盡生活的苦痛，乃不得向無知的木偶祈求不可知的幸福，取得空虛的慰安，社會只有加重他們生活苦的擔負，使他們失望於現實。」的景況中超拔出來的大願，究竟意味著什麼？宗教信仰對於左翼知識份子而言，叫做「靈魂的鴉片」，是一種讓人麻醉於現

---

28 賴和：《賴和全集・小說卷》（台北市：前衛出版社，2000年6月），頁64-65。

實苦痛的安慰劑而持續甘願處於被壓迫被剝削的處境，所以宗教是反動的也是反革命的。然而啟蒙事業的神聖性在賴和當時所面臨之文化協會路線之爭的種種糾隔之下，顯然已經是難耐的繁瑣與庸俗了，如此一來可能將離實現啟蒙者的信仰及理想越來越遠。即便迷信真的被破除了，被智識分子視為同心大願的啟蒙事業業已經如此紛擾，還有可能提供一個可以取代宗教安慰力量的東西嗎？似乎一切將重新開始，本雅明所謂之：「這種經驗貧乏不僅是個人的，而且是人類經驗的貧乏，也就是說，這是一種新的無教養。」[29]亦即表示我們如果抹去了一切傳統、文化、禮俗我們勢必面對一個一切都要重新開始的時代。於此可略為補充賴和的思想路線，根據林瑞明的研究所言：「政治理論並非賴和所長，但他人道主義精神，使他自然傾向左翼社會運動，」[30]而此所指左翼社會運動的特色，正好與反對一切文化傳統有關：「左派的長所，大多富有進取的、戰鬥的精神，他們自然不怕壓迫，不顧生命財產的存亡。他們的短所，便是無視一切的傳統，無視一切的國情……。」[31]綜上文獻所述，可以進一步理解賴和所具有的思想能動性，很難被簡單的思想路線所侷限，同時也為賴和找到在文化協會分裂之後不輕易歸屬於任何一派，卻又同時能夠獲得雙方陣營器重在「一則是因為謙虛，一則是源於他並非是政治性格強烈之人」等理由之外一具思想內涵的原因。

　　也許《蛇先生》對當時的知識份子而言，就是一篇破除迷思的作品，而忽略了賴和在此作品中的辯證意識。

　　接下來在蛇先生與西醫的對話中，可看到這位西醫似乎已意識到西方醫學於當時的侷限，至少從實證角度看來，蛇先生那神秘的藥方已經有過無數次的臨床實驗，故曰：「可是事實終是事實，你的祕方靈驗，是誰都不敢否認。」閱讀至此，讀者或許還能對西醫懷著實事求是不分立場的開放精神感

29　本雅明著，王炳鈞、楊勁譯：《經驗與貧乏》（天津市：百花文藝出版社，1999年9月），頁253-254。

30　林瑞明：《台灣文學與時代精神——賴和研究論集》（台北：允晨出版公司，2000年6月），頁101。

31　《台灣民報》，132號，頁3。

到佩服，然而後來西醫的動機終究還是脫離不了資本主義的思維，試圖以利益說服蛇先生，他如此說著：

> 現時不像從前的時代，你把祕方傳出來，的確不用煩惱利益被人奪去，法律對發明者是有保護的規定，可以申請特許權，像六〇六的發明者，他是費了不少心血和金錢，雖然把製造法傳出世間，因為它有專賣權，就無人敢仿照，便可以酬報發明研究的苦心了，你的祕方也可以申請專賣，你打算怎樣？[32]

在此我們可以看到法律作為某種知識體系的保護傘，同時也成為過濾建立在理性原則體系之外具有價值事物，並將之納入體系之內的主要機制，其運作的機制及目的是以保護發明者的利益為主，與其說它是開放的不如說它是帶著狹隘的利益角度在思考。此即為典型資本主義社會下的法律運作模式。另一方面，蛇先生所闡述其所謂之秘方，不外乎來自於投入於生活世界中的觀察與經驗所得，他對醫生如是說：「這地方的毒蛇有幾種你也明白，被這種毒蛇咬著，能有幾點鐘生命，也是你所曉得，毒強的蛇多是陰瘴，咬傷的所在是無多大疼痛，毒是全灌入腹內去，有的過不多久，併齒痕也認不出來，這樣的毒真是屬害，待到發作起來，已是無有多久的生命，但因為咬著時無甚痛苦，大多看作無要緊，帶毒發作起來，使要找醫生，已是來不及，有了這個緣故，到我手裏多是被那毒不大厲害的蛇所咬傷，這是所謂陽瘴的蛇，毒只限在咬傷的所在，這是隨咬隨發作，也不過是皮肉紅腫腐爛疼痛，要醫治這何須什麼祕方？」[33]蛇先生的觀察雖然不無道理，仍然透露了其運用此觀察的狡猾卻一點也不令人覺得可惡，於此賴和又將筆鋒指向大眾的人云亦云的不明事理，故借蛇先生之口曰：「世間人本來只會『罕吒』，明白事理的是真少……。」[34]最後，西醫將臨行前獲得蛇先生所贈之秘製藥草，託其友

---

32 賴和：《賴和全集・小說卷》（台北市：前衛出版社，2000年6月），頁193。

33 賴和：《賴和全集・小說卷》（台北市：前衛出版社，2000年6月），頁101-102。

34 賴和：《賴和全集・小說卷》（台北市：前衛出版社，2000年6月），頁102。

人「利用近代科學,化驗他的構成,實驗它的性狀,以檢定秘藥的效驗,估定治療上的價值,……」而獲得語帶指責的回函及檢驗報告,讓這則故事在充滿諷刺的氛圍下結束。

五 結語

　　本文從現代性的眼光關照賴和的文學作品,是放在一個跨文化的語境來談論台灣文學作家賴和在面對殖民現代性衝擊,以及在那個不斷鼓吹聲揚啟蒙思想的年代所展開的種種反思。而本文亦不斷指出賴和面對新與舊間的價值態度,處於一種既猶疑且複雜的辯證關係。而此種反省現代性的思潮在歐陸要到二十世紀七零年代以後才逐漸成熟,而才有所謂的後現代思想,必須留意的是這種重估一切價值思潮的思想資源主要還是來自十九世紀思想家尼采。至於賴和是否讀過尼采我們不得而知,然而與五四運動有著密切關係的賴和想必也直接或間接受到影響,有趣的是循著思想專業的發展在歐洲要隔了四十年才正式面對現代性及啟蒙的反省,而文學家賴和卻能在其文學作品中或隱或顯的不斷展示此論題,本文的旨趣在於此,亦請諸方家指正。

礦溪文學精神的再現
——論康原對賴和文學精神的推展策略

曾金承

摘要

　　賴和（18994-1943），是台灣新文學之父，也是礦溪文學精神的代表人物，更是一位悲天憫人的醫生，所以也有「彰化媽祖」之稱。康原與賴和相差半世紀，雖未曾謀面，但卻深受同為彰化人的賴和精神之感召，從九〇年代起大力推廣賴和的文學精神。康原從單純的文學領域進入推廣賴和文學精神的道路，之後不斷思考、創新，採取了一系列跨藝術的方式去詮釋賴和，包括：詩與繪畫的結合、詩與地景的結合、詩與音樂的結合，以及採用舞蹈、微電影的詮釋等，可謂極盡各種方式去推展賴和的文學精神。本文將針對康原推展賴和文學精神的方式逐一說明，並說明康原對「彰化學」的推行與賴和礦溪文學精神之關係。

關鍵詞：賴和、康原、礦溪文學、彰化學、地景、文學步道

前言

　　賴和（18994-1943），是台灣新文學之父，他在台灣文學史上的地位業已確立。彰化市是他生長的土地，一生的大多數時間都居住於此，足跡也遍布整個彰化市。因此，彰化市是賴和一生行醫主要地區，也是他文學的創作基地，他筆下的地景，多屬彰化市；他筆下的人物，雖多為虛擬，但卻是當時台灣人的圖像；他筆下的事件，雖未必是在彰化市發生，但卻屬於是更全面關懷的筆觸。所以，賴和是一位充滿人道主義的醫生，他以聽診器覺察病患的的病灶，對症下藥；更以敏銳的觀察力體察台灣人民的苦難與不平，並化做文字以「補察時政」，但卻字字如同良藥般苦口。他的人格典範透過「醫者父母心」的人道實踐者與「惟歌生民病」的作家人道關心而建立。

　　所以彰化市是賴和的家鄉，更是他的精神的傳承地。與賴和相差五十三歲的作家康原也是土生土長的彰化人，亦長期居住於彰化市，更是具有強烈的鄉土意識與人文精神的文學實踐者，他出生於賴和逝世後四年，雖然無緣親炙於賴和，但卻深受其文學精神的感召。九〇年代起，康原就有系統地在彰化推行賴和的文學精神，並擔任第一任的賴和紀念館館長。本文所稱賴和的「文學精神」，乃是透過文學的力量尋求公理、正義，並對生民的不幸表達憐憫之情。筆者試圖透過本文，討論賴和的文學精神之內涵，以及康原如何透過各種媒介的傳遞，在彰化發揚賴和的文學精神。

一　賴和與康原

　　賴和生於一八九四年的彰化街市仔尾，卒於一九四三年，除了一九〇九年進入台北總督府醫學校與一九一四至一九一七年任職於嘉義醫院，以及一九一八年至一九一九年赴廈門博愛醫院任職以外，其餘時間大都在彰化市活動，可以說一生都在日治時期度過；康原生於一九四七的彰化縣芳苑鄉漢寶村，除了一九六五年底入伍服役於嘉義縣大林鎮中坑營區，以及一九六八至

一九七○年應台東農校校長，也是康原母校秀水高農的前校長袁立錕先生之聘，前往該校服務之外，其餘時間都定居於彰化縣境內。尤其自一九七○年至今，已在彰化市居住了四十五個年頭，大概與賴和一生居住彰化市的時間相等。這樣類似的時間內，他們同樣投注了大量的心力在這塊土地上，並接力闡揚當地的人文精神。

當然居住於彰化市更久者比比皆是，但對這個土地上的人、事、物投注關注的力量，並闡發其蘊含的內在精神者，卻是寥寥無幾。賴和開啟了台灣新文學的道路，他雖立足於彰化，但關懷整個台灣人民，尤其對於當時不公不義的環境深表不滿，時時以他如椽的大筆為大眾發聲，以創新的精神展現文學的價值，因而有「台灣新文學之父」的美稱。然而，賴和身後雖然留下了令人永遠推崇的人道主義精神與優秀的文學作品，卻因為政治因素而相對沉寂了一段時間。[1] 後來賴和的研究也屬於文學領域為主，相對的，關於他的人格精神涉獵較少。康原在一九九五年擔任賴和紀念館的首任館長之後，憑藉著他過人的精力、熱忱與創意，不斷的探尋賴和的蛛絲馬跡與精神精神人格，並透過各種形式向外界推廣。所以康原接觸、研究賴和雖不算早，但卻是推展賴和文學的知音。以下先探討賴和在彰化的文學地位與精神意義，藉以確認其足供推展之面向；接著再談康原「認識」賴和的因緣與孺慕之深，並由此引領出本文的主旨。

（一）賴和在彰化的文學地位與精神意義

誰是賴和？

1　戰後，彰化地方人士提報中央，建議將賴和入祀忠烈祠。一九五一年四月十四日內政部發對賴和的褒揚令，彰化縣政府並依此將賴和入祀忠烈祠。不料，一九五八年，彰化縣政府接到省政府公文，宣稱翁澤生、洪朝宗、王敏川、洪朝生與賴和是「台共匪幹」，當時的彰化縣長陳朝卿立刻將賴和與王敏川的神位自彰化忠烈祠撤除。之後被政府打入左派的賴和，幾乎成為禁忌的話題，雖有支持賴和的聲音，但相對微弱。到了一九八三年，侯立朝與李篤恭等人一再向內政部陳情，終於獲得當時內政部長林洋港的正面回應，並表示賴和「確曾蒙冤屬實」，並恢復入祀忠烈祠。

　　賴和是何許人？

這是台灣文學界前輩鍾肇政先生假借年輕一輩的口吻所提出的深沉與悲痛的
疑問。[2]在台灣文學史上，賴和有創始之功，但卻曾相對寂寞四十年，「其所
以如此，乃因四十幾年來的黨化制式教育、文化媒體的刻意忽略與誤導
等」，[3]顯然，一個單純的醫生不至於會被黨國體制與文化媒體刻意忽略、誤
導。當然，賴和並非只是個良醫，他更是一個醫文化、治文學與催生民族精
神的人格者。

　　賴和的先祖賴鳳高在清代是花壇的大地主，卻因為支持八卦會的戴潮春
抗清，[4]以致家產遭到清廷的查封，家道因此中落。賴和也曾自謂：「余家資
產淡薄，為戴案橫受波累，一遭查封，重以死喪相尋，生計遂陷艱難」。[5]因
為家族曾遭橫禍，所以他的性格中多了一份人道的關懷，並實踐於行醫與文
學創作。由於祖上是支持戴潮春的抗清而遭難，所以在賴和心中，也培養了
對抗不公義的因子。因此，除了經常不收窮人的醫療費之外，有時候還幫他
們出車資等，甚至於也出錢贊助抗日活動，根據其子賴洴的第一手記錄：

　　　先父一個人肩負全家生活的重擔，加之為了提拔、培養後進之新文學
　　　運動者，支持啟蒙民眾的文化協會社會運動，以及幫助政治受者家族
　　　的生活，所以經濟時感困難。雖然如此，但每年歲末卻一定將貧寒者
　　　的醫療帳單燒毀，他的慈悲心懷，足為子孫的典範。[6]

2　鍾肇政：〈談賴和〉，收錄於李篤恭編：《磺溪一完人》（台北市：前衛出版社，1994年7
　　月），頁37。

3　鍾肇政：〈談賴和〉，收錄於李篤恭編：《磺溪一完人》，頁37。

4　林瑞明在《台灣文學與時代精神：賴和研究論集》中說：「在一八六二至一八六四年的
　　戴萬生事件中，賴家是站在受到太平天國影響而起義的八卦會這邊。」（台北市：允晨
　　文化公司，1993年8月），頁28。

5　賴和：〈伯母莊氏柔娘苦節事略〉，收錄於林瑞明編：《賴和全集・雜卷》（台北市：前
　　衛出版社，2000年6月），頁54。

6　賴洴：〈憶父親〉，收錄於李篤恭編：《磺溪一完人》，頁45。

因為充滿悲天憫人之心，所以賴和又有「彰化媽祖」之稱。他將這份悲天憫
人之心外現成為文字之後，形塑了文學中的「礦溪精神」，也是對不公不義
的抗爭精神。

　　持平而言，賴和在文學界的地位是屬於全台灣的，他所追求的公義更是
普世價值的，所以將賴和界定為「彰化的賴和」顯得過於狹隘；但是，誠如
前文所云，賴和一生的主要駐足點就是彰化，更聚焦而言，就是彰化市。彰
化自古以來就是文風鼎盛，人文薈萃之地，這片土地上培養了許多具有抵抗
精神的作家，誠如王燈岸先生所說：

> 礦溪的傳統精神就是富民族正義與道德勇氣，把自己的生命當作歷
> 史，祇知價值而不知價錢，能犧牲自己去超度別人，不是壓迫別人而
> 提高自己，為造福人群而願犧牲自己的精神。[7]

基於這種重視實用且具有道德勇氣的文學精神，改變了文人風花雪月的傳
統，他們將上層文人的視角轉而投向平民百姓，並以淺白的庶民語言寫作，
企圖擴大文學的影響力，進而喚醒百姓的自覺，是屬於全民文藝的新文學
精神：

> 我們先知先覺的先人們摒棄了吟花弄月的文人遊戲，而改為使用口語
> 的全民文藝；礦溪也成了台灣新文學發軔之地；賴和先生率先地寫出
> 白話文學並且提拔又教誨後進，而贏了「台灣新文學之父」的美名。
> 礦溪出現了許多重要的文學家，……而最值得注意的就是這些作家與
> 詩人多位都是抗日運動的先鋒！[8]

賴和在台灣文學史上有其革新的地位，也將礦溪的文學精神加以確立。礦溪
文學精神的抗日，並非武裝式的，而是精神式的鼓舞與啟迪式的展現抗爭態
度。台灣新文學之父的賴和，在彰化文學界的地位更是崇高，他的作品很多

7　引述自礦溪文化學會：〈礦溪精神〉，收錄於李篤恭編：《礦溪一完人》，頁22。
8　礦溪文化學會：〈礦溪精神〉，收錄於李篤恭編：《礦溪一完人》，頁22。

是以彰化的地景、人物與事件為背景，以地方性的書寫呈現出普世的公義價值。至今，我們可以透過賴和筆下的彰化市地景去憑弔古蹟；已經消失的地景，更能透過賴和的作品再現。因此，賴和是彰化文學的領袖，也是彰化文學成為磺溪精神的關鍵人物。

（二）康原與賴和的因緣

> 一九九五年　阮行入蕃薯園／做園丁　傳播和仔先的台灣情／伊做上帝　阮做伊的跤架／五十歲立志　講和仔先的代誌／講半線　歷史文化　生活／設佇和園大樓無偌久的　紀念館／南北二路的先賢攏來拜見和仔先／了解先生　在生的代誌／烏雲崁去五十冬的日頭／漸漸發出伊的光譜佮氣力／和仔先　成就台灣的價值／焄著台灣人　向前[9]

這首〈走揣和仔先〉是康原〈蕃薯園的日頭光——詩寫台灣新文學之父賴和〉系列作品中的第一首，這一系列的作品就是企圖「以詩立傳」，藉一系列的「詩傳」呈現賴和的一生重要事蹟與精神，康原說：「今年特別為磺溪之光賴和先生寫詩傳，康原以〈蕃薯園的日頭光〉為題，寫了約七百行的台語詩，來書寫賴和一生的故事」。[10]本詩開宗明義提到的一九九五年，是康原從彰師附工退休的時間，並於同年接任「賴和紀念館」館長。所以他說「行入蕃薯園」，對台灣有初步了解的人都知道，台灣的輪廓像是一顆蕃薯，而蕃薯又是耐旱，生命韌性強的植物，可以做為台灣人的象徵。從願意做園丁、傳播賴和事蹟到效法賴和的精神，可見康原是以賴和的追隨者、發揚者自居。

　　賴和雖為台灣新文學之父，但因為過去對台灣文學的忽視、打壓，以及對其政治傾向的疑慮，所以官方並未相對重視其地位。於是，透過民間的力

9　康原：《蕃薯園的日頭光》（台中：晨星出版公司，2013年11月），頁24。

10　康原：〈走入土地，親近人民〉收錄於康原編著、李桂媚繪圖、郭澄芳攝影：《親近作家・土地與人民》（彰化市：彰化市公所，2013年5月），頁7。

量，由其子賴燊先生及長孫賴悅顏先生，在賴和醫館舊址興建「和園」大樓，並在第十層樓成立「賴和紀念館」，由甫自彰師附工退休的康原擔任第一任館長，執行基金會擘劃紀念館的營運目標。因為這兩年的館長生涯，康原得以對賴和有更深入的閱讀與了解，誠如蕭水順（蕭蕭）在〈囡仔歌：台灣新詩的舊田土—細論康原與彰化新詩的土地哲學〉中所言：「這兩年的經歷使他更深入瞭解賴和，發願傳揚賴和精神，期望以賴和的精神做為彰化文學的精神指標」。[11]兩年後，康原卸任，紀念館也於同年搬遷至對面，即今彰化市中正路一段二四二號四樓。

在兩年的任期期間，康原在董事會的決議下，執行一系列的賴和文學精神推展活動，主要的推廣方式採取採取動、靜兩條路線，向人民介紹賴和，更推廣賴和的文學精神。靜態方式屬於館藏的陳列展出方式，動態則以文學營與講座的方式進行。秉持深埋種子，以待開花結果的原則，康原透過賴和紀念館推動兩個具有影響性的活動，一個為「賴和教師台灣文學營」，一個為「種子落地」系列講座。

有鑑於賴和精神必須讓下一代了解，且一個紀念館與少數的人力難以承此大任，於是有了推向校園的構想，並且以中小學教師為對象。於是，在建館第二年的一九九六年開辦了第一屆「台灣文學研習營」。由於反應熱烈，之後持續舉辦，並成為該館例行性的教師文學研習營，康原說：

> 在紀念館工作，除了執行賴和文教基金會的各項計劃之外，我一直思考要如何使賴和精神走回民間，讓在殖民統治下的台灣人民來認識賴和，透過閱讀賴和作品對台灣意識有所覺醒，於是我們創辦「台灣文學教師研習營」[12]，邀集中小學教師來參與，使教師們從接觸台灣文

---

11 蕭水順（蕭蕭）〈囡仔歌：台灣新詩的舊田土——細論康原與彰化新詩的土地哲學〉收錄於《彰化師大國文學誌》第11期（2006年12月），頁304。

12 康原此處所記略有出入，一九九六年首屆名稱為「台灣文學研習營」，之後改為「賴和教師台灣文學營」，而非「台灣文學教師研習營」。

詳見賴和紀念館官方網站，網址：http://km.moc.gov.tw/laihe/c1/c11.htm（2014年11月14日搜尋）

學中來了解歷史與人文。[13]

透過對外的活動,將學校老師引領進入賴和的文學精神世界,形成一顆顆的種子,並落土於中小學之中。

「種子落地」文學講座也是康原在賴和文學館館長任內所做的推廣賴和文學精神活動:

> 「種子落地」文學系列講座是賴和文教基金會成立以來年度系列活動之一,以關心社會的民眾、婦女團體、社區讀書會及在學學生為主要對象,最初在紀念館舉辦,邀請作家與學者作台灣文學的創作與研究的心得報告,提供民眾在工作之餘一種心靈的饗宴,以期文學種子落地,再開花結果,在台灣這塊土地上遍地蔓延,成為文學的繁華世界,這系列的講座曾多次獲得國家文藝基金會、台灣省文化處等單位的補助,其成果也經錄音整理、匯輯成書,提供有心人士參考。[14]

不論是「賴和教師台灣文學營」,或是「種子落地」系列講座,康原都是秉持以培養賴和文學精神的種子,並讓它落地,處處開花。

康原從一九九五年接任賴和紀念館長到一九九七年卸任為止,兩年的時間,透過靜態與動態的活動多管齊下,並培養許多的種子投入校園,讓彰化的賴和逐步和人民親近,並認識其文學精神與人格典範。就推賴和精神而言,可謂邁開了穩健的第一步。

我們不能以一九九五年康原擔任賴和紀念館的創館館長當作他與賴和因緣的開端,但康原的確是在擔任館長之後才有一系列的賴和研究作品,或是相關推廣活動提出。這一方面是他卸下教職之後較有充裕的時間從事賴和研究與其精神的推廣,一方面來自擔任賴和紀念館館長之後的接觸與轉變,這方面筆者曾有如下思考:

---

13 康原:《土地之歌》,頁63。
14 詳見賴和紀念館官方網站,網址:http://km.moc.gov.tw/laihe/c1/c11.htm(2014年11月15日搜尋)

　　至於兩年的賴和紀念館館長經歷，剛好可以讓康原近距離「接觸」賴
和，使他對「和仔先」有了更深的認識，且這種認識來自感性和理性
兩個層面：感性層面從人親土親的鄉土、情感共同體切入，身為彰化
的晚輩，除了敬佩賴和精神之外，因為血濃於水的同鄉之情懷，也自
然讓康原對賴和有更深的情感與使命感；理性層面自然是屬於文人的
自覺與年齡漸長所積累的洞見能力，也是對賴和從閱讀、理解到認同
的「學術性」過程。[15]

有了館長的身分、經歷與使命感，康原發願用自己後半生的歲月去訴說：
「賴和與台灣文學」。[16]

　　康原在卸下賴和紀念館館長身分之後，持續以個人的身分，秉持動、靜
兩條路向持續推廣賴和的文學精神，其中靜態的方式乃是以文字建構賴和的
文學精神，動態則以舞蹈、戲劇及電影等跨藝術方式演繹賴和精神。

二　以文字建構賴和的文學精神

　　康原從二十四歲出版處女作《星下呢喃》之後踏入文壇，四十幾年來已
是著作等身的文壇大家。康原擅長的文體多樣，舉凡散文、新詩、評論、傳
記、方志與報導文學等，都有豐碩的成果。因為擅長的文體多，所以於文字
的使用以及跨藝術的文字合作都能得心應手，因此他透過文字為基調，建構
出賴和的文學精神。

（一）從「磺溪精神」到「彰化學」

　　康原身為彰化人，除了敬佩前輩賴和精神之外，血濃於水的同鄉之情

15　曾金承：〈進入柏拉圖理想國中的詩人——談康原的《番薯園的日頭光》〉，收錄於
　　《笠》詩刊298期（2013年12月），頁114。
16　康原：《土地之歌》（彰化市：彰化縣文化局，2011年9月），頁62。

愫，也自然讓康原對賴和有更深的情感與使命感，於是他開始探索彰化文學的特質與精神，並且以賴和為關鍵，他說：

> 一八九五年台灣割讓給日本，日本人以高壓之手段統治台灣，日本人統治五十年之中，素有「台灣魯迅」之稱的台灣新文學之父賴和，其文學作品表達台灣人強烈的反抗精神，深刻揭露日本殖民體制下，台灣所受的政治、經濟的雙重壓迫，透過文學形式來批判社會的陰暗面，譴責統治者的不公不義，形成日治時代抗議文學的局面。賴和強調「文學就是社會的縮影，必須反映時代的精神。」[17]

康原將賴和視為日治時期台灣抗議精神與文學的代表，而這種抗議精神即為「磺溪精神」。磺溪精神在彰化已是源遠流長，到了賴和更是加以發揚光大。康原極為重視「磺溪精神」，筆者以為他一生推行鄉土文學、鄉土文化的精神，有一個重點即是在重現磺溪精神，甚至於可說是推銷磺溪精神。康原主張的「磺溪精神」就是向不公不義抵抗的精神，他說：

> 今天，我們要認識歷史上的彰化，不得不先知道三百多年來先輩所樹立的「磺溪精神」，它代表著彰化地區的人文與地方性格。從先民開拓彰化之歷史，可說飽經憂患，歷經滄桑，其披荊斬棘、開拓疆土之精神，永遠是子孫的典範，從抗清運動中的林爽文、陳周全、戴潮春、施九緞等人領銜之戰役；到日據時代彰化地區的新文學作家謝春木、賴和、楊守愚、陳虛谷、王白淵、黃呈聰、王敏川等人，都是反抗不公不義的象徵……文化成為抗暴的主力，是彰化文學的傳統：批判與抗議成為彰化文化的性格。[18]

這種歷史文化的性格是一種勇於面對衝突，不願意受到強暴欺凌而勇於抗爭、發聲。我們可以以王燈岸的說明作補充：「富民族正義與道德勇氣，把

---

17 康原：《追蹤彰化平原》（台中市，晨星出版社，2008年），頁134-135。

18 康原：《八卦山文史之旅‧磺溪舊情》序文〈歷史上的彰化〉（彰化市，彰化縣立文化中心，1998年），頁9。

自己的生命當做歷史，祇知價值而不知價錢，能犧牲自己去超度別人，不是
壓迫別人而是提高自己，為造福人群而犧牲自己的精神。」[19]除了自我犧牲
的道德正義感之外，代表礦溪精神的，也包含「披荊斬棘、開拓疆土之精
神」，也就是充滿開創的精神。這種精神，表現在性格上，則是勇於向現實
挑戰，並具有革新的精神；呈現在文學方面，則是有不斷創新與關懷面向的
寫實精神。康原本身雖距礦溪前賢已久，但他的創意十足勇於在文學方面做
實驗，另闢蹊徑。這種精神用在推廣賴和的精神方面，則是呈現出多面向的
行銷創意。

　　隨著時空條件的轉移，「礦溪精神」似乎逐漸成為一個名詞而非動詞
了，於是康原積極建構「彰化學」，以另一種形式繼承礦溪精神。蕭蕭在
〈囡仔歌：台灣新詩的舊田土—細論康原與彰化新詩的土地哲學〉中的第二
節「型構彰化學：康原的半生志業」中詳細論述：

> 二十世紀九○年代，康原自己也顯示了十分清晰的文學觀……這時，
> 康原心中開始有著更大的期許，沉浸文學領域多年，深重的使命感促
> 使他熱切推動彰化藝文活動，如：二○○○年的八卦山文學步道，二
> ○○三年的文學之門——文學彰化新地標（賴和〈前進〉），二○○五
> 年的洪醒夫文學紀念公園，他有著為「彰化學」定型定音的決志與信
> 心。[20]

蕭蕭以推動藝文活動來定義康原所推動的「彰化學」，而這些藝文活動不外
乎為了讓世人認識勇於向不公不義抵抗的彰化先賢，其中又以賴和為代表人
物。事實上，康原所欲推動的「彰化學」是更全面的挖掘彰化的文化底蘊，
林明德在「彰化學叢書」的序言〈追逐一個文化夢想——十年經營彰化學〉
如此界定彰化學：

---

19 王燈岸：《礦溪一老人》（台北市：海王印刷公司，1980年），頁9。
20 蕭蕭：〈囡仔歌：台灣新詩的舊田土——細論康原與彰化新詩的土地哲學〉，收錄於
　　《彰化師大國文學誌》第11期，頁385-386。

我們先成立編委會，擬定系列子題，例如：宗教、歷史、地理、社會、民俗、民間文學、古典文學、現代文學、傳統建築、傳統表演藝術、傳統手工藝與飲食文化，同步展開敦請學者專家分門別類選題撰寫，其終極目標是挖掘彰化文化內涵，出版彰化學叢書，以累積半線人文資源。[21]

可見彰化學所欲建構的面向是廣泛的挖掘彰化文化的內涵，而康原認為文化的內涵蘊藏在土地之中，他說：

> 「世間未許權存在，勇士當為義鬥爭」，
> 說明了賴和抱持著「為義鬥爭」的決心，
> 由賴和筆下的八卦山可以證明，
> 一個偉大的作家，其作品絕對離不開家鄉的土地與人民，
> 同時，站在自己的土地上思考自己的歷史。[22]

在康原的認知中，從礦溪精神連接到彰化學的關鍵人物就是賴和。前文所述的礦溪精神是從從抗清運動中的林爽文、陳周全、戴潮春、施九緞等人領銜的戰役，到日治時代彰化地區的新文學作家謝春木、賴和等人。而康原正式將賴和的精神連繫到現代的彰化學之主軸。彰化學基本上是繼承礦溪精神，但不能取代礦溪精神，因為礦溪文學精神有強烈的抗議精神與關懷鄉土、人民的懷抱，而彰化學是偏向於鄉土人文關懷與文化的傳承精神，這部分乃繼承自賴和，康原說：

> 一心一意把作品寫成具有台灣文學之特性，他強調文學作品必須具備台灣色彩，所以，表達的語言，強調台灣語氣，同時，賴和活在被統治者的立場，來抗議不公不義，所以將「叛逆」認為是一種德性，自

---

21 林明德：〈追逐一個文化夢想——十年經營彰化學〉，收錄於康原：《番薯園的日頭光》，頁3-4。

22 康原：《追蹤彰化平原》，頁94。

> 然寫出強烈的抵抗精神，……站在自己的土地上，以寫實主義的精
> 神，描寫被壓迫的弱者形象，……[23]

在時空條件轉換後，雖然政治的壓迫性不如以往，但社會的不公不義依然存
在，尤其是鄉土意識與文化認同正在快速流失的現代，延續賴和精神的「彰
化學」正以新的方式傳遞著土地之歌。

（二）著書、立傳與結合地景重現賴和形象

　　承襲自磺溪精神的彰化學，是一系列的文學與土地、文化深刻結合與表
現，康原身為賴和的追隨者，正如章綺霞說：「賴和，是康原型塑彰化人文
圖像、建構彰化文學傳承的書寫重心」。[24]如同他在〈走揣和仔先〉中所說
的：「五十歲立志　講和仔先的代誌／講半線　歷史　文化　生活」，因為半
線的歷史、文化與生活在在與賴和的精神息息相關，所以康原透過文字記錄
向世人推介彰化的賴和。

　　一九九八年出版的《尋找彰化平原》可視為康原實質進入「彰化學」精
神的具體作品，[25]全書分五卷：卷一「磺溪舊情話當年」，主談彰化開發史
與闡述磺溪精神，收錄四篇文章；卷二「賴和的親情與鄉情」，主談賴和的
家世背景與他筆下的彰化城，著重於賴和的鄉土意識與抵抗精神，收錄六篇
文章；卷三「愛的追尋」，介紹賴和以降具有彰化特質與精神的作家，分別
為林亨泰、吳晟、陳虛谷、楊守愚等人，收錄六篇文章；卷四「彩繪土地之
愛」，主要介紹在地的鄉土藝術家，並為他們立傳，計有施福珍、許蒼澤、
黃明山、陳來興、張國華、董坐等人，收錄七篇文章；卷五「土地‧自然與
文化」，以多面向批判對自然的破壞與剖析鄉土民謠的人文意義，收錄五篇
文章。

23　康原：《文學的彰化》（彰化市：彰化縣立文化中心，1992年），頁16-17。
24　章綺霞：《追尋心靈原鄉──康原的鄉土書寫研究》（台中市：晨星出版社，2010年），
　　頁75。
25　康原：《尋找彰化平原》（台北市：常民文化出版社，1998年）

本書中，賴和的介紹、研究佔了全書的三分之一篇幅，與其他關於鄉土、藝術人文，以及晚輩具有代表彰化精神的作家構成了本書的主體，章綺霞說：

> 康原以「批判性格」與「抵抗精神」型塑彰化地區一脈相承的文學精神，這個文學精神，從賴和以降仍在彰化薪火相傳，歷歷可數的文學家、藝術家，建構起一個形而上的彰化風貌，這是無形的精神傳承，彰化的人文圖像。[26]

本書可以說是康原首次較全面的談論賴和與其作品，並將他置於全書之樞紐：承續卷一的彰化歷史與精神，開啟第三卷以下具有彰化學精神的作家，以及四、五卷的土地情感之描寫。所以，康原的《尋找彰化平原》不僅是完整進入彰化學精神的作品，更可視為他第一部以賴和為核心的作品。

康原雖然沒有專書寫賴和，但卻經常在他的作品中行銷賴和，以二○一一年出版的《土地之歌》為例，該書分兩輯，輯一「文學帶動彰化」有十二篇，主要描寫彰化文學作家的生活創作情形與環境。其中直接論述賴和的篇章有〈文學帶動彰化──賴和彰化作品之旅〉、〈幽雅山徑浮身影〉、〈半線，走街仔先的故事〉、〈紮根台灣的賴和精神〉四篇；與賴和相關的篇章有〈冷風吹過低氣壓山頂〉、〈八卦山下的文學家園〉、〈追隨新文學作家的腳蹤──憶彰化高工的作家同事及彰化文學〉、〈台灣文學是福爾摩沙的靈魂──兼談在彰化推展台灣文學的心路歷程〉、〈書香與作家夢──圖書館與我的文學生涯〉五篇。共計佔了四分之三，主要是以賴和的事蹟與透過「追蹤」賴和的腳步，介紹賴和與彰化這塊土地的關係，顯然，在康原的寫作意識裡，賴和精神是個行銷重點。

以康原的《尋找彰化平原》可以觀察到兩個問題：一、康原何以不為賴和作專書立傳；二、在康原的作品中，賴和為何往往與地景相結合？

以歷史人物而言，賴和並不算久遠，對於他的事蹟大多可考；而且在八

---

26 章綺霞：《追尋心靈原鄉──康原的鄉土書寫研究》，頁74。

○年代中期以後，賴和的研究逐漸盛行，學術性的生平考究、傳記考辨及其
作品分析都有可觀的成績，因此，康原在此部分已無須再做錦上添花的工
作；另一方面，康原常長期居住於彰化市，對於彰化的地景與賴和的關係瞭
若指掌，對於彰化市居民對賴和精神的感念也知之甚詳，再加上康原本身即
擅長以常民的角度觀察事物，並形諸文字。

關於以文學與地景推介賴和方面，筆者曾經做如此觀察分析：

> 康原長期居住在彰化市，又是一個深入環境現場的作家，對於一草一
> 木、一景一物，都有深刻的體悟與歷史人文的關懷，並能夠以敏銳的
> 筆端化成淺顯易懂的詩文，向讀者做最出契合的介紹。[27]

康原深信，地景是歷史記憶的根柢，時空條件的變化無常，但只要有連貫歷
史脈絡的景物，就可以透過它做出最好的時空繫連。賴和曾經經歷過事物與
的作品中的地景，還有很多存在於彰化市，康原透過這些地景強化讀者與賴
和的親近感，並由感情的繫連而更願意去認識彰化的「和仔先」。康原專對
賴和與彰化地景所寫的專文可以〈文學帶動彰化——賴和彰化作品之旅〉為
代表，康原開宗明義就說：

> 近幾年彰化縣文化局與賴和文教基金會合辦「賴和週」，除了頒發一
> 年一度的賴和獎與音樂會外，有一個「帶動文學彰化」的活動，將賴
> 和的文學作品與現在的地景作結合，運用新舊地景影像的對照與延
> 續，藉著文學感染的力量，帶動彰化人的文化提升與觀光產業的發
> 展；把過去賴和為這塊土地與人民撰寫的作品，做帶狀的連結成觀光
> 的路線，邀請鄉親與遊客從景點旅遊中，認識彰化的歷史與人文，同
> 時在認識賴和的典範精神時，培養出愛鄉愛民的高貴情操，確立以台
> 灣為主體的文化精神。[28]

---

27 曾金承：〈從《野鳥與花蛤的故鄉——漢寶村的故事》與《詩情畫意彰化城》談康原的
　文學行銷策略〉，收錄於《應華學報》第13期（2013年6月），頁120。
28 本文收錄於康原編著、施並錫繪著：《詩情畫意彰化城》（彰化市：彰化市公所，2011

康原明確藉由土地上的文字紀錄，串起賴和文學精神與現代人的關係，由地景的故事行銷賴和、行銷彰化。這篇文章中，康原以文字導覽了一系列與賴和有關的地景，凸顯出賴和的文學與環境的關係，並以之行銷彰化文化。為避免行文冗長，特以表列呈現本文「導覽」過程：

表一：〈文學帶動彰化——賴和彰化作品之旅〉文學與地景關係表

文章所導覽的地景	對應賴和作品	內容大要	表現的意義
〈前進〉文學地標	〈前進〉	以兄弟在黑暗中摸索前進，悲歡台灣文化協會因路線不同而分裂。	作為「彰化之門」，代表「文學彰化」之意象。[29]
賴和紀念館		收藏賴和的遺物、手稿及相關台灣文學史料。	探究礦溪文學精神，台灣新文學的原鄉。
中山國小	〈無聊的回憶〉	對學校僵化教育的無奈與不滿。	呈現賴和對當時教育的嘲諷與反抗的心情。
開化寺（觀音亭）	〈善訟人的故事〉	以寫實手法描述場景，記錄當時彰化的風土民情。	呈現日治時期觀音亭的風貌。
彰化孔廟	〈我們地方的故事〉	記錄日治時期東門一帶與孔廟旁邊常民生活的情形。	從文章中引領讀者認識彰化孔廟，也是礦溪文學的發源地。

年5月），頁78。

29 〈前進〉文學地標原本座落於彰化市金馬路與中山路交叉口之槽化島，現已被移往八卦山。相關過程可參閱康原：〈誰要拆「賴和〈前進〉文學地標」？〉，《自由時報‧副刊》，2010年8月2日。

文章所導覽的地景	對應賴和作品	內容大要	表現的意義
紅毛井	〈紅毛井〉	歷史的流逝，景物亦變的冷清之嘆。	過去常民生活的記憶。
八卦山文學步道		記錄彰化縣重要文學家作品與繫年，以詩碑呈現作家的文學精華，並融入環境地景。	表現彰化文學的精髓，做為常民教育的場域。
抗日紀念公園	〈低氣壓的山頂〉	以山頂的風、雲之變為逆境，表現作者向逆境挑戰之心。	顯示台灣人的覺悟，與追求自由民主而奮鬥。
不老泉	〈水源地〉、〈水源地—品會〉、〈不老泉〉	以景抒情，或表現憂慮台灣前途；或抒發美景之情。	憂慮台灣民主前途之歌。

在一九九八年，康原就曾經導覽賴和的文學景點，為彰化縣政府文化節編寫導覽手冊《八卦山文史之旅》，[30] 手冊中將彰化的歷史地景結合昔日的彰化人文介紹，「文學作品與歷史景點對話，讓今人在目睹文物古蹟的當下，更能感受彰化文人的精神典範」。如果說《八卦山文史之旅》是康原廣泛介紹彰化文學精神與地景的對話之作，〈文學帶動彰化——賴和彰化作品之旅〉則可以視為聚焦於賴和文學精神與地景的「紙上導覽」，透過康原的文字，向未曾親臨現場的讀者進行賴和文學精神與彰化地景的導覽。

導覽，也是康原推展賴和文學精神與地景關係的方式。他擅長以說故事、唱歌謠的方式導覽，康原在一九九八年為賴和紀念館規劃「賴和作品彰化城之旅」的導覽活動，從賴和紀念館出發，沿途介紹紅毛井、彰化公園（文化局、彰化縣議會現址）、水源地、太極亭、銀橋、大佛景觀區等。透過康原生動的說唱導覽，讓參觀者藉由實地的踏查地景，更深刻的體驗賴和

---

30 關於賴和文學地景的導覽，留待後文討論「八卦山文學步道」時一併說明。

筆下的彰化情懷。康原的這種熱情出自對賴和精神的嚮往，也是對賴和文學精神的推廣，他說：

> 每次去做導覽，腦海裡就浮現賴和先生在山上的身影；想起他在八卦山上洗溫泉的情形；想起和仔先與一群文人在山中對著大樹洞丟石頭的趣事；想到他在山上水源地散步，在「不老泉」旁構思詩作的情境，……從認識賴和先生的作品後，就把他當成學習典範，從他的作品中去尋求公理和正義的精神，去了解他的思想與生活。[31]

因為對賴和的孺慕之情，所以康原樂於以導覽的方式一再地透過地景親近賴和，且參加導覽活動的人員，有很多中、小學教師，文史工作者，在康原眼中，這些人就是傳遞賴和文學精神的種子。因此，也更能燃起他心目中的使命感。

「八卦山文史之旅」活動的成功，給了康原鼓舞與靈感，於是他向彰化縣立文化中心主任李俊德提出在文化局後方，日治時期「彰化神社」參拜道的所在地為基地，設立「八卦山文學步道」的構想，並獲得正面的回應。隨即於二○○○年十一月開工，二○○一年九月竣工。根據立於入口處的〈八卦山文學步道設立緣起〉碑文所記，設立的初衷在於「建構八卦山的歷史面貌，找回彰化的人文精神，以繼往開來，發揚礦溪精神並建設彰化新故鄉」；目的在於「樹立人文典範，透過人文景觀的營造，試圖提升文學、藝術創作環境，潛移默化民眾的素養，……藉由朗誦來自台灣土與人民的詩文，向彰化地區的先賢作家致上最深的敬意」。

步道兩旁陳列十二位彰化縣的作家詩歌，從清朝的陳肇興起，依序為洪棄生、賴和、陳虛谷、周定山、洪炎秋、葉榮鐘、王白淵、謝春木、楊守愚、翁鬧、洪醒夫。在步道的中途，修建了一個圓形的文學年表，太極亭前方設有文學傳承廣場，文學年表上刻有自清朝以來到戰後年表（1703-2001），標示了彰化重要作家的出生年代、重要的文化活動、文化設施、作家重要作品。

---

31 康原：《中華兒童叢書──賴和和八卦山》（台北市：教育部，2001年），頁60。

　　八卦山文學步道雖然不是單為賴和而設立，但卻是康原從賴和的精神中擴大的磺溪文學精神之推廣成果。事實上，賴和文教基金會早年想在八卦山上設立「賴和紀念公園」未能如願，康原說：

> 我發現八卦山不僅是風景優美的自然景點，又是一個古戰場，更是一個文化人活動的據點，於是我就向文化局提出建構「八卦山文學步道」的構想，以這個構想來代替未如願的「賴和紀念公園」，……[32]

康原將「賴和紀念公園」的構想轉成建構「八卦山文學步道」，雖然無賴和之名，但卻能將賴和所代表的磺溪文學精神做出更全面的宣揚。

（三）以文字結合圖像傳遞賴和精神

　　康原也有為賴和立傳，但並非採用專書的形式，早期是以單篇介紹的方式，如一九九二年出版，專為彰化作家立傳的《文學的彰化》中，第一篇即是〈台灣新文學之父—賴和〉，但這篇文章著重於介紹其生平事蹟與文學特色，屬於泛論式的小傳，質言之，就是欠缺特色性的傳記。

　　康原真正具有特色性的賴和傳記應屬二〇一三年創作的〈蕃薯園的日頭光—詩寫台灣新文學之父賴和〉，康原在〈走入土地，親近人民〉中說：

> 春天過後，進入了五月，彰化市公所的「親近彰化作家」系列活動，今年特別為磺溪之光賴和先生寫詩傳，康原以〈蕃薯園的日頭光〉為題，寫了約七百行的台語詩，來書寫賴和一生的故事，並請李桂媚畫插畫，讓讀者能進入詩傳的情境裡。並請攝影家郭澄芳拍攝彰化市的廟宇與人民的生活，記錄人民與土地的故事，在古月民俗館做「攝影與詩畫」的聯展。[33]

---

32 康原：《土地之歌》，頁29。

33 本文為康原編著、李桂媚繪圖、郭澄芳攝影：《親近作家‧土地與人民》之序文，頁7。

康原一共寫了十二首組詩，他以不同的角度描寫賴和，也以賴和與他人互動的內容呈現出他的惜才（如楊逵）與仁慈之心。詩中也透露出很多賴和的事蹟，如到廈門博愛醫院是被日本人利用做「日華親善」；獄中日記的細膩描寫也呈現了賴和也曾有的脆弱的一面。就如同宋澤萊所言：「儘管如今學界有不少賴和的生平研究，卻只有康原的這部賴和小傳是用詩寫成的」。[34]

康原透過這十二首詩傳刻畫賴和的形象，並傳遞賴和的精神。事實上，這十二首詩最早不是直接形諸書本，而是在二○一三年五月一日至六月三十日結合繪畫與攝影展出於彰化市的古月民俗館。康原希望「此次的展出，觀眾可以透過作品，認識賴和及彰化作家」，[35]這是康原第一次有系統的以詩傳結合圖象宣揚賴和精神；不過並非康原第一次將文字與圖象的結合，[36]也不是第一次將描寫賴和的文學作品結合圖像展出，在二○一一年五月，康原就曾經為彰化市的「賴和日」寫詩，並與畫家施並錫的三十幅油畫作品相結合，以「詩情畫意彰化城」為題，在彰化市立圖書館作詩畫聯展。這三十幅作品中，康原所提的詩作與賴和有關的有：〈八卦山〉、〈北棟教室〉、〈文學的地標〉、〈警察署〉、〈小西街巷〉、〈一支稱仔〉六首。

康原以其活潑的創意將詩歌與圖象結合，從早期為不破章的水彩畫題詩，到「詩情畫意彰化城」的詩畫聯展，都能善用圖象的深刻性與詩歌的穿透性，「複合式」的將文學的影響性擴大。由其是對賴和文學精神、人格形象的建構與推廣，從局部到完整詩傳的創作過程，可以看出康原努力的足跡。

---

34 宋澤萊：〈台語文學的根、莖、花〉，本篇為康原：《番薯園的日頭光》之「推薦序」，頁11。

35 康原編著，李桂媚繪圖，郭澄芳攝影：《親近作家‧土地與人民》，頁7。

36 康原在二○○五年就曾將將日本畫家不破章的水彩畫與詩歌結合，並出合集，詳見不破章繪畫，康原詩文：《日本名畫家筆下的台灣風情：不破章水彩畫集》（彰化市：頂新和德文教基金會，2005年）。

三 以動態藝術推動賴和精神

康原在嘗試過以書寫結合各種偏向靜態的藝術推介賴和文學精神之後，更進一步嘗試以動態藝術向人們介紹賴和，這是更為積極方式，更具體、更多元的「再現」賴和。

（一）以舞蹈、音樂深化賴和形象

康原在二○一一年與員林的「漢心舞團」合作，演出大型的史詩舞劇〈八卦山的故事〉。故事的構想由康原提出，再由漢心舞團編舞，內容強調彰化八卦山的發展史，將歷史與文學結合成舞蹈，呈現出結合力量與舞蹈的強烈敘事風格。

康原除了提供構想之外，也在舞劇中擔任串場的角色，他以說唱方式介紹賴和，吟誦自己所寫的〈八卦山〉，銜接賴和的〈低氣壓的山頂〉舞碼，將台灣人在日治時期的苦悶，以灰白陰沉的天色，象徵死亡，象徵台灣人的壓抑，透過舞者的肢體語言呈現出來。康原的串場，使得整個舞劇有了核心，它所呈現的不只是彰化歷史的發展，更有一份歷史中的人文關懷與突出磺溪文學精神中的反抗意識。

康原並吟唱日治時期民間歌謠「刑士比虎較大隻，喙若拍開若尿杓，若有物件到宿舍，啥麼代誌攏無掠」，展開賴和小說〈浪漫外紀〉的序幕，用民間歌謠串場，讓舞劇的表現更為鮮明。接著，以台灣「流氓」的出頭與日本警察，以及一群社會中的各種人物交互關係，構成一幅看似混亂，但卻又有在亂世中不畏權惡，勇於抗爭的精神，這是一種突破框架的行動象徵，也藉以表現賴和文學中的抗爭精神。這部〈八卦山的故事〉的舞劇，依序在彰化演藝廳、彰化八卦山、員林演藝廳以及新竹市文化局演藝廳演出，透過舞蹈與文學的結合，傳遞彰化的歷史與磺溪文學精神，也向群眾推介賴和的抵抗精神。

　　二〇一三年，康原在古月民俗館展出賴和詩傳〈蕃薯園的日頭光〉，除了將賴和的詩傳與繪畫結合之外，也選了四首詩結合音樂演出，康原說：

> ……由音樂家陳永鑫教授，選擇詩中四段，寫成四首歌分別為〈蕃薯園的日頭光〉、〈虎山巖到市仔尾〉、〈市仔尾的賴和醫館〉、〈深更夜靜的北門街〉用音樂來描述，這位彰化的仁醫，在彰化市懸壺濟世的情況，用歌聲來傳唱對這位鄉賢的懷念。[37]

這次的合作引發了康原的靈感，隔年，再度舉辦賴和紀念活動，將主題訂為「蕃薯園的日頭光──詩歌音樂會」。除了有陳永鑫所作曲、改編的〈蕃薯園的日頭光〉、〈虎山巖到市仔尾〉、〈市仔尾的賴和醫館〉、〈深更夜靜的北門街〉之外，還有鄭智仁的〈走街仔先〉等。雖然有其他歌曲參與演出，[38]但還是以傳唱關於賴和的作品為主。

　　這次音樂活動由康原主持，藉由音樂來認識台灣的詩情，更由這種傳唱與欣賞的方式，將賴和的精神藉由大眾化的方式推展。

（二）微電影的演出

　　彰化市中山社區發展協會在一〇三年爭取到文化局執行新故鄉第二期計畫經費，以社區營造為主題拍攝微電影。社區發展協會理事長楊炎坤與居民林小湄均為康原所任教的社區大學之學生，遂與康原討論拍攝微電影的議題方向。康原以為，中山社區是人文薈萃的地方，社區內有賴和文學中的場景，如中山國小北棟教室、紅毛井，以及彰化藝術館、銀橋、八卦山大佛等深具歷史與彰化特色的歷史建物，另外也有文學步道、賴和前進文學地標等具有賴和與彰化文學精神的座標，以及其他八卦山周邊的景點，是一個兼具

37　康原：〈番薯園的詩畫與音樂〉，本篇為康原編：《番薯園的詩畫與音樂》之序（彰化市：彰化市公所，2014年4月），頁5。

38　如曾慧青的〈玉山之歌〉、〈回鄉〉，游昌發的〈月光光〉，許明得的〈十二月果子歌〉，楊三郎的〈秋風夜霧〉，呂泉生的〈飛快小姐〉等歌曲也參與演出。

歷史與文化的特色社區。因此，要拍出屬於社區特色的微電影，絕不能遺漏賴和與社區地景的意義，並藉由電影的敘事情節，重建賴和在台灣人民心目中的形象。於是，康原將劇本定名為〈在八卦山下遇見賴和〉，並請馮偉中教授擔任導演，展開劇本的討論與書寫。

社區共同討論定調為以賴和為中心的社區微電影之後，就決定以高品質、專業化的拍攝，於是又找了具有專業與實務背景的大葉大學林擎天、李俊憲兩位教授協助拍攝；為了讓呈現地景與賴和精神的關係，拍攝團隊多次與社區居民座談，溝通，除了讓拍攝更順利之外，更重要的是要凝聚社區的共識，也讓他們先認識賴和的精神。因為有了社區的認同感與榮譽感之後，才是真正的行銷賴和；在欠缺認同之下完成的微電影，最後也只是社區活動的「成果」而已，稱不上文化資產。如果社區居民能透過微電影的拍攝，認同中山社區的一景一物都是歷史的資產，並以自身的環境與賴和的相關性為榮，未來也將會成為推廣賴和文學精神的一份子，甚至將來也有可能持續以其他方式行銷賴和，而不會隨著微電影的完成而曲終人散。

電影除了著重中山社區的地景與賴和的關係，也強調中山社區自然、人文景觀之美，藉以行銷賴和與中山社區。

〈在八卦山下遇見賴和〉影片分成三個主題：小朋友篇、青春篇與親子篇。

藉由三個不同主題，呈現出賴和文學精神與在地的鄉土情懷從被遺忘、取代，到重現價值的過程，為便於對照與突顯內容，以下採表列呈現：

表二:〈在八卦山下遇見賴和〉各單元內容、表現意涵與地景表

主題	內容大要	表現意涵	呈現地景
小朋友篇	小湄老師在課堂上介紹台灣新文學之父,但小朋友卻是感到陌生,甚至於小學生旻諺還在課堂上玩手機而被沒收。下課後,看著迫不急待離開教室的小朋友,小湄老師無奈地將黑板上的「賴和」、「台灣新文學之父」擦去。下課後,戴著耳機的旻諺無意間跟隨小湄老師走進「新寬成行」,在這陌生的老店中,旻諺充滿了好奇,隨手把玩著一顆陀螺,小湄老師見狀,帶著旻諺出去找地方打陀螺。師生走到了八卦山文學步道,正且遇見康原老師正在導覽文學步道,介紹賴和及其作品,並吟唱〈拍干樂〉。	新一代的台灣人逐漸被3C 產品所框限,對於過去與現代產生了「古板」與「創意」的二分誤解。老雜貨店代表的也是一種傳統,販賣的陀螺完全異於現代科技玩具,但卻更需要技巧與智慧。當旻諺在文學步道遇見康原講賴和時,也是小朋友遇見賴和精神之時。跳脫課本,賴和精神更親近,就像離開小框架,陀螺就能自在地轉,而文學精神與創意,是可以自由,並跨越時空。	中山國小北棟教室、新寬成行(五十年的老柑仔店)、彰化美術館、彰化縣文化局、一八九五抗日保台史蹟館、八卦山文學步道。
青春篇	小湄老師的兒子和同學相約在八卦山,一起做地形調查報告。走過幾個景點之後,來到了賴和〈前進〉地標。當男同學無法解釋此地標的	從景物的調查進入文化的認識,鄉土中藏有大量的文化資源,但卻因為「熟悉」而視而不見。本段主題透過	八卦山銀橋、銀橋舊址遺跡、八卦山銀橋飛瀑、賴和〈前進〉地標

主題	內容大要	表現意涵	呈現地景
	意義與內容時，女同學告訴他一句話：「我覺得你應該好好了解自己的故鄉吧。」此話喚醒了他，回家向母親請教，並認真閱讀賴和的作品。	賴和的〈前進〉地標，引領社區的前進意識；也透過〈前進〉文本的閱讀，啟發了年輕人對賴和文學與傳統文化精神的積極認識與態度。	
親子篇	母親（小湄老師）自述的語氣，提出康原建構彰化文學、歷史，並喚醒人們對自己生長土地的記憶，並反思自身對土地的情感與關心。最後以賴和的〈前進〉為動力，希望年輕一輩接手，繼續書寫土地的記憶。	本段雖名為「親子篇」，實則為「傳承篇」，透過象徵土地之愛的母親口吻，提醒孩子記錄土地的故事。畫面中有各年齡的社區居民、還有康原與小孩玩遊戲，最後一對青年男女出場，他們依序走過賴和〈前進〉地標，象徵世代前進的力量。畫面接著往上空拍八卦山大佛，自後頭望向整個彰化平原，象徵賴和的精神籠罩整個彰化的土地。	賴和〈前進〉地標、八卦山大佛、彰化平原

　　整部微電影以歷史的賴和為軸心，中山里的地景為空間，將賴和與八卦山地區的關係做了緊密的連結。整體的拍攝相當用心，畫質相當精細，將八卦山地景的美做了很好的詮釋。其中一段朗讀賴和〈前進〉的畫面，拍得相

當深刻。該段以年輕人的語氣念著〈前進〉，以夜色中的〈前進〉文學地標為畫面，透過微弱的光，可見鏤刻的「賴和」二字，彷彿是被埋入歷史中的賴和；當年輕學子念到了最後「前進」二字時，畫面轉成光亮的晴空，襯著〈前進〉文學地標，象徵只要隨著賴和的精神，勇敢前進，日頭光就會照進來。

拍攝微電影是康原推廣賴和精神的最新媒介，從成果看來，有不錯的成效。影片中的兩大主題：八卦山和賴和，一個可以是代表地景，一個代表人物，若深一層分析，八卦山是礦溪文學的代表場域，賴和是彰化文學精神的象徵，二者又是密不可分。所以，〈在八卦山下遇見賴和〉，除了推廣中山社區外，更能將社區中的地景與人文精神做最佳的結合與推銷。電影中的「遇見」，是屬於跨越時空的精神相感通，只要願意了解彰化文學精神的人，都可以和賴和相遇。影片中的配樂插入康原所寫的歌〈拍干樂〉、〈回鄉〉兩首曲子，片尾的〈回鄉〉是彰化地區的地景與特產書寫，隱含著對土地的眷戀。

〈在八卦山下遇見賴和〉在二○一四年十一月十七日於彰化市立圖書館首映，吸引了大批的民眾前往觀賞，同日馮偉中導演將影片放上 youtube 影音平台，在筆者完稿時（12月27日），短短四十天，就吸引了將近三千三百人次點閱，以行銷成效而言，是極為成功的。所以，微電影的形式開啟了康原推銷推廣賴和精神的新媒介。

結語

康原以一個賴和的信徒，虔誠的傳遞賴和人格形象、文學精神，尤其兩人同樣長居於八卦山下，腳下踩過的土地、眼裡觀看的地景有很多都是相同的。以一個信徒的使命感，康原採用各種不同的方式推展賴和的文學精神。就目前成果而言，康原是成功的。筆者以為，康原多年來推展賴和文學精神是有策略性的計劃，他還應彰化縣公益頻道邀請，主持策劃「文化列車」的電視節目，首播之日推出「文學帶動彰化」專題，介紹了賴和及礦溪文學精神。另外，康原自從二○○○年起，陸續在員林社區大學、彰化市社區大學

與彰化市婦女大學開授「台灣文學」，賴和正是該課程的講授重點，每學期的課程都會帶領學生參訪八卦山文學步道，讓他們親自體驗賴和與彰化文學的精神。

康原建構彰化學，以彰化學承繼磺溪文學精神，並將賴和置於磺溪文學至彰化學過程中的轉折地位，他是磺溪文學精神的代表，也是康原建構彰化學的啟蒙者兼精神導師。有了這一層關係，才能確立康原不變的志向與信仰，逐步踏上建構彰化學與推展賴和文學精神之路。

康原早期以寫作推介賴和，在擔任賴和紀念館館長開始思考如何主動出擊，或是跳脫傳統的文字介紹賴和。於是他辦導覽、營隊、展覽，以動態方式吸引群眾目光；他將詩歌結合地景、圖像，刺激讀者的感官以強化賴和的印象。近年來，更進一步跨越藝術，以動態的舞蹈、音樂去詮釋賴和精神。今年，康原將觸角伸到第八藝術——電影。透過微電影的拍攝，將文學、地景、音樂等元素聚合在一起，產生新的詮釋賴和與彰化文學精神之方式，並透過網路媒體無遠弗屆的傳遞。

康原追隨賴和，以賴和的文學精神為追尋目標，更全力宣揚賴和。他總是能以創新的思維包裝、行銷賴和，也行銷彰化文學，至今已有豐碩的成果。

參考書目

一　專書（按出版時間排列）

王燈岸，《磺溪一老人》（台北市，海王印刷，1980年）

康　原：《文學的彰化》（彰化市，彰化縣立文化中心，1992年）

林瑞明：《台灣文學與時代精神：賴和研究論集》（台北市：允晨文化公司，1993年）

李篤恭編：《磺溪一完人》（台北市：前衛出版社，1994年7月）

康　原：《八卦山文史之旅・磺溪舊情》（彰化市，彰化縣立文化中心，1998年）

康　原：《尋找彰化平原》（台北市：常民文化出版社，1998年）

賴和著，林瑞明編：《賴和全集》（台北市：前衛出版社，2000年6月）

康　原：《追蹤彰化平原》（台中市，晨星出版社，2008年）

康原編著，李桂媚繪圖，郭澄芳攝影：《親近作家・土地與人民》（彰化市：彰化市公所，2013年5月）

章綺霞：《追尋心靈原鄉──康原的鄉土書寫研究》（台中市：晨星出版社，2010年）

康原編著，施並錫繪著：《詩情畫意彰化城》（彰化市：彰化市公所，2011年5月）

康　原：《土地之歌》（彰化市：彰化縣文化局，2011年9月）

康　原：《蕃薯園的日頭光》（台中市：晨星出版公司，2013年11月）

康原編：《蕃薯園的詩畫與音樂》（彰化市：彰化市公所，2014年4月）

葉連鵬：《從西瀛到磺溪──區域文學論集》（台中市：晨星出版社，2014年8月）

二　論文

蕭水順（蕭蕭）：〈囡仔歌：台灣新詩的舊田土──細論康原與彰化新詩的土

地哲學〉,《彰化師大國文學誌》第11期（2006年12月）

曾金承：〈從《野鳥與花蛤的故鄉——漢寶村的故事》與《詩情畫意彰化城》談康原的文學行銷策略〉,《應華學報》第13期（2013年6月）

曾金承：〈進入柏拉圖理想國中的詩人——談康原的《番薯園的日頭光》〉,《笠》詩刊298期（2013年12月）

古城下的身影
——賴和文學地景

黃　隆

摘要

　　彰化市至今已舉辦多年的「文學地景導覽」活動，初衷最主要是希望透過「賴和」這位在彰化土生土長的文人之眼，讓我們重新尋索日常生活週遭常常被忽略的種種遺跡、建築，那為綿延的時光所埋藏住的歷史記憶，人文省思。賴和遺留下來的文字，其精神與美學價值目前已被許多研究挖掘，但真正的記憶卻往往也凝結於實地空間中，無聲無息，它僅僅需要某些溫柔的提醒與召喚，我們的雙眼便能夠擁有不一樣的景深。

　　賴和文學地景導覽，本身就是一個深耕在地文化的重要環節。許多年來，經由社會人士、文史工作者、大學生不問報酬不斷投注心血的結果，終於讓更多人看見了彰化有別於觀光行銷形象的另一面性格，也為後來「鐵路醫院」歷史建築的拆留問題上意外地提供了一份助力。

　　在許多文學作品中，「時間」本身很可能只意味著殘忍的摧毀及破壞，讓熱衷於生命的人們感到驚慌，然而文學地景的挖掘，卻恰恰在證明於時光的流轉變化中，我們仍然也有所發現、有所承擔。若被封鎖的記憶能憑藉一股執著和毅力，一如月光般永遠安慰思鄉困頓的旅人，那麼仍未黎明的夜，星空也會更加璀璨，更加溫暖的吧。

　　此刻，我們都將自己的名字寫入地景中。

關鍵字：賴和、彰化古蹟、文學地景、現代化、磺溪精神

一　前言：關於一座城市的想像

我自己居住的城市中產性格其實很濃厚。

偶爾我下了班，回到家裡念念書，半夜累了便會在桃園市所謂的「藝文特區」裡「遊蕩」。說真的那實在是件不怎麼迷人的事，那裡充滿著最尋常、最普遍性的事物，尋常普遍的幾乎荒蕪。彷彿菜園裡永遠就只種了那麼一種作物，一隻迷糊的細菌闖進來便足已掀起整座菜園的革命。

而另一個令我注意到的同樣也是屬於視線上的問題。或者說，是「世界」的問題。「藝文特區」中建有許多豪宅高樓，這些社區型大廈各自擋住了彼此的視線，好像在互相較量般永遠要比對方高上一截才顯得滿足。這些社區各自群聚，區塊分布密集有序，有時卻會讓路過或居住的人們感到窒息。我常常開玩笑說這裡像是停滿了一輛又一輛「坦克車」的城市，它們習慣把自己包裹得緊緊的，用各式各樣的大門、監控與防衛系統，阻止「外人」入侵，甚至好在恐懼什麼似的準備隨時操起武器來，對付起外來的「他者」（other）[1]，敵人。

可是說到這裡我卻又得尷尬得承認，我自己也正是其中的一份子。我居住的社區是仿日式風味的社區型大廈，而它正代表了這整個「藝文特區」中產階級對其他進步國家種種嚮往表現的典型縮影。嚴密的保全系統，隔絕了（或「排除」了）在街頭對角水果攤老闆娘的惺忪視線、鹹酥雞老闆女兒的連連呵欠、與偶爾駛過仍在為生計奔馳的計程車司機的嘆息聲。

桃園是一座年輕的城市，發展與建設的口號是讓逐漸富裕的中產階級最心動的承諾，每個人都可以在這座城市中自由袒露自己的身分和隱藏自己的

1　這裡的「他者」（other），參考廖炳惠編著之《關鍵詞二○○：文學與批評研究的通用詞彙編》（台北市：麥田出版社，2009年12月）裡的定義：「針對性別或地理上的差異他者，在人類學與文學中，都假設了自身與『他者』間的對立，特別是面對無法真正理解的對象，從性別、膚色、年齡、性取向乃至於身體外貌，或在行為規範上無法理解的方式，都以『他者化』的方式來建構他者……」頁185。

名字。但在專業分工、以及標準套裝化服務的生態下,追求進步的同時卻也在在讓人們感覺到幸福以外的其他東西,比方說一雙眼睛喪失了記憶,或者一對耳朵聽不見愛情以外的聲音(這個世間充滿著愛,包括愛著台灣,愛那些你素未謀面的人)。

至少,自我從彰化回來後便是這麼認為的。彰化市是一座輕飄飄的老城市,魂魄不知所歸;而桃園則挾著它鋼筋與水泥的夢,在隆隆聲中準備起飛(當然它得先有個地方囤放,也許明天先寄放你家)。年輕與老邁之間的距離,是時間感上的問題,但起碼幕後操縱的人他們的目標總是一致的,而這方面我們都未能即時查覺。

有時,我實在不曉得該怎樣與新進來的成員解釋自己為何要參與「賴和文教基金會」舉辦的「文學地景導覽」活動。一開始我對這些完全陌生,更不用說什麼社區營造、找回歷史記憶之類的論述。對我這種「國文系」的學生而言,「台灣文學」當時仍是一種十分空泛的概念,且在一片升學主義風氣的引導下,「台灣文學」與文學地景的種種都不可能走入我那時的視野裡。我得坦承,最初答應幫忙準備這個活動只是出於好奇,也有心挑戰自己的能力,這麼單純的理由罷了,沒有太多冠冕堂皇的藉口,那許許多多的「論據」通通是後來才找出來的說服別人的。

但極其意外的是,儘管這許多年來我不斷投注心力,參與無數讀書會、實地踏查、導覽演練、維護古蹟等活動,我竟仍要等到自己畢業、服兵役過了近一年重返彰化後,才對它們之於我的影響有了更深刻的體認。

自投入,出走,再回返,我與彰化的關係便是在這樣游離的狀態中變得更深刻了起來。此時,我反而更能確信自己曾投入過的那些心血全都是值得肯定,甚至能夠被清楚定位的。

這一年來的變化使我不得不承認的是,許多只能透過文字來傳達的知識及論述,可能都只能停留在最浮面、最粗糙的程度。可以提供知解的知識,永遠都不可能真正烙印在人們的心靈和身體記憶上,而必須經由一連串具體追尋、探問、實踐、甚至是自我抽離的漫長過程,才足以沉澱一座賴和作品與彰化地景交織的古城世界,讓我們走入,並懷想。

因此，當我今年再次回到彰化賴和紀念館，面對著這些新來的、有意參與導覽活動，卻可能因為擔心自己是個外地人而不敢貿然加入的同好們，這麼說：「即使你不是在地人也無妨，這個活動能給你的是豐富的、有關一座城市想像的能量。」

二　彰化市與賴和：在地形象

彰化應該是一座迷人的城市，賴和作品中的文學地景能在近幾年內被大量挖掘、整理出來，是最好的證據。

彰化先天上的迷人之處，在於它至今留存的眾多古建築。即使不提坊間介紹、討論在地古蹟的眾多書籍，賴和及同時代文人如陳虛谷等，在文字中所書寫到的老房屋至今也都仍然存在，只不過它們泰半被忽視。這些建築不見得都能被政府正式列入「古蹟」名單之內，但往昔的文學家以文字流連在想像與真實的邊界，那些在實境之中發生的故事也同樣令人感動。而今台灣當前的文史書寫者或導覽人，習慣上總是傾向以這些建築的歷史背景及考證作為主要導向，讀久聽久了，難免就會讓人覺得這些眼前的建物彷彿只是為了成為某種乾巴巴在博物館裡等待被驚奇指認的一具具木乃伊，而不是曾經或現在仍然血肉筋骨並俱、至少還可以讓人親近的活體生物。至於那些已經寫出來的，多半也仍未能形成一定的系統與規模。

我可以想像到，這樣純粹歷史文獻考證的論述似乎永遠只能在一定範圍以內流通，畢竟並不是每個人都有義務去喜歡的。

在接下文學地景導覽工作後，我不斷閱讀百年前賴和留下來的文字，與實地景物相互對照。這麼做自然可能非常愚蠢，因為在閱讀過程裡許多熟習的文學批評理論，會像不斷跳出來的視窗一樣嚴正警告我真實與想像之間的分際，哪些是虛構的？哪些是能被考證的？

會不會讀來讀去，也只是誤信了作家的謊言，自己做了個配合演出的人？就像小說家張大春曾說他讀了同樣是小說家的黃春明的小說後，提起相機跑去宜蘭結果失望而返？

　　充滿時間與幻想質感的故事本身，可能就是如此不真切確實的吧。此刻無論是導覽工作，或者是再度進行書寫的工程，我依然會把必要的論據與引用到學者們的說法盡可能羅列出來，也盡力讓它能夠擁有更嚴謹的格式。但站在創造一整個世界的立場上，我情願讓自己以及讀到這篇文字的人，都能回歸到那馳騁想像、卻足夠真誠打動人心的故事之中。我情願做一個認真說謊的人，並努力讓你們相信我。

　　這就好像我們一貫都會做的不是嗎：童年時期看著天上的雲臆想它們種種的變化並信以為真；或者午後醒來，看著床頭窗簾縫隙裡滲出的微光，浮懸顆粒交錯盪動，一如舞女之姿。

　　我真心希望自己接手的「文學地景導覽」與書寫的結果，不至太過枯燥，以至於我們導覽這座城市的文學與身世，最後卻將這一切都給拋棄了，城市徹底消失，只留下空空洞洞的知識自以優越的登上了舞台。也但願我在挖掘在地土壤時，擁有的是一隻土撥鼠般的快樂，並對富麗堂皇學問家建築的殿堂公廟表示冷淡的拒絕。

（一）賴和形象：其人與其文

　　文字中有意無意間浮現出一座城市，漂泊於讀者腦海中，在西洋文學裡已經有著淵遠流長的歷史。美國學者理查德・利罕（Richard Lehan[2]）的《文學中的城市》（*The city in the Literature*）便以此為題，從神話時代一直寫到古典理性主義、現代／後現代主義，它其實已經很接近一整本西洋文學史的專著。書中，作者清楚指出「城市」的出現與發展所帶給人們在感知與思考上的刺激，隨著不同時代閱讀城市的方法不一，也就逐步輾壓出一道人們精神狀態幽微演變的深深軌跡。

　　台灣似乎沒有那麼長久的歷史可供追溯，且更特別的是，台灣本身一度

2　由於這本書並未載明作者的出生年，我也找不到關於這方面的資料，故在此暫時留白，以待未來還有機會時補齊。

「被殖民」的歷史，也讓我們無法完全套用昔日西方帝國主義國家發展的框架予以審視。但我們至今仍然可以在賴和的文字中發現到他對彰化城內人事代謝、境移景遷的種種思考，因為他的一生與彰化城本身的發展，幾乎密不可分。

據學者陳建忠先生整理出來賴和的生平與創作年譜[3]，賴和出生於彰化廳線東堡彰化街市仔尾，約莫在彰化城外東北方不遠處[4]。回顧文獻與相關研究檢索賴和的一生，會發現賴和的成長與童年記憶，其身影之姿彷彿全都碎散在彰化城內的各個角落，穿透那歷史壓抑的層層雲影，並在紅牆孔廟與白磚綠蔭之間漸漸透明了起來。

賴和的「小學」生活，一度同時接受傳統漢學私塾教育與日本「公學校」的「現代化」教育。十六歲畢業後，他輾轉考進台北總督府醫學校，五年後南下進入嘉義醫院，因為意識到日、台醫生之間並不平等，二十四歲那年重返彰化自行開業，是謂「賴和醫館」。之後，他的一生除了尚有一、兩次遠遊中國、東京等地以外，便沒有再離開過彰化[5]。

可能也是因為這個原因，賴和筆下的人物與故事，儘管不能十分斷定哪些是真實影射，哪些純粹是虛構想像的，但無疑故事裡的角色必然大多數都是以彰化在地居民與空間場景作為基礎。

我熟知，現在十分通行於國高中的國文教科書裡，最常收入的賴和作品是〈一桿「稱仔」〉，而新詩裡最為人稱讚的則是他寫霧社事件的〈南國哀歌〉。這些作品目前都已成為台灣文學史上的某種典範，學者、教師們便從

3　陳建忠：《書寫台灣‧台灣書寫：賴和的文學與思想研究》（新竹市：清華大學博士學位論文，2001.1.16），頁361。

4　青井哲人〔日〕（AOI Akihito），《彰化1906》（新北市：大家出版社，2013年10月），頁64。

5　同註3。賴和分別在二十五歲（1918年）、四十六歲（1939年）離開過台灣，前者是以「醫生」身分前往廈門「博愛醫院」任職，後者因其病人感染傷寒初期症狀，賴和未依規定向當局申報，遭至重罰並被迫停業。賴和便利用此空閒與楊木（雪峰）同遊日本，寄宿於陳虛谷處所，隨後再轉往北京旅行。（清華大學博士學位論文，2001年1月16日），頁371-374、400。

這些文字中去談「反殖民壓迫」的精神，並習慣性的援引楊逵作為呼應。

但有時對此我總覺得隱隱不安，因為被刻意挑選的這些作品，其精神、風格面貌似乎有太高度的一致性。如果單純以此去推想賴和本人，只怕會得出一個十分「樣版化」的形象：如永遠義憤填膺的吶喊，與對抗強權的大無畏臉譜。只是對我而言，賴和卻從來都「不只是」如此而已。我所珍惜他文字燃起的火與光，也從來都不屬於劍拔弩張、令人無法逼視的一類。若從頭仔細閱讀如今出版的《賴和全集》，會發現無論是他文字的語調，敘事的安排與展演的技藝，都更像是當時激昂動盪時代下一股更沉穩的脈動，深刻有力的時代證詞。他的人與文字風格，不見得是能在街頭上搖旗吶喊的一類，也不見得具有足以在各種意識形態光譜勢力間實際統御群雄的銳利鋒芒。他沒有知識份子那份過度的自負與驕傲。事實上，對於當時一般百姓來說，賴和本人一派溫敦謙和、親切宜人的形象，反而更深植人心：

> 好不容易從快官趕到彰化，我阿爸問路人賴和醫院在哪裡，凡是被問到的路人，都非常清楚賴和醫院的位置，有些人甚至還不斷的向我們誇讚賴和這個人十分的有醫德，雖然我是第一次聽到這個人的名字，但從路人對他的評語，讓我覺得賴和這個人好像十分偉大。到了診所，終於是看到了賴和，但是好像沒有我想像中，那種偉人應有的外表，因為從他的穿著來看，實在無法給人什麼偉大的感覺，不過卻有著一股特別的親切感[6]。

> 在我細漢的時候，我家就住在市仔尾，算是跟和阿仙住同一條街就對了。彼當時，我就有看到和阿仙在替人家看病，身材看起來圓圓滾滾的，穿著一件麻布杉，留著一撮八字鬍[7]。

如果只看了〈一桿「稱仔」〉、〈南國哀歌〉兩篇作品，再來讀口述歷史上的

---

6 張阿義，彰化市民，2001年7月11日，口述。賴和文教基金會編：《第一屆全國高中台灣人文獎作品集》（彰化市：賴和文教基金會出版，2002年1月）。

7 出處同註4。陳王梨，彰化市民，賴和鄰居，2001年8月28日，口述，頁37。

文字記錄，也許會令許多人在心底都產生一種極難調和的衝突感。

　　按照學者林瑞明先生的說法，賴和一直比較傾向一個「出身民間回到民間」的文人，他所以能有這樣的性格與公眾形象，或許可以從他的家庭追溯起[8]。林瑞明先生引用〈我的祖父〉說明賴和的祖父賴知其原生家庭，曾經參加過因受太平天國影響而跟著起義的「戴萬生（潮春）事件」（1862-1864），可惜不幸失敗連受波及，家道中落。賴知在流落為市井遊民後，從此心情鬱悶，因戰鬥時身受的槍傷，使他開始吸食鴉片，後來更養成以賭博排遣愁苦的嗜好，和妻子成婚後依然戒不了賭癮。〈我的祖父〉一文中對此有生動的敘述：

> 吾父五歲時貧甚，歲晚無錢，祖母把衣裙使入質，以其錢度歲，但恐其（筆者案：指賴知）得錢復賭，教吾父隨之去，至半途，乃用頭布縛吾父於人家籬柱，不教同往，自去典衣，又把錢盡輸於賭，其嗜好有如此者[9]。

但後來也許是賴知自己想通了，力圖振作，重新操起過去的拳法招式、並學習「弄鈸」一類的江湖技藝，闖蕩社會多年，才逐漸改善了家中的經濟狀況。最後，他的兒子賴天送長大後成了一名道士，直至賴和，也才有機會能夠進入學校、書房裡念書。所以林瑞明先生認為，如果說賴和是藉由書房教育而得以接近中國中原文化的大傳統（great tradition，這裡指儒家教育）的話；那麼，賴和原本的家庭則顯然較傾向於小傳統（little tradition）[10]，耳濡目染下，他對庶民文化其實相當熟悉，與一般百姓的生活也十分貼近。

8　林瑞明認為在《台灣文學與時代精神》（台北市：允晨文化出版社，1993年8月）裡，以賴和的家族史、傳統／現代教育、遠赴大陸行醫經歷等三方面，討論賴和的人格養成，其中最重要的就是賴和家庭背景對他本人的影響。頁27-36。

9　林瑞明編：《賴和全集・新詩散文卷》（台北市：前衛出版社，2000年6月），頁283-284。

10　同註8，林瑞明：「經由書房教育，賴和與中原文化的大傳統（great tradition），更進一步接近。賴和原先的家庭背景，是比較屬於民間生活的小傳統（little tradition），這只要從他祖父賴知以弄鈸（弄鏡）為生，其父天送以道士為業即可看得出來」，頁9。

（二）生活速寫：醫館與家庭

不僅如此，昔日的「賴和醫館」正位於紀念館對面的位置，而紀念館和全國電子這棟樓，原本則是賴和住家的位置，由僅存的照片中可以想見它模樣的簡陋。紀念館中有賴和住宅、醫館的復原模型，但據其子賴洝的說法，那幾棟外觀漂亮氣派的平房「模型」，也只是賴和心中原本的構想，終未能全部落成。

可以想像一下，如果你是一個想來看診的普通人家，在一個醫療資源極為缺乏的年代裡，懷抱著對於一位「醫生」這種地位所象徵的財富與高貴的無限憧憬（據說他在這裡有些名氣呢），穿過一個又一個規模齊整的木造平房，一棟又一棟簡單的鋼筋混泥土近代化新穎建築（你可能從來沒看過，於是多逗留了一會兒，嘆嘆時代不一樣囉）；偶爾累了，便在路邊的「亭仔腳（ting-a-kah）」小憩一下，避避曝曬的豔陽以及暑熱，照顧你那抱在懷裡等著看病的孩子。動身後，也許迎面而來是路旁幾座規模不大的水池。蛙鳴，鳥叫，蟬嘶，都能吸引你留戀聆聽，你嘟著嘴逗弄著孩子的臉，學著動物的叫聲，然後你終於來到了城牆外的賴和醫館，卻忽然為眼前的景象一陣錯愕[11]。

這裡似乎沒有你想像中那麼氣派，相較於日本人與地主們的房子，似乎也遜色不少，你沉默的走近這棟建築，發現裡頭沒人，一個穿著「台灣衫」的藥劑生卻慌忙跑了出來，一臉抱歉的說：「失禮失禮啦，和仔先（仙）去外頭看病啦，唄等不？」。

你可能會覺得很訝異，不是嗎？醫生怎麼可能需要「出門」到病人府上看病呢，這是你從來無法想像的事！但你沒料到，在日治時期的彰化，醫生親自到各地赴診卻是再正常不過。賴和就常常坐著人力車上於彰化城內來回

---

11 同註4，賴和醫館位於「市仔尾」，由青井哲人親手繪製的清末彰化縣復原圖可以看得出來，賴和醫館的「市仔尾」應位於古彰化城東北方城牆外不遠處。頁82。

奔波。或許回到現代社會的你，會因為再也看不到轎夫們「起肩[12]」揮汗的身影，在心情上感到些許的複雜吧。

不只如此，當時彰化醫療設備相當不足，醫院也不多，所以當時賴和幾乎什麼類型的門診都得看，範圍廣及婦科、牙科、小兒科、一般外科等，他的生活非常忙碌。

口述歷史裡提到，為了處理日益繁瑣的工作，醫館內曾經請過數位「藥劑生」幫忙，如甘貴炘、甘貴榮、陳水發、張國英先生等，大致上有關合藥、包藥、敷藥、消毒、打針、包紮等工作都是藥劑生的職責，賴和有時也會親自教導，他們與賴和的關係頗深，是見證賴和生平的重要人士，留下了不少珍貴的資料。

有時我們賴和基金會的執行長會笑說，賴和時間管理能力一定相當不錯，才能在他的一生中完成那麼多的事情。我則說賴和一定是現代生活與時間管理的「精算師」，只是他面對的不是什麼巨大的金融風險、或什麼維安或制度上的漏洞，而是最實實在在平衡生活節奏、工作效率、與寫作時間的問題。

賴和通常清晨五、六點便得起床準備工作，整天不斷為民眾看病，少有休息；有時忙到晚上十點才能暫時結束營業，平均一天能看上一百多位病人[13]。但被譽為「台灣新文學之父」的賴和仍然不得閒，十點過後他還需不斷寫作、或者為他人修改稿件[14]。所以在種種條件限制下，他作品的篇幅不

---

12 「起肩」一詞是日治時期人力車轎夫們要起程時，把轎子抬上肩膀的用語。賴和〈富戶人的歷史〉中保留了大量當時專門使用的行話，至今有些仍然可解，有些則已難查證。林瑞明編：〈富戶人的歷史〉《賴和全集‧小說卷》（台北市：前衛出版社，2000年6月），頁300。

13 楊雲萍在《賴和先生全集‧追憶賴和》（台北市：明潭出版社，1979年3月15日）裡有清楚的記載：「做為一個醫師，先生是彰化數一數二的，最孚人望的醫生，至於被民眾稱為『彰化媽祖』的程度。他每天所看的病人，都在一百名以上。」，頁411。

14 楊守愚：「由於醫務的繁忙，常常要等到晚上十時以後才得空閒。因此，他擔當編輯選稿的工作，便是這十時以後的事。為了潤飾來稿，他工作到凌晨得一、兩點，是常有的事。如果碰到急迫的工作，工作通宵，也不是絕無僅有的事」，《賴和先生全集‧小

太可能拉大，但他的文字絕對都是在艱苦之中一字一句闖來的。

可能也因為如此，賴和的兒女其實很少有時間和自己的父親相處，日後他的兩個兒子追憶起自己的童年，父親的形象也始終不甚清晰。當時父親在詩文寫作上的才華，和在政治運動中的種種表現與關懷，都要等到自己成年後才慢慢有更深入的體會。但他的兒子似乎都能夠釋懷。五子賴洝說，父親有時間，仍會在半夜親自督導他們的功課[15]，偶爾還會在百忙中抽空，攜著他們的手，帶他們上八卦山健行，回醫館後再繼續看診。

「他雖然很少表現他的愛，但其實心中是很愛我們的[16]」賴洝平靜的說道。

三　文學地景剪影之一：「殖民教育．現代／傳統」

數年前，「賴和文學地景導覽」的活動仍是一個相當粗糙的計畫，當時我們安排的行走路線僅有一條，這條路不算長，範圍大抵都在彰化市內部。我們先在賴和醫館舊址（今賴和紀念館）進行簡單的介紹後，隨即出發，以順時針的方式步行環繞彰化市中心一圈，途中拜訪賴和小說中提到過的開基祖廟、他不算真正唸過的中山國小與感懷甚深的南山寺和孔廟，還有紅毛井、古東城門舊址和公園、建築上有特殊意義的元清觀，以及最後他二次入獄的警察局和高賓閣酒樓等約十多處。但礙於實際行走路線的問題，有些也只能割愛了。

這個導覽活動所以會採取「步行」的方式，除了實質上的考量外，更重要的是「步行」本身對於感受一座城市的存在而言，具有非常重要的意義。不少談起建築各領域的理論家，都會強調我們熟悉一座城市的方式，不會僅限於知性層面的理解，反而更是我們自身身體延伸的直接感受。

說與懶雲》（台北市：明潭出版社，1979年3月15日），頁427。

15 《彰化縣口述歷史》（彰化市：彰化縣立文化中心，1998年6月）：「（賴和）有空的時候，他就會詢問我的功課」，頁152。

16 同前註。

透過雙腳實地行走的方式，我們以遠近不同距離學習如何觀看；我們側耳傾聽城市裡獨有的聲音；我們會感受到皮膚經過乾燥空氣烘烤後，那令兩頰紅通通的，屬於城市的溫度。藉此，我們得以讓紙面上所有喧騰一時的文字，一步步的自我安頓，尋覓到自己的落腳之所。

（一）開基祖廟

一般而言，開基祖廟是我們自紀念館出發後導覽的第一站，它距離紀念館非常近，不過五分鐘的路程。

有趣的是，當你自四樓的賴和紀念館下來後，打開大門，會注意到附近有許多攤販的叫賣聲，老婦人、老阿公們可能手提著大包小包的大紅塑膠袋，微彎著腰，裡頭滿滿的老薑大蒜高麗菜，差點沒跌出來，他們的雙眼放出狐疑，目光反覆逡巡，準備隨時與蹲坐一旁的老闆展開一場魚價廝殺的爭戰。

原來，紀念館附近就是一座的菜市場，不但人潮未曾停歇過，機車自行車小型汽車，也都經常就這麼堂而皇之的闖了進來，再加上街道相對狹小，人車之間爭道的情狀也就日益嚴重。而開基祖廟正好像那身不由己的調停人，只能一臉正經的持續在這人車接踵碰撞之地中默默坐鎮，神情還有些尷尬的。

這個菜市場的歷史淵遠流長。我所說的狹小街道如今稱作「長壽街」，以此為中心的整個區域則被稱為「祖廟仔」，即因這間開基祖廟而得名[17]，也是當時的「五福戶」[18]之一。賴和喜好在此與小販聊天交談，沒時間吃飯時，也會由他的人力車伕「水龜」，從這裡隨性買些小吃帶在赴診的路上享

---

17 《彰化市志》（彰化市：彰化市公所，1997年8月）載：「祖廟仔：今文化里境內，原有賴開浮者在此建祖廟，因得稱。另一說為：境內有一『開基祖廟』」，頁15-16。

18 同前註。「五福戶」包含「北門口街」、「竹圍仔街」、「中街仔街」、「祖廟仔」與「市仔尾」在內的五個街段，是清末日據初期逐漸形成的商業地段，每個地段或因交通地理位置或因植被而得名。由於原文過長，茲不引述，可見頁15-16。

用，可知賴和對這裡的一切自然是相當熟悉。考察賴和的生活環境，會發現庶民生活似乎就是他自己生活的一部分。這或許也是他作品中所以總是能充滿許多庶民生活的倒影的原因吧[19]。

賴和在小說中稱呼的「祖廟口」正是開基祖廟。一九三二年，三十九歲的賴和正值其新文學創作的高峰期，他將他長期以來對「現代化」的思索，通過殖民教育體制所產生的問題呈現，小說〈歸家〉是極具代表性的例子之一。當然，〈歸家〉也是學術界常常引用討論日治時期台灣接受「現代性」（modernity）問題的文本之一。

這篇小說中寫一位接受日本殖民教育的知識份子，回到家鄉後的處境。賴和透過小說主角在「祖廟口」，與賣「圓仔湯」和「麥芽羹」小販之間的對話，呈現出當時一般大眾與知識份子在日本殖民教育下面臨的普遍困境。

一方面，小說主角坦言他一開始對自己所接受過的教育感到驕傲自負，有些瞧不起鄉下人家做那些「下賤的工作[20]」，甚至故意迴避起如今在做「苦力小販[21]」的兒時玩伴。

但另一方面，小說主角回到家鄉後卻也發現自己過去在學校中學到的東西幾乎毫無用處，唯一可能派上用場的那幾句日本話，也只能在「等待巡查來對戶口的時候，用牠一半句[22]」，最後甚至「台灣字一字不識[23]」，要寫信還得拜託別人，這些讓他深深懷疑起教育的初衷及本質。

---

19 從賴和小說仍充滿著許多描寫庶民生活與困難的文字可以見出，賴和並非是一個將自己孤立、侷限並封鎖在知識份子自我的理想世界中的人。但同時也必須注意的是，學者陳建忠指出的另一層面：「……賴和小說雖說被視為『農民小說』的代表，我們卻似乎忘記，賴和事實上更常以知識分子的視角在進行敘事，賴和應該更屬於那種在小說中不斷思索自我定位的知識分子小說家」，《書寫台灣・台灣書寫：賴和的文學與思想研究》（新竹市：清華大學博士學位論文，2001年1月16日），頁193。

20 小說〈歸家〉主角自謂：「在我的思想裡，以為他們是不長進的，纔去做那下賤的工作……」，林瑞明編：《賴和全集（一）・小說卷》（台北市：前衛出版社，2000年6月），頁23。

21 同前註，頁22。

22 同前註，頁28。

23 同前註，頁28。

這篇小說的結尾正是精彩之處，收束的十分乾淨有力：當小販對著當時的教育體制嗤之以鼻而主角正要為自己辯護時，才剛剛提到一句「學校不是單單學講話、、識字，也要涵養國民性……」便被一聲突如其來的「巡查！」給打斷。小販紛紛走避，話題也就此結束。

突如其來的結局，暗示的無非即是「國民性」的養成，正是日本殖民體制試圖攏絡、收編台灣民眾與知識份子進入其權力網絡的重要手段[24]。所謂「教育」的本質或目的，也都是在這樣的結構下遭到了扭曲。

其實，只要對照一九二八年賴和發表的散文〈無聊的回憶〉一起閱讀，我們不難發現這篇小說的核心思想與內容便是整理自這篇散文。所以〈歸家〉中的主角際遇，無疑帶有賴和高度自傳性的色彩。

（二）中山國小與孔廟25

從開基祖廟的小巷子裡出來後，過中正路，可以選擇不走中民街，直接鑽入右手邊一家「正光藥局」旁一條小而蜿蜒的巷子裡，隨著這條羊腸小徑繞出去，便會碰到賴和昔日的摯友──楊守愚、楊老居的住家舊址，雖然現已不復存在[26]。彰化市中的老房子現今紛紛面臨被拆除的命運，思及至此，不禁令人感慨。

走過中山路的天橋後，我們直接自中山國小內走到校門口，沿途可以看見有名的中山國小北棟教室，它同樣也是一九三○年代所留存下來的建築，

---

24 陳建忠《書寫台灣・台灣書寫：賴和的文學與思想研究》（新竹市：清華大學博士學位論文，2001年1月16日）：「他（賴和）注意到殖民教育與『國民性』（成為一等國民）的關係，而這種國民性的養成又使得知識分子被織入絕對服從的殖民地權力網絡當中，從而與小販的世界，與廣大的台灣庶民生活實境脫離了聯繫……。」，頁200。

25 中山國小與孔廟在現今位置雖然不同，於實際導覽上也無法連貫介紹，但由於它們在日治時期本就是同一所「學校」，另一方面也是為了書寫方面的需要，所以這裡放在一起討論。

26 我曾於二○一一年一至二月份實地查訪，舊址位在中山路二段七一七巷，門牌依舊掛著。

充滿現代主義風味，為現今的中山國小做為校舍繼續使用。

　　然而，如今位於中山路上的中山國小，原址其實並非在這裡。中山國小的前身最早稱為「國語傳習所」，址在鹿港的地藏王菩薩廟，一八九七年又由鹿港遷至彰化市孔廟內，隔年廢止，並新設「彰化公學校」。一九〇三年，當時年僅十歲的賴和正式進入了「孔廟」內，接受了日本的殖民教育。

　　賴和在童年時期接受的教育體制，其實異質性相當高。現代人可能很難想像或體會到當時在台灣社會上所經歷的新（現代）／舊（傳統）文化劇烈的衝突之感究竟如何。從陳建忠先生整理出的年表可以看出，賴和最早是先進入傳統漢文書房裡讀書，幾個月後才被書房先生送進「彰化公學校」（孔廟）接受日本教育[27]。

　　更有趣的是，賴和的確有一段時間上午是在孔廟接受公學校教育，下午才到傳統書房中繼續學習。這兩種截然不同的教育體制和型態，事後證明對賴和後來的文學活動及思考走向都釋放出了無窮盡的暗示，這幾乎同時也是日治時期台灣社會時代交替的一種具體而微的代表。

　　當時的孔廟至今依然留存，不算「完好」的坐落在今天的孔門路上。孔廟的歷史可追溯至清領時期。雍正四年（1726），知縣張鎬建「縣儒學」，而縣儒學就是今日的彰化孔廟。但其實在清領時期，「孔門路」仍尚未開闢，當時人車往來進出東城門，都得行經今天的中華路。

　　如今中華路與和平路的交叉口圓環，向東延伸的中華路段，因接東門，清領時稱作「東門街」，以西的路段則稱「大西門街」；圓環以北的和平路段則稱作「北門街」，近北城門。

　　早期孔廟的規模與現在不太一樣，當時它週遭還擁有其他如「明倫堂」、「文昌祠」等附屬建築。文獻上清楚記載著，孔廟在歷經大小近十次的

---

27 陳建忠：《書寫台灣・台灣書寫：賴和的文學與思想研究》（新竹市：清華大學博士學位論文，2001年1月16日）：「一九〇三年，癸卯，明治三十六年，十歲。春初，十歲的賴和被送入書房學習漢文，十月時才被書房先生送進彰化第一公學校讀日本書。手稿〈盡堪回憶的癸的年〉曾云：『我初進學堂在十歲的年頭，記得是癸卯之春初』（前衛版一：13）」，頁362。

荒廢、整修、擴建等天災兵禍，部分建築不斷重修又毀棄，最後甚至連孔廟
前的照壁、泮池等，都因為日本政府於一九○六年的「市區改正」計畫而被
拆除[28]，前面提到的「明倫堂」、「文昌祠」也不例外[29]。

　　賴和在他的散文〈我們的地方的故事〉中提及孔廟的歷史，又側面性的
補充了一點當時在地居民對孔廟的具體感受：

> 講到聖廟，就不能不把「雷起大成殿、鬼哭明倫堂」的天異，一併提
> 出來講。……不久以前明倫堂（案：於廟左）曾充做刑務所（案：日
> 語，監獄之意），在這所在有六百九十三人，被送上絞台，看到這慘
> 劇，……未死了的故老，觸動靈機，便得到可以解說鬼哭的理由，他
> 們是相信輪迴，是認神鬼……聽到的人都表示同意……猶抱著不安的
> 心，在等待變異的到來（案：當時百姓相信鬼哭是禍害的預示）[30]。

賴和曾在文章中稱自己不信鬼神，是個無神論者[31]，鮮明的反映了接受現代
教育的知識份子對傳統封建文化中保守、迷信一面性格的批判態度。無論是
在小說〈歸家〉還是散文〈我們的地方的故事〉，都對孔廟的興廢與傳聞多
所質疑：

> 聖廟（案：孔廟）較以前荒廢多了，以前曾充作公學校的假校舍，時
> 有修理，現在單只奉祀聖人，就只有任它去荒廢，又是在尊崇聖道的

---

28 青井哲人〔日〕（AOI Akihito），《彰化1906》（新北市：大家出版社，2013年10月）：
　　「但就連現今被指定為一級古蹟的孔廟，境內主要部分雖未受影響，但照壁、泮池、
　　禮門等對孔廟來說相當重要的設施，都因建設市區改正道路而不得不面臨被拆除的命
　　運」頁110。

29 同前註，「再來看看彰化，附屬於孔廟的文昌祠很早就遭到拆除，改作為幼稚園等用
　　地。明倫堂在不久後也遭拆除，轉為水道局用地」，頁114-115。

30 林瑞明編：《賴和全集（二）‧新詩散文卷》（台北市：前衛出版社，2000年6月），頁
　　278-279。

31 如賴和散文〈隨筆〉，林瑞明編：《賴和全集（一）‧小說卷》（台北市：前衛出版社，
　　2000年6月）：「大功君薦上帶來的蜜柑，還提議要在目前行禮，相信無神論的我，不與
　　讚同……。」，頁260。

呼喊裡，這現象不叫人感到滑稽？[32]

他似乎認為，一般百姓對於中國文化傳統（又以儒家教育思想為代表）的繼承，總是受其負面影響較多，真正「尊崇聖道」的教育精神彷彿只成了人們口中喃喃的空洞口號而已。站在現代思想的立場上，以「新知識份子」的眼睛重新省視故鄉的種種，賴和對這樣的文化性格畢竟不能夠同意。

關於這點，我們似乎還能從賴和對教育觀念的看法裡得到些許證明。散文〈無聊的回憶〉裡賴和談起這段往事時，十分傳神的表達出他對現代教育與傳統私塾教育的想法。我個人感到興趣的，除了有其中所討論到的殖民教育問題外，他對傳統書房教育帶給他的感受也引起我的注意。

他很坦白的這麼寫道：「書房在我是不願去，我比喻牠做監獄，恐怕有人要責罵我[33]。」原因在於書房先生習慣於以「竹板」打罵、教訓學生，賴和諷刺的說：「先生的教法，就只有竹板，捨棄竹板就失去教誨的權威似的，無奈何學生們了，先生的尊嚴也就在竹板面上[34]。」更直言「打就是教育的根本原理，教育哲學就建設在竹板之上，所以先生的尊重竹板，還比較在孔子以上[35]。」

相較於書房教育習慣訴諸權威的教／領導方式，日本現代教育卻給了學生相對寬鬆的空間，教師一開始也較為和善。即使後來因為某些原故使得日本先生逐漸嚴厲了些，引起學生的反抗，最後也仍舊能獲得校長的傾聽和接納[36]，不至於到毫無協商的餘地。

如此看來，儘管我們認為日本殖民體制同樣也有著濃厚的權力性格，但

---

32 同前註，頁25。

33 林瑞明編：《賴和全集（二）‧新詩散文卷》（台北市：前衛出版社，2000年6月），頁238。

34 同註33，頁236。

35 同註33，頁236-237。

36 同註33，「……我們一齊跪到公園，不去上課，有了這一次重大的騷擾，校長也就追究原因起來，聽我們的訴說，便和我們約束，包管我們不再受到打撲，我們纔回到教室裏」，頁237。

在某些方面而言，透過其所挾帶而來的「現代文明」對台灣傳統封建社會的影響而言，卻也可以見出一定正面意義的示範性（或說衝擊性）作用。因此「傳統／現代」兩者之間的對立，反而比較像是兩個巨大的板塊在平靜海平面下相互推擠碰撞，進行沉默且長久的較勁。而在那地層結構中深度複雜的摺皺與紋理質地，恐怕都不是能夠以單一詮釋的框架去解讀的。這或許也是為什麼後來讓賴和在「現代性」與「殖民主義」兩者間徘徊思索之際，無法輕易回頭向中國文化傳統歸依、尋求自我定位的主因[37]。

我個人特別喜歡〈無聊的回憶〉，原因在於那種文字的樸實與坦白，日治時期知識分子的苦悶，在他從小所接受的教育過程裡便一覽無遺，而那份深層的挫折與感傷，都是歷史與時代對人們毫不寬容的見證。

讀著這篇文章，我腦中不禁浮現出佇立在中山國小校門口前的兩個人影，一個父親攜著他兒子的手，茫然站在近乎無解的歷史困境前，體溫自他厚實的手流向兒子的手，掌心裡頭的汗液也濕潤了兒子掌裡的紋路，困惑了二、三十年的問題如今再次拋給了他及他的孩子，並讓百年後身處現代社會的我們，在不同層次上也猶如被揮了一記重拳般徹底清醒：

> 的確！我也信牠很進步了，但時代進步怎地轉會使人陷到不幸境地裡去？啊！時代的進步和人們的幸福原來是兩件事，不能放在一處並論的喲[38]。

---

37 這可以在〈無聊的回憶〉結尾處得到證明，賴和寫道：「送他到學校去嗎？牠已把失望給我。送到書房去嗎？這更使我不安」，為什麼不安？賴和說明書房教育確實有些「改良」，參用的是「不完全的學校教授法」，這樣的說法頗耐人尋味。由此可知，賴和認為學校教育確實有值得稱許的一面（從「改良」一詞看得出來），只是其中隱含殖民體制的問題使他對這樣的教育「失望」。至於他對傳統書房威權教育的文化，其反對的立場上則是十分明確。

38 同註33，頁242。另外，中山國小於一九二一年已遷移至現址，〈無聊的回憶〉則發表於一九二八年，故當時現址的校舍已經建成。

（三）紅毛井與南山寺

從中山國小出發至文化局旁的「紅毛井」，途中只需沿著中山路旁持續前行即可，沒有任何轉彎。你會經由幾棵椰子和老榕樹，看見一座斑駁的天橋、一張猶如攀附在透天厝門面上的巨型競選海報，和一個安穩坐落在左手方辜振甫祖母的墓園，旁邊便會遠遠望見一口小井，門口高掛「紅毛井」三個字。

說來簡單，但實際行走時卻也發現問題重重。這些障礙包括了高低不平的階梯、起伏不一的路況、與騎樓下隨意停放的汽機車等。中山路上，有些地段甚至完全沒有特別規畫出行人可走的空間，讓步行的人們直接暴露在大馬路的邊緣，每每都讓我們這些導覽人員膽戰心驚。

> 紅毛去久矣，留得井一眼。
> 市上水自來，抱甕人不見。
> 木葉封井欄，泉味亦遂變。
> 至今護井神，冷落香煙斷。
> （賴和〈紅毛井〉[39]）

我們實地導覽時，會帶著民眾分別以白話文、台語朗讀這首〈紅毛井〉，當清清幽幽的嗓音迴盪在這座安靜的井口上時，某種蒼茫的歷史感彷彿也會得到呼應，泛它陣陣漣漪。「紅毛」一詞，來自當時先民對荷蘭人的稱呼。這口井相傳是荷蘭人開鑿，有些則認為是先民們在荷人據台時自鑿而成，由於年代久遠，已難確切考證。

昔日彰化有四大古井，除了紅毛井外，分別還有「古月井」、「國姓井」、「番仔井」等，目前紅毛井是唯一被保留下來的一口井。賴和曾分別對

---

39 林瑞明編：《賴和全集（五）・古詩卷（下）》（台北市：前衛出版社，2000年6月），頁451。

這四口井寫下吟詠憑弔的古詩，但已不能確知是否為賴和刻意進行的一系列寫作。雖然如此，這些井的歷史背景與賴和留念的詩句，仍已經有不少文史學者考察過[40]。儘管多數的井眼都已消失，賴和的詩作卻也為日治時期自來水設施引進台灣後的時代背景[41]，做了一個重要的見證。

　　從詩中可以發現，這些極其現代化的設施深刻的改變了在地人的生活型態，過去民眾抱著大甕風塵僕僕趕來提水的景況，已不復得見，福德神祇也不再有人祭拜了[42]。

　　賴和漢詩寫作能力的養成，可以追溯到十四歲那年，他離開了傳統書房後正式受教於「小逸堂[43]」。如果說，從前的書房學習經驗讓賴和感受到的是深深的厭惡之情，那麼在「小逸堂」裡的念書時光，就是他對漢學的興趣與熱誠初次燃起火花的時刻。能帶給他如此深遠影響的，就是他老師「黃倬其」先生，他是賴和在漢學基礎奠定上十分關鍵的人物。同在小逸堂的學伴如黃文陶、石錫烈、詹作舟等數人，後來也更成為了賴和一生中十分重要的朋友。

　　黃倬其先生的教學方法，似乎與傳統書房教育全然不同，賴和曾在〈小逸堂記〉的文章裡談到當時的情況：「我等父兄養其博約善誘，欲以弟子相託……因夫子教導有方，我等學生皆甚契洽，遂成一系無形之統[44]。」可知賴和於此地曾度過一段快樂的時光。在他一生留下的幾千首漢詩中，就有數

40　如在康原已大致整理出四個古井史地背景，可參考〈賴和詩中的古井〉，《尋找彰化平原》（台北市：常民文化出版社，1998年12月1日），頁115-121。

41　《彰化市志》（彰化市：彰化市公所，1997年8月）載：「……故早於明治三十九年（一九○六）即有興建自來水之議，並經選定市區東方約兩公里處八卦山麓無名溪為水源。當時上游人煙稀少，水質良好，故溪水經攔取導入集水井後即被送下供用……工程於明治三十九年（一九○六）開工……並於大正四年（民國四年，一九一五）四月三日舉行落成典禮」，頁512。

42　如今紅毛井身後的福德神仍有祭祀，想必是後人重新整理、修復後的事情了。

43　如今中山國小校門正對面的「南山寺」的旁邊，現已拆除。筆者二○一一年一至二月份期間，曾親自詢問當地人，但皆稱不知有「小逸堂」的存在。

44　林瑞明編：《賴和全集（二）‧新詩散文卷》（台北市：前衛出版社，2000年6月），頁197。

十首都是寫來緬懷「小逸堂」的，無論在內容或情感上都可以感受到賴和對它的思念之情。

> 昔至小逸堂，九月菊花黃。
> 今至小逸堂，菊花依舊香。
> 菊花無今昔，感此意慘傷。
> 昔人今不見，滿庭花木長⋯⋯
> 賴和〈小逸堂〉[45]

四　文學地景剪影之二：「古城變遷」

（一）古東城門與彰化公園

彰化曾經有四大古城門，從舊照片看來規模實在不小。今日的彰化縣議會正對面即是「東城門」——「樂耕門」的舊址。更確切的說，是位在中華路與中山路的交叉口的「婦友醫院」處。

其餘三個城門的位置，坊間許多書籍也有考證，雖無法指出明確地點，但範圍大抵不誤。「西門—慶豐門」接鹿港，約位於在中正路二段一二八號至一三〇號之間「地球村美日語」附近；「南門」的「宣平門」可通往台南，位在華山路四十二巷十六號、十八號，如今「國泰世華銀行」在此不遠；「北門」的「拱辰門」則是往台中的必經之路，約莫在中正路、和平路交叉口[46]處，沿著中正路走可以見到有名的「北門口肉圓」[47]。

---

45 林瑞明編：《賴和全集（五）‧古詩卷（下）》（台北市：前衛出版社，2000年6月），頁418。

46 學者蔡翠蓉認為，北門拱辰門應「位於和平路六十七號與長安街五十六號附近」，《彰化市舊城區再發展策略研究——以小西特色街區塑造為例》（台中市：逢甲大學碩士論文，2009年6月），頁55，但其實彼此距離相差不遠。

47 以上四大城門位置可參考蔡翠蓉：《彰化市舊城區再發展策略研究——以小西特色街區

　　其中「樂耕」（東）、「慶豐」（西）兩個城門的命名，都同樣含有期盼農事順利、作物豐收等意涵[48]。我們所介紹的樂耕，出了城門即是一座不小的池塘公園。這是因為在清領時期，彰化城內外就有許多大小不一的坑洞，它們是挖土建城後留下的痕跡。每回風來了，雨來了，淅瀝瀝的雨聲就會將小小的坑洞就會注得滿滿的，窪地與池塘也就從此有了生機。

　　如果你站在現今文化局和縣議會的位置上，很難能透過這些水泥磁磚去想像出一個美好的湖畔休憩時光。但在賴和許多的新舊文學作品中，卻曾多次提到自己來這座公園放鬆心情、散步遊玩的情形，而這座古東城外的池畔公園，就是曾經廣為人知的「彰化公園」，它已成為日治時期的彰化城內百姓絕佳的休閒去處。

> 前日公園會著君，怎會即溫存？
> 害阮心頭拿不定，歸日亂紛紛。
> 飯也懶食茶懶吞，睏也未安穩，
> 怎會這樣想不伸，敢是為思君。
> 批來批去討厭恨、夢是無準信，
> 既然兩心相意愛，那驚人議論？
> 幾回訂約在公園，時間攏無準，
> 相思樹下獨自坐，等到日黃昏。
> 黃昏等到七星出，終無看見君，
> 風冷露涼艱苦忍，堅心來去睏。
> 　　　　　賴和〈相思歌〉[49]

塑造為例》（台中市：逢甲大學碩士論文，2009年6月），頁54-55。

[48] 其他城門，南城門的「宣平」有宣平教化之意，北門「拱辰」指北極星，有眾星環繞重要性的含意。康原：《尋找彰化平原》（台北市：常民文化出版社，1998年12月1日），頁22。

[49] 林瑞明編：《賴和全集（二）‧新詩散文卷》（台北市：前衛出版社，2000年6月），頁160-161。

一九三〇年代台灣文壇掀起了一股收集、整理台灣民間歌謠的熱潮，部分文學家或知識份子甚至試圖將這些風格與內容融入自己的作品中。學者陳建忠便以民族論的「本土主義」立場，和具有左翼色彩的「啟蒙主義」兩股潮流說明這股民歌風潮的源起，賴和則顯然傾向於「本土主義」立場[50]。

一九三六年，賴和為《台灣民間文學集》寫序時，說道：「因為每一篇、每一首故事和歌謠，都能表現當時的民情，風俗，政治，制度；也都能表示著當時民眾的真實底思想和感情……[51]」。想藉此重建本土文化傳統的期盼心理呼之欲出。

此外，賴和也親自實踐這樣的信念，〈相思歌〉便是賴和在這樣的民間文學運動中，以仿民歌體實踐的代表作。相較於前面所提到，藉著古今對比以凸顯時間及歷史感的古典漢詩那種感傷渲染的氣氛，這首詩迷人之處在於它的語言非常俏皮活潑、男女形象生動鮮明。

詩中以台語敘述一個談了戀愛的女子，心情變得亂糟糟的，茶飯不思，直想念著她喜歡上的男子。日治時期男女之間的自由戀愛似乎仍須承受不少社會壓力，可是這首詩讀起來，女孩子好像比男子還要大方的多，反倒抱怨起他：「既然兩心相意愛，那驚人議論？」男子不來，女子仍堅持在寒冷的夜裡繼續等待（「風冷露涼艱苦忍」），最後見他恐怕是真的失約了，女子才賭氣的回到家中（「堅心來去眠」）。

愛情裡情緒跌宕的明亮感，在這首詩中有出色的表現。但奇怪的是，當年曾寫成這首傑出（失）戀曲的賴和，他自身的戀情史卻似乎相當黯淡，沒有詩中那份明朗活躍的情趣。從現今留下來的口述歷史資料來看，情況可能完全顛覆了我們原本的預期。

---

50 陳建忠：「具有論者所謂『從民間來，到民間去』之文學立場的賴和，他以台灣傳統民間故事與台灣話文為創作素材與工具……更意識到民間文學與民間語言具有的文化抗爭意義。在這點上……賴和具有本土主義的思想傾向就更加清晰可見……。」《書寫台灣・台灣書寫：賴和的文學與思想研究》（新竹市：清華大學博士學位論文，2001年1月16日），頁328。

51 林瑞明編：《賴和全集（三）・雜卷》（台北市：前衛出版社，2000年6月），頁105。

據《彰化縣口述歷史》的記錄，賴和堂弟媳劉素蘭女士在受訪過程中似乎透露賴和的婚姻並非由「自由戀愛」產生，而是被「長輩的想法」支配著。劉女士直言：「照我看，他的婚姻只是道義上的婚姻，娶的不是自己愛的人。」對賴和夫婦生活的觀察，她評論道：「他（案：賴和）是一個生活很簡單的人，也很好款待，可惜我兄嫂（案：王氏草）完全不了解他的心情，作妻子而無法接近丈夫的思想，加上沒受過教育，也不知如何侍候先生。」[52]

劉氏更推測賴和曾有一位日本護士的女友，因某些原故無法成為伴侶，她曾因聽見賴和在一次酒會後唱起「失戀的歌」而感到同情難過。但目前事實真相如何，已經無從考究，而有關劉氏對賴和情感活動的描述，或許無法視為對其婚姻生活的絕對評價，但在極為有限的資料裡，仍多少為賴和的情感生活留下些側面的紀錄。

賴和當年那樣深沉幽微的情感，恐怕也終歸要趨於平靜的吧。

（二）元清觀（天公壇）

近年出版的《彰化1906》，詳細勾勒出彰化市發展變遷的歷史。從它在一七二三年被清廷命名的典故──「彰顯皇化」講起[53]，談到幾經戰火焚毀又重建後，彰化城牆的材質先後由「竹」改「磚」造的過程[54]。

---

52 以上劉女士的敘述，可參考《彰化縣口述歷史》（彰化市：彰化縣立文化中心，1998年6月），頁143-145。

53 也可見於《彰化市志》（彰化市：彰化市公所，1997年8月）所載：「雍正元年（一七二三），清廷因朱一貴事件為鞏固其統治……設置彰化縣，其縣名由福建巡撫王紹蘭之彰化縣城碑記中云：『『實獲眾心，保城、保名，彰顯天子丕昌海隅之化歟』，可知含有『顯彰皇化』之意」，頁13。

54 青井哲人〔日〕（AOI Akihito），《彰化1906》（新北市：大家出版社，2013年10月）：「……雖然官方在一六三四（雍正十二）年修築了竹城（種植刺竹於外），依舊在一七九四（乾隆五十九）年的林爽文之亂中遭到破壞。……竹城重建，縣令楊桂森向各方募款，總算於一八○九（嘉慶十四）年在原刺竹的位置上興築磚城」，頁83。但《彰

　　這本書所提出最重要的觀念，恐怕就是作者清井哲人對日治時期彰化城內「市區改造」計畫的討論與研究了。

　　清井哲人解釋，清領時期的彰化城其建築、聚落、交通、人群分佈等，都是以循序漸進的方式自然形成的[55]，清朝政府對彰化城的控管，只是在現有的基礎上增設官府機構及部門。這種缺乏整體概念與計畫性的管理方式，使得城市的型態變得十分複雜，街道網絡蜿蜒曲折，沒有一定的規則理路可循。

　　但1906年日本政府提出「彰化市區計畫[56]」（屬「市區改正」的一部分），在性質與手段上卻截然不同。當時的日本政府是以強制徵收土地的方式，將整齊一致、高度秩序性的理想中的城市模型，硬生生植入彰化原有的舊城生態上[57]。所以他們操持的思維其實更像是一把銳利的手術刀，在從未考慮過城市臟器分佈的狀況下便直接登台實驗。

　　因此那些「因市區改正而開闢的道路幾乎都直接切割城市[58]」，只是「被『整型』到的僅限於街區本身，框在街區內部的土地則完全不受波及[59]」罷了。元清觀後殿尾部被「切除」、朱紅牆面留下的幾個突兀的木材圓形斷

化市志》（彰化市：彰化市公所，1997年8月）卻載：「嘉慶十六年起便築磚城……」（頁150），築磚城的時間說法稍有出入。

55　同註54，「在清朝的行政城市裡……城市大致上還是循自然漸進的過程，點滴累積形成。從城市實際的形態中……大致說來依舊缺乏計畫性、幾何學式的秩序」，頁31。

56　同註54。「市區計畫」可以說就是「市區改正的計畫」，本書依時間順序羅列了日本殖民政府先後在彰化市進行的「市區計畫」，一共有五次較具有規模的整建。其中「一九〇六年的計畫，決定了舊彰化縣城範圍迄今為止的基本骨架」（頁55），可謂影響至鉅，頁48-49。

57　同註54。目的為的是展示統治者的權威，且對未來資本進入投資、官僚來台定居，都有助益，「……是二十世紀前半殖民政府試圖植入的城市型態，而這種都市型態所具備的某種性格，也是殖民者以權力一舉灌註，接下來，就只需像將計畫投影在地面上那樣，忠實地加以實現即可」（頁33）、「……另外，創造出清潔而氣派的都市樣貌，除了能顯示統治者的權威外，對於推動內地仔本前進台灣、促進官僚等內地人來台定居上，也是不可或缺的計畫案」（頁47-48）。

58　同註54，頁37。

59　同註54，頁37。

面，就是作者舉出最好的例證[60]。

特別要注意的是，清井哲人更強調彰化街道的演變不能僅從殖民／被殖民、新／舊等對立框架去做片面的解釋，彷彿一切最後都只能歸結於「前者毀了後者」一般。他指出，即使「市區改正」的確切割了舊有的城市，就如同元清觀的創傷自然是「市區改正」所造成的。但另一方面，在地居民們的無名經營卻仍像能夠自我再生的「細胞」般，就現有受傷的「切面」、「斷口」上，原地生根、成長[61]。

換言之，彰化城市街的演變過程所呈現的是「變」與「不變」具有時間性的動態關係。元清觀終究以其「不完全」的面貌呈現在後人眼前。

元清觀創建於清乾隆二十八年（1763），主祀玉皇大帝，另配祀有張天師、玄天上帝，後殿則供奉觀世音菩薩等神祇。但像這樣一個民間信仰匯集、百姓群聚的傳統文化場域，卻十分弔詭的也是日本統治時知識份子經常集會演講、傳播知識的重要場所[62]。

當時台灣文化協會的成員時常在這裡舉辦演講（上台演講者稱為「辯士」），主題不外乎文化、教育、衛生、生活習慣、思想等，有時連政治議題

---

60 同註54，頁26-28。

61 同註54。「……占彰化人口九成以上的台灣漢人很快便理解到，市區改正開闢出來的道路，將成為城市的新『表面』，他們順應這點，重新分割土地，開出店面。城市居民無名的經營，並未受限於單一系統，反而縫合了兩種系統，填補其中的矛盾」，頁127-130、142-144等。

62 小說家李恭篤寫道：「……從前的文化協會人士皆會合起來，讓當天的『辯士』坐在竹轎上，由鑼鼓陣帶頭，浩浩蕩蕩地往會場前進——會場常是彰化天公壇的廣場，而民眾會大放鞭炮歡迎他們，而志工們在日警和情治人員嚴屬而隨時會叫停的局面下，為民眾們坐著獅子吼——其魂魄也壯」，李篤恭（簡炯仁編），〈台灣文化協會的先賢們〉，本篇文章最初是在賴和文教基金會所印製的志工講義中發現，但其出處在翻查包含李恭篤《滄海長波》（彰化市：彰化縣立文化中心，1994年6月）、《李恭篤集》（台北市：前衛出版社，1991年7月1日）、《磺溪一完人》（台北市：前衛出版社，1994年7月1日）等書後皆仍毫無所獲。偶然在一網站上找到一筆資料，有說出自《蔣渭水逝世六十週年紀念暨台灣史學學術研討會論文集要》（高雄縣：高雄縣政府，1991年）頁55-60。但此書難覓，國家圖書館也不見蒐藏。這裡暫時保留以待未來有機會補齊。

都能涵蓋其中。只是和現在的情況不同，日本殖民政府雖然適度開放這類具有現代教育意義的演講，卻仍派遣日警、情治人員在附近駐守，一旦演講內容越過尺度，踏過殖民政府的所能容忍的底線，那麼他們也有立即中止演講的權力[63]。

　　據學者林瑞明先生的考證，賴和雖然是台灣文化協會中的幹部，但卻非「活耀型的風雲人物」，實際上台演講的次數相較於蔡培火、連溫卿等人都要少的多，且範圍「不出台中州」[64]。目前也沒有什麼資料能夠證明，賴和確實曾經在元清觀裡演講過，但在他的一篇帶著濃厚自敘性質的小說〈阿四〉裡，卻以另一種形式讓擁有高度「理想主義」特質的知識份子形象聳立起來，讓人得以一窺早期台灣知識分子在廣大群眾面前試圖扮演起「啟蒙」角色時，內心所能獲得的認同及歸依感。

　　賴和對阿四充滿自信與憧憬的心理狀態描繪，幾乎就是年輕時他自我期許的投射。據學者推測，這篇小說很可能就寫於賴和加入台灣文化協會後不久[65]：

> ……他這晚立在講台上，靜肅的會場，只看見萬頭仰向，各個的眼裡皆射出希望的視線，集注在他的臉上，使他心裡然起火一樣的同情，想盡他舌的能力，使各個人得些眼前的慰安，留著未來的希望，抱著歡喜的心情，給他們做歸遺家人的贈品。[66]

63 除了這些手段外，賴和的小說〈阿四〉（林瑞明編：《賴和全集（一）·小說卷》，台北市：前衛出版社，2000年6月）裡，也有提到日本警察可以藉由威嚇百姓，不許出借場地給台灣文化協會人士演講，達到禁止效果：「……可是支配階級當時候尚些顧慮著法的尊嚴，不敢無理由地把講演團解散，只能恐嚇一般無知百姓，或示意那些御用紳士，凡有可以講演的場所，一切不可借給講演隊，所以講演隊歸到台北，就到處碰壁……。」，頁271。

64 林瑞明：《台灣文學與時代精神》（台北市：允晨文化出版社，1993年8月），頁160。

65 學者陳建忠認為，〈阿四〉應寫於他加入文協前後不久。陳建忠：《書寫台灣·台灣書寫：賴和的文學與思想研究》（新竹市：清華大學博士學位論文，2001年1月16日），分別可見於頁196、355。

66 林瑞明編：《賴和全集（一）·小說卷》（台北市：前衛出版社，2000年6月），頁275。

走過傳統／現代、殖民／被殖民多重矛盾的賴和，此刻所展現出的那股興奮之情頗令人動容，而或許這正是因為他終於找到了可以在這個時代、這個社會裡自我定位的方式，生存的方式，儘管他還沒有能預見未來的走向。

日本殖民政府對付這類隱含政治抵抗意味的文化活動，可採用的手段固然很多，但某方面來說卻也成為激起更多反抗意識的動力泉源[67]。

在《磺溪一完人》[68]一書裡，曾引用王燈岸的看法，解釋了在歷史上台灣中部的知識份子、群眾百姓在各方面抵抗歷代政權時所展現出的特殊性格，也即所謂的「磺溪精神」：「磺溪的傳統精神就是富有民族正義與道德勇氣，把自己的生命當作歷史，只知價值而不知價錢，能犧牲自己去超渡別人，不是壓迫別人而提高自己，願意造福人群而願犧牲自己的精神[69]。」而其中實際參與過八卦山戰役的彰化，似乎正因為這樣的歷史承擔使得它自身更重視這樣的民族精神傳承，也就不難解釋為何它在日治時期會日本殖民政權視為「思想惡化」的所在了[70]。

有時我深深覺得，日治時期的彰化市在某方面而言，人們的活動就好像元清觀自身建築遭遇所形成的重要隱喻般：具有現代意識的知識份子們，搭著時代所刮起的強風紛紛回到了傳統文化的土壤裡播下啟蒙意識的種子，並在隨時得承受手持鐮刀巨斧的伐木工們依憑自己的意思劈伐裁斫的過程中，繼續生長著它那仍未受傷的部分。

當然，只是「仍未」受傷的部分。

---

67 同註63。〈阿四〉提到：「支配者們就起了恐慌……便想藉他們的權力，來遏阻牠（指文協演講活動）的進展……誰知其結果正相反對，在一般人的心中，已知支配者已在內鬨，對於議會請願更加註意，讚成者越多」，頁273。

68 李篤恭編：《磺溪一完人》（台北市：前衛出版社，1994年7月1日）。

69 同前註，頁22。

70 林瑞明：「彰化在日據時代以來向來被視為思想惡化的所在，這是其來有自，乙未八卦山之役是日軍與民軍勝負的一場大決戰，彰化人抱著亡國滅種之痛，民族意識十分強烈；以賴和而言終生是不甘於當日本籍民……決不以日文發表文章……就日本統治者而言，自然是思想惡化的人物之一」，《台灣文學與時代精神》（台北市：允晨文化，1993年8月），頁192。

但同時卻也可能是最堅忍頑強、最具生命韌性、也最為後人紀念的部分。

五 文學地景剪影之三：「賴和文學的明與暗[71]」

（一）警察署

一天下午五點，日本警官張金鐘突如其然出現在賴和醫館門口，通知賴和需至署裡報到，他匆匆收拾後，便騎著自轉車[72]跟他一同趕赴署內，內心張皇不安。

賴和一生中有兩次入獄的紀錄，前後兩次的情況對賴和本人，卻有著完全不同的影響。一九二三年一月，包括賴和在內的知識份子向日本殖民政府提議成立所謂「台灣議會期成同盟會」的結社組織，旋即遭到解散，隔月便轉移至東京活動，賴和列名為普通會員。同年十二月十六日，日本殖民政府便以「治安警察法」檢舉島內期成同盟會會員，展開大逮捕行動，當天就扣押四十一人，一時間風聲鶴唳，三十歲的賴和便是在此時第一次入獄[73]。

也許當時正是賴和最意氣風發的時刻，他留下的幾首漢詩可以見其豪情[74]：「坐久心安外慮忘，憐他枝上鳥啼忙……如何幾日無聊裡，已博人間志士名[75]」（〈囚繫台中銀水殿三首〉）、「莽莽乾坤舉目非，此生拼與世相

---

71 由於賴和晚期的生活與創作逐漸陷入陰鬱的困境，因此這裡借用自陳芳明〈賴和與台灣左翼文學系譜〉裡標題的「明與暗」說法，呈現出賴和內心的另一股伏流。《賴和全集（六）‧評論卷》（台北市：前衛出版社，2000年6月），頁123。

72 賴和的用詞，即「自行車」之意。

73 可見林瑞明《台灣文學與時代精神》（台北市：允晨文化出版社，1993年8月），頁271，與陳建忠《書寫台灣‧台灣書寫：賴和的文學與思想研究》（新竹市：清華大學博士學位論文，2001.1.16），頁130。

74 可以注意的是，這些豪情壯志的詩作寫作時間，與學者推測的小說〈阿四〉應相距不遠，讀者相互對照後，應該可以多了解一點年輕時期賴和的內心狀態。

75 林瑞明編：《賴和全集（五）‧漢詩卷下》（台北市：前衛出版社，2000年6月），頁424。

違。誰知到處人爭看，反似沙場戰勝歸[76]。」（〈出獄歸家〉）。

詩中看出賴和入獄後竟仍泰然自若，認為自己的名聲反倒更能因此遠播，回到家鄉，鄉人不但不嫌棄他，反而「到處人爭看」，讓賴和覺得自己像個「沙場戰勝歸」的英雄。

賴和第一次入獄是先被送至台中銀水殿後，才轉到台北監獄裡，一共被監禁二十四天。但到了第二次入獄，日本警察卻幾乎是針對他一個人而來，且足足在拘留所待了五十天左右。

這一次在心境上，他也不復以往那般意氣風發了。賴和在尚未（二次）入獄以前，生命已經產生了傾斜，筆觸也漸漸變得沉重起來。至今已有許多論者，針對賴和在創作晚期於作品內容及思想上轉趨憂鬱、晦暗的原因提供了幾個解釋。大抵而言，包含了一九三〇年代台灣在政治運動上所遭受的打擊[77]、台灣話文寫作上的困境[78]、對島民性格上的更深刻體認[79]、和認清知識份子與群眾在「階級」立場上不可避免的矛盾[80]等因素在內，都是使賴和感到自身無能為力之處。

一九四一年十二月八日珍珠港事變爆發，他在當天接到通知即動身前往現今的警察署中報到，但一到署裡，幾個警察只說是台中州有官署要來問話，沒有其他理由就將賴和關進了署裡的拘提所中。

離元清觀不過幾十步距離的警察署，位於今天的民生路與光復路交叉口上，建成於一九三六年五月。建築的大門採用圓弧轉折，兩翼開展，牆面素淨，建築量體稍大，整體而言，能予人一種簡約壯重的嚴實感。有些時候我會站在遠處對它端詳良久，凝視的過程中彷彿某種壓力也隨之而生，也許從

---

76 同前註，頁428。

77 如陳芳明〈賴和與台灣左翼文學系譜〉提及的一九三一年抗日政治團體悉數遭到解散，與左翼人士被捕入獄等事件。《賴和全集（六）・評論卷》（台北市：前衛出版社，2000年6月），頁133。

78 如林瑞明：《台灣文學與時代精神》（台北市：允晨文化出版社，1993年8月），頁82。

79 廖淑芳：〈理想主義者的荊棘之路〉，《賴和全集（六）・評論卷》（台北市：前衛出版社，2000年6月），頁163。

80 同前註，頁173。

賴和當時的眼裡看來，這正意味著日本殖民政府那不容侵犯的權力吧。

　　賴和的作品最令後人動容的部分，也許就是他在這裡被拘禁的期間所寫下的〈獄中日記〉。這篇日記很平實的一天一天記錄下自己在拘所內的遭遇以及心情[81]。這篇文字珍貴之處在於，它原本就只是賴和為紓發鬱悶而寫，沒有對外發表的意思，所以它留下了人性內部更為真實的回音。

　　當時賴和以鉛筆和粗紙艱苦的寫下自己內心的徬徨。從他自己的說法中可以得知，日本警察似乎違反常例，一直不告知他被拘禁的理由，長達二十九天後才首度詢問起他與昔日台北醫學校同學翁俊明的關係，而在這樣漫長煎熬的等待過程中，賴和著實陷入了深深的徬徨和無助感。

　　此外，當時監禁的環境似乎很惡劣。他在日記裡多次提到自己睡覺時遭受蚊子、臭蟲的侵擾，且他的心臟也出了問題，頭昏、淺眠等毛病，都在在困擾著他，身體健康情形每下愈況[82]。

　　他在第十七天的日記中更寫道，由於他的住家與醫館剛剛改建完成，有銀行貸款的經濟壓力，如今待在拘留所裡一天就少賺一天的錢，更憂心的說「若檢束繼續一箇月，就要生出一千圓債務，若繼續到明年三月，則家將破滅，那能不愁苦？[83]」

　　看著獄中其他被拘禁的人來來去去，有些人還比他提早離開，更激起賴和內心的焦慮之情。他不斷思考自己過去的所作所為，甚至「自我審查」起自己的言行、服裝穿著，是否有抵觸日本殖民統治的規範[84]。「苦楚淒涼一齊溯上心來，真使我要發狂，好幾次暗誦的心經也總不能鎮靜此心的妄想，

81　必須補充的是，賴和是第八天才發現有紙筆可用，因此前面的部分都是靠記憶寫成。見〈獄中日記〉：「雜記帳有鉛筆一枝試書塵紙（李南衡註：日語，記事本、筆記本），乃可書寫，遂想記錄日記，前七日當回憶錄之。」林瑞明編：《賴和全集（三）·雜卷》（台北市：前衛出版社，2000年6月），頁11。

82　同前註。蚊蟲侵擾，可見頁20、29等；身體病痛可見頁26、45、47、49等。

83　林瑞明編：〈獄中日記〉，《賴和全集（三）·雜卷》（台北：前衛出版社，2000.6）頁24。

84　同前註，頁26-27。

此情的悲苦[85]」，為此他多次暗自掉下眼淚[86]，也多次自責自傷，感到自己是「墜入絕望之淵[87]」。

　　每回導覽至警察署，即使早有一套擬好的台詞可講，我自己卻常常動搖。除了不習慣在通常較為輕鬆的導覽活動裡講述一個如此沉重的故事外，我始終在省思的是，〈獄中日記〉如今究竟能帶給讀者什麼樣的啟示。

　　受盡政治、疾病、文學挫敗多重傷害的賴和，他所期待的新時代終究沒能到來。讀過〈獄中日記〉的人，似乎不太可能從中找到什麼令人奮發的精神，無論喜不喜歡，〈獄中日記〉就是最真實的人性坦露[88]。它可以告訴你那些你不想接受的，不告訴某些你想聽或渴望見到的。然後你感覺自己所屬世界的大門被重重的敲開，毫不留情還給了你一個重新面對現實荒漠的抉擇時刻。

　　那時你會選擇一腳踏出，毅然作一場生死的博弈；或者你會一臉驚恐的再度關起門來，選擇叛逃？每回我都會在導覽結束前試著將這樣的問題拋給參與民眾，但心裡其實並不期待著什麼具體的回應。

　　畢竟，我們都還沒有人有資格能夠篤定的回答，屆時自己如果身處其中，將會站在何種立場。在抉擇時刻到來前，那一切都將失去意義。

---

85 同前註，頁30。

86 同前註，第二十五日，賴和寫道：「今日心情益覺悽楚愴然，幾次流出眼淚，這無期的檢束，直使我感到破滅絕望」，頁36。

87 同前註，頁28。

88 此次在研討會中發表（2014年12月5、6日），恰好學者施懿琳以一篇〈從「獄中日記」看賴和的禁錮身體與宗教療癒〉，針對賴和〈獄中日記〉及其獄中生活，發表了一篇十分詳細的研究，全文旨在證明賴和於入獄後期，似有頓悟、從深淵拔脫而出並體貼他人苦難的心境蛻變。此文畢竟是當時會議發言用之初稿，不便於此正式討論。但我認為此篇論文說法即使成立，這種佛教性的體悟，似乎也無法與賴和早期〈阿四〉等小說呈現之「奮發」的精神同日而語。因此，我個人仍舊傾向將〈獄中日記〉及其中有關宗教超脫之心境，視為一「人性」面貌之展現，自有浮沉不定的時刻，也才能夠解釋日記最後兩天為何仍會出現像「滴了幾滴男子漢的淚」（頁48）、「真是失望之至」（頁49）等似仍無法全然「拔脫」之消沉的身心狀態。

（二）高賓閣（鐵路醫院）

　　歷史從來不夠寬容。從事實面看來，賴和在新文學與政治上的理想與嘗試，某方面而言的確都遭逢失敗。在賴和出獄[89]後的同年十一月，又因病情而住院，隔年楊雲萍先生來到病房看視，賴和忽然高聲對他說道：「我們所從事的新文學運動，等於白做了[90]！」雖然楊雲萍當時以「等過了三、五十年之後，我們還是一定會被後代的人紀念起來的」安慰他，不過賴和重病時的心境也已不言而喻。

　　或許可說，一九三〇年直至四〇年代是賴和一生最遭挫折的十年，警察署的拘禁事件，恐怕就是他的心靈與身體被擊垮的關鍵點。

　　若帶著這樣的認知及體悟，繼續追尋賴和文學創作晚期的活動，那麼你可以自警察署沿著光復路朝向火車站前行，並轉入左手邊的長安街小巷，那裡是著名的「小西街」區，然後讓你的視線悄悄繞過一旁的「阿璋肉圓」，一棟極其現代主義的前衛建築便靜靜停泊在今陳陵路與永興街的交界口，彷彿仍能為早年的繁華鳴起那古老的船笛。

　　約建於一九三八年的高賓閣[91]，是當時全台中州最大的酒家，屋頂上變體的女兒牆與船艙造型的圓窗，讓它本身在建築藝術上獲得極高的成就[92]。

89　〈獄中日記〉只寫了三十九天，之後賴和便因為身體因素無法續寫。賴和出獄的原因目前尚不明確，但有「重病出獄」之說不知從何而來，學者陳建忠認為在資料欠缺的情況下，只好暫時沿用這個說法。陳建忠：《書寫台灣・台灣書寫：賴和的文學與思想研究》（新竹：清華大學博士學位論文，2001年1月16日），頁404。

90　李南衡編：《賴和先生全集・追憶賴和》（台北市：明潭出版社，1979年3月15）一文中有清楚記載，頁410。

91　田飛鵬主編：《彰化縣縣定古蹟彰化鐵路醫院（原高賓閣）調查研究暨修復計畫》（彰化市：彰化縣文化局，2013年3月）：「彰化鐵路醫院……根據棟札記錄該建築上棟式舉行的時間為昭和十三年（1938）一月十三日，同年五月十六日完成土地與建物登記」，並在註解1中說明棟札「字跡並不完整」。

92　李乾朗《20世紀台灣建築》（台北市：玉山社，2001年6月）：「（高賓閣）約建於一九三〇年代，它的外觀造型表現出藝術裝飾的趣味，在那個時代屬於前衛的作品」，頁95。

雖然高賓閣在日治時期是一棟酒樓,但它本身並沒有藝姐等營業文化[93]。現任小西文化協會的理事長蘇英漢先生也表示,當時高賓閣裡陪酒、歡舞、演奏的藝旦們「賣藝不賣身」,與今天我們所知道的風月場所仍有一段距離[94]。

高賓閣是日治時期商賈聚會、文人雅集的重要場所,賴和自己曾在一九四一年二月二日(同年十二月被日本警察拘禁)來到這裡參加「第二次醫學校同學會」,當時包括杜聰明、詹阿川等十五人在內皆有出席[95],並留下合影。

賴和晚期的活動,與當時的酒樓生態有密切關聯,好友陳虛谷寫給賴和的詩〈贈懶雲〉裡直言道:「到處人爭說賴和,文才海內獨稱高。看來不過庸夫相,那得聰明爾許多。……鄉里皆稱品學優,少年也不解風流;哪知心境年來變?每愛偷閒上酒樓[96]」,詩的開頭起先稱讚起賴和的文才與智識,但到結尾處卻話鋒一轉,以「哪知心境年來變?每愛偷閒上酒樓」收場,語調似略有諷刺意味,使整首詩前後對照下,相形突兀,可見得陳虛谷對賴和晚期的生活行蹤頗不以為然。

此外,在能夠清楚呈現賴和晚期心境的小說〈一個同志的批信〉、〈赴了春宴回來〉裡,可以清楚呈現知識份子逐漸墮入無望、灰暗情緒的過程。〈一個同志的批信〉賴和以「灰」為筆名,寫一位知識份子背叛了已經入獄服刑的昔日左翼同志,把最後一筆原可以救濟同志的錢揮霍在「醉鄉」、「樂園」的酒樓生活上,又把剩下的錢移交給警察「附寄」(樂捐)用,竟說

---

93 同註91:「至於在經營方面,高賓閣也跟江山樓一樣,同為料理屋的等級,即高賓閣本身並沒有藝姐或娼妓,雖有女服務生也只負責上菜等服務工作,客人到此聚餐,多會從外面請那卡西和藝妲到此助興。所以,高賓閣既與所謂的酒家迥異,與『查某間』更是截然不同」,頁28。

94 筆者於二〇一四年十一月六日再度訪問蘇英漢先生進行確認,先生回答:「一定有做情色的酒樓,但高賓閣確定沒有情色介入。因之前於介壽堂辦公聽會時,高賓閣後代有來參加,他名字我忘了。他是一位長者,約七八十歲,當時我稱高賓閣為酒家他即強烈的反應說高賓閣不是酒家」。

95 同註91,頁29。並可參考陳建忠整理出的賴和生平年表:《書寫台灣‧台灣書寫:賴和的文學與思想研究》(新竹市:清華大學博士學位論文,2001年1月16日),頁401。

96 林瑞明編:《賴和全集‧雜卷》(台北市:前衛出版社,2000年6月),頁123。

道：「這是做國民應當盡的義務[97]」對獄中同志只能無奈的說：「啊！同志！這是你的運命啊！[98]」

另一篇〈赴了春宴回來〉[99]裡，更直接揭露主角在酒樓上所過著的虛無頹廢的生活：「一下子，我突又想起了自己來：是，自己不是被稱為聖人之徒麼？結局，一被激進過咖啡館，在肉香、酒香，還有女人的柔情、媚態的包圍中，一次、二次……心也活啦[100]」，並露骨寫出像「富于彈性的雙乳和肥滿的臀部[101]」這樣的句子。

雖然有陳虛谷的詩為見證，但這些小說作品也不見得就完全可以視為賴和本人實際生活情狀的描繪。但至少從小說主角的境遇裡，還是可以見出賴和在語調上不時顯露的自我調侃、嘲諷之情，和在心境上那已陷入完全破滅絕望的情緒，以及立場上雖過著頹廢生活、卻又不忘矛盾自我批判、試圖振作的處境。

高賓閣的位置靠近清領時期的西門舊址，是彰化通往鹿港的必經道路。一九〇五年，日本又設「彰化驛」，有縱貫鐵路經過，彰化因而成為山線、海線的交會點，物資在此集聚，貿易網絡逐漸發達[102]。西門附近的區域，

---

97 林瑞明編：《賴和全集（一）‧小說卷》（台北市：前衛出版社，2000年6月），頁262。
98 同前註，頁262。
99 據許俊雅、楊恰人編的《楊守愚日記》（彰化市：彰化縣立文化中心，1998年12月）指出，此篇小說為楊守愚代筆寫成：「……就中有一事，最引起我好笑的，就是關於『赴了春宴回來』。此作，原因東亞新年號徵稿，賴先生趕不來，我替他代筆的，這是稍微對於彼我之作品具有關心的人，都能看出的——因我與賴先生之作風是截然不同的」，頁55。雖然楊氏如此認為，但對照〈一個同志的批信〉與陳虛谷的詩句，無論在思考、情感、事跡等面向，幾乎都無明顯扞格之處，甚至連「榮鐘、遂性、深切」等人也都曾經錯認過（頁55），可見此篇作品對賴和的文字及其當時的生活及心靈活動，定有相當深度的理解與掌握，可視為楊氏對賴和的晚期身心狀態的勾勒與詮釋。
100 林瑞明編：《賴和全集（一）‧小說卷》（台北市：前衛出版社，2000年6月），頁314。
101 同前註，頁311。
102 蔡翠蓉《彰化市舊城區再發展策略研究 -以小西特色街區塑造為例》（台中市：逢甲大學碩士論文，2009年6月）一書抱持不同看法：「雖則一九〇五年以後西部縱貫鐵路的暢通曾提供了彰化一便利的交通運輸，然而就地方建設來說，彰化遠不如北邊的台中。」雖然如此，小西街在日治時期的興盛卻也是不爭的事實，彰化的繁榮與富庶，

則因連接西大門與北大門，人潮往來頻繁，而有「小西門街[103]」之稱，各種旅店、小吃、酒樓文化應運而生[104]。

　　賴和在小說〈一個同志的批信〉裡提到包含所謂「醉鄉」（醉鄉大酒樓）、「樂園」（樂觀園）等大酒樓[105]，至今仍留存的僅剩下小西街「醉鄉大酒樓」一面牆壁的遺跡而已。儘管高賓閣自身有著「賣藝不賣身」的規範，但透過賴和的文字卻可以了解到，日治時期其餘酒家文化卻顯然也同時流動著商業征戰與情色消費的慾望暗流，這應都是小西文化傳統裡更深層隱晦的另一面性格，而我以為這是如今重談小西街歷史與文化時，同樣不容輕易略過的一面。

六　結語：彰化城的過去與未來

　　高賓閣好景不常，僅僅繁華了幾年，二戰期間便逐漸沒落[106]，戰後的

　　　　和小西的發展仍有著密切聯繫。頁64-65。

103　同前註：「彰化市的『小西街巷』其地名源自一八一五年……四座城門中，西可通鹿港、北門可往葫蘆墩，商業最為繁榮。而連通西門與北門的蜿蜒巷子，稱之為『小西門街』（今和平路一巷與陳棱路一九四巷），是後來『小西巷』得名之由來。現在所稱的『小西特色街巷』則由一條巷子擴充到一個區塊，所以本研究稱這區塊範圍為『小西特色街區』」，頁64-65。

104　同前註：「清代的彰化古城有四個城門，位於北門和西門之間有一條熱鬧的街道，人稱小西街（現稱小西巷），而所謂大西門即今中正路、中華路一帶。小西街從清代即有發展，且當時因位於西門與北門間，為人潮必經之路……而由於往來貿易之需求，旅館、酒家等行業因應而生……」，頁64-65。

105　出自〈一個同志的批信〉，林瑞明編：《賴和全集（一）‧小說卷》（台北市：前衛出版社，2000年6月）：「醉鄉？樂園？去，我也去，一個人不怕寂寞，有妓女的伴飲，有女給的招待，去，我也去。」，頁258。

106　公共電視製作「獨立特派員166集──擱淺陳陵路」的報導裡，彰化文史工作者蔣敏全先生指出：「日本是嚴格的禁止台灣人的遊樂、飲食……好像說是風花雪月的地方，就禁止，它（指高賓閣）就沒辦法營業了……但戰後的時候又更蕭條……」，五分四十五秒至六分九秒，Youtube：https://www.youtube.com/watch?v=avnsg9JWFzk，（2014年11月6日）。

營運環境幾度轉移，鐵路診所、婚紗店、鐵路醫院等角色輪流登台，卻沒有任何一個名字可以跟著它走到現在。二○○七年，鐵路局以「彰化火車站前停車位難求」、「促進商機、帶動地方發展」為由，提議拆除這棟建築，而因為產權在鐵路局下轄「職工福利委員會」的手中，讓地方文史工作人士紛紛緊張了起來。

數年之間，在地如小西文化協會、財團法人賴和文教基金會、半線鐵道工作室等地方團體不斷透過發起活動，以將如今這棟鐵路醫院「活化」、「再利用」等方式作為訴求，呼籲政府停止拆除計畫，立即進行古蹟審查工作。此外，也敦促地方民代盡快召開「鐵路醫院保存」公聽會，讓更多在地居民與文史工作者有機會公開討論鐵路醫院再利用的各種想像和實行方式[107]，而我自己也有幸能參與這波行動。

（一）面對過去：文化轉譯的工作

記得剛剛進入大學念書的時候，我還沒有機車，從彰化車站到母校的路，多半都以步行往返。後來好不容易有了台機車，那樣手提大包小包稍稍有些辛苦的行走經驗卻反倒令人懷念起來。

我想念自己可以像蔡明亮短片《行者》裡頭的僧侶一樣，以最緩慢的速度踏出每一個步伐；想念自己可以在靠近租屋處的路旁，隨時欣賞到水渠裡白鷺鷥以最優雅的身姿伸展翅膀，飛向對面的田野；也想念彰化空氣裡頭的燥熱，汗水黏黏的貼在廉價的 T-恤上，就彷彿那裡頭有某種對於生活或說生命本質幾近信仰般的叩問，以及無與倫比的眷戀。

彰化的生活步調當然不比台北或新北等大城市。但仍舊可以在許多被觸發的地方古蹟拆存議題上，感受到某些東西正在逐漸流失。

---

107 可見彰化縣小西文化協會為這次行動設置的聯署網站，其中完整而清楚的解釋了整個行動的發起與組織目標，http://hsaiohsi.blogspot.tw/2010/06/blog-post.html，（2014年11月6日）。

　　英國學者約翰・倫尼・肖特（John Rennie Short, 1976－）在他的《城市秩序：城市、文化與權力導論》（The urban order: An introduction to cities, culture, and power）中，談到老房子總是能給各個城市留下某些屬於自己特定的「感覺」和「特徵」。，他以冷靜又不乏浪漫的筆觸談起這些老房子對城市的影響，這麼說道：「一個城市的住房存量不僅僅為市民提供容身之處，它還是連接過去的紐帶，是歷史的紀錄，是這個城市的盛衰經歷的無聲陳述[108]。」

　　這本書我重讀過幾次，每每都能被其中篤實而誠懇的聲音所打動。平時乍似平靜理性的社會學家，筆端恍惚也能流露一股溫柔。這些不都是我們常常在談，卻在現實條件中深感無力維護的信念嗎？

　　我們在文學地景導覽的籌備、進行過程裡，常常需要對初次到來的志工或者參與民眾們，解釋起留存昔日歷史建物的意義與價值。最感困難處在於，同樣一棟歷史建物，對知識份子如學者專家、文史工作者而言，和對於在地居民的感受就截然不同。至於對社會上的地方派系、執政者們來說，則又是另一番風景。

　　面對老建築的拆遷，通常所謂的文史工作者及地方知識份子，主要都是以歷史文化的集體記憶與在地認同作為出發點；但對於地方居民而言，這些論述有時不免顯得空泛且難以想像，經濟與生活的考量才是他們首要關注的事物。在一片十分令人耳熟的「開發」聲浪中，某些有心的從政者便會抓緊這些機會，找到獲取利益的可能。因此某方面而言，此刻的建築彷彿就是一面鏡子，清楚反映了社會上高度異質性的人們彼此「觀看」建築的方式可以如何不同，它「只」會呈現那些你我所選擇看見或「相信看見」的事物。

　　但進一步來說，我更深深覺得這些建物本身就是一座小型的現代戰場，而不只是一面明亮無感的鏡子。這座戰場經常是由掌握權力的人間接操縱

108　〔英〕約翰・倫尼・肖特（John Rennie Short，1976- ）：《城市秩序：城市、文化與權力導論》（The urban order: An introduction to cities, culture, and power）（上海市：上海人民出版社，2011年3月），頁192。

（唉，現代社會權力結構似乎透明又不透明），激起許多潛在或直接的政治訴求，在此地互相集結競逐。戰場於是被開闢出來，人們開始爭奪對於這棟建築想像、解釋或主導的權力，而在台灣的脈絡中，政府或者地方派系對此總是擁有先天性的優勢。上述這些我所勾勒出來種種事件發展的「模型」，都清楚的反映在這次賴和文學地景中的「鐵路醫院」存廢問題上。

記得前幾年我曾經在一次保留高賓閣的現場活動中，聽到來自高賓閣對面一家賣服飾店家老闆娘的斥責聲，老人家好像是從店中走出，看到我們這群人「又再搞」這些活動，感到很不高興。在立場上她顯然是站在鐵路局那頭的，停車場的那頭。

我也記得，當時某位文史工作者悻悻然私底下跟我們講：「不要理她，講了很多次都說不通，沒用」，於是當天整場活動的進行過程，便有一半我們都是在這樣的叫罵聲中完成的。當時還是有幾個熱心的年輕志工不死心地跑去和她當面溝通，結果如何不得而知。

二〇一四年十月十八日，我再度參加由賴和文教基金會、半線新生會等所發起的「青年改變彰化・台灣文化協會紀念行動」活動，地點就在高賓閣正門前[109]。當天活動結束後，我又遇到一位附近小吃店的老闆，他邊搬東西嘴裡邊念念有詞，大意是說我們舉辦的那些活動都「沒有用」，應該趕快拆掉想想該蓋什麼才好，我試著跟他說明我們的目標就是要讓高賓閣再度利用起來，得到的回應則是一陣沉默和不以為然的搖頭。

幾年下來累積的這些經驗，有時難免使我感到沮喪。在地文史工作者努力推動這一類抵抗性的運動，以他們堅實的論述與關鍵性的抗議活動為主軸，多年來不停的對某部分政治權力的運作發起挑戰，甚至有意無意間也正以相互牴觸的方式在和一部分當地居民立場相抗。他們說的很多，做的也不

---

109 經過長期抗爭，高賓閣於二〇一一年七月七日被公告為「彰化縣縣定古蹟」，可見彰化縣文化局網站公告：http://www.boch.gov.tw/boch/frontsite/citycase/cityCaseAction.do?method=doViewCaseBasicInfo&caseId=NA10009000004&version=1&assetsClassifyId=1.1&cityId=11&menu=1，2014.11.6。然而儘管如此，文化局卻仍以沒有預算為由，至今仍任其閒置在陳陵路上，不少文史工作者擔憂未來仍有變數。

少，但隨著時間拉長，畢竟仍會讓越來越多原來傾向保留建築的人感到動搖。幕後的政治操作者，則以拖待變慢慢地等待新的時機降臨。

在這樣的困境裡，不禁令我想起今年一位社會學者楊弘任所出版的《社區如何動起來》著作，這本書裡提出的觀點十分值得注意。他以屏東「黑珍珠之鄉」的社區總體營造的過程為例，說明社造本身的困難常常在於地方知識分子所抱持的「外來文化習性」，與當地居民「在地文化習性」的脈絡，往往相去甚遠[110]。

他談到，歷經現代啟蒙訓練的知識分子，對於社造運動的態度，通常有著企劃優先、論述優先的習慣，亦即他們在直覺上總是必須先想出一套說法和理論、或完整嚴密的流程規畫辦法後，才能安心付諸實踐[111]。而在實際活動上，他們對外宣稱的那套說法，或者學術意味太重不易了解，或者太過空泛無從想像，對於在地居民而言更顯得相當陌生，因而刻意疏離、排斥性的態度也就逐漸浮出。

作者仔細區分出這背後所反映的兩種「知識」類別作用：其一是由各領域學者、專家為代表所形成的「專業知識」，它擁有很高的普同性、套裝性，能藉由一定的知解過程獲得，但同時間卻也形成極為單一化的知識霸權。相對於此，透過不斷實作的經驗所累積型塑出的「地方知識」、「在地範疇」，卻只能在一定的邊界場域裡努力讓自己迎面接受挑戰[112]。

如果這兩方始終無法進行有效的文化轉譯（cultural translation）歷程，那麼社造過程所面臨的困境很可能就無法被突破，最後只會演變為「各說各話」的局面[113]。分別為如何橋接這兩方，責任依然落在這些知識分子、學

---

110 楊弘任：《社區如何動起來》（新北市：群學出版社，2014年7月）：「……社區之所以動得起來、動得徹底、動得有方向，除了意謂著『在地文化習性』與『外來文化習性』嘗試進行互相的轉譯之外，同時還意謂著『傳統』與『現代』的接觸、衝突……的過程仍未完成」，頁257。

111 同前註，頁230。

112 同前註，由於這方面的說法實在過長，可自行參見頁355-360。

113 同前註：「……最終發現，除非是『在地公共性』與『外來公共性』之間相互轉譯挪用，否則將是各行其是的各說各話……」，頁360。

者專家們身上。

我不曉得以「黑珍珠之鄉」為例的《社區如何動起來》，所提出的理論是否完全能適用於高賓閣拆遷事件的問題上，但作者特別突出文史工作者、知識分子應有著「長期實作」累積經驗以融入在地文化習性工作的必要決心，我以為這對高賓閣在保存、活化／再利用運動的示範性上，有著不言而喻的重要性。

雖然目前高賓閣已被列為縣定古蹟，但政府令其閒置的手段仍讓人心存疑慮[114]。也許地方文史團體將來更需加把勁，著手推動更能深化在地認同的長期實作活動。

並讓那些論述性的語言暫時歇息吧，讓疏離不再、敵意淡化，讓那些焦急的目光不再僅關注著那短暫的政治抗議運動，也更要讓那些內心蓄積的不滿與凌空性的相互評判，得到些許的安頓和沉澱吧。

（二）走向未來：從幾細節講起

雖然我個人在彰化就學四年，流連於彰化市街頭的次數已多得數不清，但我畢竟仍舊不是個彰化在地人。我對彰化過往的歷史與文學可能略有所知，但現今的彰化市卻仍擁有屬於它自身運轉的體系。

我十分清楚在它內心之中仍有一塊不是我可以輕易抵達的沃疇田野，不是塊我這個在校門內做學生所能輕易踏入的現實沃野。

所以，這樣的我實在無法輕易宣稱自己可以多麼的了解彰化。事實上我反而深深覺得自己所能提供的觀點，最終可能都不過像是個不停對著當事者張牙舞爪的局外者。無論這樣的「局外者」多麼時常的在夜半凌晨，以貓之

---

114 據二○一四年十月二十六日的報導，彰化市公所市長邱建富表示，政府已正準備將高賓閣重整為「觀光旅遊中心」，未來將會如何，不得而知。但從這樣的發言裡可以看出來，其中仍然完全沒有「在地居民」的討論與想像，面對古蹟活化的問題，顯然政府還停留在「上對下」政策制定的思維中。可見網路影音報導：Youtube，https://www.youtube.com/watch?v=oqCligQm-IU，2014年11月6日閱。

輕步與凝神,悄悄探訪過彰化市街每一道牆面巷角裡暗藏的老魂魄。

勾勒一個具體的理想城市面貌,我或許遠遠不夠資格,但這篇文章仍可以有一定的貢獻——若能從重振舊市區觀光旅遊業的面向來談[115],那麼或許彰化文學地景深度旅遊本身就會是一個極好的回應方案。我可以提供幾個細節來思考:

1 城市的「意象」

記得賴和基金會執行長周馥儀小姐,曾在一場演講中分享她到愛爾蘭的城市經驗[116]。她提到,愛爾蘭對紀念詩人葉慈的方式十分重視,一出飛機場她便能看到剛剛駛過的公車上,以大型浮貼的葉慈身影作為宣傳照片。許多城市中重要的「節點[117]」,也都以葉慈的雕像留為紀念。足可見出一座城市的執政者,對待文學、文化傳統的態度可以如何不同。

借鏡國外經驗,她主要想表達彰化市未來的發展,或許也可以有不一樣的思維,試著學習開發出另一種不同的城市想像。

我個人對於以過往的文學作家作為塑像,立於重要的場所,讓所有來往行人們的視線都能夠匯集於此成為鮮明的「城市意象」,自然感到敬佩。畢竟在台灣歷史的脈絡下反而會讓人覺得這似乎比較適合像蔣經國、蔣中正一類正經八百的的人物來站站或坐坐。

---

115 《彰化市舊城區再發展策略研究——以小西特色街區塑造為例》(台中市:逢甲大學碩士論文,2009年6月)一書,便是以此為主題的所寫成的論文。在〈第五章彰化市小西特色街區塑造策略分析〉中,對小西街區有極為詳盡調查與計畫方案並提出具體的發展策略,十分具有參考價值。本文寫作中對彰化市觀光業所提出的觀點,某方面也能夠呼應這篇論文的調查結果。

116 我已聽過無數次她本人的演講,當天再聽,卻仍能受到啟發,時間約在二〇一四年十月十八日鐵路醫院活動結束後的下午一至四點。

117 這裡引用凱文‧西區(Kevin Lynch,1918-1984),胡家璇譯:《城市中的意象》(The Image of the City)(台北市:遠流出版社,2014年9月3日)提出的說法,「節點」主要指「通道交會點或某些特徵的匯集處」。在他的概念裡,小至廣場,大至整座城市都可以視為一個「節點」,這裡引用他的說法的目的,是因為本節主要想探討「城市意象」的問題,那麼以這本專書提出的術語來解釋,可能會有所幫助。頁116。

當然我在這裡並非強調只要在城市中立個文學家的塑像，便可打發了事，最重要的是能出現在城市中最主要的「意象」，往往能反映出執政者或城市市民對所屬城市的看法與期待，甚至是意識型態。

如果有一天，有某位文學家的形象能夠輕易佔據一座城市的重要版面（也就是說，當然不僅限於賴和），如同充滿政治目的的電視新聞或平面庸俗的報紙那般滲入我們的生活，那麼我也許就會相當肯定的認為，台灣社會在對文化價值層面注重的程度上，的確有著眾所共睹的轉變。

2 旅遊空間整理

此外，在帶領讀者導覽「紅毛井」時便已提過，現今彰化市區的道路對「步行」導向的空間規畫並不重視[118]。學者畢恆達在他的《空間就是權力》中，提過一個常人不太會注意到的觀點。他提到道路使用權反映了社會權力看不見的運作。他提醒讀者，在某種意義上政府政策對於交通設施資源分配挹注的比例，其實呈現了相當程度的「階級性」[119]。這也是為什麼在政府的市政規畫上，汽機車的用路權總是首先被考量，而自行車、一般行人等擁有的權利，不是就被暫時擱置就是被徹底漠視。彰化市在用路規劃上，自然也難以迴避這樣的缺失。

讓我感到好奇的是，彰化政府近年來對市區發展的態度，似乎比較傾向推銷城市觀光的形象，近來甚至在市中心推出「Ubike」自行車的租借設備。政府有心如此固然值得嘉許，但經我實地步行市區後卻發現，政府並沒有設置任何自行車專用道，交通號誌也沒有配合更改為具備相關告示功能的

---

118 這也呼應《彰化市舊城區再發展策略研究——以小西特色街區塑造為例》的調查：「現行舊城區人行空間因為停車格與車流之影響，多退居騎樓內，但騎樓又為攤販、機車與雜物堆置等情形，妨礙行人步行空間……」，頁89。

119 畢恆達：「其實我們的道路本來就是開汽車的人設計給開汽車的人使用的，汽車在馬路上通行無阻，行人卻要上天（橋）下地（下道）。規劃者以拓寬道路、增設停車場來滿足小汽車的需求，連路燈都是照車道，而不是照人行道。那些每天乘坐專車的官員，怎麼瞭解行人的辛苦？」《空間就是權力》（台北市：心靈工坊，2001年10月），頁109。

標誌系統。對於一個企圖重振舊城文化觀光事業的城市，這樣的政策措施顯然不夠完善。

旅遊也需要相當友善的空間，它是一座城市魅力的基礎。彰化市未來旅遊發展的願景，想必不能與步行、自行車的使用空間作切割。它需要更細心體貼的觀察與執政者，而非粗魯喊著發展口號的傲慢政客。彰化市古舊建築如此之多，如何妥善地進行系統性的規劃與利用，才是真正考驗政府才能的關鍵。

值得慶幸的是，這方面在近幾年來，賴和文教基金會所舉辦的「文學地景導覽活動」羽翼已豐，從最早僅有的一條市街導覽路線開始，逐漸向八卦山等地開闢。至二〇一四年「賴和音樂節」當天，路線更增至四條之多[120]。透過這樣主題性的導覽串連，不但能夠讓原本扁平的城市形象獲得翻轉的機會，更能夠結合相當的文化深度與一般觀光產業的需求，在營業的店家與文化人士常見的衝突之中，找到某種互相和解的辦法。

3 本土文化／大中國／消費社會

這篇文章裡面所提的文學地景，始自開基祖廟，一路談到以現代殖民教育為主題的中山國小（孔廟）、南山寺等；再由古城發展演變歷史的古彰化公園、東城門及元清觀，歸結至古城下一個憂鬱的身影及他晚期的行跡。

寫作上，我試著採用較為寬鬆自由的文字與結構，彷彿能讓人能在不同氛圍中帶著耳機，親自接受賴和本人文學書寫的耳語導覽般，漫遊在古城時空的縫隙之中。除此之外，我更希望這篇文字能發揮其他更具價值的作用。

比方說，在國民黨政權長期壓抑、漠視本土文化的歷史脈絡下[121]，我

---

120 這四條路線可參考「二〇一四賴和音樂節」活動報名網站：https://docs.google.com/forms/d/1nUid7bc0uyjqQ8cxMk6CQFBA-kqQDTbPsCvNJE359Qk/viewform，（2014年11月7日）閱。

121 學者顏亮一先生在他發表的〈全球化與在地歷史意象的建構：台灣古蹟保存概念之形成與轉化〉一文中，曾追溯過維護古蹟運動與時代、政權之間的關係。文化研究學會，二〇〇三年會，「靠文化‧By Culture」學術研討會。

們除了能藉著史料文獻的嚴謹考證以重建歷史外，透過挖掘在地的文學地
景，更能於作家虛構想像的世界裡傾聽到一顆顆心靈噗通跳動的真實回音。

又比方說，在面對台灣消費社會（consumer societies）所帶來的文化商
品化、平面化現象，與隨之而來刻板的城市形象（肉圓、八卦山大佛）鋪天
蓋地影響我們的大腦運作時，我們的工作自然就有追求「深度旅遊」這種更
為脈絡化、政治化的示範性決心。儘管我認為這樣的實驗冒險並不以詆毀前
者為目的。

面對地方建築不斷被拆除的危機，不時能提醒著「我們的地方的故
事」，很可能就在我們無意識之中無聲流逝。奇怪的地方在於，以現今彰化
市的現狀而言，它已不可能走向發展主義的道路去和北中南等大都會齊肩比
並、一較高下。那些政客口中高喊的「經濟」與「商機」，它們的魅力也不
比一顆健達出奇蛋新奇。但人們的腦中卻彷彿唱片跳了針、線頭丟失了似
的，不曉得除了這些話語外還能有其他哪些可供發展想像的空間。

「我們的地方的故事」是我自賴和寫於一九三二年的散文標題上[122]借
過來的說法，這篇散文主要是以現代知識分子的眼光，一方面回顧在地歷史
（東城門），一方面也批判島民封建文化與官僚體制的性格。

但在此我刻意借用這個詞並**翻轉**了原有的意涵。因為我始終這麼相信
著：文學地景總擁有那麼一種魔力，有一天它將能夠重新召喚回那與我們切
身相關、如今卻破碎四散的種種心靈故事與記憶（它從未虛構過）。而那些
「我們的地方的故事」，都會將我們自己的名字寫入地景之中，它們會成為
未來我們在尋找自身文化認同與歷史記憶時的重要憑據，直到如今以及永遠。

且不再有任何人可以輕易奪走。

---

122 參見〈我們的地方的故事〉，《賴和全集‧新詩散文卷》，頁272-279。

參考書目

一　賴和與台灣文學相關書目（姓氏筆畫排序）

李南衡編：《賴和先生全集》（台北市：明潭出版社，1979年3月15日）。

林瑞明編：《賴和全集》（台北市：前衛出版社，2000年6月）初版一刷123。

林瑞明：《台灣文學與時代精神》（台北市：允晨文化公司，1993年8月）初版。

陳芳明：《台灣新文學史》（台北市：聯經出版公司，2011年10月）初版。

陳芳明：《殖民地摩登‧現代性與台灣史觀》（台北市：麥田出版社，2007年6月）初版二刷。

葉石濤：《台灣文學史綱》（台北市：春暉出版社，2007年10月20日）再版。

陳建忠：《書寫台灣‧台灣書寫：賴和的文學與思想研究》（新竹市：清華大學博士學位論文，2001年1月16日）。

許俊雅、楊恰人編：《楊守愚日記》（彰化市：彰化縣立文化中心，1998年12月）。

廖炳惠：《關鍵詞二○○：文學與批評研究的通用詞彙編》（台北市：麥田出版社，2009年12月）初版13刷。

二　彰化地方文獻與研究（姓氏筆畫排序）

中國科技大學文化資產研究中心：《彰化縣縣定古蹟原彰化警察署調查暨修復計畫》（彰化市：彰化縣文化局，2012年12月）第一版第一刷。

田飛鵬主編：《彰化縣縣定古蹟彰化鐵路醫院（原高賓閣）調查研究暨修復計畫》（彰化市：彰化縣文化局，2013年3月）第一版第一刷。

---

123 其中包含（一）小說卷（二）新詩散文卷（三）雜卷（四）漢詩卷上（五）漢詩卷下（六）評論卷等，共六冊。

李篤恭編：《磺溪一完人》（台北市：前衛出版社，1994年7月1日）初版。

李乾朗：《二十世紀台灣建築》（台北市：玉山社，2001年6月）第一版一刷。

周國屏等十一人主撰：《彰化市志》（彰化市：彰化市公所，1997年8月）。

康原：《尋找彰化平原》（台北市：常民文化出版，1998年12月1日）。

彰化縣立文化中心編：《彰化縣口述歷史》（彰化市：彰化縣立文化中心，1998年6月）。

陳仕賢、許嘉勇、邱麗琴：《彰化歷史散步：半線文化資產巡禮與八卦山文史行腳導覽解說手冊》（彰化縣鹿港鎮：鹿水文史工作室，2005年10月1日）。

蔡翠蓉：《彰化市舊城區再發展策略研究──以小西特色街區塑造為例》（台中市：逢甲大學碩士論文，2009年6月）。

賴和文教基金會編：《第一屆全國高中台灣人文獎作品集》（彰化市：賴和文教基金會出版，2002年1月）。

〔日〕青井哲人（AOI Akihito）：《彰化1906》（新北市：大家出版社，2013年10月）初版一刷。

三 都市／空間研究（姓氏筆畫排序）

范銘如：《文學地理：台灣小說的空間閱讀》（台北市：麥田出版社，2008年9月1日）初版一刷。

畢恆達：《空間就是權力》（台北市：心靈工坊，2001年10月）初版四刷。

楊弘任：《社區如何動起來》（新北市：群學出版社，2014年7月）一版一印。

〔日〕町村敬志（Takashi Machimura）、西澤晃彥（Akihiko Nishizawa）：《都市的社會學》（新北市：群學出版社，2013年2月）一版2印。

〔美〕理查德・利罕（Richard Lehan）：《文學中的城市》（*The city in the Literature*，上海市：上海人民出版，2009年10月）第一次印刷。

〔英〕約翰・倫尼・肖特（John Rennie Short，1976-）：《城市秩序：城市、

文化與權力導論》（*The urban order: An introduction to cities, culture, and power*）（上海市：上海人民出版社，2011年3月）第一次印刷。

〔美〕凱文・林區（Kevin Lynch, 1918-1984），胡家璇譯：《城市的意象》（*The Image of the City*）（台北市：遠流出版公司，2014年9月3日），初版一刷。

四　期刊

林威佐：〈彰化市小西特色街巷田野調查圖說〉（國立彰化師範大學台灣文學研究所，網址：http://blog.ncue.edu.tw/sys/lib/read_attach.php?id=1844，2014.11.7）。

顏亮一：〈全球化與在地歷史意象的建構：台灣古蹟保存概念之形成與轉化〉（文化研究學會，「靠文化・By Culture」學術研討會，2003年）。

照片

一　以下照片為賴和文教基金會所提供

圖一　入學台灣總督府醫學校

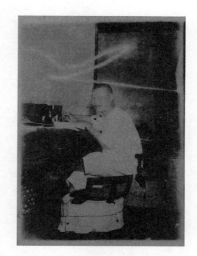

圖二　賴和攝於診療

圖三　賴和醫院新建居室

圖四　賴和故居暨診所

圖五　於治警事件後的合照

圖六　1941年2月2日，第二回醫學校同級會，於高賓閣二樓頂樓
　　　花園。前排左四為杜聰明、右一詹阿川，賴和於後排左二。

二　本照片由蔡滄龍先生提供

圖七　古東城門——樂耕門

三　以下照片為筆者自行拍攝（大部分攝於 2010 年 5 月 29 日，
　　特例另外標出）

　　　圖八　開基祖廟　　　　　　　　圖九　中山國小校門口

圖九　中山國小北棟教室

圖十　紅毛井

圖十一　南山寺

圖十二 彰化公園與古東城門舊址

圖十三 孔門路

圖十四 孔子廟大成門

圖十五 元清觀

圖十六 日治警察署，現今彰化警局分局

圖十七　分局內「監房」，日治時期所留

圖十八　分局內「監房」，2010年10月

圖十九　日治時期高賓閣，今鐵路醫院

圖二十　2014 年 10 月 18 日，鐵路醫院遭到閒置

圖二十一　　小西街區內，紅葉大旅社

圖二十二　　2014 年 10 月 18 日，參與「青年改變彰化　台灣文化協會紀念行動」，設於高賓閣前。

作者簡介

陳萬益

陳萬益（1947-），台南人，台灣大學中文博士，專長為台灣小說、台灣散文、現當代文學、明代文學。曾任清華大學中文系教授、系主任，清華大學台灣文學研究所教授兼所長，講授日治時期台灣小說專題研究、賴和文學專題研究、台灣散文專題研究等。著有《於無聲處聽驚雷——台灣文學論集》，編有《張文環全集》等。

呂興昌

呂興昌（1945-），彰化和美人。台大中文系碩士，成功大學中文系講師、清華大學中語系教授，協助籌備成功大學台灣文學研究所，研究所成立後擔任教授，執行「台灣白話字文學資料蒐集整理計畫」，擔任系主任。成功大學退休後，以兼任教授身份繼開台語文學課、指導做台語文學題目的研究生。近年來專攻台語文學，以台語撰著學術論文，以台語作為文學創作與學術研究的表現媒介。

葉連鵬

葉連鵬（1973-），澎湖人。國立中央大學中國文學系博士，現為國立彰化師範大學台灣文學研究所副教授。主要研究領域為區域文學、海洋文學、台灣文學等。著有《澎湖文學發展之研究》、《從西瀛到磺溪——區域文學論集》、《蔡旨禪集》（選注）、《台灣當代海洋文學之研究》（博士論文）等。曾獲財團法人彭明敏文教基金會「台灣研究」最佳碩士論文獎、國史館台灣文獻館獎勵出版文獻書刊獎「文獻圖書類特優」、海洋文學獎等。

林明德

　　林明德（1946-），台灣高雄人，輔仁大學中文系碩士，政治大學中文系博士。曾任輔仁大學教授、彰化師範大學教授兼副校長、賴和文教基金會董事，研究領域包括：中國文學、台灣文學、民俗曲藝及飲食文化。現任財團法人中華民俗藝術基金會董事長。一九八〇年開始林明德投入民俗文化的研究，長期以來，以「挖掘族群人文，整合民俗藝術，再現台灣圖像，重塑鄉土情懷」為努力目標，引領社會大眾了解並欣賞民藝之美。

謝瑞隆

　　謝瑞隆（1977-），台灣彰化人，國立中正大學中文系博士班，任教於國立中正大學通識教育中心、國立雲林科技大學漢學所、明道大學中文系等校系。研究領域為民間文學、民俗學、古典小說、文化資產、日本漢文學等，撰有《日本近世漢文笑話集研究》、《台灣歷史文化場域的新體驗》、《踏尋花東縱谷的原住民族部落》、《尋找貓裏寶藏》、《北斗鄉土誌》、《中壢市發展史》、《溪湖鎮志》、《田中鎮志》、《東螺風土記》等專書方志，曾獲表揚為「一〇〇年度台灣鄉土文史教育及藝術社教有功人員」、「一〇〇年度國立雲林科技大學傑出校友（學術類）」。擅於人文報導寫作，相關作品散見《文學台灣》等刊物，曾獲北市青年金筆獎、第六屆礦溪文學獎等文學類獎項。

周益忠

　　周益忠（1956-），台灣彰化人，一九五六出生於八堡圳水源之二水鼻子頭。一九七四畢業於彰化高中，當年考上國立台灣師大，四年卒業實習期滿，即回母校攻讀，一九八二年完成碩士論文《論詩絕句發展之研究》，一九八九年再以《宋代論詩詩研究》獲台灣師大文學博士學位。曾任教於淡江大學中文系等，一九九三年返鄉回彰化師大服務，一九九九年以《西崑研究論集》等著作升等為教授，二〇〇六至二〇〇九年擔任國文系主任，現為國文系專任教授。專長為唐宋詩學、子學、台灣古典詩，除論詩詩外，對於古詩轉化為唐代近體詩的變化軌跡，尤多所關注，著有〈黃鶴樓是否為一首七

言律詩？〉、〈談古律與今律——以前杜時期五律對仗為中心的探討〉、〈出門一笑大江橫——元好問論詩三十首的文學解讀〉等等，近年更潛心於彰化前輩詩人的探討，諸如：陶村詩稿陳肇興、櫟社社長賴悔之、以及賴和、陳虛谷等等磺溪古典詩的成就都逐一進行爬梳整理。

王惠鈴

　　王惠鈴（1975-），台灣台南人，現定居於台中，中興大學中文碩士、東海大學中文博士。曾任朝陽科技大學駐校藝術家，現任明道大學中文系專任助理教授。著有《丘逢甲集》、《台灣詩人賴惠川及其悶紅墨屑》、《丘逢甲、「詩界革命」及其與日治時期台灣傳統詩界的關係》、《文學與生命的交響樂章》、《文學與生命的五重奏》、《中文鑑賞與應用闖關祕笈》等專書，發表〈梁啟超〈與蕙仙書〉書寫策略的操作〉、〈丘家大坑古典詩初探〉、〈「丘逢甲現象」的解構與建構——兼論乙未內渡爭議〉、〈莫那能《美麗的稻穗》創傷療癒的敘事書寫〉、〈生命的終點，如何道別？——以劉梓潔〈父後七日〉教學設計為探討〉等十餘篇專書期刊論文。

蕭　蕭

　　蕭蕭（蕭水順，1947-），台灣彰化人，輔仁大學中文系畢業，台灣師範大學國文研究所碩士。現任明道大學中文系講座教授、人文學院院長，台灣詩學季刊社社長。一生戮力於詩、散文的創作，現代詩的推廣、詩學理論的建構。出版論文集《台灣新詩美學》、《現代新詩美學》、《後現代新詩美學》、《現代詩學》，詩集《凝神》、《雲水依依——蕭蕭茶詩集》、《月白風清——蕭蕭禪詩選》，散文集《太陽神的女兒》、《少年蕭蕭》等，編著之書多達一百三十五種。

王文仁

　　王文仁（1976-），筆名王厚森，籍貫台灣省高雄縣人，從小生長於府城。國立東華大學中國語文學系博士，現任國立虎尾科技大學通識中心副教

授。研究興趣兼及台灣文學、近現代中國文學、文學史理論等。著有詩集
《搭訕主義》、《隔夜有雨》，傳記散文《那一刻，我們改變了世界》（與須文
蔚等合著），論著《現代與後現代的游移者──林燿德詩論》、《啟蒙與迷魅
－近現代視野下的中國文學進化史觀》、《日治時期台人畫家與作家的文藝合
盟──以《台灣文藝》（1934-36）為中心的考察》等。

李桂媚

　　李桂媚（1982-），彰化縣人，中國文化大學印刷傳播學系工學士，國立
台北教育大學台灣文化研究所文學碩士，現服務於大葉大學。曾發表學術論
文〈瘂弦詩作的色彩美學〉、〈錦連詩作的白色美學〉、〈康原台語詩的青色美
學〉、〈詹冰圖象詩的文本性訊息〉、〈日治時期台灣新詩標點符號運用──以
賴和、楊守愚、翁鬧、王白淵為例〉、〈蕭蕭新詩標點符號運用〉等；並曾為
《逗陣來唱囝仔歌Ⅰ、Ⅳ》、《親近作家‧土地與人民》、《番薯園的日頭
光》、《搭訕主義》、《隔夜有雨》等書繪畫插圖。

陳　謙

　　陳謙（1968-），本名陳文成。彰化縣田尾鄉人，現旅居新北市。佛光
大學文學博士，南華大學出版事業管理碩士。曾任電視編劇，文化事業專業
經理人兼總編輯、中原大學景觀學系業界教師、現任國立台北教育大學語創
系專案助理教授。學術專長為出版編輯學、文化創意產業管理經營、地景意
象與社區營造、台灣當現代文學等。創作作品曾獲吳濁流文學獎，文建會台
灣文學獎，台北文學獎等十餘項。出版有詩集《給台灣小孩》等六種，散文
集《水岸桃花源》等三種，短篇小說集《燃燒的蝴蝶》一種，論文集《反抗
與形塑：台灣現代詩的政治書寫》等二種，文評集《詩的真實：台灣現代詩
與文學散論》一種。

施懿琳

施懿琳（1959- ），台灣彰化人，台灣師範大學國文所博士，曾任中正大學中國文學系副教授，現任成功大學中國文學系教授、台灣文學系教授兼系主任。研究專長為台灣古典文學和詩學，日據時代作家與詩人的生平考據與作品整理，曾參與、主持《全台詩》編纂與研究。施懿琳並曾深入區域縣市田野調查，研究文學發展與特色，與友人合著《台中縣文學發展史》、《彰化縣文學發展史》。重要論著，包括《從沈光文到賴和——台灣古典文學的發展與特色》、《跨語、漂泊、釘根——台灣新文學研究論集》。

陳淑娟

陳淑娟，筆名陳潔民，本籍台南七股，現定居彰化。靜宜大學中文系碩士，曾獲賴和文學獎研究獎助獎、海翁台語文學獎新詩獎。現任彰化師大附工國文科教師。《台文戰線》同仁。著作有碩士論文《賴和漢詩的主題思想研究》、出版有台語詩集《行入你的畫框》。

嚴敏菁

嚴敏菁（1974-），筆名岩青、岩錦，籍貫台灣省嘉義市。淡江資管系、南華文學所畢，現就讀暨南大學中文所博士班，朝陽科技大學、南開科技大學兼任講師。寫作散文、小說，作品曾收入《南投文學記遊》四、五、六輯（2012、2013、2014）、《巡禮草鞋墩》、《草鞋墩鄉土事》等書。參予南投縣文化局「向大師致敬系列-岩上詩人珍貴手稿及文學資料保存計畫」（2013），曾獲玉山文學獎散文組新人獎（2013）。發表笠詩社五十週年〈論《笠》詩人作品中的時代面貌與創作精神〉（2014）、創世紀六十週年〈試論首二屆「創世紀詩獎」得主書寫風格之異同〉（2014）等論文。

呂美親

呂美親（1979-），嘉義縣人。嘉義技術學院植物保護科、東海大學中文系、清華大學台灣文學所畢業，現為日本一橋大學言語社會研究科博士候選

人，目前主要研究重心為，戰前的台灣世界語運動及台灣近代文體的形成。曾獲吳濁流文學獎新詩正獎、台南文學獎台語小說及台語詩首獎、打狗鳳邑文學獎台語詩首獎等多項。參與製作賴和文學音樂專輯《河》（風潮唱片，2005），共同編著《台語文運動訪談暨史料彙編》（國史館，2008），著有《落雨彼日：呂美親台語詩集》（前衛，2014）。

陳憲仁

　　陳憲仁（1948-），台灣《明道文藝》雜誌創社社長，主持編務三十三年，為台灣最資深文學雜誌主編；並主辦過二十六屆「全國學生文學獎」，拔擢文壇新人無數。現任明道大學中文系助理教授，同時擔任彰化縣文學諮詢委員、中華民國筆會理事。出版《滿川風雨看潮生》，編纂《好書書目》、《尤增輝遺作精選集──斜陽之外》、三毛遺作《我的快樂天堂》、《高原的百合花》、《我的靈魂騎在紙背上──三毛家書選》、《思念的長河》等書，並擔任過文化建設基金管理委員會委託之「台灣流行文藝作品調查研究」計畫主持人。獲行政院新聞局雜誌金鼎獎、中興文藝獎章、台灣區師鐸獎、五四文藝獎、行政院新聞局金鼎獎特別貢獻獎、台中市榮譽市民獎章等。

楊 翠

　　楊翠（1962-），台中人，台灣大學歷史學研究所博士。現任東華大學華文文學系副教授、「政治受難者關懷協會」理事、「賴和文教基金會」董事、「楊逵文教協會」理事長。曾任《自立晚報》副刊編輯、《自立週報》全台新聞主編、《台灣文藝》執行主編、台中縣社區公民大學執行委員、成功大學台灣文學系助理教授、靜宜大學台灣文學系副教授、中興大學台灣文學與跨國文化研究所副教授，「國家藝術基金會」董事。曾獲二〇〇八年獲私立懷恩中學（今東大附中）五十週年「第一屆傑出校友」，二〇一一年獲國史館台灣文獻館「第四屆傑出台灣文獻獎」文獻推廣獎。創作以散文與文化評論見長，作品散見各報，內容多有關性別、文學、歷史、文化諸議題，富含

社會關懷與文化批判，曾擔任台灣副刊「非台北觀點」、台灣副刊「理性與感性」、勁副刊「五肆運動」、聯合副刊「幸福紀念日」等專欄作者。研究領域包含台灣文學、台灣婦女史、性別文化研究。著有散文集《最初的晚霞》、學術論文《日據時期台灣婦女解放運動》、二二八口述歷史《孤寂煎熬四十五年》，與施懿琳、鍾美芳合著《台中縣文學發展史・田野調查報告書》，與施懿琳、許俊雅合著《台中縣文學發展史》，與施懿琳合著《彰化縣文學發展史》，以及台灣文史研究論文二十餘篇。

余境熹

余境熹（1985-），筆名牧夢、書山敬、秦量扉，香港大學中文學院哲學碩士，現任美國夏威夷華文作家協會香港代表、東亞細亞文化研究中心秘書及副研究員、國際文藝研究中心代總裁、香港專業進修學校講師、國際金庸研究會副會長，著有《漢語新文學五論》，主編《島嶼因風而無邊界：黃河浪、蕭蕭研究專輯》、《追溯繆斯神秘星圖：楊寒研究專輯》、《詩學體系與文本分析》等，發表包括姜貴、柏楊、鍾逸人、東方白等台灣作家之論文逾七十篇，並獲全港青年學藝大賽新詩組優異獎、中文文學創作獎新詩組優異獎、文史哲及宗教研究首獎共三十餘項。聯絡電郵：yoshiyukh@yahoo.com.hk。

林俊臣

林俊臣（1974-），生長於彰化縣鹿港鎮，南華大學美學研究所碩士、中興大學中文系博士。現為鹿耕講堂山長、中正大學明道大學兼任教師。曾任鹿港文教基金會執行長、鹿港鎮史館館長、公民團體構社發起人。書法篆刻作品曾獲全省美展、礦溪美展、大墩美展、中部美展首獎、全國美展銀牌獎等。並發表多篇與書法篆刻、美學研究、文化研究、影像專文於各地。

曾金承

　　曾金承（1972-），台灣省彰化縣人，生於斯，長於斯，至今依然居住於本縣芳苑鄉漢寶村。淡江大學中國文學系博士，現任南華大學文學系助理教授。主要研究範圍為中國詩學，兼及台灣文學、文學理論等。著有《漢〈鼓吹鐃歌十八曲〉研究》、《韓愈詩歌唐宋接受研究》，與康原合著《浮水蓮花上的福海宮》、《三林港的百年風華》，和周彥文等合著《中國學術史論》。古典詩歌創作曾獲得中華民國大專青年詩歌聯吟大會絕句組第一名。

黃　隆

　　黃隆（1991-），桃園人，畢業於國立彰化師範大學國文系，現任替代役。喜愛閱讀、電影、旅行。〈古城下的身影──賴和文學地景〉這篇報導文學作品完成於大學就讀期間，當時曾擔任賴和文教基金會志工召集人，協助導覽彰化市區文學地景數年，對歷史建築有濃厚興趣。目前雖在服役期間，也持續關注台灣社會發展，持續進行人文省思。

國家圖書館出版品預行編目資料

賴和‧臺灣魂的迴盪：彰化研究學術研討會論文
集. 2014 / 吳蘭梅總編輯. -- 第一版. -
彰化市 ： 彰縣文化局，民 104.03
　面 ； 　公分
ISBN 978-986-04-4398-1(平裝)
1. 賴和 2. 臺灣文學 3. 文學評論 4. 文集
　　　863.4　　　　　　　104003175

彰化縣文化局

賴和‧臺灣魂的迴盪──2014 彰化研究學術研討會論文集

主 辦 單 位	彰化縣政府
承 辦 單 位	彰化縣文化局
發 行 人	魏明谷
總 編 輯	吳蘭梅
執 行 編 輯	周慧貞、施志融
行 政 小 組	黃巧嫈、林靖文、張文爵、孫志雄、楊薇萱
策 劃 單 位	明道大學中國文學學系、國學研究所
策 劃 人	蕭水順
執 行 總 監	羅文玲
撰 稿 者	王文仁、王惠鈴、呂美親、呂興昌、李桂媚、余境熹、林明德、林俊臣、周益忠、施懿琳、陳　謙、陳淑娟、陳萬益、陳憲仁、曾金承、黃　隆、楊　翠、葉連鵬、謝瑞隆、蕭　蕭、嚴敏菁
執 行 團 隊	王惠鈴、兵界勇、余季芳、李佳蓮、陳憲仁、陳靜容、薛雅文 （依姓氏筆畫序）
出 版 發 行	彰化縣文化局 50074 彰化市卦山路 3 號　(04)7250057　http://www.bocach.gov.tw
印 刷 承 製	萬卷樓圖書股份有限公司 台北市羅斯福路二段 41 號 6F 之 3　(04)2392992　http://www.wanjuan.com.tw
出 版 日 期	中華民國 104 年 3 月
版 (刷) 次	第一版第一刷
定 價	新台幣 300 元整
展 售 處	國家書店松江門市： 104 臺北市松江路 209 號 1 樓　02-25180207(代表號) 網址：http://www.govbooks.com.tw 五南文化廣場： 台中市中山路 6 號　04-22260330 網址：http://www.wunanbooks.com.tw 其他全國各地展售據點，請洽五南文化廣場

GPN: 1010400236　　　　ISBN： 978-986-04-4398-1

著作財產權歸屬彰化縣文化局所有，如有利用本書相關行為，請徵求本局書面
同意或授權。